地球的红飘带

魏巍 著

人民文学出版社

图书在版编目(CIP)数据

地球的红飘带/魏巍著.—北京:人民文学出版社,2012(2023.5重印)
ISBN 978-7-02-008912-3

Ⅰ.①地… Ⅱ.①魏… Ⅲ.①长篇小说—中国—当代 Ⅳ.①I247.5

中国版本图书馆 CIP 数据核字(2011)第 270763 号

责任编辑　刘　稚
装帧设计　黄云香
责任印制　王重艺

出版发行　人民文学出版社
社　　址　北京市朝内大街 166 号
邮政编码　100705

印　　刷　三河市中晟雅豪印务有限公司
经　　销　全国新华书店等

字　　数　482 千字
开　　本　880 毫米×1230 毫米　1/32
印　　张　19.625　插页 4
印　　数　94001—99000
版　　次　1988 年 5 月北京第 1 版
印　　次　2023 年 5 月第 25 次印刷

书　　号　978-7-02-008912-3
定　　价　45.00 元

如有印装质量问题,请与本社图书销售中心调换。电话:010-65233595

目　次

序 …………………………………………… 聂荣臻 1

卷首语 ……………………………………………… 1
第一部 ……………………………………………… 1
第二部 …………………………………………… 119
第三部 …………………………………………… 223
第四部 …………………………………………… 327
第五部 …………………………………………… 451
尾　声 …………………………………………… 612

再版附记 ………………………………………… 617
附：胡耀邦同志的信 …………………………… 618

序

聂荣臻（签名）

我从《当代长篇小说》杂志上看到了魏巍同志的新作《地球的红飘带》，兴奋不已，接连十几天，一口气把它读完了。《地球的红飘带》是用文学语言叙述长征的第一部长篇巨著，写得真实，生动，有味道，寓意深刻，催人奋进，文字简洁精练，读来非常爽口。读完全书，我仿佛又进行了一次长征。

长征是人类历史上的奇迹，是我党我军和中华民族的骄傲，永远是我们宝贵的精神财富。碰到了困难，人们就想起长征，想想长征，就感到没有克服不了的困难。作者抓住这一伟大的历史题材，搜集了大量史料，两次到长征路上探胜，又经历了几年的精雕细琢，小说写得非常成功。它高屋建瓴，着重从敌我双方的最高层活动来反映长征壮举，艺术地再现了这段历史。过去一写长征，就是雪山草地，这次则写了内部斗争，更充分地显示了党的力量，使读者得以全面地了解长征。作品中出现的毛泽东、周恩来、朱德，以及王稼祥、彭德怀、刘伯承、叶剑英等的形象，写得很像，很活，这些都是我非常熟悉的领导和战友，差不多就是那个样子。他们在革命最危急的时刻，忠贞不渝，从容不迫，使红军每每绝处逢生，不断走向胜利，情节真实感人。对于蒋介石、王家烈、杨森等敌方人物，同样写得有血有肉，性格鲜明。对其他典型人物,也都刻画得细致入微。这就构成了一部史诗般的作品。它必将对我们继承和发扬红军长征精神,起到深远的重要作用。

魏巍同志是大家熟知和喜爱的作家。他的《谁是最可爱的人》、《东方》等作品,在人民中广为流传。早在抗日战争时期,我就认识魏巍同志,他有文学天赋,又经过革命战争的锻炼,是位难得的人才。以后,他长期在文学战线上耕耘,成就卓著。今天,他以接近古稀之年,又为我们奉献了《地球的红飘带》这样一部优秀作品,这种锲而不舍的精神,是难能可贵的。

一九八七年十月六日

卷 首 语

中国英雄们的长征,是中国人民的史诗,也是世界人类的史诗。这部史诗是中国人民和中国共产党人用自己的脚步和鲜血镌刻在我们这个星球上的。它像一支鲜艳夺目的红飘带挂在这个星球上,给人类,给后世留下永远的纪念。

长征已经过去了半个世纪。它的历史意义究竟是什么呢?现在回头来看,历史本身已经显示得很清楚了:正是长征付出重大代价之后所留下的火种,孕育了抗日战争的胜利;正是由于抗日战争中人民力量的壮大,才迎来了解放的曙光。这样来看,长征正是中国漫漫长夜的第一缕躁动的晨曦。在中国黎明之前展开的这场惊心动魄的斗争,它与我们民族和人民的命运有着多么深刻的关联!

而历史的昭示决不止此。长征留给后世的是无价的精神财富。中国红军战士在长征路上所经受的艰难困苦,是人间罕见的;他们所显示的勇敢和坚毅,是人类美好品质最辉煌的范例。这一点,对我们的后代,对我们的建国事业,对全人类争取进步争取解放的人民,都会从中汲取取之不尽的鼓舞力量。

在我们民族的历史上,充满着波澜壮阔的农民战争,任何时期也都有令人感泣的英雄人物。可是,那些成百上千次的农民战争,一次又一次地归于失败,或成为另一个封建王朝。为什么像长征这样以农民为主体的革命会取得胜利呢?历史已经作了回答:长征有近代无产阶级的领导,它的体现者中国共产党具有马克思列宁主义的灵魂。

长征是我心中的诗。自我投身这支军队之日起,就一直倾慕着它,向往着它。可是由于它本身非凡的壮丽,一想到从文学上反映它,就自愧才疏学浅,因而却步。现在随着岁月过多的流逝,不得不提笔了。当这支英勇无敌的军队建立六十周年之际,我谨以此粗疏之作,作为对培育我的党、培育我的军队和人民的报答。

伟大的长征,是由红军的三大主力——一、二、四三个方面军完成的。其内容极为丰富,要全面反映这段历史需要多卷著作。这本小说,着重反映的主要是中央红军,想来读者不会求全责备。

在本书写作之前,作者曾访问和请教了许多革命前辈,并两次在红军长征路上进行考察,受到各地同志和群众的亲切接待。同时作者对当年红军战士的亲身经历是重视的,在写作中曾认真研讨和汲取了他们回忆录中的素材,这里谨向他们致以深切的谢意。

已经长眠在长征途中的烈士们与健在的长征英雄们,他们的精神和伟业永垂不朽!

第一部

（一）湘江，有一段永远难忘的历史，她那绿汪汪的江水，竟变成了血的河流。

湘江，是一条宽阔的碧绿的江水，今天却成了血的河流。

一九三四年十一月的最后几天，从江西苏维埃区域过来的中央红军，在桂林以北的湘江边被阻止住了。在此以前，他们已经冲破了三道封锁线，转战了两千三百余里。不消说崇山峻岭间的崎岖道路、林莽荆榛，早已将他们的草鞋磨穿，军衣挂得破破烂烂；而连续的转战奔波，敌军的穷追不舍，难免使具有钢铁意志的人也感到疲惫。中国当时的统治者，也是中国历史上最著名的反共人物蒋介石，又一次看到消灭红军的极好机会，于是调集了四十万人的兵力，企图将八万之众的红军消灭在湘江之滨。

而红军却必须拼死突过湘江。这不仅因为，他们的战略意图是要进入湖南，与红二、六军团会合，以求新的发展，而且在此时此刻，任何的后退甚至犹豫就是死亡。于是，红军的统帅部将它的最有力的一、三军团置于两翼，以五军团殿后阻止追击之敌，决心掩护中央纵队和军委纵队迅速渡江。位于右翼的第一军团，本来要抢占全州，由于何键指挥的湘军已先期占领，只好占了全州以南三十里脚山铺一带小山。这时何键将军被蒋介石委任为追剿军总司令，这等厚恩岂可不报，于是日夜督促他的四个师实施突击。这样，脚山铺一带小山就日夜笼罩在浓烟烈火之中。位于左翼的第三军团，这时正与桂军激战于灌阳,也杀得难解难分。红军总部选择的渡河点,是南起界首北到凤凰嘴的几个渡口。因时届冬初,有些浅水处可以徒涉,要过起来本不是难事,但是由于中央及军委纵队,负载甚重,行动迟缓,所以掩护部队不得不坚持苦战,付出沉重代价。

昨天,十一月三十日,两军的激战进入高潮。扼守在脚山铺一带小山上的红一军团,在优势敌军连续的冲击下,伤亡惨重,米花山、美女梳头岭、尖锋岭等阵地先后失守,不得不退入夏壁田、水头、珠兰铺、白沙,构成第二线阵地。整个看,这一带地形相当开阔,从湘江两岸直到西面一带大山,几十里内,全是坡度很缓的起伏地,高处满是幼松,低处尽是稻田。稻田已经收割完毕,原野显得十分空旷。加上一连几天都是响晴天气,这就给敌人的空军以极好的机会。从早到晚,几十架敌机大显身手。它们飞得只比树尖高一点,得意洋洋地轰炸扫射着渡江的红军。那些从浮桥上行进的和在江中徒涉的红军战士竟无能为力,成批地倒在江水里,漂在江水上,把碧绿的江水染成了红色。

按红军总部命令,今天,是突过湘江的最后一天,也是何键将军作最后努力以求一逞的一天。这样,战斗就比昨天还要激烈。从一早起,隆隆的炮声和稠密的枪声,就像海水起大潮似的一阵高过一阵。尤其北面白沙、夏壁田一带显得激烈。飞机也从微明时分出现,沿着湘江盘旋飞翔。所幸的就是红色指战员望眼欲穿的中央纵队和军委纵队,终于踏上了在界首镇搭设的湘江浮桥。

太阳已经升起老高了,天空只有几片薄云。这时可以清楚地看到中央纵队从东山里出来,越过湘江,正向西面一带大山急促行进。他们多数着灰布军衣,缀着红领章,戴着有红五星的小八角军帽,身后背着斗笠,脚下穿着草鞋。还有不少穿着便衣、头上缠着黑布的农民羼杂其间,他们是长征前的那次"扩红"到部队来的。如果细看,很容易看出,这是一支非战斗部队。行列里骡马多,担子也多,还抬着一些笨重的东西。看样子他们已经走了整整一夜,脸色发青,显出相当疲倦的样子。但早晨的冷风一吹,加上盘旋的敌机在头上不断光顾,把瞌睡都赶跑了。他们只在敌机轰炸扫射时,稍稍躲避一下,飞机刚刚越过头顶,就又紧张地向前赶去。

这时,在湘江东岸,从队伍里出来两个人,一个骑着红马,一个骑着黑马。他们岔上一条江边小路,似乎要赶到前面的样子。后面还跟着十几个人。骑在红马上的那个人,面容消瘦,神情严肃,颌下飘着长须,实际上不过三十八九岁的样子。从他那充满着聪颖、智慧、坚毅的炯炯有神的眼睛,很容易看出,他就是中央革命军事委员会副主席、中国工农红军总政治委员周恩来。骑在黑马上的那个军人,年纪大一些,完全像个老农民,满脸都刻着皱纹,就像赤铜雕刻一样,显得十分坚实。他的神态虽然也相当严肃,但从他的嘴角,甚至从那些皱纹,都可看出他本性的慈祥。这正是中央革命军事委员会主席、中国工农红军总司令朱德。他俩的眼睛都布满红丝,仿佛有几个晚上不睡觉了。今日凌晨一时半,他们给一军团下了紧急命令,要求一军团"无论如何,要将向西的前进诸道路保持在我们手中"。紧接着,又在三时三十分,以中央局、军委、总政的联合名义,指令一、三军团严格执行。直到凌晨五时,他俩做了最后布置才从后面赶来。尽管中央纵队和军委纵队正在渡江,但随着北面一阵紧似一阵的枪炮声,两人的心情仍然十分沉重。他们在马上不时转首向北,望着炮弹掀起的一片浓烟,判断着战场的形势。

前面不远处就是湘江。红军沿路丢下了不少笨重东西,愈往前走,丢弃的东西愈多。在一处稻田里,他俩看到有好几架铅印机和石印机歪倒在那里,上面还缠着粗绳,插着杠子,附近却是一摊一摊的血迹,想来是刚才飞机轰炸,抬机器的人死的死,伤的伤,就把机器委弃在这里了。他们很熟悉,这正是中央苏区印刷厂的东西,许多印刷品,包括《红色中华》和中华苏维埃的钞票,都是这些机器印制的。

他俩皱了皱眉头,谁也没有说话。

在前面一行柳树下,燃着几堆大火。旁边站着几个红军干部,神色黯然。周恩来和朱德下了马,走到近处一看,原来他们正在焚烧书籍文件。秋风卷着火舌,一本本《共产党宣言》、《反杜林论》、《国家与革命》、《两个策略》、《"左派"幼稚病》等等他们平日奉为珍宝的书籍,正在化为灰烬。

周恩来忍痛问道:

"你们是哪个单位的?"

"我们是中央党校的。"一个干部答。

几个人见是周恩来和朱德,神色十分激动,纷纷说:

"周副主席,朱总司令!你们处分我们吧!这些东西我们实在背不动了……"

"许多同志都负伤了……"又一个说。

他们说着,难受得哭起来了。

周恩来看见文件已经烧完,书籍还要烧很长时间,就挥挥手说:

"快走!再晚就过不去了!"

说过,就和朱德一起来到江岸上。往下一看,一种从来没有见过的触目惊心的场面,使他们的脸色立刻变了。面前,在二三百公尺宽的江面上,星星点点,不断漂过红军战士的尸体、死亡的骡马,以及散乱的文件、中华苏维埃共和国的钞票,还有红军战士圆圆的斗笠……红色指战员的鲜血已经染红了江水。

这种场面,使久经战阵的人也不免痛心疾首。周恩来不禁低下头去。朱德那张农民脸绷得像铁板一般。他们竟好半天没有说话。

"快走吧,飞机又转过来了!"周恩来的警卫员小兴国尖着嗓子喊道。

周恩来和朱德这才转过身来,沿着江岸向南面界首渡口走去。警卫员为了减小目标,隔了一段距离,拉着马走在后面。

界首,坐落在湘江西岸高高的河岸上,南距兴安三十余里,是一个约有三五百户的小镇,一色青砖瓦房。红军用许多小船相连接,在这里搭了一座浮桥。浮桥上正川流不息地通过红军队伍。周恩来和朱德从队伍旁边走了过去。桥头上一片人声、骡马的嘶叫声和杂乱的脚步声。在高高的江岸上,有一座高高的祠堂式的房子,两边翘着风火墙,门上刻着"三官堂"三个字。房子前面,有一个颇为粗壮的军人,在那里背着手踱来踱去。他不时地看看浮桥上行进的部队,向旁边的人说一两句话。周恩来立刻认出,那是彭德怀,他正同他的参谋人员在这里指挥渡江。

彭德怀也看见了他们,停住脚步,不无埋怨地说:

"你们怎么现在才来呀?"

"拖不动哟!"朱德一面说,一面同周恩来上了江岸。

"带这么多东西,像打仗吗?"彭德怀带着一股气,又说。

"这问题要解决,代价确实太大了。"周恩来深有感慨地点了点头,又望着彭德怀问,"博古同志过去了吗?"

"过去了,还有那个李德。"彭德怀扭扭脖子。

"毛主席呢,过去了吗?"周又关切地问。

"没有看见,"彭德怀摇摇头,"也许还在后面。"

"还有稼祥同志、洛甫同志呢?"

"也没看见。"

这时,周恩来眼睛暗了一下,添了一层愁容。朱德也不免有些着急,问道:

"老彭,现在情况怎么样?"

"就是北面何键攻得凶,这个狗娘养的!"彭德怀狠狠骂道,"刚才我还同林、聂通过电话,他们打得苦嗷!有一个团被敌人包围住了,后来突出了两个营,又钻到敌人堆里去了。伤亡很大!有好几个团的干部负伤、阵亡!我再同他们联系,电线断了……"

"南面呢？"

"灌阳也打得很激烈。伤亡也不小。"彭德怀指了指西南方向，"兴安这边缓和一些。"

"白崇禧这家伙很狡猾。"周恩来微微一笑，"他就是要保住广西，既怕红军入境，又怕蒋介石的中央军进来。"

这时，忽然响起防空号声，接着下面一片惊喊："飞机过来了！飞机过来了！"说话间，几架敌机已经擦着地皮猛袭过来。"轰"、"轰"几声巨响，浮桥两侧的江水里，立刻腾起高高的水柱。桥上顿时人喊马嘶，乱作一团。由于人们争着过桥，拥挤不堪，有许多人和马掉到江水里。后面的敌机紧跟着发射机关炮，射杀着桥上和落水的人们。红色战士的圆圆的斗笠，顷刻又在江面上星星点点，漂起了一层。

"你们快到那面去！"彭德怀一面推着朱德和周恩来到北面一带柳丛里，一面对着下面高声喊道：

"不要拥挤！不要停止！不要管天上，它抓不了人！"

周恩来和朱德也站在江岸上，挥着手喊：

"同志们！快走啊！这里停不得！"

那些趴在地上和乱藏乱躲的人们镇定了。他们从地上爬起来，在机关炮"咕咕咕"的射击声中站起来，继续前进。伤员们也挣扎着站起来，互相搀扶着，一拐一拐地走着，在他们走过的地方，洒着斑斑血迹。轰炸的烟尘过后，江面上又是一片片红军战士的尸体、圆圆的竹斗笠、缀着五星的军帽、文件和中华苏维埃的钞票……

彭德怀偏起头看了看低飞的敌机，骂道："好个狗娘养的！"一面对参谋吼道，"防空哨怎么还不打呀？快打！"

三声长号音过后，隐伏在江岸上的轻机关枪猛烈地对着敌机射击起来，敌机眼看着飞得高了。渡江的红军更加沉着地向前行进。

而这时北面的炮声却愈来愈近，枪声也响得更加繁密，这是阵地有可能南移的征兆。

彭德怀望望周、朱二人,不安地说:

"总司令,我看您和周副主席快走吧!"

"恩来,你先走。"朱德说,"我还要到一军团看看。"

"算喽,我看不要去吧!"周恩来说。

"不,情况可能有变化。"他谛听着炮声。

周恩来还想劝阻时,朱德摇摇手,诚恳地说:

"恩来,你先到油榨坪去吧,赶快把电台架起来,掌握全盘要紧。"

"好,那就听你的。"周恩来说过,转向彭德怀郑重地说,"老彭啊,无论如何,你们要守到下午五时,掩护全军渡江完毕;一定要等毛主席他们过了江才能撤退;撤退前还要向军委报告。"

彭德怀点点头,以一个老军人的风度接受了命令。周恩来同朱、彭握手告别,率领着他的一行人向西去了。

西面是一带大山,全笼在紫郁郁的云霭里。这里进入广西有三个山口,一个是青坪界,一个是三千界,一个是打鸟界,都是巍峨的崇山峻岭。中央和军委纵队正是通过开阔的起伏地向三千界前进。周恩来随着前面的队伍走着,走至高处,可以清楚地看到北面炮火掀起的滚滚浓烟,已经逼得很近,最多不过二十里路;南面隆起的一带小岭,正是三军团与桂军对峙之处,近在目前,不过二三里路。就是这么一条窄窄的甬道,千军万马向西疾驰。最可怜的是那些伤兵,挂着棍子一瘸一拐地走得那么艰难。

周恩来登上三千界的顶峰时,已将中午。他往西一望,远远近近,苍苍茫茫,真是一片山海。山都是那样高,在江西数年间走过不少山,也没见过高得那样出奇。他回首东望,方圆五六十里的战场,仍然炮声隆隆,硝烟弥漫。湘江像一条带子,弯弯曲曲地伏在脚下。他取过望远镜凝神观察,界首渡口,中央纵队和军委纵队的大部分似已过完，只是后面还有一小批一小批的零散人员。再看看凤凰嘴和太平渡两处渡口，也是这样。他心里觉得稍稍轻松一些，但是殿后部队——五、八军团，是不是过来了，还是疑问。想到这里，心里又沉重起来。至于湘江，从望远镜里仍然可以看到水流里星星点点，那是漂浮着的红军战士的尸体……

"周副主席，就在这里歇一会儿吧！"警卫员小兴国说。

周恩来在山垭口坐下来。他脱下黑布鞋倒了倒土，这才发现鞋底已经磨穿，前脚掌处有一个圆圆的大洞。另一只也是一样。他不禁笑着说：

"我说怎么老觉着硌脚呢！"

"哎呀！"小兴国埋怨说，"周副主席，你怎么不早说呀！"

"这几天没有脱鞋睡觉，我怎么知道？"

"都怨我。"小兴国自责地说，一面赶快跑到红马那里，从马褡子里摸出一双草鞋，给周恩来换上。然后，他把两只布鞋远远地扔到山下，一笑说：

"给国民党留点纪念品吧！"周恩来和别的警卫员都笑起来。

山垭口下去，是一大片雾森森的树林。那里围着一群红军战士，还传出争吵的声音。周恩来听了听，听不真切，就立起身来，向那群人走去。走到近处，不禁暗暗吃了一惊。原来，党中央的总书记博古面红耳赤地站在那里，神情异常激动；地上一个伤员躺在担架上，腿上和头上都缠着绷带，神情也同样激动，还不断地挥着手叫。那个个子矮矮的、戴着深度近视镜的"少共"中央局书记，也站在旁边。周围还站着一些中央直属机关的工作人员和正在行军中的红军战士。只听那个伤员激愤地喊道：

"……你究竟要把我们带到哪里？我是问你，你究竟要把我们带到哪里……"

"我不能容忍你这种问话，我也不能回答你这种毫无礼貌的问话!"博古也愤怒地叫道。由于脸上冒汗,他的近视镜老是向鼻尖滑落,他向上推了一推。

"这怎么是没有礼貌呢?"那个伤员挥着手分辩道,"你是总书记,我是党员,我有提意见的权利!不光是我,我们许多人都是有意见的!你知道我们怎样同敌人拼的吗?为了掩护中央,流血牺牲,我们没有意见;可是,你们迟迟不来,我们一个团快拼光了!我们政委和几个营长都牺牲了,我们团是一千八百人哪,现在不到五百人了!……我、我……"

由于伤员过分激动,说不下去,满眼是泪,竟哭起来了。

矮矮个子、戴着深度近视镜的"少共"中央局书记看不下去了,他向着担架迈了两步,指责道:

"你这是干什么!中央压制民主了吗?不让你们提意见了吗?"

"我们有意见敢提吗?"伤员反问,接着又气愤地说,"好,今天你让我提我就提。我一九二八年就参加了红军,一、二、三、四、五次反'围剿'我全参加了,为什么前四次仗打得那么好,为什么你们一来弄成了这个样子,把我们的根据地都丢掉了?……"

伤员的话还没有说完,"少共"中央局书记像公鸡斗架一样地伸长了脖子,鼓着眼睛狂叫:

"你这是怀疑中央!是反对党的路线!是反对国际!今天要不是看你负伤,你要马上受到党的纪律制裁,我要马上开展你的斗争!"

周恩来听到这里,立刻分开众人,站在人群中央。他向围观的人挥挥手说:

"同志们快走,快走!这有什么可看的嘛!"

大家一看是周副主席,神情相当严肃,就纷纷散去。

周恩来接着走到担架旁边,对伤员平静而又严肃地说:

"在我们党内,对任何人有意见都可以提。但是像你今天这样激动,这样对总书记就不恰当嘛!"

说到这里,语调变得和缓了一些:

"你是哪个单位的呀?担任什么工作?"

"我是一军团的,担任团长。"

"你的名字呢?"

"韩洞庭。"

"哦,韩洞庭?"周恩来立刻想起了什么,说,"四次反'围剿'活捉敌师长陈时骥的不就是你这个团吗?"

"是。"韩洞庭不好意思地脸红了一红。

"听说,你过去是安源煤矿的矿工?"

韩洞庭点了点头。

"那你参军很早了嘛,就更不该这样嘛!"周恩来说,"你提的几个意见,都是很大的问题,这要中央好好讨论,才能做出决定。但是不管怎么样,我们对党的事业,对共产主义事业,应该有信心。这次过湘江,我们的确付出很大代价,教训很沉痛,但毕竟是过来了,过来就是胜利!你那个团受损失很大,今后还可以补充嘛!凡是有穷人的地方,凡是有剥削、压迫的地方,就会有人参加红军,你信不信?"

韩洞庭望着周恩来和悦地点了点头,刚才的怒火似乎消失了一多半。

周恩来见他的情绪缓和下来,立刻扫视了一下几个担架员说:

"你们快赶队伍去吧!韩团长的伤不轻,路上要注意一些。"

几个人连忙抬起担架,周恩来又握着韩洞庭的手说:

"那就好好养伤,早点回去带好部队!"

"好,好,周副主席!我一定早点回来!"这个粗犷的矿工,眼睛闪着泪光,语调里甚至露出几分温柔了。

送走伤员,周恩来看见博古仍然余怒未息,就走上前去,攀着他的肩膀在一棵大树下坐下来,温和地说:

"博古同志,这次过湘江,我们的确损失很大,同志们有些怨气,言词激烈一些,我想是可以理解的,也是可以谅解的。我想你不会在乎这些。"

博古还没有说话,那位"少共"中央局书记又摆出公鸡斗架的样子,伸着脖子说:

"仅仅是言词激烈的问题吗?这是路线问题,是反对四中全会的路线,反对国际路线!"

"我看不要这样说。"周恩来态度相当严肃,"动不动就说别人是反对党的路线,那么,党员谁还敢讲话呢?党员不敢讲话,这个党就完了!我看有问题慢慢讨论,不要意气用事。"

说过,他狠狠地看了"少共"书记一眼。迫于周恩来在党内的崇高威望,"少共"书记没敢立刻反驳。

"恩来同志,"博古极力使自己的语调平缓下来,"今天的事,表面看是对我个人的污辱,实际上也不只是对我个人的污辱。你听他说,是我们来到苏区以后才搞糟了,是我们把苏区丢掉了。这不是否定四中全会的路线吗?我认为,四中全会以来,我是坚决执行了国际路线的,成绩是大家都看得见的,这是任何人都否定不了的!"

"这些问题都可以从容讨论,我想问题是能够解决的。"周恩来平静地说。

"解决得了吗?"博古鼓起眼睛反问,"我认为,党内反国际路线的影响一直很大,到今天也没有停止自己的活动。许多人马列主义理论水平不高,是受到了他们的影响的。"

周恩来淡然一笑。博古不容他说话,又说:

"难道韩洞庭只是他一个人这样说吗?不,从江西出发,我一路上都听到他们的窃窃私语。这些我不是不知道的。今天过了湘江,许多人竟然公开谩骂我和李德同志,因为他们不认识我,都被我听到了。他们简直是走了一路,骂了一路!刚才这位伤员,我本来好心好

13

意慰问他,问他一些情况,没想到他竟当众污辱我……"他越说越激动,涨得满脸通红,激愤而又痛苦地说,"大家都这样看我,我还怎么领导,怎么工作?今天牺牲了那么多同志,我不是不难过不痛苦啊!恩来同志,我确实也没法向全党交待,向国际交待……"

说到这里,他那年轻的脸痛苦地抽搐着,头像要爆裂似的,他的手伸到腰间,抓住手枪,猛地抽了出来,对准了自己……

幸亏周恩来早有提防,手疾眼快,把手枪一把夺了过来,一连声说:

"不要激动!博古,不要激动!有话慢慢说。"

说着,将他的手枪交给博古的警卫员。但是,博古什么也不想再说,颓然地靠在那棵大树上,不言声了。

周恩来见博古的情绪如此激动,不宜再谈下去,就回过头说:

"小兴国!你的水壶里还有水吗?"

小兴国立时递过水壶,周恩来亲自将壶塞拔去,递到博古手里,温和地说:

"喝点水吧!问题以后再谈。我们得快点赶到油榨坪去,后面的部队还不知道是否过江了呢!"

博古喝了点水,平静了些。周恩来让警卫员把他扶上马去,然后一同上路。这时,山谷里十分幽静,崎岖的山径上不时传出嘚嘚的马蹄声。

(二)鲜血和挫折给人以痛苦,也给人以觉醒,它常常是出现历史转折的契机。

从湘江的浮桥上过来一副担架,颠簸在浓烈的硝烟中。由于飞机轰炸,担架走走停停,有时又被蜂拥前进的队伍挤到旁边,在队伍里就掉得愈来愈远。

担架后面有四个警卫员,一个挎红十字包的年轻医生,紧紧地跟着它,保护着它。

担架上躺着一个年轻人,约有二十八九岁的样子,容貌秀美,戴着一副近视眼镜,温文尔雅,颇有一点学者风度。他脸上的表情是平静的,如果仔细看来,就会看出他是在极力忍受着痛苦,仅仅是在下级面前才显出那种若无其事的平静。

他就是中革军委副主席和红军总政治部主任王稼祥。他是头一年春天,在一座古庙里开会,遭到敌机空袭负伤的。伤很重,弹片把肠子打穿,后来又化了脓。没有麻醉剂,也得施行手术。整整八个小时,他的额上全是黄豆大的汗珠,却没有吱一声。人们没有想到,这个文弱书生内在却如此刚毅。由于当时没能把弹片刮出来,腐骨没有清除,一直流脓,只好接了一根橡皮管子把脓排出体外。这样就不能不增加他许多痛苦。长征以来,他就坐在用青竹子扎成的担架上。经过两千余里的行程,几个担架员的衣服早已挂得破破烂烂的了。

这位红军总政治部的领导人,是十年前,也就是他十九岁的时候,投身到共产党的队伍中来的。他的命运几乎是当时一般青年人都会遇到的命运。当时,他在芜湖的一个教会中学读书,由于看不惯外国校长欺侮中国人而参加了驱逐洋校长的学潮,紧接着就被开除。随后,家里又给他娶了一个比他大三岁的女子,他不乐意,这就跑到了上海。在这里,他上了上海大学的附属中学。这个以国民党的元老于右任为校长的学校,却是一个鼎鼎大名的共产党人在那里办学,这就是邓中夏。此外,瞿秋白、沈雁冰、施复亮等都在那里教书。王稼祥就从这时接受了共产主义的影响,参加了共青团。当年,也就是一九二五年十月,他被保送到莫斯科中山大学学习。由于他聪敏好学,又有些英文底子,俄文学得很快。不到两年,他就作为高材生结业,经过严格考试,进入苏联造就马列主义理论干部的最高学府——

红色教授学院。那时同学中能够同他比肩进入这座殿堂的，只有张闻天、沈泽民等人。一九三〇年学成回国，在上海中共中央宣传部当干事。一九三一年一月，在共产国际东方部部长米夫的支持下，召开了党的六届四中全会，扶王明上台。王明为了贯彻他那条"百分之百的布尔什维克"路线，就向全国各个苏区派去了钦差大臣。王稼祥也在这时，同任弼时一起化装成牧师，辗转进入中央苏区。不久，他就成为苏区中央政治局的委员，中革军委的副主席和红军的总政治部主任。但是世界上的一些事情，常常会发生戏剧性的变化，谁也没有想到，这个年轻人同毛泽东共事之后，竟合作得不坏，并且常常流露出对毛泽东的钦佩，这难免就使事情复杂化了。

现在，担架随着队伍进入一带密密的松林。飞机暂时看不见他们，人们的心情就变得舒缓一些。王稼祥也微微地闭上眼睛，想休息一下。这时，他听见前面队伍里有几个人正在一边走一边窃窃私语。声音不算很大，但还听得清晰。

只听一个江西口音说：

"王参谋，这到底是上哪里去呀？"

"不是说同二、六军团会合去吗？"一个福建口音回答。

"二、六军团在哪儿呢？"

"说是在湖南什么地方。"

"能够会合吗？"

"鬼才知道。"

"唉！"那个江西口音的叹息了一声，"前四次反'围剿'打得多痛快，一次就消灭他好几个师，俘虏是成千地捉，光师长就抓了好几个；就是第五次反'围剿'搞糟了，连苏区也丢了，你说这是为什么呢？"

"为什么？还不是那些'洋房子先生'搞的！"

"我看也是。"江西口音的说，"莫斯科的'洋房子'又加上上海的'洋房子'……"说过，哈哈大笑。

"还有'独立房子'!"福建口音的也哈哈大笑。

"你常见'独立房子'吗?"江西口音的停住笑问。

"怎么不常见,可是我怕见他。"

"也不过鼻子高一点,有什么可害怕的!"

"咦,那人长着一对猫眼,黄眼珠,一瞪可真吓人!"

"你少见他一点就是了。"

"我们这搞事务工作的,少见也不行。他三天两头叫去训我。难伺候啊!他挑警卫员要一般般高的,漂亮的;他的马要用香肥皂刷洗,鞴好马,他先用手从马头摸到马尾,有一点点灰,就要骂人。有一次,把我骂了个狗血喷头……"

"为什么?"

"那一次,我骑着马去给一位首长送信,离他的门还有好远,就被他叫下来,大骂了一顿,问我懂不懂红军的规矩。你猜是为什么?原来是我过他的门前没有下马。"

"听说,'独立房子'一天吃一只鸡?"

"鸡?还得有咖啡呢!"

"听说,他烟抽得也凶?"

"对,美丽牌的罐头烟,一天一筒。你看前边还给他担着整整一挑子呢!"

"这也太过分了!我们的毛主席、周副主席、朱总司令都是吃筲子饭,一人一份,一点不能多吃,吃点南瓜豆腐菜,剩点菜汤加点开水一喝就完了,'独立房子'怎么这样?总书记就不说说他!"江西口音的有点气愤了。

"唉,说他?言听计从噢!什么事都是'独立房子'说了算!"

"哼,要不然他也许还不这样呢!"

说到这里,谈话停下来。好像彼此在思索着什么。

过了一阵子,只听江西口音的又问:

"毛主席呢?"

"他不管什么事了,出发前听说住在一个山上。"

"现在呢?"

"听说他跟着中央纵队走,身体坏得厉害,现在不知道过来了没有。"

"唉,什么时候……"

话声停下来,好像彼此都没有再谈下去的意思。担架走出了树林。路上又是人流滚滚,尘土飞扬。王稼祥从担架上侧起头来,望了望那两个说话的人,一个是总部的老参谋王柱,另一个是刚从下面调上来的小参谋肖明。这两个参谋今天公然议论"朝政",而且语多不敬,要搁平时,至少要受到特派员的注意和查问,可是今天听来却也不无道理。王稼祥只望了他们一眼,又把头侧过来躺着去了。

说实在的,这两个参谋无意的谈话,深深地触痛了他,引起他的羞愧与不安,促使他反省自己的责任。"洋房子先生",毫无疑问地把他包括在内,有人甚至背地里把他和王明、博古、张闻天称为某种路线的"四大金刚"。然而他心中却不无隐痛。中央苏区是从一九三一年十一月的赣南会议上开始指责毛泽东的,当时批判他是"富农路线"、"等待"、"右倾"和"狭隘经验论"。情况汇报到中央,中央还认为批得不够,说是以"狭隘经验论"代替了对"右倾机会主义"的批判。所以就来了一个更厉害的批判,这就是一九三二年十月上旬的"宁都会议"。在这次会议上,对毛泽东提出了一个又一个的指责,王稼祥实在听不下去。因为他自进入苏区已经同毛泽东有将近两年的合作经历。他不仅感到毛泽东学识渊博,对中国社会理解透彻,而且在军事上确实有奇才,一韬一略,常能出人意料,所以接连粉碎了敌人三次"围剿",取得很大胜利。因此,在后来讨论是否撤销毛泽东的军事职务时,他是反对把毛泽东赶出军队的,这是他今天可以感到自慰的地方。

但是,在两种对立物的斗争中,往往是很难找到转圜余地的。坚持党性,又往往会触动派性。被党中央派去贯彻全面"进攻路线"的"布尔什维克",竟然同"右倾机会主义者"妥协,这是令人难以置信的。所以,他同他的几位掌权的莫斯科的亲密同窗,就不能不发生隔阂。一九三三年初,临时中央进入江西苏区,有一次,他同博古一起聊天,就发生了一件不愉快的事。那时,毛泽东已被撤去了军事职务,颇有余闲,除了调查研究,就潜心读书。博古从外面来,带了不少外文和中文的马列书籍,毛泽东就借书来了。博古对他还算客气,借了几本给他。可是等到毛泽东抱着书走出去的时候,博古就带着讥笑的口吻对王稼祥说:"老毛还学马列呀!"王稼祥听着很不顺耳,就随口说:"他就是不懂外文,其实读马列的书也并不少,而且很注意消化。要说古书,那我们这些人就不及他了。"博古高傲地笑道:"山沟沟里出什么马列主义!"王稼祥又反驳说:"要论打仗,那他硬是行咧!"博古见他对毛泽东如此心折,竟公然在自己面前称赞他,心里更是痒辣辣地不好受,立刻说:"打什么仗?完全是'守株待兔'罢了;这同党的进攻路线是完全不相容的!"王稼祥也反驳道:"打得赢就打,打不赢就走,避实击虚,积极创造机会消灭敌人,怎么能说是'守株待兔'呢?"两个人竟这样一来一往,弄了个不欢而散。

被撤去军事职务的毛泽东,住在瑞金的一个叫高鼻垴的小山上。山上有一座寺庙,他就住在那座寺庙里。有时下去搞点调查研究,有时就潜心读书。那种生活自然是清冷的。虽然他的热烈信徒们有时悄悄地来谈一谈,但毕竟门前冷落车马稀了。王稼祥看在眼里,觉得很不是个滋味,有时也上山去看看他。两个人谈起当前的战局和打法,竟有许多观点接近,心底的感情也就有了进一步的交流。谈到激动处,毛泽东常常摇摇手说:"没有办法!我们是居于少数嗽!"

形势越来越恶化,而来自党内的压力却没有丝毫减轻的样子。一九三四年一月,第五次反"围剿"打得难解难分,红军眼看就要被敌人逼到绝境的时候,中央还开了一个五中全会。会议宣称第五次反"围剿"是"争取中国革命完全胜利的斗争",要大力反对"主要危险的右倾机会主义",反对"对右倾机会主义的调和态度"。会议还决定,派张闻天到政府里去当人民委员会主席,而事实上毛泽东早已是中华苏维埃共和国的主席,政府的工作本来是由他做的。这无疑是剥夺了毛泽东的军权之后,把政府方面的工作也剥夺了。王稼祥参加了五中全会。那天,他正发高烧,昏昏沉沉。他没有能顶住这个强大的压力,他举了手。事后,他懊悔万分,多次责备自己,作为一个共产党员是软弱了。人世间许多感情都会渐渐消逝,惟独内疚会长留心头,甚至陪伴人的终生。对一个正直的人更是这样。刚才两个参谋的谈话,又一次勾动了他心之深处的情愫,使他陷入深深的思索……

"哎哟!"只听担架上叫了一声。原来一头驮炮的骡子挤上来,几乎把担架撞翻,担架员打了好几个趔趄,才站定了脚步。

"你们长眼睛了吗?"几个担架员瞪着炮兵狠狠地骂道。

年轻的医生小彭和几个警卫员,也纷纷赶过来责问:

"把首长碰坏,你们负得了责任吗?"

"算了,算了,"王稼祥摆摆手,"他们又不是故意的!"

担架停在路边,等炮兵过完,才继续上路。

路上又歇了几次,才爬上三千界的山垭口。王稼祥向西一望,紫蒙蒙的云气一片迷茫,在那层层叠叠的山海上,停着一轮血红的落日。

"咱们歇歇吧,同志们也太辛苦了!"

王稼祥招呼担架停下来。他自己离开担架活动了一会儿,随后要过望远镜,站定那修长的身子向东凝望。只见界首浮桥那里,已不见人影,显得气象森严,仿佛部队过完,指挥部已下令封江。北面一带松林中,枪炮声也渐渐稀落,自北而西的条条道路,都有红军密集的队伍,正向西面一带大山撤退,那想必是鏖战数日的一军团了。而那弯弯曲曲的湘江上,仍然断断续续地漂浮着尸体、圆圆的斗笠和文件……

这时,飞机又在上空出现。人们正在纷纷隐蔽,下面山径上却有几个人不慌不忙地走着,后面还跟着一匹白马。走在前面的那个高个子,步态悠然,若无其事的样子。警卫员小丁一看急了,就尖着嗓子嚷道:

"那是谁?注意防空啰!"

走在前面的那个高个子,停住脚步,仰起头看了看飞机,见飞机拐了弯,就又走起来,还是那样步调悠然。小丁还要再喊,被年轻的彭医生止住:

"你瞧,是不是毛主席过来啦?"

一说是毛主席,王稼祥急忙收起望远镜,往下一看,见前面那个高个子微微驼背的姿势,果然像毛主席,就往下迎了几步。

毛泽东和他的几个警卫员,已经走了上来。王稼祥仔细一望,见毛泽东面容黄瘦,颧骨高耸,疲惫之中还带着病容,显得相当憔悴。过长的头发从他那八角军帽的两侧露出来,身上满是灰尘,还背着一把破雨伞。

不知怎地,王稼祥顿然升起一种怜惜之情就走上去握着毛泽东的手说:

"毛主席,你的身体看来很不好呀!"

"主要是睡眠不好。"毛泽东微微一笑。

接着,他关切地问:

"稼祥,你的伤怎么样啦?"

"还没有太恶化。"王稼祥指指山垭口下面的担架员,"就是苦了他们。"

说着,他拉着毛泽东,靠着一棵大树坐下来,颇为感慨地说:

"真没想到,今天遭受这样大的损失!"

毛泽东低下头想了想说:

"大概也只能如此!"

"你看,这种打法行吗?"

毛泽东笑了一笑:

"这叫'叫花子打狗,边打边走'!"

"这种局面能继续下去吗?"

听见这话,毛泽东蓦然一惊,侧过头来望了王稼祥一眼,没有说话。

王稼祥聪敏的眼睛一闪,知道毛泽东不好说什么,就接着说道:

"现在实际上就是李德专权,博古什么都听他的。应当把他们轰下来!"

毛泽东眼睛一亮,像电花闪了一下似的。但是,他没有马上回答,停了一会儿才说:

"办得到吗?"

王稼祥似乎胸有成竹:

"我想提出,开一个会,总结这一阶段的经验。"

"那好。"毛泽东紧紧握住王稼祥的手说,"恐怕还得活动活动。"

两个人站起来,都觉得轻松了许多。毛泽东先送王稼祥的担架上路,随后跨上白马。

夕阳已经落山,山路渐渐融进夜色里。毛泽东听着嘚嘚的马蹄声,眼前出现了一幅又一幅的图画。而首先出现的一幅画面,是江西宁都的一座祠堂。那时也像现在这样暮色低垂,会议经过对他的激烈批评之后,要最后决定了。毛泽东看得清清楚楚,有三个人是不同意让他离开部队的。一个就是红军的总司令,那个脸上已经开始出现皱纹的,完完全全像老农民的朱德。你想不到这个一天到晚对谁也笑嘻嘻的人,在关键时刻竟然如此倔强。他的嘴角下垂着,灼灼的目光凝视着屋角,就像大山一样岿然不动。而另一位就是周恩来,他积极主张让毛泽东继续留在部队指挥作战。第三个就是这位年轻的、修长的总政治部主任。当时的毛泽东,一种深深的感激之情就萌发在心底了,这幅图画就像刻在心上似的终身难忘。今天,他又看到这只年轻的手要支持他了。在深浓的暮色里,他脸上出现了长期不曾出现过的从内心里露出的微笑。……

(三)整个部队伤亡惨重,一个军团溃散,一个完整的师没有渡过湘江,周恩来的心从来没有这样沉重。

周恩来和博古一行,于黄昏时分赶到油榨坪。

油榨坪是山坳间的一座小镇。说是小镇,其实只不过一二百户人家,只是一道小小的市街而已。街上都是古旧的木板房,有十数家店铺。小镇南面有一道不算很窄的小河,那就是资水;不过她刚刚离开母亲的怀抱,北面几十里外就是她的源头,名叫资源。

警卫员们很快就找到了总部。因为那时穷苦人家房子窄,无法悬挂地图,总部多半设在地主的庄宅。而且那门口总架有横七竖八的电话线,夜里常挂着一盏马灯,那是为了夜间送信的通信员容易辨认。现在,在靠河边的一处院子门口,一盏挂在树上的马灯,已经亮起来了。

周恩来和博古刚要跨进院落,听到里面有喝骂声和争吵声。他们走进门口一看,见李德站在上房屋高高的台阶上,叉开两腿,瞪着一双黄眼珠,正在高声斥骂。台阶下站着八军团一个年轻的师长,衣服挂得破破烂烂,还沾着不少血迹;旁边立着一个身着便衣的年轻妇女,低着头满面通红。周围站着总参谋部的作战局长和几个参谋。

细看那位师长,虽然是立正姿势,面部却流露出不满甚至是轻蔑的表情。

身躯高大的李德,见周、博二人进了院子,立刻走下台阶,迈开大长腿跨了过来,先声夺人地说:

"临阵脱逃!简直是临阵脱逃!一个师长竟出了这样的事!如果不执行纪律,还能打仗吗?"

李德懂得三国语言——德语、英语和俄语,就是不会汉语。这次他说的是俄语,经过翻译,虽然尖锐性有所减轻,仍然十分刺人;那位师长又是愤怒,又是委屈,激动得眼都红了。

"你这是污蔑!"他对着李德高叫了一声;随后又转过脸,面对着周恩来。"我们一个师两三千人,打得剩了几百人,我把他们带回来了,怎么能说是临阵脱逃呢?"

"我问你,你守住了我规定的阵地吗?"

"那是因为敌人插到后面来了。"

两个人又吵起来。周恩来看了他们一眼,神色十分冷静,转过脸问作战局长薛枫:

"电台架好了吗?"

"架好了。图也挂起来了。"薛枫很干练地说。

"要赶快了解一下湘江东岸的情况。"

"好。电台已经开始工作了。"

周恩来满意地点了点头,转过脸对着那位师长:

"朱兵,你到底是怎么回事?"

"周副主席,"朱兵恭敬地说,"您知道,我们八军团是出发以前才成立的,既没有什么训练,又缺乏战斗骨干,怎么能经得起这种场面呢!我调到这个师工作的时候是提过建议的……"

朱兵是黄埔军校的高材生,又是共产党员,周恩来那时候就认识他。后来,他还参加了南昌起义。南昌起义失败,他随朱德一起上了井冈山。不久以前他是一军团的团长,由于作战勇敢,战功卓著,成立八军团时被调去当了师长。周恩来记得,他当时确实不愿到八军团去,曾经建议把大量新兵补到主力兵团,不要成立那么多有名无实的新部队,但这些意见被博古、李德给否决了。这么一个有累累战功的团长,怎么会临阵脱逃呢?周恩来想到这里,就带着几分笑意问:

"你们八军团现在情况怎么样?"

"被打散了。"朱兵叹了口气,"我们政委和我的警卫员都被打死了。……我过了江以后,碰上李德顾问,我向他报告了情况,他还没听完,就把我带来了,要处分我。"

在朱兵讲话的时候,李德火急火燎地左看看右看看,一个劲地用眼神催促翻译小李。经过翻译,尽管尖锐性有所降低,李德依然吼叫起来,并且指了指那个妇女:

"我们规定,地方的女同志不经批准是不能随队的;而你作为一个军人,丢掉了部队,却没有忘记带自己的老婆。我问你,你知道这个规定吗?"

"我申明,并不是我叫她来的。"朱兵带着怒容说。

那个穿便衣的女同志,原来低着头很害怕的样子,现在一看形势有了变化,胆气壮了,立刻直视着李德说:

"我是带于都的民工来的,是经过县苏维埃批准的,还要经过你的批准吗?我的丈夫在这里,我就是要来!"

一个参谋胆怯地、试试探探地说:

"据我们了解,李秀竹同志确实是经过于都县苏维埃批准的,是从后面赶来的。"

李德见有人竟公然帮助说话,更是火冒三丈;他狠狠地瞪了那个参谋一眼,指着朱兵气势汹汹地说:

"这决不是第一次!你是一贯的游击主义,没有丝毫的正规观念。你的部队纪律非常松懈。有好几次,我亲眼看到,你的通信员经过我的门前,竟然不下马扬长而去。这还像个部队吗?我受国际的委托到这里工作,不负责任行吗?"

说到这里,他怒不可遏,对周围的参谋命令道:

"对朱兵一定要执行军法审判!你们先把他捆起来!"

几个参谋不动,面面相觑,最后都偷偷地望周恩来。

周恩来望望博古,博古一直在旁边踱着步子,像个局外人,默不作声。见此情景,周恩来果断地把手一摆:

"不要!先要总政治部调查一下。"

说过,望望博古、李德说:

"我们还是赶快研究一下现在的情况要紧,这件事就交我处理吧!"

"我还要休息。"李德怒容满面,迈着大长腿跨出了院子。

"我也相当累了。"博古说。

"也好。"周恩来说,"那你们就先休息一下。"

说过,就同薛枫一起上了高高的台阶,在门口回过头说:

"朱兵,你先回去,事情会弄清楚的。你那个部队就是剩下几百人也要带好。"

从朱兵颇有精神的回答,可以听出他的愉快,因为夜色降临,已经看不清楚他的面容了。

接着,周恩来又用温和的口气对那个妇女说:

"李秀竹同志,这次是长途行军,原来是不准备带更多女同志来的;现在既然你已经来了,就先到休养连当政治战士去吧,你看怎样?"

"行,行。"声音模模糊糊的,听得出她感动得几乎要哭出来了。

屋里已经掌灯,墙上果然挂上了作战地图。周恩来看了薛枫一眼,相当满意。这薛枫是河南人,也是黄埔学生,人生得年轻漂亮,精明强干。自从刘伯承被李德排挤走之后,总参谋部的许多具体工作都依靠他了。

"快谈谈情况！"周恩来坐在一张竹床上说，"部队都过来了吗？"

"周副主席，您还没有吃饭呢！"

"不忙。"周恩来招呼小兴国，"饭盒里不是还剩下一点吗？你烧点开水我泡着吃。"

说过，又凝视着薛枫。薛枫的脸色一下暗下来，表情相当沉重。他斜睨着地图上像蓝缎飘带一样的湘江，吃力地说：

"大部分是过来了，可是损失太大，八军团基本上散了……"

"他们还有多少人？"周恩来神色冷峻。

"据八军团报告，战斗部队只剩下六百多人。直属机关可能多些。严重的是部队许多人对前途失去信心，组织散漫，每个班自成单位，自由煮饭、睡觉，已经不像个样子。"

"其他部队呢？"

"还有五军团的三十四师，被敌人追击部队包围，没有过来。"

周恩来暗暗吃了一惊。他原来最担心的就是三十四师，因为这个师在全军最后担任掩护。

"你们联系上了吗？"他问。

"电台呼叫了半天，也没有联系上；后来他们自己跑出来了，说是被追敌包围，无法脱身。现在追敌周浑元纵队已经到了文市，而他们还在新圩以东。"

周恩来急步走到地图前，凝视着新圩、红树脚以东一片山地。一个短小精悍的湖南人的身影霍然跃入脑际。这就是二十九岁的师长陈树湘。他是由旧军队中起义过来的，由于骁勇善战，今年升为三十四师师长。如果不是万不得已，他是不会发出这样的呼叫的。周恩来想到这里，心中十分沉重，不禁面对地图自言自语：

"无法脱身！无法脱身！如果今天夜里仍然无法脱身，明天敌人就可能攻占界首，还怎么过得来呢！"

说到这里,他转过身来,又问薛枫:

"现在还能联系上吗?"

"又中断了。"

"要继续呼叫!"

这时,小兴国将热好的饭端了进来。如果在十几分钟以前,这些饭是不够吃的;可是听了三十四师的消息,他的嗓子里就像堵了个东西,肚子很饿,却干着急硬是咽不下去,只好扒了几口,搁在一边,喝起水来。

午夜过后,只听大门外一片马蹄声响,接着通信员嚷嚷着总司令回来了。周恩来披着大衣走到台阶上,借着大门口树上那盏马灯的光亮,看见朱德走了进来。

"总司令,你今天可辛苦了啊!"

周恩来说着走下台阶,把朱德迎到屋里,在灯光下看见他前胸上和裤子上都有斑斑血迹,不禁吃惊地问:

"你负伤了?"

"不,子弹什么时候也不碰我。"朱德嘿嘿一笑。

警卫员解释说,在松树林里碰上一个负伤的小鬼,满身是血,走不动了,总司令就把他抱上马了。

"总司令啊!"周恩来感叹道,"你的精神是值得我们大家学习的;可是你毕竟是五十的人了,不像我们。"

朱德憨厚地一笑,坐在竹床上,立刻反驳道:

"恩来,你是我的入党介绍人,怎么把我的岁数也搞错了?我离五十还有一年多呢!而且不是我夸口,我从小是真正经过劳动锻炼的。"

周恩来笑了笑,一面吩咐给总司令搞饭,一面关切地问:

"一军团那边情况怎么样?"

"唉,我们真要感谢那些英雄们!"朱德不胜感慨地说,"在那一带起伏地上、松树林里，完全是拼刺刀啊！你拼过来，我拼过去。我们伤亡很大，敌人伤亡也很大。有一个团被敌人包围了个里三层外三层，硬是拼出来了！我们真要感谢他们，这些保卫了党中央的英雄！"

周恩来也不断点头赞叹。又问：

"他们都撤出来了吗？"

"都撤出来了。"朱德欣慰地说，"但是，我让他们后面的部队一定要牢牢控制住白沙铺这个口子；同时，我让三军团一定要把界首保持在我们手里，这样来保障殿后部队的安全。"

说到这里，他望望地图上的湘江东岸，关切地问：

"部队都过来了吗？"

周恩来把情况扼要说了一遍。朱德听见三十四师还被包围在新圩以东，脸上的笑容顿然消失，陷入沉重的思虑中了。

"总司令，你看怎样才好？"

朱德沉吟了半晌，抬起头说：

"我看也只有让他们突围。"

"路线呢？"

朱德走到地图前，思虑了好久，说道：

"最好还是在红树脚和新圩之间，乘敌不备突破敌阵，然后由界首以北渡江。"

"这要有一个条件，就是必须继续保持界首一线在我们手里。可是，敌人明天很有可能会攻占界首。"

"是的，这是有困难的。"朱德点点头说，"另一条路，就是突围之后，从兴安以南渡江，然后绕回主力。"

"这条路怕不行。"薛枫插话道，"我们刚才向老百姓做了调查。兴安以南虽可徒涉，但西进的道路比较少；而且往西去桂林河不能徒涉，困难也是比较大的。"

室内一时沉默无语,三个人都陷入焦虑之中。

这时,外面有一阵急骤的脚步声,接着机要科长跑了进来,一连声说:

"联系上了!三十四师联系上了!"

周、朱心中惊喜,脸上立刻堆下笑容,忙问:

"是三十四师吗?"

"是的,是的。"

机要科长说着,立刻递过电报。周恩来接过一看,一对浓眉马上皱了起来。他接着将电报递给朱德。这电报是如此简短,除了电头电尾,只有八个字:"处境危急,请求指示。"下面署着陈树湘和师政委的名字。

短短的电报,使屋里的空气更加凝重,似乎又增加了一倍的压力。周、朱二人一时无话,显然都感到为难。因为"指示"容易,而从重重包围中突破敌阵,渡过即将被严密封锁的湘江,却是多么困难。

"请首长快下决心吧,呆一会儿恐怕又联系不上了!"机要科长催促道。

朱德站起身来,在屋子里走了几个来回,然后停住脚步:

"那就只有让他们走我在一九二七年走过的路吧!"

"你说的是打游击?"周恩来问。

朱德点了点头。

"我看也只有这样。"周恩来想了想说,"第一步还是要他们突围,于凤凰嘴一带渡江,归还建制。如果确实做不到,就可以依据兴安以南的山地,团结瑶族人民发展游击战争。"

朱德点头表示同意。周恩来立刻从皮包里取出一个用树枝绑着的小铅笔头,亲手起草电报。写好之后,又看了几遍,然后递给朱德,说:

"总司令,你签字吧!"

朱德签了字,就递给薛枫:

"好,就这样发出去吧!"

当薛枫拿着电报和机要科长走出去的时候,周恩来捂着胸口,心里觉得很不好受,因为他很清楚,等着陈树湘和他的红色战士的,是一种艰险难卜的命运。这时,在周恩来的面前,又出现了湘江,那漂着尸体、文件和圆圆的竹斗笠的血的河流……

（四）往后看是血迹斑斑,往前望是云山茫茫,何处是红军立足之地？在这紧急时刻,两颗伟大的心渐渐靠拢。

世界上的事多半事与愿违。红军渡过湘江之后,由于损失惨重,两岸散兵流落甚多,红军总部本拟略事休息整顿,然后向湘西前进,以便与二、六军团会合。可是桂军夏威部于十二月二日就占领了界首一线,三日就占领了资源,将红军紧紧缠住。全州的敌人刘建绪部也紧紧追了上来。也许更重要的是,蒋介石已经窥知了红军的企图,急调湖南敌军预先占领了新宁、武冈、城步一线,严密堵住了红军通向湘西的道路。在这种情势下,红军只有一种选择,就是南转龙胜。而油榨坪与龙胜之间,有海拔两千公尺的一座高山,名叫老山界,险峻异常。周恩来、朱德、王稼祥等领导人当机立断,决定攀越此山。临行前,仓促进行了整编；为了接受湘江战役的教训,决定进行轻装。各部队都将不适宜携带的笨重物品忍痛舍弃。一麻袋一麻袋的苏维埃钞票,也被弄出来付之一炬。在村庄边和山脚下,到处可以看到一摊一摊的纸灰。

老山界是自江西出发以来最难走的山了。由于山高路陡,大军拥塞于途,当晚未能越过,红军战士们只得就地栖息在山壁曲曲折折的小径上。在最险的雷公岩下,摔死了不少骡马。然而,这支队伍终于在第二天的下午胜利攀过此山。可怜的却是那些因负伤、生病而掉队的战士们,他们不得不流落民间,或者栖息在荒野林莽之中。这场战争的阶级性质是如此明显,地主老财对他们毫不留情,不是将他们逮捕送官,就是将他们骗回家去,乘他们用饭时将他们杀死,劫走他们的枪支。而那些贫农们,铁匠、木匠师傅们,却偷偷地将他们藏到家里,或者背上山去,将他们藏在山洞里,一趟又一趟地给他们送饭,待养好伤送他们上路。这里,几十年后仍然传颂着许多感人肺腑的佳话。

　　红军越过老山界即进入龙胜县境。这里有苗族、瑶族和侗族,他们都在人迹罕至的山沟沟里,过着穷困的生活。因为民族隔阂和国民党特务造谣,许多居民都逃到山上去了,这就给红军增加了一层困难。在这里还有一件意外的事,就是红军每一住下,驻地经常发生火警,有一夜竟有四处驻地同时起火。在一个名叫龙坪的较大的村镇,周恩来住的房子,半夜间突然为火焰包围,幸亏警卫员机警,才免遭不测。后来经严密搜索,才抓住几个纵火者,原来他们受国民党的派遣,采用这种手段来嫁祸红军。

　　周恩来这天住在距通道不远的一个侗族村镇。街上房子不少,都是一座座小小的木楼。可就是居民逃避一空,连碾米的水磨和舂米的石臼都藏起来了。虽然从地主家弄来了稻谷,却无法脱出米来。这自然会影响到部队的情绪。加上行军的疲劳,有些干部和战士倒头就睡,分来的稻谷却弃置一旁。作为总政治委员的周恩来看在眼里,立即召开了干部会议,提出:没有石磨,就用石头搓,用瓦片搓,也要搓出米来,红军决不能被困难压倒。会后,他果然找了两块瓦片,就坐在侗族的小木楼上搓起了稻谷。警卫员小兴国看着很惊奇,就说:

"周副主席,你怎么也搓起来了?"

"一人一份嘛,我为什么不搓?"

"你那一份,我们包了!"

"不行!"周恩来笑着说,"这是我提出的,我自己不干怎么行呢!"

话虽如此,但他的思想却不在搓稻谷上。他一边搓,一边思考着全军当前最大的难题:下一步究竟向哪里走,在哪里停下来开创新的根据地,以便结束当前这种使每个人都惶惑不安的流动局面。这个问题,自渡过湘江以来,在领导层中已经交换过几次意见,每次都争论不休,难以取得一致。一种意见是李德和博古的,他们仍然坚持向湘西进军,与二、六军团会合;另一种意见是,敌人的重兵已经集结湖南,如仍然按照原计划,就会自投罗网,难以自拔。而究竟到哪里好,也还提不出具体设想。部队究竟怎么办,这自然是渡过湘江之后又一次红军生死存亡的大事。

周恩来一面搓稻谷,一面反复思忖,不免心中愁闷。在愁闷之中,脑际忽然一亮,出现了两年前的一幅图画、一件往事。

一九三二年的秋天,临时中央就决心将毛泽东拿掉,首先是将他赶出部队,撤去他的军权。当时部队正奉命进攻南城,毛泽东、周恩来、朱德和王稼祥都在前线指挥。而这几个指挥者都因南城坚固,觉得徒劳无益。可是后方主事者却坚持向南城进攻,并坚持要毛泽东离开前方。当时的中央虽有意让周恩来取而代之,而周恩来本人却毫无此意。他在后方主事者一再要求下,曾提出了两个方案:一个是由毛负责军事,周来协助;一个是由周负责军事,毛来协助。这两个方案都是为了让毛泽东能够留在前方。从这里也可看出,周恩来真是煞费苦心。然而,事与愿违,还是把毛泽东从军事岗位上撤下来了。周恩来清楚记得,在江西宁都的那个祠堂里,当毛泽东临离开会场返回后方的时候,尽管毛内心相当激动但却从容地站起来,跟大家握手,还说:"好吧,同志们,你们什么时候要我毛泽东来我就来!"周恩来终生难忘,当他握着毛泽东的手,听着这不多的话,他曾十分难受,他就这样怅怅地望着毛泽东从祠堂里走出去了。今天,他反复念着毛泽东这火一样的语句,想道:"那么,什么时候是他来的时候呢?难道今天红军处在这样的困境之中,还不是他应该来的时候吗?"

想到这里,他把那两块粗糙的瓦片丢到十分难搓的稻谷里,喊道:

"鞴马!"

"到哪里去?"小兴国问。

"红章纵队。"

当时,为了保密,军委纵队名叫"红星纵队",中央纵队名叫"红章纵队",这里自然是说要到中央纵队了。

不一时,枣红马停在小木楼前,周恩来翻身上马。两个警卫员也上了马跟在后面。走了不远,周恩来就抖了抖丝绳,红马立刻奔驰起来,在山谷里响起轻快的雨点一般的蹄声。

这时,在几里路以外的村寨里,毛泽东也住在一家侗族的小木楼里。他的情绪比过湘江时显得轻快多了,尽管还是那么憔悴。一早起来,他就对警卫员说:

"小鬼,老百姓有回来的没有?"

"回来一些了。"警卫员小沈说。

"去买只鸡,我要请客啰!"

"请谁呀?"

"请你们哪!"

"我们?"警卫员们笑了,"我们有什么可请的?"

"你看,从江西出来,已经一个多月了。"毛泽东扳着指头说,"天天走,都瘦得不像样子,再说过湘江多不容易,也该庆祝庆祝。"

警卫员们看见毛泽东脸上出现了笑容,又是惊异,又是高兴。三四年来很少看到他脸上有这样的笑容了。

毛泽东的厄运是从一九三一年十一月的赣南会议开始的。这个会在中央代表团的主持下,指责毛泽东是"狭隘的经验论"、"富农路线"和"极严重的一贯右倾机会主义",实际上免去了他的苏区中央局代理书记的职务。毛泽东自然心中不平。其实不止是毛泽东,苏区的广大干部都感到震惊和迷惑不解。因为刚刚过去的连续粉碎敌人三次"围剿"的大胜利,不仅大量歼灭了敌军,巩固与扩大了苏区,而且使南京朝野震动。难道天底下有这样的右倾机会主义路线?但是,有中央代表团亲自坐镇,不满意也没有办法。不久,他就到瑞金以东二三十里的东华山养病去了。

东华山有不少松柏,还有一座荒废的古庙。他就和贺子珍、警卫员住在这座古庙里。每天读读书,翻翻文件,用来打发这段冷清和寂寞的日子。古庙阴暗而又潮湿,地下有不少青苔,贺子珍怕毛泽东添病,就同警卫员把铁皮文件箱抬出来,放在院子里当作桌子,弄了一块破木板当作凳子,毛泽东在这里一坐就是半天。百无聊赖时,他还把自己在马背上哼成的诗稿翻出来,给贺子珍——这眼前惟一的听众吟诵讲解一番。表面上他似乎装得若无其事,实际上却是人在山上,心在山下。尤其是对那场正在进行中的战斗——打赣州——表现得焦灼不安。他不赞成打这个仗,他认为这不过是夺取中心城市冒险战略的一部分。可是他又无法阻止。果然打了一个月还没有打下来,敌人的大批援兵赶到,弄得骑虎难下,空付出一大堆伤亡。这时,项英上山来了,请他去挽回局面。按说,他对这场本来不同意的战斗可以不去,但他很爽快地就答应了。临行时,乌云压顶,狂风急驰,正是暴风雨来袭的前兆。贺子珍劝他雨过了再走,他说:"人命关天哪,怎么好等呢?"贺子珍说:"你的病刚好一点,雨一浇会加重

35

的。"他笑着说:"我一到了战场,病就好了。"说着便跃身上马,下山去了。还没有走到山下,已是大雨滂沱。他到了前线,依据战场情况,果断地撤了赣州之围,将部队拉下来休整。不久,就瞅准了敌人的弱点,率军东进闽西,连续攻克上杭、龙岩、漳州等地。但是没有想到却得了一个"执行中央攻打赣州不坚决"的罪名。

  毛泽东遭到的最沉重的打击,便是一九三二年十月的宁都会议。这次会议进一步批判了他那套"诱敌深入"的方针为"等待敌人"的右倾错误。会后调他去做政府工作,接着撤去了他的红一方面军总政委的职务。他回到家里,一句话不说,只是一支接一支地抽烟。贺子珍问了许久,他才叹了口气说:"他们把我从军队里赶出来了。"从此以后,他的身体便越来越坏,两颊瘦削,一双很有神的大眼睛,也陷进深深的眼窝中了。不久,贺子珍到长汀生孩子,他也到长汀养病,有时一整天坐在贺子珍的床前默然无语。孩子生下来了,取名毛毛,他们就从这个婴儿每天的生长变化中取得一点点安慰。除此以外,就是同贺子珍一起沿着长汀河畔散步,或者黄昏独坐吹洞箫了。人们从来没有听说过毛泽东会吹箫,更没听说过他有此爱好,他不过借此吹去自己的一腔烦闷罢了。他每每把洞箫一放长叹着说:我的这些百分之百的布尔什维克同志,什么时候才能觉悟呢?他们就像长久不吃东西的饿汉,总想一口吃成个胖子,不晓得这是办不到的,搞不好,是要撑死的!……

  一九三三年一月,中共临时中央政治局被迫由上海迁入江西苏区,"反右倾"的弦拧得更紧了。从二月起便开始了对"罗明路线"的批判。人们很清楚,实际上是对准毛泽东的。和毛泽东接近的人很快就受到了连累。且不说罗明和邓(小平)、毛(泽覃)、谢(唯俊)、古(柏)受到打击,就连贺子珍这个小小的秘书也变成了收发,机要文件也不要她管了。接着贺子珍的妹妹贺怡,还有贺子珍的父母都受到牵连。贺子珍的父母本来在基层做些勤杂工作,刻刻钢板,印印文件,这些工作也干不成了。这时,毛泽东和贺子珍已经带着毛毛回到瑞金。过去是高朋满座,笑语喧哗,现在却是门可罗雀,没人敢上门了。毛泽东怕牵连别人,一连几天,甚至几星期不同人讲话。这是令人深深感到寂寞和心酸的时期。

可是,一向同群众有密切联系的毛泽东是不能忍受这种生活的,他尤其感到不做工作是最大的痛苦。他安慰自己说,前方的事不让我管,就做点后方工作吧!在他身体稍稍好转之后,他就骑上一匹马,背上一把雨伞,提着一盏马灯,一头扎到调查研究中去了。大约在半年时间内,他跋山涉水,走了苏区大大小小的无数村镇,在街头、巷尾、田间、塘旁同形形色色的人物促膝谈心,探索着革命的经验和规律。他那些有名的文章,如《必须注意经济工作》、《怎样分析农村阶级》、《关心群众生活,注意工作方法》等,就是那时写出来的。

一九三三年九月,敌人空前规模的五次"围剿"开始了,由于"左"倾领导的错误指挥,苏区疆土日蹙,战局迅速恶化。毛泽东陷入沉重的忧虑之中。这时他忧虑的既不是个人的得失,也不是路线的是非,而是苏区和红军的生死存亡。尽管他的意见不被重视,一些会议不让他参加,他还是殚精竭虑,力图挽救危局。发生在十一月中旬的福建事变,使毛泽东敏锐地觉察到,这是红军打破被动局面的大好机会。他打开地图,认真研究了敌我友三方的战斗态势,还搜集了福建蔡廷锴部的情报,经过深思熟虑,郑重地向中央写了一封信,提出了两点建议:一是联合蔡廷锴,共同对付蒋介石的进攻;一是将队伍拉到以浙江为中心的苏、浙、皖地区,威胁敌人老巢,从外线打破这次"围剿"。哪知信送出后,就石沉大海。毛泽东捺不住性子,亲自到中央陈述意见也毫无结果。忧思过度的毛泽东再一次病倒了。随着根据地的缩小,他的疟疾也越发厉害,一连几天剧冷剧热,烧得昏昏沉沉。兴国的失守,更使他大为震惊。一天黄昏,贺子珍来到他的屋里,却为一幅景象惊呆了:原来桌子上铺着很大一张军用地图,毛泽东披着衣服,正深深地俯在地图上,手里拿着一支铅笔在画着什么。也许由于光线太暗,他的鼻尖都快碰到地图上了。贺子珍抢上去把他拉开,把他扶到床上,责备他不该这样做,他说:"我在想,看还有么子办法没有。"

毛泽东就是这样带着病弱的身子和沉郁的心情踏上长征道路的。当然,他是一个马克思主义的哲学家,他的内心虽然藏着许多伤痛、不满和过多的压抑,但却并不悲观。他相信一切对立物都要在一定条件下转化为自己的反面,否极泰来几乎是生活的定理。错误路线也是这样,一般来说,它是不能自己纠正的,但总有一天在发展到极端的时候,也就是头破血流的时候,会有别的力量来纠正。毛泽东一直在默默地观察。他意识到,这个时机是一天天地迫近了。湘江之战固然是个大悲剧,但它又似乎在孕育着一个辉煌的转机。

小沈高高兴兴地拿着一块白洋买鸡去了,不一时就买了三只,煺了毛,炖起来。

毛泽东在小木楼上,来回踱步,自言自语:

"看样子,条件成熟了,成熟了!"

几个警卫员没听清"条件",只听见"熟了!熟了!"觉得很奇怪,翻了翻眼睛,说:

"怎么,刚煮上就熟了,还差得远哩!"

"不远,不远,是快了,快熟了!"毛泽东笑着说。

几个警卫员抿着嘴偷偷笑他:

"主席好久不吃什么,大概也馋坏了!"

不一时,只听楼下的警卫员说:

"周副主席来了!"

"啊,你说的是谁?"毛泽东对着楼梯口问。

"是周副主席来了!"

说着,周恩来已经顺着小梯子走上来。毛泽东笑着迎上去,握住他的手说:

"恩来,你怎么有时间了?"

"毛主席,我是向你请计来了。"

自从毛泽东失去军职以后,虽然他还是中华苏维埃共和国的主席,但许多人已经不这样称呼他了。博古等人自然照旧称他"老毛",而周恩来则不同,不管毛泽东军事上去职以前,还是失势以后,一直是这样叫他。

"哟,什么请计,我看还是打个牙祭吧!"毛泽东笑着,拉他在火塘边坐下,"也真巧,我这里还炖着两只鸡呢!"

两个人坐在火塘边,警卫员又加了点干柴,炉火熊熊,烧得更旺了。两个人不管身上还是心里都感到温暖。

"这次湘江作战,部队损失很大,真使人痛心。"周恩来说。

"损失有多少?"毛泽东问。

"恐怕一半还多。主要是八、九军团太新,多半散了。"

"三十四师有消息吗?"

"我每天都让电台呼叫,就是联系不上。"周恩来沉重地叹了口气,"从江西出发我们是八万六千八百多人,现在只剩下三万多人了。"

毛泽东暗暗吃了一惊,脸上却没有显示出来。

"只要过来,我看就是很大胜利。"他抚慰地说。

这话,使周恩来的心感到温暖。

"现在,最要紧的是当前的去向问题。"周恩来说,"按原来计划,是与任弼时、贺龙、萧克他们会合。但是,现在蒋介石在湘西已经调集了十几万人等着我们,这边刘建绪、薛岳、周浑元、李云杰的十六个师已经开往城步、绥宁、洪江、黔阳、靖县一线构筑碉堡,准备堵击我们。在这种情况下,究竟怎么办?昨天我们研究了半夜没有解决。

今天是征求你的意见来的。"

毛泽东点着烟,很重地吸了一口,笑着说:

"这事,我也在反复考虑。我的意见是不必去了。"

"你是说,湖南方面不必去了?"

"是的。"毛泽东点点头说,"我看原定计划可以放弃了。因为情况已经变化了嘛!如果还要坚持原来方案,无疑是将红军送入虎口,甚至比湘江之战更为危险。因为湘江之战,敌人的集结毕竟仓促一些,再加上他们之间的矛盾给我们留下了空隙。"

周恩来两眼闪光,频频点头:

"那么,我们究竟该到哪里去呢?"

"贵州。我看那是敌人力量薄弱的地方。"

显然,毛泽东已早有考虑,成竹在胸。周恩来沉思了一番,表示完全同意,心情也振奋了许多。他说:

"我回去就同几位同志商量。"

说着,就站起身来。毛泽东一把拦住,笑着说:

"这可不行,还没有打牙祭呢!"

一边说,一边又转过脸来叫警卫员:

"小鬼,看熟了没有?"

警卫员小沈揭开锅,登时白汽蒸腾,香味四溢,用筷子一扎,立刻兴奋地说:

"熟了!熟了!"

"把周副主席的警卫员也叫上来!"毛泽东以主人的口吻大声吩咐。

顷刻,几只鸡捞到一个大面盆里,警卫员小沈又摸摸索索地从军用水壶里倒出酒来。

小小的木楼上,充满了既轻松又热烈的谈笑声,这是从江西出发以来漫漫的征途上从来没有过的。

（五）为了坚持转兵贵州，周恩来第一次同李德拍了桌子。从湘江东岸迟到的消息也使他心痛欲碎，一位英雄的师长和他的部队全军覆没。

队伍陆续离开龙胜县境，向北行进。这一带都是深山密林。在高高的山崖上还长着一片片竹丛，竹丛里掩映着侗族的木楼，木楼边种着香蕉。完全是一派南国风光。由于红军的模范纪律，逃到山上的侗族人纷纷返回家园。路上不断看到头上蒙着侗锦挑着担儿的妇女，她们一个个都是那样健壮，挑起担儿颤悠悠地走得像流水一般。红军战士们都颇感新奇。一路上树木蓊郁，空中的威胁大为减轻，尽管头上不断有飞机侦察，人们已经懒得理睬它了。

部队到了通道双江镇，已经出了广西来到湖南边界。不过这里仍有不少桂林式的小山。在镇子的南面，就有一个孤山，长得像歪嘴桃儿，还有两条清澈的小江交汇，是一个颇为美丽的小镇。更为引人注目的，是江边那座长长的花桥，具有侗族独特的风味。这种桥和北方的任何桥都不同，它实际上是长长的一溜花厅跨着流水，听说是侗族青年男女的聚会之处。

就在这个小镇的一座古庙里，高级领导人举行了一次紧急会议。讨论的仍旧是红军的行动方向问题。这次毛泽东作为政治局委员也出席了。讨论的结果，绝大部分人都同意了他的意见，不再到湘西去与二、六军团会合。可是，博古、李德却坚持照原方案执行。李德在毛泽东发言时紧紧皱着眉头，简直听不下去，毛泽东还没讲完，他就离开了会场。这使得周恩来颇感不安，联想起李德的一贯高傲态度和蛮横作风，心中甚为恼火。李德平日只喜欢同博古亲近,两个人讲话不用翻译,直接用俄语对话;而对别人,例如朱德、毛泽东、刘伯承等人都不放在眼里;对周恩来算是比较客气的了。这一切,周恩来都看在眼里,没有同他计较;今天的事,他却认为李德太过分了。

会议一结束,周恩来就来到李德住的一座小学校里。他一进屋,见李德余怒未息地坐在那里,翻译又不在场,只好勉强压住火,用英语说:

"李德同志,你今天过早退席是不是有点不舒服啊?"

李德翻着黄眼珠看了看他,并没有站起来。

"是很不舒服。"他用英语粗鲁地回答,"我认为,粗暴地拒绝共产国际代表的建议,很不妥当。"

"恐怕不能这样说吧,"周恩来极力控制着自己,在他对面坐下来,反驳道,"这要看意见本身是否正确。难道敌人已经把重兵集结在湘西,我们还要把红军送往虎口去吗?"

"我要求你们听清楚我的意思!"李德不耐烦地叫起来,"我是说,可以让追击我们的敌人超过我们,也就是说,赶到我们的前面,然后,我们绕过敌人再往北进。"

周恩来听到这里,不禁失声笑道:

"超过我们?哈哈,赶到我们前面?敌人是以我们为目标的,怎么会撇开我们到前面去呢?"

李德被周恩来的笑声激怒了。他站起来,指着周恩来说:

"周恩来同志,我不认为你这种态度是正确的。我想提醒你,是共产国际派我来的,同时我也是抱着对中国革命的赤诚来帮助你们的。如果你们有足够的军事人才,那我本来可以离开,但我看不出哪个真正懂得军事……"

周恩来一向性格温和,但发起脾气来,也很厉害。今天,他再也压不住自己的怒火,猛地把桌子一拍,指着李德说:

"李德同志,我也提醒你,我们欢迎一切帮助中国革命的朋友,但是中国革命没有救世主也能够胜利!"

谈到这里,两人不欢而散。

第二天,队伍拐了一个直弯,向西去了。那里是典型的山国——贵州。领导层的意见,显然没有完全统一,像任何其他问题一样,只留待惟一的权威——历史老人去细细评判。

部队经多日行军,来到贵州地面,前面已是黎平。这天中午大休息时,周恩来坐在路边一块大石头上正想眯眯眼歇一会儿,保卫队长走过来说:

"据后面部队报告,有两个家伙跟着我们好几天了,今天叫我们抓住了。可是,他们说有要紧事,非要见您不行。"

"你把他们带过来。"周恩来说。

保卫队长不一时从队伍后面带过两个人来。前面那个是商人打扮,穿着纺绸薄棉袍,外套一件银灰色的大褂,满脸和气。后面那人黑瘦黑瘦,着黑棉袄棉裤,像是个仆人,但从那炯炯目光看来,又不太像。保卫队长指指周恩来,对那两个人说:

"这是我们的负责人,你们有什么话就说吧!"

那个商人打扮的人,神色激动地说:

"这下好了,总算找到你们了!"

说着,他拾起棉袍的大襟儿,拆开一条缝儿,取出一个纸条,恭恭敬敬地递过来。周恩来接过一看,立刻满脸喜色,紧紧握住那人的手说:

"哎呀,原来是你们,真太辛苦你们了!"

"这没有什么,都是我们该做的事。"那人和悦地一笑,接着指指另外一个人说,"这位是三十四师的连长高春林同志。我们全州县委听高同志讲了三十四师的情况,心里都很难受。大家认为,应当赶快让中央了解这些情况,所以就把高同志护送来了。我们在路上又是坐车,又是骑马,这才赶上你们。……"

周恩来一听那个穿黑棉袄的人是三十四师的,不禁喜出望外。自从在油榨坪给他们发出最后一个电报,就再没有得到他们的消息了。周恩来无时不在念中,一直嘱咐电台,不要忘了同三十四师联系,但却音信杳然。今日一见高春林,几乎将他拥抱起来,一连拍打着他的肩膀说:

"小伙子,你是三十四师的吗?现在怎么样?"

高春林由于过分激动,竟呜呜地哭起来,一句话也说不出了。

"哎哎,不要这样!不要这样!讲讲情况,你们师现在还有多少人哪?"

"就……剩下我一个人了……"他哭着说。

"怎么?剩下你一个人?"

"是的。"高春林说,"我们全师五六千人,一连守了几天,就伤亡了两三千人。可是我们不能退呀!陈师长对我们说,为了掩护党中央,就是死了也要顶住。等中央纵队过了江,我们已经被包围了,再撤也撤不出来了。"

"不是让你们突围吗?"

"是的,我们接到了军委的电报,就开始突围;可是敌人的兵力太厚,突了几次都没有成功。最后一次,陈师长要我们彻底轻装,把所有文件都烧毁了,不管干部、战士,每人一支步枪,都上好刺刀,他自己也拿着一支步枪,上了刺刀,亲自在前面领着我们,硬是拼了出来。可是只杀出来二百多人,其余的又被敌人打回去了,师政委也牺牲了……"

"出来以后,你们到哪里去了?"

"我们按照军委的指示,到兴安东南的山区开展游击战争。可是敌人又跟着追了上来。这地方净是瑶族,话又不懂,没法开展工作,粮食问题无法解决,我们就困在大山上了。这时候,陈师长就对我们说:'朱总司令当年在湘南、江西,也不过几百人,后来还是站住了,咱们也要学他。没有吃的,这山上不是有草吗!咱们就吃草。我们真的在山上吃了三天野草。……"

"后来呢?"

"后来实在坚持不下去了,陈师长就找我们开会商议,大家觉得还是到汉族地区好些,于是就决定突围向道县前进。这时我们还有五挺重机枪,因为子弹不多了,陈师长让在山上埋了两挺,机枪射手们临走舍不得,还在山上哭了一回。这次突围又打了两仗,等到了道县,已经剩下八九十人了。"

"你们为什么要去道县?"

"这是我们的来路,究竟熟悉一些。如果实在没有办法,我们就回到江西,回到老苏区去。我们到了道县山区不久,那天来了一个小学教员,原来是县委同我们取联系来了。我们都高兴坏了,以为有了希望;谁知道敌人又来包围我们,又来了好几千人。这一天打得好激烈啊!我们边打边向东撤,中午还有五六十人,到下午就剩下十几个人了,重机枪带不动,陈师长就让我们破坏了两挺,最后留下了一挺……"

"电台呢?"

"电台早就砸了。……等到黄昏,就剩下师长陈树湘、他的警卫员和通信员,还有我,一共四个人了。敌人一看只剩下我们几个人,就疯狂起来,吼叫着往上冲,要抓我们活的。这时陈师长就对着敌人骂道:'白狗子,不怕死的,你们来吧!'说着一卷袖子就抱着那挺重机枪打起来。霎时间就把冲锋的敌人撂倒了一片。敌人就干吼叫不敢往上冲了。没想到,这时候,陈师长的腹部也负了重伤,肠子流出来了,连重机枪腿也泡在血泊里了……"

高春林激动得声音有些战抖,停了停才说下去:

"我们几个一看不好,就赶过来给他包扎,眼看着敌人又冲上来。他把我一推,瞪了我一眼,说:'快打!'一面就自己镇静地把肠子塞了进去。我抱着机枪把敌人打下去了。警卫员给师长包上伤,师长就望着我们说:'我有一个要求,你们能答应我吗?'我们都流着泪说:'师长,您有什么要求,就尽管说吧!'他微微一笑,指指自己的头说:'你们赶快补我一枪,行吗?你们要知道白狗子抓住我活的,是会得到很多赏钱的,如果是死的,就不那么值钱了。'我们哭着说:'师长,我们死就死在一块儿吧,你说的这个办法,我们实在不能执行。'他看看我们,样子很不满意,就斥责说:'你们这样就是对同志的爱护吗?'说着,要拔警卫员的短枪,警卫员哭着跑到一边去了。天渐渐黑了下来,师长把我们叫到身边,又说:'现在情况就是这样,我是不可能出去了,你们赶快乘夜暗突出去吧,出去一个就为革命保存一颗种子。你们只留给我一颗子弹就可以了。'他不说这话还可,还没说完,他的警卫员和通信员就哭起来,我的心里也难受极了。这时候,师长就拉着我的手说:'高连长,你比他们大几岁,也比他们懂事。今天我死了,只是小事一件,不算什么。遗憾的只是中央给我们的任务没有完成。另外,我们三十四师今天全军覆没,连个汇报情况的都没有,这是叫人十分难过的。'说着,他又紧握着我的手,望着我说,'高春林同志,你能突出去给中央送个信吗?你能接受我最后给你的任务吗?'我一想,他的意见也对,不然,全军会怎样议论我们三十四师呢!我一定要赶上部队,给中央汇报:我们全师是打到了最后一个人、最后一支枪,我们没有一个人向敌人投降!"

周恩来的大眼睛里充溢着明晃晃的泪水。他轻声地问:

"陈树湘呢?他后来怎么样?"

"我借着夜暗突围以后,第二天就听说他们三个人被俘了。敌人用担架抬着陈师长,想回城献功。像陈树湘这样的人,怎么能够忍受这样的屈辱!在担架上他想死也没有别的办法。眼看天快亮了,他就悄悄解开衣服,撕开警卫员给他扎上的绷带,把手伸进伤口,把自己的肠子扯了出来,用尽平生气力把自己的肠子扯断、咬断,等到敌人发现,他圆睁着眼骂道:'白狗子,我让你们领赏钱去吧!'说过,微微一笑,就很快闭上了眼睛……"

周恩来一向有极强的抑制力,这一次却抑止不住,流下了大串的眼泪。

那位穿银灰色大褂的来人补充道:

"陈树湘同志的事,我们在全州也听说了。这都是抬担架的老百姓传出来的。老百姓还说,共产党有这样的人,怎么会不成功呢!关于陈树湘的消息,报上也登了,我来的时候,还带了两份报纸。"

说着,他掏出两张长沙版的《大公报》,周恩来接过一看,其中一则的标题是《生前与死后 原住本市小吴门外》:

> 伪师长陈树香在道县被我军击毙各节,已志前报。陈树香原名树春,长沙人,住小吴门外瓦屋街陈宅。现年二十九岁。母在,妻名陈江英,年卅,无子女。行伍出身,原由独立第七师叛入匪军,本年始充师长。此次自赣省兴国出发,全师步枪四千余枝,轻重机枪四十余挺,在后担任掩护部队。因掩护渡河,被国军截断去路,故而回窜,所率百〇一团,仅剩重机枪五挺,步枪三枝。昨在八都被击溃后,只剩重机枪一挺,步枪三枝。因该师长负伤甚重,于上午八时许行抵石马乡毙命。

另一则的标题是《陈树香之首级解省 悬挂示众》。周恩来看到这里,心里登时一震,眼睛在题目上停住,呆了好几秒钟。接着看下去的时候,眼睛有些模糊,句子在断续地跳动:

> 追剿司令部……将伪三十四师师长陈树香首级篾笼藏贮……悬挂小吴门外中山路口石柱之上示众。……并于其旁张贴布告云:为布告事,据湖南保安司令部呈……俘获伪第三十四师师长陈树香一名……自江西兴国出发,迭被国军击溃……经派员解至石马桥,伤重毙命……呈由衡阳本部行管饬收该匪陈

树香尸体拍照,并割取该匪首级转解注明核办……合将该首级示众,仰军民人等一体知照……

下面还登有一张图,正是陈树湘尸体的拍照。周恩来看到这里,眼睛发黑,一点也看不见了。他把报纸交给警卫员,由悲痛转为愤恨,喃喃自语:

"走着瞧吧,我们是不会便宜他们的!"

他沉默了一会儿,极力让自己平静下来,然后抬起头来,对全州县委派来的同志说:

"我十分感谢你们。你回去有困难吗?"

"没有困难,我带的有路费。"那穿银灰色大褂的人说。

"你打算怎么样?"周恩来望着高春林问。

高春林目光坚毅地说:

"我既然赶来,就是要继续干下去。"

"好,"周恩来握着他的手说,"那你先住在司令部等待分配。前面就是贵州,我相信,我们是能够打开新局面的!"

出发号响起来了,它的声调仍然是那么悠扬嘹亮。尤其在这幽静的深谷里,即使号音停下之后,仍然响着久久的回音,好像千山万壑都在有意应和似的。这支负载沉重、饱经忧患的队伍,又在举步前进了……

（六）贵州以她深沉的痛苦和同样深沉的热情迎接红军。一个唱戏的、一个杀猪的和一个剃头的帮助红军解放了一座县城。

一早,周恩来就接到电报:红一军团一师六团于昨晚攻占了湘、桂、黔三省交界处的黎平。这就是说,红军前锋已经进入贵州。胜利的消息自然使他感到愉快,但如此顺利又不免使他感到惊异。

此时,已是十二月半,经过几场寒霜,山色已经变成苍黄。当地俗谚说:"四川的太阳,云南的风,贵州下雨像过冬。"真是一点不错,昨晚下了一夜雨,更使人感到寒气袭人。红军从江西出发时带的衣服不齐,经过两个月的行军作战,已经挂得破破烂烂。没有带棉衣的人,不得不解开小包袱把全部家当都穿在身上。人们开始感到冬季的威胁。

周恩来骑着枣红马走在行列里。前面像是一座小小的市镇,两旁站着不少的人来看红军。看来红军的政治影响在迅速扩大,老百姓不仅不跑,反而对红军充满了好感和好奇。这种景象使红军指战员感到愉快,走得更有劲了。周恩来脸上也带着喜色,他下了马,缓缓而行。可是走到近前一看,却大出意外,两旁除了一些买卖人和市民以外,还站着一大溜穷人向红军求乞。这中间有老人,有孩子,有妇女,他们一个个全是衣不蔽体,面色蜡黄,骨瘦如柴,仿佛是从地狱里刚刚爬出来的一伙囚犯。周恩来心中酸楚,真想不到贵州人民穷成这个样子。当他正凝神观察时,一个抱孩子的妇女,好像一眼认出他是"官长",就追了上来。周恩来一看,她抱着的孩子光着屁股,睁着两只大眼;不知吃了什么东西,肚子凸得像大皮球似的,而四肢却瘦得像麻秸秆儿;一根一根肋骨,都能数得出来。那妇女一边喊一边追着,说:"官长,舍给我件衣服吧,我的孩子快冻死了呀!"周恩来看她实在可怜,就回过头说:

"小兴国!包袱里还有衣服吗?快给她一件。"

"都是军衣,还缀着红领章呢!"小兴国迟迟疑疑地说。

"不管什么吧,"周恩来把手一挥,"先给孩子挡寒要紧。"

小兴国这才向后跑了几步,从枣红马驮着的马褡子里摸出小包袱,取出一件上衣,掂在手里,嘟嘟哝哝地说:

"我看你穿什么!"

周恩来装作没有听见,接过军衣,给孩子盖上。那个妇女眼泪刷刷地流着,一连声说:

"谢谢官长!谢谢官长!"

"不要叫'官长',我们是同志!"

小兴国一听她叫官长就别扭,便立刻纠正她。一直走出很远,小兴国回过头,还看见她举着孩子,带着呜咽喊着:

"谢谢红军!谢谢同志!"

队伍离开镇子,又行走在那苍黄的山谷里。小兴国一直皱着眉头不说话。周恩来瞅了瞅他,问:

"小鬼,你在想什么心事呀?"

"我在想:这就是贵州吗?"

"噢,是的,这就是贵州!"周恩来点了点头,感情深沉。

下午,周恩来和几个骑兵赶在中央纵队之前来到黎平。他们在东门外下马,看见城门外站着两个红军哨兵,还有一个带班的干部,颇为威武。这个干部一见周恩来,立即发了一声口令,两个哨兵很有精神地行了一个持枪礼,还对周笑了一笑。

"你们是昨天晚上进城的吗?"

"是的。"那个干部恭敬地回答。

"里面不是有一个团吗,怎么打得这样快呀?"

"是这么回事,"那个干部笑着说,"我们本来准备好好打一气的,爬城的梯子也准备好了,哪知刚打了一会儿,这东城门就哗啦一声开了,出来了几个老百姓,手里拿着小红旗,还噼噼啪啪地放了一挂小火鞭,算是欢迎我们。贵州军队就从南门跑了!他们跑得很及时,所以我们也没有缴获到什么。……"

周恩来听了哈哈大笑,又问:

"你们的团部驻在哪里?"

"紧挨着天主堂。"那个干部说,"哎,我带你们去吧!"

说着,就领周恩来一行进了东门。街上尽是石头铺路,马蹄敲出清脆的音响。周恩来脚步轻快地走着,浏览着城里的风光。刚向南一拐,看见一大溜长长的石阶,一条南北大街,垂到深深的谷底,像弯下去的一条长弓,接着又升了上去。打量了一番,周恩来笑着说:

"噢,原来这座城是修在山包包上呀!"

"不止一个山包包,有五个山包包哩!"那个干部笑着说,"一个叫黄龙山,一个叫黑龙山,一个叫赤龙山,还有两个什么山,听老百姓说,黎平原来的名字就叫五垴寨。"

说着,他们下了一百多级的石头台阶来到谷底。沿街走去,两侧商店不少,都是古旧的板搭门或是烟熏火燎的两层小楼,已经纷纷开业。尤其那些小饭铺,在寒风里冒着大团的热气,已经在招揽他们在昨天还觉得害怕还感到神秘的顾客了。

他们上了一道大坡,看见天主堂旁边有一座比较漂亮的房子,两侧耸峙着高高的风火墙,门口站着一个红军哨兵。

"这就是团部了!"那个干部指了指,打了一个敬礼就回去了。

周恩来穿过铺面,是一个很精致的天井,正堂屋有雕花门窗,颇为考究。只听里面一片欢声笑语,大多是贵州乡音。他进去一看,见六团政委叶明,坐在五六个贵州人中间,正在听他们叙说什么。那几个贵州人,一看就知道是劳苦群众,衣服七长八短,破破烂烂。叶明是个小个子,聪明、活泼、爱动,今天更显得活跃。他一看进来的是周恩来,立刻站起身说:

"哎呀,周副主席,你来得好快呀!我们正商量成立县苏维埃呢!"

说着,又把周恩来介绍给大家。那几个人都用尊敬的目光打量着周恩来,一时不免显得拘束。周恩来一连声说:"快坐! 快坐!"说着,他自己也在人堆里坐下来。

"你们都是本城人吗?"他笑笑问。

"这几个都是有功之臣啊!"叶明活泼地说,"黎平为什么打得这么快呀,就是他们几个开的城门!"

"噢,是这么回事!"周恩来有点惊讶地叫了一声;又一次站起来,同每人热烈地握手;并且用热诚的、钦敬的目光,望着每一个人。

"这都是周花脸带的头。"一个慓悍粗壮的汉子说。

"是,是,这都是周师傅出的主意。"其余几个人也抢着说。

这时,被叫做"周花脸"的这个人,却非常不好意思地红了红脸低下头去,有点腼腆地说:

"都是大伙儿商量的嘛!"

周恩来仔细一端详,心里有点纳闷:这个"周花脸",反而比较白净,为什么倒叫他"周花脸"呢? 叶明眼尖,看出周恩来不明白,就笑着解释说:

"这位周师傅在本城的戏班上,是一直搞文艺工作的。"

"是的,是的,我从小就唱黑头。"周花脸说,"什么文艺工作,全是家里穷,混碗饭吃。"

周恩来又注视着刚才那个慓悍粗壮的汉子问:

"你是搞什么的?"

"我姓张,从小就杀猪。"那汉子挥动着他铁柱子似的两条膀子,嘿嘿一笑,"刚才他们要我当苏维埃委员,我说这可不行,我别的什么也不会,就会杀猪,同志们住到这里,杀猪的事我全包了!"

大家一听,都哈哈大笑。

周恩来又指着一个手指比较白嫩的有点上了年纪的人,问:

"这位老师傅是干什么的呀?"

"我是剃头的!"他有点不好意思,"在这个县城我干了大半辈子了。你叫我跑个腿行,理个发行,苏维埃委员我可干不了。我看同志们,你们一个个头发都够长了,还是在这里多住上几天,我给你们修理修理门面,以后进贵阳也好看些。"

周恩来又笑了一阵。他兴致勃勃地凝望着周花脸问:

"你们这次是怎么想起要迎接红军的呢?"

"我早知道你们是干人的队伍。"周花脸颇含深意地一笑。

"什么干人?"周恩来对这个名词颇感新鲜。

"就是穷人。"叶明插嘴说,"这地方都叫干人。"

"噢,干人!"周恩来吟味着说,"这说法倒很贴切,确实他们被榨得干干的了。"

"那几天,城里慌慌乱乱,"杀猪的张师傅插进来说,"有钱的全跑了;我不知道怎么办好。后来我到周花脸家一看,他正在那里不慌不忙地做小红旗哩。我说,花脸,你做这个干什么,他笑了笑说,有用。我说有什么用?他说,红军快来了,欢迎红军。我吃了一惊,就问,你不怕杀头?他嘿嘿一笑,说,现在吃上顿没下顿,苛捐杂税,弄得人活不下去,还不如死了痛快!我一想,也就是这么回事,就说,周花脸,你既是做小红旗,也替我做一个,到时候我也去。这样联络了不少人。昨天,红军来了,枪一响,王家烈的队伍就往南门跑,周花脸就领着我们往东门跑,就把城门给打开了。"

"是老张打开的。"周花脸补充道,"东门上那个大杉木门闩很结实,越着急越弄不开。张师傅就说,你们看我的,说着就搬起一块大石头,咔咔几下,就被他砸断了,那把大铁锁也锵啷一声落在地上。老张平时杀猪,确实力气不小!"

杀猪的张师傅受了表扬,黑脸上放出亮光,嘿嘿地笑。

周恩来拍着巴掌说:

"这说明,同志们很有勇气,很有才干嘛!为什么说苏维埃委员不能干呢!别人瞧不起我们,我们不能瞧不起自己!"

他又讲了一番道理,说得大家心服口服,眉开眼笑。

最后，他压低声音对叶明说：

"你们这个团，还要准备向前面再伸一伸，最近中央在这里还有重要活动。"

周恩来所说的重要活动，就是历史上有名的黎平会议。这个会议几天后就在这座房子里开始了。会开的时间很短，但是颇有成效。会议经过激烈争论，进一步肯定了毛泽东转兵贵州的主张，并做出了战略方针的决定。这一决定明确提出，在川黔边开创新根据地，这个地区首先应以遵义为中心，在不利的条件下，可以转移至遵义西北地区。这就给红军的进军道路指出了明确的方向。周恩来在会议上对李德的主观、自大提出了激烈的批评。他还建议被贬职的刘伯承，重新担任总参谋长的职务，这一建议得到热烈的赞同。

刘伯承，是共产党人物中最富有军事经验与军事素养的人物之一。就其外貌说，确实朴实而又朴实，平凡而又平凡，而其内在却蕴藏着一种惊人的刚毅的品质。一九一一年，也就是说他十九岁的时候，他就对乡里人说："大丈夫当仗剑拯民于水火，岂顾自己一身之富贵"，而毅然剪掉了辫子，参加了反对清朝政府的学生军。一九一五年，蔡锷在云南揭起了护国讨袁的大旗，刘伯承就以四川涪陵为中心策动起义，成为护国军第四支队的领导人。第二年，也就是说他二十四岁的时候，丰都一战，他的头部连中二弹，一弹擦伤颅顶，另一弹自右边太阳穴射入，穿右眼而出。令人惊异的是，在重庆一家私人诊所手术时，由于设备简陋，只能局部麻醉，那个德国医生一刀一刀修割赘肉，尽管每一刀都可以使平常人疼得大叫起来，而他却神态安然，端坐不动，仿佛是在给别人施行手术似的。这个手术整整持续了三个小时，不用说麻醉药的作用早已消失。最后这个德国医生给他包扎时，见椅子的两个扶手上都是汗水，就问："你疼得很吧？"刘伯承竟坦然一笑说："不多，不多，你才割了七十几刀。"德国医生惊异地问："你怎么知道？"刘伯承说："你每割一刀，我都记下数的。"从此事情传开,人们都说,刘伯承不是一个普通的战将,而简直是一位战神。

这位青年最后一直升至旅长而名震全川。可惜他纵有救国救民的抱负,在军阀混战中也难有所作为。他是在"遍体弹痕余只眼"的遭际之后而倾心共产党的。南昌起义时,他是起义军的参谋长。起义失败,党派他到苏联学习军事。那时他已三十六岁,是学生中年纪最大的人,学习俄文不能不是一件极其吃力的事。他像小学生一样把生词写在手掌心里终日背诵,俄语中的字母"P"发音很难,他用了几个早晨专攻这个字母。终于,没有几个月已经能阅读俄文书籍了。

刘伯承一九三二年初进入中央苏区,先任红军学校校长,后任总参谋长。像这样一个既有丰富战争经验,又经苏联伏龙芝学院深造的将领,任红军的参谋长本来是很孚众望的,但是李德来了却看他很不顺眼。他对李德那一套堡垒主义和阵地战,也心存疑虑,不便苟同。这样矛盾就尖锐化了。有一次,李德竟当面申斥他说:"你还不如一个普通的参谋,白在苏联学习了几年。"当时,年轻的翻译怕双方闹僵,就翻译说:"李德同志的意思是说参谋工作做得不周到。"刘伯承听了哈哈一笑说:"老弟,你可是个好人哪,他骂我的话你没有翻译。"刘伯承是很有忍耐力的,但是有一次他却实在忍不住了。这一天,几个机要员在院子里做饭,李德认为挡了他的去路,就大发雷霆,一脚把饭锅踢了个底朝天。刘伯承怒不可遏地走上前去,用俄语严正指责道:"帝国主义分子就是这样欺负中国人的!作为共产国际的顾问,你这种行为是完全错误的,这是帝国主义的行为!"说国际的代表是"帝国主义的行为"这可不是小事,不久,博古就撤掉了刘伯承总参谋长的职务,贬到第五军团任参谋长去了。

这天下午,异常准时,刘伯承按照命令前来报到。他是四川人中少有的高个子,戴着平光眼镜,遮盖着他那只伤残了的右眼。虽然那种艰苦的生活使人难以顾及军容,但他却依然服装整洁,绑腿打得整整齐齐,显出严谨的军人风度。他一进来,就朝着周恩来打了一个敬礼,接着说:

"军人执行命令啊,来报到喽!"

"你来得太好了!"周恩来满脸是笑,紧紧握住他的手说,"这一阵可把我累死了。我本来是总政委,总参谋长的工作也让我做了。"

"你就是不兼总参谋长,也是闲不住的。"刘伯承笑着说。

"这次调你来,是经政治局会议通过的,绝大多数同志都是同意的。"周恩来开门见山地说,"你还有别的考虑吗?"

"命令我自然要服从。"刘伯承说,"但是,打开窗户说亮话,李德那里不好搞哇!我连个普通参谋都当不好,怎么能当总参谋长呢?"

周恩来听到这里,挥挥手说:

"这就不要再说了。今后不能让李德再管那么多事了。"

"我们的损失实在太大喽!"刘伯承感慨地说,"这一年打得叫啥子仗哦?叫我说,这不叫打仗,这叫挡仗。敌人也不叫打仗,叫滚仗,就好比一个大石磙向我们滚,我们就傻瓜似的硬顶。"

"这些一定要好好总结,汲取教训。"周恩来严肃地说,"你对当前的行动,还有什么意见?"

刘伯承思索了一会儿,那只独眼在眼镜后面忽闪了几下,说:

"放弃原来的方案,转兵贵州,我是赞成的。至于在何处建立根据地为宜,我的意见不成熟,还要细细考虑。"

周恩来亲切地望着刘伯承,笑着说:

"好好打一仗吧,你过去不是同贵州军交过手吗?"

"那是老皇历了。"刘伯承也笑着说,"我现在是红军呀,至少要比那时候厉害十倍!"

两个人都笑起来。

（七）风暴来到门前，王家烈和他的弟兄处在纷纭复杂的矛盾之中，既惶恐而又有一种难以言传的苦味。

中央红军进入贵州，人数已不足四万；但她却使这个贫穷偏僻的山国，处在九级风暴的震撼之中。

处在这个冲击中心的，自然是贵州省主席兼二十五军军长王家烈。这是一位无论智力、勇气都在水平线以上的将军。他体貌魁伟，举止粗犷有力，使人一见颇生敬畏之心。然而自从他得知黎平失守，心神却有点不大正常。昨天他又接到蒋介石自牯岭发来的电报，要他对红军加紧堵截，心中更为烦乱。今天上午举行了整整半天的高级军事会议，那些师长、旅长们七嘴八舌，出的主意不多，摆出的困难倒不少，他的思绪本来就撕扯不清，现在则简直成了一团乱麻。

他想，还是赶快回家同太太商量商量。因为他的太太虽不能说是女中俊杰，也可说是一个有见识、有主意、有勇气，拿得起、放得下的女界中的罕见人物。这样，长期以来，她也就成了王家烈的顾问和参谋长、最大的决疑者甚至是真正的决策人。

贵阳这座山城街道很短，汽车刚刚哼了两下，就到了东山下他那座鹤立鸡群的豪华的家宅。平时，他每次回来，总要以闲适和满意的心情先观赏一下他那座巍峨的、堂皇的三层楼房；那宽大走廊上三个圆拱形的雕饰，尤其使他心醉；这几乎是贵阳的独一份了。可是，他今天却没有看这些，一进门就急火火地问：

"太太在家吗？"

"还没有回来呢。"马弁赶上来说。

"到哪里去了？"

"到白太太家打牌去了。"

"快，快打电话请她回来。"

说过，他让马弁把他的将军帽拿回屋里，就在楼房前踱来踱去。他的红皮鞋在方砖地上发出清脆悦耳的声响。

这里，提到将军的心慌意乱，绝对无意说他是无知识的、无能力的。他生于黔北桐梓，自幼就熟读圣贤之书，长大了还教过几天私塾，自然会几句子曰诗云，比目不识丁的狗肉将军，简直胜过万倍。他自然可以成为读书人，但是，"大丈夫"生于乱世，也就投笔从戎，同周西城等几个桐梓人结为至交，开始耍枪杆子。那是武运亨通的年代，等周西城升为旅长，就提王家烈当了营长，周西城当了师长，就提王家烈当了旅长。这就是贵州军阀中的桐梓系。为什么周西城这样重视他呢？就因为王家烈颇有些胆略，而且善于出谋划策。当时为了攫取贵州政权，就要取得四川省主席袁祝民的支持。有人就建议周西城去见袁。究竟是否去，周犹疑不决。因为去是带有风险的，如不成则完全有被扣起的可能。于是，周西城就召集他的几个心腹商议。其他三人都说不能冒险前往，惟独王家烈说是大好机会，不可错过。他分析得头头是道，认为袁祝民志在中原，正在扩大实力，与蒋介石争高低，此行绝无凶险。富于冒险的周西城采纳了王家烈的意见，立下遗嘱，冒险前往。谁知袁祝民一见周西城极为投机，谈了一天一夜，真是恨相见之晚。袁就任周西城为师长，这一来就变成"革命"的师长了。不久，周的女儿又嫁给了袁的儿子，成了儿女亲家。紧接着，袁派人与武汉政府挂上钩，就正式任命周西城为二十五军军长兼贵州省主席，王家烈跟着就升为副军长了。

但是，好景不长，周西城当了三年省主席，即被蒋介石派人暗杀。这时本来要由王家烈继任省主席和军长，谁知事出意料，桐梓系中的另一个拜把子兄弟毛广翔却捷足先登。王家烈自然愤愤不平。某年,王家烈奉召晋京参加国民党的代表大会,一个有来头的高级官员对王家烈说,毛广翔搞得天怒人怨,还是由你出来干吧!这时的王家烈,不仅表现了善于出谋划策,而且表现了高度的当仁不让,感激涕零地向委员长表示了决不忘栽培之恩。当他从南京回到贵阳时,报上已经登出了他终身难忘的喜讯,他已被任命为现职,从此就成了这个山国的皇帝。

由上所述,我们可以约略知道,这位将军是何等地有智谋、善决断!可惜人都是有弱点的,王将军对于一些重大问题,特别是关系到他自身成败的关键问题,却往往拿不定主意,好像医生不能给自己治病一样。在这种节骨眼上,就特别需要太太的明断。说也凑巧,天底下确实有天赐良缘的事。他的这位太太出身官宦人家,自幼耳濡目染,对于官场习尚、来往应酬诸事,竟无不通达。尤其是她还读了不少旧书,对那些权变机巧,颇能熟练地运用于生活之中。这就像老天爷专门造就了一位贤内助,来襄助王将军成其大业。可是像今天这样关乎他生死存亡的大事临头的时候,她却不在家中。真是……

"太太怎么还不回来呀?"他转了几趟,不禁站住脚步大声喝问。

"她说,打完这一圈儿,很快就回来了。"马弁笑着说。

"真是!"他不满地嘟哝了一句,亲自跑到门房里挂电话。

"你是淑芬吗?"他急火火地问,"怎么还不回来?"

"不是告诉你快回了吗?"对方显然不高兴地反问,"刚刚坐下来,你就像叫魂儿似的。"

糟糕!今天是找她咨询大事,岂可出现不愉快的场面?于是,他只好把口气缓和下来:

"淑芬,你不要着急,今天实在是有要事相商。你、你……"

他放下电话,又在他豪华的画楼前徘徊起来。既然咨询人有事缠身,就不妨先来点独立思考,把混乱的思绪略加整理一番。

对于中央红军此次进入贵州,究竟顶不顶得住这个问题,对他来说,还是容易判断的。因为在中央红军来临之前,作为先遣队,由任弼时、萧克、王震率领的红六军团,已在今年十月份进入贵州,他曾率部亲自堵截,已经尝够了苦头。该部才不过八九千人,尚且如此难以对付,如今红军的大本营四五万人一齐来到贵州,如何能够招架得住呢?何况贵州内部分裂,两年混战刚刚结束,犹国才割据盘江八属,侯之担割据赤水、仁怀、习水等县,蒋在珍割据正安沿河各县,他们虽然名义上拥护自己,而自己真正能指挥的,不过两个师、五个旅一共十五个团,凭这点兵力,怎能与中央红军相抗衡呢!他以为自己辛苦经营的贵州地盘,这次是肯定保不住了。想到这里,怎能不使他黯然神伤?而更复杂难办的是,不止一个朋友警告他:不但要注意红军,而且要更加警惕自己的上司蒋委员长。因为委员长的中央军,势必会乘追击红军之势进入贵州。甚至有人说,中央军进入贵州之日,也就是他王将军完蛋之时。这个警告是如此尖锐、如此明确,简直令他心惊胆战,不寒而栗。尤其有一件往事,简直使他不敢去想。前年,他鉴于贵州处在蒋介石的垂涎之下,朝不保夕,曾同广西的李宗仁、白崇禧,广东的陈济棠订立过一个"反蒋同盟",以求互相支援。谁知这件秘密而又秘密的材料,竟被陈济棠的部将余汉谋盗出献给了蒋氏。对此蒋介石怎能不怀恨在心?这件事王将军十分怕想,今天却又不断出现;而每次出现,就好像火炭一般烫人,像毒虫一样咬他的心。他不知道,蒋介石究竟会怎样对他。……

忽然,门外汽车的喇叭声嘟嘟响了几下,马弁慌忙开门,太太已经飘然走了进来。看样子她有将近四十年纪,穿一件可体的黑绒旗袍,前襟角角上绣了一朵牡丹花,显得既华贵又淡雅。人是有几分姿色的,只可惜因为鸦片烟的嗜好,脸皮上已经露出青黄,只靠着脂粉来补救。她的举止,无论步态和眼神,都流露出一种自命不凡的神气。为了表示她刚才的不满,她没有瞅已经准备出笑脸的将军,用一双黄皮鞋轻快地敲着方砖地,昂然步入楼门。王将军解嘲似的笑了一笑,在后面随后跟进。

为了缓和紧张局势,太太刚刚踏上二楼还没有坐定,王家烈就回过头来,对跟在后面的马弁大声吩咐:

"把烟灯点起,让太太先休息一下!"

"是!"马弁俯首听命,在内室紫檀木雕花的木床上,很熟练地端上了设备齐全的烟盘,点起了擦得很明亮的烟灯。

太太的气早消了一多半,在烟灯旁边躺下来。王家烈也对着脸在另一侧躺下,刚刚抓起烟枪要替太太烧烟,被太太一把抢过,娇嗔地说:

"谁要你烧!"

说着,她那灵巧但略显蜡黄的手指捏着烟枪,从一个精致的翡翠烟缸里向外挑出烟膏子,在玻璃灯上开始烧烟。

"你叫我,到底有啥子重要事呀?"她问。

王家烈见紧张局势已趋缓和,就长长地叹了口气,说:

"红军已经进来了。"

"不是早就进来了吗?"

"不,你说的是萧克、王震,那是打前站的;现在进来的是朱、毛,有五六万人!"

烟枪在火苗上微微地抖动了一下;停了半刻,那双纤手又灵巧地活动起来。

"那就只有拼嘛!"她抬抬眼皮,"那些人来了,哪有我们的活路。"

"我也这样想,只有狠狠地打!"王家烈说,"可是问题不这样简单。许多朋友提醒我,中央军会跟进来,蒋介石会搞一箭双雕!"

"啥子?一箭双雕?"

"就是说,他们不光打共产党,把我也要搞掉。"

一颗花生米大小的褐色烟泡已经烧好,可是停下来了。

"这个,是很有可能的。"她沉吟后说。

"可是,我觉着、觉着,总还不至于……"他声音很低,又像是自语似的讷讷地说。

"怎么不至于呢?"

"我觉着,老蒋也说过我的好话。他说,毛广翔不行,贵州省主席最理想的人选就是王家烈……而且,从上到下,我们送他的东西也不算少。"

"这是过去的事了。"太太笑着说,"你那个三省同盟,让余汉谋那个丧尽天良的家伙出卖了,你想老蒋会忘记吗?"

王家烈正要端起茶杯喝水,他的手像被火炭烫了一下似的缩回去了,那宽大的脸显得十分难看。

"反正我的地盘完了!"他鼓着一双金鱼眼,可怜巴巴地带着哭声说。

两人一时无话。空气像不流动似的,沉滞而又凝重。过了片刻,只见太太的秀眉皱了几皱,眼睛向着天花板闪了几闪,就从烟盘里拿起那根十分华贵的镶金嵌玉的多竹节烟管来。她把那个大烟泡牢牢地固定在烟葫芦上,在灯上呼呼噜噜一鼓作气地吸了下去。然后,把烟管和烟枪锵啷一声掷到烟盘上,呷了一口水。

"办法还是有的!"她精神百倍,脸孔红润,一双眼睛亮晶晶地望着她的丈夫。

"啥子办法?"王家烈受了感染,眼睛也明亮起来。

"可以到老蒋那里去一下。"她笑着,似乎蛮有信心,"误会可以造成,也可以解除。"

"到老蒋那里去?"王家烈沉吟着,犹犹疑疑地说,"谁去?"

"谁?自然是我!"

王家烈傻呆呆地望着从自己当排长起就跟自己在一起同忧乐共患难的太太,说不清是爱慕,是感激,是佩服,或者是这些情感一齐汇流到心头,真想向她表示一番。不巧,前面响起一阵急骤的门铃声,接着马弁进来报告:他部下的两位师长——白师长和赫师长正在楼下等候。

"快,请他们上来!"王家烈高兴地说。

原来这两位师长,都是王将军的亲信,都是他一手提拔起来的莫逆之交。人们把这两位师长称为王将军的哼哈二将。王家烈能够得心应手指挥的那十五个团,就是这两个师长统率的。这位白师长,是同将军换过金兰谱的磕头兄弟,白净面皮,细高挑儿,生得精明伶俐,上过高等军校,颇有一些学识,可以说是王家烈的智囊。另一位赫师长,人生得短而粗,大肚子,布袋脸,行伍出身,虽不像白师长聪明,对王家烈却是处处忠诚。据说他同王家烈还沾一点什么亲戚。王家烈知道,他们今天来,想必还有什么话说。

不一时,两位师长已经走进内室。王家烈和太太刚要起身,被两位师长用亲热的手一齐摁住,一连声说:

"别动!别动!这是外人吗?"

"嫂夫人,你就躺着抽吧!"

两个人不用让,就自己各搬了一把藤椅,在床边坐下来。

"我觉得当前是一个非常时期。"白师长神情严肃地说,"我们的身家性命、生死成败,都在此一举了!"

王家烈从床上欠起身点了点头,听他继续说下去。

"现在是共军要进来,中央军也要进来;这就好比前面走的是一只狼,后面跟着的是一只虎;都是要来占我们的地盘。尤其是老蒋阴险狡诈,不能不特别提防!我今天来就是要提请军座特别注意。"

王家烈一连点了好几个头,两手一摊,叹了口气说:

"那有什么办法!我们又不能拒绝中央军进来!"

"拒绝是无法拒绝的,可是提防总还要提防。"

太太转过头来问：

"你可有啥子良策吗？"

"谈不上良策，"白师长一笑，"我看第一步，先要同中央军合力剿共，务必给共军以歼灭性的打击；而在这同时，我们要秘密派人到广西、广东，请他们在必要时策应。尤其是广西方面，我们要求他们也派出部队进入贵州，这样就抵消了中央军的势力。"

王家烈不无赞赏地点了点头；又征询似的望了赫师长一眼，赫师长连忙躬身向前，恭敬地说：

"我和白兄的看法一样，都是来给军座作个参考。另外，我还考虑到，共军一直从江西打到贵州，这就说明他们是有战斗力的。如果我们把力量过分消耗了，那将来又是犹国才、侯之担他们的贵州了。这点我想军座是会考虑到的。"

"你有什么想法？"王家烈关切地问。

"我看可以合理分工。比如说，可以让犹国才开到乌江以南守卫黔东，让他先顶着去；让侯之担守卫乌江以北；咱们可以靠近东路右翼，不利的时候，就转到广西。"

王家烈再次望了赫师长一眼，想不到他还出了这样好的主意。他的心情顿时轻松了许多，脸上出现了好几道笑纹。

"这些主意全很好，我全要考虑。我看，只要咱们弟兄抱紧团儿，总有办法。"

白师长立即发誓似的说道：

"这就不要说了！反正你老哥走到哪里，小弟我就跟到哪里。我们是生则同生，死则同死，这心是至死不能变的！"

"大哥，你就走着看好了！"赫师长也拍着胸脯。

太太也许因为一连抽了几个烟泡，烟瘾已经过足，这时坐起来，掠掠头发，神采飞扬地说：

"干吧，车到山前是必有路的！"

（八）江水茫茫，雨雪霏霏。一个赣江边的篾匠献出了他的聪明才智。

红军由黎平进入黔境，沿着剑河、镇远、施秉、余庆和台拱、黄平、瓮安一路横扫过去，虽不能说是风卷残云，也可以说扫得颇为轻松。尽管这时已近年末，天气相当寒冷，有些人还穿着单薄的衣服，甚至赤着脚走路，精神上却轻快多了。

这些江西、福建、湖南等省的战士，进入贵州感到颇为新奇。一是少数民族多，什么苗族、瑶族、黎族、彝族、布依族、侗族、白族，真是一下分辨不清。有时一座大山，山上、山下和山腰，就住着三种不同的少数民族；到了赶场集日，就更是各民族的大聚会了。他们的装束服饰都不一样，真是各呈异彩。那些地名也使人感到诧异。比如什么牛场、羊场、猪场、鸡场、兔场，还有狗场、猴场，这究竟是什么意思呢？如果它表明，这个集市上集中出售的是牛、羊、猪、鸡，这还是容易理解的，那么为什么要叫猴场？是不是这里山高林密，是孙悟空后代的繁衍之地？不是，当中央纵队进入猴场时，四外一望，都是矮矮的秀丽的小山，宽宽的山谷间全是刚刚收割的稻田，不要说猴子，连只猴子的影儿也没有。后来，经当地人指点，这才知道，原来这地方许多集市的命名，是以子、丑、寅、卯等等地支的象征物来命名的。这就是它们文雅和不文雅称号的来源了。

一九三四年的岁尾年末，中央纵队进驻猴场。一九三五年的第一天，在山坡上一家高大的宋家大院里，举行了中央政治局会议。这次会议批评了博古和李德，因为他们仍然坚持与二、六军团会合，自然不赞成渡过乌江,建立川黔根据地了。会议毅然决定,要反对一切逃跑的倾向和偷安休息的情绪,要在这一地区内转入反攻,争取首先歼灭敌军一部,建立以遵义为中心的黔北新苏区,然后向川南发展。会后立即发布命令:迅速突破乌江天险,占领遵义。任务的要求是很紧迫的,因为薛岳和粤、桂军的强大兵力追击在后,如果稍有迟慢,就会陷于背水作战的危险境地。虽然全军上下都希望在这里略事休息,过上一个年的愿望,也不得不忍痛放弃了。

突破乌江的任务,也落到韩洞庭的肩上。如果读者的记性不坏,就会想起,他就是躺在担架上与总书记博古争吵的那位性格刚烈的团长。他臂上的伤已经基本上好了,只是下雨阴天还隐隐作痛。他的团队因为湘江之战伤亡过大,已与别的团队合编。团政治委员黄苏是他的老相识,对他的归来自然欢喜不尽。黄苏是初中学生,有点文化水儿,加上勤奋好学,进步很快。他的突出特点是作风细致,和韩洞庭的勇猛果断配在一起,真是粗细结合,刚柔相济,天生的一对儿。

这个团于除夕之夜进抵乌江岸边的江界河渡口。当晚即忙于搜集渡河器材,但一无所获。所有渡船,都被敌人掠去。次日一早,韩洞庭和黄苏带了几个参谋到江边侦察。天色阴沉得厉害,北风正紧,天空已经飘起了雪花。对于衣着单薄的这些军人,真是格外寒冷。幸亏韩洞庭和黄苏都还有件缴获来的毛衣,那些参谋和警卫员就要凭他们青春的火力了。他们来到山坡上的几座茅屋边,往下一看,山谷中云雾低垂,昏蒙迷离,在深深的谷底,已可看到乌江墨绿色的江水。也许由于两岸山上林木蓊郁,江水黑森森的,真像一条乌龙穿行在两列高山峻岭之间。江面不过二百米宽,但两岸多是悬崖绝壁,只是渡口处坡度稍缓。韩洞庭和黄苏都取出望远镜仔细观察。他们看见对面有四座尖尖的山峰,山坳间敌人修筑的工事隐约可见,山腰上还有敌人仓促修成的青灰色的碉堡,俯瞰着渡口。据师的侦察队报告,在猪场和渡口,有黔军侯之担部的两个团在这里防守。

"老伙计,你看怎么搞法?"黄苏收起望远镜,带着笑问。他的身量不高,但显得很有活力,经常闪着一双小而明亮的眼睛。

韩洞庭没有即刻回答。他像一般军事干部那样,看地形就像馋猫见了鲜鱼似的看个没够,仿佛把一切坡坡坎坎都要印到心里。

"你看到对面那条曲曲弯弯的小路没有?"他说着,并不放下望远镜来。

黄苏不得不再次举起望远镜,看了一阵,说:

"哪条小路,我怎么看不见呀?"

"哎呀,老黄,你这个鬼眼睛!"韩洞庭撇撇嘴,"我说的是上游,距碉堡一千多米的地方,那不是一条小路吗,就像在山壁上挂着似的!"

"看见了!看见了!你这家伙不说清楚嘛!"

韩洞庭收起望远镜,重复指着渡口以上二里多路的地方,那里江面比较狭窄些,坡岸也比较陡峻,然后宣告他的构思说:

"渡口这里是敌人的防守重点。这里坡度比较缓,敌人估计我们会从这里进攻,我们就把这里作为佯攻方向。军委不是要我们架桥吗,我们就在这里拉开姿势架桥。实际上,我们从上游那条小路下面偷袭过去。"

说过,他以期待的神色凝望着黄苏,那眼色仿佛说:"老伙计,你看行吗?"

"主意倒是好主意。"黄苏沉吟了一番,然后笑着说,"可是,靠什么过去呀?"

"这个,你可要好好动动脑子了。"

"昨天晚上,我就找老乡调查了一下。老乡讲,要想过乌江,一要有船,二要好天气,三还要好船夫。这样说,我们一条也没有。我想的办法就是扎木排,可是没有搜集到木料。砍树又太远,太费事,时间来不及。二连赣江边的人多,我叫二连长发动他们出点主意。……"

黄苏说过,长长地叹了一口气。

两个人望望对面四座尖尖的山峰,望望下面乌龙似的墨绿色的江水,在迷蒙的云雾中,更显得神秘难测。雪也愈下愈大,对面山岭上已经蒙上了一层白色,他俩的肩头不知不觉间也落上很厚一层雪糁了。

这时,从后面来了一个腰挎手枪的红军干部,约有二十四五年纪,戴了副近视眼镜,走到韩洞庭和黄苏面前打了一个敬礼,说:

"我是军委工兵营的连长丁纬,奉命归你们指挥来架桥的。"

韩黄二人赶上去同他亲热地握手。韩洞庭说:

"听说,你们昨天晚上就赶来了?"

"是的。"丁纬恭敬地说,一面又指指江面,"我们昨天已经下了水,进行了测量。江宽二百五十公尺,江心水深六至七公尺,流速每秒钟近两公尺。"

"桥打算怎么架法?"韩洞庭侧起他那副黑脸,有兴趣地问。

"唉,我们也正想办法哩!"丁纬叹了口气说,"昨天我到红军学校的工兵系去了一趟。工兵教员把好几本大厚书都翻来覆去地查了。书上都说:两公尺的流速,不能架设浮桥。再说现在什么材料也没有,巧妇难为无米炊啊!"

工兵连长的到来,使他们高兴了一阵子,不想又增加了愁闷的气氛。几个人相对无语,北风送来低一阵高一阵的江水声。

这时,细高挑、长瘦脸的二连连长走过来,很有精神地打了一个敬礼,带着一脸喜气说:

"报告团长、政委,我们连有个战士对渡江提出了一些办法。"

韩洞庭、黄苏登时眼睛亮晶晶的,望着二连长问道:

"金雨来,你快说,什么办法呀?"

"我把他带来了,还是让他自己说吧。"金雨来欣然自得地说,一边回转身把头一摆,"杨二郎!过来,过来!"

"连长,你怎么在首长面前也开玩笑!"一个圆胖脸的战士嘟哝着走过来。他打了一个敬礼,一面笑着补充说:"他们净乱起外号,我叫杨米贵。"

"什么,米贵?"韩洞庭没听清楚。

"我一出生就赶上荒年。我娘说,来也不挑个好时候,米这么贵,以后就给我起了这个名字。"

韩洞庭和黄苏哈哈大笑,一眼就可看出这个战士是那种开朗乐观的诙谐人物。他的军衣相当破烂,两只脚都没穿鞋,只用破布像包粽子似的包着,显得很不雅观。尽管是立正姿势,可以看出他自己也觉得很不自在。

一向很重视军风纪的韩洞庭,老是瞅着他那两只脚皱眉头,终于忍耐不住,问道:

"你的脚是走肿了,不能穿鞋子了吧?"

杨米贵苦笑着说:

"团长,你算算你那马掌换了几副了,也就算出我有没有鞋子了!"

"你这个嘎家伙!"韩洞庭亲热地骂了一句,转过脸对警卫员说,"我那里还有草鞋吗?给他一双!"

警卫员虽然不很乐意,还是从挎包里摸摸索索地掏出来一双草鞋。

"那我可要谢谢首长了!"

杨米贵毫不客气地接过草鞋,随后解下包脚的破布片,把草鞋穿上。可是,在他弯下腰去穿鞋的时候,从军衣里面却露出一件粉红色的女棉袄。韩洞庭半开玩笑地问:

"米贵,你那里面穿的是什么衣服呀?"

杨米贵登时弄了个大红脸,显出羞臊的样子,连忙抻抻衣服,叹了口气,说:

"说起来也真叫没有法子!没收委员会看大家冷得够呛,就分下来一些土豪的衣服,男衣都分给别人了,最后就剩下这一件,分配小组说,杨二郎,你要不要?我说,咳,人都冻死了,还管什么男的女的!你看咱们红军叫人家逼到什么地步!光凭这一点,将来捉住蒋介石,我也饶不了他!"

人们笑起来。黄苏问:

"过乌江,你有什么好办法呀?"

"扎竹筏。"杨米贵满有信心地说,一面指着山坡上一片一片压着白雪的竹林,"你看,材料有的是,过十趟乌江也用不完。"

黄苏那双小而明亮的眼睛闪着笑意,仿佛自言自语地说:

"这样,材料也就不要到处找了。"

"可是,你能扎吗?"韩洞庭问。

杨米贵笑了一笑:

"我爹是赣江边的船工,我从小是篾匠,扎过的。"

"那太好了!"韩洞庭、黄苏一齐兴奋地说。

"你看架浮桥用竹筏子能成吗?"工兵连长丁纬也插嘴问,仿佛杨米贵成了专家似的。

"成,那叫蜈蚣桥。"

"什么蜈蚣桥?"

"把竹筏子连起来,一节一节,就像蜈蚣似的。不过,得有篾绳;篾绳我也会做,把竹皮剥下来拧成绳子,那东西在水里越泡越结实。"

大家一听,高兴万分。工兵连长更是笑得合不拢嘴。韩洞庭兴奋得在杨米贵肩上重重擂了一拳,说:

"想不到在乌江边上,碰上了你这个家伙,各连抽些人,你就当造船司令!"

二连长金雨来,由于连里出现了这个人物,也觉得光彩,一连声说:

"首长,你们放心吧,这事由我组织。"

韩洞庭指着渡口,对丁纬盼咐说:

"这里是佯动方向,你们就在这里架桥!"

正在这时,只听"轰隆"一声,一颗迫击炮弹落在附近,在雨雾里升起一团浓浓的蓝烟。接着又是一梭子哒哒哒的机枪声,茅屋旁边的一棵大树落下不少枝条来。

"敌人发现我们了!"韩洞庭说,"快分头干吧!"

过了不大工夫,杨米贵就领着十几个战士,出没在竹林里,砍竹子,捆竹子,背竹子,忙个不停。他们的身上湿漉漉的都是雪水。杨米贵真的像是造船司令似的不断提醒着人们一些注意事项,而且具有鲜明的原则性:"同志们!请注意,不要把公竹子砍光了!"

"什么公竹子?杨二郎,难道还有母竹子吗?"人们一片笑声。

"莫笑,莫笑,确实有公竹子、母竹子的!我小时候干过的。"杨米贵一本正经地说。

接着,他领着人们指看什么是公竹子,什么是母竹子,然后说:

"如果我们把公竹子或者母竹子全砍了,这片竹林以后就不存在了,那么老百姓怎么办?就是土豪的,以后还要分给穷人嘛!"

"对,杨二郎说得有理!"人们纷纷说。

"所以,咱们要隔几棵砍一棵,留下公的,也要留下母的!"

人们砍下竹子,他又指导编竹筏,竹筏编成,他又喊:

"不成,不成,船头上还要烤一烤,让它翘起来,不然阻力大,走不好。"

这样,到了中午时分,就编起了一只漂漂亮亮的翘着头的青青的竹筏。

当这只竹筏出现在韩洞庭、黄苏、金雨来的面前时,乐得他们眉开眼笑。他们这里捅捅,那里摸摸,然后对着拥有最新产品的造船司令,看了又看,笑得很甜。韩洞庭转过头问金雨来:

"过江的人准备好了吗?"

"早就准备好了。"金雨来说,"报名的不少,我先挑了八个,过不过得去,让他们先试一试。"

"这样好。"黄苏先肯定了,"把他们带来吧!"

不一时,七名战士由一名排长率领,跑步赶来。在他们面前站成一排。韩洞庭一看,来的人虽然武装整齐,可是八个人有四个穿便衣的,七长八短,还有一个穿长袍的,一个戴礼帽的,心中就有几分不悦。真是,还不如中央苏区的游击队整齐!但转念一想,出发两个多月了,天天走,没有得到一点补充,也只好如此。再看那八个人精神还好,在首长面前故意表现出执行艰巨任务满不在乎的神气,也就释然了。

"你们都识水性吗?"黄苏问。

"他们都是赣江边长大的。"金雨来笑着说。

"我看这条江还没有赣江宽哩。"那个戴礼帽的显出一脸满不在乎的神气,抬起头望了望漫天的雪花,"就是天气太坏。"

出于政治委员的责任感,黄苏望着大家严肃地说:

"同志们的责任很重啊!如果我们过不去乌江……"

"这个我们知道!"

"请首长放心吧!"

人们纷纷说。

韩洞庭挥了挥手:

"那就开始吧,我组织火力掩护你们。"

他们把竹筏抬到江边。韩洞庭和黄苏在坡坎后面隐蔽观察。此时山谷中依然云雾迷蒙,雨雪霏霏,北风挟着惊涛,发出动人心魄的咆哮声。

随着敌人的射击声,红军的马克沁重机枪,也以准确的点射封锁着对岸堡垒上的枪眼。那八个穿着杂色服装的红军战士,精神抖擞地把竹筏推到江水中,然后上了竹筏,用竹篙、木棒开始向江中划去。他们刚刚进入江流两三丈远,就被一个急浪卷了出来。那几个战士不得不再度跳下竹筏,将竹筏推入江流。韩洞庭不断地皱眉头。等到竹筏离岸有了一段距离,他的眉头才舒展开来。紧接着,竹筏一时被浪涛吞没,一时又吐露出来,两个指挥员的心,也是一上一下,正像惊涛中的竹筏一般。

竹筏渐渐进入中流。韩苏二人的精神更加紧张起来。他们看见竹筏好像停滞不动、无力进入的样子。只见几个人站立起来,经过一番紧张的搏斗,竹筏才像疾箭一般地进入激流。

"不好,人落水了!"黄苏忽然惊叫了一声。

韩洞庭定睛一看,只见竹筏几乎直立起来,似乎被什么东西突然卡住似的一动不动,周围激起一堆雪白的浪花。他赶快举起望远镜细看,竹筏上光光地没有一个人影,只是附近有七八个时浮时沉的黑点。说话间,竹筏已经被激流冲动,像箭一般地射向远处,而那几个黑点却仍在浪涛中沉浮。再看时,只是黑魆魆的波浪和霏霏的雨雪,其他什么也看不到了。

"糟了!"黄苏颓然地说了一声。韩洞庭放下望远镜,看见政治委员拿望远镜的手在微微颤抖,红星军帽的帽檐下,都是汗水。自己的身上也觉得湿漉漉的,大约里里外外都湿透了。

"他们没有过得去。"金雨来从那边坡坎下跑过来,神色懊丧而又有几分羞愧,仿佛是他自己的过错造成似的。

韩洞庭和黄苏没有做声。

"竹筏还有,我们接着过吧!"金雨来以为团首长心中不悦,又说。

"不用,晚上再说。"韩洞庭望着政委。

黄苏点了点头,感情沉重地说:

"可以派几个人到下游村庄里看看,看他们八个人还能不能回来。……"

雪愈下愈大,丝毫没有停下来的意思。北风也更加峭厉。对面那四座尖尖的山峰已经消失在浓雾里。江面上混沌一片,乌江显得更加宽阔也更神秘莫测了。

(九) 在十万大军的追击下,红军终于渡过乌江。历史究竟是怎样创造的呢?这条墨绿色的江水将给人以启示。

团指挥所设在山坡上的村庄里,也就是早晨看地形的地方。韩洞庭和黄苏一进门,值班参谋就报告说:

"刚才,总部刘总参谋长来了电话。"

"是他亲自来的吗?"韩洞庭两眼放光地问。

"是的。"

"他说了些什么?"

"他问,现在试渡的情况怎么样,我向他报告了。"

"他有什么指示?"

"他说,在敌火下架桥,伤亡太大,可以放慢进行。试渡还要抓紧,不要灰心;在夜暗时进行比白天好。另外,他还讲了些敌情,主要是薛岳、周浑元的追击部队……"

"薛岳这狗杂种到哪里了?"

"说是到了施秉、黄平、平越,正向瓮安、余庆开进。"

"那不就是一天多的路吗?"

"是呀,所以王家烈在电报里大叫大喊,要薛岳快快西进,好把我们消灭在乌江以南。"

韩洞庭拧着眉毛沉思了一会儿,转脸对着黄苏说:

"老黄,今天晚上就动手吧!"

黄苏考虑了好一阵,谨慎地说:

"晚上不妨再试渡一次。明天凌晨四时再正式强渡,这样准备工作充分些,也便于发展。"

"好,就这样!"韩洞庭在腿上擂了一下。

冬季天黑得早,加上云沉雾重,不到午后四时,江岸上已经暮色迷茫。雨雪仍然没有住,乌江的咆哮声,比白天还要显得威严和沉重。这时,金雨来率领着突击队的战士抬着一只双层竹筏来到团指挥所里。

"报告团长、政委,我们突击队的人已经到齐。"金雨来响亮地说。

韩洞庭扫了一眼,诧异地问:

"不是八个人吗?怎么缺一个呀!"

"一个不缺。"金雨来笑着说,"我也在内。"

"你也在内?"黄苏用明亮的眼睛注视着他,"不是说由一个排长带去吗?"

"是我叫他不要去了。"金雨来笑着解释道,"他打摆子刚好,这样个鬼天气,江水一泡准犯。……再说,上午试渡就没搞好,这次再出了问题,我们二连怎么交待呢!"

他带着几分羞愧的神情略略把头一低。

"你还要指挥全连嘛!"韩洞庭用眼睛瞪他,显然很不满意。

"不要紧!"他笑了一笑,"我们副连长、一排长,到时候都能拿上去。"他说的"到时候",自然是指他不在了。

75

韩洞庭虽然处事果断,此刻却沉吟不语,似乎还没有决心把这个他心爱的干部掷出去。黄苏望望团长,也没说话,他们的心情似乎相同。

"团长,用上你那话,不要婆婆妈妈的了。我的决心已经下了。"

黄苏以目示意,韩洞庭这才挥了一下拳头,说:

"好,好,去就去吧,唉,你这个家伙!"

说着,他转过头叫警卫员:

"小王,把我那个水壶拿来!"

警卫员从身上解下一个沉甸甸的军用水壶,韩洞庭接过,拔去盖子,闻了一闻,笑着对大家说:

"这是我在黎平酒店里打的,还没喝呢!今天是一九三五年的元旦,又是执行任务,我就慰劳了同志们吧。快,拿小碗来!"

金雨来率先拿出他的小搪瓷碗,接着那几个战士也一个一个把小搪瓷碗放到桌上。惟独黑影里一个战士没有伸出碗来。韩洞庭举着水壶凑近那个战士的面孔一看,原来是杨米贵,就笑着说:

"原来是造船司令啊,你怎么也要去?"

"筏子扎了几十只,足够用了。"杨米贵笑着说,"划船我也有些经验,我从小干过的!"

"你的小瓷碗呢,怎么不拿出来?"

"我爹不让我喝。"杨米贵郑重其事地说,"我一出来,我爹就跟我说,娃呀,你出去,一不要嫖,二不要赌,三不要喝酒。"

"傻家伙!"韩洞庭举着军用水壶哈哈大笑,"这是么子时候啊!你干事倒是蛮聪明的,就不想想,冬天的江水是扎骨头的,连马都受不了。这滋味我可知道。如果上午那八个人喝点酒,也许不至于……这是我想得不够周到。……"

说着,韩洞庭的眼睛有点红了。

"别多说啦,倒酒!倒酒!"政治委员发现他的指挥员动了感情,不利于出征前的气氛,就把话截住,连忙伸过小碗来,"给我也倒一点!"

韩洞庭举起水壶,咕嘟咕嘟,给每个人都倒了小半碗,然后,自己也端着半碗酒,向大家举了举杯,一饮而尽。

"贵州这地方虽穷,酒倒蛮不错嘞!"他顿时满面红光,眼睛也射出光彩,像忽然想起了什么感慨地说,"咱们全团都知道我爱喝点,全师、全军团都知道。可是你们就不知道,想当年,我下矿挖煤,肩膀上套着绳子,光着屁股,像牲口似的在地下爬,那活真不是人干的,不喝几口酒,真是活不下去!"

"时间到了吗?"黄苏看了看表。

"差不多了,快往江边走吧!"

人们抬起竹筏,沿着山坡向江边走。韩洞庭和金雨来走在后面。由于山路泞滑,他们走得并不太快。

"金雨来!"

金雨来听团长叫他,回过头来,停了一停。

"我说,你可千万要当心啊,不管遇上什么情况,都要沉着,不要慌乱。"

"是,团长。"金雨来从内心里感激团长的关怀,充满感情地说,"如果我死不了,就能完成任务;如果我死了,你们只要告诉我娘一声就行。"

"我记得你是江西兴国县的。"

"是的。"

"你家里还有什么人?"

"只剩我娘一个人了。……我弟兄三个都在红军里。我参军娘是同意的,我二弟参军娘也同意,就是我三弟参军,娘就不愿意了,她觉得太孤单了,是我硬把三弟动员出来,结果剩下娘一个人了……"

江水的咆哮声愈来愈大,金雨来的最后几句话,韩洞庭没有听得

77

很清楚。他们已经下到谷底。这里名叫老虎洞,江水猛烈冲击石洞,有如击一面大鼓,发出沉雷一般的浪声。

按照老乡提供的情况,他们选择了起渡的地点,毅然将竹筏推入水中。

"登岸以后,不要忘记打信号!"韩洞庭高声喊道。

"祝同志们胜利!"黄苏也大声喊。

"首长们放心吧!"金雨来他们在筏上回应。

开始还隐约听到他们奋力划桨的声音,很快就什么也听不到了。一切都为浓墨一样的夜色所掩盖。只有风声和浪声。

也许今夜是韩洞庭他们最难挨的时刻。他们给金雨来规定的登陆信号,是手电筒的亮光;可是一个小时过去了,两个小时过去了,他们的眼睛使疼了,还是什么也没有看见。他们从左到右,从右到左,在目力所及的长长的江岸上,都是无尽的黑夜。随着午夜来临,夜寒更加逼人,他们在雨雪中衣服早已湿透,不住地打着寒战。"又完了,这八个人又完了!"当他们想到这里时,心就像下沉似的,越发后悔不该让金雨来去。

那么,预定的拂晓攻击是进行呢还是停止呢?这也让他们感到惶惑。凌晨一时,总部再一次通报了敌情,薛岳和周浑元的追击军天亮后将继续开进。要求他们的行动愈快愈好。这样他们就下了最后决心。

按照规定,一营为突击队,六十只双层竹筏在夜色中都已推到岸边。当银色的晨曦渐渐降临,墨绿色的江面刚刚有一点亮光时,轻重机枪已经开始掩护射击,红色战士们纷纷跃上竹筏,向浪涛中驶去。眼瞅着这些竹筏闯过中流,韩洞庭兴奋地站在江岸上大叫起来:"好哇,同志们! 好哇,同志们!"仿佛他的部下可以听到他的喊声似的。渐渐地,最靠前的几只竹筏离江对岸不过五十多米,再过几分钟就要登岸了。

"喂喂,老韩,你看敌人为什么向下打枪呢?"黄苏正举着望远镜仔细观察。

"什么? 向下打枪?"

"石崖下像是有什么人!"

韩洞庭举起望远镜凝神细望,果然看到敌人正集中火力向石崖下射击,而正是在这紧要时刻,竹筏已经靠岸。

顷刻,在熹微的晨光里,敌人的工事周围绽开了一丛丛手榴弹好看的烟花;敌人纷纷跳出战壕向主峰猛跑;战士们沿着一带青枫林的边缘猛追过去。

一营的后续部队继续登岸。小小的青竹筏,乱纷纷地向着对岸驶去。韩洞庭看见一只竹筏将要离岸,上面人还不满,就对政委说:

"老黄,你在这儿掌握全盘吧,我要上去了!"

黄苏一把没有拉住,他已经跃身上筏,警卫员和一个参谋也跟了上去。

"老黄,注意敌人的反冲锋,注意用火力支援我们!"

他在船头上挥着手敞开嗓门喊着。"你这个家伙!"黄苏笑着骂了一句。那只竹筏顷刻之间已经进入莽莽苍苍的烟雨波涛中去了。

战斗进展异常迅速。韩洞庭上去的时候,部队已经占领了敌人的主要阵地。他走到山腰上那个青砖修成的碉堡跟前,看见金雨来和二连的几个战士,正押着俘虏从碉堡的小门里钻了出来。金雨来手里提着驳壳枪,显得十分惬意。韩洞庭吃惊地说:

"金雨来,你这个家伙怎么在这里呀!"

"报告团长,我们昨天晚上就上岸了,就是不敢动,一直在山根下藏着。"

"你为什么不发信号?"

"我们用红布包着电棒,还绕了一绕,后来听见敌人在我们头上挖工事,小镐铁锹叮当乱响,我们也就不敢动了。"

"你这个家伙,没把人急死!"韩洞庭在金雨来的胸脯上重重擂了一拳,"我还以为你牺牲了呢!"

金雨来嘻嘻一笑。

韩洞庭一眼瞥见杨米贵身上挂着好几支枪,笑着站在一旁,就说:

"我这酒昨天夜里发挥作用了吧?"

"确实!"杨米贵笑着说,"我们几个像屎壳郎滚蛋似的抱着团儿苦挨了一夜,要不是那几口酒,真要把人冻僵了。"

韩洞庭瞧了瞧那几十个俘虏,一个个面黄肌瘦,穿着灰军装,打着绑腿,每个人背着个竹夹子背包,手里还提着个竹篓子。他们用惊恐的眼神望着这些传说中的神秘的人们。

韩洞庭对金雨来说:

"留几个人看俘虏,快告诉你们营长要乘胜猛追!"

"是!"金雨来留下了几个人,提着驳壳枪冲到前面去了。

韩洞庭来到江界河渡口东岸,惊喜地看到,工兵连已经把长长的蜈蚣桥快修到江中心了。工兵连过来了一部分人,正在江边拴一条越江而过的粗大的篾绳。显然这是为了进一步加快搭桥的速度。韩洞庭正在张望,人群里跑过来一个人,正是戴眼镜的工兵连长丁纬。他一见韩洞庭就兴冲冲地说:

"好了,好了,一占领阵地就好了。昨天,我们在敌火下作业,已经牺牲了十几个人。"

"我真想不到你们架桥的进度这么快!"

"唉,这些同志真是好样的,只要炮弹落不到头上,他们就坐在竹排上作业,就像大姑娘做针线活儿似的。炮弹落到头上了,把竹排炸垮了,尸体捞上来放到岸上,另一个人又上去,还是照样干,话都不说一声……"

"真行！你们现在还有什么困难没有？"

"困难基本上都解决了。"工兵连长轻松地舒了口气，"开头儿是没有锚，竹筏固定不到水里。把我难得头都疼了。有人就说，用石头当锚不行吗？我一想，行，就把大石头用绳子拴起系到江底，总算把竹筏固定住了。后来越往里，水越急，两千多斤的大石头都冲得乱滚，不好办了。有人就说，水打千斤石，难冲四两铁，何不做些铁锚？话倒说得好，也有科学道理，可是到哪里找铁锚去！有人脑子灵，就说，铁匠打铁用的砧子不就是铁吗，这地方铁匠总会有的。我一想，不错，就派人四处找铁匠炉，结果在余庆、瓮安两个县城找到了十多个铁匠，用白洋买了他们的铁砧子，把两个捆在一起，做成铁锚，一试验果然很灵，行了。可是，好是好，就是太少，再往前架又没辙了。大家又想了一个办法，编大竹篓子装上石块，里面交叉着两根削尖的竹子，然后系下去，因为江底礁石多，竹子一下去扎到石缝里，就牢牢地不动弹了。你瞧，现在用的就是这个办法……"

韩洞庭顺着他的手指一看，果然看到几个工兵正在竹筏上往下卸竹篓子。每个竹篓子下面都露出两个爪子，竹篓子卸下去以后，竹筏在激流中晃荡一会儿，就像一个士兵排在队列里，坚守它的岗位去了。

韩洞庭早就听说红军有个工兵营，因为没有在一起作过战，说实话，并不太重视他们。今天一看，在墨绿色的激流上伸过来的这条青青的长桥，不禁在心底暗暗佩服。

"这次过乌江，你们的功劳占一多半！"韩洞庭伸着大拇指说。

"好说啦，首长，要不是你们占领了阵地，我们怎么能架得成呢！"

一月三日凌晨，中央红军的大部队，已经在这座长长的翠绿的竹桥上行进了。那些骡马，那些炮兵，那些担子，那些担架，都稳稳当当地行走在这座长桥上。尽管十多万追兵距他们并不很远，但他们的步态仍很从容,而且不断有人指指点点,对这座碧玉般的竹桥,有所评论。

三日黄昏,毛泽东、周恩来、朱德等人也随着中央纵队跨上这座竹桥。他们似乎不愿意匆匆地走过去,仿佛欣赏一件从来没见过的艺术品似的,这里站站,那里看看,还不时用手抚摩一下,慨叹一番。毛泽东一连声说:了不起啊,了不起啊,除了我们红军,世界上哪里有人架起过这样的桥呢!

(十) 怪天气,雪后又是大雨。接着突破乌江的神话又创造了神话。

红军突破乌江天险,像闪电一般传布开来,化作许多色彩缤纷的传说。传说之一是,红军每个人都骑着一匹水马,这种水马在惊涛骇浪中,如履平地,腾飞自如,而且每个人还披着铁盔铁甲,刀枪不入。这样,黔军刚要抵抗,红军已经乘着水马,横过二百里的乌江防线,铺天盖地而来,黔军哪里抵抗得住,乌江天险由是突破。这种传说,不知是贵州的军队传入民间,还是民间传入贵州军中。总之,传说像闪电,像疾风,迅速传遍遵义、贵阳,使这支远途而来的疲惫之师披着一身神话的色彩。

韩洞庭、黄苏所率领的先头团,突破乌江后继续向前猛追。他们乘胜利的余威,于当晚即占领了敌江防司令部的所在地——猪场,侯之担的旅长江防司令林秀生,率残部向遵义逃窜。第二天,他们又越过一条深谷中的激流羊岩河,继续追击。这一带都是小山小谷,九弯十八拐的山道。他们正在山道上行进时,后面有一个骑兵通信员飞驰而来,到了韩洞庭和黄苏面前滚鞍下马,打了一个敬礼,说:

"报告团长、政委,刘总参谋长叫你们等等他。"

"噢,刘总参谋长,他在哪里?"韩洞庭忙问。

"就在后面,大概一个小时就来到了。"

"好。"两个人就离开队伍,随便坐在山坡上。

"说不定有什么重要的事。"韩洞庭说。

"你没有看到总司令的电报吗?这次夺取遵义指定由他担任前线指挥。"黄苏说,"这次突破乌江,他也到前线来了,不过,没有到我们这里。"

韩洞庭像突然想起了什么,笑着说:

"这个人哪,常说那么两句话,说一个指挥员要胆大包天,又要心细如发。我看他自己就是这样,打仗就像绣花似的,这个我一辈子也学不来。"

"学不来也要学啊!"黄苏也笑着说。

两个人说着等着,约等了一个多小时,才看见从东面山拐弯处,过来一匹白马。那匹马似乎早已过了它那叱咤风云的盛年,总是不慌不忙慢吞吞地走着。刘伯承就骑在那匹白马上。他戴着黑框眼镜,头上是一顶破旧的软塌塌的军帽,身上背着一个不知经过多少风雨的皮图囊,还有一个带着布套的长长的单筒望远镜。这两样东西,无论什么时候,他都是自己背着。不像别的指挥员,什么零七八碎的全交给警卫员。

韩黄二人慌忙立起来,迎上去打了个敬礼。刘伯承微微一笑,从马上下来,同他们握手。

"你们等得很久了吧?"他问。

"不久,不久。"两个人恭敬地说。

话虽如此,韩洞庭肚里有话总是憋不住的。他笑着说:

"总参谋长,我看你这匹老白马,总有九岁口十岁口了,也该换换了吧?"

刘伯承不赞成地哼了一声,拍着他的老马说:

"老是老了一点。可是在中央苏区,它跟我走南闯北好几年了,我觉得它还是很不错的!"

说着,随手拔了一把草,递到老白马的嘴边。

老白马仿佛知道是在谈论它似的,一边吃草,还举起头望了望它的主人。

刘伯承有一种朴实、端庄、谨严的军人风度。他既不轻浮,又决不严峻得令人难以接近。他对别人既不随意迎合,讨人欢喜,又不张扬作态,以威压人。他摆了摆手,同韩黄二人一起席地坐下。

"你们听说,敌军中有一种传说吗?"他问。

"听说了,听说了。"韩洞庭哈哈笑着说,"讲我们过乌江是骑着水马,披着盔甲。"

"这就是打出威风来了。"刘伯承说,"一个部队就要打出威风!可是,头脑还要清醒呀!我们现在的日子还是很艰难的,仗要打得好,还要伤亡少,又要节省子弹,这就要多用点智慧啰!"

说着,刘伯承从图囊里抽出一张新缴获的五万分之一的遵义地图,铺在膝盖上,用手指着遵义与贵阳之间说:

"总司令已经命令,这里的交通由三军团去截断,我们就不必顾虑敌人的援兵了。"

说着,他又指着遵义附近的一个黑点点,郑重地说:

"这个地点叫深溪水,离遵义城才三十华里,驻着敌军一个多营的兵力,老百姓叫他们是'九响团'……"

"什么九响团?"韩洞庭问。

"就是全团一色的九连珠枪。"

"噢,原来是老毛瑟!"韩黄二人哈哈大笑。

"问题在于这是敌人的一个触角。"刘伯承用庄严的面色止住了他们的笑声,"关键是对这股敌人必须全歼,不能使一个敌人漏网。

因为漏网一个,遵义城的敌人就知道了,打遵义就费事了。你们明白不明白我的意思?"

刘伯承侧过脸,用那只独眼望着对方。韩、黄二人点了点头。刘伯承郑重地说:

"我追上你们,特别来讲清这件事,就是这个意思。"

"我们听清楚了。"韩黄二人说。

"那你们就赶队去吧!"刘伯承挥了挥手,装起地图,又走到正在吃草的老白马那里。

韩黄二人上马走了。刘伯承轻轻地拍了拍白马,说:

"老伙计,快点吃吧,不要慢条斯理的了,我们也要赶路去的。"

话是这样说了,刘伯承还是让老白马吃了一会儿,方才上路。

韩黄的先头团当晚驻在团溪。这是一个颇大的村镇,村东有一个美丽的小湖,不知团溪是否因此得名。韩、黄二人对消灭深溪水的敌人做了周密的布置。准备将敌人的退路完全切断,彻底全歼这股敌人。

第二天一早,部队就出发了。到了下午,渐渐阴云四合,不久就下起了瓢泼大雨。这时距深溪水已经不远了。前面两个营长都来请示,现在雨很大,袭击是否照常进行。韩洞庭在马上一抹脸上的雨水,申斥道:"这还请示什么! 找还找不到这样的好机会哩! ……三点钟给我准时打响!"

这个仗果然打得意料之外的干脆,不到半个小时就打进了村内,基本上解决了战斗。等韩洞庭、黄苏赶到,二百多名俘虏已经集合起来,只剩下敌人的营长带着十几个兵在村里狼奔豕突,最后在一个小院里被打死了。这样,完全做到刘伯承说的无一漏网。

"下面是你的戏,我要睡觉去啦!"韩洞庭对他的政委说;并不等他的政委同意,就把湿衣服一脱,找了个小屋睡觉去了。他认为他的责任就是打仗,其他都是政治干部的事。多年来的习惯形成了规矩,

85

政委也无可奈何。

为了弄清遵义的情况,黄苏从俘房里找出一个连长、几个士兵,在小屋里谈话。开始他们坐在那里十分惧怕,吞吞吐吐,问一句话,他们就齐刷刷地站起来立正回答,弄得简直谈不下去。后来黄苏详细而耐心地解释了红军的政策,阶级的灵光很快就敲开了这些穷苦人的心扉;他们的精神稳定了,一五一十把遵义的情况说了个清清楚楚。遵义虽然还有一个完整的师,但确实已成惊弓之鸟。黄苏心中暗想,刘总参谋长叫我们多用智慧,我们何不用这些俘房去诈城?眼下就有二百多俘房,他们的衣服足够用了。想到这里,他就对那个俘房连长说:"我们这就去打遵义,如果你们能叫开城门,成功之后,我们大大有赏。你们敢不敢去?"俘房连长犹豫了一会儿,说:"长官,你们对我们这么好,小人怎敢不效劳?"当下,黄苏就叫政治处分给他们每人三块银元,算作回家的路费。俘房兵个个欢喜不尽,说:过去都说你们是青面红发的魔鬼,见了人是要割鼻挖心的,没有想到你们是这样的好人!

黄苏把韩洞庭叫醒,一谈自己的计划,韩洞庭完全赞成,马上说:

"这个任务,我看还是叫金雨来去合适。这家伙脑子灵些,遇着意外也好应付。同时我们还要准备两手,诈城不行,就进行强攻。"

金雨来被叫来了,一听这计划,不由神采飞扬。韩洞庭说:"这可不是好玩的事,既然装就要装得像些。"金雨来唯唯,立刻回去动员他的连队,开始化装。化装以后还一个个检查。不少人换上了竹笠子背包,手里还提着竹提包,乍一看活像贵州军队。韩洞庭一看,对他们的化装深为满意。为了加强兵力,又派了一个侦察排归金雨来指挥,随二连一起行动。临出发前,金雨来跑到韩洞庭、黄苏的跟前说:

"报告团长、政委,我有个建议不知道能不能提?"

"你就讲嘛!"韩洞庭说。

"能不能把团的司号员调给我二三十个?"

"要这么多司号员干什么?"

"不就是为了造声势嘛!"金雨来鬼笑着说。

"你这个鬼家伙!"韩洞庭一面笑,一边找参谋调司号排来。

一霎时,一个个红小鬼背着他们的黄铜军号,飘着血红的红绸子,跟着金雨来浩浩荡荡地出发了。

金雨来让那个俘虏连长走在前面,自己紧紧跟在他的身后。心想,拿枪逼着他干,总是不如他心甘情愿;还是多做点工作。想到这儿,他就热情地拍拍那人的肩膀说:

"你老哥是什么地方的人呀?"

"桐梓。"俘虏连长受宠若惊,立刻递过笑脸。

"今年有多大岁数啦。"

"唉,四十二啦。"

"在家里多好,干吗要出来当兵?"

"咳,你不知道,周西城、王家烈都是我们桐梓人,我不是也想出来沾个光嘛!"

"你当兵多少年啦?"

"这不,快二十年了。"

"二十年,才当了个连长?"

这句话不要紧,把俘虏连长的满腹辛酸都诱发出来:

"唉,老弟,不好混哪!这年头儿,没有窗户、门子不行啊!今天打死的那个营长,就是团长的小舅子,他当兵没有几天,就是我的上司了。我跟着他们,从贵州打到四川,又从四川打到贵州,苦头吃了无数,还不是为他们卖命!他们要老百姓种鸦片,收了鸦片到广西换枪,换了枪扩大军队,扩大了军队再扩大地盘,然后再刮一层地皮,把钱存到外国银行……这回你们来,谁愿意打呀!那天听说你们骑着水马过了乌江……"

"你也相信我们有水马?"金雨来笑着问。

"都是这样讲嘛!不然,怎么来得这么快!师部上午通知我们,还说你们三天以后才能到呢!"

过了深溪水,是贵阳通遵义的公路,沿途有不少桂林式的小山,风景颇佳。而急欲奔袭遵义的战士们却无心观赏,依然飞步前进。不巧的是,天黑以后,雨又下了起来,道路泥泞不堪,不断有人摔跤,弄得像泥猴似的。而且贵州的黄胶泥黏得要命,不断把人们的鞋子粘下来,想再拣起都很费事。金雨来一看队伍慢下来,就着急了,刚要叫大家注意,自己的一双破草鞋也被那多情的黄泥彻底扒了下来。他俯下身去捡,黏糊糊的竟拉不出来;再一用力,一只破草鞋已经连腰断成两截;气得他狠狠摔到地上,骂道:"既然你看上了我这双草鞋,我就送给你吧!"他像许多战士一样,干脆赤着脚走。

大约走了两个小时左右,金雨来猛抬头,远远看见前面半空中亮着一点灯光。他立刻机警地站定脚步,指着灯光问那个俘虏连长:

"前面是什么地方?"

"那就是遵义的南门。"

"是城门楼上的电灯吗?"

"是的。"

金雨来把驳壳枪从身后的木盒子里掏出来,望着俘虏连长严肃地说:

"呆会儿,你就照着我的话喊。"

"是。"

金雨来转过身,指着西南一带平顶山,对侦察排说:

"那就是红花岗,是遵义城的制高点。你们要悄悄地摸上去,消灭敌人那个排哨。"

侦察排接受了任务,就由另外几个俘虏领着向红花岗去了。

接着,金雨来走到他的二连面前,压低声音说:

"你们一定要沉住气,装像一点!"

说过,就像排戏场上权威的导演一样把手一挥,说:

"开始！跑!"

接着,他紧紧跟着那位俘虏连长跑在前面,那群"败兵"跟在后面,向着遵义南门,七零八落地狼狈逃去。一路上发出噼里啪啦的杂乱的脚步声。

城楼上的灯光愈来愈近。说话间城楼黑魆魆的巨影出现在眼前。只听上面威严地喝道:

"干什么的?"接着是稀里哗啦拉枪栓的声音。

俘虏连长似乎犹豫了一下,金雨来用驳壳枪向他背上轻轻一顶,他立刻说:

"弟兄们！莫开枪,莫开枪,我们是深溪水九响团的。"

城楼上拉枪栓的声音停止了,紧接着严厉地问:

"哦,九响团? 你们不守山口子跑回来干什么?"

"唉,你们不知道啊!"俘虏连长装出一副哭腔说,"共军打过来啦！把我们包围啦,营长也打死啦,我们一个连突围出来啦,你们快打开城门,让我们进去吧!"

"什么? 共军打过来啦?"城楼上一片惊恐的窃窃私语声。一个声音问:"不是说,还有两三天才能来吗?"

"什么两三天? 人家骑的是水马呀,还有铁盔铁甲,刀枪不入,厉害得很哪!"

"好,好,你们等一等。"

金雨来心中暗喜,正在等待开城,只听城楼上一个凶狠的声音骂道:

"妈的×！你想找死啊！不弄清楚就要开门,放进共军,你担待得起吗?"

接着是乒乒打耳光的声音。

金雨来一捅俘虏连长,压低声音问:

"城楼上这个家伙是谁?"

"可能是个连长。"俘虏连长说。

"不怕!"金雨来给他鼓气,"你拿出点派头给他看!"

俘虏连长果然声色俱厉地说:

"上面说话的是谁?"

上面也不客气地反问:

"你是谁?"

"我是九响团的王连长。你不认识吗?"

对方软了,口气缓和下来,说:

"我是二团二连的马排长。不是兄弟我多心,是出了事我担不起责任。你既是九响团的,你知道你们团长有几房太太?"

金雨来在俘虏连长耳边悄声说:"再给他点颜色!"

"姓马的!你是不是瞎了眼了?"俘虏连长果然声音提高了好几度,"如果误了事,你要负完全责任!再不开门,我要让弟兄们去砸门了!"

"好,好,就开!就开!"

话虽然这样说,但是却有好几个手电筒从城门楼上扫下来,在这支"败兵"身上扫来扫去。这些人都是清一色的经过严格审查过的"黔军",加上泥里水里滚过的狼狈相,简直是无可怀疑。这些"败兵"也真能见景生情,他们在电筒光的扫射之下,一个个都拍着自己贵州军的帽子,生气地骂道:

"娘的×,好好瞧瞧,看看我们是不是九响团的!"

这位马排长终于作了最后认定。不一刻,那高大厚实的城门开始发出哗啦啦的开门声。金雨来亲亲热热拍了拍俘虏连长的肩头,算作奖赏,接着带头拥到城门跟前。粗大沉重的门闩卸了下来,两扇又高又厚的城门,发出咯咯吱吱的声音打开了。"败军"们早已装好子弹,上好刺刀,一拥而入。

两个开门的士兵,还带着惊讶的神色询问:

"老哥,共军怎么来得这样快呀?"

为首的战士将他俩一把抓住,说:

"老子就是共军,快快投降吧!"

接着,人们冲上城去,那个马排长见势不好,连忙要去调机枪,已经被打死在城门楼上。其余的士兵胆战心惊,纷纷投降。

金雨来立刻把二三十个司号员分散在城墙上,让他们吹起了冲锋号。然后就带着他的连队向市中心敌人的师部冲去。在前面的丁字街上,他发现贵州军队正在乘混乱之机抢夺人民财物,传来一片砸门声,吵骂声,哭泣声。金雨来怒不可遏,立刻指挥轻机枪打得那些黔军抱头鼠窜,金银首饰丢了满地。此时,红花岗上升起了三个信号弹,金雨来知道侦察排已经得手,接着向敌师部猛插。沿途抓了几百俘虏,其余的敌人从北门向娄山关狼狈逃去。这时,各路红军都已打进城来,向逃敌猛追过去。

一九三五年一月七日,遵义城以鲜红的早霞迎接了她的第一个黎明。也许由于黔军的劣迹过于让人生厌的缘故,遵义的市民对红军的来临并不过分恐惧,卖豆花和米粉等各种贵州小吃的店铺,试探着纷纷开门。他们昨天还对红军怀有很大的神秘感,而这些披着神话色彩的人们,已经站在他们面前了。不知哪位好事者,在金雨来住的一家临街的房子前,用粉笔写了几个大字:"水马司令部驻此。"这一下惹起了不小的麻烦。由于连日来过分疲劳,金雨来本打算好好睡上一觉,不料一大早起门前就闹嚷嚷的。他不知出了什么事,起来一看,见门口一大群人,其中有不少青年学生。这些人一见他出来了,互相交头接耳,一个劲儿地龇着牙对着他笑;一面窃窃私语:

"瞧,司令出来了!司令出来了!"

"就是他!"

"你看那两个眼睛多有神!"

金雨来十分尴尬,很不好意思地说:

"你们这是看什么呀?"

"我们就是看你呀!看水马司令呀!"一个女学生咻咻地笑。

"哪里有什么水马司令?"

"咳,别谦虚了,你就是嘛!"一个老人说,"那么高的城墙,听说昨天晚上你们一蹦就蹦上来了。"

"没有的事!没有的事!"金雨来哈哈笑着说。

接着,有好几个人一起说:

"司令别太谦虚了,把你们的水马拉出来叫我们看看,行吗?"

"还有盔甲!那刀枪不入的盔甲!"

金雨来被弄得没法,抻抻自己满是泥点的军衣,笑着说:

"要看你们就看吧,这就是我的盔甲。"

"咳,真会说笑话,人家还保守秘密哩!"

金雨来看群众热情很高,是个宣传的好机会,就把每个红军战士常向群众宣传的那番道理,大大讲了一番。群众对这些新鲜道理,给予了许多热烈的掌声。

(十一)遵义群众热烈欢迎中央纵队入城。杜铁匠他们的鞭炮声带来特有的欢乐气氛。历史将在这里揭开重要的帷幕。

遵义,是一座古城。她的历史可以追溯到战国时代,那时叫做鳖国。西汉时叫做牂牁。这些都已年代久远,难以详考了。到了唐初,就先后改名郎州、播州,那倒是有点名气,不过是贬官、流放的蛮荒之地。那位名扬千古的大诗人李白流放的夜郎国,就在距遵义不远的桐梓县。认真说,直到十八世纪中叶至十九世纪的近百年间,由于遵义蚕桑和丝织业的发展,她才成为一个比较完备的城市了。

　　遵义古旧而又残破,风景却颇为秀丽。红花岗、凤凰山等几座山峰像伸出双臂抱着这座城市,城墙边弯过一道澄碧的江水,名叫湘江,也叫芙蓉江。江上有一座古老的石桥。今天石桥两端挤满了人群,他们都面带着喜色在欢迎中央纵队入城。行进中的红军战士一个个更是眉开眼笑。他们彼此笑着,望着,都有一种新鲜的、不期而遇的喜悦。对遵义的居民来说,他们早已对黔军厌烦透了,红军的来临,无疑使他们产生了朦胧的希望。而对红军来说,这毕竟是他们自江西出发以来进入的第一座城市;过去经过一座小小的市镇,尚且很高兴,何况这是一座城市呢! 他们的军容显然经过一番整顿,衣服补缀得很整齐,看来颇为威武。

　　值得一提的是桥头一阵又一阵鞭炮的脆响,给今天的场面增添了特有的欢乐气氛。贵州人管这玩艺儿不叫鞭炮,也不叫花炮,而叫做火炮。不管叫什么,它在点燃人们心中的欢乐方面,却是独特的无与伦比的。令人注目的是,这个主持火炮的人,看来颇有心计,每一个单位的队伍一踏上桥头,鞭炮就噼噼啪啪响了起来。如果你从人群里挤过去,就可以看到桥头上站着十几个衣衫破烂的黑脸汉子,每个人都挑着一根长竹竿,竹竿上挂着一挂长长的鞭炮。他们望着队伍傻笑,由于脸色乌黑,一笑就露出一嘴白牙。看来他们今天的欢迎,怀着特别的热诚。直到中央纵队过完,欢迎的群众全都散去,他们还伫立在桥头张望。

　　这时,连长金雨来正在桥头维持秩序,看着这一伙人很有意思,就走上去,笑吟吟地问:

　　"老哥们,你们还在这里等谁呀?"

　　人群里有一个三十多岁的相当魁伟的汉子,笑着答道:

　　"我们还要欢迎你们的官长。"

"官长?"金雨来不禁笑了起来,"你们要看哪位官长呀?"

"朱德、毛泽东来了吗?"

"他们都过去了。"金雨来答道,"刚才那个头发长长的,一路走一路笑着点头的,不就是毛泽东吗!朱总司令还向你们招手哩,你们也没有看见?"

一个活泼的,像瘦猴似的小鬼插进来说:

"是,是,我是看见一个五十来岁的人,向我们招手,真和气得很,像个老伙夫似的。"

"咳,真糟!我还以为他们在后边哩!"那个三十多岁的壮汉惋惜地叹了口气,还抖了抖竹竿,竹竿上挑着一挂长长的火鞭,"你看,我还给他们留着一挂火炮哩!"

金雨来为他的热诚所感动,问:

"你们这些老哥都是干什么的?"

"我们都是挑煤巴的。"那个瘦猴似的小鬼笑着说,"干我们这种活儿瞒不了人!"

金雨来一看,他们一个个全是黑乌乌的脸,穿着小破袄,肩头上露着棉花,连棉花也是黑的。

小鬼说过,又指了指那个三十来岁的壮汉:"这位杜师傅是打铁的。这回来欢迎你们,就是他挑的头儿。"

金雨来又仔细打量了这位铁匠,见他肩宽背厚,不仅粗犷有力,而且目光炯炯,相当老练沉着,看去很像见过一点世面。他听了小鬼的话只淡淡一笑。

金雨来带着敬意笑着问:

"杜师傅!你组织他们出来欢迎红军,就不怕土豪劣绅注意你?"

"一听你们要来,他们一个个早就吓掉魂了!"杜铁匠笑笑,轻蔑地说。

"听说你们来,他们就觉着天要塌了的样子。"那个瘦猴似的小鬼抢着说,"头号的财主往四川跑,二号的财主往贵阳跑,土财主就往山洞里藏。有个财主还吓唬我:'李小猴,跟着我们跑吧,你要不跑,共产党抓住你,要割你的鼻子,挖你的眼,掏你的心!'我一听,也害怕了。可是我家里还有个老娘,就指望我挑点煤巴卖,我一跑家里怎么办?我这心七上八下没有主意。那天,城里有钱人已经跑了不少,街上的店铺,也都咔咔嗒嗒关门。我往茶馆里送煤巴,见茶馆里冷清得怪,只有杜师傅一个人坐在那里喝茶,一副不慌不忙的样子,就好像没有这回事似的。杜师傅见我慌慌张张的,就笑吟吟地问:'小猴子,你慌什么?'我说:'红军已经骑着水马过了乌江,眼看就到了,我怎么办?'杜师傅就拉着我的手坐下来,问我:'小猴子,你家里有多少房呀?'我说:'杜师傅,你还不知道,我是一间房也没有,住的都是人家的。'他又问:'你有多少地?'我说:'你更问得稀奇,我要有地怎么会跑到遵义来呀!'杜师傅又接着问:'没房没地,手里总还有个钱吧?'我说:'杜师傅,你这简直是同我这个穷苗家开玩笑了,有钱我还去挑煤巴卖呀!'杜师傅就笑着说:'这就对了,你什么都没有,还怕什么!红军是打富济贫,说不定还有点好处。'我一听,乐了,忙问有什么好处。他说,红军一来天就要翻个个儿,地也要翻个个儿,土地是要分的,衣服、粮食也是要分的。说到这儿,他还拍了拍我的肩膀,说:'像你这破棉袄怎么过冬呀!红军过来了,还不先分给你一件新棉衣穿?'他说过就哈哈笑起来,我心里蜜甜蜜甜的,也觉着像真要有一件新棉衣似的。我忙问,红军来了怎么欢迎,他说,你去找找那些挑煤巴的弟兄,有愿意的,大家凑点钱到街上买火炮去。红军一来,咱们就放起来……"

"这不,你们就放起来了……"金雨来笑着说。

"可是,也没放完。"杜铁匠笑了笑,有些遗憾地说;一面摇了摇手里的竹竿,那上面还挑着一挂火炮。

"那就等着成立苏维埃的时候放吧!"

金雨来抬头看看太阳,天已近午,就说:

"杜师傅,还有各位到我们连吃饭吧,我们今天还杀了一口猪呢!"

大家都推让着,很不好意思。金雨来紧紧拽着杜铁匠,大家也就跟着去了。

遵义分为新旧两城,中间隔着一条芙蓉江,有石桥相通。新城是太平天国后期,当地的官僚、地主和富商,为了对付苗、汉起义军的纷纷兴起而修建的。不过主要市区还在旧城。中央纵队到达遵义以后,博古、李德和军委总部的周恩来、朱德、刘伯承等住在旧城,毛泽东、王稼祥、张闻天等住在新城。新城穆家庙有一座小孤山,山旁边有边防旅长新修的两层小楼,毛、王、张就住在这里。

部队住下来的第二天,毛泽东一早就出去了。王稼祥经过一夜休息,卫生员又来换了药,身体显得轻松了许多。但心情仍然很忧烦。自从突过湘江以后,因为进军方向的分歧,简直是争了一路,吵了一路。在这中间,他做了不少工作,还提出要召开一次政治局会议,这一点总算在黎平会议上定下来了。可是由于追兵在后,战事紧张,总也找不到适当时机,现在这个时机该是到来了。会议准备得是否充分,也将决定会议能不能成功。

他这样想着,就慢慢地走下楼梯,来到张闻天的房间里。

张闻天戴着一副深度的近视镜正在看书。他早年当过作家,写过小说,也写过评论。还在檀香山当过报纸编辑。以后又到莫斯科中山大学学习,和王明、博古、王稼祥都是同班同学。尽管他现在穿着军衣,戴着红星军帽,但依然像个大学教授,一派学者风度。他见王稼祥进来,忙放下书,笑着问:

"稼祥,你的伤口怎么样了?"

"过了乌江,似乎好一些。"

王稼祥一面说,一面坐下来。他看见桌上是一本克劳塞维茨的《战争论》,就皱皱眉头说:

"咳,你先别看这个书了;政治局会议很快就开,会怎么开法,还是多考虑考虑的好。"

"反正到时候我是有话讲的。"张闻天似乎胸有成竹,"我也希望早点开。现在薛岳正向贵阳前进,他对贵阳的兴趣恐怕并不比追我们为小。对我们来说,这正是一个空隙时间。不过要抓紧。"

"恐怕你还是准备一个发言。"王稼祥笑着说。

"当然。"张闻天说,"我就是主张党内要有民主,而民主就在于倾听不同意见。广昌战斗打得一塌糊涂,我刚说了几句在我看来并不尖锐的话,我们的博古同志就说我是普列汉诺夫……"

王稼祥哈哈大笑,说:

"那次我没有参加。怎么会说你是普列汉诺夫呢?"

张闻天似乎还带着当时的气愤,说:

"我当时就说,像广昌战斗那样硬拼是不对的,后来受了那么严重的损失,广昌还是丢了。博古就说,这是普列汉诺夫的机会主义思想!因为普列汉诺夫反对一九〇五年俄国工人的武装暴动!"

"这怎么能够拉扯在一起呢!"王稼祥深有所感地说,"我们党内有一个毛病,动不动就爱扣帽子,好像自己原则性强。"

"从那以后,他对我就越来越不感兴趣了。"张闻天回忆说,"五中全会,他提出增设一个人民委员会主席,要我担任这个角色,以后我越来越觉得不对头。老毛是苏维埃主席,政府工作都是他来做,我去以后,他就无事可做了。这样既排挤了我,又排挤了老毛,真是一箭双雕!"

"噢,原来是这样!"王稼祥陷到深沉的思索里。

张闻天凑近王稼祥,压低声音说:

"而且,有一次,他对我转达了李德的一句话,直到今天我都不大理解……"

"什么话?"王稼祥睁着亮亮的眼睛,警惕地问。

"李德说,这里的事情还是依靠莫斯科回来的同志……这意思似乎说,我们内部不要闹摩擦。"

"这是什么话!"王稼祥气愤地说,"我们党内能这样吗?我们应当服从真理,不能是服从于哪一派、哪一个人!"

"对,谁手里有真理,我们就跟谁走!"张闻天也响亮地说。

这时,只听房门吱扭响了一声,接着,周恩来披着大衣兴冲冲地走了进来。他的两颊胡子又黑又浓,一部长长的美髯飘在前胸。他打量了这个房间一眼,又仰起脸看了看天花板下的吊灯,说:

"你们这个房子不错呀,这是谁的房子?"

"据说,是一个马夫的房子。"王稼祥笑着说。

"马夫的房子?"周恩来有些惊疑。

"是这样,"王稼祥解释说,"周西城有一个妹妹长得很丑,嫁不出去,后来就嫁给他的马夫,这个幸运的马夫接着就提升为旅长了……"

周恩来听后哈哈大笑。接着问:

"毛主席在吗?"

"他一早就出去了。"

"到哪里去了?"

"去看贺子珍了。卫生部来了电话,说她快要生孩子了。"

"唉,女同志在这种环境下生孩子真够受的。"周恩来叹了口气,在床铺上坐下来。

王稼祥说:

"我刚才同洛甫同志商量,政治局会议还是早点开好。"

周恩来点了点头,说:

"这些意见,昨天晚上我已经同博古同志讲了,他同意尽快开,不过报告还是要等他写出来。另外,他要我也讲几句。"

说到这里,周恩来问:

"可惜毛主席不在,你们听到他对会议有什么意见吗?"

"他说,还是集中讨论军事问题,面不要开得太宽。"

王稼祥怕没说明白,又加添了一句:

"也就是说,政治路线方面的问题,先不要涉及。"

周恩来皱着一对浓眉,思索了一会儿,然后笑着说:

"好,这样好。这样便于解决问题。"

正在这时,电话铃响起来。王稼祥拿起耳机一听,就笑嘻嘻地递给周恩来说:

"恩来,你真是走到哪里,电话就跟到哪里。"

周恩来接过电话,还没有听几句,脸色就变了,神情颇为激动。

"好好,知道了,等我回去处理。"说过,重重地放下了耳机。

"净出些莫名其妙的事!"周恩来气愤地说,"你看这个李德,嫌分给他住的房子不好,就在院子里撒气,乱打起枪来!这还像话吗?"

"非把这个家伙轰下台不可!"王稼祥和张闻天也气愤地说。

"我先回去了。等毛主席回来,我再来一次!"

周恩来招招手,以敏捷的步伐跨出门去。

(十二) 尽管一个战斗的家庭纷纭复杂,但历史说,雨后总是阳光。

必然与偶然,永远是一个有趣的联结。必然性可以预计,而偶然性则任何天才都不可预计。例如一九三五年一月十五日开始的中共政治局扩大会议,谁也不会想到就在遵义城内柏辉章师长的家里举行。这一点,不仅柏辉章本人绝想不到,就是毛泽东、周恩来这些人物也想不到。

柏辉章是王家烈下面的一个师长。他于一九三二年竣工的这座阔绰的家宅,完全是仿照他的上司在贵阳那座楼房的模式,四外都有宽大的走廊,走廊上有好看的拱形的雕饰,其差别仅仅是少了一层。在遵义城内那些古旧的中世纪的小楼之中,它显然也是鹤立鸡群。一进那座贼亮贼亮的黑漆大门,迎面还有一座圆门,上题"慰庐"二字。这座崭新的、宽大的楼房,对于长途跋涉想找个立足地解决一下他们的家庭纠纷的人们,也真是一个很好的安慰了。

冬季天黑得早,晚饭后不久,暮色已经降临。在二楼宽敞的客厅里,警卫员们早就把天花板下垂着的那盏带罩的煤油灯点了起来,洒下一片橘黄色的灯光。他们还弄了一个大火盆,生了满满一大盆炭火,使整个屋子暖融融的。屋子正中摆着一张长方形的发着亮光的黑漆木桌,有二十几把精致的藤面黑漆木椅,壁上还有一只挂钟,好像这一切本来就是为这次会议做准备似的。政治局委员们和扩大来的红军的高级将领们,不用说,接触这样安适的环境,长征以来还是第一次。他们的脸上都露出欣慰的笑容。会场上充满一种愉快的和悦的气氛;按照共产党的家风,本来也就是这样。尽管将要开始的会议,带有极其深刻的、严肃的甚至是不可调和的性质,但是在开会之前,你却看不出有什么紧张的迹象。屋子里一片说笑声。那些椅子,警卫员本来摆得很整齐,这些过惯战争生活和游击生活的人,却把它拉开来,坐得松松散散,好像过于拘谨正规,已经不再适合他们的性格。

今天坐在上首的是会议的主持者总书记博古,挨着他的是周恩来、朱德和陈云。毛泽东挨着王稼祥、张闻天,靠着窗子坐着。他的头发很长,面孔依然显得憔悴,但心情看来愉快了许多,谈笑自若,仿佛并不存在什么严重的事情。其他政治局候补委员邓发、刘少奇、何凯丰以及扩大参加的高级将领刘伯承、李富春、林彪、聂荣臻、彭德怀、杨尚昆、李卓然,还有中央秘书长邓小平都松散地坐在桌子周围。惟独李德远远离开桌子,心事重重地坐在房门的入口处,不断地抽烟,喷出浓浓的烟雾,旁边坐着他的翻译伍修权。

如果仔细观察每个人的神态,还是可以看出,博古与众人有些不同。他是一个富有才华的年轻的政治家,其才思之锐敏,对马列著作之熟悉,并不在毛泽东、周恩来等人之下。尤其是少年得志,大权在握,平日里自不免有目空一切的骄矜之色。过去在中央苏区的各种会议上,发表起演说来,真是口若悬河,滔滔不绝,既有强烈的鼓动性,又有逻辑的雄辩性,再加上马列原著能够整段引来,英文、俄文更是脱口而出,会场上常是一阵接一阵暴风雨般的掌声。他今天仍然显得矜持,但总有点不很自然。这也难怪,每个人,不管是谁,也不管是在政治上或者是在生活上,只要陷于某种被动,总会有这种难以掩饰的忐忑不安的心情。博古自湘江战役之后,不论是同志们背后的窃窃私议,还是当面流露的不满,都已陆续听到不少。今天的会议,是接受大家的提议被动地召开的,报告又是在大家的催促下准备的,也就更难怪有这种不安的心情了。

壁上的自鸣钟当当当响了五下,周恩来在博古的耳边轻轻地说:"开始吧!"博古点了点头,扫视了一下会场,接着就宣布了开会。他的主报告的题目是《关于反对敌人五次"围剿"的总结》。在这个报告里,他首先肯定了四中全会以来中央在政治上和战略上都是正确的,是无可怀疑的。这一点他做了反复说明和充分的发挥。至于讲到中央苏区放弃的原因,他列举了一系列的客观因素和主观因素。在客观原因上,他强调了第五次"围剿"与历次"围剿"不同:帝国主义列强对国民党的援助大大加强了,通过大量的借款和现代化的军事装备,大大加强了国民党的军队;在兵力上国民党动员了一百万大军,而专门进攻中央苏区的就有五十万人;另外还派了军事顾问;这一切就形成了对红军的绝对优势。而在主观原因方面,党在白区人民中的工作依然没有显著的进步,游击战争的发展与瓦解白军士兵的工作依然薄弱,各苏区红军在统一战略意志之下的相互呼应与配合还是不够,这些弱点无疑地要影响到反五次"围剿"的行动,成为五次"围剿"不能粉碎的重要原因。

博古抽烟很凶,几乎是一支接着一支,报告作完,已经不知抽到第几支了。他在纸烟的烟雾缭绕中,结束了自己的报告,最后说:

"同志们!我的这个报告写得很仓促,不周密不全面之处是难免的,希望同志们以布尔什维克的精神给予批评。"

话虽如此说,但心里却嘀咕着:大家究竟会怎样评价呢?就像拿出作品的可怜的作者在听候着观众的裁判。他扫视了大家一眼,会场上却是一片冷峻的静默。只有一向维护博古领导的"少共"中央局书记何凯丰,鼓着两只大眼睛,审视着会场上每一张面孔,想从他们的表情看出对报告的反应。

下面是周恩来的副报告。他的表情是严肃的和热诚的。他和博古的报告有一个明显的不同,就是在分析未能粉碎五次"围剿"的原因时,侧重讲了主观方面,也就是领导者本身在军事路线上犯了严重的错误。

"这是一个终身难忘的沉痛教训!"他望着大家异常沉痛地说,"在这中间,我自己也是有缺点和错误的。我愿意在我负责的领导工作中承担责任,并坚决改正。我希望全党来监督我,看我今后是否做了改正。……"

他的长胡子似乎在抖动着,眼睛里流露着真诚的灼人的光辉。全场的人都在望着他。"共产党人本来就该是这样。"人们心里悄悄地说。仿佛在这一瞬间,一块冰块儿在不知不觉间融化了。而且,人们心里清清楚楚:在军事思想上,他和毛泽东、朱德都基本上是主张打运动战的。因此,在他代替毛泽东为一方面军总政委后,能够同朱德一起取得粉碎四次"围剿"的光辉胜利。此后,周恩来、朱德同苏区中央局和临时中央在夺取"中心城市"等一系列问题上矛盾愈来愈尖锐了,周、朱在前方指挥上毫无机动权,造成很大困难。李德进入苏区后更加剧了这一矛盾。终于在一九三三年末,李德以统一前后方指挥为名,建议并经中共中央局决定,取消了中国红军总司令部和第一方面军司令部,原"前方总部"撤回后方,并入中革军委,这时的部队就由博古、李德直接指挥了。今天,周恩来为此坦诚地承担责任,一个本来德高望重的人,在人们心目中,形象是更加高大了。

接着,是张闻天的发言。他的神态严峻,嗓音洪亮。由于事前吸收了毛泽东、王稼祥的意见,提纲准备得相当周密。发言的严肃性和针对性,与博古的报告构成了森严对立的壁垒。

会场上,气氛紧张起来了。

"我来讲几句吧。"毛泽东笑着说。他从窗台上端起他那个旧搪瓷缸子喝了两口水,就一手拿着提纲,一手夹着纸烟讲起来。他平时讲话一向不用稿子,今天显然做了充分准备。按照他的风格,一开始也还是讲得很随便:

"前面就是夜郎国了。这是当年李白流放的地方。而李白并没有真的走到夜郎,他是中途遇到大赦就回去了。可是老天,谁赦我们哪?蒋委员长是不会赦我们的!我们还得靠两条腿走下去。"

会场上活跃起来,引起一阵低微的笑声。

"问题是,为什么我们会走这么远的路呢?"他的话锋一转就归入正题,"这是因为我们丢掉了根据地嘛。而为什么会丢掉根据地呢?按博古同志的说法,是敌人的力量太强大了。不错,敌人的力量确实很强大;可是前几次'围剿'难道敌人的力量就不强大?红军到五次反'围剿'已经发展到八万多人,而前几次反'围剿',红军打了那么多仗,也不过一两万、两三万人。所以,敌人的五次'围剿'没能粉碎,还是我们在军事路线上出了毛病。这毛病主要是不承认中国的革命战争有自己的特点,不承认中国的革命军队必须有自己一套独特的战略战术。

"我们的敌人也是犯了类似错误的。"毛泽东接着说,"由于他们不承认同红军作战需要有不同的战略战术,所以招致了一系列的失败。后来,国民党的反动将军柳维垣、戴岳先后提出了一些新意见,蒋介石采纳了,开始对我们采取堡垒政策。可是在我们的队伍中却出现了回到'老一套'的人们,要求红军'以堡垒对堡垒','拒敌人于国门之外'。这样整整同敌人拼了一年消耗,根据地越来越小,本来是为了不放弃一寸土地,最后不得不全部放弃,来了一个大转移。"他说到这里,既沉痛又尖锐地说,"采取这种战法的同志就不看看,敌人是什么条件,我们是什么条件,我们同敌人拼消耗能拼得起吗?比如,龙王同龙王比宝,那倒还有个看头,如果是乞丐同龙王比,那就未免太滑稽了!"

会场上又腾起了一阵笑声。李德的头低了下去,博古的脸色也登时红了。

"当然,这些同志的用心是好的。"毛泽东的口气缓和了一些,"他们主要是怕丢地方,怕打烂我们的坛坛罐罐。打烂坛坛罐罐,我也怕咧,难道我就不怕? 可是,不行啊,同志们。事实上,常常是只有丧失才能不丧失。如果我们丧失的是土地,而取得的是战胜敌人,加恢复土地,再加扩大土地,这就是赚钱生意。市场交易,买者如果不丧失金钱,就不能取得货物;卖者如果不丧失货物,也不能取得金钱。革命运动所造成的丧失是破坏,而取得的是进步和建设。睡眠和休息丧失了时间,可是取得了明天工作的精力。如果有什么蠢人不知道这个道理,拒绝睡觉,我看他明天就没有精神了。同志们,你们说是不是这样?"

人们大笑。

"有的同志,总是对诱敌深入想不通。"毛泽东继续说,"他们不是批评我逃跑主义,就是批评我游击主义。其实,谁不知道,两个拳师相对,聪明的拳师往往先退让一步,而蠢人倒是气势汹汹,劈头就使出全副本领,结果却往往被退让者打倒。你们都没有忘记《水浒传》上的洪教头吧?他在柴进家里要打林冲,一连唤了几个'来''来''来',结果还是被退让的林冲看出破绽,一脚就把他踢翻在地。"说到这里,他叹了一口气,"可是有的同志总是不能理解这个道理。我们进行的是运动战,我们的原则是:打得赢就打,打不赢就走。我总是对同志们说,准备坐下又准备走路,不要把干粮袋丢了。而有的同志总是摆出一个大国家的统治者的架势,要打什么'正规战争',非常害怕流动。好,世界上的事情就是这样,反对流动结果却来了个大大的流动。……同志们,我们还是一切从实际出发,有什么条件打什么仗,在什么山上唱什么歌吧!"

毛泽东的长篇发言,差不多占了一个多小时,基本上讲军事,但别的方面也讲到了。他的讲话深刻、通俗、风趣,而尤其带有很浓的哲学色彩,充满智慧的灵光。好像一下子把人的思想照亮了。会场上,人们有的脸上露出发自内心的微笑,有的陷入沉思。模糊不清的概念清晰了,难以确定的确定了,尚未成熟的见解成熟了,人们精神上顿时像饮了一杯醇酒似的得到很大的满足。人们望望博古,他仿佛陷入深深的思考之中。何凯丰带着惊愕的神色瞪大了眼睛。李德瞥了毛泽东一眼,然后掉转头去,猛地喷出一口浓烟。那神色仿佛说:"瞧,毛泽东又是那一套!"

王稼祥处于一种精神亢奋的状态。为了召开这个会议,他是花费了不少心血的。最近一连休息了几天,觉得伤口轻松了一些,因此会前没有坐担架,就由警卫员扶着早早地来了。他的脸上呈现着欣慰的微笑,而心里却盘算着发言的时机。他的发言显然不能过早,也不宜过迟。现在一看毛泽东发言后,会场上充满如此良好的气氛,时机不可错过,遂咳嗽了两声,先机传出了发言的讯号。

王稼祥的发言,除了对毛泽东的发言表示完全赞同以外,着重提出了博古特别是李德领导作风的问题。他指出,自从李德进入苏区以后,军委的一切工作都为他个人所包办,博古只听他一个人的,"集体领导已经不存在了"。他们还发展了一种惩办主义,对下实行压制,对自己却没有丝毫的自我批评。这种恶劣的领导方式,带来极大恶果。讲到这里,王稼祥气愤地说:

"对你们这条错误的军事路线,同志们意见是很多的,难道过去没有向你们提过吗?不,不是没有提过,是你们不听啊!不但不听,还加以压制。为了粉碎敌人的堡垒政策,毛泽东同志曾经提出,将红军甩到江浙一带,突击蒋介石的侧后方,这样不仅配合了福建事变,直接支援十九路军,而且可以使敌人精心经营的堡垒地带,完全无用。这样一个带战略性的意见,你们听了吗?你们对党内民主看得一钱不值,自认为掌握了权力就掌握了真理,实际上这完全是两回事。像红军离开中央苏区向远方转移这样的大事,你们竟然没有召开政治局会议讨论,你们把党的民主究竟置于何地?……"

说到这里,他不禁站起身来,说:

"我认为,李德同志是不适宜再领导军事了,应该撤销他军事上的指挥权;毛泽东同志应该参与军事指挥。……"

王稼祥的发言,像水潭里投入了一块巨石,使会议震动。朱德布满皱纹的善良的脸上笑开了花,看着众人笑得很甜。显然,这个发言使毛泽东冲开的突破口扩大了,使刚刚开始的优势稳定下来。但是这个发言火辣辣的刺激性,却在另一些人心中激起了不安。何凯丰狠狠地瞅了王稼祥一眼,在王稼祥还没有坐定的时候,就开腔了:

"我认为,博古同志的报告是正确的,毛泽东同志、王稼祥同志对报告的指责是相当偏激的。"凯丰向会场轮了一眼,"众所周知,自从四中全会以来,党的方针路线是异常正确和英明的。党中央对于国际的路线指示,是无限忠实的并表现了布尔什维克的坚定性。党的各项工作取得的成绩是巨大的和有目共睹的,是任何人所不能否认的。五次反'围剿'以来出现的问题,我们主观上虽有缺点,但基本上还是由于敌人力量的强大,这是不容否认的客观事实。同时,我们工作上的缺点是局部的和战术性的,并不涉及马列主义的根本原则。我们对同志的批评应当实事求是,决不允许肆意夸大。"说到这里,他横了王稼祥一眼,并提高声音说,"就以军事问题而论,李德同志是在莫斯科伏龙芝军事学院学习过的,是经过正规训练的,毛泽东同志不过多看了几遍《孙子兵法》而已,难道他说的那一套就都是马列主义?……我看我们还是团结起来,不要互相指摘……"

凯丰的话音没落,会场上就响起了几个声音:

"这怎么是指摘呢!难道过去的问题不讨论了?"

"凯丰同志,你看哪些问题夸大了?"

"真是……"

这时,毛泽东欠欠身子,笑着说:

"言者无罪,闻者足戒嘛!我看还是让同志们把话说完的好。"

这时,李德早已忍耐不住,他用胳膊肘碰了碰他的翻译,霍地挺身而起,用俄语连珠炮般地嘟噜起来。会场上多数人不懂俄文,只看着他那脸部的肌肉抽动着,黄眼珠里射出愤怒的光。伍修权好容易等他告一段落,才翻译道:

"我今天无意多发表意见,但我要提请各位注意两个最明显不过的事实。第一,在我参与中国红军工作的这一年中,也就是五次反'围剿'的这一年中,兵力薄弱、装备很差的中央红军,不仅在拥有五十万人和现代化装备的国民党军队的进攻面前岿然不动,而且使敌人遭到了惨败;第二,红军是井井有条地进行了整编,胜利地冲过了四道封锁线,保存了自己的有生力量和战斗力。我请问这是不是事实？如果是事实,你们为什么要把一些战术性的、枝节性的缺点,加以夸大,把它说成是军事路线上的问题而归罪于一个毫无权力的顾问呢？"

他说过坐了下来,仍然余怒未息地喷出一口一口的浓烟。

一军团的政治委员聂荣臻,是个细高个子。他天性温和,对人宽厚,不是原则问题,很少同人争论,而牵涉到原则却又寸步不让。他的脚在过九峰山时磨破了,过了湘江又化了脓,只好坐担架,这就常常同王稼祥在一起。两个人时常议论五次反"围剿"以来的问题,开这个会是他多少天以来的渴望了。今天他本来准备等政治局委员们发言过后再来说话,现在看到凯丰和李德这个样子,也就忍耐不住。

"李德同志要我们尊重事实,但是他却忘了一个最大的事实,就是把中央苏区丢了,我们不得不千里跋涉,来到这个地方。他把这一切都说成是战术性的、枝节性的,好轻松啊！这真是彭德怀同志说的'崽卖爷田心不疼啊！'"

聂荣臻望望博古和李德,不慌不忙地继续说道：

"这里我就说说你们'以堡垒对堡垒'和'短促突击'的战术得到了什么结果。就以丁毛山战斗为例,敌人修了堡垒线,我们也修了堡垒线与之对抗,结果打了一个多星期,完全得不偿失。我到阵地上亲眼看到,三团一共九个连就伤亡了十三名连级干部。气得一个排长说,不知捣啥鬼哩,我们一夜不困觉做了一个堡垒,人家一炮就打翻了；而人家的堡垒,我们只有用牙齿去咬！群众的这些意见,我们都向上反映了,我们自己也向上面写过信,提过建议,可是你们听吗？你们硬是充耳不闻,因为你们心目中就没有群众！"

聂荣臻说到这里,又凝视着李德,带有嘲讽意味地笑了一笑：

"李德同志,我还要说一说你的得意创作短促突击。为了贯彻你的这个指示,你还亲自到我们军团上过课。你的意思是,等敌人离开堡垒前进时,去突击他一下再收回来,可是你就没有想到,我们的兵力就暴露在敌人的堡垒之下。古龙岗战斗就是典型的例子。这一次我们本来想伏击薛岳四个师的一部分,但是由于执行的是短促突击,敌人很快就缩回去了,结果歼敌不多,我们自己却遭到不小伤亡。如果是诱敌深入,我敢肯定说,这部分敌人是回不去的。"

聂荣臻非常惋惜地叹了口气,好像还为未能歼灭这股敌人感到遗憾。接着,他又讲,对福建事变,没有积极地从军事上配合,也是五次"围剿"未能粉碎的重要原因。他认为,福建事变发生在五次反"围剿"之初,如果善于处理,不但可以胜利地粉碎敌人的"围剿",还可以使南京政府受到巨大的打击。当时中央倒是从政治上把握住了这一关键,可惜的是没有从军事上配合。讲到这里,聂荣臻叹口气说:"当时还说什么蒋介石是大军阀,福建人民政府是小军阀,第三势力可以迷惑一部分人,比蒋介石更危险,用不着给小军阀当挡箭牌。你说可笑不可笑!当时蒋介石把'围剿'我们的部队调往闽西,我们在敌人的侧面,看得清清楚楚,一路一路,真好打呀!大家都说,再不打机会就没有了。可是上面硬是不让打,说是帮助了小军阀。你看这种思想'左'到了什么程度!……"

由于聂荣臻平时很少发表激烈的意见,他今天的发言自然具有更大的分量。

"我也从这里说起吧。"彭德怀瞅了李德一眼,两道浓眉微微地皱了一下,"福建事变以前,蒋光鼐和蔡廷锴就派人来谈判了,说他们要反蒋抗日。我还请这个代表吃了饭,用大脸盆的猪肉招待他。中央回电说我不够重视,招待不周。可是不久,这个代表到瑞金谈判,中央又说第三党比国民党还坏。你们一时说我不够重视,一时又说他们比国民党还坏,我就弄不懂反蒋抗日有什么不好,你们的歪道理就是多哟!"

他的话引得大家哈哈大笑。

"我听说,古今中外的战术家都讲究集中兵力,而李德同志却要我们分散兵力。"彭德怀接着说,"过去毛主席指挥,一直把一、三军团摆在一起,李德同志却把一、三军团分得一东一西,搞所谓两个拳头打人。团村战斗,敌人三个师十五个团一共四万多人,我们三军团四个师一万多人,我们的部队冲进敌人阵地,敌人立刻乱了营,我在指挥所一看,只见敌军人马翻天,就是看不见我们的人在哪里,虽是猛虎扑进羊群,可是羊太多也难捉住。真可惜呀!当时如果有一军团在,敌人的十五个团可以全部歼灭,也就不会转到这里来了!"

"确实是这样!"聂荣臻也点头叹息道,"我们那里也有几次好机会,都因为三军团不在没有成功,太可惜了!"

彭德怀继续说:

"说实在话,我开始很纳闷,不知道李德同志究竟是怎样指挥的。后来我才听说,他是坐在屋里,看看图,用比例尺在图上画一画,连迫击炮放在什么曲线上他都规定得死死的,一点不许变动。他不知道我们缴获的十万分之一图,就根本没有实测过,有时方向都不对。他的命令一下,就叫你赶到,根本不考虑部队还要吃饭,还要睡觉,走不走得到。洵口战斗那次,我确实很生气:敌人有一个营眼看快消灭了,他非让我撤下来,去打硝石,连半天时间都不给;而那个硝石,是个死地,它在敌人堡垒群的中间,周围驻着敌人八九个师;我去电坚决反对才没有去,否则三军团就会被敌人全部歼灭。进攻南丰城,幸亏我留了一个新兵团在手上,坚决守住一个山口,不然一军团也有被歼灭的危险。"说到这里,彭德怀两眼直视李德,说:"李德同志,你刚才说红军到今天保存了有生力量,好像是你指挥的成绩,叫我看,要不是红军有高度的自觉,对你进行抵制,红军早叫你断送完了!"

"这些都不谈了,"彭德怀挥挥手说,"我还是谈谈广昌战斗吧。敌人集中七个师一个炮兵旅进攻广昌。我再三说广昌是不能固守的,博古同志和李德同志硬是不相信,要我们修永久性的工事。博古同志还亲任临时司令部的政委,李德同志实际是总司令。结果打了一天,从早上到晚上,敌人的飞机每次来六七架轮番轰炸,所谓的永久性工事就轰平了,在里面守备的一个营全部壮烈牺牲,一个也没有出来。部队突击了几次也没有成功,伤亡将近千人。晚上,博古、李德同志约我和杨尚昆同志谈话。一见面,李德还是那一套,什么如何进行短促突击啰、组织火力啰,我说,组织什么火力呀,根本没有子弹! 那天,真把我气坏了,我也豁出去了,我说,李德同志,自从你来了以后,你没有打过一个好仗! 敌人是五十万人,我们是五万人;敌人有全国政权,我们是二百五十万人一个苏区;敌人有飞机大炮,我们连子弹都没有;我们怎么能同敌人拼消耗呀! 今天的实际你可看到了吧! 你完全是一个主观主义的、图上作业的战术家! 苏区开创快八年了,一、三军团活动也六年了,你要把这一切都断送掉! '崽卖爷田心不痛',就是我那次讲的。讲了以后,我看李德并不生气,就知道伍修权同志没有全翻过去,我又让杨尚昆同志重翻了,果然李德就咆哮起来,直骂我:'封建! 封建!'还说因为免了我的军委副主席我不满意才说这些话的。我说,呸! 这是以小人之心度君子之腹。确实的,那次我把一套旧军衣放在包里,我是准备随他到瑞金去,随他开除党籍,开大会公审,杀头! ……"

聂荣臻和彭德怀的发言,使刚才凯丰和李德的发言掀起的波澜平息下去,就像是大海里涌起的两朵浪花勇猛相击后归于平静一样。朱德早就准备着发言,一次一次都被别人抢到头里去了。在他那忠厚纯朴的多皱纹的脸上,简直像风雨表一样,随着发言的内容,时而笑得很甜,时而皱起眉头。刚才凯丰和李德的发言,竟使他的脸拉得老长,坚实的颚骨绷得紧紧的。现在听着聂荣臻和彭德怀的发言,脸上的线条又自然而然地展开了。接着,他在大家的笑声中开始了发言。他的发言简明扼要,内容尖锐语调却极平和。他说,我们红军的人就是要以唯物辩证法来研究运用战术。事物是变动的,情况是迁移的,决不能用一成不变的老章法来指挥军队。毛主席就是从实际出发创造了我们的战术,所以前几次"围剿"都打赢了。很可惜,第五次反"围剿",把这些流血的经验抛弃得干干净净,所以才受到这样大的惩罚。今天要挽救危局,理所当然地应该让毛主席出来参加指挥。

总司令的发言,使大家不自觉地鼓起掌来。

接着,李富春、刘伯承等许多人都发了言。周恩来再一次发言,完全同意毛泽东对错误军事路线的批判,并支持毛泽东对红军的领导。

壁上的自鸣钟当当地敲了六下,沉在会议中的人们,蓦然抬头,才看见玻璃窗已经透进微明。天花板下的那盏吊灯里油已经不多了,火盆里的炭火也只剩了些余烬,人们这才觉得有些寒意。在走廊里烧水的警卫员们提着一把大壶走了进来,给每人倒了一大杯热茶。

"你们听,外面这是什么声音呀?"毛泽东一面喝茶一面问。

大家静下来一听,原来是小贩的叫卖声。

"好像是卖豆花的。"周恩来笑着说。

"谁请客呀,"毛泽东笑着说,"我的肚子早就饿了。"

"我们四川豆花很好吃咧!贵州的不知道怎么样。"朱德笑着,招呼他的警卫员到街上去看。

几个警卫员也很高兴,不一时就一碗一碗地端上来。热气腾腾的豆花,上面漂着一层红红的辣椒油,对于这些又困又饿的人们,无疑是非常难得的美餐了。

"可以,味道不错。"朱德边喝边评论说,"不过比起我们四川,似乎还差一点。"

"就是辣椒少了!"毛泽东说,一面笑着问博古,"你看这味道怎么样?"

"我们江浙人不欣赏这个。"

博古闷闷地答道。他沉吟了片刻,又说:

"老毛,你今天的发言,我认真听了。有些是对我有启发的,但是有些提法我不能接受。"

"那可能是我放的辣椒太多了吧!"毛泽东笑着说,"不要紧,不要紧,我们慢慢来谈。"

"对对,慢慢谈。"周恩来也笑着接过来说,眼睛放出欣慰的愉悦的光辉。

(十三)革命的人们在付出沉重的代价之后做出了自己的抉择:毛泽东站上了领导岗位。当时也许并没有认识到,这是有深远意义的历史转折。

中央政治局扩大会议,第二天晚饭后继续进行。大部分与会者都发了言,从各自不同的角度与亲身感受批评了单纯防御的军事路线,一致同意毛泽东出来担任中央领导。两天来,东风吹过来,西风吹过去,至此有了定局。

会议休会时,已是午夜以后了。

博古闷闷地走出会场,踏上寂静的街道,听到后面有脚步声橐橐地响。回头一看,原来是凯丰紧紧地跟了上来。

"你看今天的会开得怎么样?"凯丰赶上来悄声地问。

"你看呢?"博古反问。

"我看有些人太放肆了！"凯丰愤慨地说，"对待我们的国际顾问，怎么能够这样？他们很有否定一切的味道。哼！发展下去，甚至可能否定党中央的政治路线。"

博古没有立即回答，似乎在暗夜中沉吟。

"我觉得林彪还不错，那个彭德怀实在太不像话了。"凯丰又说，"聂荣臻那个人也要注意。你看他平时不动声色，会上都说了些什么！"

博古沉吟了一阵，说：

"总的来说，他们的发言我是不能接受的。但是有些意见，老毛在战术上提的一些问题，也不是没有一点对的地方。"

凯丰听到这里，有些不满地说：

"你是不是也有点动摇了？……我觉得有一点必须坚持，总书记的权力绝对不能让给他们！"

"那是自然。"

他们的声音越来越小，似乎已经融进深浓的夜色中了。

这时，毛泽东已经出了旧城，踏上了芙蓉江上长长的石桥。警卫员小沈提着那盏历经风雨的旧马灯陪伴着他。虽然开了半夜的会，但他一向是个夜游神，并不觉得疲倦，只是觉得有点饿。过了桥，正好看见新城门首，有一个小摊还亮着灯火，一个老汉正在收拾家什，看样子准备收摊子了。毛泽东走上去问：

"老板，你卖的是什么呀？"

"碗儿糕，还蛮热的，你要一点吧？"

毛泽东回过头问小沈：

"你带着钱吧？多买一点，我看大家准都饿了。"

毛泽东一面等候老汉包碗儿糕，一面问：

"老板，一天能卖多少钱哪？"

"小本买卖，卖不了好多钱的。"老汉笑着说。

"红军怎么样,有没有不给钱的?"

"哪有不给钱的!"老汉笑着说,"红军一过来,我这买卖好做多了。我这一辈子还没碰见过这样的好军队哩!"

碗儿糕包好,毛泽东正要离开,看见桥上有一点灯火飘游过来。灯火来至近处,才看出是周恩来和他的警卫员。周恩来披着大衣,警卫员手里提着马灯。毛泽东看见他刚才走得很急,就问:

"恩来,有事吗?"

周恩来把毛泽东拉到一边,说:

"明天就要讨论组织问题。"

"好。"

"就总的情况看,会议开得还是好的。当然,就个别同志来说,对大家的批评未必能够全部接受。"

"慢慢来吧。"毛泽东点点头,笑着说,"一个思想体系,是长时间形成的,怎么能让人家一个晚上就放弃呀?"

"这样,我看总的领导责任,博古同志不一定愿意交出。"

毛泽东沉吟了一会儿,说:

"这个问题,我看更不要匆忙。现在最重要的是先解决军事指挥问题。很明显,李德是不能再搞下去了。"

"那是自然。"周恩来笑着说,"军事指挥还是由你来搞。"

"不,这样变动太大。"毛泽东也笑着说,"恩来,还是你在军事上负总责吧,我来协助你。"

"如果你不接受我的意见,那只有会上说了。"

两个人笑了一阵,毛泽东挥挥手走向新城,周恩来又转回旧城去了。

第三天晚上,会议继续举行,至凌晨结束。会议推举张闻天为会议决议的起草人,并决定在行军途中向部队传达。会议在组织上的决定是:以毛泽东为中央政治局常委;在军事指挥上,取消三人团

（李德、博古、周恩来），仍由最高军事首长朱德、周恩来为军事指挥者，周恩来为党内委托的对于军事指挥上下最后决心的负责者；毛泽东为周恩来军事指挥上的帮助者。会上还决定，在向下传达的时候，可以提李德的名字，只有团以上干部的会议上，才能宣布博古的名字。

会议还有一个重要变动，就是改变了黎平会议以黔北为中心创造根据地的决定，一致决定渡过长江在成都的西南或西北建立根据地。这是刘伯承、聂荣臻这两个四川人提议的，这个地区无论政治上、军事上和经济上都比黔北好，所以被大家接受了。

在红军占领遵义期间，野心勃勃的薛岳已率领部队进入贵阳，成为贵州的太上皇了。其第七纵队吴奇伟部已由贵阳出清镇，渡鸭池河，经黔西，东向新场、遵义推进；其第八纵队经贵阳、息烽北向遵义推进；黔军也由六广河渡河，沿打鼓新场向遵义前进；桂军已到都匀；湘军已到镇远；川军已由桐梓以北的松坎，前来堵截。看来又是一个以遵义为中心的围攻局面。红军既然确定了以四川为新的战斗目标，在遵义自然不便久留，会议没有开完，便派彭德怀率三军团向松坎方向前进。随后，中央纵队也就从遵义出发了。

中央纵队离开遵义这天，在广场上有不少群众依依不舍地前来送行。刚刚打开遵义，在桥头欢迎红军入城的杜铁匠，现在又拥挤在人丛之中，黑油油的圆胖脸上挂着不少汗珠。他现在是遵义市一个区的苏维埃主席，随他欢迎红军的那帮挑煤炭的工人，已经参加了红军，差不多都补充到金雨来的连队里去了，他今天怎么能不来送送行呢！

金雨来是最早出现在遵义的神秘人物，他周围拥挤了不少人。杜铁匠费了很大劲才找到了他，一见面就抓住他的手说："金连长，你好难找啊！"别人都说："别喊连长，现在是营长了！"金雨来满脸是笑地说："杜师傅，你不是给我送行，你是给你那些挑煤炭的兄弟送行吧?"杜铁匠也开玩笑说:"你说给谁送行就算给谁送行!"说着,金雨来拉着杜铁匠的手找到队列里他的那些兄弟。这些工人早已扔掉了他们那些难以遮体的破衣烂衫,换上了遵义城裁缝铺赶制出来的并不标准的军衣,紧紧地煞着子弹袋,看去颇为英武。杜铁匠同他们握手话别,他们一个个眉开眼笑,那个瘦猴似的李小猴笑得最响。看样子他们并没有多少留恋,倒是杜铁匠眼里含着泪花。金雨来笑着说:"杜师傅,你是不是舍不得他们走啊?"杜铁匠说:"不,是我也想跟你们走。你们一走,白军一来,我怎么办呢?再说,上级又托付给我几个伤员,我怎么走得了呢?"

杜铁匠说过,又望着李小猴说:

"小猴,这次参军你告诉你妈了吗?"

"告诉了,告诉了。"李小猴嬉皮笑脸地说。

"我看不一定吧!"

"告诉她,就不会让我走了。"李小猴仍然满不在乎地说,"来不及了,你替我说一声吧。"

正在这时,那边过来了几位首长,后面跟着一大群警卫员,还有不少马匹。金雨来一看,里面有毛泽东、朱德、周恩来、博古、张闻天等好多人。金雨来碰了碰杜铁匠,笑着说:

"那天,你欢迎我们进城,不是想看我们的'官长'吗?你看,他们来了!"

说话间,他们已经来到面前。金雨来上前打了一个敬礼,指着杜铁匠,给中央首长做了介绍。

"噢!你就是那个杜铁匠啊!"毛泽东微笑着同他握手,用深邃的眼睛凝望着他,"杜师傅,那天你们放了不少花炮吧!"

"您别叫我杜师傅了,"杜铁匠红着脸说,"大家都叫我铁锤。"

"好,铁锤!"毛泽东笑着说,"你看我们的红旗上就有你一份儿。"

朱德、周恩来等人,也都带着几分惊讶的神气望着他,倒弄得杜铁匠有些不好意思了。金雨来说:

"那天,队伍过完了,我看到他手里还挑着一挂火炮,我就问,你怎么还不放呀?他说,我们还要等你们的官长哩!那时候你们早就过去了!"

毛泽东和其他首长都哈哈大笑。

"他现在已经是区苏维埃主席了。"金雨来说,"他还动员了一大批煤炭工人参加了红军。"

毛泽东注视着杜铁匠,充满感情地说:

"我们一走,敌人就会来,你可千万不要大意啊!如果城里呆不住,你就搬到乡下去。……我们总是要回来的。"

杜铁匠感动地点了点头,眼里涌出了泪花。几天以前,他手里还挑着花炮在桥头上迎接红军,接着是打土豪,分田地,成立苏维埃,他站在几万人面前讲话。转瞬之间,一切都要变了。这一切来得是这样快,去得是这样疾,想起来真如同梦境一般。他精神上如何承担得住!沉了半晌,他只迸出了一句话:

"同志,你们快回来吧!"

"我们一定会回来的!"人们乱纷纷地说。

杜铁匠从模糊的泪眼里望见,队伍开始移动了,他全部希望所寄的队伍又向西前进了。

第二部

(十四) 人们心底的烟云散去了，岩石下的野花也露出了春意。但是敌情仍紧，前路依然难以预料。

一九三五年一月下旬，黔北的山峦已经透出隐隐的春意。尽管山林还未脱去冬季的容貌，山岩下有时已可看到悄悄开放的野花。

遵义会议期间，部队得到休息整顿，补充了衣物冬装，士气大振。虽然只不过短短十天，已经是西征以来最长的一次休息了。遵义会议还没有详细传达，主要内容却已传布在部队之中。这些消息就像一股清泉倾注到干涸的土地，就像阳光穿透了迷雾，混乱的思想得到了统一，人们的情绪稳定了，清醒了。"打过长江去，与四方面军会合，创造新根据地"的口号，又激起了人们新的热情。

按军委命令，红军分三路北进川南：一路从桐梓、新站、松坎出发，经温水、良村、东皇殿，向赤水前进；五、九军团和中央纵队为中路，经桐梓、九坝、良村、东皇殿到土城；三军团为左路，从懒板凳出发，经遵义、大桥、李子关、回龙到土城。一月二十二日，中央电令红四方面军突破嘉陵江，吸引和钳制川敌，令二、六军团也积极行动，以便配合中央红军由泸州、宜宾之间渡过长江。

贵州真是一个名符其实的山国。部队从娄山关进入桐梓，刚刚踏进巴掌大一小块平地，接着折而向西，又钻进了一片山海。过了良村，山谷才略略开阔了一点。这里人民十分穷困，而山川却颇为秀丽。两边山上森林茂密，山谷青幽。在两山之间，有一道平缓的山梁。这天天气晴朗,队伍行进在长长的山梁上,真是人欢马叫,风展红旗如画,队伍中不断滚过一阵阵笑声和歌声。尤其是中央苏区的山歌更为引人。

　　　　拜别老娘泪如泉哟,
　　　　走投无路上梁山哟,
　　　　扯起红旗闹革命哟,
　　　　不灭白匪誓不还哟。

　　一听那尖尖的嘹亮的音调,就知道是那位被称为"水马司令"的金雨来唱的。他的山歌还没有落音,不知何时开始的传统风习就缠住他了。杨米贵立刻扯起嗓子大喊:"好不好?妙不妙?再来一个要不要?"接着全营潮水般的欢声就包围了他。金雨来本来心里快活,略微客气了一下,又唱起来:

　　　　山歌越唱越开怀哟,
　　　　东山唱到西山来哟,
　　　　红色瑞金闹革命哟,
　　　　红旗滚滚过山来哟。

　　　　一声炮响震山崖哟,
　　　　革命群众四面来哟,
　　　　有的带刀带枪马哟,
　　　　为了革命带米来哟。

　　杨米贵今天完全居于主动,脸上笑吟吟的,不等营长唱完,又喊起来:
　　"不行,不行,大家是要你唱个《送郎当红军》呢!"
　　"对,对,欢迎营长唱个《送郎当红军》!!!"大家也跟着起哄。
　　金雨来脑筋机灵,眼珠一转,立刻说:

"行,米贵,咱们俩合唱一个,你当妹妹。"

"不,你当妹妹!"

"营长当妹妹!!!"战士们又喊。好像营长当了"妹妹",他们就特别惬意。

金雨来一看难以摆脱,就连声说好,接着就唱起来苏区参军时男女唱和的歌子:

> 今年哥哥二十零哟,
> 放下锄头去当兵哟,
> 愿你天天打胜仗哟,
> 同志哥,
> 旗子飘飘过瑞金。

米贵甚为得意,好像他真的是营长的"郎"了,就立刻用粗憨的声调唱道:

> 妹子说话合我心哟,
> 哥哥决意当红军哟,
> 军服绑腿打得紧哟,
> 同志妹,
> 你在家事事要小心哟。

队伍前呼后应,齐声喝彩,使欢乐的情绪达到高潮。

这时,毛泽东骑着一匹白马也行进在行列里。他披着大衣,拿着马鞭,不自觉地敲着鞍子,轻轻地哼着什么,好像颇为悠闲的样子。虽说脸上仍然有些憔悴,但毕竟心情愉快多了。

"毛主席!"

他听到有一个熟稔的声音喊他。循声望去,见路边草地上坐着一个小巧玲珑的女同志,正笑微微地站起来,一面摘下军帽擦汗。

"这不是小麻雀吗? 可好久不见你啰!"

毛泽东一面笑着,下了马,同她握手。

"小麻雀"是刘英的绰号,因为她年轻活泼,那口湖南话说得铿锵有致,所以大家常这样叫她。

"毛主席,你刚才是在马背上哼诗吧?"刘英笑着问。

"是啊,刚才不是经过夜郎国吗,我是在哼李白的诗呀!"

"李白的什么诗呀?"

"你听,北阙圣人歌太康,南冠君子窜遐荒。汉酺闻奏钧天乐,愿得风吹到夜郎。……你看我们不是在'窜遐荒'吗!不过我们的心情和李白不同,我们是踏遍青山人未老,风景这边独好。"

"你的兴致总是这样好!"

刘英是毛泽东的同乡,在莫斯科中山大学学习过,到中央苏区工作也好几年了。她先是在少共中央,后来又调到地方工作部。他们在江西苏区时也常有往还。

"小麻雀,你是掉队了吧?"毛泽东望着她说,"上马骑一会儿吧!"

"我才不是掉队呢!"刘英撅着小嘴说,"我是检查纪律落在后边了,赶得急了一些。"

毛泽东听说她是检查群众纪律的,就很认真地问:

"现在纪律怎么样?"

"不错,确实不错。"刘英说,"部队情绪一高,执行纪律也就更认真了。我今天早晨碰到一个老太太,她信神,每天都要敲着木鱼念经,可是红军走后,她的木鱼敲不响了,后来才发现,红军用了她的东西,把钱给她放到木鱼里去了。"

毛泽东听了哈哈大笑。两个人就边走边谈。

"听说,这次遵义开会,你们吵得很厉害?"刘英用探询的目光望着毛泽东问。

"没有的事。"毛泽东笑着摇摇头说,"当然争论是有的,但是靠说服。解决党内问题也只有说服。"

"我们很担心会闹崩哟！现在好了，大家都说有希望了，你一上台就好了。"

毛泽东听到这里笑起来，说：

"我一上台就好了？谢谢大家的信任吧！我要不小心，也会犯错误的。……博古同志二十多岁就当中央书记，还是很有才华的。主要是思想方法不对，改正了，还是会做出贡献的。"

刘英个子小，尽管脚步迈得很快，还是有点跟不上的样子。毛泽东就把步子放慢了一些。

"问题解决得很好，就是解决得太晚了。"刘英叹了口气，不无惋惜地说，"你认为，能够更早一点解决吗？"

毛泽东沉吟着，走了很远，才摇摇头说：

"恐怕不行，条件不成熟。"

"现在倒是成熟了，就是付出的代价太大了。"

"是啊，可是世界上的事又往往如此！"毛泽东对此也深有感慨。他走了很远，才又加上了一句，"当然，如果一个党马列主义的水平高一点，觉悟早一点，更有勇气一点，也可以比较早一点解决问题。"

"这次会议为什么只讲军事路线？"

毛泽东笑而不答。停了一会儿才说：

"你也动动脑筋嘛！也许妙就妙在这里。"

刘英眨巴眨巴眼，笑了。

天色已近中午，太阳晒得有些热了。刘英见好多战士在下面小溪里喝水，也跑过去咕咚咕咚喝了两小碗，然后又跑上来。她像忽然想起了什么，又笑着问：

"最近，你去看贺子珍了吗？听说她的肚子很大了，是吗？"

"是的，女同志真受罪哟！"毛泽东满脸愁容地说，"恐怕快要生了！这种情况下可怎么办？"

"能不能寄到老百姓家里？"

"那怎么行，没保证呀！所以我把组织上给我的担架让给她了。"

"哼，我就不结婚！"刘英显得很有主意。

"那也不能永远不结嘛！"毛泽东笑着说。

那道长长的山岗子徐缓而下，行军的行列进入一条狭窄的山沟里。毛泽东正准备问问当地群众的情况，只听后面一阵杂乱的马蹄声响，回头一望，周恩来骑在枣红马上，和几个骑兵通信员赶了上来。遵义会议以后，周恩来仍然是全军上下最忙的人。作战计划制订以前，他要组织侦察，搜集情况，召集会议，进行研究；作战计划制订以后，他又要组织实施，一件一件落到实处。所以，他在行军时，有时走在前面，有时又走在后面。今天出发时，他为了等待电台收取一军团的战报就落在后面了。

毛泽东一看周恩来过来，就站在路边笑着说：

"恩来，你也是个'跑死马'哟，你看把马累成什么样了？"

周恩来下了马，向刘英点了点头，就走到毛泽东的身边说：

"我本来还可以早点上来，没想到后面出了一点事。"

"什么事？"毛泽东忙问。

"又是那个李德。他把几个炊事员撞到稻田里去了。"

"为什么？"

"是这样，"周恩来同毛泽东边走边说，"你知道，这个人怕飞机，每次都不愿跟部队在一起走，总是出发得很晚。等他赶上来了，又要部队给他让路。今天，正巧他前面有个炊事班，背着大锅，挑着油桶，正走在一条稻田埂上，就没有办法给他让路。他喊了几声，见人们不理，以为部队不尊重他，就发了火，立刻骑着马把炊事员撞到稻田里去了。……"

"哪能这样搞啊！"毛泽东皱起了眉头。

"是嘛,所以炊事员就不服嘛。我从后面赶上来,一看几个炊事员一身泥一身水,弄得像泥猴似的,正围着争吵。我就批评了李德几句,把他拉走了。……"

"他在哪里?"

"他还是不服气,又扯到会上的事。他说,我不跟你们中央纵队走了,我到一军团去,你们不是说我不懂中国革命战争的特点吗,我就到下面去体会体会……我说,也好,就答应了他。"

"他是觉得,他同林彪还能说到一块儿。"毛泽东一笑,"林彪不是写了一篇《论短促突击》的文章嘛!"

"我也这样想。"

毛泽东长长地叹了口气,说:

"看起来还是有怨气哟!"

毛泽东问起敌情,刘英见他们要讨论军机大事,就说要赶部队,向他们打了一个敬礼跑到前面去了。周恩来看见前面距路边不远的山洼洼里,有一棵巨大的杉树,投下了一大片喜人的浓荫,就指指杉树说:"我们到那里谈吧!"说着,两人就向那棵大杉树走来。待走到近前,才看出那棵大杉树总有六七层楼房高,七八个人也围不过来,真是巍然屹立,气概不凡。毛泽东不禁停住脚步,带着几分惊诧赞叹说:"我还从来没有见过这样大的杉树,真比沙洲坝我们苏维埃门口那棵大樟树还要大呢!"周恩来也笑着说:"我看简直可以称为杉树王了!"两人说着,在大杉树隆起的粗根上坐了下来。警卫员们拉着马在附近等候,顺便让马儿找几口草吃。

周恩来一坐下就打开了他那个大黑皮包。这个黑皮包行军时他也背在身上,既不麻烦参谋,也不要警卫员代劳。皮包里装的有军用地图、纸张、铅笔,包括那些不到一寸长刚刚能捏住的铅笔头。不管走到哪里,他一坐下来就能随地办公。

他把出发以后收到的一军团林聂的电报递给毛泽东,随后又取

出五万分之一的赤水地图,铺在膝盖上,指着说:

"现在川军的一路两个旅已经到达赤水,把一军团的去路堵住了,看来这次过长江不会很顺利的。"

"这一路敌人是刚刚赶来的吗?"毛泽东一面看电报一面思索着问。

"有消息说,这两个旅是用船运来的。"

"噢,那就是说,刘湘已经发觉了我们的意图。"

"是的。"周恩来点了点头,"开始他们可能判断我们从綦江渡江,所以把潘佐等两个旅放在綦江,现在发觉我们经过桐梓向西,怕是猜到我们的意图了。"

毛泽东微微皱起眉头,又问:

"不知赤水城是否坚固?"

"我问了一下老百姓,据说相当坚固,所以一军团在考虑是否进行强攻。"

毛泽东拿过地图俯下头仔细观看,周恩来指了指綦江、赶水、石豪这几个地方,说:

"其实,最急迫的是咱们后面,郭猫儿已经跟上来了。"

"什么郭猫儿?"

"就是川军总预备队指挥、模范师的副师长郭勋祺,因为此人十分机警油滑,对刘湘又百依百顺,人们就给他取了这个绰号。据说这人很想在这一次显显身手,能升任模范师的师长。所以这一次特别积极。他本来想从良村截断我们,没有得手,现在紧紧地跟在我们后面,追上来了。"

毛泽东从地图上抬起头来,说:

"看起来,不打一仗这江是过不成啊!"

说过,把地图交还周恩来,站起身子,自近而远地打量着这长长的山沟,眼里闪出两朵明亮的火花,说:

"这一带地形还是蛮不错嘞!"

"我的意思也是这样。"周恩来把地图收在皮包里,"必须压压敌人的气焰!"

"总司令恐怕已经到土城了,我们还要找他商量商量。"

两人从溪水边走过来,上了马,并辔而行。由于溪水在深山里激越的水声,他们再谈些什么,就听不清了。

(十五)有人总以为打仗简单,其实战争的现象最为变幻难测。在土城,毛泽东、朱德等人很想打一个胜仗,却没有成功。

中央纵队和三、五、九军团于一九三五年一月二十六、二十七日到达土城。川军的模范师也衔尾而至。从昨天晚上三军团就与他们接了火。今天一大早起,更是炮声隆隆,硝烟飞卷,把这个小小的土城镇搞得鸡犬不宁。

土城是赤水河边一个相当繁华的小镇。她有一条石板铺路的长长的小街,同邻近的茅台镇一样,也是一座酒城。四川的盐经过水路也运到这里出售,所以镇子就显得颇为闹热。部队开来的路上,毛泽东开玩笑说,土城是一个酒城,能喝酒的快喝,但是不要喝醉了。部队一到,管理部门买了不少酒分给部队,人们正猜拳行令喝得起兴,传说敌人来了。战士们纷纷痛骂:"我×他个祖宗!这些四川'锤子'真缺德,刚刚痛快一点,他就来了!"人们一面骂着,一面提起枪上了阵地。

说土城在赤水河边,还不如说赤水河在这座小镇的脚下。因为河岸很高,土城实际上在半山腰里,而赤水河,这条从云南镇雄奔腾而来的湍急的流水,却在深深的谷底。今天的情况所以显得特别紧张,还因为敌人占据的青杠坡,地势很高,竟差不多像是在土城的头顶。红军向敌人出击,一路都是自下而上实行仰攻,何况是兵家最忌讳的背水作战。

毛泽东住在土城街上一个名叫爱华商店的后院里。昨天他同周恩来、朱德、博古、王稼祥等人商量了许久,大家觉得这个仗还是要打:一来据得到的消息,敌人只有两个旅共四个团,依靠土城的现有兵力,消灭它不仅是可能的,而且是比较容易的;二来敌人已经逼近赤水河边,如不坚决予以打击,在不利情况下渡河,还会出现相当危险的局面。于是就决定以三军团为主,展开了这场战斗。

但是,从早晨出现的情况看,敌人的气焰相当嚣张,步步进逼,似有将红军一鼓推入赤水之势。毛泽东、周恩来、朱德等几个人又聚集在这个商店的后院里商议。朱德忽然提出,他要亲自到第一线指挥。毛泽东坐在一个大方桌旁边,正端着他那个旧搪瓷缸子喝水,听到这话蓦然一惊,连忙放下茶缸笑道:

"总司令,我看还不到时候吧!"

周恩来也连连摆手:

"不行,不行!我不同意。"

其他人都频频摇头,连说不可。

"怎么不行?"朱德有点急了,"如果今天消灭不了郭猫儿,情况会恶化的!"

毛泽东点着烟,徐徐吐着烟圈,说:

"老彭、伯承都在前面嘛!"

朱德一向心平气和,平时很少与人剑拔弩张地争论,今天却皱着浓眉反驳说:

"好几个军团都在那里,我去了还是要方便些嘛!"

毛泽东见他如此坚持,不言语了;但是也不作声色,只是一口一口地抽烟。抽一口喷一口,徐缓而从容。朱德瞪大眼睛,望着他喷出的烟圈期待着。渐渐一支烟抽完了,以为他要说话了,结果他又取出了一支烟,在桌子上磕了磕,接在那个烟蒂上……

一向以有涵养闻名的朱德,渐渐沉不住气了。他的浓眉皱起来,那张历尽风霜的赤红的农民脸上,出现了压制不住的急躁的表情,他把自己的红五星军帽猛地摘下来,搔了搔他的光头,说:

"得啰,老伙计,你们就放我去吧!只要红军胜利,区区一个朱德又有何惜?"

毛泽东深知,那些经常发脾气的人,你不要理他;而那些很少发脾气的人,如果发起脾气来,就不能不予以重视了。刚才听他的老伙伴说到这种程度,望了众人一眼,只好点了点头。

朱德多皱的脸上出现了几丝笑意,又恢复了素常那种宽厚慈祥的表情,仿佛对刚才一时的急躁还颇有一点遗憾似的。

早饭后,毛泽东、周恩来、张闻天、王稼祥、博古等许多人,都出来为朱德送行。总司令要披甲亲征的消息,惊动了总部,参谋们和干事们都跑出来了。他们聚集在土城街上一处比较宽敞的地方。朱德身着半新的灰棉军衣,腰束皮带,腿扎绑带,背着从江西带来的竹斗笠,显得特别利索。红星军帽下的那张浓眉方脸,更是显得格外有神。他满身豪气,迈着大步走在前面。后面跟着手枪班长袁国平。这人手枪打得特好,几乎是百发百中,因此脸上常常有一种自信的甚至是自负的微笑。今天在这么多人面前,他那时时露出的微笑中,更增添了一层庄重,似乎特意告诉人们,只要他袁国平在,总司令的安全就万无一失。此时,山那边的炮声更激烈了,仿佛一阵阵炸雷从顶空滚过,更使这场面增加了一种勇壮不凡的气氛。

朱德在大家的面前走过,人人都用无限敬爱和感动的神情注视着他。而他却好像有点不安。毛泽东看见朱德走过来,连忙迎上去用双手将朱德的手紧紧握住。朱德很激动,一连声说:

"不必兴师动众!不必兴师动众!礼重了!礼重了!"

毛泽东忙接上说：

"理应如此！总司令！桃花潭水深千尺，不及昆仲手足情啊！"

周恩来、张闻天、王稼祥、博古也都上前与朱德握手，纷纷说：

"总司令，你多保重吧！"

炮声越发激烈了，有几发炮弹咝咝地越过顶空，在河岸上腾起一团团的浓烟。

"请放心吧！"朱德匆匆说了一句，就毅然离开大家，迎着枪声激烈的地方走去。袁国平向大家微笑了一下，然后紧紧地跟在后面。另外，还有几个参谋也踏上了一条上山的小路。

毛泽东招呼周恩来说：

"走，咱们也到指挥所去吧！"

这些在战火中成长起来的领导人，从来不满足于在指挥室内看图指挥，只要有可能，他们就要投身现场。尤其山地作战，他们总认为置身战场对敌我双方态势一目了然，有了变化也能够处置及时。

毛泽东、周恩来和几个警卫员，由作战局的几个参谋引路，出了土城。他们沿着一条崎岖的小径开始上山，约爬了半小时之久，才上到了一座比较高的尖尖山上。精明强干的作战局长薛枫早在山上等候。旁边摆着一部电话机，似乎刚刚架好。薛枫见他们上来，连忙跑过来说：

"我先汇报一下情况吧！"

毛泽东和周恩来点了点头，然后并肩立在尖山顶上，聚精会神地观察着战场的地形。薛枫最讨厌指挥所人多，把警卫员都赶到山背坡去了。他指指点点地介绍着敌我双方的态势。看来毛周两人都对薛枫选择的这个指挥所表示满意。因为这座山不仅地势高，而且正处在青枫坡战场的左后方，对全局看得十分清楚。薛枫指点着说，那横在半天空的一条长长的大岭，名叫营篷顶，正是川军据守的主要阵地，我军攻了几次都没有打上去。大岭下是一个葫芦形的山谷，靠近山根有一座寺庙,远远看去,像儿童摆的积木似的。庙前面有一个不太高的圆圆的山包。此处名叫官坟嘴。薛枫说,今天早晨为了夺取这个小圆山包和这座寺庙,伤亡了不少人。一个名叫大个子的营长,用刺刀刺死了好几个敌人,自己也牺牲在那里。现在这个营仍然据守着这个圆山包和那座寺庙,正准备再次进行仰攻,夺取营篷顶。毛周二人盯着那座圆山包和寺庙看了好一会儿,敌人的炮弹不断地向那里猛烈轰击,掀起一团一团的蓝烟。蓝烟缓缓地上升着,和山间的云气渐渐合在一处。

毛泽东回头望望背后,在深深的谷底就是蓝色的赤水河。从赤水河到营篷顶,一路都是上坡,而准备进攻的红军就伏在这面斜坡上。毛泽东不禁叹了口气:

"这个地形太不利了!"

周恩来也点点头,没有说话。

这时,前方指挥所电话报告,总司令已经到达,总攻即将开始。

毛泽东和周恩来随意在枯黄的、厚厚的草地上坐下来,静等着总攻。

少顷,在川军据守的营篷顶上腾起了三条灰黑色的烟柱,随后是三声沉重的重迫击炮声。这是红军事先规定的总攻信号。接着,轻重机关枪一齐响起来,开始了对敌人的压制射击。三军团的几门山炮,因为炮弹少只能对敌人的工事进行着郑重的颇为克制的射击,好像一个有威望的老成持重的长者进行着有分寸、有分量的发言。这些音浪汇在一起,在山谷中撞击着,竟一时听不清哪是它的回音。接着,不止一处响起了那种特别激励人的足以使人热血沸腾的冲锋号声,使这场纷繁的合奏达到了高潮。

"冲上去了!冲上去了!"七八个警卫员从后山坡拥上来兴奋地乱糟糟地喊着。其中以周恩来的警卫员小兴国和毛泽东的警卫员小沈叫得最响。他们的脸孔涨得红红的就像喝了一杯浓酒似的。小沈

早就把望远镜取出来,跑到毛泽东的身边说:

"毛主席,你还是拿上这个看吧,你看已经拼上了,大刀都抡起来了!……"

毛泽东没有答话,也没有接望远镜,因为他已经看得出神。刚才冲锋战士们从山下跃起的时候,他看得很清楚,后来他们的手榴弹在营篷顶上汇成一片蓝色的烟海,就看不见他们的身影了。现在蓝烟渐渐散去,在碧蓝的天空上他又清清楚楚地看见他们跃进的身影。尽管那些身影远远看去只不过一寸来高,但却异常清晰。他们正挥起大刀和敌人拼在一处,敌人正向山下狼狈逃窜……

周恩来也目不转睛地望着营篷顶,不断地拍掌大笑。

"行!行!我们的战士就是行!"毛泽东满脸是笑,转过头问薛枫,"他们是哪个单位?"

"是九军团!"薛枫连忙答道,"他们耍大刀片一直训练有素!"

枪声渐渐稀疏下来。营篷顶上插起了一面红旗。这面红旗,在晴空里舒卷自如地飘舞着,显得特别鲜艳。

毛泽东顿时松弛了许多,在厚厚的草地上坐下来,笑着对大家说:

"你们看,我们的总司令一出马就不同,大家的士气多高!"

周恩来也兴致勃勃地坐下来,说:

"小鬼们,拿水来喝!"

小兴国和小沈都跑过来,连忙解下军用水壶。

毛泽东接过来喝了几口,还给小沈时笑着说:

"小沈呀,守着个酒城,你怎么不装一壶酒呢?"

"我看你昨天喝了不少,就没有装。"

"咳,你不知道这个赤水河边的酒硬是与众不同!如果你带着,我真要远远为总司令干一杯了!"

"那就晚上再喝吧!"周恩来笑着说。

战场上出现了暂时的沉寂,只有稀稀落落的枪声。显然,双方都在组织力量,来打破僵持的状态。

中午过后,炊事员送饭来了。大家一看是肉包子,全很高兴。毛泽东、周恩来同大家一边吃一边说笑。人们刚刚吃完,忽然一阵猛烈的炮火盖住了营篷顶,顷刻间,红军的阵地笼在了烟火之中。接着,敌人开始冲击,显然意在夺回失去的阵地。经过半个多小时的搏战,敌人才被打了下去。那面红旗依然在灰蓝色的硝烟中静静飘扬。

战场上再一次沉寂下来。薛枫拿着望远镜聚精会神地观察着战场上的形势。忽然,他低低地叫了一声:

"周副主席,你看,敌人似乎向我们这个方向运动……"

周恩来机警地站起来,一面举起望远镜一面问:

"哪里?"

"你顺着青枫坡往后看,在那个黑糊糊的山口那里……"

"看见了,看见了,"周恩来连声说;"很可能是敌人要向我们这里迂回。"

毛泽东也举起望远镜细细地看,一面说:

"很有可能。他们正面攻不动了。"

说过,放下望远镜,吩咐薛枫说:

"快摇总司令,问问是怎么回事。"

薛枫立刻摇电话,不通了,原来电话线已被刚才的炮火打断。

这时,警卫员们用尖尖的声音喊:"通信员送信来了!送信来了!"众人往山下一看,从红军阵地下面的一片青枫林里跃出了两匹红马,正穿越过一片开阔地奔驰过来。这片开阔地正遭到敌人侧射火力的射击,马的前后左右不断飞起一股一股的烟尘。他们好容易钻到这面山坡的青枫林里去了。

"快,快去接他们上来!"

薛枫招呼着通信员,很快把两个骑兵通信员接上来了。他们满脸是汗地递上一封信来。

周恩来接过信一看,原来是总司令来的。信上讲了三点:一、对情况侦察有误。原来说敌人是两个旅四个团,据刚才捉到的俘虏供称,敌人实际为两个师八个团。二、又据俘虏供,敌人现在又有两个师增援已到。三、据战场观察,敌似有迂回我军意图,请务必注意。周恩来看完,把信交给了毛泽东。毛泽东一边看,一面认真地思考起来。

信还没有看完,敌人的炮已经接连打在前面的山头上,距指挥所越来越近。接着前面响起了机枪声,显然敌人距此不远。警卫员们紧张地望着作战局长薛枫。指挥所笼罩着严肃的气氛。

薛枫冷静地望了望正在向这里运动的敌人,终于鼓起勇气,有些不安地说:

"毛主席,周副主席,你们看是不是指挥所移动一下?"

毛泽东望望周恩来,又望望大家,笑着说:

"慌什么!前面还有个警卫连嘛!总司令都在前边,我们跑到哪里去呀?!"

说过,又凝望着周恩来说:

"这个敌人也太不自量了!你看,是不是把干部团拿上去?"

"我也这样想。"

周恩来说过,就立刻吩咐薛枫说:

"快摇陈赓!叫他立刻把敌人打下去!"

命令下达不久,就看见从一个名叫漏风垭的山垭口拥出一支队伍,一个个动作敏捷,简直像小老虎似的向前迅跑。这个干部团原来由江西苏区的红军学校和公略学校合并而成,全是班排连营各级干部。他们军事动作娴熟,觉悟又高,一听是毛主席和周副主席亲自下达的命令,莫不奋勇向前。时间不长,他们就占领了前面关键性的山头,很快就把敌人打了下去。接着一个追击,又把敌人追到青枫坡那面去了。

电话铃响起了欢快的铃声。前方指挥所报告:干部团已接近了敌人的师部。

乐得毛泽东合不拢嘴,笑着称赞说:

"陈赓行,我看陈赓可以当军长了!"

薛枫笑嘻嘻地说:

"我看这个仗还是有希望的。今天好好地组织一下,把一军团也调过来,明天再大干一场!"

毛泽东摇摇手,说:

"不,这是个消耗战,不能干了。"

接着,他以探询的目光,望了望周恩来,进一步申述道:

"一个是战前了解的情况不准确,把敌人的兵力搞错了;一个是地形很不好,让敌人占据了有利地形;再一个是我们的兵力不集中,一军团到了赤水。再打下去,虽然也可能把敌人打垮,恐怕要蚀老本,这是不合算的!"

周恩来还没有答腔,薛枫就忍不住说:

"那不是太便宜郭猫儿了?我看他的'模范师'也不过如此!"

"也只好便宜了他,打仗不能感情用事。"

周恩来经过慎重考虑,叹了口气,郑重地说:

"再打下去,确实消耗太大,会影响到我们的战略目标。"

毛泽东也叹了口气,有几分难过地说:

"这个仗没打好,主要是太轻敌了。不怨天,不怨地,就怨我自己考虑不周!"

"我们大家都有责任。"周恩来连忙接上说,"过去没有打过川军,我们都以为和贵州军队也差不多。"

毛泽东接着说:

"恩来,我不知道你的意见怎样,我的意见是明天就渡过赤水,先到古蔺地区集结,然后再根据情况研究今后的行动。"

"好,我看就这样决定吧。"周恩来果断地说。

"可是主要是搭浮桥啊!"毛泽东笑着说,"这个恐怕要你亲自布置了。"

周恩来笑了笑,表示全部承担。另外在分工上又提出,总司令和刘伯承仍在前线指挥;伤员的运送安顿由陈云负责。一切都要在今晚处理完毕。毛泽东表示全部同意,最后说:

"部队恐怕还要进行一次轻装。那几门没有弹药的山炮,把人真累苦了,我看就丢到赤水河里去吧!"

(十六)全军安危所系的浮桥,牵惹得周恩来寝食俱废;赤水河边,炮兵流下大把的眼泪,也不免使他心中酸楚。这都是一渡赤水发生的事。

一轮圆圆的落日,带着紫郁郁的暮色将要落到苍茫的山海。山地的晚寒已经袭来。毛泽东仍然留在山上,周恩来踏着夕阳的余辉急匆匆地回到土城。显然,要在一夜之间架起浮桥,在任何材料也没有的情况下,是一件极为繁难的事。

在一个小商店里,他将总部工兵连和各军团工兵连的干部找来,研究架桥办法,随后又同他们一起勘查确定了架桥点。回到作战室的时候,他仍然放不下心去,因为搭桥所需的木船、门板、绳索等等物资都要从民间搜集和购买,哪能一时办得到呢!

在寒气袭人的午夜,他披着大衣坐在作战室里,一面是青杠坡上时断时续的枪炮声,一面是赤水河一阵阵的涛声,他的心越发不能宁静。除了派参谋查看以外,他已经亲自去河边看了两次。工兵们正在全镇搜集门板,你来我往,忙得不亦乐乎。虽然桥开始架了,却时时为缺乏物资而停顿。如果天明以前不能架起来,那可真是全军生命攸关的大事。想到这里,他越发坐不住了。这时,忽然响起急促的电话铃声,他拿起耳机,原来是毛泽东浓重的湖南口音:

"恩来呀,桥怎么样呀?"

"已经搭成了一半,估计天亮以前是可以搭得起的。"

对方似乎得到很大安慰,轻轻地放下了耳机。然而他却一分钟也坐不住了。他招呼一个参谋说:

"小吕,走,咱们再去看看。"

吕参谋拿着一个长长的三节电棒,小兴国提着马灯,在前面引路,周恩来高一脚低一脚地走在起伏不平的石板路上。出了土城街,还要下一个长长的陡坡才到了赤水河边。

夜深风寒,涛声震耳。工兵们有的举着火把,有的提着马灯,正在河面上紧张地劳动。赤水河上满是点点灯火。那个戴着眼镜的矮个子工兵连长丁纬,正在桥头指挥,周恩来走到他身边,他似乎没有发觉。吕参谋说:

"老丁!你看是谁来了?"

丁纬转身一看,见是周恩来,又是亲热又是埋怨地说:

"哎呀,周副主席,你怎么又来了?刚才,你不是答应我们休息一会儿嘛!"

"休息不下去哟!"周恩来笑着说,"快完成了吧?"

工兵连长指了指河对岸,满脸愁容地说:

"现在是万事俱备,就缺两条船搭不到头。"

周恩来一看,在火把的光照下,两岸大树上拴着两根粗大的绳索,有五六只木船已经固定在绳索上,船与船之间搭上了木板,就差短短的一截没有到达对岸。

"还有别的办法吗?"周恩来问。

"刚才打听到,有一个老船工的亲戚家有两条船。"

"快,快派人把那个老船工请来!"

约莫过了半个小时,通信员提着马灯,从高高的河岸上领下一个老人来。那个老人拿着长烟袋,穿着小破袄,腰里煞着一条褡包,虽然须发皆白,但脸色赤红,看去还很硬朗。周恩来迎上去说:

"老大爷,您多大年纪啦?"

"七十三啦,快到阎王爷那儿去啦。"他笑着说。

周恩来见老人很开朗,就开门见山地说:

"老大爷,听说你也是个受苦人,我们红军从这里过,你可要多帮帮忙啊!"

"那还用说。"老人抽着烟管嘿嘿笑着,"你们一来,就给我们分粮分盐,我开了一辈子船,运了一辈子盐,那些老板也舍不得白给我一把盐吃。"

"我们本来就是自己人嘛!"周恩来笑着说,"你看,我们这桥修得差不多了,就是缺两条船,你能不能想想办法?"

老人抽了两口烟,说:

"我亲戚家倒是有两条船,就是离这里还有十几里路。"

"你能走得动吗?"

"你看我这胳膊腿儿!"老人比试着,"要是再年轻几岁,我真跟你们走了!"

周恩来笑着说:

"那可真太麻烦您了!"

"麻烦什么!"老人梗梗脖子,"我一听说你们要打猴子兵、郭猫儿,我就高兴。"

"为什么管他们叫郭猫儿呢?"

"咳,不用提了,说不出口哟!"老人狠狠地在鞋底上啪哒啪哒磕着烟锅,"他那个师的兵都是些夜猫子,一到夜间就出来,钻到老百姓的家里去,这些畜生!……"

老人一边骂着,一面跟着工兵连的人,沿着赤水河边急步走去,消失在浓重的夜色里。

丁纬走过来,似乎带着哀求的口气说:

"周副主席,你快回去休息吧!千万不要来了,我保证天亮以前完成就是。"

吕参谋也在一边敲着边鼓,周恩来只好踏着疲倦的步子爬上高高的河岸。

一座可容三路纵队通过的浮桥,终于在凌晨四时完成。周恩来兴奋地提着马灯,来到爱华商店的后院。从玻璃窗里,看见毛泽东神情焦灼不安,在暗淡的灯光下来回踱步。警卫员小沈伏在桌子上打盹。

"毛主席还没有睡呀?"

周恩来说着推门进去。毛泽东见他面带笑容,就高兴地说:

"桥搭好了,是吧?"

周恩来笑着点了点头,毛泽东长长地舒了一口气,拉着周恩来坐下来说:

"这我就放了心了!恩来,过了河,你好好地睡一觉吧。"

周恩来笑了笑,说:

"我已经通知部队立即渡河。一军团在上游的猿猴场也开始抢渡。估计一天多的时间可以渡完。"

"这就好了!"毛泽东宽慰地说,"陈云同志把伤员的输送工作也搞好了,好不容易呀!"

正谈话间,只听外面有一个熟稔的四川口音说:

"你们的兴致不小啊!"

说着,朱德已经推门进来,后面跟着手枪班长袁国平。毛、周一看,朱德满脸满身都是灰尘,虽然疲劳一些,但目光仍旧炯炯有神。

袁国平显出完成任务的那种得意神气,眼睛里充满笑意。

毛泽东慌忙将朱德扶到椅子上,说:

"总司令,可真是辛苦你了!"

朱德憨厚地嘿嘿笑着,还没答话,袁国平就插嘴说:

"总司令今天可动了真家伙了!"

"什么真家伙?"毛泽东笑着问。

"总司令一到阵地,就跟大家说:'今天你们是要死还是要活?要活,就要打好这一仗;要死,后面就是赤水河。你们不是要保卫党中央吗?中央就在这里!'他的话把大家激起来了,大家一手拿着手榴弹,一手提着大刀,一个冲锋就把营篷顶占领了。总司令紧跟着部队往前冲,我拦也拦不住他,忽然不知道从哪里冒出了二三十个敌人,一面嚎叫着,一面打枪,总司令顺手从警卫员身上抽出二十响的驳壳枪,嗒嗒嗒一阵猛打,就撂倒了好几个。我把剩下的敌人都嘟嘟了……"

毛泽东和周恩来都哈哈大笑。毛泽东说:

"总司令,这样的事只能干一次,以后可千万不能这样干了。"

朱德嘿嘿笑着,说:

"不晓得咋个回事,我打了这么多仗,一次伤都没有负过,好像子弹不找我似的。"

大家又笑了一阵。毛泽东看见小沈也在一边张着嘴傻笑,就说:

"小沈,你还愣什么,快给总司令烧开水呀!"

小沈提着大锡壶烧水去了。袁国平也随着走了出去。毛泽东将放弃原定计划、渡过赤水河的事征求朱德的意见,朱德表示同意。

不一会儿,小沈提着滚得咯哒咯哒响的锡壶走了进来,给每人倒上一杯开水。周恩来端着开水说:

"毛主席,你不是说要同总司令喝一杯吗?"

"我差点忘了,"毛泽东笑着说,"寒夜客来茶当酒,那是因为没有酒嘛,现在我们守着酒城为什么要茶当酒呢!小沈,快倒酒来!"

"我见马夫老于那里还有,我去拿来。"

不一时,小沈拿来一个军用水壶,给每个人倒了小半碗。毛泽东端着酒碗,同朱德、周恩来碰了碰杯,一饮而尽。然后,带着深深的遗憾,缓缓地说:

"这次太便宜敌人了!以后我们要好好地收拾他们一下才好。"

桌子上响起了电话铃声。作战室报告说,河边上出了一点事,有一些战士不愿过河,要周副主席很快回去。

周恩来立刻提起马灯来到河边。这时天似亮未亮,模模糊糊看到前面围着一大群人,隐隐听到有人在争吵什么。

吕参谋跑过来说:

"这个炮兵连纪律性简直太差了!按照轻装规定,叫他们把几门山炮沉到河里,他们硬是不肯。我们说这是上级的规定,他们说,不相信有这个规定,要军委的同志亲自来下达命令。"

"你找他们的干部嘛!"周恩来说。

"干部也不积极。"吕参谋生气地说,"现在好了,周副主席你来说服他们吧。"

小兴国提着马灯,在前面分开众人,周恩来到里面一看,见有些战士坐在地上,守着几门山炮,情绪相当激动。

吕参谋大声说:

"你们不是要见军委同志吗,现在周副主席来了,你们有意见就说吧!"

那几个战士一听周副主席来了,抬起头看了看,纷纷站了起来。其中一个带着几分胆怯试探着问:

"周副主席,你们是真的下了命令,不要我们的大炮了吗?"

周恩来温和地笑着说:

"不要大炮了,怎么能这样说?"

"既然要,为什么要我们沉到赤水河里去呢?"

"是这样,同志们。"周恩来温和地解释道,"不是不要我们的大炮,是因为没有炮弹,白白地背着它,影响我们的行动。我们现在打的是运动战嘛!"

另一个战士迟迟疑疑地问:

"这样说,你们真的下了命令了?"

"是的,毛主席说了,我们都同意了。"

最后的一线希望破灭了,炮兵战士纷纷低下头去。有的背过脸去偷偷地抹泪。一个战士抽抽噎噎地说:

"首长,我们不是不听命令啊。这几门炮,是牺牲了好多同志才缴获来的。我们把它从江西拖到湖南,又从湖南拖到贵州,什么难过的江都过了,什么难走的山都走了,为什么要把它扔到赤水河里呢!有些山上不去,我们就拆散了背上它,用绳子拖着它,同志们累死了好几个,好不容易到了这里,为什么要丢掉它呢?……"

这个战士一边说着,竟哭起来了。

周恩来望望那几门山炮,也心里酸酸的,觉得很不好受。因为这几门山炮的来历他是很清楚的。但是他的面容仍然很严肃,丝毫也没显出软弱的感情。

这时,从那边过来几个炮兵连的干部,他们本来同战士们的心情相同,躲到一边去了;现在一看战士们在周副主席面前哭起来了,实在太不像话,就严肃地呵斥道:

"哭什么!既然首长说了,我们就应当执行命令。快,快把山炮拉到那边悬崖上丢在赤水河里!"

"是嘛,同志们,这是不得已嘛!以后我们还会缴获的!"周恩来温和地说。

战士们这才赶着骡马,拉起沉重的山炮,咣咣当当地向悬崖那边走去。

"同志哥,我的同志哥,"一个炮兵干部在后面追着喊,"不要忘记在山崖上做个记号,说不定什么时候,我们还要来搬它的!"

所有在场的人,心里都在颤抖。只有骡马不懂事,仍然像平常那样忠心地专心致志地执行着它们的任务,拖着几门山炮,走到山崖那边去了。

黎明随着漫漫的晓雾来到赤水河上,队伍开始渡河了。

(十七)朱德被认为是军中慈父,因为他爱战士爱得那样深沉。朱德还有一本笔记,记载了许多人民的苦难,这些都深深激动过他的心灵。

红军渡过赤水,即将浮桥斩断,进入川南古蔺县境。由于北面长江沿岸置有重兵,且后面追兵甚紧,军委决定以一部佯攻叙永,仍旧做出渡江姿态,主力则向西南的扎西(威信)开进。

人们对贵州的"天无三日晴"体会得越来越深了。土城之战刚刚晴了两天,接着又是浓云蔽日,大雾弥天。有时白茫茫的大雾甚至终日不散,在高山深谷间行进的战士们,简直整日在云间穿行。目力所及,仅仅是眼前的一小段山路,隐隐约约的黝黑的树影,和路旁湿漉漉的尚未返青的衰草。前面十几公尺以外,就什么也看不到了,只能从鸟鸣判断出那里有丛密的林木,从丁东的水声猜测出那里有山泉或溪流。

这天,朱德因为等电报出发得迟了。他落在部队后面,背上挂着一顶江西斗笠走得蛮有精神。手枪班长袁国平、警卫员小崔紧跟着他,饲养员拉着他那匹黑马。朱德自恃体格强健,只在疲劳时骑骑马,大部分时间都是步行。长征路上,按组织规定,几位主要领导人,每人一匹马,一个文件箱子由两个运输员担负,毛泽东由于当时体弱有病和夜间工作,王稼祥由于负伤未愈,还各配有一副担架。而朱德却只要两匹马,一匹驮文件和行李,一匹乘骑。但是,他那匹驮文件的马,经常随康克清(当时任指导员)在后面收容病号,差不多等于一匹公用的马了。而他随身的这匹黑马也是如此。不管是伤员病号,凡是走不了的,只要遇上这位军中慈父,总能够骑上他的黑马走上一程。这样,时间长了,他的警卫员和饲养员也不免有些意见。一方面敬佩这位统帅,一方面又认为他做得太过分了。

  这天下午,朱德和袁国平他们正说说笑笑地在大雾里行进,忽然听到前面山拐角处有痛苦的呻吟之声。朱德循着声音走上前去,看见一个十五六岁的红军战士,倒卧在地上,一个稍为年长的战士背着两支枪,坐在一边守护着他。那个卧在地上的小鬼面黄肌瘦,微微地闭着眼睛呻吟着,看去还像个孩子,脸上有一层嫩嫩的绒毛。他的一只脚穿着草鞋,另一只脚上包着一块破布。那个稍许年长的战士不断地重复着同一句话:"小石,你忍着一点!你忍着一点!"

  "他病了吗?"朱德走上去问。

  "不,他的脚走坏了。"那个年长的战士说,"连里本来想把他寄了,他死活不肯,我只好扶着他慢慢地走。贵州这个鬼地方真遭罪呀!要是在我们江西,你看……"

  "要是把你寄下,你愿意吗?"那个小鬼冷不丁地冲出这么一句,睁了睁眼又合上了。

  "嚯,火气还蛮大咧!"朱德慈祥地一笑,说着躬下身子,摸了摸小鬼的额头,觉得有点烧,然后就蹲下来,去解他脚上那块很脏的破布。警卫员小崔和手枪班长袁国平,一看总司令要去解又脏又臭的包脚布,就赶上前想去拦他,可是朱德已经解开了。人们不禁吃了一惊。这只脚肿得很大,胀得发紫。朱德用手轻轻地揿了一揿,叹了口

气说:

"很可能是化脓了。"

"等医生上来给他治吧!"小崔在旁边说。

朱德好像没有听见。他攥着拳头想了一会儿,仰起脸说:

"你们谁带的有刀子吗?"

小崔迟迟疑疑地掏出了一把小刀。朱德接过来,划了根火柴把刀尖消了消毒,就说:

"小鬼,你挺住一点,不会疼的!"

说着,就俯下身子,在那只紫红的脚上拉了一个小口,然后用两只手攥着脚,又说:

"小家伙,没得关系,咬咬牙!脓一出来就轻松了。"

那个小鬼哼了两声,大团的脓液陆续地流了出来,小崔和袁国平掏了些烂纸擦起来。

小鬼的额头上冒出一层汗珠。朱德瞅着他微笑着说:

"江西老表,轻松了吧!"

那个小鬼望着他天真地一笑。朱德吩咐小崔:

"看马褡子里有补衣服的破布没有?去找一块给他包上。"

这些零零碎碎的东西,警卫员那里总是有的。小崔跑到黑马那里,很快从马褡子里摸出一块破布给小鬼包上。然而,小崔知道这并不算完,心想下一步就是把黑马让给这位小老表了。果不其然,朱德把手一招:"把马牵过来!"

小崔这时一肚子不高兴。当然这马给谁骑他也没有意见,可是总司令这么大年纪,他的身体吃得消吗?可是他又不能公开制止,只好仰起脸看看天说:

"天不早了,今天恐怕赶不到宿营地了!"

"赶不到,就慢慢走嘛!"朱德皱了皱那对浓眉。

袁国平年纪大些,看见事已如此,也只好这样。就对迟迟疑疑的

小崔笑了笑,摆摆头,说:

"那就快牵过来吧!"

黑马来到近前,朱德又笑着对小鬼说:

"小鬼,你今天莫愁啰,骑上马走,到宿营地休息一两天就会好的!"

他们正要扶小鬼上马,只听袁国平说:

"你看,康指导员来了!"

朱德往回一望,果然见康克清伴随着七八个病号赶上来了。她背着两支步枪,还搀着一个病号。后面跟着他那匹驮文件的马,马身上嘀里嘟噜地挂着七八个背包,自然是那些病号的背包了。

朱德已经有好几天没有见自己的妻子,他迎上去笑着说:

"小康,你怎么也掉到后边了?"

"后边病号太多,都收容不过来了!"康克清停住了脚步。她搀着的病号由别人搀着继续向前走去。

康克清这时二十三岁,红星军帽下露出齐耳短发,圆圆的脸盘,容貌端庄秀丽,长着一双茶褐色的杏核眼。她一向注意军容,皮带、绑腿扎得整整齐齐,下面穿着一对草鞋。长期的军旅生活已把这个渔家女培养成相当标准的女军人了。由于她在中央苏区指挥过一次三百人的战斗,还得了"女司令"这个雅号。

朱德望着自己年轻的妻子,身上背着两支步枪还有不少的东西,虽说她身体相当强健,但毕竟太辛苦了,心中不免有几分怜惜,就问:

"小康,你觉着还吃得消吧?"

"没有什么!"康克清眨了眨那双茶褐色的眼睛笑着说,"就是昨天土城撤退太紧张了,敌人紧紧地追着我们,有一个家伙喊:'抓活的!抓活的!'把我的背包都抓住了……"

朱德一惊,问:"后来怎么样了?"

"后来我把臂一松,敌人就抓去了我的背包,我三脚两步地就蹿出去了,也不知道当时我怎么跑得那么快,等敌人再追上来,我已经赶上了队伍。……"

"哎呀,你看有多悬哪!"

"就是丢了一个背包。"康克清笑着说。

朱德不胜埋怨道:

"你那个直属队罗里罗克,以后该注点意了!"

康克清见她的收容队已经走远,就笑了笑连忙跑着去赶队伍。

朱德回转身又走到小鬼身边,把小鬼扶了起来。小鬼没骑过马,脚又不敢挨镫,朱德就抱着他,袁国平在另一边接着把他扶上马去。朱德托着他的脚认进马镫,又嘱咐他:

"小鬼,可不能把全脚都插进镫里,这是有危险的。"

小鬼在马上点了点头,年长的战士在前面牵着缰绳开始上路。小鬼在马上精神好了许多,走几步就回头看看朱德,终于说:

"首长,我好像在哪里见过你,可是又想不起来,你是哪个单位的呀?"

袁国平哈哈大笑,连忙赶上几步说:

"你们连这位首长都不认识吗?这是……"

他刚刚要说出口来,就被朱德打断:

"我是收容队的。你们啥时候走不动,找我就是喽!"

周围的人都笑起来。

一行人又穿行在白茫茫的浓雾之中。

大约走了二三十里,来到山谷里的一个村庄。路口上站着一个干部模样的人,挎着驳壳枪在那里等候什么。一见马上的小鬼,就高兴地说:

"石开!你这小鬼骑谁的马呀!我还以为你今天来不了呢!"

小鬼在马上回头指了指朱德说:

"就是那位收容队的首长。"

那个干部一看是朱德,连忙跑过来打了一个敬礼,又回头望望小鬼,带着几分埋怨地说:

"哎呀,你怎么骑了总司令的马呀!他那么大年纪……"

"啊?总司令?"小鬼和那个年长战士都瞪着圆圆的眼睛,望着这个谁也看不出是总司令的人。

"谁的马不能骑呀!"朱德笑着说。

人们把小鬼从马背上接下来。那个干部背上他走到村子里面去了。小鬼不断地回过头来望着总司令,眼里含着两汪泪水。

又行了十余里,山沟越来越窄,天色更加阴暗,随着一阵阵冷风,飘飘洒洒地下起细雨来。这时大家都已饥肠辘辘,那匹黑马也时不时地停下来,觅食路边的枯草。袁国平看见总司令有些倦意,就乘势建议稍许歇一下,吃点干粮再走。朱德点了点头,就朝山坡上几户人家走去。

袁国平本想给总司令找一间稍许干净点的房子,用眼一撒,附近三五家全是又黑又矮的茅屋,不是用玉米秆就是用竹批子编成的小门。他看见一个人正在门边劈柴,就走了过去。哪知走到屋门口,却忽然不见了。一连喊了两声"老乡",也没人应,心想,一定是老乡害怕躲起来了,就向屋后找去。

这里朱德推开粗糙的竹批子编成的小门一看,贵州人民惊人的贫困再一次把他惊呆住了。在熏黑的四壁之内,只有一个用树枝和绳子绑成的小床,床上堆着一些柴草,墙角里用几块石头架着一只铁锅,另一个墙角里堆着一个水瓮、几个破瓦罐和几个粗碗,地下还有一个用树墩做成的座子,此外便什么也没有了,真是所谓四壁萧然。朱德踏进屋里,在那个小树墩上坐下。不一时,袁国平领着一个二十多岁的男子走了进来。那人面呈菜色,身上穿的与其说是衣服,还不如说是些破布筋筋,勉强挂在身上而已。袁国平笑着对朱德说:

"他果然是害怕,在竹林里躲起来了;我在外面喊,我们是红军,是干人的队伍,他这才试试探探地走了出来。他是苗族,不过可以讲汉话。"

"我当是猴子兵抓人呢!"那个苗族青年红着脸,有点不好意思。

朱德笑着说:

"多麻烦你们了。我们就是烧点水喝,吃点干粮就走。"

那位青年连声答应,往锅里添上水,烧起火来。

这时,忽听床上哼了一声,床上的柴草簌簌地抖动起来。原来屋子里光线很暗,朱德进来时只看到床上堆着柴草,现在仔细一看,才看出是一个老人把身子埋在柴草里。朱德忙问:

"这是谁呀?"

"是我阿爸。"那个青年说,"他又犯病了。"

"是打摆子吧?"

"是嘞。"

"这种病,我知道。"朱德说,"冷起来冷得要命。你给他盖上被子嘛!"

那青年指了指床上的草,苦笑着说:

"那就是我们的被子。"

朱德细看,才看出那是插秧剩下来的秧苗,用细麻绳扎成的草帘子。因为它比较柔软,当地人把它叫做"秧被"。这里的穷苦人就是这样过冬的。现在这样的"秧被",怎么能抵挡剧烈的寒冷呢!朱德望着这簌簌抖动的枯草,心中一阵难过,就对袁国平说:

"快让小崔把我那块军毯拿来!"

不一时,小崔拿来一块灰色军毯,朱德轻轻揭去秧被,给老人盖上毯子,又压上了秧被。那位烧火的青年感动得不知说什么好,一连声说:

"官长,这怎么行?这怎么行?"

病人盖上了毯子,安静了许多,朱德心里才渐渐安定下来。忽然,他看见灶火上方的墙上有一个木橛子,一条细麻绳拴着一块黑乌乌的东西。他左看右看也看不出是什么,就问:

"那里挂的是啥子呀?"

"盐巴。"那个青年说。

"盐巴?"朱德显得很惊奇,"怎么那么黑呀?"

"我们干人连这个还没得吃咧!"

青年随后说,这里盐分三种:有钱人家吃白色的,中等人家吃褐色的,干人能吃上点黑盐巴就不错了。听到这里,朱德又问:

"为啥子要拴条绳子挂在那里?"

"我们怕吃完哪!"那个青年说,"我们只在做菜时候蘸一蘸就赶快拿出来了。"

朱德沉重地叹了口气,自言自语地说:

"怪不得贵州的穷汉自称干人,真是被剥削得干干净净,啥子也没有了。"

他感情沉重地从口袋里摸出一个笔记本,拔出一支铅笔,将这些难忘的情景记录下来。随后又问那个青年:

"你是靠种自己的土地,还是给人家帮工?"

"我哪里有自己的地哟!"他苦笑说,"阿爸种了几亩租地,我是在山下给绅粮家帮工。"他们这里把地主叫做"绅粮"。

朱德问他一年能挣多少工钱,他叹了口气,伸出三个指头,说:

"我给他家干了五年活,总共给了我三千个铜板。"

"三千个铜板?"朱德在心里盘算了一阵,吃惊地说,"那才合二十七块多钱嘛!五五二十五,一年才合五块钱!"

青年只有咧着嘴苦笑。

朱德看见他这副苦笑,不知怎地,比看见他的哭还要难受。他的铅笔哆哆嗦嗦地在小本上写下几行笔记。

锅里的水已经开了。青年用他家的粗碗舀了几碗开水,恭恭敬敬地端到每个人面前。小崔解开干粮袋哗哗啦啦倒出了一碗炒黄豆。朱德给青年抓了一大把,然后一边吃,一边喝着开水。随后又问起他家里的情况,才知他的阿妈死了不久,现在就剩下他父子三个,他的弟弟出去砍柴去了。

正谈话间,只听床上的老人哼了一声,翻了一个身,秧被滚落下来,接着把军毯也推开了。朱德一看,被头上露出一张枯瘦的老人的脸,额头上蒙着一层虚汗,知道他又热上来了。青年忙从绳子上拽下一块破布,给老人擦了擦汗。老人渐渐地睁开眼睛,望望屋里的人,望望自己盖着的毯子,露出惶惑不解的神情。儿子在他耳边用苗语咕噜了好大一阵,他的脸色开朗起来,用手支着床沿挣扎着坐起,眼睛里流露出深深感激的神情,激动地用苗语说着什么。青年见朱德听不懂,就翻译道:

"阿爸说,他一辈子也没见过像你们这样好的军队,你们一来这就好了,这就好了。还说,他不知道你们来,他躺在那里太失礼了。"

"老人家,你是病人嘛!"朱德笑着说,一面示意小崔给老人端水。小崔舀了一碗水给老人端过去。

老人双手接过水,一面喝一面说,说到激动处,呜呜咽咽,大颗的眼泪竟滚到水碗里了……

朱德问他说的什么,青年又翻译道:

"阿爸说,他给绅粮家帮了三十六年工,摔了一个碗也要扣钱,磕了一个罐罐也要扣钱,临了一算账,还欠了绅粮的钱。到现在落了一身病,连个打鸟的泥巴都没得。他今天真是碰到了天底下顶好顶好的人了!"

朱德正在安慰老人,只听门外"扑通"响了一声。小崔推开竹门,见门外一个半大小子,刚把一大捆柴撂到地上。他约有十五六岁,戴着一顶破草帽,披着一领棕蓑衣,光着两只脚板,手里还拿着一把柴刀。他虽然个头不高,但生得十分强健,两个乌黑有神的眼珠,正滴溜乱转,打量着屋子里的生人。

"你干吗这时候才回?"老人瞪着眼睛,有点凶狠地问。

"我跟过路的红军说话了。"小鬼用苗语回答。

"你不要扯谎!"老人说,"你再不好好干活,我就不要你了。"

"不要就不要吧。"小鬼一边说一边走了进来,"阿爸,我对你说,你不要再骂我了,我要当红军去了。"

"什么?你要当红军?"

"是嘞,那几个红军跟我讲,红军是干人的队伍,我也要给干人打天下去。刚才有几个放牛的,把牛一拴,就跟红军走了……"

这段父子对话用的是苗语,朱德听不懂,正要问个明白,披棕蓑衣的小鬼已经凑到朱德身边,蹲下身子,仰起脸儿用汉语求告说:

"老伯伯,我叫扬各,你给我上一个名字,我就跟你走吧!"

"噢,原来你要参军!"朱德微笑着,捏了捏他那圆圆的脸蛋,说,"这可要你老子同意啰!"

小鬼马上用哀求的眼光,望望父亲,又望望哥哥。青年同老人咕噜了好一阵,老人终于点了点头。青年又用汉语说:

"阿爸讲,在家也是受苦,就由他去吧!"

看见阿爸答应,小鬼高兴得几乎跳起来。朱德看他穿得过于破烂,两只脚板还光着,就让小崔给他找一件旧军衣换上,小崔又从自己背包上抽出一双草鞋,小鬼高高兴兴地穿上,一开门,把他那件用以挡风御寒的棕蓑衣远远一丢,就说:

"咱们走吧!"

"你好歹吃了饭走啊!"哥哥说。

"不,到队伍上吃去!"

朱德立起身来,向老人告别。老人挣扎着下了地,用双手拉着朱德的手,流着泪说:

"我把儿子托付给你了,你就带他走吧!"

"老人家,你就放心吧!"朱德说。

看来小鬼已经迫不及待地要迎接一个新的世界。并没有人吩咐,他已经推开门,蹿出门外,在大树上解下那匹黑马,立刻牵着走到前面去了。

这时,暮色渐浓,晚雾又起,一行人跋涉在白茫茫的半山间,不到一刻工夫,已经看不到他们的踪迹。

(十八)在"鸡鸣三省"这个偏僻的山村,做出了一项重要决定。毛泽东和周恩来表现了无产阶级政治家的智慧和胸怀。毛泽东还同他怀孕的妻子倾诉了衷肠。

中央纵队在转进途中,住在一个并不显眼的村庄,名字倒很奇特,叫"鸡鸣三省"。意思是这里一声鸡啼,黔滇川三省都听到了。它坐落在一座矮矮的山下,村前是一湾清浅的溪流。这里虽有桃花源般的境界,却实在穷困而又荒凉。那低矮发黑的茅屋,一个比一个破陋。也许正因为它无盛景可述,才故意取了这样一个声势赫赫的名字。

几位党和红军的领导人,在这里商量了一番。既然长江前线重兵麋集,一时难渡;滇军前来堵截,也还未到眼前,索性就在云南边界的扎西一带休整几天,观势待机。

会议结束后,毛泽东把周恩来请到自己住的房间里。所谓房间,当然也就是那又低又黑的茅屋,刚刚能站起身子。过去每到一地,多半是警卫员取下门板来搭一个铺,临走又上好门板。这里用不着了,因为门上没有门板,只有玉米秸或是竹批子编就的门,只好将稻草铺

在地上。地图就更是无法悬挂。毛泽东把周恩来让到地铺上,挥挥手,让警卫员退出去,然后悄声而郑重地说:

"恩来,昨天洛甫同志说,博古现在威信不行了,也难以工作,是否改换一下领导。你看如何?"

恩来一听,是这样一个重大问题,粗浓的黑眉皱了一皱,沉吟了一会儿说:

"既然提出来了,我看也可以考虑。"

"那么,由谁来担任这个总书记呢?"

周恩来并不迟疑,郑重而充满热诚地说:

"毛主席,那自然是由你来当最为合适。"

"不,"毛泽东笑着说,"我看还是让洛甫来当一个时期。"

周恩来笑着说:

"你是不是再考虑一下?"

"我已经考虑好了。"毛泽东的语气里带有某种坚决的意味,"还是让洛甫当一段,这样对团结有利。恩来,你是不是给大家做点工作?"

周恩来点点头,说:

"既然你已经下了决心,那就这样吧。下次会议上正式讨论一下。"

毛泽东送周恩来出了小屋,小兴国正牵着两匹马在路上等候,周恩来回头摆了摆手,就翻身上马回军委纵队去了。

这时,警卫员小吴跑来说,刚才在大路边看见休养连过去了,董老、徐老和谢老他们也过去了,就是没见贺子珍。最后说:

"我到路上看看吧,也许她掉队了。"

贺子珍从江西出发时,已有了几个月的身孕;加上还有点肺病,身体比以前孱弱多了。这是毛泽东相当挂心和忧烦的事。经小吴一提,他立刻想到,在遵义与贺子珍相见时,她的肚子已经很大了;贵州

三天两头落雨,走这样的山路,岂有不吃力的?她很可能是掉队了。想到这里,就说:

"小吴,那咱们就一起去路上看看。"

说着,小吴在前,毛泽东在后,就跨上了村前的大路。大路上,早晨下了一阵雨,虽说停了,路上仍很泥泞。一路上,满眼的红泥窝窝里,到处是红军战士被粘掉的鞋子。有的是布鞋,有的是断了带子的草鞋。这种红泥黏度很大,简直像鬼似的拖得你拉不开脚步,一直到留下你的鞋子为止。单看看这些留下的东一只西一只的鞋子,也就可以看出战士的艰辛了。毛泽东一路走一路想,贺子珍走这样的路该多么艰难!

小吴领着毛泽东尽可能地找干路走,有时就干脆走在草地上。路上大部队已经过去,只有零零星星的掉队人员在急匆匆地赶路。他们走出两三里路,还不见贺子珍的影子。小吴劝毛泽东先回去,他装作没有听见,只是闷着头迈着大步。眼前来到一个陡坡,一条曲曲折折的小路落到深深的谷底去了。他们停住脚步,向下张望了一回,还是不见人影。这时已是下午四五点钟的样子,刚刚露了露脸的夕阳,也快要落山。毛泽东不禁忧烦起来,就取出一根纸烟燃上,仍然不住地张望。还是小吴眼尖,看见从山谷深处的树丛里走出两个人来,在夕阳淡淡的金晖里,踏上了一座小小的板桥。等这两个人过了木桥,他已经兴奋地嚷起来:

"来了来了,是贺子珍!"

毛泽东眯细着眼仔细一望,那个瘦瘦的高高的身影果然像贺子珍,另一个矮矮的个子却不知道是谁。不一时,两人已经上了陡坡。可以看出,贺子珍爬得非常吃力,那个人赶上来搀扶着她,两个人走得慢腾腾的。一见这情形,小吴三脚两步地往坡下赶,毛泽东也跟着往坡下走。

毛泽东走到半山坡,贺子珍已经远远地望着他高兴地笑了。笑容里似乎含着一点羞涩，或者是感觉掉了队不好意思，不然就是自以为她那大肚子显得不雅。她本来是一个身材十分苗条的秀丽的女子，在人前，她往往一看到自己的肚子就觉得难堪。

毛泽东这时也清楚地看到，搀扶贺子珍的是机灵乖巧的刘英，就首先笑着向她打招呼道：

"刘英，你怎么碰到子珍了？"

"快谢谢我吧，"刘英笑着说，"我今天正好当收容队，就给你收容来了！"

"我是得谢谢你，"毛泽东笑着说，"你一下子就给我收容了两个人哪！"

贺子珍的脸红了一红，更为羞涩了。

毛泽东又望了望贺子珍。她两只布鞋上都是厚厚的红泥，裤管上也是红泥点子，从膝盖上看，还似乎滑倒过。毛泽东看了这些，很是心疼，在人前又不好太露，就急忙从她身上取下米袋，一面说：

"子珍，看把你累成什么样儿了！"

"我倒不觉得怎么样。"贺子珍一笑，"我好久不见到刘英姐姐了，只顾跟她说话，要不还不会掉队呢！"

说过，红星军帽下那张秀丽的脸，又露出温和的笑容，好像并不以为苦的样子。

小吴从毛泽东手里接过米袋，背在身上，又搀着贺子珍，一行人朝坡上慢慢爬去。

上到坡顶，刘英就挥挥手赶路去了，一面回过头说：

"子珍，你今天就住下吧，别回去了，我跟他们说一声。"

说过，一溜烟往西南去了。

小吴把贺子珍领进那间简陋的茅屋，叫她在地铺上坐了。毛泽东看了看她那双泥脚和动作吃力的样子，心里很是怜惜，叫她赶快把鞋子脱下来，用被子捂上，又说：

"子珍,这次可真苦了你了!"

"这倒没有什么。就是再待些时候可怎么办?"

她说的"再待些时候",自然指的是孩子出生,说到这里她脸上充满了愁容。

"还得多长时间?"

"这谁说得准呢! 按月数已经快了。"

毛泽东长长地叹了口气:

"在这种环境下,孩子自然没得办法带,不寄又怎么办?"

"我的几个孩子,哪个不是寄呀!"贺子珍痛楚地说,"毛毛也不知道现在怎么样了?"说到这里,不禁眼圈一红。

自从贺子珍与毛泽东在井冈山结婚以来,一共生过三个孩子。除其中一个因不足月夭折以外,两个孩子都是寄的。她的第一个孩子,是一个女儿,是在跟随毛泽东、朱德向赣南、闽西进军途中分娩的。当时部队打下了龙岩还要继续前进,贺子珍不得不把女儿托寄给当地群众。当她的第一个孩子哇哇啼哭着被抱走时,她背过脸去流下不少的眼泪。她的第二个孩子,是个男孩,取名毛毛,生下后一直带在身边。毛毛长到三岁,十分活泼可爱,整天价随着几个警卫员去放鹅放鸭,上山采杨梅。采得多了就用小帽子盛起来,还高高举着说:"妈妈喜欢吃杨梅,我要拿回去给妈妈吃。"贺子珍多喜欢她的小毛毛啊,可是一声令下,要离开根据地了。从通知到出发只不过一天多的时间。当时毛泽东不在瑞金,到于都去了,把小毛毛托给谁呢?贺子珍思前想后,只有托付给毛泽东的弟弟毛泽覃和自己的妹妹贺怡(他们是一对夫妻),因为他们将留在根据地打游击。毛泽覃、贺怡闻讯连夜骑马赶来。贺子珍就连哄带劝把小毛毛送到贺怡怀里,自己的话没有说完,眼泪就刷刷地流下来了。小毛毛也从贺怡怀里使劲挣脱出来,哭着说:"妈妈,不嘛,我要跟你去,我要找爸爸去!"贺子珍经过许多离别,但这次离开毛毛却有一种摧心剖肝的苦痛。

这些天来,当她想到快生的孩子又要重复同样的命运,就触动了她灵魂深处的沉痛,何况漫漫长征路,举目无亲,未来的孩子又将寄在何处呢?

毛泽东对隐在贺子珍内心深处的情感,自然是十分理解的。他见贺子珍流下了眼泪,就连忙坐到她的身边抚慰道:

"子珍,莫哭啊,等革命胜利了,我马上把毛毛接来。"

说到这里,他语调果决而又沉痛地说:

"子珍,不是我的心肠硬啊,为了完成这场革命,我们这一代人是必须付出代价的!……人民到处都在受难,我们哪里能够安逸!"

话虽如此说,但他的内心却深藏着对毛毛的惦念之情。他确实是最喜欢毛毛的。自从一九三二年八月,他被排除军事领导之后,就住在长汀的红军医院里养病。说是养病,实际上是住在一个大庙里,一个房间就有上十个人,连青菜、豆腐都没有钱买。那时他的心情很不好,整天躺在屋子里看书,有时还找一支很少摆弄的洞箫送走长长的黄昏。正是在这时,住在不远处的贺子珍每天带了毛毛来同父亲一起玩耍,大大宽舒了毛泽东烦忧的心情。后来,他们住在瑞金以西的云石山一座寺庙里,每当毛泽东出发到外地工作时,贺子珍总是抱着三岁的毛毛缘着山径为他送行。毛泽东也总是在山下抱着毛毛亲了又亲才肯跃身上马。可是马刚刚走出几步,小毛毛就从妈妈的手里挣脱出来,迈开小腿儿跑着追上去,一连声叫:"爸爸,慢点走,我要骑马,我要跟爸爸一起走!"这时,毛泽东不得不勒住马,从贺子珍举着的手里接过毛毛,抱着他再一次地频频亲他的脸蛋,把他放在马背上坐一会儿,然后才跃马而去。今天在荒烟漠漠的长征路上,毛泽东怎么会不想他那亲爱的儿子呢!而且,他会比贺子珍更清楚,在长征大军离开中央苏区之后,那块早已陷进血泊之中的土地,此刻恐怕连那些草木每天都在梳篦式的清剿中颤抖着吧,他的毛毛将会怎样地度过呢!

这时,小吴从伙房里打了一小桶热水,又泡了一杯浓茶,贺子珍洗了手脚,顿时觉得轻松了许多。毛泽东就趁机转变话题,提起他平时怀念的几位老人,因为这几位老人,还有一些女战士同贺子珍一样,都是随部队休养连行动的。

"子珍,现在徐老怎么样,他走得动吗?"

这里讲的徐老,就是中华苏维埃共和国的教育部副部长徐特立,毛泽东在长沙师范学习时他曾经是自己的老师。毛泽东一向很敬重他。这不仅因为他是两座长沙师范的创办人,是著名的教育家,而且在他身上有一种不可夺的凛然正气。他从小就痛恨中国的黑暗和政治的腐败,立志只教书不做官,故取名特立。由于愤恨时弊,力促宪政,他曾经断指血书而惊动长沙。至今他的小手指还短了一截。他五十岁那年参加了共产党,今年已经五十八岁,差不多是长征行列中最老的老人了。他究竟能否适应这场长途奔驰,这是毛泽东所担心的。

一提起徐老,贺子珍就禁不住笑了。

"徐老真是个有趣的人!"贺子珍笑着说,"他那么大年纪了,精神劲儿大得很,给了他一匹马,他也不骑。"

"为什么呢?"毛泽东笑着问。

"不知道。"贺子珍摇摇头,"别人劝他骑,他就说骑马腰疼,不习惯。后来,他还让他的小马夫骑上,他拉着马走。"

贺子珍说着,可能是想起徐老的那副样子,又笑起来了。笑过又说:

"润之,我看你什么时候见了面劝劝他吧,老人家如果有个一差二错就不好了。"

毛泽东连连点头。贺子珍又说:

"徐老不光不骑马,一到宿营地就到伙房帮助烧火。一边烧火就一边教炊事员们认字。每人一天要认一个字,这是他规定的,学不会就不算完。徐老真是个诲人不倦的大教育家!"

毛泽东喟然叹道:

"我的这位老师确实令人肃然起敬。他一生为国为民,骨头是硬的,血是热的,滚烫的。最可贵的,是他在我们党最困难最危急的时刻入了党,不少人动摇了,一些人叛变了,而他是越磨砺越坚强。他永远是我的老师。"

毛泽东抽着烟,随便地半躺在地铺上,吟味着徐老这个人物。过了一会儿,他又问起了谢老。谢老的年龄仅次于徐老,今年五十四岁,前清末年虽中过秀才,以后也跑到共产党里面来了。他很早就在党中央编辑党刊《红旗》,到了中央苏区任苏维埃共和国政府的秘书长,是毛泽东的密切合作者。在毛泽东住在古庙里的那些不愉快的日子,他们也常常一起倾谈。

提起谢觉哉,贺子珍嫣然一笑,说:

"谢老可真有意思。他平时不言不语,行军时若有所思,随身带着毛笔墨盒,一有休息机会就低下头写起诗来。从土豪那里缴获了几个账本,叫他当了日记本了,每天要记下好大一篇呢!"

"好,好,"毛泽东呵呵笑着说,"我们这次西征,已经跨过几个省了,要把这山山水水都记下来,也怪有意思!"

说到这里,毛泽东又笑着问:

"董老怎么样?董老是很有学问的人,他也常写诗吧?"

"他也写诗,可是他没有时间哪!"贺子珍说,"他是我们的支部书记,全连一百七八十人,男男女女,老老少少,又是人,又是马,又是担架,大小事都得从他心上虑过。他对纪律抓得最紧。每次出发,一间间房子他都亲自检查,门板上起了没有,稻草捆起了没有,院子打扫了没有,水缸挑满了没有,东西损坏了没有,照价赔偿了没有,如果没有,就要找到你当面质问,为什么破坏红军的纪律,那是毫不客气的。"

"董老太难得了,他是品格高尚,言行如一。"毛泽东赞叹道,"像你们这样一个连队,那是最麻烦、最啰嗦、最难办的,给谁说谁也不愿干。可是恩来同志跟他一谈,他就接受了。他说:'我就是一块破布,一块打补丁的布头。我就是补洞洞的。你们叫我补帽子,我就补帽子;你们叫我补裤子,我就补裤子。反正什么工作也要人做,洞洞也要补,俗话说,小洞洞不补,大了两尺五嘛!'"

"董老确实了不起!"

由于兴奋,毛泽东黑瘦的脸上,泛着一层红光。他从铺上坐起来,感情深沉地说:

"这些都是我们民族最优秀的人物! 就是在世界上也是很难找的。也是共产党有幸,他们都跑到共产党里面来了。我们党拥有一大批这样的人,和群众结合起来怎么会不胜利呢!"

说到这里,贺子珍那双晶亮的眼睛闪射着小火花似的光芒。她望着毛泽东说:

"润之,这个长江我们能过得去吗?"

"过得去! 子珍,我告诉你,一定过得去!"毛泽东充满顽强自信地把手一挥,"当然,不好好打几仗,不敲掉他几个师,那是过不去的。我要一个一个地来收拾它!"

小吴已经把晚饭打来。揭开那个毛泽东常用的蓝搪瓷多层饭盒,里面是热腾腾的苞谷饭,还有一盒炒萝卜丝。毛泽东嚷道:

"我的辣椒呢,小鬼,快把炸辣椒拿出来,招待招待我们的客人嘛!"

"有,有。"小吴立刻端过来一大碗又红又亮的炸辣椒,嘻嘻笑着说,"这是少不了的!"

的确,不管饭菜如何,只要有了炸辣椒,毛泽东就眉开眼笑心满意足了。夫妇两个吃起来,不一时,毛泽东就满头大汗。他望望贺子珍,忽然想起了什么,停住筷子问:

"你觉得刘英同志怎么样?"

"这同志蛮好,蛮热情的。"贺子珍说,"今天要不是她,我还可能来不了呢!……你问她干什么?"

毛泽东神秘地笑了笑,说:

"我想给她介绍一个人。"

"谁?"

"你说是谁?"毛泽东笑着反问,"这里,就剩下洛甫同志一个凄凄惨惨戚戚的了!"

贺子珍沉吟了一会儿,说:

"好是好,就怕刘英不同意。"

"为什么?"

"她最怕生孩子。今天在路上她一见我就说,遭罪呀!遭罪呀!反正我是不结婚的!"

"当然不要马上结婚。我也不准备正面提出,只是给他们创造一种条件。"

说到这里,他又低声地说:

"我已经同富春同志商量过了,现在还缺一个秘书长管生活的,我们准备把刘英调来,她一个女同志在下面跑也太辛苦了!"

饭后,天已经黑下来。贺子珍提出当晚要赶回连队。毛泽东和几个警卫员还是把她留下来了。

第二天破晓,在一片鸡鸣声中,毛泽东将贺子珍送到村边,扶她上了一匹小黄马,一面嘱咐小吴送她回连。这时,全村的鸡鸣此伏彼起,正以迎接光明的热情唱起嘹亮的晨曲。毛泽东微笑着问贺子珍:

"它们叫得多起劲呀,你能听出它们有什么特殊吗?"

"我听不出来。"贺子珍在马上微笑着说。

"我也听不出来,不过这就叫鸡鸣三省呀!"

（十九）乌蒙山下，扎岭之西，稍作喘息的红军又陷入四面包围。这时，一个奇人扪虱苦思，终于作出了一篇奇文。

一九三五年的二月六日，正是春节大年初三，中央红军冒着鹅毛大雪来到扎西。磅礴的乌蒙山已是一片银白世界。要在和平年代，飞雪迎春，该是多么富有诗意，而此时此刻，对衣着单薄的红军来说，是又多了一层严酷了。

扎西，一名威信，在乌蒙山麓扎岭之西。说是一座县城，没有城池；说是一个镇子，不过三百来户人家，星星散散分布在一个小盆地上。周围都是农田，市街狭小，房屋破旧，只有几家铁匠铺和两座寺庙。它给人以极其荒僻冷落的感觉，好像到了世界的尽头。毛泽东见人们嫌这地方过于荒凉，就笑着说："你们在这里好好地歇几天吧，不要担心敌人来了。"人们说："毛主席，你怎么知道敌人不会来呢？"毛泽东笑着说："他到这山上来吃么子呀！"

确实，不管什么地方，只要能有一个喘息的机会，进行休息整顿，也就很难得了。由于这时部队减员太多，为了充实战斗部队，全军首先进行了整编。各军团，除一军团外，都取消了师一级的编制，三万多红军编成了十六个大团。一军团由三个师九个团编为两个师六个团；三军团损失较大，由三个师编成四个大团；五军团和九军团各编为三个团；八军团并入了五军团。干部层层下放，机关也尽量精简充实前方。那时，干部能上能下，当了师长当团长，当了团长当营长，都自自然然，并不觉得有什么别扭。令人振奋的是，在这里还进行了扩大红军的活动，真是一呼百应，短期内竟呼啦一下子扩大了三千多人，也说明这里的农民是如何地渴望着革命了。

随着整编,部队还进行了轻装。从江西出发以来,经过频繁的行军战斗,那些兵工厂笨重的机器,造币厂、服装厂、印刷厂的各种设备,早已丢得差不多了。但是有些珍贵的东西却仍然舍不得丢。例如卫生部的那台 X 光机,就是这样。当领导上决定将这台机器留在扎西的时候,首先卫生部长贺诚就思想不通。真也难怪,这台德国制造的很好的 X 光机,它本身就有一段动人的历史。当时中央苏区很需要这样一台机器,地下党在上海买到了,却无法通过重重封锁运进苏区。后来一些聪明的同志就把它装进棺材,装作运送灵柩才搬到了中央苏区。这其中经历的惊险曲折就不是三言两语能够尽述。这台机器在苏区也很出了一些力气,总政治部主任王稼祥遭敌机炸伤,就亏了它才找到那些弹片。何况从江西抬到这个很少有人知道的扎西,又流了多少汗水!长征一开始,贺诚就担心他的这件宝贝,专门做了一个比棺材小一点的箱子把它装起来,由两个民工抬着;附件装在两个小箱子里,由一个民工挑着。民工找不到,就由管理它的两个小青年去抬。夜行军走在山路上,对它就像伺候老爷爷似的,又怕摔了,又怕碰了,前面还要有人打着火把。现在把它弄到这里,贺诚怎么舍得把它丢下呢?

这样,毛泽东只好把贺诚找来,亲自谈话。

贺诚是北京医科大学的学生,又是大革命时期的党员,参加过广州起义,做过地下工作,是专门为了加强中央苏区的卫生建设调到中央苏区来的。毛泽东对他一向很客气,一见面就说:

"贺诚同志,听说你有一件宝贝,很不舍得丢呀!"

贺诚知道说的是 X 光机,就笑着说:

"是呀,毛主席,我是不舍得丢,恐怕您也很心疼吧!"

"心疼是心疼,该丢还是要丢嘛!"毛泽东说,"现在我们要打运动战,带着这些啰啰嗦嗦的东西怎么行啊?连山炮我们都丢到赤水河里去了。你这个大知识分子,情况是看得很清楚的,不好好打几仗,这个长江能够过得去吗?"

贺诚不言语了。毛泽东又笑着说:

"贺诚,不要不舍得吧。我们要的不是一架X光机,我们要的是全国政权!等全国解放了,蒋介石的那些东西,你去接收就是了!"

几句话就说得贺诚笑起来。

第二天,这件被称为"照病机"的宝贝就藏在一个农民家里。红军走后,国民党的县长以悬赏二十万元的高价,来找这架X光机,也未得手。直到一九三六年,由于一个豪绅告密,这架X光机才被搜出运到昆明。这是后话。

中央红军在扎西休整数日后,敌情渐趋严重。川军以潘文华为总指挥的十几个旅,正从古蔺、叙永、兴文、珙县、高县、筠连等地压迫过来;滇军以孙渡为总指挥的四个旅,由盐津、镇雄压迫过来;中央军的周浑元纵队由毕节等地压迫过来;黔军的何知重等部仍扼守赤水河的土城、二郎滩等地。这样就又形成了一个四面合围之势。很明显,这是要将中央红军歼灭在横江以东,赤水以西,兴文、叙永以南,毕节、镇雄以北的地区内。今后红军如何行动,中央领导商讨过一次,但未得出最后结论,周恩来通知各领导人继续考虑。

刘英已经调到中央来了。她的职务是秘书长,实际上侧重管各领导同志的生活。由于女同志那种对人的特殊的关怀,她明显地感觉到毛泽东工作起来是太不顾自己了。尤其是他那头发长得叫人不能忍受。她提过几次要他理理发,都回说没有时间。这天天气晴和,有点暖融融的,她就找理发员烧了一锅热水,随后来请毛泽东理发。

毛泽东住在苗家一座简陋的小木楼上。刘英进了院子正要上楼,被警卫员小吴拦住。刘英说:

"小吴,我是叫主席理发的呀,你瞧他那头发长的!"

小吴摇了摇手,神秘地说:

"秘书长,你还是等一等吧。今天吃了早饭,他就把门关起来,还交代说,谁也不许进来!"

刘英只好坐在院子里一个小木墩上,和小吴一边晒太阳,一边闲聊。看看等了一个小时,心想烧的那锅水恐怕凉了,就有点坐不住了。

"我到上面看看去,"她说,"如果他真忙,我就回去。"

"那你可轻一点。"小吴说。

刘英蹑手蹑脚地上了楼梯,见房门关着。她顺着门缝往里一望,见毛泽东坐在一张矮凳上,守着火塘,正披着棉衣,手里捧着衬衣捉虱子呢!他捉起一个,并不挤死,就心不在焉地往火上一抛,还听见轻微的噗的一声。迎面墙上贴着十万分之一的军用地图,几乎把一面墙都盖满了。他捉几个虱子,就仰起脸望一阵地图;看一阵地图,又低下头捉几个虱子。刘英看见他那神态,暗暗觉得好笑。想起周围的敌情,知道他正凝神思考,就没有敢去惊动他。刘英站了一刻,又蹑手蹑脚地走了下来。

"怎么样,还没有完吧?"小吴问。

刘英点了点头。小吴就说:

"那就再等一会儿吧。"

刘英眼巴巴地又等了将近一个小时,正准备离去,忽听楼上咳嗽了几声。从那咳嗽声里也可听出有一种兴奋,一种欢快。随后,就听见毛泽东那浓重的湖南口音:

"小鬼呀,谁在下面哪?"

"是刘英同志,"小吴用又尖又亮的孩子腔说,"她等你好半天了。"

"好好,我下去。"

毛泽东一面说着,一面扣着扣子走下楼来。他望望刘英,见刘英只是对着他笑,就说:

"刘英,你笑么子呀?"

这一说不要紧,刘英倒格格地笑出声音来了。

"我笑你捉虱子也跟别人不同。"她忍住笑说。

"捉虱子还有么子不一样的?"

"别人捉虱子都是捉住一个,挤死一个;你倒好,捉住了就那么一扔。"

"我这是人道主义,给它来个火葬嘛!"毛泽东嘿嘿笑着。

"火葬?我看不如水葬。"刘英说,"你还是叫小吴烧锅水烫烫的好。"

"烫是烫了,又长出来了。"毛泽东笑着说,"这虱子也很顽强呀,好像是故意同革命作对似的。我一考虑问题,它就在我身上闹事。"

刘英又格格笑了。

"刘英,你看过《红楼梦》吗?"毛泽东问。

"我小时候随便翻过。"

"你还记得贾宝玉的话吧,他说,男人是泥做的,女儿是水做的,所以我们身上虱子也就多嘛!"

"哎呀,看你说的!"刘英说,"从江西一出发,我们就没脱过衣服睡觉,连绑带都不解的。哪个虱子少呀!我们要是不洗头,那罪真够受了!"

说到这里,刘英又指指毛泽东的头发说:

"毛主席,你看你的头发快跟女同志差不多了。我今天就是专门请你去理发的!"

"我谢谢你,刘英,但是今天确实不行!"

"那什么时候理呢?"刘英失望地问。

"我跟你坦白地说吧,"毛泽东指指自己的头发,既是开玩笑也决不像开玩笑地说,"要不打一个漂亮仗,就是白发三千丈,我也不理了!"

他说到这里,向刘英抱歉地笑了一笑,就同小吴一起走出院子,朝红军总部的方向走去。

红军总部设在一个名叫江西庙的古庙里。虽然庙宇破破烂烂,毕竟比一般农舍宽敞得多。毛泽东穿过一段田间小径,来到作战室,见周恩来、朱德和作战局长薛枫都站在地图前议论什么。周恩来一见毛泽东脸上明朗,神色愉快兴奋,就猜到他心中已经有数了,就笑着说:

"毛主席有了锦囊妙计了吧?"

毛泽东见四外没有别人,从容地点起一支烟来,微笑着悄声地说:

"还是杀个回马枪吧!"

"回马枪?"周恩来眼睛一亮,"是要重回桐梓、遵义?"

"是的。"毛泽东点了点头,"现在形势很明显,敌人要把我们聚歼在这里,这个地方是不能呆了;第二,敌人共有三十多个旅封锁长江,北渡长江也使不得;而遵义地区敌人兵力空虚,我们正好狠狠地咬它一口。这样,我们突然调头东向,等这一坨坨敌人摸清我们的行踪,已经望尘莫及了。……"

"妙棋!妙棋!"朱德不禁抚掌笑道,"这篇文章完全出敌不意,真是神来之笔!"

"好!好!"周恩来也连声赞叹,接着又补充道,"不过,我们还是要做出北渡长江的架势,充分利用敌人的错觉。比如说,用一部分兵力伪装主力,指向綦江方向。"

毛泽东仰起脸,望了望地图上的綦江,微笑着点了点头,表示很满意周恩来的这个补充。

这时,作战局长薛枫似乎考虑到计划实施中的问题,皱着眉头说道:

"现在山下的敌人比较密集,如果我们下不了山呢?或者被敌人缠住呢?"

毛泽东抽了一口烟,望着薛枫笑着解释道:

"不会。我们这一次准备专走小路,不走大路,把大路都让给他们。山山相连，那么多路他们哪里封锁得住？我们下了山还要让他们不知道，所以这一次要轻装嘛！"

"好，那我就找洛甫、博古、稼祥来再开会讨论一次。"周恩来说，"等伯承同志从部队回来，再由他做出具体实施计划。"

这时，一个年轻的译电员送来一份电报，交给了周恩来。周恩来看到最后情不自禁地笑起来了。他把电报交给毛泽东，笑着说道："这是刚刚破译的薛岳的电报，你们看看！"

朱德也凑到毛泽东身边来看。原来那电报讲了一大篇红军的动态、位置之外，最后说：

> 窜据威、镇、牛街间地区之共匪主力，被我川滇军截击，西窜无由，饥疲不堪，随处掠夺，已成流寇，匪首朱、毛，有化装逃走说，特闻。

毛泽东、朱德看到这里，两人相对哈哈大笑。毛泽东笑得烟灰都抖到灰棉军衣上去了，他边笑边说：

"我的老天！现在把我包围得水泄不通，真是上天无路，入地无门，我往哪里跑呀！难矣哉！难矣哉！"

朱德用冷峻的口吻说：

"蒋介石很喜欢听这一类消息，他的下级也就专门给他提供这类新闻。悲夫！"

（二十）枪声起，追兵急。一声婴啼，孩子降生在乱枪声中。贺子珍还没有看清楚她的女儿就匆匆离去，她的心滴着血，再一次经历了难忍的苦痛……

从二月十八日起，自扎西地区秘密东进的中央红军，迅速击溃黔军的抵抗,于二郎滩、太平渡二渡赤水,沿着习水的偏僻小路向桐梓急进。川军在后衔尾追来,后面已经响起了炮声。

天色灰蒙蒙的,弥漫的云雾遮盖着山峦,那种无尽无休的贵州式的细雨绵绵不断。

中国工农红军向来以行动神速著称,而在过去一段时间内,却被那些笨重东西拖累住了。经过扎西整编,彻底轻装,又渐渐恢复了往日风姿。但是,对于年轻的干部休养连连长侯政来说,部队的行动越轻便迅速,他就越感到紧张和艰难。原因很简单,因为他的这支连队是名符其实的"特殊连队"。著名的中共"五老",有三位在这个连队。另外,随军西征的三十名女战士,有相当大一部分在这个序列之中,其中就包括邓颖超和贺子珍。另外还有一些负伤和生病的高级干部。带这样一支部队决不是轻松的事。侯政本来是某军团的卫生部长,一听说要调来,头嗡的一下蒙了。他刚要张口摆困难,跟他谈话的人立刻严肃地问:"你是不是共产党员?"他就不敢说了。随后,周恩来还以红军总政委的身份同他作了一次谈话;话是温和而亲切的,但是最后一句却很不平常:"侯政,你要丢了一个人,我就杀你的头。"而周恩来是从不轻易说这种话的。侯政就这样诚惶诚恐地接受了任务。开始他最担心的是董老、徐老、谢老三位老人,怕丢了一个吃罪不起。不料这三位老人不仅从不掉队,到了宿营地之后还帮他做了许多工作。尤其是董老,作为这个"特殊连队"的支部书记,工作计划周密,处理问题细致稳妥,把工作做了一多半。其次,他担心的是女同志,哪知这些女同志争强好胜的劲头儿,处处胜过堂堂男子。最使他感到难办的,莫过于女同志生孩子了。他第一次碰到这样的事,真是紧张万分,手足无措。侯政最怕孩子生在野外,而那位女同志偏偏在快到宿营地时开始阵痛,说话之间,血从两条裤腿流下来,小孩儿头已经露出来了,而距宿营地还有三里之遥。他顿时出了一身冷汗,急忙找了两个女同志扶着她,艰难万状地走完这两三里路,才进了一间房子,把孩子生在一束匆忙找来的稻草上。长征路上第二个女同志生孩子,又使他感受到另一种紧张。那位女同志在行军中途发生阵痛,还好,路边有一所房子,就把她抬进去了。哪知她在屋子里痛得打滚儿,就是生不下来。而后边的追兵已经迫近,枪声清晰可闻。在这种情况下可怎么办呢?究竟是扔下她走呢,还是硬着头皮等大家一起当俘虏呢?这时的侯政真是百爪挠心,难做决定。幸亏董老异常沉着,抓起耳机给后边担任掩护的五军团军团长董振堂打了一个电话,请求他们再顶上一阵;那董振堂竟十分通情达理,大大方方地说:"董老,既然这样,那就让她慢慢地生吧!"孩子终于在一个小时之后生下来了,是战士们艰苦抗击的枪声掩护了这个小天使的来临。这两件事给了侯政以极为深刻的印象。而现在正躺在担架上的贺子珍,分明处在随时都会分娩的状态,她今天的遭际又会是怎样呢?

  侯政紧紧随着贺子珍的担架,后面是董老、外科医生李治和一个名叫李秀竹的女看护员。这都是细心的董老一再告诫过的:要事先做好准备。尽管如此,这项工作毕竟和任何工作不同,难就难在你不知道我们的小天使什么时候降临人间。前两三天贺子珍就腹痛了一阵,弄得人们紧张万分,结果是万事俱备,小天使却音信杳然。今天早晨贺子珍又腹痛了一次,后来也没有事。何况贺子珍和一般女同志的性格不同,她外在温和,而内在倔强,不是万难忍受是决不出声的,这样也就更难判断、更难掌握了。

  部队长长的行列行进在幽僻的大山间。贺子珍躺在担架上,盖着一床灰色军毯,神态如常。也许人们以为,睡在担架上是很舒服的事,实际上在"地无三里平"的贵州山路上,一时上,一时下,担架员被坎坷的山石绊倒,更是常事。侯政不时地关照着担架员注意脚下,心里想:"只要今天能平安度过,不生在路上,到了宿营地不管如何困难也好说了。"他看了看贺子珍微微合着眼睛,像是睡着了似的,就对董老说：

"看起来，今天可能没有事了。"

"不，还是不要大意。"

董老总是那么稳重老练。他留着两撇黑胡子，身着红军服装，腰扎皮带，身披大衣，健步如飞。不知你是否看到过他青年时代的照片，他穿着长袍马褂，戴一顶平顶帽盔，真使你哑然失笑；革命真是改变一切，怎么也想不到和今天的董必武会是同一个人。

董老的话果然不错，在后面传来的炮声里，已经听到了夹杂着的机关枪声。这显然是后面追击的敌人迫近的征候。

"糟了！"侯政在心里暗暗嘀咕道，"是不是又要和上次一样？"

想到这里，他望了董老一眼。董老心里也很着急，却面不改色，沉着地说：

"让前面走快一点！"

部队行进的速度立刻加快了。经过一阵颠簸，侯政听见贺子珍在担架上哼了两声，赶忙跑过去一看，见她脸色惨白，额头上渗出明晃晃的汗珠。侯政立刻紧张起来，四外一望，真是前不着村，后不着店，眼前只是云笼雾遮的一条曲曲折折的山间小路。心里想：真是怕什么有什么，最坏的情况恐怕就要出现。

"董老，怎么办哪？"他望着董老火急火燎地问。

"还是再往前赶赶，尽量找个房子。"董老说。

担架员在山路上一路小跑式地行进。侯政两个眼不够使似的一面走一面四外张望。大约走了二三里路，还是通信员眼尖，说："侯连长，你看那山旮旯里不是有房子吗？"侯政一看，在半山坡上石头旮旯里，果然有两三间又黑又矮的茅屋，同那苍灰色的石头颜色差不多，没有好眼力简直难以发现。侯政心中大喜，心想，就是有个小小的茅庵也好。

"你们等一下，我先上去看看。"

侯政说着,领着一个通信员,就像打冲锋似的嗖嗖嗖地爬了上去。几间茅屋的门都虚掩着,侯政拉开一个门,见屋中空无一人,屋正中有一个火塘,火着得很旺,旁边放着一把大铜壶,里面的水还冒着热气。看样子,老百姓刚刚躲出去了。侯政见有这样理想的地方,心里高兴极了,急忙向山下招手,让担架快快上来。

担架员喘吁吁地抬着担架爬上来了。后面紧紧跟着李秀竹和外科医生李治。李治是医学专科的毕业生,高高的个子,戴着一副近视眼镜,脸上总带着一种完成任务颇有把握的那种笑容。随后,董老也有些吃力地走了上来。侯政说:

"董老,你这么大年纪,也就不用上来了嘛!"

"人命关天哪!"董老笑着说,"我怎么能够不上来呢!"

这时,后面不断传来炮声和机关枪的嗒嗒声。侯政对李治说:"老李,要快!"

"快不快,我掌握得了吗?"李治眨眨眼,和李秀竹一同走进去,还半开着玩笑。

担架抬进屋里,担架员退了出来。李秀竹把门关起来了。董老和侯政一伙人都在门外守候。

可以听出,屋子里器械叮当乱响,还夹杂着贺子珍断断续续的有克制的呻吟声。不到半个小时,婴儿已经呱呱坠地,发出到人间的第一声呼喊。这稚嫩的而又最有生命力的哭声,是这样富有感染力,董老立刻笑起来,深有感慨地敲打着膝盖,"好,好,好。"一连说了三个好字。其他人也都笑声朗朗。

随后听见屋子里更加紧张忙乱,传出一阵阵洗脸盆的丁东声、铜壶的倒水声、李秀竹与李治的碎语声。侯政正要问是女孩还是男孩的时候,只听李治用一种颇为兴奋的调子说:"恭喜你呀,贺子珍同志,来了一个千金!"

可是,人们的笑声却为一阵骤然激烈起来的枪声所打断。不仅机枪声,就是步枪声也听得清清楚楚。有战争经验的人立刻意识到,敌人已经更加临近。

侯政望着董老,满面愁容地说:

"孩子怎么办哪,董老?"

董老捋捋胡子,果断地说:

"只好把她留下,这是规定。"

"可是老百姓不在家呀!"

"留下点钱。"

"留多少?"

"太少也不行,你留下三十块光洋。"

侯政从沉甸甸的挎包里取出钱来,数了三十块袁大头,用纸包起来。董老接在手里掂了掂,又沉吟了一番,说:

"侯政,你看少不少,这地方老百姓困难哪!你那里还背的有大烟土吗?"

"有,有。"

侯政叫通信员从挎包里拿出两块大烟土来,掂了掂约有一斤多重,这在贵州也值不少的钱。为了怕群众吃亏,自红军西征以来,早已不用苏维埃的纸币,而改用白洋或没收的烟土顶钱,这已经不是第一次了。

侯政见诸事完毕,就敲了敲门,说:

"老李,你快一点嘛!"

"你嫌慢你来!"李治在里面不满地说。

"哎呀,我是叫你尽量地快嘛!"

不一时,房门打开,担架员进去把担架抬了出来。贺子珍头上蒙着一条大毛巾,脸色惨白得厉害。担架下面还扑嗒扑嗒地滴着血水。在行将抬出门口的时候,贺子珍微微地睁开眼睛,用低微的声音叫:

"李医生!李医生!你把她抱过来我看看。"

李治连忙把一个用白纱布包起来的婴儿抱了过来,贺子珍颤巍巍地接在手中,睁起明星般的眸子无限哀怜地看了一眼,然后还给李治,哽咽着说:"李医生,你把她放得离火塘近点。"一句话还没说完,已经泣不成声,眼泪刷刷地流了下来。

"子珍同志,"董老连忙上前安慰道,"现在这样处理,也是不得已呀!"

"我明白,董老,我太感谢您了!"贺子珍一边擦泪,一边声音微弱地说,"孩子跟着人民长大也很好。如果她长大,是革命的就会去找我们;如果变成敌人、坏人,也就算了……"

枪声愈来愈近。董老对担架员挥挥手说:

"快走!我们随后就赶上去。"

担架下山去了。董老和侯政进了房子,孩子哭了一阵已经在草堆上睡熟。侯政把三十块光洋放在孩子旁边,那两块大烟土放在老百姓的两个大粗碗里,又用两个碗扣起来。董老一向重视群众纪律,见地上狼藉不堪,又抄起笤帚扫了一扫。

"行了吧?"侯政望望董老。

"不,还是要留下几个字。"

董老一面说,一面从挎包里取出纸笔墨盒,坐在矮凳上,就着老乡的床铺,端端正正写了一个纸条:

本户主人鉴:

  我们是为干人服务的工农红军,今在苗家借地生子,实在出于万不得已。望千万不要听信土豪劣绅的欺骗。因军情紧急,此子无法携带,深望老乡将他抚养成人,不胜感激。今留下大洋三十元,烟土两块,仅表微意而已。

红军休养连　董必武留

董老还没有插上笔,枪声已经很紧,警卫员在外面叫:

"董老,董老,快走,不走不行了!"

"急什么！"董老训斥道，一面把纸笔收到挎包里，把纸条放在孩子身边，用东西压好，然后又轻轻地拍了拍白纱布包着的孩子，同侯政一起出了房门，匆匆下山追赶担架去了。

贺子珍昏昏沉沉地躺在担架上。她偶尔睁睁眼睛，周围都是无尽的山，山，山，好像永远也走不出去似的。而在这山间盘绕着的，就是她的同志、她的队伍，那一条无尽的长龙。再就是那无尽的云、无尽的雾和迷蒙的烟雨了。尽管离开那座茅屋已经很远，她的耳边仍然是停留不去的婴儿的啼声。啼声是那样的稚嫩、柔弱，令人哀怜。她想摆脱这使她不安的啼声，想想别的，却毫无效果。后来，那啼声却忽而变得像三岁的毛毛在喊她："妈妈，妈妈，你在哪里？"是的，由于今天这个婴儿的触动，她比任何时候都更想念她的毛毛⋯⋯

恍恍惚惚间，她果真回到瑞金沙洲坝来了。她又看到了门前那棵很大很大的樟树，和那座简陋的木楼。在那棵樟树下，就是她的小毛毛和邻家的一个小孩儿每天玩耍的地方。但是，现在这里空空旷旷，没有小毛毛，也不见那个邻家的小孩儿。她走进院子，楼上楼下都找遍了，也空无一人。"也许我的毛毛到山上采杨梅去了。"她想，出了门就往山上去找。她爬了一座山又一座山，身体疲倦极了，仍然没有看到毛毛在哪里。忽然她看到另一座山上有一棵大树，那棵大树底下，坐着一个抱孩子的妇女。她用尽气力爬到那棵树下，走近一看，正是她的妹妹贺怡。她问："妹妹，你怎么跑到这里来了？"贺怡说："山下都是白军，我们就跑到山上来了。"她又问："我的毛毛呢，他到哪里去了？"贺怡朝草堆里一指，说："那不是嘛，他在那里睡着呢。"她往草堆里一看，小毛毛果然穿着单薄的衣服睡在乱草里，小手冻得又红又肿，什么也没有盖。她刚想脱下衣服给他盖上，小毛毛就醒了。小毛毛叫了一声妈妈，一下就扑到她的怀里，还说："妈妈，我可想你了，你和爸爸到哪里去了，我怎么见不着你们了呢？"又说，"妈妈，你走了很远的路，你饿了吧？我给你采杨梅去。"说着，就从她的怀里蹦出去,跑到山坡上去了。不一时,他就采了好多鲜红鲜红的杨梅,用小帽子盛着,高高地举起来说:"妈妈,吃吧,我知道你爱吃杨梅!"她拣了一个放在嘴里,觉得从来也没吃过这样好吃的杨梅。正在这时,忽然听见贺怡喊:"姐姐,快跑,敌人来了!"她往山下一望,果然,每个村庄都起了火,冒着一缕一缕的黑烟。说话间,白军已经扑上来了。她拉起毛毛就跑。爬了一座山又一座山,到处都是敌人,累得她实在走不动了。白军已经追了上来。一个白军军官狞笑着说:"你们跑不了啦!"她大声说:"你们要剐要杀都行,只是不要伤害我的孩子。"那军官冷笑了一声,说:"这里是匪区,石头要过刀,茅草要过火,人要换种!小孩也不能留。"说着,就举起枪来,对准毛毛兵的一声开了一枪,小毛毛就倒在了她的怀里……

贺子珍惊叫了一声,醒了过来。睁开眼看了看,周围仍然是烟云蒙蒙的群山,自己仍然躺在担架上。听了听,后面枪声正紧,雨还在下。自己枕边冰冷潮湿,也不知是雨水,还是泪水。

听见她的叫声,董老和侯政一齐跑了过来,急火火地问:

"子珍,你怎么样了?"

"没有什么。"贺子珍含含糊糊地说。

细雨仍然没有停止的样子,担架随着长长的行列继续行进。担架上不断地有东西滴落下来,分不清是血水还是雨水。

后面,依然是纷乱的枪声。……

(二十一) 在莽苍苍的烟雨中,行进着一支特殊连队。几位共产党老人各有风采。毛泽东在路边久久等候着产后的妻子,这次匆匆会面也不尽是酸楚。

在莽苍苍的烟雨中,驰过来几匹战马。马上为首的那人,披着一件灰色的旧棉大衣,八角红星军帽下,头发长长的,很容易看出那就是毛泽东。

他同警卫员小沈,还有几个骑兵通信员紧一阵慢一阵地向前赶进。正在行进的红军队伍,见他们过来了,就往路边略闪一闪。行进间,忽见前面一支队伍比较松散,行列中还有好几副担架,小沈就提醒说:

"毛主席,前面是不是干部休养连哪?"

毛泽东一看,果然是休养连,就立时收缰下马。小沈同几个骑兵通信员也跳下马来。前面已经交代,这休养连中有共产党著名的"三老",其中还有毛泽东的老师,所以毛泽东、周恩来、朱德等领导人,凡在行军途中遇上这个连队,出于尊敬,从来不扬长而过,而是立即滚鞍下马,到三老面前,恭恭敬敬地问候一番才上马而去。这几乎成了惯例。今天毛泽东遇见他们,当然也是这样。何况他已经好久没有看到他们。

毛泽东把缰绳交给小沈,向前走了不远,就看见徐老的背影。徐老挂着一支红缨枪,正走得十分有劲。他戴了顶红星军帽,却穿着一件非常不合体的古铜色的皮袍。由于皮袍过于长大,不得不在腰里拴了一根绳子把两个角掖起来,再加上皮袍没有领子,使人越发觉得好笑。有人谑称徐老穿了一件"龙袍",大概就指的是这件袍子了。

"徐老,您身体好哇!"毛泽东赶到徐老身边一边走一边亲切地说。

徐老转过脸来。毛泽东这才看出,他的帽子只有红星没有帽檐儿;听人说他的帽子丢了,这顶帽子是他自己缝制的。他那旧式的蚂蚱腿儿眼镜,也少了一条腿儿,用细绳子系在耳际。但老人的眼睛却很有神。他一看见是毛泽东,就高兴得笑了,更有力地亮开大步,还带着自豪的口气说:

"你瞧,我一次队也没有掉!润之,我看你倒瘦得厉害,还是夜间办公?"

毛泽东笑着点了点头。他忽然想起了什么,笑着说:

"徐老,我听说别人对你有意见哪!"

"什么意见?"徐老一愣,偏过头来看了一眼。

"你怎么老是不骑马呀?"

"噢,是这个。"徐老笑着说,"我早说过,一骑马我就腰疼。"

毛泽东过去曾听人说,徐老所以不骑马,是因为他那匹马太老了,很怜惜它,舍不得骑;后来就给他换了一匹,他仍然不骑,显然就不是这原因了。

"腰疼?"毛泽东笑了一笑,"恐怕不是这原故吧?"

"润之,你要追问,那我就对你实说了吧。"徐老颇为严肃地说,"这个问题,我是经过考虑的。马者,代步也。以代步为步,不以步为步,是舍其本而逐其末,久而久之,则体弱难举步矣,一旦无马,将如之何?"

毛泽东哈哈大笑,说:

"道理是对,但您年纪大了,还是要适度为好。"

徐老这时回过头,亲切地望了望他那匹小马。一个小鬼牵着它,上面除了徐老的行李,还驮了许多书,另外还有两个别人的背包。徐老用手亲爱地抚摩着他的小马,哆哆嗦嗦的,像抚摩他的儿子似的,说:

"你瞧,它驮的东西已经很不少了!"

毛泽东望了望那个牵马的小鬼,显然就是人说的"小马夫",上次贺子珍说,小马夫骑在马上,徐老拉着马走,想必就是这个小鬼了。

关于骑马的事,毛泽东只好说到这里。他看见徐老背上还背着两个口袋。一个小一点的还好看,那个大的全是用五颜六色的碎布拼缀而成。嘀里嘟噜的,像装着不少的东西。

"您那里面装了些什么呀?"毛泽东问。

"这都是丢不得的。"徐老说,"这个小口袋里,是我的文房四宝,遇见好墙壁我就拿出来写几条标语,很方便的。这个大口袋,里面钉子、绳子、锥子、锤子都有,别人最看不惯的就是我这个口袋,老是劝我把它扔掉。他们还取笑说,这是我的'百宝囊'。有一次,走到荒郊野外,一副担架断了,谁也没有办法,就是靠我这些东西才整好了。没有我这'百宝囊'行吗?"

毛泽东微笑地点点头,知道老人有个倔脾气,也就不再与他争辩。

两个人边走边谈。徐老忽然转过脸问:

"听说,我们又要打遵义?"

"是的。"毛泽东说,"娄山关今天一早就打响了,打下娄山关,就打遵义。"

"那太好了。"徐老手舞足蹈地说,"遵义真可说是个文化城,藏书很多,《三通》都全,我本来想建个大图书馆,后来部队一撤,办不成了。这次再占遵义,还派我做这件事吧!"

毛泽东见他兴致很高,连声说好。

谈笑间,干部休养连的女指导员李樱桃走了过来。她笑盈盈地给毛泽东打了一个敬礼。她是纺织女工出身,在无锡和上海都领导过罢工斗争。后来在白区呆不住,才来到苏区。长征前,她是一个省委的妇女部长,因为精明强干,作风泼辣,才被调来当指导员的。

毛泽东打量了她一下,见她腰扎皮带,脚穿草鞋,红星军帽下露出短短的黑发,皮带上还挂着小手枪,显得十分英武。令人奇异的是,她虽然经过数千里的奔波,依然两颊绯红,光艳照人,简直像刚摘下来的樱桃那般新鲜红润。毛泽东一面同她握手一面说:

"樱桃,你们的工作搞得很不错呀,几个老人都没有出问题,这就很好。"

"他们还帮我们做了很多工作呢!"樱桃笑着说。

毛泽东早就听说,樱桃这人有一个谜。因为她人生得漂亮,又聪明伶俐,追求的人很多,其中不乏英俊有为的人,但都被她一概拒绝。至于究竟是什么原因,谁也不知,她自己更是一字不露。毛泽东忽然想起这事,就笑着问:

"樱桃,你的政策改变了吗?"

"什么政策?"

"你那个一贯的独身政策呀!"

樱桃低头一笑,说:

"主席,你的消息也太灵通了,这个,我找时间向你汇报吧。"

"好,"毛泽东又笑着说,"这件事我非要弄清不可!"

他一面走,一面问:

"谢老呢?谢老在哪里?"

樱桃往前一指:

"那不是,他到前面去了。"

毛泽东顺着樱桃的手指一看,谢老正随着队伍爬一个小坡。他穿着宽大的棉军衣,拄着一根小竹竿儿,看来相当吃力。毛泽东由樱桃陪着赶上前去,见他额头上都是汗水,他比董老还小几岁,身体却差多了。

"谢老,你还吃得消吧?"

谢老停住脚步,转过略微发胖的脸,眯细着眼,问:

"是润之吗?"

"是我呀。"毛泽东笑着说,"您怎么没戴眼镜呢?"

"咳,不敢戴呀!"谢老拍拍上衣的口袋,理着胡子叹了口气,"我就怕把眼镜摔了。昨天,到了宿营地,我一看眼镜没了,把我急得登时出了一身冷汗。我想可能是休息的时候丢了,又跑回五里路去找,附近草里都翻遍了,也没找到。我说,糟了,这一路什么也干不成了,书也不用看了。谁知道我一摸书,鼓鼓囊囊的,原来把眼镜夹到书里去了。"

毛泽东笑起来，说：

"还是戴起来好，那倒不容易丢。"

"可是，你看看贵州这个路！"谢老指了指油滑的红泥路和莽莽烟雨中不尽的群山。

毛泽东看见谢老的脖子里系着一条鲜艳的红带子，胸脯鼓鼓囊囊的，棉衣里似乎挂着什么东西，一时颇感惊奇，就问：

"谢老，你脖子里挂的是什么呀？"

"噢，你问的这个，"谢老拍着胸脯儿，得意地笑了笑，"这是咱们的宝贝呀！"

谢老说着，解开上面两个扣子，露出一个红绸包包，像基督徒挂着的十字架，正好垂在胸前。毛泽东一时看不出是什么，谢老更加得意地笑着说：

"这是咱们苏维埃共和国内务部的大印哪！你说还不宝贵？"

毛泽东正要问个究竟，樱桃笑道：

"上次过土城，敌人追得很紧，谢老忽然坐在地上不走了，他把上衣脱下来，露了个光膀子……"

"那是干么子？"毛泽东笑着问，"是要同敌人拼吗？"

"是呀，大家都觉得奇怪。我就问：'谢老，你要干什么呀？'他也不理，就把这个大印从挎包里取出来，用红绸子包好，贴着他的胸脯挂在脖子上。然后才穿上衣服，微微一笑，说：'这就再也丢不了啦，除非是敌人把我捉住，那我就同我们的苏维埃共存亡了！'"

毛泽东一面笑，一面不住地点头赞叹。谢老捋着胡子，很认真地说：

"现在四面都是敌人，什么情况都会发生，还是这样做稳妥些。"

毛泽东望着谢老，有兴趣地问：

"谢老，你现在还写诗吗？"

"偶尔写几首，不过不大像样。"谢老笑着说，"润之，你也写吧？"

"我多半在马背上哼哼。在马背上哼诗,那真是一种享受。不过一到宿营地就忙着弄电报了,诗倒没有记下来。……我的经验是,你一有兴致马上就写,兴致一过,时过境迁,再写出来,也不是那个味儿。……"

毛泽东一谈诗就兴致勃勃,他正要谈下去,那边邓颖超停住脚步,含着笑问:

"毛主席,您好哇!"

"好,好。"

毛泽东迈开大步赶了过去。他看见邓颖超穿着灰色的便衣,披着一块黄色的雨布站在雨地里,身子显得相当单薄,脸也有些黄,就怜惜地说:

"邓大姐,你的肺病好些了吗?"

"好些了。"邓颖超笑着说,"毛主席,你别这么喊我,你叫我小超就行了。"

"你怎么不骑马呀?"

"我是骑一阵,走一阵,免得腿脚不管用了。"

"这样也好。"

毛泽东点点头,又问樱桃:

"怎么没看见董老?"

"我正要向您报告呢。"樱桃把上午贺子珍的情况说了一遍,接着又说,"董老和侯政他们都跟着担架,恐怕快跟上来了。"

"到底还是赶到路上了!"毛泽东从心里叹了口气,对妻子不胜怜惜,嘴里却没有说出来,只点了点头。

"还是等她一会儿吧!"邓颖超说。

"等一等,很快会上来的!"樱桃也接着说。

毛泽东点了点头,又看了几个担架上的伤员,就留了下来。路边不远处,有一棵黑森森的大杉树,正好避雨,警卫员就同几个骑兵通信员牵着马匹来到树下。毛泽东仰起头一看,这树气势磅礴,大得出奇,顿时想起,正是上次向土城转移时遇到的那棵"树王"。他同周恩来曾一同在这里看过地图。于是就坐在隆起的树根上静静等候。

面前依然是濛濛的烟雨,混沌一片。队伍还在不停地开进。虽然过来了几副担架,但都不是贺子珍。约莫等了一个小时左右,只听小沈兴奋地说:"过来了!过来了!这个很可能是。"毛泽东立刻站起来,远远看见山弯处,迷茫的烟雨中,果然颤颤悠悠过来一副担架,就笑着说:

"你怎么知道?"

"你看,后面跟着一个高个儿戴眼镜的,很像他们那个李医生哩!"

担架渐渐来到面前,后面果然跟着医生李治和那个背药包的强壮的女看护员李秀竹。他们一看毛泽东在这里,就跑上来打了一个敬礼,李治笑嘻嘻地抢着说:

"毛主席!恭喜你了!"

"一个千金。"李秀竹也喜滋滋地说。

毛泽东同他们热烈握手,连声道谢,还向担架员道了辛苦。接着,他来到担架前,看见贺子珍盖着的一块灰色军毯,已被细雨打湿,脸上盖着一顶斗笠,也满是雨水。担架下面还在扑嗒扑嗒地滴着什么。

毛泽东心里一阵痛楚,怜惜之情油然而生,连忙扶着担架放在大杉树下。他轻轻揭去贺子珍面上的斗笠,看见她脸色惨白,微微地闭着眼睛。一块包头的大毛巾也湿了。毛泽东在她耳边轻轻唤道:

"子珍!子珍!"

贺子珍慢慢睁开眼睛,一看是自己亲爱的丈夫意外地来到面前,不禁微微笑了,但接着就涌起满眶的泪水。

"你很冷吧?"毛泽东抚着湿漉漉的毯子,轻轻地问。

"还好。"贺子珍声音低微地说。

毛泽东立刻让小沈从马褡子里拿出自己的毯子和一条干毛巾来。他把那条湿毛巾解掉,包上了一块干的。随后又把湿毯子揭去,把自己的毯子盖在里面,湿毯子仍旧盖在表面。一切都做得那么妥帖和轻微。贺子珍的脸上漾出一层幸福的红光。

"我做主把她寄了。"她望望毛泽东,带有几分歉意地说。

"也只好如此。"毛泽东说。

"可是,一个老百姓也没有在家。"

李治见贺子珍仍然为此事心中不安,就立刻插话解释道:

"没有问题。我们给房东留下了三十块光洋,还有两碗大烟土,他们不会不养活的。"

毛泽东也趁机安慰道:

"子珍,不要难过。将来革命胜利了,我会去接她的。"

正说话间,董老、侯政和通信员从后面赶上来了。毛泽东迎上去,同董老、侯政等几个同志紧紧握手,说:

"我真是太感谢你们了!"

"今天,我都替你做主了!"董老笑着说,"如果做得不对,你就批评。"

"事情只能如此。"毛泽东再一次说。

说过,他向警卫员通信员摆了摆手,同他们一齐翻身上马。在马上又说:

"娄山关战斗已经打响了,我还要赶到前面去,你们慢慢地走吧!"

说着,向贺子珍、董老他们挥了挥手,放开丝缰,向莽莽苍苍的烟雨中奔驰而去。不一刻,连细碎的马蹄声也渐渐听不见了。

（二十二）将士用命，众志成城。一场可歌可泣的战斗击破了铁打雄关，一曲苍凉悲壮的诗篇也感人肺腑。

毛泽东和几个骑兵通信员乘马急驰，跑了一阵又放慢了脚步。刚才贺子珍那苍白的脸色，似乎仍在他的脑海里回旋。这次相见，虽然贺子珍没说什么，但她心中的隐痛毛泽东是懂得的。自从他们结婚以来生了几个孩子，却没有一个在身边长大，作为母亲她怎么会不难过呢！……

毛泽东在默想间，只听小沈叫了一声：

"毛主席，你听，这是娄山关的炮声吧？"

毛泽东凝神细听，果然是娄山关隐隐的炮声，不过因为离得太远，听去就像夏季的轻雷在天边滚动。从那密集的程度，可以想见战况的激烈。

在毛泽东的心中，立刻唤起一种勇壮的情感。这次战役，他是下了狠心的，不取得大的战果，决不罢手。他曾暗暗想道：不久前举行的遵义会议，同志们愤慨地批判了错误的军事路线，将希望寄托于他，可是他毛泽东上台后的第一仗——那个土城战斗就没打好，如果这次战役再打不好，将何以对待支持自己、信任自己的同志们呢？又何以应付至今尚不服气的李德呢？

使他更为忧虑的还有当前的战局。关于在何处建立根据地的问题，在遵义会议上已经定了，这就是渡江入川，与红四方面军会合，在四川打开局面。可是如何渡过长江，却是一个颇大的难题。与二、六军团会合是不能再执行了，在现有地区坚持，怕也不行，因为周围的敌军有几十万人，经常有二百个团随时张着罗网。毛泽东思来想去，认为当前如不大量歼灭敌军,长江是过不去的。这样他就把最大的希望寄托在以娄山关为突破口的这次战役。此刻,他的心绪就像眼前一派迷濛沉郁的烟雨,勇壮之中又夹着苍凉。

"快赶路吧!"

说过,他对那匹白马猛地加了一鞭,便又急驰起来。一个多小时后,已经赶上了正在行进中的总部。这时已是下午四时,雨已住了。周恩来和朱德的神态颇为轻松,在行列里一面走一面说笑。他们看见毛泽东赶上来了,就笑着说:

"好消息!好消息!"

"么子好消息呀?"

"娄山关打下来了!"

"好快呀!"毛泽东满脸是笑。

三个人欢快地走在一起,边走边谈。周恩来指指后面一个年轻的红军干部说:

"彭德怀同志怕我们在行进中收不到电报,专门派参谋来了。"

毛泽东转过头,同那个参谋握了握手,笑着问:

"彭德怀同志现在在哪里?"

那个年轻参谋恭敬地说,彭军团长的指挥所上午设在桐梓王家烈的家里,下午就搬到娄山关下面的一个树林中去了。

毛泽东望望周恩来和朱德说:

"你们看,我们是不是顺路到老彭那里去商量一下?"

周恩来、朱德点头同意。三人一起上马,由三军团那个年轻参谋带路,后面跟了几个骑兵通信员和参谋,就又急驰起来。

黄昏时分,踏上桐梓通娄山关的大道,向南走了不远,看见路边有一座黑森森的大松林。大家正要向松林赶去,只见松林里有四五个人骑着马走出来。马上为首的那人,从那粗壮的身躯看,很像是彭德怀,待走得近了,一看果然不错。彭德怀大约也看出来了,立时下马,急步走了过来。毛泽东等一行也下了马,迎上前去。

"老彭,给你庆祝胜利呀!"毛泽东握着彭德怀的手,亲热地说。

"这些猪娘养的,反扑得好凶啊!"彭德怀一向严峻的脸上露出一点笑意,"现在总算站住脚了。"

周恩来、朱德也走上来与彭德怀握手,说了一些庆祝的话。

"你这是要到哪里去?"毛泽东问。

彭德怀接着说,娄山关下面还有敌人四个团、一个师部。虽然占领了娄山关,消灭了部分敌人,但大部敌人并没有消灭。估计敌人明天还要反扑。他准备用一个团从正面顶住,用两个团分左右两路迂回过去。说到这里,他说:

"我要亲自带一个团迂回过去。只要我插到板桥,那些猪娘养的就跑不掉!……"

毛泽东一听这个话,从心里一直笑到了脸上,笑得十分动人。因为彭德怀的这些想法,跟他的想法碰到一起去了。他来的本意也正是如此。彭的话一落音,他一连声说:

"好,好,就是要打歼灭战,不要打击溃战!"

说过,又问彭德怀:

"板桥离娄山关有多远呀?"

"三十华里。"

"三十华里?要打迂回,恐怕得走一百多里,我看,你就不要去了。"

"是呀,你不去,那个团也插得到。"周恩来和朱德也接上说。

彭德怀不说去,也不说不去,那粗朴的容貌上,闪过一丝笑意算作回答。他把话题转到别的地方去了。

"这次攻娄山关,十三团真打得不错!"彭德怀语调里有一种抑制不住的兴奋。他说,娄山关这面有一个制高点叫点金山,是过去一个什么人点灯鏖战的地方,十三团乘敌人立足未稳很快就打下来了,接着又攻下了关口。说到这里,他又骂了一句:"就是反扑得凶,那些猪娘养的!"

毛泽东见彭德怀决心带部队迂回板桥,也就不再劝阻,随后说:"为了配合你们,我们让一军团也在今天夜里迂回过去。"

"好。"朱德点了点头。

"如果发展顺利,可以一直打过去,迅速占领遵义,不要让敌人有喘息的机会。"周恩来说。

彭德怀点点头,与毛泽东等人告别上马。在马上说:"你们今晚还是住到桐梓去吧。那里洋房子一个比一个阔气,那些猪娘养的!"说过,和他的一行人踏上山径,渐渐消失在夜色里。

毛、周、朱等人当晚到达桐梓。第二天一早,敌人果然乘大雾反攻,战斗极为炽烈。他们拼命想夺回娄山关,却不知红军的迂回部队,已于中午时分插到板桥。扼守娄山关的部队,及时从正面发起进攻,前后两面夹击,将黔军的一个旅部和四个团大部歼灭,只有负伤的旅长杜肇华率领少数敌人从侧翼钻空子逃出去了。毛、周、朱闻讯大喜,命令部队迅速向遵义推进,随后率精干人员驰往娄山关。

他们三个人,今天都是笑容满面。在山径上虽然仍旧是脚步匆匆,但匆匆之中,却有一番悠闲,和敌人追击下的赶路大不相同。

大娄山是横亘黔北的一条山系,山势巍峨险峻。当地有一首民谣说:"巍巍大娄山,离天三尺三;人过要低头,马过要落鞍。"毛泽东的诗集里,有一首十六字令,其中一节是:"山,快马加鞭未下鞍,惊回首,离天三尺三。"很可能是从这里的山势和群众的歌谣汲取的灵感了。而娄山关,正是这条大山系中从川南进入黔北的一个门户。所谓"万峰插天,中通一线"是也。但是,你在山下又绝看不见关口在哪里,因为这"一线"是个连续不断的"之"字,正像老百姓说的"盘山十八弯,才见娄山关"呢。

毛、周、朱三人在曲折的山径上,说说笑笑。路上不断碰上红军战士押着大队的俘虏走下来。这些黔军的俘虏,背着竹背夹,神色颓丧,有的丢掉了帽子,有的跑没了鞋子,有的大约是大烟瘾发了,拖着鼻涕流着眼泪。毛泽东他们正行走间,见前面路边围着好几个红军战士,过去一看,地下坐着一个中年俘虏,又打哈欠,又流眼泪,向红军战士求告说:

"红军先生,你就让我抽一口吧,我实在瘾得走不动了。"

"快走!到地方让你抽。"一个年轻的红军战士说。

"不行啊,我一步也走不动了!"

那个俘虏确实一点精神都没有了,像立刻就要瘫倒的样子。毛泽东见此情景,就笑着对红军战士说:

"小鬼,你就让他抽一口,他有了精神,跟你走也就是了。"

那个红军战士虽然认不得毛泽东,但看出是几位首长,也就答应了。俘虏连声说:"谢谢官长!谢谢官长!"一面从挎包里把烟葫芦、烟灯、烟枪拿出来,也不管地下脏不脏,就枕着一块石头倒下来,佝偻着身子,点起烟灯,手持烟枪,异常娴熟灵巧地烧起来。烧好烟泡儿就插在烟葫芦上,迫不及待地呼噜呼噜地抽着。

看见这露天抽大烟的场景,真叫人啼笑皆非。那个红军战士也禁不住笑着说:

"真有意思!这些贵州兵你缴他的枪倒没有什么,你要动他的烟枪,他就急了。他们要是过足了烟瘾,还真是能冲一下,你们不知道,今天早晨他们冲得好凶呢!"

"那是哪个没得法子嘛!"正蜷着两条腿在地下抱着烟葫芦抽烟的俘虏,意外地插了一句。此刻,他已抽完了一个泡儿,鼻子里微微冒着烟,晕晕乎乎,显出极为舒坦的样子。然后他就望着大家傻笑。

"该走了吧?"红军战士催他。

俘虏听出红军战士的口气很和缓,一点也不严厉,嘻嘻一笑,有点死皮赖脸地说:

"再来半口!"

说着又烧了一个抽了,才收拾起烟具,精神百倍地站起来,把背包往肩上一甩,说:

"到哪儿都行,走吧!"

毛、周、朱三个人沿着山径一面走,一面谈起中国人受鸦片的毒害,不胜感慨。朱德说:

"从我记事儿起,政府就说禁烟,颁布了不知道多少法令,到现在是越禁越厉害,越禁抽的人越多,没有哪个省不抽鸦片烟了!"

"禁不绝的!"周恩来叹了口气,"因为这是军阀、官僚们的主要收入,王家烈的军火、武器就是靠大烟换来的嘛!现在薛岳占了贵州情绪很高,也因为贵州有这笔收入!"

"不打倒这些混蛋政府,一切坏东西,永远也禁不绝!"毛泽东说。

三个人说着,已离关口不远。这里已可清楚看到,在"之"字路的尽头,双峰插天,一座大尖山,一座小尖山,像两把尖刀直刺天空,紧紧夹住一座窄窄的隘口。而在关口的左侧,还有一座不相上下的巍然屹立的孤峰,白云缭绕,直瞰关口,那想必就是点金山了。

他们来到点金山下,不断看到一大片一大片殷红的血迹,附近还有不少新坟。那些新刨开的湿土,说明一批红军烈士刚刚掩埋。这种景象虽然他们看过多次,还是不免心中悸动。他们在坟前垂手而立,对这些来自江西、福建、湖南的子弟默默地悼念。

这里关口上并没有什么建筑,南侧仅有两三间草房,一通石碑,刻着"娄山关"三个大字。他们站在碑前,往前一望,整整一面山坡上,到处是黔军凌乱的尸体,杂乱的军用物资扔得到处都是。最惹眼的还有一顶军官乘坐的轿子,也歪倒在山坡上,山风不断呼嗒呼嗒地吹着灰色的轿帘。

这时,从他们身边过去一副担架,后面跟着一个腰里煞着转带的

警卫员。担架上的伤员蒙着一条灰色的棉被。担架本来过去了,却忽然停住,只听有低微的声音喊:

"毛主席!周副主席!朱总司令!"

他们连忙赶过去,仔细一看,才看出是三军团最年轻的师政委朱兵,经过整编,现在是团政委了。他显然失血过多,面色苍白得厉害。由于见到了中央领导同志,脸上浮着幸福的微笑。

"是你呀,朱兵!"毛泽东握着他的手说,"伤怎么样?"

"不要紧。"他微笑着说。"叫他们的九子枪打到腿上了。"

周恩来关切地说:

"你准是跑得太靠前了,是吧?"

"他这是一贯的喽。"朱德说。

朱兵笑而不答。警卫员却带着埋怨的口气插话道:

"他的右腿今天早晨就打断了,我把担架叫来了,哼,他硬是不上担架,就趴在黑神庙里指挥。血流了好大一堆。这不是,直到把敌人打下去了,才上担架。……他的腿怕不行了!"

"敌人反扑得那么厉害,我怎么能下去呀?"朱兵瞪了警卫员一眼。他接着说,这次王家烈下了大本钱,许给每个冲锋的人五十块白洋或者五十两大烟土。后面还架起机关枪督战。有一个营长一只手里提着盒子,一只手里拿着马鞭子在后面赶。幸亏特等射手发挥了威力,专打敌人的指挥官,才把敌人打下去了。

警卫员也兴奋地指着下面一个山洼说:

"你们看,那个手拿马鞭子的家伙,还在那里躺着呢!"

大伙顺着他的手指一看,在那个山洼里果然有一具又胖又大的尸体,仰着脸四脚八叉地躺着。大家笑了一阵。

担架起动时,朱兵久久地望着周恩来,似有话说。周恩来走近他,他带着深为遗憾的心情,说:

"周副主席,上次过湘江,要不是你,我真要让李德关起来了。

我本来想好好打几个仗,没想到这么快就负伤了,反而成了大家的累赘……"

周恩来听了,也很难过,就说:

"你不要想得太多,不论怎么样,我们都会带着你的。"

毛、周、朱一直目送着担架过了关口。红军战士的英勇,再一次使他们深深激动,他们竟一时说不清这是一种崇敬、一种感激,还是一种自豪。

"群众才是真正的英雄!"毛泽东喃喃自语。这既是他重要的哲学思想,也是他同劳苦大众长期共同奋斗得来的坚强信念。他带着这种感喟纵目远望,苍茫的群山有如大海的波涛,卷着巨浪推向远处;落日姗姗,有如烈士殷红的鲜血一般红艳,将众山染得通红。一种博大的情感,在他胸中翻腾激荡。朱德见毛泽东久立不动,陷入沉思,似在自语,就笑着说:

"润之,你是在作诗吧?"

毛泽东回过头来,笑着说:

"是,我是哼了几句。"

"念给我们听听如何?"周恩来兴致勃勃地说。

这时,正巧有一队雁群,咯嘎咯嘎地叫着从娄山关上空飞过去了。毛泽东更加诗兴盎然,用浓重的湖南乡音念道:

　　西风烈,
　　长空雁叫霜晨月。
　　霜晨月,
　　马蹄声碎,
　　喇叭声咽。

　　雄关漫道真如铁,
　　而今迈步从头越。

从头越,
　　苍山如海,
　　残阳如血。

朱德听完,不断品咂着诗味,点点头说:

"好,尤其是后两句,苍山如海,残阳如血,写得苍凉悲壮,意境深远。"

"有气概,很有气概!"周恩来也连声称赞。

话未说完,遵义方向远远传来沉雷一般的炮声。毛泽东说:

"我们还是快快下山去吧!"

(二十三) 将军有将军的难处。一位将军使出全身解数而终未能挽回败局;一位将军生怕落入陷阱而终于落入陷阱。他们内心深处都各有一段酸辛。

遵义城北十华里处的董公祠、飞来石一带炮声隆隆。不断有黔军溃退下来。遵义城已完全陷入惊恐混乱之中。

高大魁梧的王家烈将军,在遵义城坐不住了。他那张宽脸上,显出焦躁不安的神情,在一所大房子里踱来踱去。旁边坐着他的心腹、面孔白皙的白师长,不断催促着他:

"军座,究竟是守还是退? 你得赶快下决心哪!"

"这些该死的东西!"王家烈愤恨地骂道,"他们说来,来,来,可就是不来!"

他说的"该死的东西",白师长心里很清楚,是指"鸠占鹊巢"的薛岳。一提起这个正在贵阳城作威作福、花天酒地的家伙,他的宽脸上就显出极其愤慨的表情,金鱼眼瞪得圆圆的。

"这些家伙,对我们就像帝国主义对待殖民地似的。"白师长义愤填膺地插了一句。

"叫我看,他们比帝国主义还厉害!"王家烈嫌他的心腹说得不够,"帝国主义有时候对你还露一露笑脸,这帮家伙一见你就耷拉着脸,好像是天之骄子。他们到贵阳还不到两天,就换了警备司令,弄得我王家烈进出城门还要受他们检查!"

"他妈的! 将来他们也不会有好下场的!"

白师长也骂了一句。但是他的脑子毕竟要清醒一些,现在光说这些气话毫无用处。于是他又问:

"军座,到底怎么办哪?"

"要守,这几个兵,你怎么守?"王家烈被问得急了,一下冲口而出,但是接着又说,"不守,身边就有两条狗看着你,你怎么办?"

是的,难就难在守又不成,退又不成。这才是将军的肺腑之言。自从薛岳入踞贵阳以来,早以太上皇自居,将贵州的军、政、财大权,夺得干干净净。他派人四处招兵买马,扩充实力,而同时则断绝了王家烈的一切财政收入,连军饷也不发了。王家烈一看事情发展到这种地步,急忙召集心腹在贵阳计议。他痛切地说:"现在贵阳中央军已经掌握了一切,没有我们的地位了,惟一的办法是从共军手中收回遵义这些桑梓之地。如果你们愿意去攻遵义,我负责筹备伙食。"这话是红军第一次占遵义时说的。不久,红军挥师西进,王家烈也就把遵义"收复"了。这次红军回师东来,这一着大出他的意外。他心中自忖:红军再图遵义,势在必得,以自己手中仅有的七个团硬顶,则不啻以卵击石;而如果将仅有的一小块地方轻易放弃,就会弄得全盘皆空,一点也不剩了。因此,一开始他就带着极其悲壮的心情,进行了破釜沉舟式的抵抗。这次在娄山关上,以严令与重金并举、皮鞭共枪弹齐飞的督战方法进行了一次又一次的反扑,盖出于此。谁知这一着,也未能称心如愿,娄山关不到两天就弃守了,现在大军已到了遵义门前。撤退吧，不仅有两个蒋介石派来的军官，也就是他说的两条狗，进行密切的监视，而且从内心说，自己也不甘心。而要守城呢，又确实没有几个兵了。因此，他把一切希望都寄托在薛岳派来的援兵上。薛岳已在电话上答应，要派出第一纵队司令吴奇伟亲率三个师增援，可是现在仍迟迟不到。

真是天无绝人之路，忽然一阵电话铃声，薛岳通知他，吴奇伟率领两个师已经到达南郊忠庄铺。真是喜从天降，王家烈顿时笑逐颜开，忙向薛司令长官连声道谢。

"那太好了！"白师长也一下有了精神。

突然间，城北的枪炮声又剧烈起来，而且越来越近，仿佛就像到了城垣似的。这未免使王家烈刚刚宽舒一点的心情，又紧张起来。他盯着白师长热诚而郑重地说：

"老弟，你就把兵撤下来干脆守城吧！我马上去同吴奇伟商量，叫他快点上来。"

说过，他就急急忙忙地来到室外，钻进汽车，同几个卫士驰往城东去了。

街上，溃逃进城的士兵与逃难的百姓拥塞于途。汽车时时被堵。但这近代化的交通工具究竟优越得多，不到一个小时，已经到忠庄铺了。

在一个宽大的地主的宅院里，他见到了吴奇伟。吴是一个饱经风霜、风度老练的军人。他虽然不过四十五六年纪，由于连绵的战争生活和宦途的艰辛，已使他显得衰老疲惫。在王家烈接触的"中央军"的军官中，吴奇伟比较和气，不像薛岳那样盛气凌人，这对王家烈来说，已经是很大安慰了。

"吴司令官，你来得好哇！"王家烈还没坐下，就连忙恭维说，"这几天我们盼司令官真如大旱之望云霓也。现在你一来，遵义就有办法了。你老哥立功的机会可真要到了。"

"立功?"吴奇伟那张高颧骨有皱纹的脸苦笑了一下,"无过也就很不错了。"

王家烈一坐下,就开始解释娄山关失守的原因,情况来得如何突然,共军的进攻如何凶猛,部队的伤亡如何大,现在的敌情如何严重等等。中心意思集中在一点,希望吴奇伟赶快把部队拿上去,顶住红军的进攻。

"老兄,这个我是有经验的,同红军作战是不能急的。"吴奇伟的话略略带有教训的意味。另外还说,现在周浑元纵队还没有来,他带的三个师,有一个师还没有到。部队没有集结好,怎么能马上就开上去?

王家烈一听,急了,但脸上仍然堆着笑,说:

"我来的时候,共军已经到了城边边了,现在说不定进了城了,你老哥还是……"

王家烈想把情况说得严重些,好促使吴奇伟把部队拿上去;岂不知,他越是把情况说得严重,吴奇伟顾虑愈大。

吴奇伟不动声色,把一个参谋叫到身边:

"李参谋!你到前边侦察一下,看看敌人究竟到哪里了。"

"是,是。"李参谋连声回答。

这个李参谋是吴奇伟的贴身心腹,人长得精干漂亮,百伶百俐,善于察言观色。从刚才的对话中,他完全掌握了主人的心思;临出门时,吴奇伟又用广东话,加了一句"要机警些",就更加心领神会了。

确实,吴奇伟随着生活阅历的丰富,是越来越慎重了。无论是战争的角逐还是宦海的沉浮,都使他尝受了足够的艰辛。他出身自贫苦农家,在店铺里打过杂,受人资助才上了中学,以后进了保定军校。北伐时在张发奎的第四军一个团里任中校参谋,曾参加汀泗桥之役,不久即提升团长。那时他年少气盛,作战颇为勇猛,在河南与奉军作战时,曾经腿部受伤。南昌起义时,他驻防九江沙河镇,因感张发奎提拔之恩，遂稳住沙河，站在了反共阵营。不久又提拔为师长。从此他就卷进了各派军阀争夺地盘的纷争里。他与张发奎联合广西的李宗仁、白崇禧，曾企图夺取广东，结果为广东陈济棠所败，损失惨重，将三个师合成了一个师，他不得不再当团长；后来他们又联合李宗仁、白崇禧进兵湖南，结果又大败，只剩下不到两个团。这都使他吃够了苦头。蒋介石势力的膨胀，使他不能不给以特别的重视。事实上，他在一九二八年第四军失利后，就第一次投蒋了，无奈那一次也不顺利。蒋介石先是把第四军降为师，把他这个师长降为旅长，以后又命令他这个师从宜昌乘船东下，企图在路经武汉时由嫡系部队予以缴械。幸亏消息走漏，才免于难。他由此脱离了蒋介石，又投向了张发奎。但蒋介石并不就此甘心，一九三一年，吴奇伟率部驻防柳州，蒋又以开赴东北支援马占山抗日为名，诱使吴奇伟离开广西到湖南境内，密令何键解决。而这时的吴奇伟对于纵横捭阖之术已经是颇有经验的人了。他派了一个能言善辩之士，至何键处晓以两败俱伤之害，此事竟一举成功。何键不仅未加害于他，反而赠吴一万元"送行"。这是吴奇伟在个人奋斗史上的一件突出成就。然而，成就是成就，没有有力的主子作为依靠还是不行，于是他就决定再次投蒋。这次投蒋，立时得到五万元的军费，第四师恢复为第四军，正式当了军长，而其代价则是全力投入剿共战争。直到进入江西苏区，他才觉察到同共产党作战比以前同任何敌人作战都更为吃力。因为这个敌人不但顽强异常，而且变幻莫测，不要说打他，你连摸清他的踪影都很困难。而当你不注意的时候，他却突然从天而降，将你团团包围，一切呼救都已迟了。在第三、第四次"围剿"中，他亲眼看到"中央军"成师成军地被歼，跟随他这次来的五十九师，就被歼灭过一次，费了九牛二虎之力才又组建起来。他觉得同红军作战简直像眼前布满了陷阱，不知什么时候就会跌进去。这次增援遵义，本来就很仓促，如果再不慎重怎么行呢！

那个精明能干的李参谋,坐着王家烈的汽车到前面转悠了一下,在山上观望了一回,肚子里想好了词儿,就回来报告说:报告司令官,遵义新城遍城都是红旗,老城枪声已很稀疏,看来共军确实已占了遵义。

吴奇伟点了点头,然后转向王家烈笑笑说:

"根据这个情况,看样子只好就地展开了。"

王家烈一看此行的目的要告吹,心里更加着急,就说:

"老城那边还有两个高地咧,红花岗和老鸦山,要不去占领,以后的事就难办了。"

吴奇伟虽然和蔼,但语气却并不软:

"这个我有经验!同红军作战是忙不得的。"

王家烈听他这样说,有点不服,接上说:

"我也同他们打过。去年萧克就从这边过过。"

"现在不同,这是红军主力!"

吴奇伟语调里充满告诫的意味。怕王家烈不明白,又转过脸悄声地说:

"你知道他们开过一个遵义会议吗?你知道毛泽东上台了吗?"

"这我自然知道。"

"这不是一件小事。薛总指挥听说这件事一夜没睡好觉。"

两个人僵持住了。聪明能干的李参谋,托词别的事将吴奇伟叫出,悄声说:

"他的话不是没有一点道理。两个师长也说这一带地形不好,如果红花岗、老鸦山不占领,红军打过来,也很危险。"

吴奇伟毕竟是个老练的军人,他沉吟了一会儿,就微微地点了点头。接着就走回来说:

"这样吧,你老兄来一趟也不容易,我先拿一个多师去攻占红花岗和老鸦山,其余部队就地展开。你看这样行吧?"

王家烈一听,立时眉开眼笑,说:

"还是你老哥当机立断,不愧是沙场宿将。那咱们就按战斗分界线各自努力吧!"

王家烈当即拱拱手,告辞而去。可是当他钻进汽车刚走出一箭之地,忽然想起一件大事,几乎被他遗忘。自从薛岳断绝了他的财政来源之后,他的军费开支相当紧张。在来的路上,他就盘算着向吴奇伟借一笔钱,作为此行的第二个奋斗目标;没想到第一个目标发生争议,精神过于集中,竟将这件大事忘到脑后去了。想到这里,他立即命令司机掉转头来,再次来到吴奇伟司令部的门口。

"咳,就豁出这老脸皮吧!"他在大门口再次下了决心。毕竟他是一方霸主,自尊心还是有的,尽管下了决心,而步态仍不免迟迟疑疑,这样带着几分忸怩再次闯进吴奇伟的屋子。

"有事吗?"吴奇伟诧异地望着他不很正常的神态。

"是的,还有一件事得请你老哥帮忙。"他隐隐有点脸红地说,"我的部队伙食费也开不出来了……你看,你看……"

吴奇伟望望他,似乎带有几分怀疑的样子。

"确实的,不到万分困难,我是不会张口的。待小弟领下军费,一定奉还。"

对于王家烈眼下的处境,吴奇伟知道得一清二楚;看着王家烈的窘态,也不禁想起自己过去的遭遇。于是,他相当慷慨地摆摆手说:

"好,好,我就借给你五千,你先维持着吧!"

当下,吴奇伟就把供给处长叫来,点出五千块钱。王家烈接过钱,开了借条,自然欢天喜地,但他走出门口,却又不免心里酸酸地难受。如果不是薛岳占了他的老窝,又何至于落到这种讨饭吃的田地!想到此处,不禁凄然飘下两点眼泪。

吴奇伟派出的部队,于第二天一早就发起了对红花岗和老鸦山的进攻。从隆隆的炮声听来,战斗相当激烈。但是,经过整整六个小时的激战,只攻上半山,就再也攻不动了。后来,吴奇伟又呼吁来两架飞机助战,守卫红花岗和老鸦山的红军仍旧岿然不动。这时,吴奇伟的心里就有些慌了。下午二时,他正在苦思良策,忽然,李参谋慌慌张张地跑进来,说:

"司令,不好!红军有一支部队迂回到我们的右后方来了!"

"什么?你说什么?"

"是从甘堰塘、南公山迂回过来的!"

吴奇伟在下级面前极力装出镇静的样子,而心里却受到剧烈的震撼。心里默默地说:"糟了!千小心,万小心,还是走到陷阱里了!"

正在这时,出人意外地村前面传来了机关枪声。

"这是怎么回事?"吴奇伟愕然地问。

李参谋正要出去询问,另一个参谋跑了进来,报告说:

"敌人到了村北面了!"

吴奇伟的脸色有些变,厉声说:

"快,告诉他们坚决顶住!"

参谋匆匆去了。

吴奇伟急忙抓起望远镜,出了院子,李参谋和一群卫士跟在身后。

他站在村南一个小高地上,举起望远镜开始观察。

前面的枪炮声愈来愈激烈,忠庄铺北端的有利地形已为红军占领。使吴奇伟恐惧的还不是这个,而是右后方迂回过来的敌人。这个敌人虽然还没有来到,他却觉得更为可怕,因为前面的敌人攻过来时,他可以跑,而后面的敌人如果兜过来,他就无路可走了。

李参谋看见司令官的脸有点变色,举起望远镜的手,也在轻微地颤抖。

"现在应该当机立断。"他对自己默默地说。过去不止一次的经验告诉他：这种情况应当迅速撤退。早撤退一分钟就多一分安全，多呆一分钟就多一分危险。可是，出于军人的尊严和应付上峰的必要，这个话又一时难以出口，最好是由别人的嘴里讲出来，才显得更为妥善。

可是这话究竟应该由谁讲出来呢？按说由参谋长或副职讲出最好，但他们都没有来。他环顾左右，只有两个贴身参谋和几十个卫兵，别的军佐们也都留在贵阳了。他沉吟了一阵，只好回头望着两个参谋，慢吞吞地说：

"你们都看到了吧：现在，我们当面是共军的主力，周纵队离得太远，我们的九十师也得明后天才能到达。敌人已经从右后方包抄过来了，你们说，该怎么办才好？"

说过，他的眼睛又特别盯着那个百伶百俐的李参谋。李参谋早已心明如镜，立刻清楚明朗地说：

"司令官，我建议立刻脱离战斗！"

"好，那就接受你的建议，这样定吧！"

吴奇伟说着，就让李参谋起草撤退命令，并通知部队立即撤退。

随后，吴奇伟匆匆回司令部整顿行装。临行前又忽然觉得这样做还不够妥善，于是就拿起耳机给薛岳打了一个电话。他定了定神，用相当镇静的语调，报告了当前的战况，并有根有据地说明了部队所处的险境和自己的应变措施。出人意料的是，薛岳用粗鲁而严厉的声音说，在不利的情况下部队可以收缩一下，但决不能退过乌江南岸。

吴奇伟口中唯唯，却悻悻然放下电话，脸色异常难看。

"快走吧，司令官，他们驻在贵阳，怎么能体恤到我们的处境呢！"

李参谋说着，就搀上吴奇伟一路小跑上了汽车，向着乌江渡口急驰而去。

当他们来到距乌江渡十五里的刀把水时,撤退的部队与伙食担子搅在一团,已经乱成一锅粥了。这时,在部队后尾突然响起了枪声,原来衔尾而来的红军已经追上来了。部队顿时炸了营,人人夺路而逃,互相践踏,已经无法掌握。吴奇伟的汽车这时又正巧抛了锚,他只好下了汽车,由卫士们搀在人丛里抢路逃命。几十个卫士一边走,一边喝骂着:"闪开!闪开!你不知道这里有司令官吗?"但这些喝骂全无济于事,因为不是司令官不值钱,而是一切词汇在这乱嚷嚷的逃命声中都无法分辨。

吴奇伟那高大、结实的身子也有点要瘫软下来。不知怎地他老是想起在江西苏区五十九师被歼的可怕的一幕。那时几个红军的青年战士嗷嗷叫着在后面追他,几乎使他当了战俘。他越想这幅情景,就越是难以举步。幸亏几个卫士膂力过人,紧紧地挟着他,才勉强来到乌江渡口。那里有一条长长的浮桥搭在江面上,正是他们来时搭设的。只要过了这座桥,便一切都会变得安全。刚才拼出老命寻求的不就是这个目标吗?可是,当吴奇伟面临滚滚的江水,看到这条到达安全之路的浮桥时,却颓然坐在地上哭起来了。弄得卫士们面面相觑,不知如何是好。

李参谋走了上来,忙问:

"司令官,你怎么不走了哇?"

"唉,我就死在这里吧!"他低头拭着眼泪。

百伶百俐的李参谋略一沉吟就立刻明白:薛岳刚才的命令,明明说的是不准过江,而作为指挥这支部队的司令官,怎么能首先地跑过去呢!这正是将军不能解脱的难处。李参谋想到这里,立刻沉下脸,对卫士们骂道:

"混蛋!你们愣什么,还不马上把司令官搀过江去!"

卫士得了命令,由两个彪形大汉,紧紧夹着吴奇伟的两条膀臂跨上浮桥,吴奇伟略示抗拒,便很顺利地到达了乌江南岸。

南岸,是一面比较陡的山坡。吴奇伟一行人向山坡上攀登着,爬到半山,刚坐下来想喘息一下,只听江北岸枪声大作,红军已经到了对面山顶,又是打枪,又是喊话。山下渡口处麇集的残兵败将,像蜂巢里的蜂群,乱哄哄地一齐向浮桥拥去,为了争先抢渡,人喊马嘶,乱成一团。这时,护桥的军官喘吁吁地跑了上来,上气不接下气地请示说:

"怎么办哪!司令官,怎么办哪?"

"什么怎么办?"吴奇伟冷峻地问。

"桥,怎么办?"

吴奇伟不知从哪里出来的一股怒气,骂道:

"混蛋!什么都要请示,难道你要我们做俘虏吗?"

不久,江面上突然发出一片震天撼地的、撕裂人心的惨叫,浮桥断了,人们带着哭叫声、骂声纷纷落入水中,长长的浮桥摆脱了重负,轻松地顺着激流斜到一边去了。尽管那哭叫声和骂声是如此震人心魄,但为时不久便为乌江的浪涛声所代替,恢复了平静。留在乌江彼岸的一千多官兵,正在纷纷举枪投降,选择了另外的命运。

吴奇伟实在不愿看这种场面,痛苦地用双手捂住了脸。……

乌江的浪涛声,红军的军号声,江西、福建一带欢快的山歌声,他都没有听见;只是在想,昨天出发时就有不祥的预感,今天应验了,果然又一次跳进了陷阱……

(二十四)遵义城中春光融融,小龙山上鸟声悠悠。大捷声中,传来了几段生动故事,令人荡气回肠且富有深意,实际上都是人心向背的传奇。

春光融融的遵义城。

这天天气又特别好。明媚的阳光洒满了既是黔军柏师长的住宅又是红军总部的后院。在那棵老槐树下,刘英让理发员烧了满满一壶热水,守在那里,随后到屋子里来找毛泽东。

"怎么样,你那头发可不能不理了吧?"她笑嘻嘻地说。

毛泽东把电报推到一边,抓了抓他那实在长得不像样的头发,笑着说:

"刘英,你抓得倒很紧哪!"

"不,是你自己说的。你在扎西说,不打胜仗你就不理了,现在消灭了敌人几个师,这该实现诺言了吧!"

"好,好,听你指挥!"

毛泽东收起电报,随着刘英来到后院,坐在一张木椅上。从江西来的理发员,一边给他围上白罩衫,一边笑嘻嘻地说:

"毛主席,要是都像你这样,我们这当理发员的就失业了,我该要求下连队了。"

"不会,不会,"毛泽东笑着说,"我一年理上六七次,别人理上二十多次,一平均还是差不多的。"

理发员哈哈一笑,就拿起推子理起来。

毛泽东望着刘英,笑微微地说:

"刘英,你们的事情进行得怎么样了?"

刘英知道他说的是她同张闻天的关系,脸一红,装作不明白的样子,说:

"你说的么子事呀?"

"我说的是你同洛甫同志的关系嘛!"

"我同他没有关系。"刘英一笑。

"没有关系?"毛泽东笑着说,"告诉你,我们已经成立了一个检查促进委员会,我是委员会的主任。我要不检查督促,就是失职了。"

刘英格格笑了一阵,说:

"我早就说过,我是不结婚的。像贺子珍那样,路上生孩子多受罪呀!"

"当然,不一定马上就结婚嘛!"

刘英急欲转变话题,就从口袋里掏出一条事先准备好的新毛巾,放在洗脸盆里,说:

"毛主席,我真要跟你提意见了,你洗脸、洗脚、洗澡,都是那么一块毛巾,叫人看着多难受呀!这次发你一条新的,你干脆把那一块专门洗脚、洗澡算了!"

"我也早说过,这是一种偏见。"毛泽东笑着说,"其实,认真说来,手、脸一天露在外面,还是脚要干净得多。"

正说笑间,警卫员小沈抱了好几筒咖啡、可可、炼乳和茶叶走了过来,满脸是笑地说:

"还是打'中央军'合算,缴获的东西真多,这一次可有你喝的了。"

毛泽东看了一眼,说:

"把茶叶留下来,那些牛奶、咖啡什么的都送给别人吧!"

刘英诧异地说:

"这是好东西啊!别人都吃得津津有味,你倒不要?"

"不,我吃不惯那个气味。"毛泽东皱皱眉头。

"谁不吃咖啡呀?"周恩来在屋子里问。

"毛主席说,他吃不惯。"刘英尖着嗓子说。

"哎呀,太遗憾了!"

说着,周恩来、王稼祥、洛甫、博古每个人端了一茶缸子咖啡,说说笑笑地走了出来,神色十分惬意。博古一面喝一面赞赏不已地说:

"这咖啡真好!老毛,我建议你来一杯尝尝,否则要后悔的。"

"不,我确实吃不惯!"毛泽东笑着说。

"这么好吃的东西,怎么会吃不惯?"

"你们是洋包子,我是土包子嘛!"毛泽东指指小沈和理发员说,"我们几个是一派!"

"咳,你要真不吃,我们可就要替你吃了!"博古说着,把那些咖啡、可可、炼乳都分给了众人,大家嘻嘻哈哈地去了。

这时,曾以水马部队的司令威震遵义的营长金雨来,同两个人一起说笑着走进了院子。金雨来走过来打了一个敬礼,然后说:

"主席,我给你带来了两个人,你看看还认识不?"

毛泽东的头发在白罩衫上落了好大一层,看来轻松多了。他仰仰脸,仔细一看,那个粗壮的黑汉子,正是第一次进遵义时举着花炮欢迎红军的杜铁匠,不过比起一个月前,显得又黑又瘦,憔悴不堪,脸上、脖子上还有几道紫色的伤痕,就像几条蚕趴在那儿。那身黑棉衣背上、肩上也有几处露出了棉花,好像是绳子捆绑过的。另一个小青年穿着红军服装,微微害羞地笑着,显得十分有神,但却不记得他是谁了。毛泽东伸出手来同他们握手,一面笑着说:

"这不是杜师傅吗!他是我们遵义区苏维埃的主席,怎么能不认识!这个小鬼我倒一时想不起来了。"

金雨来指着那个小鬼笑着说:

"主席,我估计你也想不起来了。他就是那个跟着杜师傅一起欢迎我们的小猴子嘛!那时候一天挑煤,猴瘦猴瘦,吃了几天好的,你看有多精神!这次追击,他跑得可快了,一下子就闯到敌人师长的伙房,看见一只热腾腾的鸡,抄起来就吃,伙夫说:'快放下,这是给师长做的!'他说:'我是红军,连你也得抓起来!'你瞧,小伙子的腿脚有多快!"

大家哈哈大笑。刘英笑得捧着肚子。理发员笑得满手的肥皂沫都流到袖筒里去了。

毛泽东望着杜铁匠脸上和脖子上的伤痕,说:

"杜师傅,你的景况不大好吧?"

杜铁匠还没说话,金雨来就插进来说:
"他可受了苦了!"
接着,他就把杜铁匠一个多月来的遭遇说了一遍。原来,部队西进以后,敌人当天就占领了遵义城。杜铁匠因为名声较大,就潜回到农村的家里。组织上托付给他的几个伤员,他都安排到亲戚家了。他自家亲自护理着一个连长。这个连长,伤很重,不能行动,他就把他背到山上一个石洞里藏起来。他每天让妻子做了白米饭,用布裹起来,砸得像薄薄的饼子一样缠在腰里,外面穿上衣服也并不特别显眼。然后他就爬山越岭给伤员送到山洞里。那个红军连长,每天接到他送去的饭都要流好多眼泪。时间长了,地主、乡政府对他有了怀疑,就把他抓起来了。每天把他吊在梁上毒打一顿,但他一句也不承认。在关押期间,他妻子的弟弟,又接替他,还是照旧往山洞里送饭。一直到这次部队砸了乡公所,才把杜铁匠救出来。

"那个连长呢?"刘英听得出了神,插进来问。
"已经养好伤,回部队去了!"
金雨来说到这里,把杜铁匠的袖管和裤管捋开,手脖子和腿腕子全是一道道深深的伤痕。他指着说:
"你看把杜师傅折磨成什么样子了!"
杜铁匠淡然一笑,显出颇为豪迈的神情,说:
"没有什么,那些家伙是早晚要完蛋的!"
毛泽东深情地望着杜铁匠,说:
"杜师傅!我们真要谢谢你呀!"
杜铁匠豪爽地一笑,说:
"毛主席,别谢我了,你就答应我一个要求算了!"
"什么要求?"
"我这次就要跟你们走!"
"噢,你要参加红军?"

"是的。"

"你家里离得开吗?"

"我已经给家里说好了。"

毛泽东微笑地点了点头。金雨来搂着杜铁匠的脖子,兴奋地说:

"就到我们营里吧!"

毛泽东的头发剪得不长不短,正要开始刮脸,他向理发员摆了摆手:

"算了吧!"

"不,你轻易不理发,还是刮一下好。"理发员一坚持,毛泽东只得乖乖听从。他望着杜铁匠说:

"杜师傅,在我们离开这里的一个多月,老百姓对我们还有信心吗?"

"叫我看,群众的心还是向着我们。"杜铁匠说,"有一个小卫生员叫敌人杀了,在这一带就成了神了。老百姓都叫他'红军菩萨'。"

"什么?'红军菩萨'?"

"是的,据说还显过灵呢! 这一带方圆几十里没有不知道的。"

"哦,大家都坐下,你详细讲讲。"

刘英从屋子里搬出一条长凳,大家坐下来。毛泽东的胡子上捂着一条热毛巾,静静地听着。

在红军第一次占领遵义期间,曾经组织了不少工作队到四乡去打土豪,把地主的粮食、衣物分给穷人。遵义城东南十多里的桑木垭村,也来了工作队。这个工作队里有一个十七八岁的小卫生员。人生得聪明伶俐,很惹人喜爱。他除了给穷人分东西,还给穷人治病。那时,这地方正流行"鸡窝寒",属于伤寒一类的病。小卫生员知道很多偏方,把许多人的病都治好了。群众简直把他看做神医似的。工作队撤走以后,这卫生员还是天天来给群众看病,每天早出晚归。红军临走那天晚上,因为给群众看病,他回去得很迟。等他回到驻地,部队来不及通知他,已经出发走了。给他留下一个条子、一个路线图。他就拿着这个路线图追赶部队。哪知走出不远,就被地主武装抓住杀害了。消息传到桑木垭,群众非常悲痛。一个老汉说,我已经知道了,他昨天晚上给我托梦来了。昨天夜里我腰疼得厉害,睡得迷迷糊糊,他就进来了,站在我床前说,老大爷,我们部队走了,我听说你的腰疼病犯了,不好受,我来给你治治。说着,就给了我一包药,又给我倒上水,服侍我吃了,他就要走。我要起来送他,他用双手按住我说,老大爷,不要送了,我要赶部队去了。孩子这么好,我怎么能不送呢,我就下了床,结果没有走出几步就碰到门上,这才醒了。村里人一听,心里非常难过,都说,这么好的孩子,我们怎么能让他暴尸在荒郊野外?这样,就趁黑夜将他的尸身抬了回来,重新装殓了,将他埋在小龙山上。大家一面烧香,一面祷告说:"你活着给我们治病,你死了也要保佑我们。"以后就传说他显灵了,常常回来给人们治病。人们有了病,也就常常拿了香到坟上来祷告求医。渐渐,还有人来倾述各种人间不幸,甚至祷告夫妇和美、儿女早归。人们就把这个十七八岁的孩子说成是"红军菩萨"。传说愈传愈远,烧香的人也就愈来愈多。地方上的土豪劣绅、政府官吏都坐不住了。他们觉得这样下去怎么得了,于是就动手挖坟。开始派几个乡丁去挖,群众都说动不得,红军菩萨这样灵,一动就会遭到报应。乡丁就不敢挖了。保长看乡丁不敢动手,就亲自来挖。他哆哆嗦嗦来到坟前,拿起铁锹挖了不几下,一块石头从坟上滚下来,围观的群众大声喊:"菩萨显灵了!菩萨显灵了!"保长把铁锹一扔,就瘫在地上。晚上他亲自买了香纸来烧,向菩萨祷告赎罪。区长一看保长不行,就自己骑了一匹大马来挖。结果还没走到,马腿就让山上的树枝绊坏,群众越发吵吵说,菩萨显灵了。遵义一个姓高的专员闻听大怒,严令下属立即将坟平毁,如有敢阻挠者,将严加治罪。命令下了之后,专门派了部队来挖,气象森严,如临大敌。这次坟是挖开了,棺材也露出来了,但是过了一夜,第二天一看,不知被什么人偷偷填上,完好如初。坟前的香火反而更多了。据说,群众中暗暗传着一个口号:"敌人毁了香火台,我们还要垒起来"。方圆几十里百把里都知道了。群众凡是来的,除了香纸,都要带一捧土,几块石头。这样白天毁了,夜里又长起来,坟头不但毁不了,而且比以前还大。那些来的人,有青年、壮年,还有许多老太太,离得越远,心显得越诚。坟前除了香纸,还摆着鸡蛋、水果之类。反动派看到这样,怕惹起众怒,也就不再议平坟之事。

杜铁匠讲完,深深地叹了口气,说:

"这个小鬼,我在会议上见过,圆乎乎的小脸,一笑还有两个酒涡,蛮可爱的。你们临走那天,我离开遵义很晚,路上碰见了他。我说,小鬼,快走吧,部队出发了。我很后悔,当时没有去送他……"

"他叫什么名字?"毛泽东问。

"我没有问,桑木垭的人也不知道,只好把他的坟叫'红军坟'。"

毛泽东沉入到深深的感动里,半晌没有言语,过了一会儿才说:

"多好的孩子!为我们的红军增了光了。"

说过,稍停了停,又说:

"这次打遵义,三军团的参谋长邓萍同志也牺牲了,就埋在小龙山上。我正准备去一下,离那个小鬼的坟不远吧?"

"不远,两个坟挨着呢!"

发已经理完,理发员像打了一个胜仗似的露出轻松的微笑。毛泽东向他点点头,站起来。他看看天色尚早,就同杜铁匠、金雨来等一起向小龙山走去。

小龙山紧挨着遵义城,是一座不高的秀美的山冈子。树木蓊郁,几乎把整个山都遮住了。因为天气和暖,满地都是青草的绿芽,不少小草花也捺不住性子悄悄地开放了。不知什么鸟儿已在树枝间悠闲地啼唱。

毛泽东来到邓萍墓前,脱下八角红星军帽,深深地鞠了一躬。

"那边,就是小卫生员的坟墓了。"杜铁匠往旁边一指。

毛泽东转脸一看,那座坟头果然很大,上面堆着各色各样大大小小的石头。坟前满是香火纸钱的灰烬,好几挑也挑不完。毛泽东慢慢踱到这座坟前,沉默了一会儿,说:

"向我们的小菩萨也鞠一躬吧!"

说过,又深深地鞠了一躬。

(二十五)遵义大捷,深深震撼了石头城。蒋介石坐不住了,他要亲自飞往前线指挥。行前,他向自己的文臣武将泄露了天机。

遵义大捷的震波,深深震撼了石头城。蒋介石深夜命令陈诚前来密议。

陈诚,这时正红得发紫。由于对中央苏区第五次"围剿"的成功,陈诚在他的权力奋斗史上,跨上了有决定意义的阶梯。他除了任预备兵团总司令,对中央苏区继续清剿外,还被任命为陆军整理处长,负有整编全国陆军的重任。实际上已把军政部和训练总监部的大部权力抓取到手。很明显,要不了多长时间,就会是参谋总长了。这对于"大丈夫不可一日无权"的少年将军,真可说是"春风得意马蹄疾"了。

在国民党军人中,陈诚的精明强干,善观风色,善抓机会,善抓兵权、人权、财权,以及手段的辛辣果决,发展上的一帆风顺,都是令人景慕的。一九二四年在黄埔军校时,他不过是一个小小的区队长,某天晚间访友,归来时已近拂晓,不便再睡,遂挑灯夜读《三民主义》,正好为查夜的蒋介石遇见,蒋立即大加奖饰,予以提升,这就成为他一生幸运的起点。也是事有凑巧,天假其便,国共分裂前夕,陈诚在二十一师当团长,该师师长严重站在著名的革命派邓演达一边,他惟恐蒋介石借口解散该师,遂将师长让陈诚代理。陈诚感激得五体投地,他含着眼泪说:"现在凡是积极肯干的,都被看作共产党,谁还敢干!"还说,"师长,你走了我是没有法子干的!"

这位"没有法子干的"师长,不久就投入蒋氏怀抱,屡建功勋,不到一年就升任了南京警备司令,一举跃居中将。此后,他又参与了蒋介石、阎锡山、冯玉祥的军阀大会战,率部抢先进入济南、郑州,进一步取得蒋介石的宠信,被提升为十八军军长。从此他就成为蒋介石嫡系中的一名红人了。

可是,当他参与了剿共战争之后就不那么顺利了。一九三三年第四次"围剿"前,他的十八军由两个师扩大为六个师,共八九万人。担任中路军总指挥的陈诚,真是信心百倍,满以为可将江西"赤区"一举荡平;谁知刚刚开进,五十二、五十九两个师就连续被歼,一个师长被打死了,一个师长被活捉了。这对总指挥的脸面,未免太不好看。但是陈诚颇有一点硬劲儿,在蒋介石面前,仍然坚持按原计划进行,令他的十八军继续向原地区推进。本来希图侥幸取胜,挽回面子,结果更糟,他赖以起家的十一师也大部被歼,师长肖乾也被打伤。陈诚在接到这个噩耗时,几乎昏倒在地。战后他觉得无颜见人,径回南昌私寓,闭门不出。这时国民党内部舆论哗然,对这位不可一世的少壮派军人表现了极大的不敬。竟有人提出要撤消他的本兼各职,对他的十八军进行改编。但是,蒋介石环顾左右将领,或者优柔寡断,或者暮气沉沉,没有可与共产党较量者,思之再三,还是把这副剿共重担放在陈诚肩上。陈诚果然不负重托,在五次"围剿"中掏出了吃奶的力气,行军时穿草鞋,扎大皮带,吃大锅饭,背干粮袋,真是带着头干。五次"围剿"的成功,怎能不使这位少壮派以英雄自许,以进步军人自命,夸耀于人呢!他本来个子很矮小,但他的胸脯却挺得高高的,至少要比别人的胸脯高出一倍。他在四次"围剿"中遭受的创痛,似乎也渐渐淡漠了。

但是,今天蒋介石的突然召唤,却使他心中踌躇。他敏锐地觉察到,这必定和遵义前线的失利有关。这次失利不但对自己的脸面不好看,而且薛岳和吴奇伟这些人都是自己推荐的,都已经是自己圈子里的人物。如果对他们有什么措施,对自己也很不利。

他在汽车里一路想着,来到了黄埔路蒋介石的官邸。他下了车,整整他那身黄呢军服,摸了摸屁股后刻有"蒋中正赠"的小剑,然后挺着胸脯,迈动锃亮的马靴,拿出十足的军人姿态跨进了客厅。客厅宽敞明亮,灯光柔和。这里一共有两个人。一个是蒋介石,他光着头,穿着深枣色的纺绸长衫,满脸怒容地在地毯上走来走去。另一个是陈布雷,他那瘦小孱弱的身子埋在沙发里,手指上夹着一支香烟。

陈诚早已脱去军帽,挺胸收腹,脚跟咔地一磕,向他的上司行了一个相当标准的室内敬礼。

"遵义前线的事,你知道了吗?"蒋介石严肃地望着陈诚,并没有立刻让他坐下来。

一般将军都很害怕蒋介石那双深陷的眼睛。他常常能把人看得心中发毛。过去有一个旅长被召见时,看见他那双眼睛浑身战抖得说不出话来。但陈诚却并不如此,他心里紧张一些,态度上却很从容。

"校长,知道了。"陈诚说。他是习惯地称蒋介石为校长的,而自己不言而喻就是校长的学生。

"这简直是追剿以来的奇耻大辱!"蒋介石几乎是吼叫地说,他的秃头在电灯下闪着亮光,"听说薛岳并没有上前线,他在贵阳花天酒地!"

"校长,"陈诚脸上堆着笑容说,"贵州那地方,王家烈的势力很深,中央要想站住脚,薛岳恐怕还要经营一番。"

蒋介石既没有点头,也没有反驳,似乎接受了这个解释。他示意陈诚坐下,但仍然怒气未息:

"共匪只剩下三四万人,被我们追到川南一个小角角里,北有长江,南有横江,我们几十万大军围着他,哪里有这样的好机会?娘稀匹,都叫那些蠢猪放过去了,还叫人咬了一口!"

瘦小的陈布雷,胆子也小,他最怕蒋介石发脾气。现在看到蒋介石怒火不息,就偷偷地看了陈诚一眼,示意他暂时先不要申辩。

陈诚接受了这个友好的示意,坐在那里默不作声。

陈布雷本来是个文人,早年在上海《商报》当过记者。自一九二七年追随蒋氏,蒋的各种文章电令,差不多都由他捉刀代笔,逐渐成为蒋的智囊人物。说起他的工作,真可以说是人世间最苦最累的工作了,因为他经常要写那种以黑作白、以无作有的文章,真是弄得呕心沥血,身心交瘁。见了人,他好像站不起来,眼睛也好像睁不开的样子。脸上只有那么一层干皮,乍一看就像一个瘦小干枯的老太婆。

蒋对贵州战事的不满一直发泄了半个钟头,最后又冷不丁地冒出了一句:

"那个广东佬吴奇伟,为什么一出师就这样丧气?他是在江西吓破了胆,还是心里还想着张发奎?"

这个问题提得尖锐,陈诚不能不答复了。

"他自从过来以后,对委座一直忠诚不贰,戴笠科长也从来没说过什么。"陈诚郑重说道,"不过,这个人手太软,像个老阿婆,军纪掌握不严。以前我的十一师守归德,冯军舞着大刀冲上来,全线动摇,我杀了一个团长,阵线立刻就稳住了。我就不信有守不住的阵地!"

"我要撤他的职!"蒋介石厉声说。

"先生,不可!"陈布雷终于欠了欠他那瘦小的身子,细声细气地说了一句。

"为什么不可以?"蒋介石问。

陈布雷正正身子，带笑说道：
"吴奇伟是个老军人，有此过失，必然心中有愧。如处置过分，反而容易招致不满。先生不妨亲笔致函慰勉，令其戴罪图功，这样，他就会衷心感激先生，进一步为先生所用了。"

陈布雷说过，又看了看陈诚。他脸上的笑容，虽然不甚雅观，而对陈诚却是一个支援。陈诚立刻会意，接上说：
"这个主意好。"

蒋介石没有反驳，像是默认。

他的火气似乎小了一些，同时往返踱步也有些疲倦，就走近中间的长沙发坐下来。他撩撩长衫前襟，把一条腿跷起来，露出圆口布鞋。停了片刻，又望着陈诚说：
"辞修，你准备飞机，明天一早我们三个就飞往重庆。"

辞修是陈诚的号，从称呼说，气氛已经平静下来。
"是去前线视察？"
"不，我要去亲自指挥！"蒋介石在沙发上挺挺身子，显出一种凛然不可侵犯的气概。说过，又接着发挥道："我们花费了四五年的时间，前后兴师数百万，动用了全国的人力财力，才把朱毛从江西赶出来。目前他们被困在贵州穷山恶水之间，正是完成剿匪大业的最好时机。如果时机失去，让他们在一个地方扎下根，以后再剿灭他就很难了！"

"先生考虑得既深又远，非有杰出眼光者是想不到的！"陈布雷不绝地点头赞叹，"但是，似乎稍呆些时日，对一些重大问题处理一下再去不迟。"

"有啥重要事体？"蒋介石横过来一眼。
"最近，舆论方面不大好。尤其是华北。"
"什么舆论？"

陈布雷不无气愤地列举了一些报纸的名字，指责他们乱发消息，乱发议论。例如说特务乱抓人,宪兵三团在北平每天要抓三五十人;谁说了一句抗日的话,就上了黑名单,不是活埋,就是扔到永定河里;说是北平有几口干井,死尸堆得满满的,永定河漂着死尸多少多少。陈布雷最后叹口气说:"这些舆论当然煽动性很大,使得各界都对政府和先生不满。……"

"这是造谣!"蒋介石不等陈布雷说完,就愤愤然打断了他。

陈布雷笑笑说:

"尽管是造谣,但普遍有这种舆论,对政府、对先生也非常不利!"

一句话把蒋介石说火了,他把袖子一甩,愤然叫道:

"什么舆论、舆论、舆论!我拿出三万块钱开十个报馆,我叫它说什么它就说什么,什么狗屁舆论!"

蒋介石说过,还用那双深陷的眼睛盯住陈布雷不放。陈布雷平时就很怕那双眼睛,他自己也说不清那里面隐藏着什么东西。只要那双眼睛直直地射过来,他的眼光就躲开去了。尽管他们朝夕相处,这一点并没有改变。今天亦复如是。再加上蒋介石竟说舆论等于狗屁,他不由一惊,把瘦小的身躯往沙发里一缩,不言语了。

蒋介石也许觉得话说过了,把语调放得和缓了一些,说:

"叫何应钦去处理。……我叫他坐镇北平,为什么他回到南京还不回去?"

"也难怪咧!"陈布雷又试试探探地接上说,"一个中华民国堂堂的军分会负责人、北平行营主任,一个日本兵就敢闯进他的办公室直呼其名,唾了他一脸,这个官也够难当的了。他怎么还有脸回去?"

"怕死就不要穿军服!"蒋介石又愤然说。

陈诚一向与何应钦不睦。从一九二七年十月,何应钦免去他的师长职务起,他就一直没有淡忘;何况未来的参谋总长究竟谁属,更是丝毫不能相让的显赫目标。陈诚听到这里,立刻义愤填膺地插进来说：

"如果国家的大员，都不愿为领袖分忧，那还算什么同志！"

陈布雷不愿在陈、何的矛盾上表示什么，又把问题拉回来，进谏道：

"现在全国要求抗日的空气这样高，反对内战的呼声这样强烈，为先生计也总要有个处置，暂时稳定一下华北政局……"

这几句话调子很柔和，说话的声音更是那么细声细气，谁知蒋却像挨了针刺一般，立刻转过脸，瞪着陈布雷说：

"拿什么处置？抽部队去？你看抽什么部队？哪个部队能和日本人顶？共产党把我们的人力财力物力都消耗完了，我拿什么去打日本？"

一连几个连珠炮式的问句，轰得陈布雷面红耳赤，不言语了。陈布雷即刻低下眼睛，那张本来枯黄很少见过血色的脸，竟一时泛起了红色。蒋介石还觉得意犹未尽，继续教训道：

"一些人老是空喊，抗日，抗日，我倒问问：用什么抗日？我们枪不如人，炮不如人，教育训练不如人，机器不如人，工厂不如人，我们拿什么去同日本人打仗呢？恐怕不打还好，要打顶多三天就亡国了。也许有人以为我的话是危言耸听，其实不是。因为我们没有准备，没有国防，就是从现在起准备个三十年，我们想靠物质的力量战胜日本，也还是等于做梦。何况日本并不给我们准备的机会呢！"

这是蒋介石在抗日问题上的一个基本观念，陈布雷和陈诚以及他们国民党的同志们，当然都不是第一次听到。陈布雷也无意于今晚同他讨论这些问题，不过出于对领袖和恩人的忠诚，仅仅想对不利的形势有些补益罢了。他的这一点拳拳之心，也是颇为动人的。

"先生，"他万分诚恳地说，"即便搞点表面文章也好。"

"表面文章？"蒋介石略一沉吟，脸色和蔼了一些，而且微露笑意，"那你们就搞一些嘛！多搞点文章在报纸上登一登。"

说到这里,陈布雷扼腕叹息,不胜感慨地说:

"我们不光是军事上打败仗,文笔上也不行。我们国民党有什么宣传人才?人才都跑到共产党那边去了。"

"你可以拉点中间党派,帮我们讲话。"

"唉,那些人都是一些老处女,要他们出嫁总还是羞羞答答地不肯应。"

"罢了,罢了,"蒋介石摇摇手,"这件事由你去做,至少你可以写一点。把攘外必先安内的道理认认真真地讲一讲。明天我们还是要赶到重庆,要首先解决共党问题。"

陈诚和陈布雷都连连点头。

"我告诉你们,现在的事体不能掉以轻心。"蒋介石以严峻的目光望着二陈,告诫说,"薛岳给过我一个报告,说共党开过一个什么遵义会议,毛泽东又上台了,你们注意到这件事体吗?"

"是的,注意到了。"二陈一齐回答。

"这个人很难对付。在江西我们就吃了他很多亏。"蒋介石的脸上浮起隐隐的愁容,"我本来预计,共党是要分裂的,那就好收拾了,没想到毛泽东又上了台。这人善于声东击西,他的行动往往使人迷惑不解。这次他们突然回师遵义,就很像是他的手法。"

"先生说的是。"陈布雷频频点首。陈诚没有则声,似乎想起四次"围剿",心里还有一种隐隐的恐惧。

说到此处,蒋介石不禁感慨万分,凑近二陈,声音不高,但是颇为沉重地说:

"老百姓受了共党的蛊惑宣传,在那里高喊抗日还好理解,可叹的是,我们党内的同志,有些人糊里糊涂地也跟着喊。试问,共产党拉着我的后腿,不消灭共产党,我怎么抗日?我给你们实说了吧,日本人来了,我们总有办法对付;如果让共产党得了天下,那我们就死无葬身之地了!这一点,你们懂不懂?"

他说完这话时,眼睛直勾勾地望了一阵陈布雷,又望着陈诚,他确实动了真感情了。虽然蒋介石这话决不止是第一次说,但陈布雷、陈诚听来仍有一种使人战栗的力量。

"先生的话很有深意!"陈布雷虔诚地点了点头。

"校长的训示,我陈诚从不敢忘,不消灭共党,我也是死不瞑目的!"陈诚说。

第 三 部

(二十六)从打鼓新场引出了一段生动的故事。军事领导小组的成立,使毛泽东深受感动,周恩来高尚的人品,为共产党人留下了榜样。

一九三五年三月二日,蒋介石飞抵重庆,建立了重庆行营。他发出的第一道命令是:

> 本委员长已进驻重庆,凡我驻川黔各军,概由本委员长统一指挥。如无本委员长命令,不得擅自进退,务期共同一致完我使命。仰各路通令所属遵照。中正手令。

这时,他下定决心,"拟将匪歼灭于乌江以西,赤水河以东地区"。一方面他积极调动部队尾追、堵截,一方面又告诫他的部下不要随意轻进。他在给周浑元、吴奇伟两纵队的电报中说:

> 我周纵队主力,必待匪情明了,方可大举。但有力之搜索队,派遣愈多愈远愈好。夜间应特别活动远探。吴纵队到达鸭溪附近,即须搜索前进,不可随意轻进。但无论周或吴部,如闻有一个纵队与匪激战,则其他之纵队,必须不顾一切,向激战方向猛进,以期夹击干净,万勿稍加犹豫。

同时,蒋介石再度乞灵于碉堡战术,他向各县都发出了命令:

> 各县均应严密构筑碉堡工事。二碉间隔以目力火力能及为

度,最好每里约一碉。对于渡口,尤须严密坚固,并分段指定部队及团防负责守备,并速派员考察督促。匪未到,则行封锁;匪已到,则死守待援。

对于红军统帅部来说,这样一来,仗就越来越难打了。

遵义大捷,使红军声威大震,部队士气十分高昂。统帅部这时很想再打几个好仗,以便打开局面。他们那股跃跃欲试的劲头儿,简直和部队的小伙子们差不多了。所以,红军主力略事休息后,就由遵义西移鸭溪、白腊坎、枫香坝一带积极寻战。如果说,在相当一段时间内,红军是想方设法摆脱敌人,这时却是要瞅准敌人找上门去了。统帅部瞅准的第一个目标,是驻守在鲁班场、长岗山一带的周浑元纵队的三个师。可是周浑元是颇善于接受教训的一位将军,他见吴奇伟吃了大亏,因而万分谨慎。尽管红军将士们手心痒得难受,也无从下手。

红军统帅部的领导者们,围着地图冥思苦索,终于从敌人丛中找出了一个县城,这就是打鼓新场,那里驻有王家烈的一个师。打鼓新场这个名字作为县城是很新鲜的,老长征们都记得这个名字,多年后,周恩来在讲党史的时候还提到过它。为了这个小小的县城,开了半天的会,大家众口一辞,都说这是不大不小的一口菜,而且这个师正惊魂甫定,吃来一定非常可口。但是在讨论中却出现了一件意外的事,就是毛泽东一个人不同意打。尽管毛泽东那时有很高威信,但是大家求战心切,你一言,我一语,很快就来了一个"否定之否定",把他的意见否决了。从今天看,这是党内民主生活相当健全的表现。会议最后决定,由周恩来当晚将作战命令拟好,于第二天一早发出。

周恩来起草好命令,已经是后半夜了。三月的夜还是很有些寒意。小兴国给他烧了一壶热茶,他喝了一大杯,暖了暖身子,才睡下来。矇眬间,只听有人"咚、咚、咚"在敲自己的窗棂。接着是轻声的呼唤:

"恩来！恩来！"

周恩来虽一向很警觉,但由于过分困倦,不知不觉间又睡熟了。

过了一会儿,窗棂又咚咚咚地响了几声,接着又叫：

"恩来,你睡了吗?"

周恩来挣扎着睁开眼睛,定神细听,是毛泽东的声音,就一骨碌爬起来。那时,长征中的红军将士们,几乎人人都不脱衣服睡觉,所以起来得很快。

他把煤油灯捻亮,开了门,见毛泽东披着大衣,手里提着马灯,站在夜色里。

"毛主席,你怎么一个人来了,警卫员呢?"

"他们一个个都困得要死,"毛泽东笑着说,"我没有喊他们。"

周把毛泽东让进来,坐下,接过马灯放在桌上,看看手表已经凌晨两点,就笑着问：

"你怎么还没有睡呢?"

"我睡不着哇!"毛泽东点起一支烟,"关于打鼓新场的命令发出去了吗?"

"还没有。"

"那好。"毛泽东带着庆幸的口吻,"打鼓新场这个仗,我是越想越不放心,也就再也睡不着了。"

说过,他站起来,举着他的马灯,走近地图,用夹着纸烟的黄黄的手指,指了指地图上那个几乎比苍蝇头还要细小的地名,再次陈述他的意见。

他不慌不忙地说,这个打鼓新场,看起来只不过是一个师,而且是黔军的一个师,战斗力并不很强；可是他有城墙,修了碉堡,有比较坚固的工事,弱敌加上工事,就相对地强了。事实上,这个仗是一个攻坚战,一打起来,时间就不一定很短。如果这样,就麻烦了。

说到这里,他侧过脸望了望周恩来的脸色。周恩来神情严肃,聚

精会神地听着、思考着。他看毛泽东一只手举着马灯很累,又搭上了一只手。毛泽东继续指着地图上四面围攻过来的敌人,讲道:

"我们周围的敌人一共有一百个团,而且相当密集。如果打鼓新场不能很快解决战斗,敌人就会从四面围上来。这样,我们很可能脱身不得,那就晚了。"

他说过,又分别指了指四周的敌人。在打鼓新场的北面不远,有黔军的一个旅;西北鲁班场一带有周浑元的三个师;西南的黔西、大方、毕节有滇军孙渡的六个旅零两个团;周浑元和孙渡正好形成对红军的南北夹击;再加上吴奇伟的两个师,已从东面进到了刀把水;川军郭勋祺部已经进占了遵义;以上都距打鼓新场不远。至于叙永、古蔺、桐梓等地还驻有川军主力,也都会围攻上来,使红军陷于难以摆脱的重围之中。

毛泽东有一个长处,就是他善于说服人,善于做说服工作。他有时也急躁,也会大发雷霆,但他有意说服你时,却温文尔雅,不慌不忙,那口湖南话说得铿锵有致。遵义会议的成功当然是由于客观条件的成熟、众多同志的努力,而毛泽东的善于做说服工作,不能不是一个相当重要的因素。今天,为了避免可能出现的危险,他就又来做说服工作了。他把事实和道理说得那么透彻,这里面就包含着动人的力量。

马灯被放回到桌案上。毛泽东把道理讲完,就坐下来静静地抽烟。周恩来在灯光下皱着两道浓眉,捻着他的美髯,在认真地思考着。周恩来也有一个明显的长处,他善于汲取人们意见中的合理成分,从不固执己见。他从毛泽东的意见中发现,尽管大家都拥有同样的客观材料,而毛泽东却有更多辩证的思维。他不是只孤立地观察一个条件,而是把这个条件同其他条件联系起来;他又不是静止地看一个部分,而是从变化中看它的结局。这样他就能通过表面现象更深刻地掌握事物发展。

"好,我看这意见很好。天一亮,我就找大家重议一次。"他望着毛泽东点了点头,"最近,因为打了胜仗,大家的信心是强多了,可是头脑也有点热了。人们的思想总是这样,一时偏到这边,一时又容易偏到那边,看来不是那么好掌握呀!"

说过,他的脸色显得非常明朗、柔和,轻轻地笑起来。

毛泽东见周恩来接受了他的意见,心里一块石头落下地了。他的声音有些深沉:

"恩来,这个棋不好下呀!现在,周围敌人是几十万,我们的战斗部队不过两三万人。只要一步棋走错,就不堪设想!"

说过,毛泽东站起来去取他的马灯,周恩来见他要走,拦住说:

"我这里还有点热茶,你喝一杯吧!"

"不喝了,"毛泽东笑着说,"你要是有酒,我倒要喝一杯!"

周恩来说着,从大壶里倒了一杯浓茶递过来,笑着说:

"寒夜客来茶当酒嘛!"

毛泽东双手接过,边喝边赞美道:

"好,很好,我就是不爱那个牛奶、咖啡。"

周恩来把警卫员小兴国叫起来,送毛泽东回去。他望着毛泽东略略驼背的身影,站了许久。毛泽东的深夜来访,使一场可能出现的挫折和损失避免了,这使他感到庆幸。

天一亮,周恩来就召开了一个会议,将毛泽东的意见再次做了说明。会议意料之外地顺利,大家经过认真考虑,最后同意不打打鼓新场,另觅新的战机。

周恩来来到毛泽东住的一座农舍里,把讨论的结果告诉了他。毛泽东甚为高兴,随后说:

"恩来,还有一个问题,我也想同你商量一下。作战不同于讨论其他问题,每次开会一二十个人,一讨论就是半天,有些事还往往决定不了。这样下去,对作战是很不利的。你以为如何?"

周恩来立刻接上说：

"我有同感。这样下去恐怕不行。"

"你看，是不是成立一个军事领导小组，对政治局负责。但也不能像过去博古同志那样自行其是，弄得政治局什么都不知道。"

"好，这个问题我先同洛甫商量一下，然后在会上讨论解决。"

不久，在一次中央政治局的会议上，经过正式讨论，决定成立由毛泽东、周恩来、王稼祥三人组成军事领导小组。①

散会以后，周恩来同毛泽东一起，走在一条曲曲弯弯的田间小道上。周恩来的神色十分高兴，望着毛泽东兴奋地说：

"这就好了，今后会要打更多的胜仗了！"

周恩来的喜悦是真诚的。他确实认为，毛泽东的军事思想是很杰出的。博古过去说，毛泽东只懂得"孙子兵法"，这不公平，实际上，他是把马列主义的军事思想和民族的军事遗产结合起来了。从一九二七年，他就搞游击战争，他不仅拥有丰富的实践经验，而且军事理论上确有杰出之处。周恩来深刻地体会到，越是在困难和被动的环境下，毛泽东往往越是出现一种奇思，常能出敌意外，有时连自己人也意料不到，这是一般军事家所不及的。也许这就叫天才。最近二渡赤水杀回马枪，就是这方面的例子。而毛泽东这方面的才能，在过去一段时间内，显然没有充分发挥，在当前困难的形势下，他能多抓抓军事自然是很有利的。

毛泽东在小径上走着，看到周恩来的神情这样兴奋愉快，心中甚为感动。按遵义会议的规定，"恩来同志是党内委托的对于指挥军事上下最后决心的负责者"，"泽东同志为恩来同志的军事指挥上的帮助者"，不言而喻，三人小组的成立，周恩来军事上最后的决定权实际上没有了。相比之下，也可以说他的权力削弱了。但是，他不仅

---

① 据新发现材料，三人团成立在二渡乌江之前。

没有丝毫的不愉快,反而非常高兴。这使毛泽东不禁想起一件党内的往事。一九三〇年,苏共举行十六次代表大会时,当时中共代表团在大会上的发言人是周恩来。这是斯大林指定的。其中自然包括一个明显的含义,表明周恩来将作为中共新的领导人接替李立三的工作。但是回国以后,在安排党的三中全会时,周恩来却有意识地把瞿秋白摆在首要地位,让瞿秋白在会上作政治报告和结论,而自己只作共产国际决议的传达报告。结果也是瞿秋白接替了李立三成为党的领导人。这件事常为党内同志所传诵。今天的事情,再一次把毛泽东深深地打动了,他觉得自己的这位战友、这位同志,是真正的共产主义者,在他身上有一种像纯玉一般的像水晶一般的晶莹的品质。尽管他的认识有正确的时候,也有不正确的时候,而他没有私心,永远不争权,却是他最显著的特征。想到这里,毛泽东久久地望着自己的同伴,生出一种由衷的敬意。

两人并肩缓缓而行。他们望着翠绿的群山和小径上的野花,都觉得心情舒畅,反而没再说更多的话。

(二十七) 事物常难预料,党内一度平静后又起了波澜。林彪上书中央要求改换军事领导,作为政治委员的聂荣臻坚决反对。他们在一家农舍里发生了一场不同寻常的争吵。

打鼓新场之战不成,红军又继续寻战。天底下的事往往难如人意,战场上的事更是如此。过去红军疲劳不堪,想避战而不可得,今天想痛痛快快打一仗,却又机会难寻。红军统帅部的人又陷入另一种烦恼之中。至三月十日,终于出现了一个机会,周浑元纵队的一个师开到了鲁班场,尽管距离其他几个师并不远,但如能迅速包围,争取速决,也还是不多不少的"一口菜"。统帅部当即决定,由三军团阻吴奇伟部北援,五军团阻周浑元部主力南援,由一军团集中力量歼灭鲁班场的敌人。战斗于三月十五日下午三时打响。哪知战斗开始后发现,敌人的工事经过数日经营颇为坚固。山上修了碉堡,碉堡外挖了外壕,壕沟外还有树桩和荆棘构成的"土铁丝网"。战斗从下午三时开始,至晚八时,才攻占了几处碉堡,虽然给了敌人以严重打击,但自己也伤亡不小。此时,东面的吴奇伟纵队,已自鸭溪向红军逼近。鉴于这种形势,统帅部当机立断,决定停止攻击,以一军团掩护全军由茅台镇三渡赤水。

一军团的军团部设在距鲁班场很近的一个小村里。林彪刚从前面下来,手里拿着一份电报,在一个农家小院里踱来踱去,显出颇不耐烦的样子。

林彪,时年二十八岁,面貌稍显清癯,双眉浓黑,两眼炯炯有神。他一向多思寡言,含威不露,举止文静,却内涵勇猛。他在自己领导的部队中经常倡导"三猛战术——猛打,猛冲,猛追",养成部队一种勇敢善战、一往无前的作风。再加上他颇擅长搞大兵团伏击战,先后在毛泽东、周恩来的指挥下,在几次反"围剿"中打了不少漂亮仗。因此,他提升很快,南昌起义时,还是朱德领导下的一个小小的排长,现在已经是红军中一员战功赫赫的名将了。

"政委怎么还不回来?"林彪停住脚步,声音不高,但却充满着威严。

一个年轻参谋恭敬地答道:

"聂政委刚处理完伤员,正在往回走哩!"

林彪继续踱着步子,那对浓眉皱得更紧了。

不一时,一个服装整齐的高个子军人走进了院子。他生着高高的鼻梁,目光睿智温和,举止儒雅。

"荣臻同志,你怎么现在才回?"

"没有那么多担架，不好处理呀！"聂荣臻在屋前面的石阶上坐下来，拍了拍帽子上的灰尘。

"伤亡多少？"林彪又问。

"四百多人，还有不少连排干部。"

"又是一大堆！"

林彪重重地叹了口气。接着把手里的电报递给他的政治委员：

"你看看这个。又让我们第三次过赤水河！"

聂荣臻看完电报，又递给林彪，用温和的语调带解释性地说：

"为了调动敌人，自然要多走一点路嘛！"

"多走一点路？仅仅是多走一点路？"林彪脸上浮起几丝冷笑。他看参谋和警卫人员不在身边，就放开说，"你瞧瞧我们的部队剩下多少人了！我们从江西出发，是八万六千多人，湘江一战就折了一半，进入贵州，剩下了四万多人；经过这两三个月的奔波，现在又减了一半，只剩下两万五千人了。如果不是贵州参军的多，现在恐怕连这个数也没有。再说一天到晚，没完没了地走，走的还都是弓背路。我看不要打仗，光走也把自己走垮了。……"

聂荣臻一听，红军的一位主要指挥员都对当前的行动提出了这种看法，心中颇为不安，作为政治委员不得不做几句解释。于是他尽量平和地说：

"林彪同志，你不要看轻这个'走'咧，'走'也是一种防御。现在，我们在敌人的口袋里，你不走怎么办哪？"

林彪望了望聂荣臻，叹了口气，仿佛难以说服他的同伴。他摆摆手，招呼聂荣臻一同进屋，又悄声说：

"你要冷静地考虑一下这个形势。现在周浑元纵队在我们面前，吴奇伟纵队又追上来了，我们的右侧是川军，左侧是孙渡的六个旅和王家烈的几个师，你看这盘棋该怎样下法？"

自然林彪讲的都是事实，可是令聂荣臻不安的却是林彪的情绪。

他越琢磨越觉得不对味儿,脸色就变得严峻起来。

"你这是什么意思?"

"我没有什么意思。"林彪笑笑说,"我是说在当前形势下,如何才能摆脱困境。"

"你说呢?"聂荣臻的目光有些严峻。

"我看现在的领导,不能完成这个任务。"林彪傲然一笑,似乎在说一件平常的事情,"你看,土城那一仗打得多狼狈,那本来就不应当打嘛!昨天这一仗又打成了这个样子。……"

聂荣臻有些不耐烦了,立刻打断他:

"你到底想怎么样?"

林彪犹豫了一下,决定还是讲出来:

"有什么办法哟,只好换领导了。……现在这个三人小组不行。"

聂荣臻一惊。随后又镇定下来:

"你看由谁来领导?"

"我看由彭德怀指挥好些。"林彪坦然回答,接着从口袋里掏出一封信来,递给聂荣臻,"你看看,如果你同意,把你的名字也签上。……"

聂荣臻接过信一看,脸色变了,手也有些发抖。信上讲了当前形势的危险,历数了军事指挥不力,以及部队减员严重,建议毛、周、王集中力量掌握全局,军事指挥由彭德怀担任,等等。聂荣臻立即把信递还林彪,说:

"我不能签名!"

林彪见他的政治委员是这种态度,往前凑了凑,显出十分诚恳的样子,说:

"荣臻,我给你讲,这些绝不是我一个人的意见。"

"还有谁?"

"那你就不用问了。……"林彪一笑。

"不管还有谁,我都不能签!"聂荣臻斩钉截铁地说。

说过,他用冷峻的目光凝视着林彪,严肃地问:

"林彪,我很奇怪,你怎么可以指定总司令,撤换统帅?"

林彪望了聂荣臻一眼,没有说话。

聂荣臻继续批评道:

"我们党经过遵义会议,好容易才有了现在这个局面,你倒要改换这个局面。我问你,你不要毛主席领导,要谁来领导?你刚参加了遵义会议,又来反对遵义会议。先不讲别的,单说这一点,你就是违反纪律的。……"

林彪的脸红了。

聂荣臻又接着说道:

"况且,你跟毛主席最久。毛主席的指挥怎么样你是知道的。你的口袋里不是有一个专门登记缴获数字的小本子吗?你常说自己的缴获最多了,现在怎么又说毛主席的指挥不行了呢?……"

"你不要给我上政治课!"林彪有点恼了,他把手一挥,"你同意不同意吧?反正我的主意是下定了。"

聂荣臻的性格一向宽厚温和,很能吃亏让人。一九二五年他在黄埔军校任政治部秘书兼政治教官时,林彪还只是一个年仅十八岁的学员。他比林彪整整大八岁。聂荣臻到一军团当政治委员,开始林彪拿他当兄长看待,他也处处让着林彪,两个人关系还是好的。虽然林彪年少气盛,胜仗打得多,渐渐有些自负,但只要不是原则问题,聂荣臻往往让步,所以很少面红耳赤地争论。能够称得起争论的,只有两次。一次是五次反"围剿",李德最红的时候,林彪在《红星报》上发表了一篇《论短促突击》的文章,很容易看出,这其中带有对李德、博古讨好的不健康心理。聂荣臻从心里嘲笑这种做法,但是只能点一点,因为林彪打着"拥护正确路线"的旗子,争论是无法展开的。

第二次是这次西征突破第三道封锁线的时候,军委命令一军团派出一支部队占领粤汉路东北的要点九峰山,以防备广东军阀先期占领乐昌堵截红军。这本来是掩护中央纵队的大事,而林彪却想从平原地闯过去,不管中央纵队的死活。聂荣臻和林彪大吵了一次,终于坚持派了一支部队到九峰山。事后两人也并未因此伤了感情,仍然和好如初。但是今天,这位厚道人却真的火了,无论如何再也压不住,他把桌子猛地一拍,大声说道:

"这是党的军队,不是个人的军队,不能谁想怎么样就怎么样!你要是坚持将这封信上送,一切由你个人负责。如果你擅自下令部队行动,我将以政治委员的身份下指令给部队不执行!"

老实人发脾气总是比经常发脾气的人更为厉害。林彪愣了。

"好,那我就单独送。"林彪一甩手走出门外去了。他一边走一边嘟嘟哝哝地说:"真想不到……"

(二十八) 美酒河畔险象丛生,愁煞人,前无进路,后无退路;黄桷树下忽生奇谋,顿时间,酒也风流,人也风流。

中国有一条美酒河,那就是赤水。举世闻名的茅台酒,它的产地茅台镇就在赤水河畔。茅台酒酒香清洌,无与伦比,那是人人都知道的。其实,赤水河畔还有一些酒也都不错,它们都是取自这条上天恩赐的流水。赤水河真称得起是一条美酒河了。不知怎的,中国工农红军与这条河结下了不解之缘,一九三五年的三月十六日,他们来到了茅台镇,又要从这里三渡赤水。

毛泽东、周恩来、朱德和刘伯承在红军行列中步行着,警卫员们牵着马跟在后面。他们由东向西越过一道高高的山梁,向下俯视,已经可以看到赤水河了。红军上次是从二郎滩、太平渡东渡赤水的。那两处多悬崖绝壁,两岸的村庄好似贴在壁上。这里的山势却比较迂缓。他们沿着一条山径下坡,走了许久,才来到有名的茅台镇。也许是春天到来的缘故,在明丽的阳光下,赤水河那湾满荡荡的流水,显得越发碧绿可爱。对岸一丛一丛的绿竹,也换了新鲜的颜色,倒映在碧波里。只是这数百户人家的茅台镇,太古旧了,多数还是茅草房子,由于风雨的剥蚀,颜色未免显得灰暗。

他们在茅台镇外观望了一回,随后走下陡岸,来到河边。刚要踩上浮桥,从旁边跑过来一个身量不高、戴着近视眼镜的青年军人,向他们打了一个敬礼。毛泽东一看,原来是军委工兵连的连长丁纬,就握着他的手,说:

"丁纬同志,你这个桥修得好快呀!"

丁纬高兴得嘴都合不拢了。他指指黄桷树上拴着的铁索,解释说:原来这里就有一座浮桥,被飞机炸断了,老百姓听说红军要修,就主动送了几条盐船来,所以很快就修好了。

"老百姓没有跑吗?"周恩来问。

"没有跑。"丁纬说,"我们一来,他们还放喜铳哩!有人还事先替我们写上标语:'气死滇军,吓死黔军,拖死中央军!'……"

"比我们刚进贵州真是大不相同了!"朱德高兴地说。

丁纬陪着他们踏上浮桥。他看这几位领导人的脸色,一个个都相当严肃,心头像压着什么沉重的东西。走了一截,毛泽东一面走一面端详浮桥,随口问:

"这些船都给老百姓代价了吗?"

"给了,给了。"丁纬说,"还是和上两次一样,每只船预付损失费三十块白洋,如果没有损失,船仍旧归船户自己。所以他们都很高兴。"

毛泽东显出满意的样子点了点头。

他们越过浮桥,来到赤水西岸。与丁纬分手时,周恩来嘱咐说:

"这座浮桥修得不错。可是只有一座不行,还要防备被炸断呀。"

"我们还准备在朱沙堡和观音寺两处架桥。"丁纬恭敬地回答。

说过,他们沿着一道斜坡,上了陡岸。毛泽东看见北边不远处有一棵大黄桷树,和沙洲坝他门前那棵樟树不相上下,上面树冠亭亭如盖,下面是一片如茵的草地,周围环境也相当幽静,就用手一指,对大家说:

"我看不要进房子了,会就在那里开吧。不然飞机一来,又得把我们请出来。"

"好,好,这里便于保密,讨论问题最好。"周恩来说。

说着,大家来到黄桷树下。这里绿草茸茸,还有不少野花点缀其间,大家就随意席地而坐。刘伯承让警卫员铺下一块杏黄色的雨布,又从图囊里取出一张张的军用地图亲手在雨布上拼好。随后吩咐一个参谋说:

"王柱!你就在那边担任警戒。稼祥同志赶上来,你马上带他到这里,其余的人没有什么要紧事就不要来了。"

参谋立刻到路口那边去了。警卫员一看这情形,立刻会意,把茶缸子和水壶解下来,放在首长面前,然后牵着马到附近树林子里隐蔽去了。

长征路上,开会也不算少。总是有那么多重要的事需要集体作出决定。今天的会,似乎不同一些,这从毛泽东、周恩来、朱德、刘伯承几个人脸上少有的严肃而沉重的表情可以看出来。他们聚精会神地凝望着地图,倾听着别人的发言,陷入深沉的思考之中。

会议开到上午十时,担任警戒的参谋王柱才远远听到大树下发出一阵笑声。他心里暗暗地想,大概是问题解决了,至少是告一段落了。接着,就见刘伯承总参谋长从大树下走过来,吩咐道:

"王柱！你把工兵连长找来，要快！"

王柱去了。不一时丁纬喘吁吁地跑了上来。丁纬明显感觉到，和早晨见到几位领导人时的气氛大不相同。早晨他们的表情相当严肃、沉重，现在却有说有笑，一个个脸色都那么明朗，显出一副喜滋滋的样子。毛泽东敞着怀，脚下有不少烟头儿，他首先笑着说：

"丁纬，坐下来嘛，你老站着干什么！"

说过，又转脸对刘伯承说：

"伯承，你把那个事给他谈谈。"

刘伯承坐到丁纬身边，从眼镜后面望着他问：

"上次过赤水，你们在太平渡和二郎滩是搭了浮桥的吧？"

"是的。"

"现在，这两处的浮桥还在不？"

"还在，我听说还在。"

刘伯承转过脸，望着毛泽东微微一笑，又问丁纬：

"你这消息确实可靠吗？"

"我是听老百姓说的。"

刘伯承迟疑了，停了一下，说：

"听说不行。你马上派几个人去看一看，骑上马，快一点。如果浮桥还在，就派人守起来。"

"是怕飞机把这座桥炸坏吧？"丁纬指指下面的浮桥，笑着说，"不要紧，朱家堡和观音寺的两座桥已经快要修好了。"

"不不，我说的不是这个。"刘伯承含含糊糊地说，"你快派人去吧！"

丁纬心中暗想："已经有几座桥了，就足够了，还要管太平渡、二郎滩的浮桥干什么？"但既属军事机密，又不便多问，就连忙打了个敬礼，跑往山下去了。

丁纬派去的人中午回来了。他们带回了确实的消息：太平渡和二郎滩的浮桥都完好无损。丁纬立刻兴冲冲地跑到黄桷树下报告。毛泽东、周恩来、朱德都高兴地笑了。

这时，毛泽东的警卫员小沈和周恩来的警卫员小兴国，一个人背着一个大竹筒，从茅台镇笑嘻嘻地走回来。毛泽东问：

"你们背的么子？"

"我们刚买了一点茅台酒。"小沈说。

"准备擦脚用的。"小兴国补充说。

"擦脚？用这样好的名酒擦脚？"毛泽东笑着说，"那太可惜了吧。来，给大家倒一点尝尝。"

小沈和小兴国，本来怕受责备，现在看毛泽东带头要酒，就高高兴兴地将竹筒上的塞子拔去，给每个人的大缸子里都倒了一点。

"给咱们的连长也倒上嘛！"毛泽东说。

小兴国又摘下自己的小碗，给丁纬斟上。毛泽东望着丁纬，笑着问：

"你们连先来，你就是这镇上的警备司令。我问你，我们的人有没有光吃酒不掏钱的？"

"没有，没有。"丁纬笑着说，"我们一来，就按你们的指示，在酒店门口贴了布告，把您和总司令的名字写得大大的，谁敢不掏钱，他不要脑袋了？"

人们笑了一阵。朱德笑着说：

"要得。就要这样。"

小兴国插进来说：

"我们刚才去打酒，酒店老板还说，红军就是好，公买公卖，过去黔军、川军、中央军喝酒，哪个掏钱？"

毛泽东端起茶缸子，望着丁纬笑着说：

"咱们碰碰杯吧，你们一路上完成了不少艰巨任务，这个很不容易呀!"

朱德、周恩来也对丁纬举起了杯子。朱德兴冲冲地说:

"你们工兵连成立时我就讲了,不能小看工兵,中国一千多年前就有了工兵。"

说过,大家举杯呷了一口,都称赞酒好。毛泽东半闭着眼睛,像是认真品评着它的美味,沉了一下,才说:

"美哉斯酒!真是名不虚传。"

说过,又深深地饮了一口,望了望周围的青山碧水,不禁背起苏东坡的文字:

"有客无酒,有酒无肴,月白风清,如此良夜何!"

周恩来听到这里,望着小沈、小兴国笑道:

"毛主席是讲没有菜,听出了吧?"

"我那饭盒里只有辣椒。"小沈苦笑着说。

"我还有点花生米。"小兴国说。

"快拿来,这就很好。"毛泽东说。

小沈和小兴国刚打开饭盒,嗡嗡的飞机声,已经自远而近。工夫不大,有两架敌机已经飞到渡口上空。

毛泽东镇定自若,抬起头望了望飞机,仍旧端着他那个旧茶缸子品尝着茅台酒的美味。

"首长们是不是隐蔽一下?"

"这里就很隐蔽嘛!"毛泽东仰起脸望着黄桷树绿伞般的树冠,很香地吃着花生米,"现在蒋介石主要靠飞机侦察,你让飞行员一点也看不到,他回去也不好交账嘛。"

人们笑起来。

正说着,那两架飞机从头顶哇的一声掠了过去,因为飞得很低,上面国民党的青天白日党徽看得清清楚楚。他们在渡口丢了两颗炸弹,腾起两股黑色的烟柱,都没有投中浮桥。

毛泽东又呷了一口酒，望着丁纬说：

"你叫渡口那个连打几下子，吓唬吓唬它！"

"不怕暴露目标吗？"丁纬担心地问。

"不怕。"毛泽东笑着说，"要是蒋介石不知道我们在哪里，他也睡不着觉嘛！"

丁纬立刻去了。

不一时，渡口附近的一处阵地上，响起了嗒嗒嗒的机关枪声。两架敌机不敢恋战，随即遁去。因为他们在追击红军中已经不止一次地损失过自己的伙伴。

接着，炊事员送了饭来，大家就在树下吃了。饭后，刘伯承请示毛泽东，一军团的先头团已经过来了，是否还要找他们谈谈。毛泽东说：

"要谈，快把他们团长找来。"

少顷，团长来了。这人生得身高体大，结实有力，站在那里像半截铁塔似的。周恩来一看，立刻看出他就是过湘江以后在担架上同博古争吵的那个团长，就笑着向大家介绍说：

"这就是韩洞庭同志，突破乌江的就是他这个团。"

毛泽东笑着说：

"听说你以前是安源的矿工，来，我这里还有点茅台，你喝一杯。"

说着，就把他的大缸子递过来。韩洞庭不好意思，那张黑脸上微微泛红，连忙推辞说：

"我不会喝！"

"不会喝？我知道，矿工没有不喜欢喝两杯的。"

"叫你喝，你就喝嘛！"朱德也插上说。

韩洞庭双手接过来，一气喝了个底儿朝天，两眼立刻放出明亮的光彩，抹抹嘴，说：

"首长给任务吧!"

毛泽东示意刘伯承来谈。刘伯承向韩洞庭身边凑了凑,一面指着地图要他们立即渡河,向古蔺、叙永前进。古蔺由其他部队来打,他们的任务是包围叙永,相机攻占叙永。那里敌人不多,只有一小部分川军。

"能打下来就打下来,不能打下来先包围着,不要勉强。"毛泽东在旁边说。

"打下来以后呢?"韩洞庭问。

"打下来以后嘛,"毛泽东笑着说,"你就开个群众大会,说我们要坚决打过长江去。打不下来,在城外也可以开个这样的大会。"

韩洞庭眨巴眨巴眼,琢磨着话里的含义,又问:

"现在就出发吗?"

"对。"刘伯承点点头。

"白天行动?"

"白天行动。"

"好,这个任务好完成。"

韩洞庭临走前打了一个敬礼,笑了。

这时,王柱上来报告:王稼祥赶上来了。毛泽东说:

"快,快抬到这里来!"

担架抬过来了,后面跟着一个年轻的医生。周恩来招呼把担架放在树荫里。大家围过去纷纷询问。王稼祥脸色惨白,精神疲惫,脸上露出几丝苦笑,没有多说什么。年轻的医生解释说,刚才飞机来,担架跑了一阵,那个橡皮管子就掉出来了,路上也不好换药,他是很难受的。

周恩来望望毛泽东说:

"还是先换换药,让他缓缓劲再说吧!"

毛泽东点了点头。

于是,医生就先让王稼祥喝了点水,随后打开药箱,揭开被子开始换药。原来王稼祥留在身上的弹片一直未能取出来,伤口时时向外流着脓血。这些脓血主要靠一根四五寸长的橡皮管子排出体外。每次换药对他都是极大的痛苦。今天橡皮管子又掉出来了。医生擦洗了好半天,才把橡皮管子艰难地插了进去。王稼祥的额头上立即冒出黄豆大的一层汗珠。大家都背过脸去,不忍细看,而他却不吱一声,嘴角处还似乎有一丝淡淡的笑意。

"蒋介石这龟儿子,弄得我们连点麻药都没有……"刘伯承咬着牙狠狠地骂道。

药换完了,又休息了一会儿,吃了饭,饮了点酒,王稼祥精神好了许多。他在担架上坐了起来,问:

"你们讨论得怎么样?"

毛泽东笑着对周恩来说:

"你同他谈谈吧!"

周坐在王稼祥的身边,将刚才讨论的情况讲了一遍。王稼祥的脸上焕发着光彩,用敬佩的眼光望了望毛泽东,连声赞叹道:

"妙极!妙极!真是奇思!"

毛泽东笑了,亲切地说:

"你认为这样可以吗,稼祥?"

"不仅可以,简直太好了!"王稼祥笑着说,"这一着棋,我看蒋介石是绝对意料不到的。"

"可是就苦了你啊,稼祥,"毛泽东怜惜地说,"你还要跟着跑很多冤枉路的。"

"不怕。"王稼祥挺挺腰板。"只要能过得去长江,再苦一点我也乐意。"

周恩来仰起脸看了看太阳,说:

"没有什么事,咱们就出发吧!"

大家都站起来,刘伯承收起地图、雨布,然后人们沿着小径向西面的山坡走去。抬着王稼祥的担架跟在后面。走出不远,一个参谋赶上来说:

"李德在镇上喝醉了,怎么办?"

周恩来皱皱眉头,说:

"喝醉了,就在后面慢慢走嘛,还请示什么?"

"走不了啦,马都扶不上去了。"

毛泽东笑着说:

"人家心里有苦闷,你还不让他喝一点?让他先睡一觉。只要明天中午以前跟上就行。可是,不能把他丢了。"

很快,他们已经插到红军长长的行列中,向着古蔺方向走去。

此后,他们在古蔺与叙永间一个偏僻的山村里,不折不扣地休息了三四天。三月二十日晨,周恩来拿着一份从空中截获的蒋介石的电报,笑嘻嘻地递给毛泽东说:

"到底还是来了。"

毛泽东接过一看:

> 此次朱匪西窜赤水河,麇集古蔺东南地区。我川军各部,在天堂、叙永、站底、赤水河镇防堵于西;周、吴、侯各部沿赤水河流防堵于东与南;黔军现正由此线接防,腾出周、吴两部担任追剿。孙纵队亦向赤水河镇堵剿;郭部由茅台河追击。以如许大兵,包围该匪于狭小地区,此乃聚歼匪之良机。尚望防堵者在封锁线上星夜征集民工,赶筑工事,以筑碉堡为最善,尤须严密坚固,使其无隙可乘。另控制兵力于相当地带,准备迎头痛击,并派多组别动队,遍处游击,阻其行进,眩其耳目。主力应不顾一切,以找匪痛击之决心,或尾匪追击;或派游击队拦击、腰击及堵击;或主力赶出其旁截击。剿匪成功,在此一举。勉之勉之。蒋中正。

毛泽东看后哈哈大笑,说:
"他们来了,我们该走了吧!"
周恩来也笑着说:
"部队经过这几天休息,也差不多了。"
说着,他的浓眉一皱,忽然想起了一件事,说:
"林彪那封信,什么时候处理?"
毛泽东也皱着眉头说:
"现在哪有这个时间?他还是个娃娃,他懂得什么!"

(二十九) 红樱桃在战火中那样艳丽,皆因为她是热情的花;有关烧书的争吵那样激烈,这些无非是爱的飞絮。

三渡赤水之后,红军再次进入川南。三月十九日,红军攻占镇龙山,进至大村、铁厂、两河口地区,摆出北渡长江的姿态。蒋介石估计红军真的要入川了,急忙调整部署,调川、黔、湘三省部队及吴奇伟、周浑元两个纵队向红军进逼,令孙渡纵队集结毕节地区进行堵击。这个自然是企图将红军围歼在长江以南。可是,就在这些敌军调动的时候,红军却悄悄东去,从二十一日夜起,由二郎滩到林滩渡过赤水。这就是历史上说的四渡赤水。此次行动的特点一是秘密,二是迅速。规定渡河命令事先不得下达,等大家到了这位"老朋友"身边才知道要渡赤水。过了河也只说是"寻求新的机动",至于机动到哪里,除了几位高层领导,就谁也难知了。

秘密还好说,不问就是;一强调迅速,像休养连这样的单位就够劲儿了。这几天,樱桃一直在前面设营,为的是提前准备好房子,好让部队及时休息。这天夕阳衔山时,她便赶到预定的宿营地了。她在村外一看,村庄蛮大,房子不少,心里格外高兴。谁知一进村子,却发现房子被中央纵队的一个单位占了。樱桃是个热情奔放、性格干脆直爽的人,肚子里盛不住话,一看这个就有了气,立时找到这个单位的司务长说:

"你们为什么占我们的房子?"

那位司务长三十多岁了,大概是个老资格,也很不客气地说:

"什么你的我的? 前面还有个村子,你们再走个七八里不就到了?"

"什么? 你说什么?"樱桃恼了,"我们休养连是老弱病残,七大八小,谁不知道? 你们怎么不再走七八里呢?"

"我们不是已经住下了嘛!"

"住下了,也得给我搬走!"

"说得轻巧,拖根灯草。"司务长轻蔑地一笑,"你去找中央首长吧,要我搬我就搬。"

两个人越说越重,吵起来了。

街头上还围了一些看热闹的。

这时,从附近茅屋里走出一个瘦瘦高高的人,大家一看是中央纵队的政委陈云,就静下来了。陈云一向沉着文静,和蔼可亲,这时却有些严肃:

"你们在吵什么?"

司务长为了占据先机之利,连忙跑到陈云身边,指着樱桃说:

"这个女同志实在太不像话,她一来就大吵大闹,要中央机关搬家,我要他们再走七八里就不肯,一口咬定这个村子是分给他们休养连的……"

"那么,到底是分给谁的呢?"陈云打断他的话问。

"那、那……倒是……"司务长支支吾吾说不成句了。

"是嘛,"陈云说,"既然是分给休养连的,他们又是老弱病残,几个老人都在那里,为什么要他们多走七八里呢?"

"这是中央机关,何况已经住下了嘛!"

陈云见他还想犟嘴,把手一挥:

"什么机关也不行,住下也不行,换防!"

樱桃笑了,眉毛笑成了豌豆角了。

她最开心的时候就是这个样子。

这个中央单位,包括陈云在内向前移动了。樱桃跑到他们的伙房里,看见还有半锅猪肉,炊事员正准备拿走。樱桃指着司务长说:

"好啊,你们走在前面,有土豪打,杀猪宰羊,光叫我们这些老弱病残来闻腥味,也不给我们留一点,你们忍心吗?"

司务长受到刚才的教训,连忙赔笑道:

"好好,留下!留下!我们本来也没想都拿走嘛!"

房子分了,号了,一切准备妥当,休养连到了。大家进了房子,人人都感到满意。

可是,徐老却没有来。樱桃很不放心,就坐到村边去等。大约等了半个小时,在夕阳的余辉里,才看见徐老穿着他那身古铜色的长袍,拄着一支红缨枪,从对面山径上慢吞吞地走下来,后面是他的小马夫牵着一匹小马。那匹小马也走得很慢,似乎走不动了,因为它身上除了行李,还驮着沉甸甸的两大包书。看见这种情景,樱桃的脸上现出苦笑。原来她向徐老提过几次,要他轻装,那些书不要带了。而徐老一向爱书如命,许多书又是从江西千辛万苦带来,如何肯答应呢!这真成了休养连的一大难题。待徐老走得近了,樱桃就迎上去,接过他背上的万宝囊,扶着他靠着一棵大树坐下,笑着说:

"徐老,你怎么又掉队了?"

"不是掉队,"徐老辩解说,"我再走个十里八里也没问题,就是小马不肯走,也可能是饿了。"

"你让它驮得太多了嘛！你那些书……"

一提"书"，似乎是个敏感的问题，徐老立刻严肃起来，瞅着樱桃，说：

"书怎么样？"

樱桃鼓鼓勇气，又笑着说：

"你那些书，把马压垮了，把人也拖垮了，多不合算！"

"樱桃，你这就不懂了。"徐老以教训的口吻说，"我们搞革命，建设苏维埃，都离不开文化。你说我每天辛辛苦苦教炊事员识几个字是为了什么，还不都是为了将来？"

"可是，你也得顾命啊！这是战争时期嘛！叫敌人消灭了，你这些书有什么用？"

"不对，不对，"徐老连连摇头，"樱桃，我问你，我们从江西往贵州来，是怎么知道有个贵州的？还不是书上告诉我们的吗？"

樱桃见说不服他，又陷于前几次的僵持局面，急得脸都红了。正在无计可施，前面山径上走下一伙人来，为首的那人是九军团的政委何长工。樱桃灵机一动，心想，过去何长工管过休养连的工作，何不请他说说。想到这里，就跑上前去，同何长工咕哝了好一会儿，何长工点了点头，就一同走了下来。

何长工过去负过伤，一条腿拐了，他一拐一拐地来到徐老身前。他虽然是个老资格，但对徐老一向毕恭毕敬。今天的神情却有些不同，他一反平时的活泼态度，板着脸说：

"徐老，今天晚上我们要开你的斗争会咧！"

"斗争会？"徐老一愣，"我有什么错误？"

"你错误大了！"何长工继续板着脸说，"你违反总部的轻装规定，一犯再犯！上级给你一匹马，你不骑，让书骑着马走，把马都压垮了！"

徐老是国内有名的教育家，没见过哪个人对自己如此不敬，也正色道：

"你看怎么办吧！"

"怎么办？那些书要烧！"何长工把手一挥。

徐老一听说要烧书，急了，站起来说：

"小老九，你是想当秦始皇吧！"

他说的"小老九"，自然是对九军团政委的蔑称。何长工一笑：

"说不上秦始皇，我是光焚书不坑儒。"

"你这比坑儒还厉害！"徐老气得两手发颤。

董老、谢老听见村头上吵吵嚷嚷都出来了。何长工更来了劲，立刻从小马背上抱下一摞书来，往地上一放，以坚决的语气说：

"今天，书是烧定了！董老，谢老，你们马上驮的那些书，也不例外！"

徐老这时真的恼了，用手指着何长工说：

"小老九，你敢烧我的书，我今天就和你拼命！"

说过，他张开两臂一扑，趴在那摞书上，紧紧抱住，一动不动。

董老一看这阵势，笑着走出来，说：

"长工，这样吧，我和谢老的书可以烧，徐老的书你烧上一半，剩下一半我的马替他驮上，保证他明天不掉队也就是了。你看如何？"

何长工本来是逢场作戏，故意吓吓徐老，使他不要掉队，哪里是真要烧书！听董老这么一说，就扑哧一笑，说：

"算了，算了，既是董老说情，那一半也不用烧了，我叫警卫连每人替徐老背上两本。"

说着，弯下腰从书摞上搀起徐老，笑着说：

"徐老，你可千万别掉队啊！我刚才要不严格一点，是我这个痒痒哩！"

说着，他指指自己的脖子，做了一个砍头的动作。大家都明白，这是指周恩来给他布置任务时同他讲过的话。

徐老像抱着他的孩子似的抱着书进村了,他发现自己的衬衣潮湿得很,确实的,这位教育家刚才出了一身冷汗。

第二天,徐老倒是没有掉队。因为行军速度过快,掉队的还是不少。樱桃带着几个人在后面收容,通信员也扶着病号走到前面去了。最后只剩下她一个人在山道上追赶部队。

时近中午,前面忽然响起一阵枪声。樱桃赶到前面一看,路边放着一副担架,上面躺着一个昏昏迷迷的红军战士。旁边守着一个十四五岁的小鬼,正在那里流泪。樱桃停住脚步,问:

"小鬼,你哭什么呀?"

"抬担架的民伕,一听响枪都跑光了。"小鬼抹着眼泪说。

樱桃不止一次遇到这种情况,这是最令人着急的事,何况是一个孩子。

"小鬼,别着急,我帮你抬。"她说。

话没说完,对面山上又乓乓地打起枪来。樱桃见小鬼有些惊慌,估量他没有战斗经验,就说:"小鬼,不怕!"说着,从腰间拔出手枪,一忖度仅有几粒手枪子弹,射程也不够,就犹豫了一下。她见小鬼背着一支小马枪,就顺手拿过来,哗的一声推上了子弹。山上这时晃动着几个人影,似乎在那里咋呼着要下来的样子。樱桃立刻选了一个坡坎,伏在嫩嫩的草地上。

她瞄着准备下来的人乓乓打了两枪,那人应声而倒,其余的黑影隐到山坡后面去了。

"这些白狗子都是民团,不经打的!"

樱桃笑了笑,把枪还给小鬼。她说了声:"快走!"就同小鬼抬起了担架。

为了脱离险境,他们几乎是一溜小跑。跑了一阵,她见小鬼汗流浃背,呼哧呼哧实在走不动了,就放下了担架。

樱桃掏出手绢擦汗,两颊越发显得绯红。这时她才看清楚担架上的这位病人,长着一对剑眉,面貌相当英俊,只是脸又黄又瘦,仍然闭着眼昏迷未醒。樱桃问小鬼:

"你是哪个单位的?"

"野战医院的。"

"你是他的通信员吗?"

"不,我是看护员。"

"他是谁?"

"是个营长,人们说他是战斗英雄。"

"他叫什么名字?"

"金雨来。"

"噢,我似乎在《红星报》上见过。"

两个人未敢久停,接着又抬起担架前行。前面是一条几丈宽的小河。樱桃怕发生意外,就放下担架,卷起裤腿,先下去试探河的深浅。哪知正巧月经来潮,水面上登时浮起一片血红。小鬼哪里知道这个,就在岸上喊:

"同志,同志,你负伤了!"

樱桃没有理他。回到岸上,小鬼又说:

"刚才敌人打枪的时候,你负伤了吧?"

"不,没有负伤。"

"那我怎么看见一大片血水呢?"

"你这傻孩子!"樱桃笑着说,"快抬起你的首长走吧。"

过河走了不远,遇见两个人在路边等着,樱桃认得其中一个是医院的指导员。他跑过来,笑嘻嘻地向樱桃打了一个敬礼,说:

"樱桃,真太谢谢你了!"

樱桃笑着说:

"你们也忒放心了,差点把个英雄丢了!"

（三十）戎马倥偬，羽电飞驰，周恩来可说是天底下第一个忙人；无尽的征途，山一样的困倦，终使他山间落马。

在贵州深山的茅屋里，周恩来躺在老百姓硬硬的门板上，睡得非常香甜。

凌晨五时，天还没有亮，桌上放着一盏马灯。

总部的老参谋王柱和译电员肖明，站在床前已经颇长时间了。肖明手里拿着一份电报，急需交给周恩来，可是叫了几十声都没有叫醒。周是个异常机警的人，平时别说叫他，即使走近他的身边，他都会睁开眼睛，今天他实在太疲劳了。

周恩来怕是天底下的第一个忙人。不知道他怎么那么多永远办不完的没完没了的事。别人似乎多多少少都有点余闲，而你不管什么时候遇见他，他都在繁忙里，都在人和事纷纭的浪潮里。长征以来，他白天要随队行军，而且为了发电报、等电报，常常要从后面赶来。部队一驻下，他的第一件事就是催促架设电台，与各军团联络，然后是收集情况，开会研究，个别商量，亲自起草电文，等待电报发出。只要电报不发出，他的心是安静不下来的。有时饭也顾不上吃。为了发报和收报常常要等到夜深。往往坐在作战室的凳子上就睡着了。参谋们常常催他："周副主席，你先回去睡吧，我们保证电报发出去就是了。"他就会说："你再给王净打个电话，看电报发出去了没有。"他说的王净就是电台队长。等参谋打了电话，王净证实电报发出去了，他就高兴了，然后打个大大的哈欠，回去睡觉。可是他又要求，半夜或凌晨如果有了来电或回电，必须立刻送去。这就难了。因为他刚刚睡下不久，如果不是发了疯的蠢人谁肯这么做呢！尤其是在他身边的那些参谋们,从老参谋到小参谋,没有一个忍心这样做。因此,尽管周恩来讲了,还往往是等他起床后才把电报送给他。有一天早晨,王柱拿着一份重要的电报送给他的时候,周恩来忍不住了,他盯住王柱问:"这份电报是什么时候来的?"王柱老老实实地回答:"是凌晨三时。"周恩来说:"既然是凌晨三时,为什么现在才交给我?"王柱无言以对。周恩来说:"我不是作了规定,重要电报要及时给我吗?你们这是执行命令吗?"周恩来一向对人亲切,可是批评起人来,有时也是蛮厉害的。这次对王柱就是这样。周恩来还说:"王柱呀,你是一个老同志了,你怎么能这样不负责呢?"这一下把王柱刺痛了,脸上露出一副哭相,说:"周副主席,不是我不负责任,我已经到你这里来过一次了,叫你几声没有叫醒,我不忍心再叫,就拿着电报回去了。"周恩来说:"这是我的不对。可是,你应该把我拉起来嘛!"王柱笑着说:"看你说的,周副主席,我们怎么能把首长拉起来呢,这多不好意思!"周恩来说:"为革命负责嘛,有什么不好意思?!从明天起,只要有重要电报,有请示的问题,就要马上叫我。叫不醒就把我拉起来,拖起来,不然就是你的责任,我就拿你是问。"问题就这样确定了。

　　可是,话好说,做起来可就叫人为难了。昨天晚上,总部向五、九军团发出电令,要他们向敌人积极佯攻,吸引敌人向北,以掩护主力南下。电报发出时,已经凌晨三时,周恩来睡下还不到两个钟头,九军团就有了回电,并请示一些问题。译电员肖明按规定来送电报,见周恩来睡得正香,叫了几声没有应声,就犹豫起来,说什么也不忍心推他。他愣了一会儿,就来找老有经验的王柱。王柱一看电报内容不敢耽搁,就同肖明一起来到周恩来处。周确实睡得正香,一部黑黑的大胡子搭在胸前,还偶尔打一两声呼噜。这场酣睡对他是多么需要,简直像一个饿汉得到美食一般,怎么忍心把他叫醒呢?

两个人叫了一阵,没有叫醒,都犯难了。首先是肖明发生了动摇,他望望王柱为难地说:"要不,就别叫了,这个电报晚看一会儿,也许不要紧的。"王柱说:"不行!这样的电报不叫醒他,一耽误就是一天,赡等着挨批吧!"肖明一想也是,两个就又轻声地叫起来:

"周副主席!周副主席!"

"九军团来电报了!"

这样轻轻的叫声自然不起作用,周恩来不仅没醒,还引起了小兴国的不满。小兴国睡在茅屋另一端的草铺上,他睡得自然也很晚,现在直接受到叫声的干扰,真是不胜厌烦。他在床上猛地翻了一个身,愤愤地说:

"你们知不知道他刚刚睡下?你们还要不要他活了?"

这铁锤一般的语言,把王柱和肖明的心都砸疼了。他俩没有反驳,似乎也不想反驳,好像自觉理亏似的。实际上彼此心理相同。

不久,外面响起了起床号声。它那缓慢而又悠长的声音,实际上是宣布又一个百里竞走的开始。

"不叫不行了,"王柱悄声说,"要发报给九军团,就来不及了!"

两个人在周恩来耳边一面轻轻地叫,一面轻轻推他。周恩来哼了一声,随后又没有动静。两个人不得已,只好轻轻地托起他的背扶他起来。

"周副主席!电报!九军团的电报!"

"什么?"

"电报!九军团的电报!"

周恩来接过电报,似乎意识到了,眼却没有睁开。可以看出他在奋力地睁眼,可是眼皮好像有千百斤重似的刚睁开一条缝又合上了。

两个人一边叫一边推,周恩来似乎也拼命同睡魔斗争,这场战斗持续了好几分钟。小兴国拿来一块湿毛巾帮他擦了擦脸,周恩来打了一个大大的哈欠,才真的醒了。

"哎呀,真是一场好睡!"他微露笑意说,"我梦见一座大山压着我,怎么也立不起来!"

"我们实在对不起首长。"王柱深感歉意地说。

周恩来看了看手里的电报,笑着说:

"这样就做对了!"

对是对了,没料想这天下午就出了事。

队伍正行进在半山间的山道上,王柱慌慌张张地从前面跑下来,向毛泽东报告:周副主席从马上摔下来了。毛泽东一惊,立即和博古、张闻天等人赶到前面,周恩来已经被人扶起,正靠着路旁一棵大树休息。他的头上碰破了一块,身上沾了不少泥土。毛泽东走上前关切地问:

"怎么样,恩来?"

"不要紧,就是脚扭了一下子。"周恩来笑着说。

刘伯承正站在旁边,他指了指面前的深沟说:

"多悬哪,就摔在沟边边上,差一点就摔到大沟里了。"

大家一看,脚下的深沟有几十丈深,纷纷说:

"真是太危险了!"

"他这匹枣红马真是不错,"刘伯承说,"它一见周副主席摔下去了,就立刻站住,一步也没有多走,如果再拖几步那可不是耍子!"

"这次全靠马克思在天之灵!"周恩来也为自己庆幸。

"我看恩来老这样下去不行。"博古说,"他事情多,又不注意休息,一个人的精力毕竟是有限的嘛!"

毛泽东笑着说:

"话是这么说,可是他休息得了吗?他的作风也是改不了的。你们看,是不是给他配副担架?他总得有点时间睡觉才行。"

话刚落音,周恩来就摆摆手说:

"不要!不要!我不过在马上打了个盹儿,就出了这事,以后不打盹儿就行了嘛!"

"不不,这靠不住。"刘伯承说,"你那电报稿上的字一坨一坨的,我一看就晓得你打盹儿了。"

"我赞成给恩来配副担架。"张闻天说,"打盹不打盹,那是不以人的意志为转移的。上次我骑在马上下决心不打盹,结果还不是摔下来了?"

几位领导都对这个提议表示赞成。毛泽东笑着说:

"好,咱们今后谁也别再唱'落马湖'了!"

从此以后,按照中央规定,周恩来配了一副担架。但是大家发现,坐这副担架的不是沿途的伤员就是步履艰难的病号。周恩来仍然背着他的黑皮公文包和一顶破斗笠,行进在军委纵队的战列里。

(三十一)奇人出奇谋,奇兵创奇迹,古今中外战史未闻有此先例。巍巍乎一国霸主,堂堂哉军中统帅,竟弄得魂飞魄散,永留作历史笑谈。

人说贵州是"地无三里平",但到了贵阳近郊毕竟开阔些了。那里有一个县,名字就叫平坝县,足见平坝之可贵。就是在这块平坝上,也还是有许多零零碎碎的桂林风味的小山。有的像馒头,有的像草帽,有的仿佛是古代武士尖尖的头盔遗忘在这郊原上。贵阳是既贫穷而又美丽的。

可是,今天她却仿佛在颤栗着,陷入隐隐的恐惧中。

蒋介石是三月二日偕夫人宋美龄飞抵重庆督师的。在这里,他听汇报,打电话,作计划,发脾气,骂人,给将领写亲笔信,整整忙活了二十二天。最后他觉得这种"督师"还是不如亲临前线指挥,于是在三月二十四日,又偕宋美龄飞抵贵阳。随行的还有蒋的德国顾问端纳、陈诚、侍从室主任晏道刚,随后何成濬、吴稚晖、陈布雷也专机飞来。一时贵阳城内要员云集,羽电飞驰,俨然成了首都。而一度称王的薛岳将军,却由前线总司令一下子变成了高级传令兵或侍从参谋,只是作为蒋的传声筒上转下达罢了。

但是,这种亲自指挥虽然过瘾,也不是没有苦恼。例如各路大军在古蔺、叙永地区扑空之后,红军的具体位置在哪里,下一步的动向究竟如何,就一点也搞不清楚。这自然不能不使最高统帅兼前线总指挥的蒋氏恼火。这天他对薛岳就很不客气。平时他对这些将领们不是称兄,就是道弟,最少要称他们的号,而决不直呼其名。例如称薛岳为伯陵之类。而今天则不然,他在电话中直撅撅地说:

"薛岳,敌人到哪里去了,你查清了吗?"

"委座,据了解,大概是在……是在古蔺一带……"薛岳在电话里磕磕巴巴地说。

"什么大概,大概?我们指挥打仗,能靠大概吗?我在黄埔是这样教育你们的吗?"

对方不言语了。蒋介石又问:

"不是派了几架飞机,专门供你作侦察用吗?"

"空军说,天气不好,地面看不清楚。"薛岳胆怯地回答,"再说共军很狡猾,他们看见飞机来了,本来向西走,马上掉头向东,所以空军的情报也靠不住,我们是吃过这个亏的。"

"看不清就不侦察了吗?"蒋介石火了,大吼了一声,"薛岳,你是干什么吃的!"说过,把电话听筒一下摔到地板上了。

耳机在地板上还在响着薛司令官的声音:"喂,喂,委座,委座,请您听我再解释一下……再解释一下……"站在旁边的侍卫官,怯怯地看了他的主子一眼,然后拾起耳机压在电话机上。

然而,确切的消息终于来到。红军已经离开古蔺、石宝、龙山地区,从太平渡、二郎滩四渡赤水,经习水、仁怀、枫香坝、白腊坎等地,突然南渡乌江,逼近贵阳。蒋介石这一惊非同小可,正是所谓"众里寻他千百度,蓦然回首,那人却在灯火阑珊处"。这几天每天都在寻觅的红军,已经到了面前。蒋介石立即召开了军事会议。这时蒋住在前省主席毛广翔华丽的住宅里。这是一座有拱形装饰、宽大走廊的三层楼房。蒋住二楼,其他人住一楼和三楼,开会非常方便。为了收集思广益之效,参加开会的人倒真不少,宋美龄、端纳、顾祝同、陈诚、陈布雷、何成濬、吴忠信、晏道刚、郭思演、王天锡等人全参加了,把一个大厅坐得满满的。尽管蒋氏在众人面前力持镇静,但每个人都感到他的表情很不一般。大家的发言,集中在对红军意图的判断上:一种意见认为,红军在贵州无法立足,入川既不可能,只好再图转兵湖南,与红二、六军团会合;一种意见认为,红军此举正是为了乘虚袭击贵阳。蒋时而点头,时而摇头,总的看似乎倾向于第一种意见。然而他认为,红军不管是前者或后者,两者都威胁到贵阳的安全。他的顾虑不是没有道理,因为这时各路围攻红军的部队都滞留在古蔺地区,贵阳的守军仅有九十九师共四个团的兵力。而且这四个团大部在外围担任守备,城防兵力不足两个团。因此,蒋决定令各路大军迅速驰援贵阳,特别指令最近的滇军孙渡部三个旅昼夜兼程,火速赶到。但是,即令各路大军从天外飞来,也还是需要时间,为了防备不测,他又命令立即在贵阳城垣周围加强城防工事。

一个紧张的令人揪心的会议结束了。蒋介石特意把贵阳的警备司令王天锡留了下来。他看大家都走出了大厅,就带着笑走到王天锡面前,问寒问暖。王天锡是王家烈的部下,虽然名义上还是警备司令,早已名存实亡。因为薛岳入主贵阳以来,很快就派了一个名叫郭思演的当副司令,反客为主,把王天锡的一切实权都剥夺了。王天锡已经去世的哥哥王天培也是早年被蒋介石收拾了的。因此,王天锡这时正心灰意冷,准备下台。今天见蒋介石对自己这样热情,真是受宠若惊,深感意外。

"天锡,你现在还在外面住吗?"蒋介石关怀地问。

"是的。"王天锡立正站着,毕恭毕敬地回答。

"你可以搬到行营来住嘛,这样我们联系就密切了嘛!"

蒋介石说过,又关切地问:

"你的先兄还留下后代吗?"

王天锡把王天培家里的景况讲了。蒋介石叹口气,不胜同情地说:

"只要留下人就好。有什么事情可以找我嘛!"

只是这么几句亲热的话加上亲切的笑容,就把王天锡的魂儿摄去了一半。他傻乎乎,笑眯眯,一个劲儿地点头哈腰。随后蒋介石这才说到正题:

"天锡,你看城周围的碉堡几时可以修成?"

王天锡挺挺胸,把身子站正,郑重地说:

"我保证,明天天亮以前完成。"

"可不要草率喽!"蒋介石带笑说。"你要懂得贵阳的得失非同小可,它是关涉到国际视听的。"

王天锡严肃地点了点头,十分恭顺地说:

"委座,我包您满意。如果您检查不行,我马上再修。"

果然,第二天一早,被打足了气的王天锡就在电话里兴冲冲地报告:贵阳城垣及四周的碉堡全部竣工。

蒋介石一听放了点心。紧接着又产生了新的不放心,怀疑这些工事是否坚固。他越不放心越想,越想就越不放心。渐渐地他觉得那些工事未必顶用。由觉得而认定,由认定而肯定,由肯定而不安,由不安而不禁步出行辕大门。

陈诚、顾祝同等一帮文臣武将,忽见委员长披起希特勒送他的黑色避弹斗篷要出大门,急忙跑过来说:

"委座,您要到哪里去呀?"

"我去看看城防工事。"

"光我们去看看就行了吧。"

"不!我要亲自看。"

一班文臣武将见蒋一定要去,就一窝蜂似的跟在后面。端纳、宋美龄也在其中。王天锡也飞快赶来陪着蒋走在前面。

一伙人来到城上,沿着城墙走走停停,指指画画,一路上评价着仓促修起的工事和碉楼。这些碉楼是王天锡果断地决定拆掉一座古寺,而由贵阳军民人等一昼夜不眠不休修起来的。跟在蒋氏后面的人们,每个人都在领袖面前显示了对党国的忠诚,凭着自己的军事眼光和天才对这些工事进行着评价。领袖也露出满脸喜色,偶尔插一句称赞的话。王天锡更是笑逐颜开,春风满面。

视察完毕,蒋介石特意邀王天锡到自己的房子里喝茶,把王天锡好好地夸奖了一番。

"天锡呀,我发现你很能干哪!老实说,这么多年来,我还没有见过一个像你这样效率高的。你要好好干,前途远大,未可限量。"

王天锡眉开眼笑,连嘴都合不拢了。

这时,他已被"米汤"灌得晕晕乎乎,正想要说点什么表示表示,忽然顾祝同慌慌张张地跑了进来。这位能征善战的宿将,慌促间向蒋介石行了一个不伦不类的敬礼,说是室外敬礼,没有举手;说是室内敬礼,又忘了摘掉帽子。他神色紧张地说:

"报告委员长,共军已经过了水田坝,快到天星寨了!"

蒋介石像是被沙发弹了一下似的霍地站起来,脸上笑容顿失,盯着王天锡问:

"水田坝?离贵阳有多远?"

"在城东北,大约三十里。"

"公里吗?"

"不,是华里。"

"噢,三十华里!三十华里!"蒋介石把光头仰起,翻翻眼睛反复念着这几个字,想了一阵,又问,"距清镇飞机场有多远?"

王天锡低着头正在计算里程,陈诚又跑进来,报告说:

"校长,刚才乌当来电话,说共军已经到了乌当。清镇也来了电话,说飞机场附近发现了敌人的便衣队。还说,二十五军的一部分叛兵也在飞机场附近滋扰。"

这一下情况真的严重起来了,屋子里顿时鸦雀无声。隐隐的恐惧像一个无形的大网罩着人们。蒋介石默不作声,背着双手在客厅里踱来踱去,踱来踱去。他沉思了颇长时间,忽然停住脚步,双眼盯住王天锡问:

"不经清镇,有便路可以到安顺吗?"

"有的,委座。"王天锡说,"这里从次南门出去,经花仡佬(花溪)、走马场,可以直达平坝,从平坝到安顺只有六十多里了。"

"哦!"蒋介石点了点头,又迈了几步走到王天锡跟前,说:

"好,那你回去准备一下:要挑选二十名向导。"

"好,二十名向导。"王天锡复诵着。

"都要忠实可靠的。"

"是,忠实可靠的。"

"再挑十二匹好马。"

"好,十二匹好马。"

"再搞两乘小轿。"

"对,两乘小轿。"

"不要弄错,是两乘,不是一乘。"

"对,两乘,不会弄错。"

"要越快越好。"

"对,越快越好。"

王天锡急急火火地跑出去做准备去了。

这一个下午,过得真是熬人。蒋介石心中一直忐忑不宁。不是催问孙渡率领的滇军还有多远,就是询问城四外的工事是否坚固。顾祝同和陈诚忙得团团转。不是跑上,就是跑下,楼上楼下一片电话铃声。晚间,蒋忍不住,亲自给孙渡通了一次电话。孙渡下面有一个旅没有赶到预定宿营地就宿了营,也被蒋查出来了,当即向孙渡提出质问,并郑重地重申了保卫贵阳的重要意义。蒋还把陈诚找来,要他派出贵阳能够搜寻到的卡车,到鸭池河附近,先把一部分滇军接来,去看守清镇机场。

可以说,中华民国的这位领袖兼统帅,整整一夜都没有睡熟。到了后半夜,他就开始拉稀,一夜跑了好几次厕所。宋美龄女士也发起烧来。直到天亮时,蒋介石才迷糊了一会儿。可是当他睡得正香时,突然听到宋女士惊叫了一声。他勉强睁开眼,只见宋女士坐在床上捂着鼻子,尖声叫道:"哎呀,怎么这样臭呀!"他闻了闻,果然其臭无比,急忙起身一看,原来梦中失禁,已经遗屎在床。两人急忙起来,一面叫贴身侍卫官蒋孝镇进来收拾。宋女士不禁埋怨道:

"像贵州这种鬼地方,叫我说顾祝同、陈诚他们来就可以了,你偏要来!新生活运动搞了好几年了,你看到处脏的!中国人本来就不讲卫生,贵州在中国又是头一份儿了。"

蒋孝镇走进来,一看床上满是这种东西,臭气四溢,想捂鼻子又不敢捂,不禁皱着眉头把被单子折起来。蒋孝镇的这种表情,自然被蒋介石看在眼里,难免认为是对领袖很大的不敬。从而进一步怀疑到,蒋孝镇是否会想到别的方面,例如说,他是否会认为这次拉稀同自己精神紧张或者说胆怯有关？如果是这样，那就不仅是不敬，而且是一种嘲笑和蔑视了。想到这里，他就两眼逼视着蒋孝镇，冷冷地问：

"蒋孝镇，你以为我为什么会拉肚子？"

蒋孝镇一下子愣住了，不知道怎样回答才好。蒋介石厉声说：

"你再看看你给我找的是什么鬼房子！"

蒋孝镇目瞪口呆。主子的突然发作像定身法一样把他定住了。他呆了好一会儿才低声说：

"委员长，这是贵阳最好的房子了。"

"什么最好的房子！"蒋介石立即驳斥道，"晚上四处透风，我怎么会不生病？"

哦，蒋孝镇这才明白，他的领袖兼亲属是为了向他讲明拉稀的原因。如此而已。他不吭不哼地把被单卷起退出房门，来到楼下。蒋孝镇这口怨气咽不下去，后来对侍从室主任悄悄地说："他自己受惊了，还怨房子！"

侍从室主任哈哈一笑，说：

"嘻，你这小子何必这么认真！"

情况越来越紧了。早饭后，南郊开始响起了炮声。蒋介石急忙把王天锡找来，问：

"你听到了炮声吗？"

"听到了。"

"这炮声不远嘛！"

"是的，大约在城南近郊。"

"有多远？"

"可能有二十华里。"

"他们未必会攻城吧？"

王天锡没有回答。蒋介石拿着地图,迷惑不解地问:

"他们怎么又到了南郊,莫非要包围贵阳?"

"不知道。他们经过乌当,本来在城的东北,后来到了洗马河,是在城的正东,现在从洗马河又折回来,到城南来了。他们的行动总是很难猜的。"

"看来是真要包围贵阳。"

蒋介石凝视着地图自言自语。随后吩咐说:

"你赶快把情况再了解一下,快来回报。"

十时许,王天锡再来汇报的时候,蒋介石已是满面笑容,乐呵呵地说:

"情况都知道了,孙渡已经到了,没有问题了,我们马上要开军事会议。"

说话间,顾祝同、陈诚、陈布雷、薛岳、晏道刚等一班文臣武将又挤了满满一屋子。蒋介石的情绪像陡然升起的水银柱似的高起来了,他显得精神百倍,又恢复了素日的情态,手里拿着一支红蓝铅笔,在图上指指画画,一边兴奋地说:

"现在廖磊的那个军驻在都匀、独山,我断定他们是不敢往南走的,他们必然还会出马场坪东下镇远,到湘西去。"

他的话还没讲完,忽报孙渡来到。不一时,孙渡头戴大盖帽,身着灰色军服,脚穿翻毛黄牛皮鞋,风尘仆仆地走了进来。这时的委员长真是喜上眉梢,笑在心头。其他文武官员也围着孙渡问长问短,这个说他是"勤王之师",那个说他是"救驾部队"。蒋介石也夸奖说,这是"云总司令训练之功"。随后又亲热地对孙渡说:

"你这次率领所部驰援贵阳,三四天就走了四百余里,够辛苦了。本来应该休息一下,不过现在敌情十分严重,希望你再努一把力吧!"说过,命令他马上出发,向龙里方向跟踪追击。还说,他已命令薛岳由遵义东进石阡、余庆堵截，让何键把重兵摆在湘西一带，不愁不把赤匪一举荡平。

孙渡一生一世哪见过这种场面，真是少年得志，意气纵横，脑袋晕晕乎乎，早已忘乎所以。听了蒋的这番话，立即满口答应。蒋介石又回过头去招呼侍从室主任：

"他们官兵太辛苦了，马上拿几万块钱慰劳他们。"

孙渡打了一个敬礼，欢欢喜喜地去了。

当晚，蒋介石本来可以睡一个安生觉了，谁知城东南谷脚、龙里方向枪炮声时断时续，仍然令人放心不下。第二天早晨才得知，孙渡乘车出城不远，就遭到红军侦察部队的狙击，汽车被打坏，卫士死伤了四名。孙渡率其余卫士跳下车来逃出去了。

蒋介石正在惶惑不解时，王天锡神态十分轻松地走了进来，笑嘻嘻地说：

"报告委座，没有事了，红军已经过去了。"

蒋介石一听，又惊又喜，忙问：

"他们不是在南郊吗？"

"不，他们昨晚就从南郊调头向西，经过花仡佬，出青岩，走广顺方向去了。"

"广顺？他们不是到湘西吗？怎么会走广顺？"

"当然不会再到湘西，他们已经往云南去了。"

"噢！"蒋介石如梦方醒，眼神痴呆地低下头去。

不久，蒋介石离开贵阳。报上发表了新的任命：王天锡的贵阳警备司令一职，由副司令郭思演接替，他所兼的贵阳市公安局长一职，由肖树经接替。那个前途未可限量的王天锡顿时呆了。他看到肖树经笑嘻嘻地前来接收，伴着这笑容的是公安局周围布满的枪兵，还有街口上冷森森的机关枪。这些都告诉他：贵州省的历史已经换了新的一页。

（三十二）大军阀技艺高超，分化收买令人叹为观止；小军阀拼命挣扎，走投无路，真可谓黔驴技穷。这些都因为贵州境内已无战事。

王家烈这时正率领残部驻在黔西县城。前几天，红军逼近贵阳，他不但没有危机感，相反还有一种得意之色。孙渡路经黔西时，他甚至压抑不住自己的那股高兴劲儿，满脸放光地说："孙司令，你看这次共军忽然南渡乌江，这是什么意思？"孙渡还没有回答，他就自己接着说，"这硬是要将老帅的军咧！"他说的老帅，当然是指正蹲在贵阳的蒋介石。当王家烈讲这话时，派来监视他的特工人员也在座，不是王家烈不谨慎，而是实在压不住了。后来，红军围着贵阳城像炸了一个大麻花似的绕了一个圈圈，迤逦而西，奔向云南，对王家烈说来，却是一喜一忧，亦喜亦惧。喜的是红军已过境，贵州又是升平之世；忧的是不知在这升平盛世中是否还有自己的一席之地。

正在这时，从贵阳行营打来电报，说是委员长的侍从室主任郑不凡要来，王家烈心里犯嘀咕了。郑不凡不是一个简单的人物，他既是蒋介石的智囊中人，又是蒋的特使，忽然君临此地，该不是艳慕黔西大山的风光。王家烈自接到这个消息的第一刻起，就心绪不宁，七上八下。而贵阳距黔西不过二百华里，郑不凡说到就到，王家烈还没理出一个头绪，这位特使已经来到面前。王家烈自然做出最大努力，宴请了一番。随后，毕恭毕敬准备聆听委员长训示，郑不凡却推说，长途行车，精神困倦，第二天再谈。这当然使王家烈又增加了一个不眠的长夜。

这天早晨，王家烈早早来到他的临时军部，郑不凡仍迟迟未到。

他只好坐在小客厅里静静等候。这时,那些已经想了几十遍的问题,又来苦苦缠磨着他。问题的中心是,蒋介石究竟会怎样对待自己。这纷纭难理的思绪,是从战争的风暴盘旋到贵州的第一天就产生了的。当时,他极其担心蒋介石"一箭双雕",尤其担心他参加粤、桂、黔三省的反蒋活动遭到报复。他的那颗心真比压着一座泰山还要沉重。幸亏他那位外交家兼活动家的夫人万淑芬有胆有识,以勇往直前、一无所惧的精神,到了一趟南京,给宋美龄送了一份厚礼,并且在最关键的问题上做了解释。她说,贵州之所以同广西联合,并非真心,只是为了贵州的鸦片在广西顺利过境,"不过是讨一碗饭吃罢了,哪里会真心反蒋委员长呢!"谁知这话还没说完,宋美龄就说,蒋委员长早就忘了此事。临走,蒋介石还亲自接见了她,叫她转告王家烈,专心"剿匪",不要想得太多。为了表达他的这番厚意,送了她五万块钱,还有两箱子没有开封的德国造二十响连枪。王家烈听到夫人的传达,看见摆到自己面前的这些东西,简直胜似一支大军凯旋,早已乐得眉开眼笑,如果不是薛岳克扣他的军饷,他可真要飘飘欲仙了。今天他在心绪如麻的时候,再一次想到此事。心想,大人物总是大人物,委员长做事还不至于一点情面都不讲的。想到这里,他脸上出现了几丝笑意……

正在这时,郑不凡笑嘻嘻地走了进来。

这郑不凡尖下颏,稀零零几根胡子,眼睛眯细着,脸上总带着几分笑意。他那身绿呢子的将军服虽然笔挺,但依然使人想到旧戏上手拿羽毛扇一走三晃的人物。

"王军长,你昨天晚上没有睡好吧?"说过,他坐下来诡秘地一笑。

"这人好厉害!"王家烈心里嘀咕道,"他怎么晓得我没有睡好。"

想到这里,他故意挺挺胸,笑着说:

"郑主任,您也没有好好睡吧!"

"我睡得还好。就是你安排我住的那地方,附近有两条狗老是叫,想必它也看出我是个中央军,不把我当自家人看。"

说过,眼睛一眯,笑了。

"也许它看出你是从天子脚下来的,表示欢迎吧!"王家烈也干笑了两声。

郑不凡眯着眼,望着王家烈说:

"你知道我的来意吗?"

"我正要聆听委员长的训示!"王家烈将头微微一低。

"是这样,委员长本想亲自来看望你,因为公务忙碌,难以分身,所以才派我来了。"

接着,郑不凡就转达蒋介石的话说,自从共军进入黔境,二十五军的官兵还是很辛苦。现在贵州境内已无敌踪,百废待举,任务相当繁重,军政长官不宜兼职太多,在二十五军军长和贵州省主席这两项职务之中,王家烈可任选一个,决不勉强。

王家烈一听,好像当头挨了一大马棒,头立刻嗡嗡作响,有好几秒钟一句话也说不出来,只是鼓着金鱼眼,张着嘴唇。

郑不凡看着他那副呆样,不禁暗自发笑。他眯眯眼,又说:

"我临走,委员长再三告诉我:干什么要由王军长挑,一切听王军长的,决不能有丝毫勉强。"

郑不凡这时才发现王将军那伟岸的身躯和他的思维活动是多么的不相称。王家烈总呆了一两分钟,才艰难地苦笑着说:

"这个,这个……不好说呀!"

"说嘛,没关系嘛!"

"郑主任,你知道,我们这小地方跟你们不同,如果我不管军队只当省主席,我连三天也当不了,没有枪杆子,谁支持我?可是,如果我只管军队,不当省主席,又没有财政来源,也呆不了好久……"

郑不凡听后,从鼻子里笑了一声:

"那,王军长的意思,是不是两者都要兼着,一仍其旧?"

王家烈登时弄了个大红脸,由红转紫,像猪肝似的。郑不凡嘲笑说:

"这真是所谓:鱼,我所欲也;熊掌,我所欲也。然而,这二者是不可得兼的嘛!同时,也会把你累坏的嘛!"

王家烈真是又羞,又气,又恼,又怕,同时又不便发作。而他那善于决疑的英明的夫人又不在旁边,一时显得恍然若失,孤立无助。然而又不能老不说话,遂冲口而出地说:

"既是这样,那我当军长!"

王家烈这样说,既是出于直感,也是基于一贯的认识。因为在中国不论大小军阀都懂得,有了枪杆子就有了一切,没有枪杆子就一切完蛋,这几乎是他们深入骨髓的观念。

"噢,军长。"郑不凡捻了捻他那稀零零的胡子,沉吟了一会儿,说,"好,那我就这样向委员长报告。"

王家烈一听要上报,从此板上钉钉,就立刻想起不当省主席的难处。最近正是因为薛岳从财政上卡他,几个月的薪饷都发得很不及时,弄得整个部队怨声载道。特别他想到,作为贵州省财政的支柱,是鸦片的交易和捐税,如果不当省主席,这一切都将付之东流。想到这里,他立刻说:

"别忙,别忙,我还是当省主席好。"

郑不凡笑了,接着叹了口气:

"唉,王军长,像你这样一个遐迩闻名的将军,怎么连这么一点小事都不能决断!"

王家烈羞愧难当,待要发作,又恐小不忍则乱大谋,说不定两头都会鸡飞蛋打。只好勉勉强强苦笑着说:

"郑主任,我昨晚确实没有睡好。同时,我还要同两位师长商量一下,也请你再给我一点时间。"

"行,行,你回去同他们商量商量也好。"

郑不凡说过,又是诡秘地一笑。这次的交谈就算结束。

王家烈晕头涨脑,恨不得一步回到家中,同他的夫人一起做出最后决策。他的夫人也在他的临时官邸眼巴巴地等着他,有些坐立不安。

王家烈一只脚刚刚进屋,穿着红色丝绒旗袍的万淑芬就急火火地问:

"那个姓郑的鬼鬼祟祟,到底来干什么?"

王家烈把军帽一摘,神情颓唐地仰在沙发上。他把刚才的情况详详细细说了一遍。

"他们会这样绝吗?"万淑芬疑惑地问。

王家烈把两臂一摊:"你瞧,这是刚刚经过的事。"

"这些狗杂种,来得好快!"万淑芬咬着她的红嘴唇愤恨地骂道,"我在南京见他们的时候,对我可亲热啦,那老狗还说,你回去叫家烈好好干,专心剿共,不要想得太多,过去的事我早记不得了。现在没有几天工夫,他就变了卦!"

"这就叫此一时也,彼一时也,共产党不是走了嘛!"

两个人骂了一阵,就开始讨论;讨论了一阵,接着又骂。王家烈平时有何疑难,经过夫人那聪明的头脑,就立时迎刃而解,今天要从两种官职中做一抉择,虽英明果断如夫人者,也不灵了。最后,还是夫人建议,赶快把白师长和赫师长叫来共同商议,因为一来他们是自己的心腹,二来不管采取何种方案,都要取得他们的支持。

两个人匆匆吃过一次最没有味道的午饭,就在床上摆起大烟灯,一面养精蓄锐,一面等候。

两位师长来了。他们习惯地坐在床前。

王家烈对他的两个心腹、亲戚又兼生死之交的亲信,慷慨陈词,义愤填膺地讲述了两天以来的经历。他原来预料这些话不是激起爆炸的反应,就是激起感人肺腑的同情。哪知讲完以后,两位师长反应并不强烈,只是淡淡地表示了几句同情而已。而且令人惊异的是,他们似乎是故作惊讶而又并不十分惊讶。

王家烈和躺在那里烧烟的万淑芬都愕然了。

王家烈坐在床沿上,鼓着两个带血丝的金鱼眼,盯着白师长问:

"老白,你说该怎么办?"

白师长那张白皙、漂亮的脸上,显出为难的神情,笑了一笑,说:

"既然现在最高领导都说了话,我也不好说!"

"有什么不好说,你说嘛!"

"这个……既然上面说叫从军长和省主席两者中任选一个,也只有取其一了。"

王家烈的金鱼眼瞪得更大了,他紧逼着问:

"你看,我取哪一个?"

白师长又笑笑,转过脸望望赫师长:

"你叫老赫先说。"

赫师长虽然平时比白师长鲁钝一些,但此刻反应却很快,立刻反击说:

"干吗要我先说?"

万淑芬在小灯上不动声色地烧着大烟,其实她的每根神经都紧张地支着天线,以最高的灵敏度在感知着外界的变化。她从眼角里偷觑着白师长。

"咳,其实我有什么高招?"他重重地叹了口气,又望了望王家烈和万淑芬的脸色,试探着说,"既然要取其一,是否当省主席好些,现在的军队也不好干。"

这时,只听啪嗒一声,大烟枪从万淑芬的纤手中掉落在烟盘上。

"噢!他是要我离开军队呀!"王家烈心里暗暗地想,"这就是我那换过金兰谱的兄弟!"

他狠狠地盯了白师长一眼,随后又对着赫师长,问:

"老赫,你认为呢?"

赫师长一进来就惶惑不安。他那矮胖的身躯、大大的肚子在椅子上不时地移动。那张布袋脸一时看看王家烈,一时又转过去看看万淑芬。在亲戚又兼恩人的面前表态,不啻是一个最大的难关。正琢磨着搪塞几句,王家烈已经问到自己头上来了,他紧张得不知说什么好,脸红着,口吃着:

"这这这……这样的事,我怎么好说什么。"

"自己弟兄还不好说吗?"

赫师长被挤到角落里了,只好涨红着脸说:

"叫我说,白兄说得有理,现在军队的事确实也不好干。"

这话刚刚落地,只听大烟枪在烟盘子里呛啷一声跳了起来。随着这声音,穿着红旗袍的万淑芬从床上忽地坐了起来,有些青黄的脸上顿时涨满了红潮,瞪着圆圆的眼睛,指着两位师长说:

"好哇!你们俩是想把你大哥赶走哇!我告诉你们,不行!办不到!这个军长他当定了!"

王家烈很气愤,尤其是他这位嫡亲表弟也说出这话,更使他怒不可遏;但他毕竟有些涵养,何况现在大局未定,还不知鹿死谁手,怎敢造次。他这样盘算了一阵,立刻劝慰夫人道:

"咳,何必如此!两位兄弟不过是给我们出个主意,也没有说要赶走我们吧!"

白师长连忙站起身来,躬身赔笑道:

"还是大哥说得对,小弟不过是出个主意嘛!"

赫师长的脸上却带着几分惊惧的表情,走到万淑芬的身边,说:

"表嫂,你别这样。小弟语言不周,你当我没说也就是了。"

两位师长走后,万淑芬大骂"忘恩负义之辈"不下一个小时。王家烈对他这两位兄弟的变化,也深感蹊跷。夫妻二人对于军长与省主席的抉择,又几乎用了一夜工夫才制定出实施方案:还是以担任军长为宜。

次日清晨,王家烈就赶到郑不凡的住处,告知他考虑的结果。不料这位特使听了之后,眯着眼笑了一笑,仰起脸说:

"我料到你会这样决定。军人出身嘛!一直耍枪杆子嘛!不过,这里面有难处哩!"

王家烈见他话里有话,急问:

"有啥子难处?"

"唉,你们内部的事,我怎么好说。"

王家烈一听,更坐不住了。他有些迫不及待:

"郑主任,我们虽然是初交,可是慕名久矣,有啥子话,你可不要瞒我才好。"

郑不凡见他情急意切,觉得时机已至,就叹了口气,说:

"这话我本来不当说,可是我要不说,也不够朋友,觉得对不住你。……"

"你说!你说!"

郑不凡长长地叹了口气:

"咳,你们内部有人不赞成你嘛!"

"不赞成我?"王家烈一听急了,探着身子,把耳朵伸过来。

"谁?是谁?"

"还有谁,就是你那两个师长嘛!"

"他们说什么了?"

"他们说,叫他去当省主席吧,军长他干不了。"

"噢,我这才明白了!"

这个打击对王家烈简直是难以想象的沉重。在他离开郑不凡的时候,脚步都有些走不稳了。没有什么比亲朋的叛卖更使人感到痛苦、气愤和难以忍受。他来到军部立刻通知两位师长前来见他。

两位师长来到,一看军长气哼哼地坐在那里,两眼圆睁,气氛很不寻常,不由倒退了半步。白师长勉强镇静了一下,笑着上前搭讪说:

"大哥,有什么不痛快的事,你可说呀!"

王家烈把桌子猛地一拍,怒冲冲地吼道:

"你们干的啥子事,难道自己不知道吗?"

白师长望望赫师长,眨巴眨巴眼,说:

"我们干啥子事了?你挑明,就是死了也不落个冤枉鬼嘛!"

王家烈用手一指:

"你们见郑不凡说什么了?"

"咳,原来是这个。"白师长嘿嘿一笑,"逢场作戏嘛,你怎么当起真来?"

王家烈更火了,把桌子又啪地一拍:

"好一个逢场作戏!我问你,你姓白的原来是一个什么,你不过是一个不为人知的小排长。你现在在遵义城有高楼大厦,在银行里有大笔存款,现在你是一个师长了,你倒想把我一脚踢开。姓白的,你摸着良心想一想吧!"

白师长的脸,红一阵,白一阵,正要上前争辩,赫师长拦住他,满脸赔笑地走上前说:

"表哥,你别生气。郑主任我们确实见了,是他找我们的。我们并没有许他啥子,也不过是几句空话。"

"空话?啥子空话?你也不老实!"王家烈气愤地说。

白师长一看是个说话机会,就抢上去,说:

"大哥,你刚才说话,是一时气恼,说过分了,我这当兄弟的,也不能同大哥计较。大哥对我,确是恩重如山,可是,大哥,你是个聪明人,你在官场上混过,你想必知道蒋介石现在势力很大,除了共产党谁不怕他?他现在名义上是委员长,实际上也就是当今的皇帝;他今天派人来,也就是过去的钦差大臣。钦差大臣说的话我们就是不赞成,是不是也得应付几句? 别说我们年轻无知,就是你老哥遇到这种场合,人家去找你,也不能拍屁股就走嘛!"

这个白师长如此能言善辩,竟把王家烈的怒气泄去了一半。王家烈竟一时不言语了。白师长觉得意犹未尽,就向王家烈身边贴近,继续用他那三寸不烂之舌亲昵地说:

"大哥,我问你,看问题你是看表面,还是看内心? 你要看表面,那我啥子话也不讲了;你要是看内心,小弟我倒是有几句话想说一说。大哥,咱弟兄在一块不是一天半天了,啥事我不是向着你? 他郑主任虽然有权有势,我的心就真的向着他了? 不要说他,就是蒋介石,我的心也不会真向着他! 大哥呀,你的大恩大德,我报还报不及呢,我怎么能够对你有二心呢? ……"

白师长的才能没有白费,头一席话,使王家烈的气消了一半;这一席话,使王家烈基本上恢复了正常的表情。王家烈刚想要说点什么,白师长又乘机扩大战果,上前抓住王家烈的膀子,无限委屈地说:

"大哥呀! 大哥! 你可把小弟我屈死了呀! 你骂我打我都可以,你不能这样屈我呀! ……走,走,咱们一起到城隍庙去!"

"到城隍庙去干啥子?"王家烈拿出大哥的架势申斥道。

白师长神色异常激动,坚持地说:

"大哥,咱们是磕头弟兄,咱们是在神灵面前烧过香,盟过誓的。今天出了这事,咱们还得到那里盟个誓,这样当大哥的放心,当小弟的我也不觉着屈了!"

白师长说着,眼里几乎要滚下泪来。

王家烈的语调和缓下来:

"嘻,说清楚就行了,不要去了。"

白师长连忙摆手说:

"不不,一定要去! 你已经不把小弟当人看了。"

赫师长见此情景，就插进来说：

"反正也不远，去去也好。不然我这心里也不好受。"

两个人半劝半推，就一同往城隍庙走来。城隍庙确实不远，几乎就在隔壁，没有多大工夫，三个人就来到那座虽然败落但仍旧气象森严的阎罗宝殿。

阎王老爷正襟危坐在高高的祭坛上，浑身蒙着厚厚的灰尘。而那粉面绣服，依然显得雍容华贵，气宇不凡。白师长仰面看了看阎王老子和两侧狰狞的牛头马面，也不管是否有失军官的体统，就扑通一声跪倒在地，用近乎朗诵诗的音调恳切说道：

"阎王老爷在上，过往神灵听真：我白某与王大哥结交已数年于兹，情同手足，肝胆相照。今后如心怀二志，定遭五雷轰顶，五马分尸，肝脑涂地，万剐凌迟。……"

说过，磕了一个头。王家烈将他拉起来，说：

"嗐，兄弟，有个意思就行了，何必说得这么重！"

白师长两眼泪汪汪地呜咽着说：

"如果我有二心，我那良心就算叫狗吃了！"

赫师长跪下来磕了一个头，刚要盟誓，王家烈于心不忍，一把将他拉起来了。

王家烈夫妇既然制定出了较为妥善的方案，现在内部团结又已得到巩固，于是他就郑重其事地通知了郑不凡：决定辞去省主席职务，专任二十五军军长。郑不凡当天回贵阳向蒋介石回报，第二天报纸上就公布了王家烈辞去省主席的消息；就在同一张报纸上，公布了新的省主席的任职。同时，还公布了由汪兆铭署名的行政院二三五六号训令。训令称：

案准国民政府文官处二十四年四月十九日第二零七五号公函开："案奉四月十七日国民政府令开：贵州省政府委员兼主席王家烈呈请辞职，专理军务，情词恳切，王家烈准免贵州省政府委员兼主席职。此令,又奉令开,任命吴忠信为贵州省政府委员。此令,又奉令开,任命吴忠信兼省政府主席。此令,各等因;奉此,除由省府公布并填发任状外,相应录案,函达查照。……"

经过几天的折腾,王家烈已被弄得心力交瘁,疲惫不堪。幸而这步棋总算平稳度过,获得了暂时的平静。但是过了没有几天,那个侍从室主任又从贵阳衔命而至。他表示,王军长此次辞去行政职务,专理军务,委员长甚为高兴。为了使二十五军成为日后劲旅,决定加强整理训练,并由中央军政部直接发饷,今后财政来源就不犯愁了。王家烈听到此处真是欢喜不尽。不过其中有一个条件,却是极其严苛的,这就是要将现在的五个旅十五个团缩编为两个师六个团。而且要经过点验才能发饷。且不讲削减部队对靠枪杆子起家的王家烈是多么痛苦,即使忍痛割爱,也要将部队集中起来,才能进行整编。可是薛岳却不许他的部队随意调动。这就把他置于异常狼狈的境地。何况他的部队已经欠饷一个多月了,部队官兵颇有些不稳,这样一来形势将更加严重。

这天早晨,王家烈在军部正向郑不凡求情,想让军政部在整编前先发点饷救急,忽然听到外面人声嘈杂,大喊小叫,杂乱的脚步声越来越近。王家烈刚要询问究竟,只见军部的王副官慌慌张张跑了进来,连声说:

"报告军长,不好了,军部被包围了!"

王家烈镇着脸,申斥道:

"胡说!共军已经到云南去了,谁来包围我们?"

"不,不,不是共军!"

"那是谁?"王家烈一惊,"是中央军吗?"

"也、也不是,是我们自己。"

"我们自己?"

"是白师长的兵,闹饷来了!"

王家烈心中又是一惊。过去军阀部队闹饷的事他听说过不止一次,但是亲身经历,这还是初次。他正思索着怎么对付,外面已经呼雷撼天地嚷起来:

"叫王军长出来!"

"叫王家烈出来!"

郑不凡眯着眼,似笑非笑地撇撇嘴说:

"王军长,你就出去看看吧!你的部队怎么还出这种事呀?"

王家烈脸红耳赤,欲对无词,一腔怒火按捺不住,就气冲冲地跑了出去。

这时许多士兵已经乱糟糟地拥进了院子,看样子有一个营还多。这些人都是徒手,个个怒目横眉,衣冠不整,显然早不把他这个军长放在眼里。有几个勇敢分子还冲到离他不远的地方,乱糟糟地喊道:

"王家烈,你为什么拖欠我们的军饷?"

"王家烈,你家里有妻子老小,我们家里也有妻子老小嘛!你大鱼大肉吃着,叫我们喝西北风吗?"

"王家烈,你说说,把钱都存到什么地方去了?"

"放在外国银行里生儿子去了!"

怒骂之中,又引起了一阵笑声。

王家烈整个一张脸变成了一块红布。他再也忍耐不住,就敞开嗓门骂道:

"你们是哪个营的,快给我滚回去!"

他的嗓门很大,要搁平时,会把人吓得魂飞魄散,现在却失去了作用。人群中还有人叫道:

"王军长,你样子好凶哦!你把饷发给我们不就完了!"

人们又是一阵大笑。

王家烈见压不下去,厉声说:

"你们是哪个营的？营长出来！"

王家烈似乎看见后面藏着一个军官,影子一晃又不见了。

王副官见王家烈无计可施,就附在他耳边低声说:

"是不是请郑主任代表中央说上几句?"

王家烈眼珠骨碌一转,点了点头,就立刻回身进门,来到办公室找郑不凡。郑不凡在沙发上安安稳稳仰着,大腿压着二腿,一只脚高高跷起,十分悠然自得。

王家烈躬身赔笑道:

"郑主任,请您帮个忙吧!"

"这个忙,我怎么帮呀?"郑不凡眯着眼笑着。

"您出去代表中央讲上几句,内情你是都知道的。"

郑不凡立刻摇摇头,说:

"不好。我一个外来人,怎么好干预你们的内政呢?"

王家烈再三哀求,也是无用。这时,他肚里冒火,头上冒汗,真急得快要哭出来了。外面的叫骂声又沸腾起来,无奈只好又跑了出来,当着众人磕磕巴巴地说:

"弟、弟兄们！弟、弟兄们！你们跟我王家烈至少也有好几年了,我是不会亏待你们的！可是我王家烈现在是哑巴吃黄连,有苦难言,有苦难言呀！你们的苦处我也知道。你们先回去,我一个礼拜之内给你们发饷,就是当了裤子也得把饷给你们发下去！"

他最后一句话说得很有力量,甚至引起一片笑声,情绪立刻缓和下来。王副官乘机大声喊道:

"弟兄们！军长已经答应了你们,你们还呆着干什么,快回去吧！"

士兵们得了胜利,相顾而笑,纷纷散去。

这时,郑不凡才从里面缓步而出,望着王家烈笑道:

"唉,王军长,你连自己的部队都控制不住,还怎么当这个军长呢？以前,杨虎城转不过弯的时候,就自动让开一下,后来蒋先生还是请他回西安了嘛!"

王家烈羞愧难当,流着眼泪回家去了。

一个礼拜之内关饷,不过是王家烈机智应变的退兵之策,实际上反使自己陷入更大的困境。在一连几日内,他三番五次向郑不凡要求,先借一部分款子以济燃眉,而郑不凡却说,委员长已有训示,不搞好整编,不先行点验不能发饷。找白、赫二师长商议,二人已避而不见。真是山穷水尽,聪明的夫人也宣告智穷无术。眼看一周之期将满,王家烈夫妇最后议决:与其在群起而攻之中狼狈逃窜,倒不如主动辞去军长职务,还有几分体面。

这样,在一礼拜将要期满时,王家烈随郑不凡到了贵阳,来见蒋介石。蒋介石听到王家烈亲口说出要辞去军长职务,这次是真正从心里笑了。不过他还颇带几分惋惜的口气说:

"你想好了吗?"

"想好了。"王家烈咧着大嘴苦笑。

"唉唉,真是太辜负你了!"蒋介石叹了口气,"不过,我是不能亏待你的。你到我身边工作,我要发表你一个中将参议。你还可以进进陆大,我跟他们说一声,可以免予考试。"

"这我可要谢谢委员长了。"王家烈说,"委员长,你看我是否可以到外洋考察一下?"

"中国也有许多可看的嘛!你可以到国内各地转转。"

王家烈见被拒绝,再多坐也无益,就说:

"委员长,您看我什么时候办交接?"

"急什么,不忙嘛!"蒋介石显示出一副豁达大度的派头。但紧接着眼皮向上翻了翻,眼珠一转,又说,"张学良来这里汇报工作,明天要启程回武汉,你就跟他一起走吧!"

谈话到此结束。王家烈一生苦辣酸甜、五味俱全的创业史也基

本上就此结束。当王家烈走出大厅的时候,郑不凡对蒋介石笑嘻嘻地说:

"恭喜委座!贵州总算统一了!"

蒋介石也笑容满面,带着颇为自负的口气说:

"只要这世界上,还有人喜欢钱,还有人想当官,我蒋某人就有办法!"

"而且,这次花的代价也不多嘛,通共也不过七八万块钱!"郑不凡也满意地说。

这个不幸的消息很快为王家烈的夫人所获知,她真是五内俱焚,肝肠寸断。她发挥了出色的组织能力,在短时期内竟联络了十几个团长共同签名,向蒋介石提出对王将军的挽留。而当挽留信寄出的时候,王家烈已经坐飞机飞上天空去了。

当天,已被免去警备司令职务的王天锡跑到万淑芬那里,揭开了一个谜底:原来在郑不凡第一次到达黔西县城的时候,白师长和赫师长都已接受了收买,白师长得款五万元,赫师长得款三万元。包围军部闹饷的事,也是他们按预定计划煽动的。蒋介石作为报答,已将他们正式列入中央军系统的编制,两人分任一〇二、一〇三师师长。

万淑芬不听则已,一听真是愤不欲生,牙齿咬得咯嘣咯嘣作响。她最后恨恨地说:"他们挖我的墙脚,我也要挖他们的墙脚!这两个吃里扒外的狗东西,想当官想疯了,我要把他们的团长挖过来,叫他们这个师长也干不成!"

万淑芬是一个敢作敢为的女子,她这样说了,也就这样做了。第二天晚间,她就约了几个心腹团长,来到家里夜宴。其中还有一个神秘人物,就是广西桂系中的一位特使。在酒宴进行中间,万淑芬忽地立起身来,慷慨陈词,历数蒋介石排除异己的种种恶行,说到沉痛处,不禁声泪俱下。她要家人拿了一个大海碗,把酒斟满,然后捉了一只鸡,割断咽喉,将鸡血滴到大海碗里。然后说:

"我这回是反蒋介石反到底了！我们家烈辛辛苦苦拉起来的队伍,他想一口吃掉,他办不到！他不发饷,我们有地方发饷。这不是,广西已经来了人了,你们愿去的,就把这酒喝下去。"

说着,万淑芬端起一大碗鸡血酒来,两眼含泪,一连喝了几口。其他人也接过来,一个个喝了。

这席酒边喝,边说,边骂,边哭,差不多喝了一个通夜,直到第二天早晨,人们才纷纷散去。万淑芬把人们送走时,送报人已经送来了《贵州日报》,她展开报纸一看,头版头条赫然登着一个大大的标题:

共匪朱毛残部西窜,贵州境内已无战事。

（三十三）可叹贺子珍连遭不幸。她生育尚未满月又负重伤。这弹片在毛泽东内心深处激起了怒澜。他宣称,即使再增加几十万敌军,也挡不住红军北进。

当红一军团佯攻贵阳,蒋介石手忙脚乱的时候,红军主力和中央纵队已经越过湘黔路,迤逦西南,连克惠水、广顺、紫云,越过北盘江,向云南大踏步前进。这时红军前进的方向,与驰援贵阳的滇军,正好相背而行。毛泽东佯攻贵阳的目的,本来就是为了调出滇军,他说:"调出滇军就是胜利。"这一着是完全实现了。这样就把蒋介石的几十万围剿军,远远抛在后面。比起前几天,部队在精神上显得轻松多了。再加上遵义大捷所激发起来的欢乐情绪,也还没有过去,那些兴国老表们,在行军途中,总是不断地要亮亮他们的歌喉。

从贵阳向云南走,一路都是上坡。那些圆圆的馒头山、尖尖的草帽山,以及那些瘦瘦的桂林风味的小山渐渐看不见了,山势渐渐高耸起来。

这天,大军进入盘县县境,再往西去就是云南省界了。董必武率领的休养连来到一个小小的山村,村庄平淡无奇,却有一个有趣的名字,名叫猪场。这时,夕阳已经衔山,霞光还很明亮。设营人员进村号房子去了,大家就在村边,靠着山边田埂休息起来。因为大家觉得天已薄暮,不会再有什么事了,人马的防空伪装就统统揭去。那时,由于敌人空军镇日价穷追不舍,对红军威胁很大,部队对伪装的要求是很严格的。每个人都扎有用草或树枝编成的伪装盔,骡马和担子也不例外。

休养连的连长侯政和指导员李樱桃,还有一些青年人围着董老说说笑笑。大家对猪场这个村名兴趣很浓,都说,贵州这地方真怪,已经到过两个猪场了,也没有看见有多少猪;羊场、牛场也是这样,虽然不多却总是有;至于猴场那是一只猴子也没有,这是为什么呢?樱桃就笑着说:

"董老,你学问大,你来给大家讲讲。"

董老捋捋他的胡子,笑道:

"我学问不大,可我注意调查研究。你问问老百姓就知道了嘛!这里讲的猪场、牛场、猴场,都是讲的赶集的日子,是用十二个属相来命名的。并不是讲猴场,就是猴子很多。"

樱桃听了,又笑着问:

"还有那个懒板凳呢?咱们部队在那里抓了不少俘虏,咱们也走过几次,就不知道为什么叫懒板凳。"

"这个还亏我问了一下,不然真叫你考住了。"董老笑着说,"懒板凳就是那种又长又宽的大条凳,也叫春凳,摆在那里是成年不动的,所以贵州人就这样叫它。那个街上我见有几家客店,大概是有这种懒板凳的。"

大家听得津津有味。董老见时光尚早,就说:

"樱桃,你的山歌唱得好,你给大家唱个歌吧!"

董老一提,大家就立刻起哄。因为樱桃是个歌篓子,不单在江西、福建跟那些疯丫头们学了许多山歌,还常常能触景生情地编一些,所以大家很喜欢听她唱歌。樱桃见大家催她,也不太推辞,就掠了掠额上的短发,站了起来,手里托着一顶红星军帽唱道:

　　哎呀嘞——
　　十月里来秋风凉哟,
　　中央红军远征忙哟,
　　星夜渡过于都河哟,
　　古陂新田打胜仗哟。

她的歌声还没落地,大家便一片声喊起来:
"不行,不行,这歌老掉牙了!"
"来个新的!"
"来个你自己编的!"
樱桃用她那滴溜溜的眼睛向大家一转,笑着说:
"嗬,你们的要求很不低呀!"
说着,略一思索,又唱起来:

　　哎呀嘞,
　　三月里打回贵州省哟,
　　二次占领遵义城哟;
　　打垮王家烈八个团哟,
　　消灭薛吴两师兵哟。

歌声一停,大家便热烈地鼓起掌来。她的歌不同于演员的歌,有一种天然去雕饰的妩媚,何况歌词也符合大家的心意呢!大家刚要掀起那个"好不好,妙不妙"的波澜,她眼珠一转,说:
"有一个女同志唱得好极了,你们请她唱个好不好?"
"你说的是谁?"人们问。

樱桃笑着冲贺子珍一指：

"你们没有听她唱过吧？她唱得比我好听多了。"

贺子珍这时坐在一个小坡坡上，比大家的位置稍高一些。由于生孩子尚未满月，头上还蒙着一块白毛巾，脸色依然苍白，就像白牡丹的花瓣。她正很有兴致地听樱桃唱歌，没有料到那"死丫头"突然点到自己，脸上便泛起一层浅浅的红晕。江西山歌她自然会唱，但她平时在人前就不太爱说，何况是唱歌呢！

"对对，欢迎贺子珍唱一个！"大家纷纷地嚷。

贺子珍有几分害羞地推辞着。但是，她终于抵不过那热情的波浪，还是勉勉强强地站起来了。

当贺子珍刚唱了一句"哎呀嘞——"，董老便摆手让她停住，因为隆隆的飞机声已经传到耳际。大家抬头一看，一架又黑又大的敌机，突然从山后哇的一声像贼一样地蹿了过来。由于它飞得低，地面上人和马都揭去了伪装，药箱子上的铁皮闪闪发光，自然，这一切它看得清清楚楚。尽管董必武、侯政、樱桃喊着叫大家隐蔽，已经来不及了。人们还没有跑出几步，那架飞机张着宽大的黑翼已经俯冲下来，咕咕咕打了一阵机关炮，接着又扔下几个炸弹，才扬长而去。休养连刚才休息的地方，已为几支粗黑的烟柱所笼罩。

侯政从地上爬起来，拍拍身上的土，等烟气消散，才发现不见董老哪里去了。原来一颗炸弹正落在他们上面的田坎上，他仔细一看，才看见董老的大半截身子全部埋住，只露出头和胸部，帽子和两肩也全是土了。侯政和众人急切地跑上去扒土，才把董老扒了出来。董老还一边拍土，一边笑着说：

"他们想提前活埋我呀！"

这时，只听樱桃在那边喊：

"快来吧，贺子珍负伤了！"

董必武一惊，挥挥手说：

"快,到那边去!"

说着,董必武和侯政等人立刻向一个小山坡跑去。只见贺子珍修长瘦弱的身子软软地躺在小土坡上。她头上包着的那块白毛巾,早被炸弹的巨风吹到一旁。樱桃正俯下身子看她的伤势。董老他们走近细看,见贺子珍的头上、胸脯上、膀臂上,全是鲜血淋淋,一身灰军衣已有多处被弹片撕破。她两眼闭着,已经昏迷不醒。毛泽东派来照顾她的警卫员吴吉清,眼泪滴滴答答地说:

"这怎么办?这怎么办?"

侯政和樱桃粗粗地检查了一下,除腿部不曾负伤外,上身共负伤八处,其中头部和胸部负伤最重。

董必武想到贺子珍生孩子还不到一个月,刚刚能够骑马,现在又出了这事,心中甚为难过。同时,自己作为休养连的支部书记,一时疏于防范,愈感心中不安。为今之计,只有迅速采取措施,挽救她的生命。想到这里,他立刻果断地说:

"快抬到村子里手术!天黑了,就更不好办了!"

"要不要通知毛主席呢?"侯政问。

"当然要,派个骑兵通信员去。"

侯政一面派通信员,一面叫了一副担架。樱桃和吴吉清小心地把贺子珍抱到担架上,在模糊的夜色中送往村子里去了。

这次突然而来的空袭,使休养连损失不小:除贺子珍外,还有两人受伤,两人牺牲。侯政让董必武带队先进村休息,自己带了几个人在后面掩埋牺牲的同志。等到诸事完毕,已经七八点钟了。

这里离村庄还隔着一大片稻田。夜色很浓,侯政就叫通信员点起马灯,沿着田埂向村子里走去。刚刚来到村边,就听到村西大道上卷来一阵急雨般的马蹄声。说话间,约有五六匹马来到村前。首先跳下一个人来,跑过来问:

"这里住的是休养连吗?"

侯政借着灯光一看,是毛泽东的警卫员小沈,就说:

"毛主席来了吗?"

警卫员看出是侯政,就说:

"来了,傅连暲医生也来了。"

说着,身披大衣的毛泽东已经下马,大步跨了过来,声音急促地问:

"侯政,你们遭到空袭了吗?"

"是,我们太大意了。"侯政深感歉意地说。

"伤亡怎么样?"

侯政简要汇报了伤亡情况,最后迟迟疑疑地说:

"就是子珍同志的伤比较重些。"

毛泽东没有说话。在夜色里看不见他的表情,但能感觉出他的感情十分沉痛。

傅连暲在旁边以行家的口气问:

"手术了吗?"

侯政回答说,已经派李治医生去了,也许正在手术。

说过,侯政领着毛泽东一行向街里走去。一个警卫员留在后面遛马,因为每一匹马都跑得像水洗过似的。

由于董必武事先得到讯息,这时,正提着马灯从一个院子迎出来。毛泽东上前握住他的手说:

"董老,你这次很危险啊,没有事吧!"

"没有事,没有事。"董必武笑着说,"它想要活埋我,我不接受。"

说着,他指指前面一个小院:

"子珍正在做手术呢!"

董老提着马灯,在前面引路,很快进了一个院子。看来这是一个中等人家,院子不大,房舍倒还整齐。上房屋里正亮着灯光。窗子上晃动着几个人影。

董老轻轻打开房门,毛泽东走了进去。贺子珍正静静地躺在担架上。担架下面铺着很厚一层稻草。桌子上点着一盏带罩的煤油灯,女护士手里还举着一盏马灯,戴眼镜的一向很有自信力的李治,手里拿着一把镊子,正弯着腰聚精会神地往外夹取弹片。他发现是毛泽东、董必武和傅连暲走了进来,慢慢地直起身,耸了耸肩,苦笑着说:

"很难搞哇!什么也没有,麻药也没有,这样重的伤真受罪呀!"

毛泽东弯下腰,仔细端详贺子珍,见她仍然处于昏迷状态,眼睛紧紧闭着。脸色惨白得像一张白纸。脸上的血虽已洗净,又有一股血从她的秀发中渗了出来。一身灰军衣血迹斑斑,被弹片撕裂了数处。毛泽东摸了摸她的手腕,觉得脉息十分微弱。尽管他以强大的意志力控制着自己,人们还是发现,这位在千军万马中从容镇定的统帅,脸色渐渐变得苍白。

"按道理应当先把头上这块弹皮取出来,"李治用镊子指了指犯愁地说,"可是太深了,不好办哪!"

李治说过,还特意看了看傅连暲。傅连暲点点头,郑重说道:

"先处理好取的也行。一次取不完,下次再取也行。总之要保持病人稳定。"

李治犹豫了一下,轻轻地解开贺子珍胸前的扣子,那里正嵌着一块较大的弹片。他用镊子夹着棉花球擦了又擦,最后夹着弹片一狠心猛地夹了出来。只见贺子珍眉头一耸,猛地"哎哟"了一声。

"子珍!子珍!"毛泽东拉着她的手叫着,贺子珍没有回应。刚才她的叫声不过是过度疼痛引起的反应,并不是真的醒转来了。毛泽东轻轻地咬着嘴唇,额头上已经渗出几粒细小的汗珠。

董必武望望毛泽东,又望望众人,说:

"润之,我看你还是回去歇歇吧!这里一切由我们负责好了。我想,只要把弹片取出来,情况就会好转的。"

李治把夹出的弹片呛啷一声扔到搪瓷盘里,笑着说:

"毛主席放心吧,都包在我们身上好了。"

毛泽东又深深地望了他的爱妻贺子珍一眼,才退出门外。他是一个坚强的人。据熟悉他的人说,他一生只在三种情况下流过眼泪。一是他最听不得穷苦人的哭诉,每每流下眼泪;一是跟他的警卫员、通信员牺牲时,他止不住流了眼泪;再就是今晚为爱妻的生死未卜流下的眼泪了。但是因为夜色的掩护,随行的人都没有看出来。

董必武、侯政等一直送他到村头上,他一句话也没有说。毛泽东平日雍容大度,潇洒自若,他不大发脾气,也不常激动,但是发起脾气,激动起来,有时也很厉害。他平时更像一湾宽阔的、幽深的江水,有时也会像大海的狂涛。他有哲学家的冷静,也有诗人的热烈。今天,他见到自己年轻的妻子,在那样难堪的生育之后,又连遭大难,心里的绞痛,真是难以形容,而对敌人的仇恨,却像烈火一般蒸腾起来。他在上马前同大家一一握手,然后充溢着强烈的情感,十分激动地说:

"让他们炸吧,让他们剿吧,让他们堵截吧,我可以告诉他们,就是他们再加上几十万人,也挡不住我们红军北进!"

伴随这句话,他打了一个强有力的手势,指着北方。

说过,他立刻翻身上马。傅连暲和警卫员也纷纷跨上马去。顷刻间,大道上就响起一片马蹄声。这马蹄声今晚听去是这样激越,不同寻常。它几乎使董必武和侯政的心都颤动起来。然而不一刻就渐渐远了。

第二天早晨,担架班长丁良祥接到了一个条子:

老丁同志:

  我派你明天去抬贺子珍同志。今天傍晚敌机轰炸,她受了伤,带了好几处花,不能走路。

毛泽东即日

丁良祥,江西人,是南方人中少见的大个子,体魄魁伟,和毛泽东的个子不相上下。他接到这个条子犹豫了。因为毛泽东从江西出发,就以病弱之身踏上征途,加上一贯夜间工作,早晨难以乘马,这样就给他配了一副担架。如果离开怎么行呢? 想到这里,他就来找毛泽东。

　　"毛主席,我走了你怎么办?"

　　"我骑马嘛!"

　　"你夜间不睡,骑在马上又爱看书,还不摔下来?"

　　"我不看书也就是了。"

　　丁良祥眨巴眨巴眼,迟迟疑疑地说:

　　"休养连也有担架嘛!"

　　"老丁呀,"毛泽东拍拍他厚实的肩头,"你不知道,后方困难哪!你去了,她那副担架就可以腾给别人了。"

　　丁良祥点点头,不言语了。临走又说:

　　"好,那你骑马可要注意一点!"

　　说过,跨出门外。

　　"老丁,你等一等。"毛泽东提着一个小包追出来,"这里有十几个鸡蛋,你带给她吧。"

　　丁良祥接过小包,笑了一笑,走出大门去了。

　　(三十四) 风光旖旎,春色如酒,怎比得女战士如火柔情;千种磨难,万种伤痛,在绵绵抚爱中都化作一片烟云。

　　"这云南地界,到底不一样了……"

　　不知是谁说了一句,把担架上的贺子珍惊醒了。她微微地睁开了眼睛,觉得阳光耀眼,有点不适应的样子。继而睁开眼,望了望那碧蓝碧蓝的天空和周围的景物,才觉得确实不一样了。在贵州几乎每天都是雾沼沼、湿漉漉的,有时整整一天,都像是在云中行进。这里是多么澄明的天气呀!尽管周围还是山,是永远也走不完的山,但毕竟开阔些了,山谷里是一大片一大片的稻田。村庄多半靠着山坡和山根,似乎比贵州大一些,瓦房也多一些。有些房子修得瘦而高,乍一看像楼屋似的。尤其不同的,是土的颜色变了,放眼看去,都是红壤,它和故乡江西是多么相似啊!

贺子珍在负伤后的两三天里,一直处于昏迷状态。由于失血过多,全身无力,她像永远也睡不够似的。这几天好了一些,渐渐清醒过来了。也正因此,她觉得伤口疼痛难禁,比前几天更要难熬。她的思维活动也越发纷繁,就像飞渡的乱云。

在更多的时间里,她还是在想两个多月前生的那个孩子。孩子现在究竟怎么样了?她是否还活着?那个不知姓氏的苗家究竟会怎样待她?这都是些永远难以得到答案的事。而且当她想到这孩子的时候,往往和留在瑞金的小毛毛叠印在一起。认真地说,她只是看了这孩子一眼,孩子的形象已经十分模糊了。所以她只能假定她就是毛毛的样子。她真后悔,自己为什么不多看一眼,把孩子的样子记得更真切些呢!

"过河了!烂脚佬,你要当心一些!"

贺子珍听出来,是担架前面的丁班长在关照后面的老刘。老刘也是从江西来的担架员,因为长途跋涉,脚趾碰破以后,一直溃烂流脓不止,就得了"烂脚佬"这个诨号。每当贺子珍看到或想到老刘的那只烂脚就心疼不已,坐在担架上实在难受。可是他却总是乐呵呵地面含笑容。

"老丁,没得关系,走你的吧!"

两个人说着,已经踏进了一条并不太宽的山涧小河。哪知这小河虽不宽,石头却不少,走了没有多远,只听老刘"哎哟"了一声,在水里打了一个趔趄,才勉强站住脚步。

"烂脚佬,我刚才要你注意点嘛!"

"嘿嘿,我踩偏了……"老刘并没有多做解释,他就是这样"嘿嘿"一笑完事。

可是担架上的贺子珍,心却往下一沉。她知道老刘的那只烂脚一定是碰到石头上去了,老刘虽然勉强笑着,实际上该是多么疼痛难忍,否则这个硬汉子是决不会出声的。她想到这里,反而觉得比碰到自己的伤口还要难受。

小河过去了。只听老丁在前面又喊:

"掉队了,烂脚佬,快一点吧!"

"好,好。"

二人小跑着向前赶去。这是行军的规律,只要遇到难走的地方,前面一停一跑,他们就要落下很大一段距离,必须用跑步才能弥补,否则就会越掉越远。最坏的情况是,有时刚刚赶到宿营地,别人就出发了,那就再也找不到休息的时间。贺子珍知道这种走走跑跑是最累人的,何况是对于"烂脚佬"呢,他在跑步时一步步该是忍受着怎样的剧痛!

"该爬山了,烂脚佬,你到前面来吧!"

"好,好。"

两个人一掉头,掉换了一下位置,老刘换到前面去了。这是一种必要,同时也是丁班长的好意。因为上山时,担架的重量一下子就集中到后面那个人的肩上,后面那个人个子高些也比较有利。可是抬前面的人也并不轻松,如果坡度很陡,他就需要双膝着地,缓缓爬行,才不至于把伤病员摔下来。这时坐担架的人心里会很难受的。一般说伤势稍轻一些的人,遇见这种难走的路,就会自动下来走了。可是贺子珍呢,她全身八处伤,慢说下来,就是动转一下也谈何容易。这时,她从感觉上得知,这样陡峭的山,老刘准是一步一步又在膝行。她想起老刘裤子上那两个磨破的膝盖,真想要哭出来。

"我把大家真拖累苦了!"她暗暗地对自己说,"我的伤这样重,能不能好还是个问题,如果不能好又何必这样连累大家呢?"

她看了看跟在担架旁边的警卫员小吴,又看了看肩宽背厚的老丁,不禁又想起自己亲爱的丈夫。为了自己的伤,他把自己的警卫员和担架员都派来了。而他也不容易,他行一天军,到晚间还要处理全军的行动和作战问题,得不到好好休息,第二天能在担架上睡一觉,那就是最难得的休息了。如今他把担架员派来了,他怎么办?他会不会从马上摔下来?长征以来已经有好几位领导人从马上摔下来了,而像贵州、云南这样的险路深谷,该是多么容易发生的事。为了我这样一个人,使整个的工作都受到影响又有什么必要呢!……

现在,担架已经过了山鞍,沿着盘山小路缓缓而下。

小吴见贺子珍张了张嘴,没有说出声音来,就抢上两步,问:

"子珍同志,你是想喝水吗?"

"不,你去请李指导员来一下,我有事。"

小吴快步赶上去,告诉了樱桃。樱桃就走出行列,在路边等候。贺子珍上来了,她就走近担架亲切地问:

"子珍,你不舒服了吗?"

"不,我有一个想法想同你商量。"

"你说。"

"我想还是把我寄了。"

"什么?"

樱桃吃了一惊。在长征路上,人们最害怕的就是这个"寄"字。一说要"寄"谁,就等于宣布这个人生命的结束。人们心里都明白,这是凶多吉少。所以"寄"就成了一个不祥的词汇。可是,贺子珍今天却主动提出要"寄",这是怎么回事。樱桃睁着大大的眼睛。

"樱桃,我实在太累人了,把大家都拖苦了。你们把我寄下,将来胜利了,我还可以去找你们……"

贺子珍说着,泪从她苍白的脸颊上涔涔而下。

"不,那绝对不行!"

樱桃显得十分果断。她安慰了贺子珍几句,就跑上去报告董老。董老吃惊地说:

"那怎么行!不过这事应该报告泽东同志知道。"

樱桃就坐在路边等候毛泽东上来。

毛泽东睡得最晚,往往也出发较迟。每到一地,按照他的要求,警卫员先安排办公的地方,也就是说,把老百姓的门板支起来,当做桌案。如果门板少,不够搭铺,他就同警卫员滚在一起在稻草铺上睡了。因为睡得过晚,他睡下时也就快到了别人起床的时间。由于敌人经常在后边衔尾而追,又不能起得过迟。当时,干部团担任总部的警卫,干部团团长陈赓就特别指定一个干部来关照毛泽东的起床和出发诸事。如果他起床过迟,就要去督促一下。毛泽东往往因起床过迟,饭也顾不上吃就立刻出发。等走上一二十里路才吃早饭。而这时,盛在蓝瓷饭盒里的饭早已冷了,如果邻近有老百姓,就去烧一点开水,或要一点热米汤拿来泡饭。

樱桃在路边久等不至,就骑上马向回走了一程。果然在村边一棵大树下,见毛泽东正坐在那里吃饭,警卫员在旁边守候着他。樱桃走过去,瞅了瞅,见饭盒里仅有一点辣椒,不无怜惜地说:

"毛主席,你天天吃冷饭怎么行呀!"

"不不,我刚才还要了一碗热米汤呢。"他笑着说,"樱桃,子珍这几天怎么样?"

"还好,就是她提出了一个问题。……"

"什么问题?"毛泽东仰起脸,停住筷子。

"她要求寄下。"

"为什么?"毛泽东一惊,把饭盒放到一边去了。

"她说,太拖累人了。"

"噢,这个,我去找她谈谈。"

毛泽东把剩下的饭,三口两口就扒了下去,随即上马,同樱桃一起奔往前面去了。

不一时,便赶上了休养连。毛泽东老远就看见了丁班长那个大个子,在路边下了马,走到担架旁边。贺子珍闭着眼睛,脸色苍白得厉害,连平日的红唇也成了白的。

毛泽东向两个担架员打了招呼,接着轻轻地唤了一声:

"子珍,你怎么样?"

贺子珍睁开眼睛,一看是毛泽东,先是有点惊愕,接着脸上浮出幸福的微笑。

"伤口疼得很吧?"毛泽东走在担架旁边,边走边问。

贺子珍微微地摇了摇手,算作回答。

"那你为什么要寄下呢?"

"我把你们都拖累苦了……"

贺子珍说着,泪蛋子一个接一个地滚了下来。

毛泽东心里一阵难受,拭去她的眼泪,安慰道:

"怎么能说这个? 不管情况多么恶劣,我们都会把你带出去的。"

"不,我不是这个意思,我是说我影响了大家,也影响了你。……前面就是金沙江,这么多伤员,怎么过得去呢!"

"快不要胡思乱想!"毛泽东声音里充满一种有力的东西,"不管别人怎么想,至少在我个人,我认为金沙江是一定过得去的。"

贺子珍没有再说什么。她望望毛泽东又黑又瘦的脸上,两眼炯炯有神,似乎包藏着一种钢铁般的意志。相比之下,她觉得自己太脆弱了。

毛泽东安慰了她一番,把她的乱发理了一理,把白毛巾给她盖好,随着担架走了很远的路。

毛泽东不时望望贺子珍苍白的脸,心里不胜酸楚。看来她的危险期并未度过,仍处在生死未卜之中。这不能不引起他的深深的忧虑。也许是将要失去她的隐隐恐惧,使他想起她的种种好处。

一九二七年的十月,当三十四岁的毛泽东率领着秋收起义失败的队伍,万分疲惫地爬上井冈山时,他就看到这位井冈山上最早的女战士了。那是在井冈山窄窄的山径上,毛泽东披着满身风尘,穿着一套灰色中山装,拐着一双磨伤而又化脓了的脚,来与山上的农民武装的领导者贺敏学(贺子珍的哥哥)、王佐、袁文才会面,队伍里就有这位年轻秀丽的姑娘。其时,贺子珍已经是中共党员,并且有了一些战斗经历。也许革命与战争,使人们美好的品质最容易显现,这一对不期而遇的革命者,在共同斗争中,爱情的种子就悄悄发芽。这是毛泽东在枪声与战尘中遇见的一位知己。随后,他们的感情就同这块中国最早的革命根据地一起建立和成熟,成为名符其实的战友了。

毛泽东的确从心里爱她。她不啻是这大山沟里一株活鲜鲜的山花。贺子珍不仅生得端庄秀丽,心地纯洁,而且相当勇敢。那些双手打枪之类的传说,自然是故乡人的夸张,而她作战勇敢确是事实。一九二九年初,红四军离开井冈山初下赣南,由于人地生疏,遭到强大敌军的突然袭击。前面一个团像潮涌般败退下来,团长林彪也往后跑。在这危急时刻,毛泽东立在桥头,一面鸣枪,一面呐喊部队就地抵抗。这时贺子珍手持短枪,和毛泽东一起制止退却,不肯离开毛泽东一步。另一次,贺子珍乘马突围,有两个敌兵紧紧追她,都被她击下马来。毛泽东见她脱险归来,真是喜出望外,拉着她的手连声赞美道:"我真想不到你还这样勇敢哩!"

那时,毛泽东和他的部队被封锁在深山穷谷之中,很少得到外界的消息。对他来说,这比物资的匮乏更难忍受。作为政治家,不了解情况,怎样来判断周围的形势呢?所以,他用种种手段,如饥似渴地搜取敌占区的报纸。贺子珍深深体会到这一点,有一次竟率领两个排乘虚打进瑞金城,为毛泽东搜集了各家大报。毛泽东看到这些报纸,"真如拨云雾而见青天,快乐不可名状"。他更加爱自己温柔而又勇敢的妻子了。

他们情深意笃竟到了这种程度:有一次,毛泽东要到下面检查工作,贺子珍为他整理了行装,在他临走时,竟忽然望着贺子珍说:"子珍,你能送送我吗?"这样,饲养员在前面牵着马,他们俩沿着枫树下的溪流又走了一程。还有一次,贺子珍回到久别的娘家去了,事先说好了要住几天,哪知隔了半天毛泽东就跑去了,贺子珍的父母好好地款待了毛泽东一番,当晚将女儿放回。

当然,两个人的关系也不是绝对协调。主要是贺子珍不愿调到丈夫的身边做秘书工作。在那革命与战争的年代,这是相当一部分革命妇女的共同心理。她们不愿依靠自己的丈夫,让别人说三道四,而愿独立地轰轰烈烈地干出一番事业来。因此,贺子珍在下面一个妇女军政干部训练班当主任,她就感到很惬意,而调她到毛泽东的身边,她就噘嘴了。她觉得毛泽东不培养她。"你好不晓事啊!"毛泽东责备她,最后还是用道理加爱情将她说服。在日常生活中,偶然的拌嘴也是有的。毛泽东一向爱吃辣椒,只要有了辣椒,不管饭食如何粗劣,都吃得心满意足。贺子珍也从来不忽略这一点。但是有一天,她看那半碗辣椒馊了,就把它倒了。毛泽东吃饭时一看不见那碗辣椒,不禁无名火起,他本来正在洗脸,连盆子带水通通掀翻在地。还有一次,毛泽东的亲密战友古柏负了伤,毛泽东招呼自己的妻子给他熬药,贺子珍正在看书,没有理。因为她觉得古柏的妻子就在身边,何必叫我给他熬药呢!毛泽东连说了两次,看见贺子珍纹丝不动,就恼了,立刻大发雷霆,指着贺子珍说:"我要开除你的党籍!"贺子珍也不客气地说:"我看你没有这个权利!"这事闹了好几天,毛泽东终于主动求和,赔笑说:"算了,算了,你是铁。我是钢,碰到一块响叮当!"而这些任何夫妻间都有的琐屑小事,不过像一片轻烟,不须风吹就消逝了。

　　毛泽东深深感激贺子珍的,是她对自己无微不至的关怀和精神上的支持。毛泽东上了井冈山,尽管他相信"星星之火,可以燎原",但眼前能够看到的毕竟是区区的人枪,而整个世界却是看不到底的黑暗。一切先行者大概都有心境上的孤独、寂寞、彷徨,甚至悲凉吧,毛泽东自然不能例外。在茅坪的八角楼上,当他披着一块军毯在长长的寒夜中写那些论述红色政权的论文时,眼前毕竟有一个心胸火热的同志在陪伴着他,给他一定的助力,否则他将何以度过那漫漫的长夜呢?生活上无微不至的关怀就更不必说了。那时,毛泽东瘦得可怜,贺子珍挖空心思来为他改善生活。她让警卫员为他打鸟,猎获野兔,捕捉鱼虾。有一次,她竟异想天开地缝了一个兜兜,到水田里找了许多田螺,然后和辣椒炒在一起,为毛泽东大大地改善了一次伙食。然而,最令毛泽东刻骨难忘的,还是近三四年来贺子珍对他精神上的支持。那一连串的排斥和打击、批判和攻击,是一种巨大的政治压力。它虽不像皮鞭和棍子那样落地有声,但它对人心理上的打击也是够沉重的。尽管毛泽东意志坚强,也够他承受了。在这期间,尤其是在长汀的那段时日,如果不是贺子珍的宽慰,那些长夜,那些黄昏又将如何度过呢?

　　毛泽东想到这里,再一次望望担架上的贺子珍,想起她生死难卜,不禁一阵阵心酸。

　　这时正是阳春三月,在这个春之国里,风光的旖旎不亚于江南。漫山遍野的杜鹃花正开得一片火红。下了山,就是曲靖坝子。这里的山谷相当平坦开阔,一条明光光的汽车路直通昆明,两边全是绿波郯郯的稻田。村头上的垂柳随着微风飘着金线。战士们看到这样的景色,脚步也走得轻快起来。

正行走间,从昆明方向有三架飞机掠过顶空,它们既不投弹也没有盘旋侦察,一直向东去了。红军战士们觉得奇怪,都在喊喊喳喳地议论。其实,他们是自己不了解自己的神速,自从过了贵阳以后,为了迅速摆脱敌人,每天的行程都在百里以上,敌人哪里知道他们已经到了昆明附近!

大家正在议论说笑,从前面跑来一个骑兵通信员,见了毛泽东滚鞍下马,说道:

"报告毛主席,前面俘虏了敌人三辆汽车。"

"你说的么子?"正在担架旁边行进的毛泽东有点愕然。

骑兵通信员又重述了一遍,接着说:

"他们是给薛岳送东西的,叫我们抓到了,周副主席叫我来先向您报告。"

"哈哈,有这样的事!"

毛泽东高兴地点了点头,接着同贺子珍告别,上马向前面驰去。

走了不甚远,就见前面一伙红军战士围着三辆涂着国民党党徽的卡车,旁边地上坐着一个胖胖的戴着大盖帽的滇军军官,周恩来正在审问他。一见毛泽东过来,周恩来笑着迎上来说:

"真是意料不到的收获!什么全送来了,又是宣威火腿,又是普洱名茶,还有云南白药,特别是一箱子云南全省的军用地图!"

"什么,还有军用地图?"毛泽东一边下马一边兴奋地问。

"是的,我们缺什么他就送什么。呆会儿你看看,地图还是套色的呢!"

毛泽东哈哈大笑,说:

"三国时刘备入川,是张松献的地图,现在是龙云献图了!"

"这就叫'兵贵神速'!"周恩来也笑着说。

(三十五) 前有滔滔大江，后有密集追兵，问君可有良策否？

现在云南省主席龙云，和不久前蒋介石在贵阳的处境相似，也是守着一座空城，心惊肉跳。因为他的主力六个旅外加两个新兵团，都由孙渡率领着到贵州去了。但是，你切不要以为他这是缺乏算计，相反，这正是他精于算计的结果。因为他一向对贵州怀有野心，他支持王家烈下面的犹国材，就是这种野心的表现。自从红军进入贵州，他一再分析形势，认为如果红军进入云南，中央军就会跟着进来，云南的政局就危险了。倒不如乘机出兵贵州，既可讨蒋氏欢心，堵截红军于滇境之外，又可名正言顺地浑水摸鱼，将贵州攫于怀抱之内。蒋介石是一箭双雕，他龙云也是"一箭双雕"，以此之"一箭双雕"对彼之"一箭双雕"，真是好极妙极的上上之策。可是为时不过两月，计划中竟一项也没有实现，而且红军打到面前来了。于是，惊恐之余，他一面紧急召集地方保安团队来昆明守城，一面急电孙渡回师救驾。

这时，在贵阳的蒋介石，早已下令薛岳亲率吴奇伟、孙渡、周浑元、李韫珩等部衔尾猛追。四月底，已经沿着红军去路进入云南境内。由于龙云不断呼援，蒋介石要薛岳不分昼夜兼程前进。当空军侦知红军向昆明西北转移时，蒋介石已断定红军是北渡金沙江无疑，便电令各纵队跟踪北追，"同仇敌忾，灭此朝食"，企图将红军歼灭于金沙江南。

这天，红军的统帅部正在昆明西北的一个山村里举行会议。这是一座地主家颇为宽大的宅院。参加的人有毛泽东、周恩来、王稼祥、朱德、张闻天、博古、刘伯承等人，李德也列席了。讨论的中心议题是如何渡过金沙江的问题。周恩来首先发言,把敌人沿江布防的情况和后面薛岳追击的情况以及金沙江的情况讲了一遍。他着重指出,形势紧迫,问题严重,因为追击的敌军增加了湘军和滇军而实力大为增强。能否渡过金沙江将决定红军生死存亡的命运。会议笼罩着相当严肃的气氛。周恩来讲完,接着是毛泽东发言。他点起烟来,刚说了几句,就听见村头上响起了急促的防空号声。接着一个参谋紧张地跑进来报告说,因为马匹暴露了目标,有三架敌机开始在村庄上空盘旋,要大家出去躲避一下。

"不要紧吧!"毛泽东笑着说,"它怎么知道我们在这里开会?"

说过,又继续指着桌子上一张地图讲自己的。讲了没有几句,飞机的隆隆声已经咄咄逼人,震得窗纸簌簌抖动,显然飞机已经降低了高度。刘伯承觉得声音不对,走到屋门口向上一望,一架飞得很低的敌机正哇的一声从头顶飞过去了,黑黑的大影子掠过了院子。他扭过头说:

"不行,我们还是出去躲躲!"

毛泽东显出无可奈何的样子,停止了发言,说:

"好好,一定不让讲,就出去一下。"

说着,大家站起来,鱼贯而出。刚刚走出院子,只听轰隆一声,尘土飞扬,腾起的烟尘遮天盖地,谁也看不见谁了。等到腾起的烟柱渐渐散落,才看清每个人都是满身满头的土。原来一颗炸弹正落到院中,刚才大家开会的房子,已被震塌了一角。

大家来到村外,跳到防空壕里暂时躲避。

毛泽东一边用帽子扑打着身上的土,一边说:

"好险哪,原来他也要打歼灭战哪!"

朱德也拍着土,笑着说:

"都是因为你要发言,要早出来一会儿,哪有这事儿。"

"好好,我检讨!我检讨!"毛泽东说,"可是你就不批评炸弹,它是和我抢着发言嘛！"

大家笑起来。

飞机轰炸了一气，仍旧打着圈子，好像还不甘心离开似的。毛泽东仰起头看看飞机：

"他老是不走可怎么办，我看就在这防空壕里开吧。……警卫员，去把地图拿出来！"

"已经拿出来了。"刘伯承举举手里的地图，拍拍土，铺在壕沟边上。

这里山坡下是一片青青的稻田，如果不是飞机声肆扰，环境还相当幽静。大家有的站在壕沟里，有的坐在壕沟边上，会议继续进行。

毛泽东接着陈述自己的意见。他说，现在的形势很明显，蒋介石的意图是要将红军歼灭在金沙江以南地区。而如果领导上犹豫不决，动作迟缓，也不是没有这种危险。他指出，当前的关键是争取时间，应该乘两岸敌人比较空虚之际迅速渡江。

这个会开得相当别致：有的站着，有的坐着；由于飞机的轰鸣和炸弹的呼啸噪声震耳，每个人的发言都不得不放大嗓门。

接着毛泽东的话，大家纷纷相继发言。对于过江会上没有出现分歧。最后周恩来综合了大家的发言，提出：一军团经武定、元谋由龙街渡渡江，并尽量吸引敌人向西防御；三军团经老务营、马鹿塘，于洪门渡架桥；军委纵队由刘伯承率干部团一个营及工兵一部到皎平渡架桥。各部队都必须在四日上午赶到各个渡口。为了争取时间，要求各部采取较急行军，远离追敌，尽量使红军先头部队与敌保持三天以上的距离。

由于大家的精神过于集中，几乎没有注意到飞机，不知道什么时候它飞走了。

散会时，已近中午。大家纷纷向村中走去。正巧毛泽东与李德、博古走在一起。毛泽东望望李德，见他精神疲惫，胡子总有几天没刮,脸也较前瘦得多了。他的"美丽牌"香烟大概已经抽完,也跟大家一样卷起喇叭筒了。

"李德同志,你怎么没发言哪?"毛泽东问。

李德愣了一下,因为他仍然听不懂汉语。博古替他翻译过去,他耸耸肩,说:

"我没有什么要发表的。"

毛泽东笑着说:

"你不是在一军团体验生活吗?你听到下面有些什么议论?"

"议论?那可不大好。"他说过又把肩头一耸,"现在的行军不能叫做行军,只能说是竞走。在贵州,整整两个月的竞走,把许多人都走垮了,掉队了,这要大大超过战斗伤亡的数字。您很清楚,现在部队剩下了多少人。"

毛泽东克制着自己,平静地说:

"那么,据你看,应该怎样才算合适?"

李德没有说话。

"是啊,你也没有办法。我们在贵州,周围的敌人经常是一百个团,超过我们许多倍。我们每个人只有几发子弹,打既不能长打,走又不愿走,能保持到现在吗?"

李德又耸耸肩,摊摊两只手,表示在战术上似乎永远没有共同语言。毛泽东也不愿就这个问题讨论下去,就转开话题说:

"你对当前过江问题,有什么意见?"

李德一笑,迟疑了一会儿,才说:

"我不反对这个决定,但我不认为可以过得去。坦率地说,被敌人压在江边的危险也不一定不会出现。我甚至觉得也许会比湘江更惨,因为湘江有些地方是可以徒涉的。"

毛泽东斜了他一眼,说:

"既然如此,你看怎样才好?"

"我的意见,你们自然是不会接受的。"他勉强一笑,"但是,目前我认为没有更好的办法。"

"你说说看。"

"我的意见,是掉转头来,突过敌人半圆形的包围圈,重返贵州,然后与二、六军团会合。"

毛泽东笑着,立刻摇摇头说:

"这不现实。……这样,我们就会重新投入敌人的怀抱。而且,敌人很密集,把各条道路都堵死了,就是过,也是过不去的。"

李德耸耸肩,又把两手一摊:

"我知道,说出来也没有用。……可是,我不认为,突过金沙江就是良策。长江毕竟不是一条小河,也不是湘江、乌江。也许等到你发现需要掉转头来的时候,你会觉得已经晚了。"

毛泽东听后,哈哈一笑,说:

"李德同志,那你就不必过于担心了。当然我们必须准备着顺利与不顺利两个方面。如果在这里渡江不成,我们还可以沿江而上,即使和四方面军不能汇合,我们经过西康、青海也要把队伍带到北方。"

李德从鼻子里笑了一声:

"当然可以,如果红军长上翅膀的话。"

"算了,我看就说到这里吧!"博古制止道。因为他不愿他们再争论下去,弄得很僵。

"博古同志,你有什么看法?"毛泽东转过脸问。

"我赞成迅速渡江。"博古爽快地说。

毛泽东点点头,高兴地说:

"那就好。……现在有些同志很悲观,有些同志怨言很多,总是说走的路多了,好像是现在的领导拖垮了部队……"

"我不这样看。"博古说,"有的同志在酝酿变换领导,我不认为是适当的。现在是党和军队生死存亡的关头,总要团结、顾全大局。"

几句话说得毛泽东心里热乎乎的,感到异常温暖。他久久地望着博古——这个一度把他赶下台的年轻人,眼里散放着热情的光辉,内心里像一块冰块儿在悄悄地融化。

这时,刘英喊他们吃饭来了。

(三十六)防务虽属空虚,处事堪称铁腕,不幸的文官也被推上前线,形形色色的悲喜剧在随处发生。

山路上弥漫着穿不透的云雾。一队整齐的国民党中央军在云雾中行进。他们一个个精神抖擞,行进得十分迅速。可是,如果细看,就会发现,前面那个极其灵活敏捷的家伙,就是被遵义人称做水马部队的司令。他后面是一个黑脸汉子,个头魁伟高大,领章上戴着金光闪闪的上校军衔,一种故意做出的威武神态有点令人好笑。这就是团长韩洞庭。他们是昨天从昆明以北的柯渡出发的,任务是夺取禄劝、武定、元谋三座县城,进而夺取龙街渡口,搜集船只或架桥渡江。命令规定,既要夺取上述诸地,为渡江打开道路,又不能因攻城耽搁时间。这样,他们想来想去,就想到遵义大捷时还保存了不少中央军的服装,不妨再利用一下。于是由他和金雨来带一个侦察连袭击禄劝,由政委带另一支部队袭击武定,然后再合取元谋。作为团长,韩洞庭是同意这种战斗手段的,但是等他真的穿上国民党上校军服,却觉得很别扭,甚至觉得把握不大。

"雨来,你觉得这样能成吗?会不会露马脚哟!"他一边走一边嘀咕。

"能成。"金雨来扭过头来笑笑,"这戏由我来导演,你只要把派头拿足就行。"

"你看看我们那些土佬,我怎么看怎么不像白军。"

"冇得关系。"金雨来大大咧咧地说,"那地方比我们还土,据说还没见过'中央军'呢!"

"好,那就看你小子的。"

又走了几十里,来到一座高山顶上。早雾已经消散,向西放眼一望,那层层叠叠的山海,还是绵绵无尽。最远处模模糊糊可以看见一道狭长的山谷,那里堆满了雪涛般的白云。向导指着那片白云说:

"看见了吧,那云彩底下就是金沙江了。"

"那禄劝呢?"金雨来问。

"下山就是。"

金雨来用严厉的眼神望了大家一眼,似乎说,注意一些,今天虽是演戏,但却并非儿戏。

果然,下山后走了不远,就远远望见了禄劝县城。这座城又小又破,正好修在一个山坡上,所有的街道都顺着山坡倾斜下来。那旧得发黑的城门楼也在高高的斜坡上。

"真是一座怪城,地形很不利!"金雨来肚子里咕哝了一句,下意识地抓了抓驳壳枪。说实话,他的信心也不是那么足,但事已至此,只好带着两个班硬着头皮走在前面。

城门口,站着四个哨兵,还有一个军官。从服装看,都是地方民团。

金雨来挺挺胸脯,迈着大步,大摇大摆地走上前去。那个民团军官,似乎感到很惊奇,因为无论川军、滇军、黔军的衣服,都是灰色,而这种草绿色的军服,他还没有见过。他走过来,问:

"贵军是哪一部分?"

"你看不出我们是中央军吗?"金雨来装出凶狠的样子,大模大样地说,"我们是来检查城防工事的,后面是我们团长。"

"你是什么官阶?"

金雨来上去就是一个又响又脆的耳光:

"老子是上尉连长,你都看不出来?耽误了公事,你担待得起吗!"

这一巴掌不要紧,立刻打出一个笑脸来。那军官连声赔礼,道:"是小的眼拙,没有看出来,请长官包涵,我这就去通报。"

金雨来眼珠骨碌一转,立刻说:

"不要通报了,你在前面领着就行。"

说过,又回过头脚跟咔地一碰,立正说:

"报告团长,我们进城吧!"

韩洞庭果然派头十足,也不说话,只微微把头一点,便随着进了城门。整个侦察连也一个个昂首挺胸,刷刷刷地开进去了。

云南当时有许多小县都是又小又破。有一首流行的歌谣说:"好个马龙县,衙门像猪圈;大堂打板子,全城都听见。"禄劝也属于这类小县。他们进得城来,依然还是上坡,一条可怜的小街,房屋十分破旧。衙门也是这样。迎着大门,有一个大影壁,上面涂着一个很大的国民党党徽,已斑驳不全。大门里,也有一个影壁,上面是蒋介石的手书"亲爱精诚"。进了大门,是一个长方形的大院子,两侧厢房也很破旧,只有中间大堂上挂的那块新油漆的木牌倒是相当醒目地写着八个大字:"忠孝仁爱信义和平"。

那个民团军官,把韩洞庭和金雨来让进西面的客厅里,接着进去通报。不一时,就出来了一个留着八字胡肥胖得几乎走不动的人,把一身蓝呢中山装绷得紧绷绷的。他像鸭婆似的一摇一摆地走过来,眼早眯成一条缝了。

"敝人就是本县县长,前几天我就听说,贵军要到,想不到这样快,实在有失远迎,还请团座多多包涵。"

韩洞庭果然派头越来越足,似笑不笑地点了点头。

县长一方面命人备饭,一面在韩洞庭旁边规规矩矩地坐下来,一对小眼睛不时地打量着对方。

"团长这次来,是想看看你们的城防准备得怎么样了。"金雨来盯着胖县长说。

"这个我们正在办,正在办。"胖县长点头哈腰地说,"我们接到龙主席的命令,马上就成立了防共委员会,我兼主任。我把各乡的保丁都召来了,连乡长训练班,我也把他们集中到了县城……"

"城防工事修得怎么样?"韩洞庭斜了他一眼。

县长的脸色有一点变,不无惊恐地说:

"这个、这个也正在办,正在办。可是说实在话,这个小县穷哟,保安队已经几个月冇得饷发了,修工事……"

"保安队有多少人?多少支枪?"

"人倒不少,有二百多人,枪只有五十几支。"

"那你们守得住吗?"

"还不是靠你们嘛!"县长苦笑。

这时,饭已经准备好,县长彬彬有礼地陪客人进入大厅。韩洞庭一看,客厅里已有六七个官员等在那里,其中还有两个花枝招展的女人,俱各衣冠楚楚、毕恭毕敬地站起迎接。韩洞庭也微微颔首略作表示。县长将陪客一一做了郑重介绍,才知是本县的科局长及其太太。席间县长不断向难得的客人频频举杯,并一再流露出本县财政困难,深望上峰体察下情。韩洞庭于吃喝之余,也偶尔点一下头,表示同情。

对于这个老矿工来说,今天的酒香当然令人馋涎欲滴,但他却十分克制,别人举杯时他只稍稍一抿。他一边吃,一边盘算。心想,政委带的一路这时该快到武定了,不知他们进城是否顺利。如果让县长给那里打个电话,对他们进城就会有利得多。想到这里,正要发话,猛抬头见金雨来毫不拘束,喝了一杯,又是一杯,心里暗暗骂道:"这是在家里会餐吗?"就瞪了金雨来一眼,金雨来抱歉地笑了笑,放下了酒杯。

"武定县的城防怎么样?"韩洞庭望着胖县长问。

"这个……我不大清楚。"胖县长一愣,没有料到问这个问题。

韩洞庭含有责备的意味说:

"你们两个县这样近,情况都不清楚,共军要打过来,你们就不联系了?"

县长的胖脸红了,张嘴结舌,不知说什么好。

金雨来会意,立刻插上说:

"你赶快打个电话问问。"

县长诚惶诚恐,抓起了电话耳机。

"你告诉武定县长、元谋县长,我们中央军随后就到,叫他打开城门。"韩洞庭说。

"是,是。"

两个电话都打过去了。

韩洞庭和金雨来相顾而笑。金雨来的眼珠骨碌一转,又问:

"你们的保安队训练得怎么样了?"

"天天都在训练。"县长说,"龙主席规定,一等县要守二十四小时,二等县要守十二小时,我还准备多少超过一点。"

"那好嘛!"金雨来笑着说,"我们团长还准备给他们训训话。"

"那太好了,我也有这个意思。"胖县长说。

饭后,保安队全副武装在大院里集合起来。金雨来悄悄将侦察连布置在四周。县长领着团长前来训话。

韩洞庭威严无比地立在队前。虽属做作,但已经自然多了。他先是随便地寒暄了一番,便把帽子摘下来,在空中画了一个圈圈,实际上是给了侦察连一个信号,接着大喝一声:

"你们知道我们是谁？我们就是工农红军！"

金雨来早已拔出枪来，大声吼道：

"快缴枪，不然全打死你们！"

几乎是同时，侦察连的两名机枪射手应声而至，各抱着一挺机枪对着众人。

胖县长大惊失色，早已瘫在地上。保安队一个个面面相觑，就啪啦啪啦把枪扔到地上。

一幕喜剧就这样结束了。韩洞庭和金雨来为了不误时机，将俘虏、武器交给后续部队，又直奔元谋而去。

至于红军走后，这位县太爷究竟怎么样了，本章不得不稍叙几笔。因为这正是当时一般县长的命运。自从红军进入滇境，龙云手中没有主力，自然心中恐慌，但是你决不要以为他心软手软，正是这种情况下显出他不愧是一个铁腕人物。他连发严令，命这些县长率领地方团队守城，胆敢逃脱者，就处以极刑。所以，一时风声鹤唳，这些不幸的文官便成了时代的主角。他们平时都是只知搂钱的官僚，既无军事经验，又无战斗实力，自然惊恐万状。各种各样的悲喜剧就到处发生。有的县长在红军破城时，无处可躲，只有扎到草堆里"筛糠"；有的县长在急急忙忙中揣着大印逃跑，在翻越城墙时摔断了腿；也有的县长惟恐红军进城，把四门钉得死死的，而自己终于成为瓮中之鳖。当然侥幸逃出而又被追查责任枪毙的更是不乏其人。禄劝县不过是其中一例而已。就说这位胖县长，也不是绝无智慧，红军刚刚离境，他就乘乱逃逸，匿居乡间。因为惧判失城之罪，整日心惊肉跳，几无宁时，后又潜入邻县躲避。数日后果然听说，省里龙云主席下令，要将他追捕归案，他不得不接连逃了几个县份。在转徙途中，他遇到一个少年时的好友，捎给他一个文电，并告知他一个令人震惊的消息，在红军路过时有几个失城的县长，都已伏法。这样，这位县长自思后退无路，终于在第二日服毒身亡。死后，从他身上搜出一纸电文。文曰：

> 现值大军追剿之期，各将士固当努力前驱，义无返顾。而各县长守土有责，尤应城存与存，城亡与亡，不得动辄放弃，以致助长匪志，影响军事。务须严饬所属各县长，嗣后遇有匪警，应即督率团队，死守待援。倘敢闻警先逃，弃城不顾，即按临阵退却之律，一律以军法从事，严惩不贷。中正。

几句闲话叙过，回过头再说韩洞庭和金雨来率领的部队。他们在路上走了不远，就和政委率领的部队相遇。由于那位县长已给武定县打了电话，对他们的接待更为隆重。两支部队遂合并一处，向元谋进发。没有想到，元谋的规格更高，县长以下的政府官员和保安团队已经不辞劳苦地在列队欢迎。那些保安团队简直是稀里糊涂地做了俘虏。一军团就这样迅速地控制了龙街渡口。

但是，紧接着难题来了。薛岳和龙云都判断红军将由龙街渡江，因此，所有大小船只全部毁尽，一只没剩。红军工兵连购置了一些木板，扎成木筏，企图效法乌江搭设浮桥，无奈江面太宽，水流太急，加上敌机低空骚扰，搭成的木筏还没有到达江心，就被冲下去了。而这时薛岳已连续发出"向元谋急进"、"向元谋追剿"、"向元谋兜剿"的紧急电令。这个总指挥简直像发了疯似的。其中有一个原故，就是他接到了蒋介石一个颇令他心惊耳热的电报。电报说："朱毛主力现窜禄劝、武定一带，拟由元谋偷渡金沙江河套北窜入川，与徐匪合股。……周、吴、李各纵队，应由伯陵严督，不顾任何牺牲，追堵兜剿，限歼匪于金沙江以南地区，否则以纵匪论罪。""以纵匪论罪"这是带有血腥味的语言，自然包括他薛岳在内。那薛岳岂敢轻慢，遂拼命督促几个纵队向元谋猛追，眼看与红军的后尾渐渐接近。而前面则是浩浩的大江，无船可渡。所有的红军指战员都紧锁着眉头，在路上的那种笑容消失了，不知历史将做出何种安排。

（三十七）一个店小二和三十六个船工怎样完成了一件伟大的历史任务。（一）

金沙江在黑沉沉的夜里发出沉重的涛声。

在离江边不远的一座小村里，一家农舍小小的窗户上还亮着灯光。这是临近大路的一家小店。店主东又兼店小二的张福，正赤着膊佝偻着身子躺在他那肮脏的床铺上抽大烟，只听有人卜卜卜地叩击着窗棂，随后轻声唤道：

"老板，快开门喽，你不要怕，我们是红军，是打富救贫的！"

张福一听是红军，愣住了，眼睛盯着窗户，拿着烟葫芦的手簌簌发抖。这几天都在传说要来红军，谁知道红军怎么样呢？再说，人讲红军还在二百里以外，怎么眨眼已经到了？

窗棂又卜卜地响起来，还是那样轻声地呼唤：

"老板，你不要怕，我们是红军，是打富救贫的！"

"打富救贫"是红军经常使用的一个通俗口号。尽管这口号不甚科学，但它一听就懂，能很快为贫苦人所理解、所接受。张福第二次听到它时，心就有些动了。等到那轻轻的呼唤声再次送到耳边，他就放下大烟葫芦，下地开了门。

首先进来的，是一个面孔白皙、英姿勃勃的青年人。他身穿灰色军服，头戴红星军帽，腰插驳壳枪，像是个军官的样子。其余的人都留在门外，有带短枪的，有带长枪的，有穿军衣的，有穿便衣的，夜色朦胧，一下也看不清楚。

那个脸孔白皙的青年人，见张福仍有些胆怯，就和颜悦色地说：

"老板，打搅你了。这里离皎平渡远吗？"

张福见这青年人十分和善,听声音刚才叫门的也想必是他,心慢慢定了下来,就连忙答道:

"不远,下去就是。"

"有没有船?"

"船,倒是有两条,都是金保长家的。可不晓得还在不在。"

"船在哪里?"

"听说今天一早,区公所给他来了一封木炭鸡毛信,叫他把船烧了。"

那青年红军一听急了,忙问:

"船烧了吗?"

"不晓得。"

青年军官打量了一下这个破破烂烂的屋子,拍了拍张福的赤膊,充满热诚地说道:

"老板,看样子你也不算很宽裕吧。"

张福心里一酸,苦笑着说:

"我原本也是个船夫,后来叫人解雇了,没得办法,开了这个小店混碗饭吃。"

"你帮我们带带路,找找船行吗?"

"行,行。"

青年军官见张福答应得很爽快,很是高兴,立刻同张福一起走出门外。

这地方白天很热,晚上阵阵江风吹来,倒颇有些清冷。青年军官见张福还打着赤膊,就从背包里抽出一件旧衣服给张福披上,张福推辞了一番,才舒上袖子,心里不禁热烘烘的。

青年军官一路走,一路探问对岸的敌情。张福告诉他,对岸通安县驻着川军一个团,渡口上的敌人倒不多,只有保安队五六十人。另外还有一个专门收税的厘金局,有两名武装保丁。从谈话中已经可以听出这个店主东很亲热了。

谈话间已经来到江边。对岸什么也看不见,只有几点稀疏的灯火。高耸的山岭,在夜空里像炭块一般地画着粗犷的弧线。滔滔的江水模糊一片,显得幽深可怕,只能听见呜呜的流水声震人心魂。

青年军官带着侦察队来到渡口,反复细看,连船的影子也没有。张福也显得犹豫不定。这时,忽然听见岸边石头上仿佛有人低声说话。走上前一看,原来是金保长家的船工张潮满和他的十五六岁的儿子大潮正坐在石头上闲话。这张潮满将近五十年纪,最近老伴死了,儿子给金保长家放马,因为顶撞了东家几句,被辞退了,心中甚为抑郁烦闷,来到江边闲坐。张福见他父子有些惊慌,就低声说:

"潮满哥,你别害怕,他们是红军,是打富救贫的。他们要过江,你知道船在哪里?"

张潮满沉吟了一下,说:

"今天高头来命令让烧船,金保长不舍得烧,把那条新船开到江那边去了。"

"那条旧船呢?"

"旧船已经废了,藏在李家屋头那个湾湾里,进了半船水了。"

青年军官立刻插上来说:

"老大伯,你能带我们去看看吗?"

张潮满犹豫了,在黑影里没有作声。

张福插上来说:

"潮满哥,你就带他们去一趟吧!"

"不是我不愿去,"张潮满嗫嚅着说,"要是让金保长知道……"

张福立刻说:

"不要紧,天塌下来大家顶着,再说红军也是为了我们干人!"

"阿爸,去吧,怎么也好不了。"大潮也说。

老人站起来,慢慢地移动着脚步。

众人跟着走了不远,在满是林莽的一个小岔子里,找到那只旧船,果然进了大半船水。

张福在附近人家找了几个水桶盆罐,大家就跳到船里淘起水来。这时老人又教训自己的儿子:

"你愣着干什么,还不快下来淘水!"

不一时,淘净了水,就把那只船拉到岸上。青年军官检查了一遍,叹了口气:

"这条船破成这个样子怎么能开?"

张福笑着说:

"你不要急,我有办法。"

说着,他一溜烟跑回他的小店,不一时抱了几床破被子来,说:

"大家把它扯成布条条,把缝子塞住,也许能行。"

青年军官异常高兴,从腰里摸出十几块银元,塞给张福。张福推辞不要,青年军官说:

"这怎么行,我们红军不拿老百姓的一针一线,你这是多少条线哪!"

张福也就笑着收了。

大家立刻动起手来,把破被子撕成条条,用刺刀把布条堵在船缝里。收拾完毕,推到水里一试,果然没有进水。大家十分欢喜。张福就跳上船去,同张潮满父子一起,把船划到渡口。

这时,后续部队陆续来到,渡口上黑鸦鸦的,总有一百多人。张福看见青年军官跑上去报告,夜色里传来一阵满意的笑声,接着,一个爽朗的声音说:

"肖队长!要快!你们马上渡江,抢占渡口!"

张福才知道这个青年军官叫"肖队长"。肖队长立刻招呼大家上船,除了他的队员,又上来了一个排。一切安排妥当,就叫张福和张氏父子开船。

木船划入黑魆魆的江水中,激流冲着船体嘭嘭作响。船不断地一浮一沉,不时有浪花打进船内,战士们怕打湿枪支,把枪支紧紧地抱在怀里。肖队长却高高地昂起头,聚精会神地凝视着对岸的灯光。

此处江面甚宽,划了很长时间,才越过中流,渐渐靠近对岸。张福悄悄地向上一指,肖队长看见靠岸处向上是一排石级,最上面站着一个哨兵。他对两个战士耳语了几句,两个战士就跳下船去,向那个哨兵悄悄接近。不一时就听上面那个哨兵厉声问道:"干什么的?"两个战士不慌不忙地回答:"自己人!"接着就扑上去了。没有费多大事这个哨兵就当了俘虏。

大家下了船。肖队长叫那个排带上俘虏去右面解决那个新开来的连队,自己就同张福一起到厘金局来。

走了不远,就来到厘金局。张福指着一个门,轻声说:"这里就是。里面有个姓林的克扣穷人,可坏透了!"肖队长附在他的耳边悄声地说:

"我们口音不对,还是你来叫门的好。"

张福点点头,就开始敲门,一面温声细语地叫:

"林师爷!快开门,我们是来上税的!"

里面一个粗哑的声音厌烦地说:

"天还不亮,不办公事!"

张福又带些哀求的口吻叫:

"林师爷,我们是赶猪的,猪已经赶到沙坝来了,天一亮,我们还要到绞西买猪料呢!"

里面又粗声粗气地说:

"我已经说过了,天亮再说!"

张福向肖队长挤挤眼,大声叹了口气,说:

"是这样,林师爷,我们还要赶路,要不我们只有把猪赶到昆明去卖,那只好下一次再到你这里上税了。"

这一下果然很灵,里面咳嗽了两声,接着点上灯,开了门。肖队长见里面一个满面烟容、瘦脸长眉的老家伙,披着衣服站在那里。他用手枪一比,说:

"我们是红军,快把枪交出来!"

那位在乡下人面前一向两眼望天的林师爷,立时吓得面如土色,全身筛起糠来。他冲着里间屋颤抖着说:

"快,快,你们快把枪扔出来!"

两支步枪从里间屋里扔出来了,接着出来了两个保丁。

人们拿着缴获的枪支,回到渡口。这时,右边那个排,也进展得十分顺利。原来他们由俘虏带路,很快就闯进了江防连的驻地,不费一枪一弹就俘虏了几十个人,因为他们正美滋滋地在吞云吐雾呢!

江滩上烧起很大一堆火来,这是向对岸发出的占领渡口的信号。那火焰在夜空里欢跃地抖动着,江水也反射着一片抖动的红光。在火堆旁边,肖队长那张白皙英俊的脸闪着光彩,张福正对着他嘻嘻地笑。

(三十八)一个店小二和三十六个船工怎样完成了一件伟大的历史任务。(二)

时间不长,天色已经亮了。

肖队长在山坡上放眼一望,此处江宽足有六百英尺,加之江面上弥漫着乳白色的晨雾,更显得浩渺无际。据张福说,上游就是有名的虎跳峡,金沙江从三千多公尺深的峡谷里奔泻而出,自然声势夺人,不同凡响。那滚滚的浪涛,势如奔马般地向前涌去。

他们下了山坡,回到昨晚登岸的地方,看见石级下停着两条大船,一条小些的木船,还有一只打鱼的小舢板。加上昨晚的那条船,已经有四条可供运兵的船,心里真是欢喜不尽。张福指着其中一条新船说,那就是金保长昨天弄到这边来的,另外三条是这边渡口一家的。肖队长望着张福亲热地说:

"张大哥,光有船没有开船的也不行啊,你这里人熟,请几个人来才好。"

张福听见叫他"张大哥",无疑是又亲热了一层,就说:

"肖队长,你就别客气,咱们到上面山洞里找找看。"

原来这个渡口,云南这边叫皎平渡,四川这面叫中武山渡口。中武山这边山势陡峭,山坡上房子不多,江边石崖上倒有不少石洞。有些石洞相通,状似走廊。有的石洞很大,能容三四十人。一些小旅店,粮店,卖凉粉、豆花、包谷饭的小摊摊也都设在这些洞里,因为战事关系不知跑到哪里去了。张福就领着肖队长进入这些山洞。

山洞里冷清无人。他们走到最偏远处,才闻到一股劣等烟草的气味。肖队长有意让张福走在前面。果然,张福走进洞子,看见一老一少正坐着抽烟。那个二十几岁的青年穿得相当破烂,总还算是个裤衩,那个五十几岁的瘦老头,只披着麻包片蹲在那里。张福忙走上去说:

"老光棍,你藏到这里干啥子?"

"听说红军来了……"老光棍说。

张福哈哈大笑,说:

"他们是打富救贫,你有个屁!"

"别人都说,他们青面獠牙,吃小孩子,挺吓人的。"

张福又大笑了一阵,说:

"那都是鬼话!快去给红军开船吧,一天一块光洋。"

"真的?"老光棍眼睛一亮。

"老弟啥子时候骗过你。"

张福说过,又对年轻人说:

"向二愣子，你也去吧！"

向二愣子翻了翻眼睛：

"他们抓兵不抓？"

"抓兵？像你这样的，人家还不要呢！"张福笑着说，"去不去吧，一天一块光洋？"

向二愣子把旱烟锅子一磕，说：

"干！他妈的，这地方谁不晓得我向二糖匠，他们把我刷了，我正要找个挣钱的地方。"

肖队长听里面说得差不多了，就笑嘻嘻地走了进来。张福冲肖队长一指，说：

"他就是红军，你看是青面獠牙不是？"

老光棍笑了笑，披着麻包片站起来，本来是为了礼貌，没有想到，那条破裤子不争气，什么都露出来了。他不免面红耳赤，赶快用麻包片掩着。

肖队长叹了口气，学着四川口音说：

"老大伯，你这穿的是啥子衣服哟，还怕我们红军？"

老光棍笑了。

张福让老光棍、向二愣子又去找了几个船工，大家忙向码头走来。肖队长指着老光棍对一个战士说：

"把厘金局的衣服拿几件来，给这个老大伯换上，呆会儿坐船的还有女同志呢！"

不一时，那个战士拿了一条崭新的裤子，还有林师爷的缎子马褂，都给了老光棍。老光棍立时穿上，站在船工群中，简直是鹤立鸡群，一个劲儿地咧着嘴笑。

肖队长和张福押着四条大船、一条小船，一齐开到南岸。这时南岸密匝匝地到了不少红军队伍，大家一看这些船真是欢声雷动，个个眉开眼笑。

南岸专搞了一个船工伙房。船工们吃了饭以后,肖队长笑嘻嘻地对大家说:

"大家先不要走,我们一位首长要来看望大家。"

不一会儿,张福望见一个高高个子的壮年军人走了进来,他手里拿着一把弯弯把伞,戴着一副黑框眼镜,看样子已经有一只眼睛不管用了。他随随便便地在灶火边一个矮凳上坐了,向船工师傅们道了辛苦。随后就亲热地说:

"我们红军是帮助干人的,干人也要帮助红军嘛!现在我们要过江,可是船也不够,人也不够。诸位师傅,你们知道哪里有船?"

"鲁车渡有两条船。"老光棍抢着说。

"鲁车渡有多远?"

"不远,有十几里路。"别人纷纷插话。

"现在船还在吗?"

"那就不晓得了。"

只见戴眼镜的首长寻思了一阵,仿佛自言自语地说:"两条也好。"随后又问,"一条大船能装多少人?"

"大船长三丈四尺,可以装六十人。"张福说。

"小船呢?"

"小船长两丈八,可以装四十人。"

戴眼镜的首长,低下头,掐着手指算了一阵,点点头,说:

"恐怕开两班才行。还能找到老师傅吗?"

"人们全藏起来了。"老光棍说,"在先听说你们是青面红发,巨齿獠牙,我就害怕得不行。"

那位首长指指自己的脸,笑着说:

"你们瞧,我是青面獠牙不是?除了我一个眼不好,其他还是说得过去的嘛!"

大家哄然大笑。

那位首长叫肖队长当场把今天的工钱发给大家,船工们拿着银元一个个眉开眼笑。那位首长站起身来,临走出门口时又说:

"我们红军过四川,将来还是要打回来的,那时候,我们就要给大家分田地了。"

"那就好了!"老光棍激动地说,"我就是因为没有地才干上这要饭的行当!"

这次会见,使船工们感到特别新鲜愉快。他们不晓得那位首长的名字,又不便多问,都称他是"带弯弯把伞的首长"。

接着,肖队长就派了两个班,随同张福、张氏父子、老光棍到鲁车渡寻船。

真是事有凑巧,大家赶到鲁车渡时,一伙人正忙忙乱乱地搬运柴火准备烧船。他们一见红军立刻仓促奔逃,作鸟兽散了。大家把两条船抢到了手,都欢喜不尽,遂立刻上船,挥橹摇桨,顺流而下。哪知中途要经过一块礁石,老光棍和张福驾驶的一条船很顺利地通过了,张氏父子驾驶的一条船,却因为儿子没有在意,被礁石卡住动转不得。

"你这个饭桶,眼睛长到哪里去了?"当父亲的狠狠骂道。

儿子傻了眼,红着脸默不作声。

"算了,老大伯,小兄弟也不是故意的。"

有两个红军战士,一面劝解,一面跳到礁石上。他们俩用双手奋力一推,船迅速进入激流,想不到自己却留在礁石上了。

红军战士们惊呼了一声,另一只船上的张福和老光棍也冲着这边粗声粗气地喊道:

"张潮满,你是怎么搞的!"

张潮满又气又急,迅即拨转船头,往江边上靠,不一时靠在岸上。幸而近处有一户人家,他找了一根长长的竹竿,然后在岸上用纤绳吃力地拉着船往回走,在离礁石较近的地方,把竹竿递到那两个红军战士手里,才把他们救回到船上。张潮满老汉这时才放下心来,可是他头上已经满是明晃晃的汗珠。

当他们回到皎平渡的时候,太阳还没有照到江心。张福一望,那个戴眼镜的拿着弯弯把伞的首长,正在指挥部队渡江。江滩上黑鸦鸦地到了许多人马,但是各自成方队坐得整整齐齐,既没人乱走乱跑,也没有喧哗之声,一切都显得秩序井然。那四条木船,正在江上穿梭般来往,船上的人也坐得整整齐齐。当空船返到南岸时,由指挥员发出口令,按规定顺序成单行登船,大船六十,小船四十,不多不少,既从容又迅速,没有一个乱抢的。骡马驮子也是这样,事先将鞍具解下放在船上,驭手坐在船边,牵着马嚼口,每只船可带六匹骡马游泳过江。一切准备妥善,船工就唱一声号子,然后就向波涛滚滚的江上驶去。这样有纪律有秩序的军队,张福还是第一次看见,不禁看得呆了。

张福等人将船停好,来找"拿弯弯把伞的首长",见那位首长正庄重严肃地同一个干部谈话。

"你们要让那个先头营立即前进,再走四十里宿营。"

"总参谋长,他们已经一天一夜没吃饭了。"那个干部说。

"不行,再走四十里才到山顶,让敌人抢占了,那是很危险的。"

那个干部还要讲什么,戴眼镜的首长把弯弯把伞一挥,把他制止住了。

他转过脸,看见了张福,亲热地问:

"找到船了没有?"

"又找到两条。"

"这就好了!"

张福看见那位首长笑得非常好看。他十分欣慰地望着张福说:

"现在已经有了三十六名师傅,可以分两班了,你就当我们的船长吧!"

"我怎么行?"

"行,行。"那首长立刻截住他的话,忽然想起了什么,又问,"你能借两口大锅吗?"

"行,这村里糖坊有两口大锅。"

"你把它找来,就架在这江滩上,因为部队来到这里常赶不上吃饭。"

两口特大号的铁锅架起来了。旁边放着几个大簸箕,规定每个战士要倒出一把米来。这样新来的部队,纵然吃不上饭,每人也可以分到一碗稀饭喝了。

这金沙江确有金沙,尤其是中午,太阳一照,沙滩上星星点点的金屑闪闪发光。战士们觉得有趣,一边喝着稀粥,一边玩赏着金沙,相当惬意。

入夜,北岸江边的大树上,挂着一盏明亮的汽灯;南岸栽了几根高高的木桩,顶端破开,塞上破布棉絮,倒上煤油,一点着便成了特大的火炬,在夜空里显得十分壮观,连江水都照得红通通的。

使张福这个新任"船长"特别高兴的,是第二天的早晨。他看见"带弯弯把伞的首长",恭恭敬敬地迎接几个"大首长"上船。船上都是肩挎驳壳枪、腰扎转带的警卫员。那几位大首长在旭日的红光里,显得十分高兴。一位面貌慈祥、脸上刻满皱纹的首长说:

"这就好了,只要过了江,我们红军就得救了!"

一位高个子、长头发的首长笑着说:

"前几天,一些同志还担心我们过不了江,叫人家挤上绝路。现在不是过来了吗?四川人说刘伯承是条龙,江水怎么能挡住龙呢!"

一句话,把大家说乐了。那个"带弯弯把伞的首长"很不好意思,指指张福和几个船工说:

"我是啥子龙,他们才是龙呢!"

大家说说笑笑,闯过激流,接近北岸。那个"带弯弯把伞的首长",指着岸上的几孔山洞说：

"上面没啥子房子,这就是你们的指挥所了。"

"好,这里观察方便。"一个大胡子首长说,"伯承,你的担子更重了,龙街渡和洪门渡架桥都没有成功,我们已经发了电报,全军都要在这里渡江。"

说过,他们下船登岸,还同几个船工握了握手,连连道谢。

如是六条木船整整渡了九天九夜,全部红军才算渡完。在此期间,五军团在石板河一带,恶战数日,终于遏止了敌人的追击,一直到掩护全军渡江完毕,才开始撤退。第十天,肖队长和几个战士把张福和三十六名船工送到南岸。考虑到船工们日后的困难,除按规定每人每天一块光洋外,还额外给了每人三十块白洋作为补助。那张福和三十六名船工,都对红军恋恋不舍,反而觉得离不开他们了。有几个人还背过脸去,流了一把眼泪。最后,肖队长嘱咐说：

"敌人明天就会来到,你们还是到山上躲几天吧！"

果然,第二天敌人就扑过来了。张福、张潮满父子、向二愣子等船工都上了山。他们往下一看,整个南岸江滩上搭满了帐篷,村里烟火四起,人们纷纷逃难。见此情景,他们只好钻到一个山洞里躲避,大家沉默无语。老光棍将厘金局长的马褂赶快脱掉,只好再打赤膊。他忽然望着张福,凄然无神地问：

"他们究竟啥时候才回来呢,我这地恐怕分不上了。"

向二愣子数着口袋里的银元,还有一些零散的铜板。他数了一遍又一遍,最后装到口袋里说：

"这几个钱还不晓得保住保不住,我还不如跟他们走呢！"

张福和张潮满父子默默无语,眼里含着满眶的泪。……

第 四 部

（三十九）蒋介石在焦思苦虑中来到昆明。历史的巧合唤起他更加炽烈的欲望，决心将红军消灭在大渡河边。

天空弥漫着灰濛濛混沌沌的云气，一条乌龙正在云中纵横奔腾，恣情嬉戏。它的神态是这么生动逼真，仿佛真像能呼风唤雨一般。如果这是出于哪位画家的手笔，那倒不足为奇，因为在中华大地的庙堂宫廷之中，各种姿态的大大小小的龙，真是数不胜数。除绘画的彩龙、墨龙，还有泥塑的龙、木雕的龙、纸糊的龙、锦绣的龙、玉刻的龙，以及金子银子打成的金龙、银龙，真是五光十色美不胜收了。上面说的这条乌龙，却既不是名艺高手，也不是鬼斧神工，而是在云南大理的地下天然长成的。不知是云南的哪位才人，发现了这块石头，立即加工成一扇颇大的大理石屏风，献给"云南王"的龙云。龙云一见大喜，仿佛这石头在地下藏了亿万年，今天才物归其主。于是送礼者与受礼者都发出会心的微笑。当然他们更喜欢的是其中所蕴含的象征意味。于是，龙云便把这扇大理石屏风，安置在自己富有南国风味的幽雅的花园里。每当他散步来到这屏风之前，总要停住脚步流连观赏一番，有时真觉得他就像那条云中之龙飘飘欲仙了。

现在，这位"云南王"正在屏风前悠闲散步。他高而瘦，穿着长衫，两眼炯炯有神，透露着干练和机警。也许因为刚刚在烟榻上过足了瘾，脸上还浮着兴奋的红润。昨天，蒋介石和他贴身的小班子已经乘飞机从贵阳来到昆明。龙云亲自到机场去接，并把他们安排在五花山别墅休息。考虑到他们旅途劳顿,他没有多留。今天是正式接见他的日子,他一早就起来了,吃了早饭,又过足了烟瘾,看看时间尚早,就在这里闲步一回,一面也考虑些问题。

总的来说,龙云的心境是颇为轻松的。因为那场曾使他担心、忧虑、惶惑不安的风暴已经从他面前吹过去了。四个月以前,红军刚刚进入黔境,他表面上虽很镇静,内心深处却不无紧张。既怕红军进入云南,又怕蒋介石一箭双雕。他曾召集他的智囊人物几次议事,谁知高论纷纭,莫衷一是。一种意见说,云南地处边隅,无回旋余地,当年石达开不留在云南,就是怕陷入绝境,估计红军也不一定会来。因此,一动不如一静,还以保境安民为善。第二种意见认为,红军善于化整为零,若分成多股纵队从宽正面渗透进来,殊不易防堵,应立即令各县构筑碉堡,早作坚壁清野之计。第三种意见,也是多数人的意见,认为红军"已临末日",在大军跟踪紧追、各省堵截之下,"断无幸存之理"。太平天国只存在了十三年,红军这个"流寇"恐怕还拖不了这样长久。第四种意见认为,蒋介石此次追堵红军,实有一箭双雕的野心,如让中央军跟踪而来,政局就有变化可能。因此,对红军与其拒之于境内,不如拒之于境外,既保护了公私利益,又符合中央意图,实为上上之计,万全之策。这龙云真不愧割据称雄的一方霸主,不仅有决心,而且有雄心,于是当机立断,采取第四方案,以孙渡为第十路总指挥行营主任,率六个旅入黔作战。出发前夕,龙云邀孙渡和各旅长晚宴,席间密嘱:进入贵州后,应将王家烈部"乘便解决"。看来,这位将军不仅有雄心,还有超出雄心的野心了。其实,他吞并贵州的野心,早就蓄谋已久,只是没有机会,今日既然天赐良机,何不大捞一把!

可惜的是,他的这个如意算盘,由于中央军迅速占领贵阳竟未能实现。而且王家烈的下场,还不能不在他心上打上兔死狐悲的惨痛印记。可是,这中间也有差可自慰的事。这就是蒋介石困于贵阳,孙渡千里勤王,使滇军出了一个大大的风头,龙云自然觉得头上生辉,脸上生光,午夜醒来,还不禁暗自微笑。

随后,龙云自然又紧张了一阵。先是红军入境,昆明空虚,之后又是薛岳军至,扬言要进昆明。可是这些他都做了恰当处置。尤其对薛岳的进入昆明,给予断然拒绝。这一着比起王家烈,确是高明得多。现在风暴已从门前吹过,红军已进入四川,正在围攻会理;薛岳的军队也追过了金沙江,想来不日就可过完;这样,云南又是他的天下了。他想,这次蒋介石的到来,不过是部署下一步追剿,想来不会再有别的。如能乘此机会同蒋介石搞好关系,说不定还可以得点甜头。想到此处,他不禁又飘飘然,悠悠然,真的像那条大理石上的云中龙了。

龙云看看手表,时间已到,随即乘车向五花山别墅驰去。不一时,就来到一座幽静而又豪华的宅第。卫士长见是龙主席到来,相当客气,说委员长正做早晨祈祷,稍等片刻即可接见。龙云乘机问询了些蒋介石的饮食起居等诸多方面,以便接待工作搞得更如人意。

十几分钟后,在一个阔绰的客厅里,这一对反共的同盟者又是潜在的对手晤面了。一开始气氛就相当热烈,光是昆明的天气就谈了好几分钟。龙云不止问候了委员长,还特意地问候了夫人;蒋介石对夫人没有出来也作了解释,说她长途奔波未免稍感辛劳。

龙云在谈话中,不断用他那炯炯的目光进行探察。他见蒋介石面容比前消瘦,脸上虽有时浮起一点笑容,但很勉强,在笑容的掩盖下,似乎隐藏着一种焦躁、不安、易怒的神情。龙云暗暗想道:"这老家伙,在贵州整整同共产党周旋了一个半月,就是搞掉了一个王家烈,对共产党什么也没抓到,也够可怜的了!"

"志舟,"蒋介石叫着龙云的号亲切地说,"滇军这次在贵州剿匪,服从命令还是很不错。我下了一道命令让孙渡赶到贵阳,他率部昼夜兼程,按时赶到,可见平日训练有素。"

龙云一听,蒋介石分明在褒奖他,心像泡在蜜糖里似的,满脸堆笑地说:

"委座,不是我夸口,中央的政令、军令,我们云南没有不听从的。自从朱毛进入贵州,我们接到委员长的命令,二话没说,就把主力派出去了。为了剿共大业,我龙某不像别人,我是不在乎一己之得失的。"

蒋介石微微颔首。龙云见是时机,叹口气道:

"唉,可惜的就是军队装备太落后了,好多问题冇得办法解决。"

说过,偷偷观察蒋介石的反应。

"哼,这家伙想要钱了!"蒋介石暗暗地想,"看来也不能把他们捧得太高。"

想到这里,蒋介石摇摇手说:

"志舟,这些我们会考虑的。只要剿共大业有了进展,这些小事都好商量。要命的是,我们是几十万大军,共匪只不过两三万人,我们却不能剿灭他,江西追到湖南,湖南追到广西,广西追到贵州,贵州又追到云南,这次本来应当在金沙江边将他们一举消灭,可是又让他们跑到四川去了!这是什么道理?深夜扪心自问,我们这些当军人的不惭愧吗?"

蒋介石越说越激动,不断地用指头敲打着桌子,脸色变得白里透青,青里透白。胸中那股积蓄已久的怨气,好像山窝窝里的水一样,无法宣泄而出。

龙云见他满脸怒色,不知道他究竟在怨谁骂谁,更不知道他说的军人是否包括他自己在内。听起来只觉得好笑。但是他不敢也不便笑出来,就连忙劝慰道:

"委座,依我看,共匪过了金沙江,未尝不是好事。"

"好事?"蒋介石一愣,用他那森严可怖的目光盯着龙云,"怎么是好事?"

龙云含着笑,不慌不忙地说:

"朱毛选择的这条路,完全是一条绝路。"

"绝路?"

"是的,他们走的这条路,同当年石达开走的路线一模一样。恐怕过不了两个月,剿共大业就彻底告成,委座就要成为当代的曾文正公了!"

几句话使蒋介石的怒气消了一半。

"我也是这样想的。"他的语气缓和下来,颇有兴致地望着龙云,"你好像对这段历史也很熟悉?"

"不瞒委座,"龙云谈笑自若地说,"我在公余之暇,对历史上许多人物的成败得失都作过一些考究。像这位石达开,可以说是洪杨之乱的杰出将领,曾经煊赫一时。他之所以在大渡河边全军覆没,是有原因的。"

龙云自炫博学,津津有味地讲起来。他说,石达开的失败在于天时、地利、人和这三条他是一条不占。论天时,他正是旧历三月末,阳历五月初进至大渡河南岸。当时正值汛期,山洪暴发,不但大渡河急流汹涌,就是小小的松林河也水高数丈,尽管石达开一世叱咤风云,这时也无可奈何。论地利,石达开不啻进入了一座死谷,一块绝地。这大渡河并不太宽,却凶险之至。流速每秒钟达四公尺,徒涉绝无可能,也很难架设浮桥,清兵迫近,自然插翅难逃。论人和,大渡河南的大小凉山地区都是彝族,彝民剽悍善战,清兵与当地土司密切合作,就使石达开四面陷入困境。这就是石达开覆亡的原因。

龙云说到这里,笑着说:"历史很少有这样巧合的事,却偏偏巧合了。今天共军所走的完全是石达开的道路,情况一样,兵力一样,连时间也一样。你说巧不巧!委座,我看你天时、地利、人和三条全占了,怎么会不成功呢!这也是天意如此!"

龙云俨然一副历史学家的样子,讲得兴高采烈。蒋介石也似乎沉入到这段历史故事之中,脸上渐渐出现了笑容。他凝视着龙云,颇为认真地问:

"那时候,石达开还有多少部队?"

"也就是两三万人,和现在共军的数量差不多。"龙云以行家的口吻说。

"真是巧极!"

蒋介石不禁眉飞色舞,一挺身站了起来,在屋里踱了几步,然后瞅着龙云说:

"你知道我来干什么?我就是来部署大渡河战役的!下午开会,你也参加。我告诉你,这次是对朱毛的最后一战,我蒋某人决不会再放过他们了!"

"我看关键是刘文辉、杨森等人肯不肯卖力。"龙云接上说,"如果他们能严密封锁大渡河沿岸,中央大军向南一压,何愁不一举荡平!"

两人说到这里都沉到极度兴奋之中。龙云趁机说:

"我们云南各界人士和全体民众,为了欢迎委员长光临昆明,并为了预祝剿共大业即将完成,准备明晚举行全城火炬晚会,希望委座和夫人届时驾临。"

蒋介石一听,心里乐了,但脸上并没有特别显示出来,只是说:

"不要搞得那么大嘛!"

龙云笑着说:

"这是民众的公意,我个人哪里制止得住!"

蒋介石早就知道龙云一向垂涎贵州,为了笼络他,至少应该给他点想头,才好事事俯首听命。想到这里,望着龙云说:

"像云南、贵州这些地方,别人都以为是边陲之地,不甚重要,我看则不然。这些地方也要加强中央领导。"

"加强中央领导?"龙云听到这几个字心中猛地一跳,没有则声,只是睁大了眼睛听下去。

"我计划将来适当时机,成立一个机构,也许就叫'滇黔绥靖公署'吧,好来代表中央统率两省军政。"

龙云的眼睛放出光彩,情不自禁地问:

"不知将派哪位贤达前来主持?"

"那还有谁?"蒋介石笑笑说,"恐怕比你合适的人不多呀!"

说过,两人哈哈大笑。

接着,蒋介石又叫卫士长把侍从室主任找来,当面嘱咐说:

"以后你要多和龙主席联络,龙主席有什么事要办的,你要立刻向我报告。"

郑不凡满脸笑容地望着龙云,唯唯听命。

当龙云回到他的花园中时,久久地望着大理石上的云中飞龙,不禁飘飘然像真要飞起来了。他把副官长叫过来说:

"我让你制作的金牌做起了吗?"

"正在金店加工赶制呢,主席。"副官长说。

原来,这是龙云接待工作的一部分,准备制作一面相当大的金牌,刻上"蒋委员长莅滇纪念",献给他的上司。当然也还有小一点的,准备分送给各侍从人员。这都是在他的不眠之夜最富想象力的时刻计划好的。

(四十) 月色朦胧的夜里,战友亲切交谈,使毛泽东进一步了解到一个山国——群魔乱舞的山国。

月色迷濛。

一支前不见头后不见尾的队伍正在向北蜿蜒行进。

一弯下弦月隐进云中去了。月色像白色的轻烟,掩盖住了远处的山峦,人们觉得竟像是在平原上行进似的。陪伴着他们的是一条安静的河、温柔的河,它的名字就叫安宁河。这种迷离的景色本身就像梦境,自然很容易使那些行军行家们进入梦乡。你不能不佩服他们的本事,他们完全可以做到一面睡眠,一面走路,乍一看,你以为他们正在聚精会神地行进,而实际上却大部分人都已与周公谈话。而嚓嚓的脚步声,溅着火星的马蹄声,还有刺刀与水壶的磕碰声,驳壳枪与什么小零碎的摩擦声,不过是为他们的梦境伴奏。

渡过金沙江是红军战略性的胜利,它使得全军士气大振。一方面是暂时摆脱了优势敌军无休止的尾追、堵击和重重包围,多少喘了一口气;一方面是得悉红四方面军正向川西北前进,两支主力红军不久即将会师。在川西北创建根据地的口号,燃起了人们新的希望。在此期间,除三军团包围并攻击会理,九军团沿金沙江防堵追兵外,所有部队整整休息了五天。这是多么难得的五天!人们的体力得到某些恢复。尽管这时部队只剩下不过两万多人,比从江西出发时减少了四分之三,但一时高涨的士气竟把这些大大冲淡了。

当然,统帅部的领导者们,他们的头脑是清醒的。他们的确充满自信,相信自己不会成为石达开,但历史的巧合带来的巨大阴影却不能不引起他们深沉的思考。他们意识到,在金沙江以北,大渡河以南,雅砻江以东的这块狭小地区内,如果犹豫观望,不当机立断,是有相当危险的。也就是说,重复石达开的悲惨命运,也并非全无可能。因此,他们决定立即北进,尽快脱离险境。不仅放弃了进攻会理,即沿路诸城,也尽量避免纠缠,以便争取时间,在敌人布置就绪前抢过大渡河天险。

在这期间,还有一件事不便略过,就是在会理会议上,对前些时掀起的一股小小的逆流给予了批评。本书前已交代,在贵州相当困难的日子里,林彪对当时的机动作战提出种种非难,并提出要撤换毛泽东、周恩来、朱德的军事领导。当时因为敌情相当紧张,在这件事情上展开论争,显然是不适宜的。现在为了统一思想不能不给予批评。毛泽东对林彪的批评显得辛辣而严厉。他指着林彪说:"林彪,你还是个娃娃,你懂得什么!"周恩来也揭露和批评了林彪,赞扬了毛泽东在敌人重兵包围中两进遵义、四渡赤水的指挥艺术,积极地维护了毛泽东在党和红军中的领导地位。会议进一步阐明了只有机动作战才能摆脱敌人重兵包围的作战方针。大军得以冲出敌军的漩涡渡过金沙江本身,已经说明了这个问题。林彪无言以对。从此领导层的团结更巩固了。

下弦月从云缝中钻了出来,远近景物的轮廓显得清晰了一些。安宁河平静的流水,闪着白光,路边的树木在地上投下浓重的阴影,就像一幅幅油漆的雕画。就是那残破的村庄、古旧的集镇,也比白昼显得美好。

也许因为过了午夜的缘故,队伍里打瞌睡的人更多了。像黏粥一般浓重的睡意完全笼罩着他们。但是,在行列中却有两个人在悄声谈话。这两个人都骑着马,正在并辔而行。他们已经谈了很长时间了,好像丝毫没有疲倦的样子。从两个人浓重的四川口音和湖南口音,可以听出是朱德和毛泽东。

"总司令,你好像跟我说过,你是走过这条路的。"

"是的,那是十三年前的事了。……那时节,云南的'小皇帝'唐继尧打回了昆明,我急急忙忙地逃出来,也是蛮紧张咧!我刚刚坐小船过了金沙江,骑兵就追到了江边,来不及过江的六个人都被打死了。"

"是你出去找党那一次吧?"

"是的。"

"听说,那时你是云南的警察厅长?"

"是的。"

"那你是唱了一出《林冲夜奔》喽!"

"是的,比《林冲夜奔》还热闹哩。"

两个人同时发出笑声。接着又谈下去。

"那时候,这条路好走吗?"

"不好走。一路上尽是高山密林,土匪很多。"

"那你是怎么过去的呢?"

"幸亏我遇到一位好心的绿林好汉,他是哥老会的弟兄,把我们送过去了。我把我心爱的大马和手枪送给了他,他以后又派人送到我妻子那里。这些人比那些军阀要善良得多。"

"确实这样。……不过,你没有想到十三年后重走这条路吧?你等于给咱们的红军打前站了!"

"是的,是的,确实没有想到。"

两个人又笑了一阵。过了一个小小的镇子,谈话才继续下去。

"这里离彝族区还远吗?"

"不太远了,我们明天可以到达冕宁,过了冕宁不远就是彝族区了。"

"总司令,你对石达开在大渡河覆亡的事很有研究吧?他们同彝族的关系没有处理好,是不是原因之一?"

"不敢说有研究,不过四川的材料还是看过一些。我仿佛记得一个材料上说:'达开不自入绝境,则不得灭;即入绝境,而无彝兵四面扼制,亦不得灭。'连石达开自己在供词里也承认:'到紫打地方被兵勇夷人击败'……"

"当时的实际情况究竟怎么样?"

"当时太平军的处境十分困难。主要是彝族上层的土司被清朝收买了。他们煽动各族群众实行坚壁清野,太平军每到一地群众就逃跑一空,四出征粮也无所得,不得不掘草根、宰战马,再加上痢疾流行,把一支强军弄得疲弱不堪。这时节,西面的彝族土司王应元截断了通泸定桥的孔道,前后杀害太平军好几千人;东南的土司岭承恩乘夜袭占了马鞍山,把太平军逼到不及一平方公里的峡谷里,太平军最后就这样覆灭了……"

"石达开究竟采取了什么措施呢?"

"也许他的缺点就在这里。很明显他对这些情况估计不足,也没有明确的政策。现在留下的有石达开给土司王应元的一封信,答应给王应元白金千两,好马两匹,请王让路,否则将予以痛剿,鸡犬不留。但这些话已经不起作用了。"

谈话暂时中断。仿佛彼此都在深沉地思索。停了好久,毛泽东才叹息了一声。

"教训是极为深刻的,尽管对这些农民领袖们不能苛求。这个问题我们必须加倍谨慎!"

"是的。这里汉族的统治者,一向对少数民族很残酷。要他们纳很多的税,还要杀他们的人,扣他们的人质关在监狱里。我们新来乍到,他们怎么能弄清我们是什么样的队伍呢!"

"是的,是的。困难一定很多。还有一个问题需要考虑,这里过大渡河是两条路:一条是通过冕宁经过大凉山彝族区到安顺场;一条是经过越西到大树堡。总司令,你看主力走哪条路好些?"

"润之,你说吧!"

"你先说嘛!"

"从大树堡过河到富林,这是通成都的大道,比较好走一些。可是杨森的部队正向这里急进,兵力比较厚,敌人很可能估计我们要走这里。经冕宁走安顺场,是条小路,石达开的主力正是走的这里。这里刘文辉的兵力比较少些,对我们比较有利,可是就要过彝族区了。如果我们的工作做得好些,似乎走安顺场比较好。"

"我也觉得走安顺场好些,大树堡方面可以作为佯动方向,要有点声势。过彝族区一定要精心计划,还要提出明确的口号。政策纪律任何人不得马虎。……你刚才还说到监狱里关着什么人质?"

"是这样,汉官把彝族各家支的头人关起来,让他们的家人子孙轮流坐牢。许多人都死在监狱里了。"

"应该通知部队把监狱打开,把关起来的彝族人民通通放掉。到冕宁就有彝人了吧?"

"有了,那已经是彝汉杂居的地方。"

"好,我们到那里就请他们开会座谈、吃饭。听说他们很爱喝酒,是吗?"

"是的,是的。"

"那就同他们喝一次嘛!"

这时,队伍中不知谁喊了一声:"瞧,大火!"毛泽东和朱德举头向西北一望,果然地平线上升腾着一丛火光,照得一大片天空都是红的。正在边走边睡的人们,也睁开惺忪的眼睛,纷纷议论。朱德正要找作战局查问,薛枫从前面跑了过来。

毛泽东和朱德下了马,站在路边。

"那是什么地方?是西昌吗?"朱德往西北一指。

"是西昌,敌人在城关放火了!"

"我们有部队去攻城吗?"

"没有。"

"没有,为什么他要放火?"

"是这样,"薛枫笑着解释说,"据侦察员报告,敌人边防司令刘元璋和旅长刘元琮怕红军接近城墙,打算把西关烧了。可是他们又怕老百姓不满意,就把全城士绅找来开了一天的会,让士绅们自己提出请求,这才泼上煤油动手来烧。可惜三里长的一条最繁华的大街完了。他们还不准这些老百姓进城,老百姓只好露宿城外。侦察员就是听这些老百姓说的。"

"这里离西昌有多远?"毛泽东问。

"整整三十里!"薛枫笑着说,"据老百姓讲,敌人原来是怕我们攻城,现在又怕我们不去攻城,因为我们不去攻城,他们就没办法嫁祸于人了。"

"我们四川的那些军阀就是这个样子!"朱德愤愤地说。

说过,朱德和毛泽东上马,继续随队行进。

"你对四川军阀是很熟悉的。"

"是的。"

"在贵州,我们就同刘湘交过手了;还有杨森,那个人怎么样?你好像当过他那个军的党代表?"

"是的。那是一个典型的投机专家,两面三刀,反复无常。他同吴佩孚的关系很深。北伐军进逼武汉的时节,他看吴佩孚危险了,就派出代表,四出活动,表示拥护革命。北伐军总部就委任他为国民革命军二十军军长,让我到他那个军做党代表。可是我到了万县,把委任状和关防真交给他,他倒借故推托,迟迟不就职。我一怒之下,率领政工人员走了。我刚刚离开万县,他就调动部队,配合北洋军阀反攻武汉了。……"

"他那次不是遭到惨败了吗?"

"是的,他狼狈逃回万县,这才派人到武汉把我接回来,通电就任军长职务。一面在万县的大街小巷贴满了革命标语,命令川东十七县赶制青天白日的旗子,可是同时,他又打电报给吴佩孚,说他正准备待机反攻。"

"你是怎么离开那里的呢?"

"他们这一套我是很警惕的。我从杨森的一个参谋那里知道了他和吴佩孚代表的密谋,准备把我和全体政工人员通通杀掉,然后再次向武汉进犯。我就借组织参观团的名义,把政工人员带走了。"

"杨森原来不是滇军的吗,怎么到川军来了?"

"不,他是四川人,最早就是川军的,后来与滇军作战,被滇军俘虏了。有一天滇军的旅长黄毓成视察俘虏营,集合俘虏训话时问道:'你们中间是军官的,向前五步走!'俘虏们没有一个敢动,可是杨森却挺胸而出,咔,咔,咔,走了五步,然后立正说道:'报告司令官,我是少校营长杨森!'黄毓成见他声音洪亮,面无惧色,颇有军人风度,很赏识他,就把他带回去当了副官。后来又得到军长赵又新的赏识,让他当了参谋长。川军赖心辉率三千人偷袭泸州,在棉花坡被杨森击溃,从此就在滇军中出了名喽。但是许多人告诫赵又新,说杨森靠不住,将来很可能倒戈,可是赵又新不信。后来滇、川两军又爆发了大战,杨森就投到川军去了。之后还假托知己,给赵又新写了一封信,说:'我为川人,今以川人治川,舍公而去。今后两军开战,若遇公在,森当避之,不与公战,以报知遇之恩。'……"

"他这话以后兑现了吗?"

"兑现个鬼哟!杨森到了川军,就担任了师长。后来两军爆发大战,因为他熟知滇军情况,以长击短,勇猛进击,在七十二小时内追了五百多华里,一直打到赵又新的军部。赵又新正卧在床上抽大烟,听见枪声赶快奔上城墙,缒城而下。不料把脚扭伤了,只好由马弁扶着慢慢地走。走了不远,就在枪声中应声而倒。杨森随后赶到,赵又新已经奄奄一息。杨森大声喊:'军长,我对不起你!'赵又新睁开眼看了看他,就闭上了……"

"这帮家伙,真是一个比一个残忍!"

毛泽东今晚谈兴甚浓,他正要了解刘文辉的情况,薛枫走过来报告说,宿营地已经到了。

这时,西天上的月亮隐入云中,周围的景物又模糊起来。村里的鸡鸣正此呼彼应,渐渐形成一片合奏。回头望去,远处地平线上空染着一片红色,但那不是曙色,还是西昌未熄的火光。

（四十一）所有的人都从历史中汲取力量，反动人物也不例外。当英雄饮恨大渡河七十二年之后，还有人想当骆秉章这种臭名昭著的人物。

在岷江宽阔的江面上，一艘由宜宾溯流而上的江轮，正在劈波斩浪地疾驶着。船头上站着一位将军，他那副雷公嘴，虽然不甚雅观，但却十分威武。说实话，他是因为自己的相貌吃过一点亏的。他在滇军赵又新军长下面供职的时候，当时的"云南王"唐继尧就暗暗指示赵又新说，"我是懂一点相法的。我看杨森这人满脸横肉，目有凶光，门齿排露，状如鼠嘴，一望便知阴险残忍，人面兽心。切不可重用！适当时候杀之以除后患。"过了一阵子，唐继尧不见赵又新有动静，又密电赵除去杨森。不想赵却将唐的电报给杨森看了。杨森自然感激涕零。此后他就步入坦途。由于他骁勇善战，职务直线上升，最后官高位尊，也就没有人再去议论他那雷公嘴了。可是他总是觉得自己的相貌不太圆满。当年他决定投靠吴佩孚时，想托人捎去一张自己的相片，翻来翻去都不中意。因为那些照片都或多或少地显出雷公嘴的形象。最后才勉强找出一张身着猎服、手提皮鞭的照片，是早晨跑马时拍摄的。谁知这张照片却发生了意想不到的妙用。吴佩孚看了照片心中大喜，点着头说："这是杨森要为我执鞭随镫了！"

现在，他睥睨地望望两岸，望望浩淼的江水，充满着自信和威严。

"这么慢！还有好长时间才能到哇？"他回头望望，发出责问。

"报告军座，顶多个把小时，就到犍为了。"站在后面的随从副官赶过来赔着笑脸。

"不晓得那几个旅赶到了没有？"

"会赶到的,我想会赶到的。"

杨森不言语了,又把威严和不满的眼光投向船只和茫茫的江水。

杨森是四川军阀混战中的一个主要角色。野心很大,而又总不顺手,一次次争雄都连遭失败,最后不得不偏安川北几个县勉强维持。由于连遭挫折造成的刺激太深,精神有些失常,有时在会上讲着讲着话,就当众号啕大哭起来,甚至任意杀戮部下。毕竟他手中还有六个混成旅,约二万四千人,因此并不心灰意冷,仍然睁大两只眼睛在寻找机会。红军进入贵州不久,蒋介石派的参谋团已经入川。杨森是一个善观风色的人,他看到蒋介石的势力一天天膨胀起来,认为今后的天下已经非蒋莫属。四川的各派势力,包括刘湘在内,也迟早会被"统一"。与其以后被蒋介石无声无息地吃掉,何如事先主动投靠呢! 说到这里,就不能忽略杨森的卓异之处,这就是"抢先一步"。凡事要看机会,只要看准了,那就当机立断,当仁不让,抢先一步。这次,杨森又是这样。他一看红军进入贵州,是自己摆脱偏安的大好机会,就向蒋介石表示,为了完成剿共大业,情愿放弃多年盘踞的川北老窝,到外省请缨杀敌。蒋介石当然喜不自胜,即命二十军开赴雷波以下沿金沙江布防。杨森的军部遂于五月上旬到达宜宾。不久,红军渡过金沙江北进,他的防线也就归于无用。这天,他正坐在宜宾军部百无聊赖,忽然接到蒋介石一份电报。电报命令他所率的六个旅,全部开到大渡河前线,沿富林以下布防,对红军严加防堵。电报后面还有几句慰勉的话:子惠兄此次参与大渡河会战,必定马到成功,朱毛成为石达开第二已无疑问,而兄即今日之骆秉章也。……杨森看完电报,把自己的谋士某公找来问道:"骆秉章是个啥子? 蒋介石为啥叫我做骆秉章呢?"某公笑着说:"恭喜军座,您恐怕要高升了。"杨森说:"里面有这个意思吗?"某公说:"骆秉章是清朝的大臣四川总督,石达开就是在他手里覆亡的。委员长要您做今日之骆秉章,是把这次大渡河会战的希望寄托在您身上了,如一举成功,怎能不高升呢!"杨森一听,咧开雷公嘴,露着一排大牙笑起来。他立即命所属的六个旅星夜向大渡河赶进。自己也随后从宜宾乘船,亲自赴前线指挥。他一向以能征善战自许,这次凭大渡河天险,成功更是毫无疑问的了。

看来船行得并不迟慢,只是由于将军性急,才觉得慢了。杨森正望着水波胡思乱想,忽听汽笛像老牛似的哞——哞——叫了两声,前面已是犍为。船还没有靠岸,杨森就看见两个混成旅旅长站在码头上笑嘻嘻地前来迎接,旁边还站着不少护兵马弁。杨森这时倒不着急,挺挺胸,迈着慢慢的步子,显得更加威严。

这两个旅长,一个姓杨,是杨森的侄子,一个姓向,是杨森的得意门生。他们俩把杨森迎下船来。杨森的脚刚踏上码头,就迫不及待地问:

"部队到齐了吗?"

"到齐了,到齐了。"两个人抢着回答。

"其他几个旅呢?"

"据说下午能到。"

说着,他们把杨森簇拥到杨旅长的旅部。杨森没有坐稳,就对两个旅长说:

"你们知道有个骆秉章吗?"

两个旅长相顾愕然,愣了。

"你们怎么连这个都不晓得!"杨森郑重其事地解释了一番,然后满面春风地说,"委员长要我当今天的骆秉章呢!"

杨旅长不禁眉开眼笑:

"这一来恐怕我们就时来运转了!"

向旅长也乐呵呵地说:

"刘湘这龟儿子,今后我们再不受他的气了!"

"可是,我告诉你们,"杨森以教训的口吻说,"这次谁也不能装孬。首先,我们要用一天一夜的时间赶到大渡河边。"

"哎呀!"杨旅长吃惊地说,"二百多里路,一天一夜咋个能赶得到呢!"

"你知道共军是咋个赶路的吗?"杨森的脸沉下来了,雷公嘴显得更突出了。

杨旅长没再言语。

停了片刻,向旅长才以得意门生的身份,鼓起胆子说:

"这里的山路很不好走,一昼夜到达是有困难的。"

"不要说了,每个旅给你们三百块大洋!"

他挥挥手,算是定了。

雅安城内。

二十四军军长刘文辉将军在他幽雅的两层小楼前反复徘徊。

他的身量不算高,脸形上宽下窄,有点发黄,看去不仅没有将军风度,还有点文弱。但人不可貌相,他的心里还是颇有些路数的。

庭院幽雅而舒适。院中种满了各种花草,尤其几棵与楼相齐的玉兰树不时地飘来一阵阵清香。无奈主人的心绪不佳,对此奇花异树,反而常有"感时花溅泪"的伤怀。按说,雅安这座城市是很不错的。她坐落在二郎山下,青衣江畔,不大不小,方方正正,虽说偏远一些,却是相当妩媚娴雅的。然而主人想起当年任四川省主席时那种威风八面的情景,自然不禁要揾一把英雄泪了。

刘文辉将军早年毕业于保定军官学校,颇懂一些韬略。自从一九二七年,他同刘湘、杨森、刘成勋、邓锡侯、田颂尧、赖心辉等七个四川军阀将"五色旗"换成"青天白日"旗之后,互相争雄的内战,反而愈演愈烈。在这中间,为了攫取四川霸主的宝座,他充分显示了自己的聪明才智。首先他制定了"内外并举,左右开弓"的总方针。也就是说,一面消灭四川境内的对手,一面在夔门外拓开局面。为了达到这个总目标,他在力量还不大的时候,着意于同邓锡侯、田颂尧的联合,以对抗刘湘和杨森的结盟,避免了自己的孤立地位。不久,他就着军服,乘白马,挎洋刀,在成都西较场就任了国民党二十四军军长。

《孙子兵法》有一条:"不战而屈人之兵,善之善者也。"刘文辉是领会了它的真谛的。为了吞并老牌军阀刘成勋的领地,他首先收买了刘成勋的三个师长,把墙脚挖空,然后一举突袭,不费吹灰之力,就将雅安、西昌等雅属宁属要地归为己有。他在得意之余,还给刘成勋打电话说:"刘军长,你是老前辈,时代不同了,请你打个让手,我要到雅安来。"其后,刘文辉又乘其他军阀混战之机,驱逐了赖心辉,占领了江津等地。至此,刘文辉已据有上下川南、宁、雅属和上下川东部分地区共七十余县地盘,盛极一时。一九二九年三月,成都旧督署衙门张灯结彩,冠盖如云,蒋介石的代表亲自捧了四川省政府主席的大印,授给了刘文辉,这是他一生中的顶峰。可是省主席的印绶与独霸全川的野心,还有不小距离。因为这时的四川,还是一个互相对立的三角。一是刘湘以重庆为中心的下川东;一是李家钰、罗泽州、杨森盘踞的北道;一是刘文辉、邓锡侯、田颂尧盘踞的川西南和川北。刘文辉暗暗盘算,要想独霸全川,三角中必须先吃掉一角,剩下一角就好办了。于是他竭力怂恿邓锡侯讨伐李家钰。在这次战争中,刘文辉又扩大了防地,收编了部队,最后就剩下刘湘和刘文辉两大派了。

一九三二年八月,二刘的争雄之战爆发了。这次战争持续了两年之久,是四川军阀混战中规模最大的一次,战线连绵千里,双方投入兵力数十万人。无辜的士兵死亡六万多人,给四川人民带来了无穷的灾难。可是熟谙韬略的刘文辉却未能取胜。他先退出了泸州、宜宾,以后又退出了成都。在新津撤退时,刘文辉已经听到枪声,他的马弁慌得把床上的鸦片烟具抱起就跑,连刘文辉的印章和作战地图都丢掉了。最后刘文辉才跑到雅安这个地方。一向忠于刘文辉的部下,纷纷离去。当初的十余万雄师,只剩下两万余人;当初的七十余县,只余下雅安一隅。秋风孤城,夜深独坐,真真是好不痛煞愁煞人也!要知道,享受过荣华富贵、权力地位一类滋味的人,一旦失去它时,是比从未得到过它的人更为痛苦难忍的。

这暗淡的日子刚刚过了一年多,忽报朱毛红军已经由贵州进入川南古蔺、叙永一带,准备渡江。这消息自然带来一阵惊悸,后来听说红军又返回贵阳,一时轻松了许多。不意四月下旬,红军突临金沙江南岸,面临的正是自己的地盘。他就开始睡不好觉了。从内心说,他是很怕拼掉自己手里的一点小资本的。这点兵力一拼掉,也就永难东山再起,甚至连雅安这点地盘也难保住。然而不打又如何呢?与任何政治势力不同,红军是要打土豪分田地的,覆巢之下岂有完卵?他翻来覆去地考虑,得不出一个满意的结论。正在为难之际,他的足智多谋的章参谋长说:"军长不要忧虑,叫我看,红军来未尝不是好事。"刘文辉说:"怎么是好事呢?"章参谋长说:"我们在这样一个小地方,都快困死了,何时才是出头之日?现在共军一来,我们正好向蒋介石要枪要钱,扩大部队。再说,这一带山川阻隔,地形险要,红军走的正是石达开覆亡之路,只要我们严加防堵,薛岳他们从南面一压,朱毛不难就擒。到那时候,蒋介石说不定就要亲自请您回成都呢!"刘文辉一听,果然有理,憔悴的黄脸上微微露出久已丢却的笑容。遂立即打起精神,部署兵力,以金沙江为第一道防线,大渡河为第二道防线,严密防堵红军。另外,还东拼西凑地新立了不少番号上报,以便多要一点饷糈械弹。不料为时不久,红军即渡过金沙江,包围会理,接着又迅速北上,眼看就到了跟前。刘文辉心中未免忐忑不宁。这时接到蒋介石一封急电:"大渡河天险,共军断难飞渡,薛岳总指挥率领十万大军跟追于后,望兄督励所部,严密防守,务将共军彻底消灭于大渡河以南。如所部官兵敢有玩忽职守,致使河防失守者,定以军法从事。"刘文辉看了这封措词严厉的电报,心中颇为不悦,想起康泽的别动队来到雅安进行监视,心中更为忧烦。至于大渡河防线虽然部署了,究竟是否严密,自己也没有把握。想到这里,他的脚步不由自主地在一棵玉兰树下停住了。

"快请参谋长来!"他回过头招呼副官。

不大一会儿,参谋长进来了。这是一个个子不高,机智灵活,问一答十的年轻人。

"章参谋长,你认为大渡河防线有把握吗?"

这位年轻人颇为自信地笑了一笑:

"依卑职看,共军要过大渡河,除非插上翅膀。"

"先别说这么满,你想想看,还有没得漏洞。"

"我看比较严密。"章参谋长说,"从富林到泸定桥以西,我们摆了三个旅,也差不多了。现在二十一军的王泽浚旅,已经从成都开过来,准备接防富林,我们的兵力就更宽余了。"

刘文辉点点头,问:

"老蒋又来了电报没有?"

"来了,还是那三条!"章参谋长不耐烦地说,随手递过一份电报。

刘文辉接过一看,果然电报上说,为了确保河防,必须重申下列各点:一、收缴南岸的渡河船只以及一切可作渡河的材料;二、搜集南岸民间粮食运送北岸,实行坚壁清野;三、清扫射界,如南岸居民房屋可资共军利用掩护其接近河岸者,悉加焚毁。

刘文辉把电报交还参谋长,说:

"这些我们不是都执行了吗?"

"他怕我们搞得不彻底嘛!"

"不过,这些确实马虎不得。"刘文辉思虑着说,"尤其是船,南岸一只也不能留!"

"这个,已经三番两次做了搜查。"

"不能完全相信。"刘文辉摇摇头说,"封锁金沙江命令也很严,还是让共产党搞去了几只小船。"

"是的,还要搜查一下。"

刘文辉来回踱了几步,又站定问:

"杨森的部队,到了啥子地方?"

"我的一个同学打来电话,说他们已经到了犍为。"参谋长说到这里,露出白牙一笑,"杨森的劲头很足,说这次大渡河会战,他要当骆秉章呢!"

"你说啥子?他要当骆秉章?"

"是的,老蒋给了他一个电报,说希望他当今天的骆秉章,他的气儿就高起来了。"

刘文辉沉吟半晌,从鼻子里冷笑了一声,说:

"不见得吧,我看究竟谁当骆秉章恐怕不一定吧!"

说过,他又在院中走了几趟,然后在玉兰树下站定脚步,盯着参谋长说:

"你准备一下,咱们俩马上到前线去。"

"今天就走吗?"

"是的。"

他那张憔悴的黄脸上,似乎跃动着一点红润。

(四十二)真正的地狱是在人间。它比传说中的地狱更可怕。一个不久前的铁匠,率领着一小队红军撞开了地狱的牢门。

小小的彝汉杂居的越西城,带着惊惧、惶惑、喜悦和期待的神情,迎接着今天的早霞。

天亮以前,越西县长就带着他的党政官员和刘文辉的两个连跑了,金雨来率领着一个先头连当即占领了这座县城。

城中心十字路口的墙壁上,贴上了一张醒目的布告:

中国工农红军总司令部布告

中国工农红军,解放弱小民族;
一切夷汉平民,都是弟兄骨肉。
可恨四川军阀,压迫夷人太毒;
苛捐杂税重重,又复妄加杀戮。
红军万里长征,所向势如破竹;
今已来到川西,尊重夷人风俗。
纪律十分严明,不动一丝一粟;
粮食公平买卖,价钱交付十足。
凡我夷人群众,切莫怀疑畏缩;
赶快团结起来,共把军阀驱逐。
设立夷人政府,夷族管理夷族;
真正平等自由,再不受人欺辱。
希望努力宣传,将此广播西蜀。

中国工农红军总司令　朱　德

布告下的人越聚越多。穷苦的农民、小贩、商店的学徒、伙计、青年学生、孩子,都乱纷纷地往前挤。他们一半是看布告,一半是看人丛中的那个红军。文盲们主要是听别人的一言半语,参照着红军和善的脸色,来作出自己的判断。当然人丛中还是文盲多,他们一个劲儿地盯着金雨来看,看他的八角帽上的红星,看他的草鞋,看他的脸,看他的枪,好像没个够似的,眼光里充满着亲切、新奇,有时和金雨来的眼光相遇时就不好意思地笑了。金雨来今天也感到格外新鲜,因为人丛里就站着不少彝族人。他们头上像印度人似的缠着大团的布绦,披着用羊毛织成的搭到膝盖的斗篷,下面赤着双脚,他们眼光里充满着惶惑和好奇。

金雨来看见人来得很多,就给大家讲解布告。人们聚精会神地

听着,脸上不时露出笑容。正讲解间,街上跑过一匹马来,一个骑兵通信员翻身下马打了一个敬礼,报告说:

"金营长,团首长叫你们赶快开监放人!"

金雨来连连点头答应,随后挤出人丛,朝北大街走去。人们听说要开监,又拥过来跟着他。街上的店铺已经有几家开门营业。还有几家把乌黑的板搭门只开了一条缝,在里面犹豫观望。

破旧的县衙门坐落在北街的尽头。这里也像其他县城一样,门前有一块高大的影壁,影壁上画着国民党的"青天白日"党徽,写着"礼义廉耻,国之四维,四维不张,国将灭亡"的话。这是蒋介石推行"新生活运动"以来,到处都可以看到的。

金雨来进了县衙门,就看见他率领的先头连的战士们,正在那里忙着焚烧县政府的各种卷宗。这是他们每打开一个县城照例要做的事。战士们从里面抱着一大捆一大捆的卷宗,纷纷投到火堆里。零碎的纸张和黑色的纸灰被吹得到处都是。

金雨来看见指导员杨米贵正在那里跑前跑后地指挥。他就是那位在乌江边上提出扎竹筏的班长,外号叫杨二郎的,因为一路上伤亡很大,他现在已经提升为指导员了。金雨来把他叫过来说:

"杨二郎,你光搞这个不行啊,上级叫我们开监放人呢!"

"那叫三排先去吧!"杨米贵笑着说。

金雨来点头答应。杨米贵冲人群里喊:"三排长!三排长!"一连喊了几声没有人应。杨米贵又放大了嗓门叫:

"老杜,你聋了吗?"

这时,火堆边一个矮胖乌黑的汉子跑了过来。原来他就是遵义参军的杜铁匠,脸上满是汗水,油光光的,跑过来打了一个敬礼。

"杜师傅,你是打铁震得有点耳背了吧?"金雨来亲热地开着玩笑。

"不不,我当是叫别人呢!"杜铁匠擦擦脸上的汗,笑着说。

原来他刚提升排长几天,听起来还不习惯。这杜铁匠是首先用竹竿挑着长长的花炮在遵义欢迎红军的人,又是遵义一个区的苏维埃主席,一入伍就当了班长。他平时很能团结人,作战又表现得相当勇敢,所以新近就提升为排长了。

"营长叫我们去砸监狱,你们三排去吧!"

杜铁匠点点头,笑着对金雨来说:

"营长,我已经是你的下级了,你就别老是叫我杜师傅了。大家都叫我铁锤,你又不是不知道。"

"好,好,我以后叫你老杜。"

金雨来说过,又吩咐道:

"这地方彝族同胞受压迫很重,监狱里关的人很多,不管彝族、汉族,你把他们统统放出来。"

铁锤从口袋里摸出哨子嘟嘟一吹,立刻整好队,出了县衙门,向西面走去。

监狱坐落在县衙门西侧的小广场上。灰色的高墙上架着铁丝网,俨然像一座城堡,两扇大铁门紧紧关闭着。杜铁锤领着红军战士们来到铁门跟前,广场挤满了看热闹的群众。他指挥红军战士们先用砖头石块砸了一阵,铁门纹丝不动,正着急时,人丛中有人喊:"大家伙来了!"铁锤一看,好几个老百姓抬着一个大树桩子走了过来。他笑嘻嘻地迎上去,向他们致谢,然后同战士一起接过树桩轰咚轰咚地撞击铁门。不过几下,那两扇大铁门已被轰然打开,一把大铁锁断落在地上。

监狱里有好多排大监房,全关满了人。杜铁锤刚走近大监房前,立时就扑过来一股难闻的臭气。他顺着铁栅栏门往里一望,不禁吃了一惊。那些囚犯真是三分像人,七分像鬼,一个个骨瘦如柴,头发足有半尺多长,身上披着布条条、布筋筋,有的早已赤身露体。他们似乎还不知道外面的变故,一见门口来了人,脸上都带着惊惧慌乱的表情。铁锤见此情景,连忙说:"我们是红军,是来救你们的!"听了这话,里面的人仍然带着惶惑不解的样子,因为他们之中谁也没想到还有这样的机遇。杜铁锤指示各班去砸开牢房,他自己也找了一根铁棍立刻将铁锁砸断。进了牢房,里面真是说不出的潮湿阴暗,地上又是屎又是尿,那股秽臭难闻的气息几乎能将人熏倒。铁锤见囚犯们有的站着,有的坐着,有的卧着,仍然愣在那里一动不动,就带着笑说:"你们已经自由了,可以回家去了!"人们这才慢慢移动着步子,带着叮叮当当的镣铐声,走出门去。

最后剩下一个人仍然卧在地上不动。铁锤仔细一看,是一个老人,已经瘦弱得不像人样,一张长长的脸不过三四指宽,简直像一个披着皮的骷髅,他怎么能带得动那么粗重的铁镣?铁锤说:"老人家,我把你背出去吧!"老人睁着两个大眼睛,感动地点点头,铁锤就把他扶起来,背在背上。

所有的大小监房都被红军打开了。囚犯们一群群地向广场走去。其中单单彝族同胞就有二百多人。那些不能行动的人,红军战士们就学排长的样子把他们背出来。在遵义参军的那个挑煤炭的工人李小猴,显得特别积极,一趟一趟地背着那些九死一生难以动转的人们。

人背到广场上来了。因为没有狱卒的钥匙,红军战士们就找了一些铁锤,将囚犯们的脚镣手铐砸断。看热闹的人群挤得里三层外三层,争着看这些从来也没有见过的新鲜事。

不用说杜铁匠是第一把好手,他准确有力地挥动铁锤砸着一副副脚镣。他还问那位瘦得不像样的彝族老人:

"老人家,你今年多大年纪了?"

"快六十了。"

杜铁锤见他懂得汉语,又接着问:

"你在牢里蹲几年了?"

"总有十、十几年了吧。"

"你犯的是什么罪呀?"

"我啥子罪也没有,就是缴不起税。"

许多囚犯也都插进来说：

"我们都是缴不起税才抓进来的。"

杜铁锤将老人脚上的脚镣砸断，哗啦一声扔到一边，把老人扶起来，说：

"老人家，你回家吧！"

老人颤巍巍地立起两只麻秆腿，晃晃着走了两步又站住了。他回过头胆怯地问：

"我回去没有事吧？"

"没有事。"铁锤带着笑说。

"不会再把我抓回来吧？"

"不会，不会。"

老人点点头，望着杜铁锤，扑通一下跪到地上，呜呜地哭了。杜铁锤连忙跑上去，眼里含着泪，像待父亲一样地把他搀起来，由别人扶着慢慢地走了。

"烘军卡沙沙！烘军瓦瓦苦①！"人群里腾起一片激动的喊声。

因为许多彝族人操汉语不很准确，就把红军念成了"烘军"。但是红军战士们听着这些朴实厚重的声音觉得特别动人。

杜铁锤接着又去砸另一副脚镣，伸过来的是一双孩子的脚。他抬起眼瞅了瞅，果然是张黄黄的孩子脸，大大的眼睛，不过十五六岁。他问：

"你多大了？"

"十五岁了。"

"你犯什么罪了？"

"我没有罪，是轮到我了。"

"喀咯轮到你了呢？"

"轮到阿爸当人质，阿爸死了。"

---

① 烘军卡沙沙——谢谢红军。烘军瓦瓦苦——红军万岁。

"要坐多长时间?"

"一轮五年。"

"你叫什么名字?"

"阿尔木呷。"

"你是哪个家的?"

"咕基家的。"

杜铁锤叹了口气,奋然一击,脚镣断了。小孩子一跃而起,向他笑了一笑,一跳一蹦地去了。

群众鼓起掌来。

杜铁锤见身边又伸过来两只脚,同时响起一个粗憨的声音:"烘军你好!"铁锤抬起脸看了看,见这人两只手也紧紧铐着,头发有半尺多长,和粗浓的络腮胡子长成一团,两只眼睛乌黑有神,闪着亮光。就问:

"你是怎么进来的?"

"我杀了他们的人!"他笑着,说得十分爽直。

"杀了谁个?"

"汉官,汉兵。"

"什么时候?"

"去年三月嘛,这里暴动,我也去喽。"

"暴动?"

"是的。我们有四千多人,打进了城,又失败了。"

"好,好样儿的!"

杜铁锤说着,连续几下,将他的脚镣手铐都砸断了。他慢慢站起身来,伸了伸粗壮有力的双臂,然后将脚镣、手铐拾起来狠狠地往地上一摔,然后举起双臂响亮地喊道:

"烘军瓦瓦苦! 烘军瓦瓦苦!"

周围群众也狂热地跟着喊起来:

"烘军卡沙沙! 烘军瓦瓦苦!"

这人喊完并不离去,抢过老杜的锤子,也帮别人砸起镣铐来。

杜铁锤笑着说:

"你快家去吧!"

他拍了拍自己的胸脯,说:

"俄也要当烘军!"

群众中响起一片掌声。

放出的囚犯们,纷纷由家人扶着离开广场。广场上这里那里不断传来亲人相见的哭声,地面上是一堆一堆沾着血迹的镣铐。杜铁锤率领着他的排刚刚走出不远,迎面过来一个中年妇女,穿着白鞋,后面跟着两个男孩、两个女孩。她一见红军队伍就扑通一声跪在地上,几个孩子跟着跪在后面。她手里高高地举着一个禀帖,还没说话,泪就流下来了。几个孩子也跟着哭起来了。

广场上的群众围了过来,堵塞了道路。

杜铁锤接过状纸,只见上面写着:"红军总司令恩人麾下……"不及细看,就去搀那个妇女,连声说:

"快站起来!快站起来!"

"红军大恩人哪!我的男人叫张团长杀了,他死得冤枉呀,冤枉呀,他没有暴动呀!"

话犹未了,又有一个老头儿跪下来,双手举着递过来一张禀帖,口里叫道:

"红军大恩人哪,您也要给我申冤报仇呀!"

"老人家,你是什么事啊?"

"你看禀帖吧,我没法说呀,廖春波把我的女娃弄走了呀!……"

杜铁锤接过状纸,把老人扶起。接着,这里那里不断有状子递了过来。有的是汉人告"倮倮"抢了他的东西,有的是彝民告汉人烧了他的房子。不一时,就有十几张状纸。杜铁锤放眼一看,四外人山人海,都看着他,他虽当过几天苏维埃主席,哪里见过这种场面,一时不免有些慌乱,后悔没有叫指导员跟来。这时李小猴站在他的身后,两个圆眼骨碌了几下,就拉拉杜铁匠的衣袖,悄声说:"排长,你讲几句话,就说回去交上级处理。"杜铁锤立刻挥挥手里的状纸,高声说道:

"同胞们!同胞们!我们红军是穷人的队伍,我们、我们是一定要给大家报仇的。我回去给上级报告,给上级报告!……"

周围响起一片掌声。

杜铁锤觉得意犹未尽,又接上说:

"同胞们!同胞们!我们都是穷人,穷人,不管汉族、彝族,都是兄弟,都是兄弟,我们要团结起来,打倒国民党,打倒四川军阀!"

"烘军瓦瓦苦!烘军卡沙沙!"群众又高喊起来,周围一片欢腾。

外面仍然是人山人海,这一小队红军在人丛中艰难地跋涉着,要回到驻地,恐怕还要很长时间。

(四十三) 像湖水一般莹澈,像鲜血一样真诚。这是中国近代史上的传奇:一位无产阶级的将军同奴隶制社会一位部落的首领歃血为盟。

山沟越来越窄了。长长的穿着杂色衣服的红军队伍,在窄窄的山径上蜿蜒行进。两侧是高山、密林、奇峰、怪石。山谷幽静得近乎死寂,只有山溪在深谷中低低絮语。山坡上开满了红的、白的、紫的杜鹃花。景色确是美丽非凡,但人们却无心观赏,而且有些忐忑不宁,因为已经进入彝族区了。今天的行动究竟是吉是凶,没有人能说得清楚。许许多多听来的传说,使眼前的景物变得虚幻迷离。山谷和森林间雾气沼沼,就像雨雪霏霏的天气,更使人觉得眼前的景象神秘莫测。

战士们在接近彝族区的时候,听到了不少传说,说这是诸葛亮和孟获反复争战之地,至今山里还有孔明寨的遗址。看过《三国演义》小说的人还说,山里面有什么哑泉、灭泉、黑泉、柔泉。这些水都吃不得,喝了哑泉的水,就登时说不出话,过不了几天就死了;那灭泉滚得像热汤,洗了澡,就会骨肉尽脱;黑泉只要溅到身上,手足都变得乌黑;柔泉冷得厉害,人喝了,就通身冰凉,没一丝暖气。这些神话般的传说,越发增添了人们的神秘之感。

刘伯承和聂荣臻也行进在这支队伍里。他们被任命为先遣队的司令员和政治委员。通过彝族区和抢渡大渡河的任务,使他们的心头并不轻松。他们一先一后骑在马上。刘伯承脖里挂着他那个单筒望远镜,肩上斜挂着破旧的图囊,背后还有一把弯弯把的雨伞。聂荣臻腰间挎着手枪,背后是一顶从江西带来的斗笠。他们俩警惕地观察着周围的情况,时而交换一两句话。

"伯承,你看走多远了?"聂荣臻问。

"恐怕快有三十里了,"刘伯承看看表,忖度着说,"圆包包和俄瓦垭口已经过了,这里怕是一碗水了。"

聂荣臻摘下帽子,擦了擦汗,又规规矩矩戴好,说:

"诸葛亮五月渡泸,深入不毛,我们跟他那个时间怕差不多。"

"差不多。"刘伯承也擦了擦汗,"今天是五月二十二号,也差不多是阴历五月了。"

他们正下着一个陡坡,聂荣臻小心地拉着马缰,说:

"这样的路,诸葛亮还坐着小车指挥,恐怕不行。"

"那是小说!艺术夸张了的。"

话没说完,前面堵住,走不动了。

"恐怕又是独木桥!"

刘伯承叹了口气。两个人都下了马,走到前面一看,果然是独木桥。一条深涧只搭了两根细细的木头,下面距水面却有几十丈高,令人头晕目眩。每个走上去的人,都小心翼翼,因此走得非常迟慢。尤其是挑着担子的炊事员们,走上去像跳秧歌舞似的摇摇摆摆。

聂荣臻小心翼翼地走过去,回过头来笑着说:"伯承,你的眼不好使,我看让警卫员牵着你过吧!"

"不,不,我自己来。"

刘伯承扶扶眼镜,拿着小竹竿,轻轻地点着,慢慢地走过来了。

走了不远,来到一个山坳。远远近近仍是翁郁的森林和竹林,只有一小片一小片的包谷地。近处有几间房子,十分简陋,墙是用竹子编的,房顶篷着一些木板,也许为防风雨袭击,压着一些石头。山坳里一个人影也没有,人们想是避到别处去了。

刘伯承大概是想问讯什么,就叫警卫员到房子里找人。不大一会儿,警卫员蹁了两脚灰走出来,一面跺着脚一面丧气地说:

"哎呀,里面什么也看不见,我一下蹁到灶火坑里去了。划了根火柴一照,才看见三根木棍支着一口大锅。穷啊,穷啊!穷得什么也没有。"

大家正说着话,忽然听见山头上响起一片威严的、有力的、令人心悸的呐喊声:

"呜嘀——呜嘀——"

"呜嘀——呜嘀——"

这种喊声,充满着敌意的挑战的意味,是他们从来没有听到过的。人们彷徨四顾,看见西边山头上出现了一片杂乱的人影。这些黑色的小小的身影,在山岭上健步如飞,衬着天幕看得十分清晰。

"他们大约发现我们了。"

刘伯承说着,取下他的单筒望远镜,正想看个仔细,人影已经隐没在森林里了。瞬息间,东面一带山岭又出现了一片同样的喊声:

"呜嘀——呜嘀——"

"呜嘀——呜嘀——"

刘伯承把望远镜移向东面一带山头,很快健步如飞的身影又隐没到森林里了。

他收起望远镜,轻轻叹了口气:

"看起来,今天的行动不会顺利。"

"我看也是。"聂荣臻点了点头。

果然,还没有走出这个山坳,队伍已经停住,又走不动了。

不久,从前面跑过一匹马来。一个随同前卫营行动的参谋翻身下马,来到刘伯承、聂荣臻面前打了一个敬礼:

"报告刘司令员、聂政委,前面过不去了。"

"怎么回事?"刘伯承盯着参谋。

"彝民拿着枪刀棍棒,挡住去路,不让过了。"

刘伯承同聂荣臻交换了一下眼色,意思是"果然出现了这样的事"。随后命值班参谋找肖彬来。

不一时,肖彬从前面队列里跑了过来。他是南方的那种小个子,腰里带着短枪,人生得聪敏灵活,二十岁刚刚出头,已经当过某师的师政委了。这次为了过彝族区,把他调到工作团随同先遣队行动。

"前面过不去喽!"刘伯承用小竹竿敲敲地面,"你带着人去看一看吧,要他们派出代表来谈,语言、行动都要小心谨慎。"

"要耐心,反复宣传我们的政策。"聂荣臻说。

肖彬蛮有信心的样子,带着几个人随同参谋到前面去了。

刘、聂看看太阳已经近午,天气颇为炎热,就命令部队放好警戒,暂时到森林中休息。他们也来到附近的森林中。

刘伯承和聂荣臻在林子里喝了点水,暑气渐消,但心中却焦虑不安。他们甚至觉得,这种滋味比打仗还要难熬。打仗,只要下了决心,打就是了,而今天却要争取在兄弟民族面前不放一枪一弹,和平通过。但是历史上的隔阂和国民党对少数民族的镇压和屠戮,早就沉积成山一样的仇恨,这些都记在"汉人"的账上,今天要想把红军——这些他们还从来没见过的陌生人说个明白,是多么不容易啊!何况时间又是这么紧迫,如果误了时间,即使能顺利通过大凉山,又怎能渡过大渡河汹涌的激流!

"今天如果打起来就糟喽!"刘伯承坐在一个大树根上忧心忡忡地说。

"主要是时间问题。"聂荣臻也面带愁容地说,"如果拖下来,前面的敌人布置就绪,后面薛岳又赶上来,事情就麻烦了。"

正说话间,只听"砰——砰——砰——"后面响起了瓮声瓮气的枪声。

"土枪!"刘伯承的头微微仰起,接着以军人的敏捷站了起来。聂荣臻也站起来,两人一起走到林子外面。

"砰——砰——砰——"

"砰——砰——砰——"

接连又是几声。

"好像在我们后面打起来了。"聂荣臻说。

刘伯承立刻命一个侦察参谋去了解情况,那个参谋骑了一匹快马向来路奔驰而去。

不久,枪声停下来了,山谷又归于寂静。这种扑朔迷离的情况,更加使人惶惑不解。

两个人在原地徘徊着,谁也没多说话。

呆了好长时间,只听警卫员嚷道:

"后面打起信号弹了!"

刘伯承和聂荣臻仰起头来,果然有三颗鲜红的信号弹悬在天空。

"这会是彝民在打信号弹吗?"刘伯承仰望着天空,在思考。

"不像是,"聂荣臻说,"他们没有这东西。"

"那么,就是我们的人呼救喽!"

"这倒可能。"

由于这判断,两人的心绪更为不宁。

过了将近一个小时,才望见后面山垭口那里走过一伙人来。但不知为什么,附近的林子里腾起一阵咭咭嘎嘎的笑声,笑了好久才住。刘伯承和聂荣臻都感到迷惑不解。不一时,侦察参谋牵着马同一个人走了过来。那人戴着眼镜,光着头,穿着个小裤衩子,低垂着头走着。走到近处,才看出是工兵连长丁纬。刘伯承和聂荣臻平时对军风纪的要求都是很严格的,一看工兵连长是这个形象,心中有些不悦。

"哎呀,你怎么弄成这个鬼样子?"

"我……我……"丁纬是位知识分子,平时能说会道,现在却是又羞又愧又气,话也说不上来了。

侦察参谋笑着说道:

"他们全连的衣服都让彝民扒得光光的,他这个裤衩还是我刚才脱给他的呢!"

"怎么,把你们的衣服都扒光了?"刘伯承和聂荣臻吃了一惊。

"不单衣服扒光了,"丁纬愤愤地说,"把我们全连的工具、准备的架桥器材,还有三十条枪,统统抢了去了,上级说不让打枪嘛,我们有什么办法!"

"刚才,是你们打的信号弹吗?"刘伯承问。

"是的,我们看他们还要向别的部队冲,只好打个信号弹吓吓他们,才把他们吓退了。"

"你们连的人呢?"

"在那边树林子里藏着,大家都笑我们,谁也不敢走出来了。"

听到这里,刘伯承和聂荣臻都笑了。刘伯承吩咐侦察参谋说:

"去告诉政治部,发动大家给他们匀点衣服,好走路嘛!"

"要得,要得!"聂荣臻又转过脸对工兵连长说,"回去做点工作,不要有怒气哟,没有伤害你们还是很不错嘛!"

说过,丁纬回到他的连队去了。

后面的情况使刘、聂的心情稍稍安定了一些,但前面谈判的情况如何,却一直没有回报。他们只好回到林子里,捺着性子等待。

却说肖彬带着几个工作团员,急匆匆地赶到部队的最前面,看见先头营的战士们都坐在路边焦灼地等候。两边山上不时发出"呜嚣——呜嚣——呜嚣——"的喊声。循着喊声看去,山上坐满了人。前面是一片乌森森的丛林,惟一的一条道路,正从丛林中穿过。而那条路上却有好几十个彝民在那里把守着。他们一个个慓悍异常,披着头发,赤着膊,光着脚,手里拿着枪、刀、长矛、弓箭,不断发出威严的喊声。

肖彬等人来到尖兵的位置,距那些手持枪刀棍棒的彝民不过一箭之遥。这里懂彝话的,只有从大桥镇请来的一个"通司"。肖彬心想,今天只好仗凭他了。

这通司是个汉族的小商人,因为常跑彝区,颇懂得些彝语。人也蛮热情,肖彬同他讲了一下喊话的事,也答应了。肖彬就先教了他几句,让他喊起来。

通司未发话以前,先学彝人那样"呜嚣嚣——"喊了一阵,果然两边山上和拿枪刀棍棒的人都静了下来。通司接着用彝语喊道:

"彝族同胞们!彝族同胞们!我们是中国工农红军,今天是借道通过这里,是不会加害你们的!……"

肖彬睁大眼睛观察着周围的动静,见那些彝人交头接耳喊喊喳喳了一阵,却没有任何表示。

肖彬怕对方没听清楚,叫通司重复喊了一遍,仍然没有反应。他叹了口气,对通司悄声说道:

"看来得麻烦你走一趟了,你去同他们商量,叫他们派代表来。"

通司还真是不错,立刻点头答应,迎着拿枪刀棍棒的人走了过去。

远远看见,通司和彝民站在那里说了好大一阵,才有五六个人跟着他走了过来。可是只走到中间位置便停下来,不走了。通司向这边摆了摆手,肖彬带着几个工作队员走了过去。

肖彬走到彝人面前,满面笑容地同他们挥了挥手,招呼他们随便在草地上坐下。接着向他们解释红军的政策,通司一句句做了翻译。讲了半天,他们眼睛里仍然流露着疑惧的神情。别人都不说话,只有其中一个瘦高个子的长者咕噜了几句。

"他说什么?"肖彬问通司。

"他说,娃娃们要点钱让你们通过。"

肖彬一听,喜上眉梢,心里想,"这一着我是有准备的。"就随口问:

"要多少钱?"

通司刚翻译过去,那瘦高的长者就伸出了两个手指头:"要二百块。"

肖彬立刻让工作队员数了二百块大洋,笑嘻嘻地往地上一放。

那瘦高的长者抓了一把,其他四五个人也拥上来一抓一抢,笑嘻嘻地跑回去了。

肖彬见前面拿枪刀棍棒的人仍旧阻住去路,丝毫没有让开的样子,心里十分懊丧。不得不再次央求通司前去找代表谈判。

过了好大一阵,又找来了三个人。肖彬这次又同他们解释了好长时间,其中一个黑汉说:

"刚才你们的钱给了罗洪家的,我们咕基家的娃娃,也要给他们一点。"

"千万要耐心啊!"肖彬想起了聂政委的话,按下火气,又让工作队员数了二百块,笑嘻嘻地往地上一放。不过这次肖彬有了准备,待他们抢了钱要跑时,肖彬将其中一个一把拉住,亲昵地说:

"别走,别走,我还有话说呢!"

三个人只好再坐下来。肖彬拉着这位黑大汉的手说：

"你们平时受汉官的欺负吗？"

黑大汉眼里一亮，立刻爆出仇恨的火星，愤愤地说：

"那些该死的家伙太坏了，不是他们，我们怎么会从冕宁逃到这里！"

"刘文辉在这里怎么样？"

"他把我们的人抓到监狱里，谁要造反，就立刻杀掉！"

"是喽，"肖彬说，"我们红军就是专门打汉官，打军阀的。咱们应该联合起来嘛！"

黑大汉的心动了，沉了好半晌，说：

"好，我回去找爷爷来。"

可是仍然久等不至。肖彬心里未免焦躁起来，以为自己再次受骗。正在这时，忽然见山坡背后拥出一簇人来，为首的那人骑着一匹大黑骡子，后面簇拥着十几个人，正沿着山道缓缓而下。肖彬目不转睛地望着，心想，说不定这人有点来头。果然，他们穿过丛林，来到警戒线边，那些拿枪执棒的人，都闪在两边向那个骑骡子的弯腰施礼。肖彬就更相信自己的判断了。

接着，那人下了骡子，略停了片刻，便走了过来。后面依然簇拥着十几个人。

肖彬凝神一看，那人个子又高又大，头上黑布缠头，打着赤膊，光着双足，只围着一块麻布，肤色黝黑，站在那里，就像半截铁塔似的，样子十分慓悍威武。

肖彬见时机已至，不等招呼，就同通司和工作队员一起和颜悦色地迎上前去，很有礼貌地请他坐下。那人用疑惧的眼神望了他好几秒钟，才坐在地上。跟随他的十几个人，一个个都是彪形大汉，手持梭镖、快枪立在他的周围。

"我就是咕基家的小叶丹。"他以响亮的声音自我介绍，并问，

"你们有什么事？"

肖彬一听，他还能讲几句汉语，心中十分高兴，就把红军的意图和主张重新向他说了一遍。

小叶丹很认真听，从他的目光看，却并未全信，只是简单地说：

"你们的司令员在哪里？我要见他。……我们可以讲和不打。"

肖彬高兴地笑了一笑，立刻答应带他去见刘司令员。说着便同小叶丹一起站起来向回路走。

小叶丹一面走，一面仍警惕地望着四周。将要穿过一片森林时，他看见许多红军战士在那里休息，旁边担任警戒的战士枪上都上着明晃晃的刺刀，小叶丹就不愿走了。他带的那些"娃娃"，眼里也都充满疑惧和警惕的神情。肖彬立刻察觉出这一点，就向他们解释，这些战士只是担任警戒，并无其他用意。但是小叶丹仍然不信，他同他的"娃娃"还是迅速离开大路，靠着山走，以便发生意外时，随时飞步上山。

穿过一座长长的森林，来到一座幽谷。这里靠山有一个小湖，名叫袁居海子。湖面水平如镜，清澈见底，周围树木蓊郁，映在湖水里，显得格外幽深。湖边还有三五间草房。天气虽然炎热，这里却清爽宜人。

这时，对面也有一伙人沿着海子边走来。肖彬一看，来的正是刘伯承和指挥部的几个人。在这之前，肖彬已经派人作了报告。待走到面前，肖彬就指着刘伯承说：

"这就是你要见的刘司令员。"

小叶丹一听是刘司令员，立刻解头上的包头，弯下腰去要行跪拜之礼，刘伯承急忙抢上一步用双手把他搀住，说：

"都是兄弟，是平等的，不要这样。"

随后拉他一起在海子边坐下。

这时，小叶丹周身打量着刘伯承，足望了他好几秒钟，然后直率地问：

"你是司令员？"

"对，我是司令员。"刘伯承脸上带着微笑。

"你姓什么？"

"我姓刘。"

小叶丹点点头，认真地说：

"今天，在后面打你们的，不是我，是罗洪家。我和他是冤家。"

刘伯承没说什么，只点点头。

小叶丹沉吟了一会儿，瞅着刘伯承十分认真地问：

"你肯同我结义成兄弟吗？"

刘伯承知道这是他的心事，连忙热情地说：

"我很乐意。"

小叶丹的脸上出现了笑意。沉了沉说：

"按我们民族的习惯，要喝鸡血酒。"

"可以。"刘伯承豪爽地说。

小叶丹高兴了，立刻转过头高声叫道：

"沙马木嘎！"

那个叫沙马木嘎的"娃子"立刻跑到他面前，毕恭毕敬地望着他。他用彝语吩咐了一阵，沙马木嘎就跑到海子边那个人家，捉了一只红鸡公来。他从湖里舀了一碗清水代酒，然后手持弯刀，站在湖边，神色虔诚庄重，口里念念有词，接着便斩掉鸡头，将鸡血滴在水碗里，随后又将血水分成了两碗。

周围站着的那些小红鬼们，哪里见过这种场面，不禁想笑；可是一看刘伯承神色十分庄严，就把笑容收回去了。

小叶丹和刘伯承一齐跪下。小叶丹端起酒碗，望着刘伯承，说：

"你要先喝。"

刘伯承毫不犹豫地端起水碗来，大声说：

"我刘伯承同小叶丹今天结为兄弟,如有反复,天诛地灭!"

说过一饮而尽。

小叶丹目不转睛地望着刘伯承,见他把一碗血酒喝得一滴不剩,乐了,眼睛里漾出光彩,满脸都是笑容。他双手捧着大碗,举得高高的,眼望蓝天,神色庄严地说:

"我小叶丹今天同司令员结为弟兄,愿同生死,如果变心,就像这鸡一样地死。"

说过,也一气喝尽。

刘伯承亲热地搀着小叶丹,一起站起来。两个人相视而笑。

这时的小叶丹才真正放了心,比刚才活泼了,他立刻拍着胸脯对刘伯承说:

"你放心吧,我马上派娃娃送你们过境。"

刘伯承正要发出前进号令,聂荣臻走了过来。其实,他早就笑微微地站在旁边,看着这有趣的又是庄严的历史的一幕。现在他一听要出发就走过来提醒说:

"伯承,天不早了,还有一百多里路呢;再说路上并不是一个部落,弄不好会出麻烦的。还是倒退三十里住在大桥,明天一早再走吧!"

刘伯承和聂荣臻都是心细如发的人。刘伯承一听这意见,表示完全赞同。他挥挥手里的小竹竿说:

"好,我们就学学司马懿,倒退三十里安营下寨!"

一声令下,先遣队又浩浩荡荡地开回大桥镇去了。小叶丹骑着他的大黑骡子,和他的"娃娃们"也应约随红军的队伍一同行进。无论是刘、聂和红军战士还是小叶丹他们,心头都很轻松,有的甚至哼起歌儿来了。

先遣队回到大桥镇,当晚大排酒宴。大家都知道彝族兄弟嗜酒,几乎把镇上的酒都买来了。席间又宰了一只白鸡公,再次喝了血酒。

这真是一次开怀畅饮,越喝兴致越高,越饮友情越浓。小叶丹喝得兴起,大碗的酒,毫不犹豫,端起来一气喝尽。他的性格本色,在今晚也袒露了出来。他一只脚蹬着凳子,豪迈地说:"明天我一定亲自送你们过去,如果罗洪家的胆敢捣乱,你们打正面,我从山上打过去,打到林子里,把全村都烧光他!"刘伯承、聂荣臻劝他还是不要动武,他把脑袋一拍,叫道:"我小叶丹决不怕他!"刘、聂二人讲了好多道理,说要想打倒军阀、打倒汉官,自己的民族非团结不可。刘伯承还向小叶丹伸出一个指头说,"你看这一个指头有什么力量?他是没有力量的,可是你把十个指头一攥,就有力量了。"说过他还攥起了两个拳头,小叶丹哈哈地笑了。最后刘、聂决定,建立"中国红军沽基支队",由小叶丹任支队长,并授给他"中国红军沽基支队"一面红旗,还赠送了他一批枪支。小叶丹高兴万分。宴会后,小叶丹和他的娃娃们,呵呵笑着,已经是醉意蹒跚了。

第二天早晨,晨风拂拂,朝阳初露,先遣队浩浩荡荡向大凉山进发。走在最前面的就是小叶丹,他威风凛凛地骑在大黑骡子上,后面跟着他那些背梭镖的"娃娃",显得踌躇满志,意气飞扬。刘、聂二人心头轻松,相顾而笑。由于小叶丹早已派人通知了各个村寨,气氛与昨天大不相同。路两旁站着彝族的老老少少,男男女女,有人手里还拿着红旗。他们差不多全是赤身露体,只围着一块麻布,眼光里却充满真诚和笑意。红军来到面前时,他们就笑嘻嘻地跑上来要东西,要钱,对那些骑马的"官长",更是跟着你的马走出很远。有人抓着战士们的毛巾一面笑着就跑开了。由于红军总政治部早有通知,在通过大凉山时,要求每人准备一件赠送彝族兄弟的礼物,所以送了彝族群众不少东西。在只有野花流水的荒僻的山沟里,今天充满着欢声笑语。

部队穿过森林、峡谷,来到一个较大的村寨,小叶丹跳下骡子,停住了。他来到刘伯承、聂荣臻面前躬身施礼说:

"前面已经不是我的地方,我不能送你们了。"

他的声调里充满着眷恋之情。说过,他牵过那匹大黑骡子,对刘伯承说:

"我就把这匹骡子送给你吧!"

"这……"刘伯承望望那匹大黑骡子,又高又大,浑身没一根杂毛,像一匹黑缎闪着亮光,知道是小叶丹心爱之物,就说,"我怎么能要你的骡子呢!"

小叶丹急了,那种彝族人诚挚坦爽的性格显出来了,立时不高兴地说:

"你不要我的骡子,我也不要你的枪了。"

聂荣臻向刘伯承以目示意,刘连忙说:

"好,好,我收下来!"

刘伯承说着,紧紧握住小叶丹的手说:

"兄弟,我们后面还有很多部队,我都托付给你了,你一定要把他们全送过来。"

说过,刘伯承从腰上解下自己的手枪,赠给小叶丹,小叶丹高兴地收下了。

小叶丹派了四个"娃娃",引导红军继续前进。分别时,小叶丹依依不舍地握着刘伯承的手说:"刘司令员,我们啥子时候才能再见呢?"

刘伯承说:

"兄弟,你告诉大家,我们以后一定会回来的!"

说过,刘伯承与小叶丹洒泪而别。

小叶丹没有辜负刘伯承的教育,红军走后,他放弃了民族内部的成见,主动联合了倮伍、罗洪等家支,组成了游击队,开始了反对国民党军阀的斗争。队伍最多时曾发展到一千多人。军阀邓秀廷多次进攻,都被他打退了。遗憾的是,邓秀廷后来用狡猾手段,分化了他们的团结,使小叶丹陷入孤军奋战。但是在最艰难的时日里,他仍旧把刘伯承亲手送给他的红旗藏在一个特制的背筐底端的夹层里,从这里转到那里。他对妻子说:"红军是一定会回来的,刘伯承是决不会骗人的。万一我死了,你一定要保住这面红旗,将来亲手交给红军。"这位彝族的英雄,于一九四一年被邓秀廷勾结内部败类杀害。这都是后话。

先遣队在小叶丹四个"娃娃"的带领下,又继续前进了。每过一个村寨的时候,山上就发出"呜嗬——呜嗬——"的喊声,这四个"娃娃"也就"呜嗬——呜嗬——"地回应,对方知道是自己人,也就不再拦阻。后来每经过一个村寨,还交换一个人带路,人们开玩笑说:"这简直跟中央根据地差不多了!"这是任何人也不曾预料到的。这时候,人们头脑中盘旋多日的大凉山的神秘感已经消逝,接着又是大渡河的惊涛声了。

(四十四)尽管红军日行百里以上,仍未能赶到敌人前面。大渡河沿岸敌军已布防就绪,一场生死存亡的战斗不可避免。

这些天,来自中央军委的电报,差不多都有"迅速"二字。什么"迅速"前进、"迅速"占领、"限令"到达等等,足可推测出统帅部的急迫心情。他们的意图很明显,就是乘各路敌军到来之前,抢先渡河,以免陷入石达开的不幸境地。但是,按照命令每天要走一百二十里路的艰辛的战士们,仍未能赶到敌军的前面。在红军到达前,刘文辉、杨森等部,已经沿大渡河布防就绪。由富林至泸定桥以及由泸定桥至康定,都由刘文辉的二十四军负责;富林以下至金口,由杨森的二十军防守。五月二十三日,刘湘部装备精良的王泽浚旅也自成都赶到,重点坚守富林,二十四军北移,这样兵力就更厚了。

一心想当骆秉章的杨森,到达汉源不久,即到大渡河沿线视察。这天他到了富林,王泽浚亲自把他迎到旅部,因为按照蒋介石的命令,王泽浚也统归杨森指挥。

王泽浚是四川军阀王缵绪的儿子。王缵绪在刘湘手下当师长,王泽浚就在他父亲兼师长的领导下当旅长,并且兼成都市的城防司令。他出身将门,少年得志,颇有一点不可一世的派头。他这个旅有三个团共六千人,不仅人员充实,且装备精良。配备的迫击炮、轻重机枪、冲锋枪、掷弹筒都比较新式。这次又是蒋介石亲自点名要他星夜驰赴富林,更是声价十倍。在杨森这位老前辈面前,他自然拘于礼法,表现出一副谦恭样子,但内心深处却自命不凡。

"军座,您这次刚到前线,就来敝部视察,真可谓不辞劳苦哇!"

"贤侄,你说到哪里去了!"杨森老味十足地说,"这次大渡河会战,委员长亲自给我打电报,要我做当代的骆秉章,我受蒋公如此重托,咋个敢怠慢呢!"

自从蒋介石打了这封电报,杨森已经是三句话离不开骆秉章了。王泽浚听了,不自觉地撇了撇嘴,露出了不以为然的笑容:

"听说,刘文辉军长到了汉源,也说要当骆秉章呢!"

杨森哈哈大笑:

"哈哈哈……刘文辉,他也想当骆秉章!哈哈哈……"

王泽浚见杨森如此狂妄自许,心中不悦,就笑着说:

"这次各路人马,齐集大渡河,恐怕都要显显神通,还说不定鹿死谁手呢!"

杨森一听这话,觉得颇有一点不敬之意,他那雷公嘴立刻就凸出来了,但又不好发作,就说:

"委员长的三条命令,你们都看到了吗?"

"都执行了。"王泽浚说,"船都弄到这边来了;一切可供造船、修桥的材料,甚至竹片、木片,都收走了;还清扫了射界。"

"河那边的房子呢?"

"也都烧了。"

"不,不,"杨森镇着脸说,"贤侄,你这项事情可做得不大彻底,我刚才看到对岸,有许多村庄、房子还没有动,这是要留给共军利用吗?"

王泽浚面红耳赤,立刻把一个团长找来,气愤愤地责问道:

"在你那个防区里,扫清射界的事情完成了吗?"

"完成了一部分。"团长怯生生地回答。

"你说的是个啥子?"

"是这样,旅长,老百姓哭得厉害,一跪一大片,士兵们也不愿干。"

"哦,老百姓一哭,我的命令你就不执行了?……你这个窝囊废!"

"旅长,你别这么说,"团长反抗了,"就是你在那里也不好办。"

一句话,把王泽浚激怒了,更何况是在外军军长面前? 他立刻从里间屋墙上取下马鞭子来,大声骂道:

"你这个不服从命令的东西! 我要好好教训教训你。"说着劈头盖脸,连续抽了下来。

这王泽浚是有名的专横跋扈,经常以马鞭抽打部属,就是团长也在所不免。今天他觉得部下伤了自己的面子,自然特别气愤。

杨森见王泽浚这般光景,知道是对自己撒气,就撇撇嘴说:

"算了,算了,现在还来得及,叫他去完成也就是了。"

王泽浚把马鞭往地上一摔,说:

"今天要不是杨军长讲情,我就揍死你!"

那个团长忍气吞声,捂着脸上两条赤红色的血痕退出去了。

这时,忽报本地羊土司前来晋谒。

这里说的羊土司,名羊仁安,是大渡河沿岸有名的土著势力,还挂着富林垦殖司令一个官名。他的势力范围是安顺场下游到富林一带。大渡河的另一土著势力,是安顺场的彝务总指挥部营长赖执中,其势力范围是从安顺场起到上游河道七场。这两个封建霸主,在各自的势力范围内为所欲为,生杀予夺,说一不二。大渡河的流水,每年雨季都要冲刷出一种稀罕宝物,名叫香杉。它是埋没在地下的一种杉木,经过千百年水土的浸蚀,渐渐变成一种紫郁郁的异常坚硬的木质,就再也不会腐坏了。梦想不朽的上等人就把它作为做棺材的理想材料,称为"建板"。这种价格极为昂贵的天财地宝,也只有他两人才能享用。不管在何处发现,都要交给他们。在交给他们之前,还要负责看管,如果损坏丢失,就难免倾家荡产,连身家性命都难保了。

自红军向大渡河进军以来,羊仁安早就坐不住了。为了保住自己这个小小王国的安全,他忙得手脚不沾地,慰问来往军队,商讨地方势力如何与军队配合,真是不遗余力。凡是从这里经过的来往军官,他都要宴请一番。王泽浚的到来,他已宴请过一次,今天赫赫有名的杨将军到来,岂是可以疏忽的?所以他穿着轻飘飘的一身绸衫,很快就跑来了。

他一见杨森,就连跑几步,抓住杨森的手说:

"杨军长,你是坐飞机来的,还是坐火车来的?真想不到你来得这么快哩!"

杨森哈哈一笑,算作回答。

羊仁安坐下来,又望着杨森说:

"说实在话,你没来以前,我这心就像十五只吊桶打水,七上八下,您这一来,我这心就定下来了。"

杨森冲着王泽浚一笑:

"我们的少年将军不是早来了嘛!"

"不管小将、老将,还要名将指挥嘛!"

杨森心里得到某种满足,哈哈大笑。

羊仁安见是火候,就笑着说:

"寒舍备了一点便饭,给军长接风。请军长一定赏光。王旅长一定作陪。"

杨森笑着说:

"我初来乍到,寸功未立,怎好无功受禄?"

王泽浚也笑着说:

"我已经叨扰过了。"

羊仁安站起来,满脸是笑地说:

"你们谁也不要见外,我们马上就走!"

杨森、王泽浚、羊仁安骑上快马,后面跟着随从,沿着大渡河边向西驰去。

宴会在羊仁安相当阔绰的宅第举行。宅第的牢固一如小小的城堡,宴会的珍馐美味也使杨森大为惊异。他想不到这小山沟里还有这样的所在。

宴席设在一座小楼上,摆设精致,宽敞明亮,窗外下面就是大渡河的惊涛骇浪。羊仁安端起酒杯,举到杨森胸前,郑重说道:

"下面就是长毛贼石达开覆亡之处。这次共匪北窜,已经到了绝境,是再也逃不过了。看来今天的骆秉章就是将军您了。"

杨森一听这话,立时甜到心里,笑在脸上,把满满一大杯灌了下去,抹抹嘴说:

"那倒要大家多协助了。"

王泽浚脸上刚刚露出一点不悦之色,羊仁安已把酒端到胸前,说:

"王旅长少年英俊,才气不凡,杨将军这次是骆秉章,你就是亲自捉石达开的唐友耕了!"

一句话也说得这位少年将军眉开眼笑,一仰脖儿把一大杯灌了下去。

小楼上气氛热烈,笑语声喧。杨森一连饮了几大杯,忽然停住杯问:

"羊土司,听说你们这里出一种啥子香杉很有名气?"

"哦,是的,是的,"羊土司笑着说,"本地没啥子好东西,就是这个还算一宝。可是这一带刁民见钱眼开,一遇上这种木头就窝藏起来,亏得我好好惩治了几个,每年才能收到几根。"

说到这里,又笑嘻嘻地说:

"军座,您是不是需要一点?"

"不不,"杨森连忙摇手,"我不过听到家母说过这种材料。"

"这个,我回来找人送到司令部去。"

这时,不知谁喊了一句:

"火!起火了!"

大家抬头向窗外一看,大渡河南岸一带村庄,已经冒起一片黑烟,成群的老百姓从村庄里逃向村外,并且传来隐隐的哭叫之声。

杨森点点头说:

"好,好,已经开始清扫射界了!"

"这些老百姓就是奴隶性!"王泽浚说,"其实早就通知他们了嘛,就硬是不动。"

"嗐,到处都是一样。"

说过,大家又一齐举起杯来。

(四十五) **碧血染惊涛,大渡震心魂。谈古论今,令人荡气回肠;历史教训,后人默默记取。**

毛泽东过了彝族区,住在高山上的一个小村里。

这天早晨,一个译电员来送电报。毛泽东看完电报,一抬头看见译电员眼睛红红的,像是哭过的样子,就说:

"小鬼,你碰见么子不痛快的事了?"

译电员摇摇头,毛泽东笑道:

"看你眼睛都红了,还想哄我!"

译电员笑着说:

"刚才,我听一个老人讲石达开的故事,心里好难受,就掉了几滴眼泪。"

"噢,他多大年纪了?"

"八十多了,是个老秀才,他懂得真多。"

"老秀才?"毛泽东眼睛一亮,"他住在哪里?"

"就在我们隔壁。"

毛泽东一向喜作调查研究,最近尤其想找当地人谈谈,以便详细了解一下几十年前那场历史的悲剧。今天一见有此机会,就把警卫员小沈叫过来说:

"你那水壶里还有酒吗?"

"是过会理灌的,还不少哩!"小沈说。

"你把它带上,我要待客。"

毛泽东说着,就站起身来,向老人家里走去。

前面靠着山根,是一大片竹林,竹林之间有一条窄窄的小径。译电员指了指,毛泽东和警卫员就沿着小径走去。小径尽头,有一个小小的轻掩着的柴门。他们来到门前停下脚步,隔着低矮的篱笆,见院里的小竹椅上坐着一个瘦瘦的须发皆白的老人,正在看书。一个年轻女子正在院里喂鸡。

"老先生在家吗?"毛泽东先打了个招呼,待老人走过来,又笑着说,"老人家,我们红军住在这里多打扰了。"

老人开了柴门,脸上现出忠厚慈祥的笑容,连忙说:

"我们欢迎还来不及呢,怎么能说打扰!"

说着,指指院子里一棵杏树,上面挂满了黄里透红的杏子,又说:"这院子每天来很多人,我这杏子一颗都不见少。"

毛泽东进了院子,恭敬地说:

"我是湘人毛润之,在红军中工作,这次经过贵地,特来登门求教,不知老人家可有时间?"

老人不知毛润之是谁,也未加多问,见来者彬彬有礼,甚为高兴,就笑着说:

"快请到屋里坐吧,我最喜欢摆龙门阵了。"

毛泽东进了屋子,见正中摆了一张八仙桌子,左右两把竹椅,条几上放了几本线装古书。墙上一幅中堂,烟熏火燎,已看不清是什么年间的古画。一副对联,字迹颇为清秀:上联是"乱世仍作桃园梦",下联是"寒舍且读盛唐诗"。

老人请毛泽东坐在竹椅上,不一刻那年轻女子端了一壶茶来。毛泽东问及老人家世,老人说,他家原是汉源城中望族,后来家道中落,避债到此。他在满清末年,考了最末一场秀才,以后就是民国了。自己原有二子一女,二子被军阀抓去当兵,早已作了炮灰,女儿和妻子也死于兵燹之中。现在只有一个孙子、一个孙媳,靠他们种着几亩薄田度日。老人在谈话中,不断唏嘘长叹。

毛泽东见老人神色凄楚,就换了一个题目,指指那副对联说:

"这是谁的书法?我看颇得右军风味。"

老人笑着说:

"不瞒毛先生,这是老夫拙笔,词也是我胡诌的。现在只有活一时少一时,苦中作乐而已。"

毛泽东见老人穿着一身黑布裤褂,都褪色了,虽比一般庄稼人干净些,膝盖上还有两个补丁,就问:

"先生现在的生活还顾得住吧?"

老人长出了口气,说:

"我年轻时,也是开过馆的。后来斯文扫地,不值钱了,不怕你笑话,我还挑过盐巴卖。现在上了年纪,只有依靠小孙子了。"

"你孙子做么子?"

"他种了几亩薄田,在外面还跑点小买卖,按说也足以糊口了;只是现在苛捐杂税太重,说句丑话,有时是一日三餐也难乎为继了。"

老人说到这里,望着毛泽东说:

"我说出来,先生可能不信。现在是民国二十四年,可是粮税已经征收到民国六十九年了。"

"什么,民国六十九年?"毛泽东吃了一惊,"那就是说,已经征收到四十年以后了!"

"正是如此!所以弄得老百姓卖妻鬻子,家破人亡。"

毛泽东很想做些这方面的调查,就问:

"你们四川,到底都有一些什么捐税?"

老人苦笑着说:

"你要问这个,我倒有些记载。"

说过,从里间屋取出一个麻纸钉成的本本,拍了拍上面的尘土,递给了毛泽东。毛泽东揭开一看,光刘文辉防区的捐税就有四十四种。农业方面的有十一种,计:粮税、团练费、团练租捐、借贷无着粮款、补缴无着粮款、参议会粮税捐、指导委员会粮税捐、学务费、烟苗捐、懒捐、锄头捐;工商运输业方面二十一种,计:百货统税、护商税、烟类专卖税、酒类专卖税、烟酒牌照税、丝烟税、糖税、油税、栈号捐、茶馆捐、戏剧捐、船捐、码头捐、契税、劝学所中资捐、公告费、屠宰税、印花税、斗秤捐、猪牙捐、筵席捐等;特别税五种,计:鸦片烟土税、鸦片经征税、红灯捐、妓女花捐、赌税等;城镇方面的捐税,计:房捐、马路捐、灯油捐等。

毛泽东见其中一些捐税，名目新奇，颇有些迷惑不解，把麻纸本本放在桌上，问道：

"这里面的'懒捐'指的是什么？"

"唉，你们外乡人哪里搞得清楚。"老人苦笑了一下，接着解释说，四川军阀最重要的收入，除了贩卖鸦片，就是让老百姓种植鸦片。这是个大头。刘文辉的哥哥刘文彩就是"川南禁烟督察处"处长。他专门分配种烟，征税。老百姓有不种的，就要向他们征收"懒捐"。

"哦，原来是这样。"毛泽东不禁笑起来了。

"其实，许多捐税我还没有记全。"老人接着说，"刘湘在重庆连过往粪船也得向他缴纳粪捐。所以老百姓就编了一副对联：'自古未闻粪有税，于今只剩屁无捐'！"

"真是妙极！"毛泽东听了哈哈大笑。

二人越谈越投机，毛泽东笑着说：

"我从会理来，买来一些薄酒，今带来助兴，不知老人家肯赏光否？"

老人笑道：

"不瞒先生，我们四川人，尽管手中拮据，也还是爱喝上一点，吃上一点。何况今天你我真是千载难逢！"

毛泽东即刻叫警卫员进来，摘下军用水壶，亲自斟了一碗酒与老人端了过去。老人也吩咐孙媳切了几个咸鸡蛋，摘了一大盘熟了的杏子端了进来。两人开始举杯对饮，兴致盎然。

毛泽东说：

"听说你老人家对太平军的事知之甚详，你可亲眼见过太平军吗？"

老人笑着说：

"石达开来这里，我已经十三岁了。我跑前跑后地看，自然是亲眼所见。后来,也看了一些这方面的书。我看太平军对老百姓很好,比清兵的纪律要好得多。"

"他们到安顺场的时候,清兵究竟是否占领了对岸?"

"说是占领了,其实是一段假话。"老人笑道,"石达开的军队是夏历三月二十七日到安顺场的,那时安顺场的名字叫紫打地。清朝四川的总督骆秉章给皇帝的奏折说,守军唐友耕、蔡步钟等三月二十五日就开到河边了。其实不过是向上边邀赏罢了。"

毛泽东点了点头,又问:

"有的史书记载说,石达开一到紫打地,就叫部下造船筏速渡,已经渡过一万多人,一看天色晚了,又中途撤回,可有这样的事?"

老人端起酒杯,沉吟了一会儿说:

"据说,这是唐友耕对他的弟弟说的。可是人们有些怀疑:既然天晚了,能将一万人撤回来,为啥不再渡过去一万人呢?这些事到今天已经讲不清了。"

毛泽东听得津津有味。他掏出烟来向老人敬了一支,老人不抽,他就把烟点上,又问:

"人说,石达开的部队过不了河,主要是大渡河水涨,是吗?"

"是的。"老人说,"不过,不止是大渡河,左边还有一条松岭河,右边还有一条察罗河,这几条河都涨水了。那松岭河,实在是最平常不过,只不过几丈宽,可是雪山一化,水一涨就是好几丈高。这样前有大渡河,左有松岭河,右有察罗河,南有马鞍山,这样就把石达开的三四万人马困在安顺场后面的营盘山上。石达开新来乍到,哪里会想到我们这里涨水这么吓人……"

毛泽东饮了一口酒,手指夹着纸烟又问:

"大家都说,是石达开生了太子,大排宴席,误了时间?"

"这也是事实。"老人说,"我们这里的老百姓都这样说。许亮儒有一本书记得很详细。说石达开传令部下:'孤今履险如夷,又复弄璋生香,睹此水碧山青,愿与诸卿玩景欢醉.'就这样敲锣打鼓,在这里闹腾了两三天。清兵的布置也就越来越严实了。"

"以后进行强渡了吗?"

"石达开是个硬汉子,自然不肯示弱。三天之后,就开始了强渡。第一次,出动了四五千人,乘了几十只竹筏,岸上也呐喊助威,真是山谷震动。清军排列在北岸用枪炮轰击,不料击中了一只火药船,顿时爆炸燃烧,大部太平军都壮烈殉难。十几天后,又进行了一次强渡,清军隔岸猛烈轰击,加上风急浪高,船只全部沉没。又隔了五六天,开始了第三次强渡。这次出动了二十几只大船,每只坐七八十人。结果被急浪冲走五只,其他也都沉没了。从此以后,就没有再过大渡河了。"

毛泽东叹了口气,接着又问:

"为么子他们不沿着大渡河的右岸,直上西康呢?或者到大树堡再折回西昌坝子?"

"不行!不行!"老人连连摇手说,"还是我刚才说的,松岭河过不去嘛!再加上河对岸是西番族土千户王应元守着,右面察罗河的对岸又是彝族土司岭承恩守着。骆秉章把他们都收买了。"

接着,老人详细叙述了石达开的困境。石达开看大渡河强渡无望,四面被围,曾经几次攻松岭河。他的意思也是要沿右岸直上,由泸定桥直奔天全、邛崃、成都。可是王应元把松岭河上的铁索桥都撤去了,两次偷袭、偷渡都没有成功。石达开无可奈何,曾经隔河射书给王应元,许以良马两匹、白金千两,请求对方罢兵让路。王应元没有答应。后来又请求采购粮食,也遭到拒绝。这时东南面清军配合土司岭承恩乘夜到马鞍山劫营,杀死太平军好几百人,并且攻占了马鞍山。马鞍山这座险地一失守,石达开的部队就困守在营盘山和紫打地,方圆不过两里路了。粮道也被隔断。不久,敌军便发动了总攻:西面的清军和王应元乘势渡过了松岭河,清军和岭承恩也从马鞍山上压下,两路齐进,直扑紫打地。太平军营盘全被烧毁,彝兵还跑到山顶上用木石向下滚击。太平军站立不住,纷纷落水。史书上说,"浮尸蔽流而下者以万余计"。石达开见无法再守,遂放弃紫打地向东突围。自三月二十七日到紫打地,到四月二十三日,在紫打地住了二十七天,加上历次战斗损失,石达开的三四万人,这时只剩下七八千人。

老人望了望毛泽东,见他手里夹着烟,面色严肃,似乎已经入神,就饮了一口酒,又说下去。

石达开率领残部向东突围,是沿着岩堐走的。当地所谓岩堐,就是一条很窄的山径,往上仰望是峭壁千仞,往下看是惊涛骇浪。这时清军黄君荣等衔尾猛追,王应元率彝兵从山顶滚下木石,大渡河北岸的周千总督清兵瞄准岩堐射击。太平军几面受敌,坠入水中者无数。这样走出二十里路,渡过一条小河,点检队伍,已经损失了十之五六。夜间住在这里,本想稍作喘息,王应元又围上来。不到天明,达开又率兵突围,前面就是著名的险地老鸦漩了。这里正是老鸦漩河注入大渡河的入口处,水势比紫打地还要险恶。放眼望去,河面上全是大漩涡,每一个都大如车轮,其势如疾风奔马,飞旋而下,不禁令人骇目惊心。石达开见渡河无望,只好将队伍收集起来,略事休息。看看天色将暮,人马苦饥,石达开和部队已经两天一夜没有进食,自然饥饿难忍。石达开见部下相聚而泣,难过万分,不禁喟然叹道:"孤畴昔攻城略地,战无不利,今误陷险地,一蹶不振,此天绝孤,非孤不能为诸卿解危之过也。"说过也泣下数行。他的部下都哭得抬不起头来。石达开知道丧败在即,就让他的三个王娘投水自尽。那三个王娘互相牵着衣襟,哭得如醉如痴。石达开见到这种情景,就拔出剑来,含着眼泪,立逼部卒把三个王娘抱着投入大渡河去了。……

说到此处,老人不禁唏嘘长叹,并说:"你们再往前走,就会看到那地方了!"毛泽东脸色严峻,半晌无语,沉吟良久,才问:

"后来,石达开不是同清兵进行过谈判吗?"

"唉,说是谈判还不如说是欺骗呢!"老人继续说,当时,太平军四面受敌,又加上霪雨连绵,粮食无路可寻,进退战守俱穷。石达开英雄末路,自然不胜感慨。这时,他本想投水自尽,转念一想,自己固不惜一死,而这些部卒跟随自己多年,落到今日这般田地,却如之何!清廷今日步步紧逼,无非要自己的头颅,如能以自己的头颅换取部卒的生存,则未尝不是一个办法。想到这里,他就给骆秉章写了一封信。信上说:"窃思求荣而事二主,忠臣不为;舍命以全三军,义士必作。……大丈夫生既不能开疆报国,奚爱一生;死若可以安境全军,何惜一死!……阁下如能依书附奏清主,宥我将士,赦免杀戮,愿为民者散之为民,愿为军者聚之成军,推恩以待,布德而绥,则达开愿一人而自刎,全三军以投安。虽斧钺之交加,死亦无伤,任身首之分裂,义亦无辱。"这封信传到清军手中,唐友耕他们见有机可乘,就开始设计诱骗他了。参将杨应刚和游击王松林就带了几十个兵丁来见石达开,表示同意他的要求,并且劝他说,大渡天险,决难飞渡,今天既然被围,可解甲归田,只要肯解除兵柄,可以到洗马姑共商善后。石达开听了这话,开始并不相信,他的部将甚至要杀这两个家伙。这两个人能言善辩,立刻指天誓日,石达开方才信了。第二天,石达开就带了几个人,随杨应刚到洗马姑,刚走到凉桥,就遭到伏兵生擒。想不到这位纵横一世的英雄,竟自己投到囚笼去了。

"以后呢?以后把他解送到哪里去了?"毛泽东问。

"第二天就把他押解到大树堡,接着又押送到成都。不久就杀害了。"老人长叹息了一声,并且以敬佩的神色说,石达开仍不愧是一个硬汉。据审讯他的官员说,他那种"枭杰坚强之气,溢于颜面,词色不亢不卑,不作摇尾乞怜之语"。临刑之际,神色怡然。他是被凌迟处死的。头颅割下来,到处去示众,一直传到湖北。本来还要送到北京,因为路上臭了才作罢。最可悲的是他那两千士兵,都被诳骗到大树堡,说是要安置,结果在六月十九日那天夜晚,被清兵包围起来,全部当做"悍贼"杀了,上上下下无一幸免。……老人凄然地说:"你如果到大树堡去,还能看到一大片垒垒荒坟。"

毛泽东听后半晌无语,显然他已深深沉入到这个历史悲剧之中。很久,很久,他才叹了口气,说道:

"石达开毕竟是个英雄。但是,他对敌人的话太轻信了,这使他吃了大亏。……一切善良的人总是容易对敌人抱有幻想,这是可悲的事。"

老人也点头说道:

"先生说得是。石达开只想到敌人要他的头,其实,敌人何止是要他的头呢!"

这时,由远而近,从空中传来隐隐的雷声,屋子里也阴暗起来。老人起身出门一看,天上阴云四合,空中已经飘下了雨点,脸上带着愁容说道:

"又是这个时候!石达开的军队从这里过,我记得就老是这种天气。"

说着,他回到屋里来坐下,端起酒碗诚挚地望着毛泽东说:

"你们的军队也要过大渡河吗?听我的话,一切要快!……"

毛泽东点点头,端起酒碗,远处的雷声似乎更沉重更迫近了。

(四十六) 蒋介石飞临大渡河上空视察,决心使朱毛成为石达开第二。指挥员的心承受着巨大的压力,他们在睡梦中也想的是船……

红军过了岔罗,就最后离开彝族区了。

仍然是窄窄的山沟和崎岖的山径,满山都是五彩缤纷的杜鹃花,还有丁东的流泉。风景是够美了,可是这些还暂时与红色战士无缘。他们想的只是一件事:迅速越过大渡河。

在大部分时间里,战士们都比指挥员的心头轻松。即使有时觉得处境危殆,也并不在乎,似乎这一切都由他们的上级包揽了。例如现在就有人嘻嘻哈哈笑谈着彝族区的趣闻。可是指挥员就不同了,作为先遣队司令的刘伯承和政委聂荣臻一路上就很少说话。刘伯承骑的仍然是那匹老白马,勉勉强强能跟上红军的脚步。他的脖子里依然挂着那个单筒的望远镜,身上斜挎着图囊和一柄弯弯把的雨伞。从他的面容和整个的姿态,都可以看出他陷入到沉思里了。周围的山峰、溪水、野花、流泉,以及战士们高一阵低一阵的笑语,都似乎离得他很远、很远……

"只要有船我就有办法!"他低声地说。

跟着老白马行进的作战局长薛枫,以为他要吩咐什么,就往前赶了几步,又听见他说:

"只要有船我就有办法!"

薛枫望了望他那直视前方凝然不动的神态,才发现他是自言自语,就回过头对聂荣臻说:

"总参谋长这人真有意思,又在自言自语呢。"

"他说什么了?"聂荣臻在马上问。

"他说,只要有船我就有办法。"

聂荣臻微微一笑:

"昨天半夜,我就听见他这样说。我以为他要同我讨论什么,一看他睡得呼呼的,才晓得他是做梦。"

薛枫笑了。聂荣臻又说:

"其实,我也做了一个梦,一下子得了五条大船。"

说过,竟笑出声音来了。

正说话间,走在前面的红一团吹起急促的防空号声,部队在路边停下来了。这是长征路上的家常便饭,部队早就应付裕如。战士们更乐于有机会休息一下。刘伯承和聂荣臻都下了马,饲养员随便在路边折了些树枝把马匹伪装起来。

接着,天空中出现了三架敌机。

"瞧,这龟儿子要丢蛋了!"一个人喊。

"不,不,是屁股冒烟呢!"又一个人说。

大家定睛细看,既不是丢蛋,也不是屁股冒烟,而是在撒传单。转一圈就撒下一大溜,瞬间,那纷纷扬扬的红绿传单,随风飘得满天都是,正在轻缓地飘落下来。

警卫员从近处的山坡上捡了一张回来,递给了聂荣臻。聂荣臻一看,这张巴掌大的新闻纸上,印着粗大的黑体铅字:

中共士兵们:

  前有大渡河天险,后有几十万追兵,你们现已陷入绝境,即将全军覆没。朱毛匪酋也将成为石达开第二。何去何从,望速抉择! 猛省!!! 猛省!!! 猛省!!!

聂荣臻轻蔑地笑了一笑,将传单递给了刘伯承。刘伯承看了看,将传单轻轻撕掉丢在一旁,然后仰起头来,望着那些仍旧漫天飞扬的传单笑道:

"真是丁丁猫想吃红樱桃,连眼睛都望绿了!"

年轻的作战局长薛枫,一直盯着那三架盘旋的敌机,这时插话说:

"前几天缴获的报纸说,蒋介石亲自坐飞机视察过大渡河前线,现在不知道他是不是又来了。"

"不一定吧,"刘伯承笑笑说,"现在他已经基本上布置好了。"

其实,谁也没有料到,说这话的时候,蒋介石真的就在他们的上空。据多年后的材料透露,蒋介石确曾两度从昆明飞临大渡河前线上空视察。

这位统帅军装笔挺地坐在软椅上,从舷窗里贪馋地望着那条夹在深谷里的激流。他面含笑意,把一切希望都寄托在这条激流上了。

坐在他旁边的是矮小精干的陈诚,手里拿着一张地图,不时地应付着他的上司的问询。

"安顺场究竟在哪里?"蒋介石问。

"委座,您瞧,就在那个河湾湾里稍为突出的地方。"陈诚欠起身子来指点着。

"是在那个圆包包山旁边吗?"

"是的。"

"那村子很小嘛!"

"是的,很小,不过百把户人家。石达开的队伍就困守在那个圆包包山上,几乎有一多半人死在那里。"

蒋介石瞪大眼睛,瞅着那个圆包包山,仿佛要从那里想象出太平军覆灭的情景,兴致勃勃地问:

"以后呢?"

"以后,石达开就率领残部向下游突围。"陈诚指了指大渡河一段较宽的地方,"那地方就是老鸦漩。石达开的又一大部分被驱赶到河里去了,他的三个王娘也是在这里跳了水的。"

蒋介石听得入神,就好像谈的不是七十多年前的事,而正是他日夜追剿的红军。他的脸上笑微微的,连光头上都似乎冒出陶醉的红光。

"薛岳不是已经赶到德昌了吗?"

"是的。"陈诚恭敬地回答。

"告诉他们,还要再快一点,这次一定要一举成功!"

"是!"

飞机沿着南岸缓缓飞行,沿岸有不少村庄燃烧着,卷起一股一股的浓烟。蒋介石指着下面说：

"那是在扫清射界吗？"

"是的。"

"很好。"蒋介石点了点头，"不过最重要的是船，一只船也不能留在南岸。"

"这个，我们已经三令五申过了，遵照委座指示，连个竹片片都不许留。"

飞机又沿着北岸徐徐飞行。

"汉源在哪里？"蒋介石问。

"就要到了。"陈诚对照了一下地图。

"杨森和刘文辉到汉源了吗？"

"按电报说是到了。"

"那就把我的亲笔信投下去！"

"好。"

接着，通讯袋投向了距大渡河不远的一座小城。这是蒋介石作战指挥中的惯常做法，表示统帅与将领同甘共苦。这些信多半都是称兄道弟，使那些名利心很重的将领们感激涕零。

"据我得到的消息，"陈诚微笑着说，"上次委座勖勉杨森的电报，作用不小。"

"我说什么了？"

"你不是要他当骆秉章吗？"

"噢，原来是这个。"蒋介石一笑，"其实，真正的骆秉章是我。"

说过，哈哈大笑起来。

空中乌云飞驰，天色渐渐阴下来了。时间不大，就飘下了零星的细雨。

红军在崎岖的山径上继续行进。刘伯承撑起了他那把弯弯把的雨伞,聂荣臻戴着他那顶棕黑色的斗笠,一先一后在队伍中步行。大约走出十几里路,天色已近薄暮。由于山沟狭窄,更显得晦暗。

"这是什么声音?"机灵的薛枫停住脚步。

大家凝神静听,果然远处传来一种嗡隆隆隆、嗡隆隆隆的声音。声音沉重而又经久不停,就像是远处的风暴正要袭击过来似的。

"不会是飞机吧?"刘伯承说。

"不是,不是,飞机早就走了。"薛枫说。

"会不会是大渡河啊?"聂荣臻凝神听了一阵,说,"我小时候住在长江边上,有时就听见这种声音。"

"可能,很可能,按时间说,也应该不远了。"

他们攀上一道马鞍形的山岭,果然看到远处有一道较为宽阔的山谷,在低垂的云雾下,闪着一弯银带似的白光。那想必就是与他们生死攸关的大渡河了。刚才听到的激越而沉重的隆隆声正是从那里传来。

此处山高风疾,把刘伯承的雨伞吹得东歪西倒,都有点拿不住了。聂荣臻的斗笠更戴不住,只好推到背上。

"很可能那就是安顺场了!"刘伯承指了指南岸一个较大的居民点说。那里在暮色里已经亮起了几点橘黄色的灯火。

"我看,把任务布置下去吧。"聂荣臻说,"今天晚上是不能休息的。"

刘伯承点点头,立刻命令薛枫:

"快,把杨得志找来!"

不一时,一个短小精悍约有二十四五岁的年轻军人跑了上来。他圆乎乎的脸上,生着一双略略挑起的剑眉,隐藏着一股英气。他的皮带上挂着一把小手枪,背上斜插着一把大刀,刀把上垂着一条长长的红绸子。他来到刘、聂面前,恭恭敬敬地打了一个敬礼。

刘伯承和聂荣臻都很熟悉他。他是湖南醴陵一个穷铁匠的儿子,从小跟父亲走乡串街地打铁,十四岁就到安源煤矿给人挑煤炭。

一个年轻孩子,肩上经常要挑一百六十斤重的东西,还不断挨骂受气。这样,传说中的"穷党"就成了他朝思暮想的对象。南昌起义失败之后,这个"穷党"终于来到他的身边,他就同二十几个修路工人一起,跑到朱德、陈毅的队伍中来了。四个月后,这支队伍就在井冈山下同毛泽东的队伍会合。杨得志不像别人那样有越级提拔的机会,他是从战士、副班长、班长、副排长、排长、副连长、连长,硬是半级也不落地升上团长来的。他的文化程度不高,靠的是一贯的骁勇善战。因为勇敢、不怕死是这支军队许许多多的同志告诉他的道德标准,他是牢牢地接受了的。他背上斜插着的那把明亮的大刀,不妨说是他精神的象征。按说,作为团级指挥员,已经无此必要了,但他仍然不舍得丢,每到战斗严峻时刻,他就会从背上嗖地抽出来,"跟我来呀,同志们!"他的喊声和那团耀眼的白光就会显示出无限的威严。他在学习上也不愿落后于人。熟悉他的人,都知道他有一个心爱的小本子,经常带在身边,那上边,凡是他亲身参加的战斗,几乎每一次都有经验教训的记述。虽然他没有上过什么军事学校,但实战经验之丰富,简直可以同一切优秀的团指挥员相媲美了。

"杨得志,你们团够疲劳了吧?"刘伯承温和地说。

"可不是,部队一停下来就睡着了。"杨得志说,"有一个战士掉到水沟里,还睡得呼呼的哩!"

"这也难怪,走了一百四十里嘛!"刘伯承说着,指了指云雾中亮灯的地方,"不过,今天夜里就得把安顺场拿到手,准备明天强渡。"

"好!"

杨得志答应得很爽快。他接着报告,安顺场只有敌人一个营,还是地方部队。对面安庆坝,有敌二十四军一个团,团部驻在下游十五华里的苏家坪。说过,他谦虚地说:

"首长看怎样打好?"

"我倒要先听听你的。"刘伯承说。

"我嘛,"杨得志笑了笑,"我跟我们政委黎林同志倒是研究了一下。准备由我带第一营袭击安顺场;第二营由黎政委率领在敌人团部对岸佯动;第三营在后面作预备队,并且保卫司令部。"

刘伯承听了,望了望聂荣臻,看他微微颔首表示同意,就说:

"就这么办。不过,杨得志啊,你要知道,要吃核桃就得有个锤锤,当前最重要的是船。"

说过,又伸出一个指头在杨得志面前晃动着:

"船!你明白吗?"

杨得志严肃地点了点头。刘伯承又说:

"你告诉一营营长孙继先,第一,歼灭了安顺场的敌人,先要点一堆火;找到了船,再点一堆火;要在黎明前完成渡河准备,点第三堆火。"

说完,转过脸,说:

"看聂政委有什么指示!"

聂荣臻相当严肃,望着杨得志说:

"今天,敌人的飞机撒了好多传单,说要我们成为石达开第二,你们看到了吗?"

"看到了。许多战士都看到了。"

"你回去告诉同志们:我们是红军,是共产党领导的部队,我们不是石达开,也不可能成为石达开!湘江、乌江、金沙江,我们都冲过来了,难道大渡河就过不去了?不,我们一定要冲过大渡河,不能有任何的犹豫不决!"

"我们会不会成为石达开,全看你们的了!"刘伯承又接上说。

杨得志接受过许多严重任务,今天却似乎比以往都不同,觉得心里沉甸甸、火辣辣的。他匆匆打了个敬礼,赶到前面去了。

天渐渐黑了下来。那多石的崎岖的山径,在夜色里已经难于辨认。刘伯承一只手举着弯弯把的雨伞,因为眼睛不好,走得相当吃力。聂荣臻立刻意识到这一点,赶快从皮图囊里取出一个不久前缴获的法国造手电筒,一面牵着战友的衣襟,一面替他照路。这时绵绵细雨一阵大一阵小,并没有要停下来的样子。那个手电筒是一种自动磨电的,随着轻微的嗞嗞声发出一小片光亮。就是这样一小片光亮照着多雨的夜崎岖的路。由于夜静,大渡河的惊涛声越发显得沉重激越,嗡隆隆隆、嗡隆隆隆,随着风声时高时低,仿佛故意向红军战士宣示他那神秘的夺人心魄的威严。

(四十七) 任何严密之处都有漏洞,何况一个腐朽不堪的政权!——插曲:关于船的故事。

大渡河,这条使太平军饮恨千载的江水,它的上游大、小金川,不过是一般的小河罢了。然而由于沿途众多雪山慷慨的赐予,就使它变成一条狂傲不羁的粗野的河流。再加上两岸高山峡谷的严格管束,似乎使它满怀怨恨,不舍昼夜地以它震天的涛声咆哮着,冀图冲开一切。

由于大渡河水深流急,无法架桥,红军不得不把希望寄托在寻觅渡船上。

想当年,红军究竟是怎样夺取了第一条渡船的呢?这只渡船又为什么会留在南岸?相传已久的说法是,守军有一个营长,岳家在南岸安顺场,这天晚上乘船回安顺场住,正在与其娇妻酣睡之际,遭到突然来到的红军的袭击,那只船就这样被截获了。近年来经作者亲自查访,原来事情还要曲折生动得多。

自从红军围攻会理,也就是五月十三日,刘文辉的二十四军就开始沿大渡河布防。其中的第五旅第七团团长余味儒遂率领全团布防于安顺场北岸至大冲之间。安顺场的对岸安庆坝驻着一个营,营长名韩槐阶。此人是名山县百丈场哥老会的首领,这个营也就是他的袍哥队伍。韩槐阶曾在安顺场一带浪迹多年,且嗜好赌博,因此与本地的豪绅恶霸混得很熟。他的上司真是煞费苦心,这次有意把韩营布置到此处,正是借他的这点优势,把当地的地主武装组织起来,以填补防御上的某些空隙。这一点韩槐阶没有费什么力气就完成得非常圆满。因为当地的大恶霸又是彝务总指挥部的营长赖执中,比他还要积极得多。前文已有交代,这位赖执中和富林一带的屯殖司令羊仁安,同为大渡河沿岸生杀予夺的最高主宰,红军的到来自然使他们受到最直接的威胁。自从韩槐阶来到以后,两人你来我往,吃吃喝喝,配合得相当密切。但是两个人却在一件事情上出现了分歧。这就是是否立刻"烧街"的问题。按照韩槐阶的主张,安顺场既是红军可能进攻的重点,自然应当像其他村庄一样立刻烧掉。这不仅因为蒋介石总部三令五申,措辞严厉,而且红军一旦来到,确实不利。韩营长身担重任,自然很想露上一手,以便能再升上一官半职。而赖执中却不这样看。因为他的家,他的几辈子财产都在安顺场,安顺场街上的房子、店铺,有一大半都是他的,他怎么肯下这样的决心,让自己积累的家财顷刻变为灰烬呢!

这样,两个营长由商谈而争辩,由争辩而争吵,终未能取得一致。而红军则一天天地迫近。韩槐阶身为袍哥首领,还是有些气魄的,他一看不能再拖,就当机立断,下了决心。这天早晨,他由安庆坝乘船过来,亲自指挥他的士兵在安顺场街上堆集柴草,准备立刻引火焚烧。这事自然有人向赖执中飞报过去。赖执中一听,就挎着手枪走了出来。他自己早已是一跺脚四方乱颤的人物,哪里把一个小小的营长放在眼里。不过他还是先礼后兵,勉强装出笑容说:"韩大哥,你这是做啥子?有事商量商量嘛,何必这样性急?"韩槐阶也勉强笑道:"赖营长,不是小弟性急,是上司的命令等不得了。"赖执中说:"上司的命令我不反对,我赞成烧街,把我的家烧得光光的我也不会心疼,可是敌人没有来呀!"韩槐阶讥讽地笑着说:"要来了不就晚喽！我可担不起这个责任。"赖执中见说不服他，声音高起来了："我早就跟你讲过，敌人可能从两条路来，一路经越西到富林，一路经冕宁到这里。如果敌人走富林，不走这里，我这房子岂不是白烧了？你能担得起吗？"韩槐阶也急了："我是军人，我只知道服从命令，我管不着是谁的财产！"赖执中的声音更高："韩槐阶，你不要爬上台就不认人！我的脚指拇伸出来也比你的腰杆粗，你不过是安顺场的一个流浪汉，当了几天营长，就自以为了不起了！我要找你们的余团长去！"韩槐阶说："该死尿朝天！你的势力再大我也不怕。你去找吧，我俩一起去，看要不要执行上司的命令！"这样，两个人越吵声音越高，就互相拉扯着一同去苏家坪找余团长。

两个人比起来，还是赖执中比这位袍哥弟兄狡猾一些。原来他预料到跟韩槐阶的争辩没有结果，早就吩咐人把他的乘马由船载过对岸去了。当两人一起坐船到了对岸，赖执中立刻弃船上马，一溜烟向团部飞驰而去，韩槐阶只好憋着一肚子气在后面踽踽独行。

赖执中到苏家坪见到余团长，自然又是一副面目。他把这个傲慢自大、不察民情的韩营长说得一无是处，随后又和颜悦色地申辩了他的理由。他再三声明，自己是拥护"烧街"的，但是烧了街，而敌人没有来则不免有欠妥善。他发誓说："如果敌人近了，我还不烧街，那你就砍我的脑壳。"余团长有些让他说动了，但又迟迟疑疑地说："就怕你动手晚了，来不及了。"赖执中笑嘻嘻地说："不会，不会，我沿途布置了好几个哨卡，敌人一来，我没有不知道的。"最后余团长又说："如果万一出了事，上峰要追究呢？"赖执中又郑重发誓，表示情愿具结，保证红军来到之前，亲自举火烧街，决无戏言。这样，他就当场写了字据，按了手印。等到韩槐阶赶到团部时，赖执中早已笑嘻嘻地离开团部策马而回。

需要补记一笔的是：在赖执中同余团长谈判时，韩槐阶营的士兵曾逼迫船工将船沉掉，船工答应将赖营长渡回即可沉船。这样，这只渡船就又同赖执中一起开到南岸。

赖执中回到家里,有如大将凯旋,心中十分惬意,晚饭还喝了几杯。他想,红军还在二百里以外的西昌附近,一路山高路险,今晚是怎么也来不了的;何况自己早已在路上设了好几处卡子,即使来了,也必能早早发觉。这样,他就在醉眼朦胧中放胆大睡。万万想不到,还没有睡下两个小时,几声尖锐的枪声就把他从梦中惊醒。接着,给他牵马的勤务兵刘正清慌慌张张地跑了进来,说:"营长,不好了,红军打到镇子上来了!"赖执中愕然地说:"啷咯会到了镇子上?卡子上报告了吗?"刘正清说:"营长,您就别问了,赶快逃吧!"赖执中说:"你快叫他们去点房子,这个我是具了结的!"刘正清不得已跑到外面去点房子,现成的柴草都堆好了,点起来倒也省事,顷刻间,火仗风势,毕毕剥剥烧了起来。这时枪声越来越近,刘正清又慌慌地跑进来说:"营长快跑吧,门口都是红军了,出不去了!"话没说完,家里老老小小的哭叫声已经乱作一团。赖执中顾不得这些,就由刘正清扶着翻过墙去,哪知脚没站稳,"哎哟"一声跌倒地上。刘正清接着翻过墙,见赖执中的脚扭伤不能走路,就将他背上夺路而逃。走了没有几步,就看见几个红军战士迎面冲来。一个红军战士喝问:"什么人?"刘正清胆怯地站住,说:"我们是老百姓。"那个红军战士又问:"你背的是什么人?"刘正清又答:"这是我爹,我背着他瞧病去。"几个红军战士没有再问,这样赖执中就混过去了。他紧紧地贴在刘正清的背上,偷眼望着红军,心中还在纳闷:"他们究竟是怎样过来的呢?为什么我的哨卡没有报告?"他不知道,红军正是靠了他的臣民做向导绕过了他设的哨卡。

镇上的两连敌军,很快被解决,也有不少作鸟兽散了。红军立即与群众一起将火扑灭。接着,集中力量到河边找船。

下了大半天的雨这时停了,天上露出皎洁的明月。终于,红军战士们在河边发现月光下有一条船,有几个敌兵慌慌张张地跳上船去,正想开船逃走。二连指导员黄守义眼明手快,马上向船头打了一梭子,几个敌兵仓忙跳入水中。红军战士立刻飞跑上去俘虏了他们,把这只宝贝船也紧紧拉住。历史就是这样巧合,仅在分秒之间。

"快去报告营长,就说我们有了船了!"黄守义以极其欢愉的声音高声叫道。通信员飞跑着向营长报告去了。

这时正是五月二十五日凌晨三时。

一只不大不小的木船,在月光下荡漾着,在战士的笑声中摇晃着。船啊,船啊,你有多少次出现在指挥员的梦中,而现在已经成为现实。其实你又何曾想到自己会有这种历史的荣幸呢!

(四十八)大渡河的浪涛认识了真正的勇士。极为相似的历史没有重演,是因为他们毕竟是不同的军队。

刘伯承和聂荣臻赶到安顺场的时候,天还不亮。杨得志和一营长孙继先在街头的一间小屋子里,向他们汇报了战斗经过。特别提到的战绩是:夺获了一条能载四十余人的木船。刘伯承听了,惊喜地向上推了推自己的眼镜,专注地望着杨得志说:

"是真的吗?船到手了吗?"

"到手了,那条船就在河边呢。"杨得志笑着说。

刘伯承转过脸,对孙继先说:

"孙继先,你真该死!"

孙继先愣了,大家也都愣了,不知道怎么回事。刘伯承说:

"我叫你占领安顺场烧一堆火,夺得了船烧一堆火,完成了准备烧一堆火,你烧了吗?"

孙继先红着脸说不出话。刘伯承说:

"你叫我们等得好苦哇!我和聂政委在山头上眼巴巴地望着这里,什么也看不到。"

孙继先一听,心里甚为不安,连声说:

"是我太疏忽了。"

一向沉静寡言的聂荣臻,这时微笑着打圆场说:

"你不是说吃核桃得有个锤锤,他只顾去抓船了嘛!"

刘伯承想起这些指挥员的辛勤果敢,心里充满一种感激之情,也就转换语气说:

"好吧,孙继先,你就睡觉去吧。等天明了,把街上能买到的好东西都给你们吃,准备早饭后强渡。"

孙继先这才打了一个敬礼,出门去了。

刘伯承又问杨得志:

"船工找到了吗?"

"找到了两个。"杨得志说。

"你把他们请来谈谈。"

杨得志出去,不一时就把两个船工带来。一个四十多岁,满面胡子,袒露着紫红色的胸膛,结实得就像铁打铜铸似的。一个是比较细弱的十八九岁的青年。两个人全赤着脚,穿着破布筋筋;一进来颇有点拘谨的样子,往地下一蹲。

刘伯承和悦地用一口四川话说:

"船老板,坐下来说话嘛!何必客气哟!"

聂荣臻也欠身让座,两个人在条凳上坐了。那个四十多岁的说:

"我们俩算啥子船老板哟,都是穷光蛋,给赖执中卖苦力的。"

刘伯承说:

"我们红军就是为穷人打天下的。你们乐意帮我们吗?"

"要不乐意就不来了嘛!"那汉子点上旱烟管幽默地说,"这次亏你们来得快,要不我那两间破房也得叫他们点了。"他抽了一大口烟又说,"说实话,开头我一听说你们要来,心里着实害怕,因为赖执中说,你们穿的胶皮鞋都是人皮做的,还说你们煮小孩吃。"

人们哈哈大笑。刘伯承又问:

"这大渡河有多深呀?人能游过去吗?"

那汉子摇摇头,笑着说:

"这河从浅处说,也有两丈多深,深处十丈八丈不止。再说,都是雪山上下来的雪水,别说是人,马也游不得。"

"能架桥吗?"

那汉子又笑了,说:

"自古以来没听说过。"

刘伯承听到这里,望了望聂荣臻,轻轻地叹了口气:

"看样子,只有依靠这条船了。"

"其他地方还有船吗?"聂荣臻问。

"二十四军团部还有两条,不过都弄到对岸去了。"

刘、聂两人劝说他们多去找几个船工来,每个人每天两块白洋,即使发生意外,也决不亏待他们。两个人满口答应,嘻嘻笑着走出去了。

天色破晓,窗纸上透过熹微的晨光。刘伯承和聂荣臻都提出要到河边实地勘察。杨得志怕发生意外,建议说,河边附近有一个高高的碉楼,作指挥所比较理想。刘、聂表示同意,就随着杨得志穿过街道,登上一座土石建筑的青灰色的碉楼。

这里因为距河边很近,大渡河的惊涛声,震耳欲聋,两个人对面说话都听不清楚。刘、聂二人顺着小小的窗口往外一望,在晨光中,只见宽阔的河面上,笼罩着一派灰蒙蒙的雾气,愈发感到大渡河森严可怖。奔流而下的浪涛仿佛几百匹惊马狂奔。河面上到处是一个一个的漩涡,全像飞旋的车轮,盘旋游转数秒钟后才渐渐消逝。旧的刚刚消逝,新的车轮又飞旋而来。河面上还有好几处挺拔的礁石露出

水面,因激流击起丈把高的浪花。刘伯承和聂荣臻望着河面,好一阵子没有言语。沉默了许久,刘伯承才说:

"真是个怪物!我看比乌江、金沙江凶险多喽。"

"什么?伯承,你说什么?"因为浪涛声太大,他的话聂荣臻没有听清。

刘伯承又大声重复了一句,聂荣臻才点点头,说:

"是喽!这个鬼东西确实要考验我们喽!"

刘伯承说罢,从脖子上取下他的单筒望远镜开始观察对岸。聂荣臻也从皮盒里取出望远镜从另一个窗口观看。前面三百多公尺的对岸,差不多都是壁立的岩石。只有渡口处,峭壁被劈开,修了一条长长的梯子式的石头甬道,每一级台阶都有一尺宽、一尺多高。在阶梯顶上,有三座家屋,由半人高的围墙围着,另有四个黑糊糊的碉堡俯瞰着石级甬道和河面。周围还有不少曲曲弯弯的散兵壕。围墙下面是几片竹林。

"荣臻,你看到那些石级了吗?"

"什么?你说什么?"

"我说,你看到那些石级了吗?"

"看到了,看到了,我数了数,大约有四十多级。"

"这就是说,非要从那里往上冲不行呀!这么个鬼地方!"

"是嘞,船也得对准才行,别的地方都上不去!"

"看来,火力不组织好不行;不然冲过去也没有用。"

"是的。"

刘伯承收起望远镜,重新挂在脖子上。他沉吟良久,望着杨得志说:

"火力都布置好了吗?"

"布置好了。"

"说说看,你怎么布置的?"

杨得志报告说,他集中了全营的五挺重机枪和几十挺轻机枪,已经配置在各处;军团炮兵营的三门迫击炮也调来了。说过,他指了指安顺场渡口旁边的突出部说,有几挺重机枪和迫击炮就放在那里,因为那里射界开阔。

"赵章成呢?赵章成的炮来了没有?"刘伯承问。

"来了,不过只有四发炮弹。"

"都让给赵章成打。"刘伯承神情严肃地说,"对他一定要抠紧一点。"

赵章成是红一方面军中有名的神炮手。他原来是白军炮兵连的副连长,因训练有素,炮打得百发百中。他在一九三一年"围剿"红军时被俘,接着参加了红军。后来一军团组建炮兵营,他就是营长了。但是,他的旧人道观念很深,不论何种战争都认为是不人道的。正因为他的技术精湛,他就愈觉得杀生有罪。因此,每当要他打炮时,他总要念念有词,祈求亡魂宽恕。刘伯承说的"抠紧一点",也就是这个意思。

聂荣臻接着问杨得志:

"土佬来了吗?"

"来了,来了。"杨得志笑着回答。

"土佬是谁?"刘伯承问。

"是我们一军团的老射手了,"聂荣臻笑着说,"他的机枪打得好极了,现在是重机枪排长。"

"为啥子叫他土佬?"

"都说他土里巴唧的,就得了这个诨号。"杨得志笑着说,"有一次,他缴获了敌人一条西装裤子,不知道怎么穿,一看有个开口,心想这是为了拉屎方便,就把开口穿到后面去了。"

刘伯承和聂荣臻都哈哈大笑起来。聂荣臻忍住笑说:

"他是江西做土纸的工人,名字叫李德才,因为诨名一叫起来,反而不知道他的真名字了。"

这时，外面传来一阵纷乱的嚷吵声。杨得志冲着楼下的警卫员问：

"外面在吵什么？"

"是一营在那里争任务呢。"警卫员说。

"争什么任务？"

"都要争着坐第一船，吵起来了。"

聂荣臻说：

"我们去看看吧！"

说着，几个人一起下楼，向村里的一个小广场走去。小广场上坐了好几百人。有好几个战士站起来大声发言，为自己的连队担负突击任务进行争辩。下面不断掀起一阵阵助威声和哄笑声。实际上谁也听不见谁的。担负动员讲话的肖华站在队伍前面，神情尴尬，讲不下去，一个劲儿地挥着手喊："安静一点！安静一点！"可是丝毫没有安静下来的样子。

孙继先一看刘、聂首长和杨团长来了，松了口气，跑过来笑着说："任务没法子分了。"

"怎么回事？"聂荣臻问。

孙继先解释说，他们本来想让各连都报一些名字，然后从中挑选，没想到肖华部长动员的时候，高声说："同志们！你们谁愿意坐第一船去？"一下就乱了营了。有些连的干部想让自己的连队担负主要任务，又不好出面，就在后面捅捅咕咕。说到这里，他指着队伍里一个人说："你瞧，你瞧，那边一个指导员正给战士咬耳朵呢！……"

刘、聂一看，果然队伍里有个指导员带着微笑，推推这个，拍拍那个，正在同战士交头接耳。

战士们的献身热情，自然使聂荣臻的心头充满激动。但任务又

必须快分下去,他就冲着大伙摆了摆手,说:

"同志们,算了,不要争了,我看叫你们的营长下命令吧!"

一句话落地,几百人的视线刷地全集中到孙继先身上。孙继先有些惶乱,连忙跑到杨得志身边,同杨得志咕哝了好一阵,才跑到队伍前面,大声说:

"现在我宣布,乘坐第一船的,从第二连中挑选。"

话刚落音,只听会场上除二连外,齐崭崭地"嘻!"了一声。这个"嘻"声,由于是几百人不约而同发出来的,恰像是一个巨人的叹息。但是这声叹息不管包含着多少遗憾,顷刻就被二连年轻、爽朗而又开心的笑声淹没了。

经过一阵酝酿,二连连长熊尚林宣布了他从报名者中选定的名单。其中包括他自己和班排长共十六人。宣布过后,在二连又是一声长长的"嘻"声和清朗的笑声,不过比刚才全营的声音小一些罢了。

笑声过去,被选中的十六个人,从队伍中走出来了。他们每个人配备了一把大刀、一支花机关冲锋枪、一支驳壳枪,还有七八个手榴弹。他们一个个面含笑意,雄赳赳地从大家的面前走了过去。你只有亲眼见过这样的姿态,你才能真正懂得什么叫视死如归。

可是,他们还没有走出广场,就听见二连被留下的人中,有一个小鬼哇的一声哭着跑了出来。他一直跑到孙继先的面前,哭着说:

"我要去!我一定要去!"

这突然发生的事件,因为没有料到,使得孙继先不知所措。他看了看刘、聂首长和杨团长,他们也同时都为这个脸上带着细小茸毛的十六七岁的小鬼深深感动。聂荣臻心中一软,挥挥手说:

"叫他去吧!"

孙继先立刻说:

"陈万清,那你就去吧!"

熊尚林立刻从别人的背上抽出一把大刀,又找了几个手榴弹递给小鬼。小鬼像过年时得到花炮一般,立刻破涕为笑,连忙跑到十六个人的后尾去了。

聂荣臻为这一幕幕场景激动不已,心里像大渡河的浪花在欢跃奔腾。自从一九三一年冬他进入苏区以来,就同这些红军战士生活在一起了。他们的献身精神每每使他深受感动。明明前面是火,也要跳到火里;明明前面是水,也要跳到水里;明明前面是死亡,也要迎着死亡走去。作为红军的政治委员他深深懂得,这正是红军战无不胜的秘密所在,也是中国的希望所在。

扛着大刀、腰里挂满手榴弹的年轻人从他们面前走过去了,船工们,穿得破破烂烂露着紫铜色肌肉的船工们,也跟着战士们走过去了。一个战士还拍着一个船工的肩膀说:"老板,没得关系,我掩护你!"船工们也笑着说:"你们不怕,我也不怕。"他们一起说笑着,从聂荣臻他们的面前走过去了……

刘、聂和杨得志又回到碉楼里。强渡于九时整宣布开始。顿时,河边响起了尖锐洪亮的冲锋号音,几十挺轻重机枪像刮风一般扫向对岸,强渡开始了。

刘伯承在那个小窗口上左看右看,老觉得不对劲儿,就说:"别蹲在这个小壳壳里了,咱们到外面去吧!"聂荣臻欣然同意。杨得志不好意思拦阻,只好跟着走出来。他们一直走到重机枪与炮阵地的旁边。

他们忽然发现,冲锋号声戛然而止,不响了。

"这是怎么回事?"刘伯承冲着杨得志问。

"他们怕给首长暴露目标。"

"暴露啥子目标哟?"刘伯承带着几分斥责地说,"不要停!"

肖华见司号员愣愣地站着,一个箭步跳了出去,把司号员的黄铜军号夺过来,甩了两甩,就高高仰起脸,鼓着腮帮吹了起来。他当过司号员,训练有素,"嗒嗒嗒,嘀嘀嘀",声音十分嘹亮。其他连的号声也纷纷接上,顿时响成一片。轻重机枪像注入了新的活力响得更激越了。

大家的视线全集中到那只在浪涛中浮沉的小船上。它似乎前进得十分迟缓艰难。一时被浪涛高高举起,一时又落下去看不见了。岸上,人们的心也似乎随着它起伏不停。这时,敌人已经从碉堡里发出密集的枪弹,在船的四周激起一片一片水花。但是那几个艄公仍然奋勇划着。忽然,在密集的弹雨中,有一个战士身子一歪捂着胳膊蹲下去了。岸上的人们惊叫了一声。

刘伯承举着单筒望远镜的手指轻微地抖动了一下,声音不大但却有力地说:

"叫赵章成把前面那两个碉堡揳掉!"

杨得志立刻转过头,冲着不远处的炮阵地喊:

"赵章成,快把前面那两个炮楼揳掉!"

远处似乎应了一声。转眼之间,"哐""哐"两炮,两个青砖碉堡,在两团灰蓝色的浓烟里像喝醉了酒似的歪倒下来。

"好啊!""好啊!"岸上一片喝彩声。

小船渐渐跃过中流,忽地像箭一般地射了下去。

"不好了!不好了!"

"快要碰到礁石上了!"

人们一片惊喊声。

刘伯承定睛细看,那只船果然向一块露出水面的面目狰狞的礁石迎面撞去,心不由陡地一紧。幸好船工技术高超,将舵一转,贴到了礁石旁边。船虽然没有撞碎,但却被石头卡住,动转不得。这时,只见几个船工跳到礁石上,用背紧紧顶着船舷,两只脚奋力蹬着礁石,另外几个船工也奋力地撑着篙,费了很大力气,才离开险境。

终于,船正正地挨着渡口靠岸了。刘伯承和聂荣臻都擎着望远镜聚精会神地观察。只见战士们纷纷跃到岸上,刚刚爬上那条不过一尺来宽的石级甬道,他们身边好像一起落下十几发炮弹似地,轰轰隆隆掀起一片巨响。顷刻间,十几个战士全被一大片浓浓的蓝烟掩盖住了。

"糟了,这是什么东西?"聂荣臻心里一沉,吃惊地问。

"很可能,是四川军队的那种滚雷。"刘伯承说。

蓝烟渐渐散去,石梯上的人影蠕动起来,又顽强地向上爬着,在阳光里还可以看见大刀耀眼的闪光。哦,原来因为石级很高造成的死角掩护了他们。

"这些鬼家伙真行!"刘伯承不禁赞美了一句。

聂荣臻也现出松心的笑意。

但是,当战士们刚刚要攀上石梯的顶端时,从三座房子的院落里,黑鸦鸦地拥出了二百多人,哇哇喊着杀声,挺着刺刀扑了下来。刘伯承的脸有点发白,忙喊:

"叫赵章成快打!"

聂荣臻也喊:

"快打!快打!"

杨得志极其敏捷地向炮阵地跑了几步:

"赵章成!快打!把两发炮弹全打出去!"

杨得志一面喊,一面目不转睛地盯着赵章成。只见赵章成不慌不忙跪下一条右腿,口中念念有词地说:

"不怨天,不怨地,也不怨我赵章成无情义,是上级下了死命令,我实在顾不得你们了!……"

正在他念念有词的时候,杨得志喝道:

"赵章成,你在干什么?"

赵章成并不回答,立起身,右腿迈出半步,闭着一只眼像木匠吊线一样瞄了瞄,把手里托着的那枚炮弹"呼啦"装到炮膛里,接着"嘭"的一声就飞上了大渡河的上空。这枚炮弹还没有落下,第二枚炮弹又"嘭"地飞上去了。原来赵章成有一种特别高的技艺,他伴随步兵冲锋时,胳肢窝里夹着炮筒,能够接连使五六发炮弹同时升在空中,然后在敌群中像连珠炮似的爆炸,阵地没有不夺取的。今天只有这两发炮弹也只好如此了。在这危急的时刻,整个大渡河南岸的人们,仰头望着这两只飞上空中的小黑老鸹,一个接一个地不偏不倚地落到了敌群。一群乱哄哄的敌人立时被两团浓烟淹没。烟雾消散时,已有一大片敌人倒在地上,剩下的爹呀妈呀地叫着四散逃命。这不啻给轻重机枪提供了一个最好的射击机会。尤其是脸色黑黑的土佬,紧紧抱着他那挺重机枪,像多日不吃东西的饿汉,用标准的点射,把那些家伙一个一个打得东倒西歪,不一时全削倒了。

"好哇!打得好哇!"阵地上一片喝彩声,人们简直像看什么竞技表演一样鼓起掌来。

"这两个龟儿子硬是打得好!"刘伯承连声称赞着。聂荣臻哈哈大笑,像他这样放声大笑也是很少见的。

人们清楚地看到,攀上石级顶端的十七个勇士,正在山坡上散开,亮起大刀飞步而上。在接近围墙时,他们纷纷把手榴弹投到围墙里,顷刻间三座家屋周围,全是蓝色与绛红色的烟尘,紧接着,十七个勇士又纷纷跳到围墙里去了……

刘伯承与聂荣臻相继放下望远镜,长长地舒了口气,相视而笑。

"总算一块石头落了地了!"刘伯承说。

聂荣臻点点头,掏出手绢,擦了擦额头上亮晶晶的汗水。那是刚才敌人反扑时急出来的。

这时,那只满身披着光荣的船只,已经回到南岸,第二批勇士正纷纷上船。等到这只船再度回来的时候,杨得志已经蹲不住了,走到刘、聂面前,说:

"报告刘司令员、聂政委,我要上去了。"

"再等一等吧!"刘、聂都笑着说。

"不,敌人还有可能反扑,没有指挥不行!"

说着,他向木船跑去,不一时,就看见他那短小精悍的身影挺立在船头上。在明灿的阳光里,可以看见他背上那把斜插着的大刀,刀把上垂着一条长长的红绸子,显得格外鲜红。

(四十九)毛泽东认为,占领安顺场并没有使红军摆脱险境,要想避免石达开的命运,必须再创造一个奇迹。

毛泽东是第二天赶到安顺场的。

这天又是一个天色阴沉的日子,大渡河的上空堆满了浓重的灰云。他站在马鞍山上观察了许久,才走下山来。周恩来、朱德等人,已经到先遣队的司令部去了。

"我倒想先看看这条怪河!"

毛泽东说着,就先同警卫员小沈来到渡口。

他自然见过不少浩瀚的江水,但往大渡河边一站,那磅礴的声势,仍然使他惊叹。小沈顺手拣起一根柴棍,往里一丢,那根柴棍瞬息间飞射出四五米远。小沈又扔下一片树叶,叶子随着车轮般的大漩涡滴溜乱转,不一时就沉入河底去了。可是,毛泽东望望那只载运红军战士的木船,它却在惊涛骇浪中浮浮沉沉,走得相当迟慢。

河岸上有十几个船工,正坐在草地上休息。他们大都穿着短裤,露着赤铜色的肌肉,在那里抽烟说笑。

毛泽东走过去,往他们中间随便一坐,笑着说:

"老乡,你们都是摇船的吧?"

大家都笑着点头。毛泽东说:

"多亏你们帮忙啊!不然可真是过不去咧。"

说着,掏出纸烟来给了每人一支,自己也点着抽起来。

昨天刘伯承见到的那个满脸胡子的壮汉也在其中。他呵呵笑着说:

"穷人的队伍嘛,我们帮一点小忙还不应该?"

他收起小旱烟管,把毛泽东给他的纸烟点着,抽了一口:

"你们红军可真是不错!昨天开第一船,敌人一响枪,你们的战士就说,老板,你们往后一点,让我们拉船;到了船上,子弹乱飞,我害怕了,他们又说,老板不要怕,打不到你,说着就站起来挡着我们。真是好样儿的!"

毛泽东快慰地笑了笑,远远望见那只船已经到了对岸,七八个船工又开始艰难地向上拉着。

"过一船得多长时间?"他问。

"一来一往总得个把钟头。"人们纷纷回答。

"为么子那么慢哪?"

"因为水太急呀!"那个壮汉往上游一指,"你看,未曾开船,我们得先把船往上拉到周家碾房,这样斜着过去,才能开到对岸渡口。到了那里,还得往上拉半里路,才能开到这个渡口。"

毛泽东的眉头一皱,沉思了一阵,没有说话。他站起来,回转身指着安顺场后面的那座圆包包山,问:

"那就是营盘山吗?"

"对,对,那就是营盘山。"

这座山既不奇特,也不十分高大,几乎是个平顶。令人惊异的是,山坡上荒坟累累,几乎满眼都是。毛泽东问:

"这都是什么人的坟哪?这么多!"

"这就是太平军的坟嘛!"人们纷纷回答。

"我从马鞍山下来,一路上看到很多坟,也是太平军的吗?"

"是的,他们在这里死了一万多人呢!"

那个壮汉插进来说：

"你到洗马姑、大树堡看看，那里坟也很多，光大树堡就杀了两千人呢！到现在，夜深了，还听见他们哭哩！"

"不会吧？"

"真的，特别是刮风下雨的夜里，他们一边哭，一边还叫：'报仇啊！报仇啊！'我们都听到过的！"

毛泽东垂下头来，没有讲话。

这时，刘伯承从安顺场街上走过来，到了毛泽东身边打了一个敬礼，笑着问：

"毛主席，你怎么跑到这里来了？大家都在那边等你呢！"

毛泽东笑着说：

"大家都说这条河很凶，我也想看看。"

说过，又亲热地望着刘伯承，说：

"伯承，金沙江的船叫你夺过来了，大渡河的船又叫你夺过来了，你是用的什么鬼办法呀！"

刘伯承听出来毛泽东是在表扬他，那只独眼在眼镜后面眨了眨，有点不好意思地笑着说：

"这简直是鬼使神差，是敌人一个营长把船送过来的。"

接着，他把赖执中的故事说了一遍，引得毛泽东哈哈大笑。

刘伯承指着对岸，把昨天的战斗情况汇报了一遍，尤其把十七勇士和赵章成、土佬的事迹讲得绘声绘色。毛泽东听了，神采飞扬，不绝地赞叹。

接着，他们离开河岸，向安顺场街上缓步走去。

"现在，渡过多少人了？"毛泽东边走边问。

"船太小，每次只能渡四十多人。"刘伯承叹了口气，"现在一团刚刚渡完。"

"还能找到船吗？"

"听说下游有两条船,也小得很。"

"是啊,再有两条也不行啊。"毛泽东扳起指头说,"金沙江是六只木船,比这个船大,还渡了九天九夜。照这样子,恐怕要渡一个月吧!我给你说,伯承,薛岳的五十三师前三四天就从会理追上来了,离这里也不过几天路程。"

"是的,刚才总司令、恩来同志也都觉得太迟慢了。"

毛泽东脸色严肃,缓缓地说:

"这就是说,我们并没有摆脱石达开那样的险境!"

"是的。"刘伯承严肃地点了点头。

毛泽东仰起脸望望天空和山梁上的黑云:

"看起来,天恐怕还要落雨。……浮桥完全不能架吗?"

"不行。"刘伯承摇摇头,"我们试过了,木排刚刚放下就冲跑了。"

"除了泸定桥,还有别的桥吗?"

"没有。"

毛泽东沉思良久,决断地说:

"看来,我们非夺取泸定桥不可!"

"听说那桥很特殊,只那么几根悬空的铁索,架着一些板子。离这里还有整整三百二十里路。"

"那也要夺取!还必须要快!"毛泽东语气坚决,"因为我估计,泸定桥方面敌人也要增兵。"

"是的。"

"我看最好的办法是兵分两路,夹江而上。这样,敌人就不好守了。"

刘伯承的眼里闪出光彩,连声说:"是的,是的。"

在安顺场街外,毛泽东放慢了脚步,靠近刘伯承说:

"伯承,我给你说,这些天,我的心一直悬着,就是现在也没有放下。我曾做过最坏的打算,即使过不了大渡河,我们就绕到西康去,也决不会学石达开的。"

刘伯承望着毛泽东的眼睛,觉得那里面熠熠闪光,闪射着一股极其倔犟的蛮劲,一种不可战胜的光辉。

前面已是设在一家店铺的先遣队司令部,很远就听见里面传出朱德、周恩来等人朗朗的笑声。

（五十）中国革命的一幅壮丽图画:一个无边的风雨之夜,一条赤龙在高山、峡谷、激流间飞翔。

会议迅速决定:兵分两路,夹江而上,夺取泸定桥。一路是红一师、干部团从安顺场渡河,仍由刘伯承、聂荣臻率领,沿东岸北上;一路是红二师、一军团军团部和五军团,由林彪率领沿西岸北上。中央和军委纵队随后跟进。由安顺场到泸定桥全程三百二十里,要求三天赶到。

沿着大渡河西岸走在最先头的是红四团。这是一个颇为有名的团队。要追溯这个团队的历史,需要提到名将叶挺,因为在一九二六年五月他就是这个团的团长。这个团当时叫独立团,是整个北伐军的先遣队。由于这个团共产党员多,叶挺的指挥作风硬,把吴佩孚军打得魂飞魄丧。尤其是在汀泗桥、贺胜桥残酷的拼杀战中,杀得吴军尸横遍野,终于歼灭了吴军的主力,为北伐胜利奠定了基础。独立团也从此声威远播,名扬天下。此后,在革命风云的变幻中,这支部队又参加了南昌起义、湘南暴动,最后由朱德和陈毅带上了井冈山。在频繁的保卫苏区的战斗中,它已经像战刀一样磨砺得越来越明亮了。

如何认识一个部队的性格和作风,把什么样的干部派到这样的部队里去，以推动或限制某种作风，使其向理想方面发展，这是红军中的独特艺术。由于红军从根本上打破了旧式军队的宗法关系、裙带关系和庸俗的依附关系，就使这种艺术发展到相当高的程度。例如一个长于进攻、短于防守的部队，派去的干部必须是既能保持其猛打猛冲的作风、又能沉着坚守的人。如果是一个作风拖沓、行动迟缓、死气沉沉的部队，一定会派去一个进取心强、性格火爆的团长或政委来改变这种作风。如果这个部队是整个军或师的主力，是赖以解决问题的拳头，那领导者就更要慎重又慎重，掂量又掂量，考虑你会不会保持这个部队的荣誉和优良作风了。总之，领导者们对于这个工作，简直比画家调弄颜色、烹饪家配制作料还要小心翼翼，谨慎从事。

　　对四团干部的配备，也是这样。它的现任团长是王开湘。他是江西弋阳人，过去在方志敏那里干过，现在二十七岁了。从表面看，人瘦小干瘪，样子很平凡，但作战经验相当丰富，战斗中沉着得惊人。人又老成持重、忠厚善良。何况他已经当过师长，把这样一个团交给他，那是很放心的。团的政治委员杨成武，今年才二十一岁，瘦高的个儿，人生得相当英俊。他原来是福建长汀中学的学生，家庭穷苦，很容易就接受了一个共产党员教师的影响，参加了当地的暴动，毛泽东、朱德到达闽西时，就到这支部队来了。由于他作战勇敢，又有些文化，聪颖好学，发展很快，到一九三三年就升任了团政治委员。在他身上最显著的特征，就是那股争强好胜、不甘落后的朝气、锐气。他在哪个连，就想把那个连搞上去，他在哪个营，就想把那个营搞上去。不单在作战上、工作上想跑到前面，就是一些次要方面，也全想占个先儿。其实，许多红军干部身上都有这种性格，这是红军特有的生活养成的。红军一打仗，就有什么捉俘虏比赛、缴枪比赛，平时又有什么遵守纪律比赛、擦拭武器比赛、伙食比赛，还有把被子叠得像刀切一样的内务比赛，唱歌比赛，给老大娘扫院子挑水比赛、打苍蝇比赛等无穷无尽的比赛。这些比赛还经常以"飞机、火车、大车、乌龟"来标出人的具体表现在墙报上公布。这样就把每个人都变得像潮水里的小浪头儿一心想冲到前面。年轻气盛的杨成武自然很符合这个团队的性格,所以他也被调到这个团队来了。

　　自安顺场到泸定桥,这一段大渡河是南北走向。两岸全是高山耸峙,只有曲曲弯弯的羊肠小路,盘绕在山腰之间。人走在羊肠小路上,一边是壁立的高山,一边是大渡河的激流。这种地形对擅长行军睡觉的战士,无疑是有力的警告。如果他们还要继续发挥这种特长,就难免要葬身鱼腹了。不过,总的说,第一天的进军比较顺利,一路上打了两个小仗,还走了八十里路。再有两天时间赶到泸定桥还是有把握的。

　　哪知第二天拂晓,刚走出几里路,后面就有一匹黑马旋风般赶来。这是军团部的骑兵通信员,他来到团长、政委面前翻身下马,递过来一封紧急文书。杨成武接过一看,原来是军团长林彪和政委署名的命令。上面写道:"军委来电限左路军于二十九日夺取泸定桥。你们要用最高速度的行军力和坚决、机动的手段,去完成这一光荣伟大的任务。"后面还有几句鼓励的话,说,"你们是火线上的英雄,红军中的模范,相信你们一定能够完成这一任务的。"

　　杨成武看过命令,递给了团长。王开湘看了,半响没有言语。接着又去图囊里翻他的地图,呆了好一阵,才说:

　　"今天是二十八号,明天就是二十九号。实际上就是一天时间。"

　　"是的,就是一天一夜。"杨成武说。

　　王开湘干瘦的脸上现出苦笑:

　　"一天一夜要走二百四十里路!奔袭道州,一天走了一百六十里,那已经是最高的行军力了!"

　　王开湘下面的话没有说,也不便说。杨成武自然听出来了,就说：

"反正够吃力的，可是，老王，这是命令啊！"

一提"命令"，王开湘也就不言语了。

部队正在刷刷地前进着。年轻的政治委员考虑了一会儿，心想，如果把部队停下来，传达动员，那时间就更加不够用了。于是，他把政治处的同志找来，要他们分头到各连，边走边传达，边走边动员，要求坚决执行军委命令，一昼夜要赶完二百四十里，于明天六时前赶到泸定桥。

在全世界恐怕也找不出第二支像中国红军这样奔驰如飞的军队。如果是平原地带，他们真正放开脚步，那简直就像一条蛇在草叶上飞行。今天，经过支部书记们、支委、小组长们，党员们喊喊喳喳的动员、鼓动，显然又灌注进一股力量，这支部队就像着了魔似的飞得更加迅速了。认真说，这种行军，既不是通常的跑，也不是通常的走，而是介乎跑与走之间的那种持续力很强的竞走。

杨成武和王开湘站在队伍旁边，凡是经过的人都走得十分带劲，并且向他们报以微笑，用眼睛说着来不及说出的话。这些眼光如果用语言翻译出来，那就是："团长，政委，你们放心吧，我们一定会赶到的！""团长，政委，你们瞧吧，我们不会比红一团落后的！""团长，政委，你们瞧着，我们一定会给红四团添光彩的！"杨成武看着看着，心里热乎乎的，像灌注到他身上一股强大的电流。在中国红军里这是一种常有的事。有时是指挥员把他的热情、意志和毅力灌注到战士之中，而形成一种冲决敌阵的强大力量；有时又是千百战士，把他们巨大的热力、革命英雄主义，又注入到指挥员的心中，使他们不足的信心变得坚定。一种强大的革命的冲击波就是这样在他们彼此之间交流，而形成更大的声势。今天这位年轻的政治委员感受的就是这种东西。他上马走出不远，忽然从马上跳下来了。他的警卫员小白子，一向是很关心他的，现在一看他跳下来了，就跑上来说：

"政委,你有什么事吗?"

"没什么,我要走一走。"

"走一走?怕不行吧。你的伤还没好利索呢!"

"没有问题。"

小白子见说不服他,急了,就跑到前面团长那里咕哝了一阵,王开湘跑过来说:

"老杨,你是怎么回事?"

"你看大家走得多欢,我也得练一练了。"

"你那腿怕不行吧?"

"行,行。"

杨成武说着,把马缰交给小白子,嗖嗖地赶到前面去了。

上午还算顺利,下午将要越过一座高山时,山上打下枪来,部队受阻。王开湘和杨成武赶到前面,见这座山正好扼住去路,只有一条羊肠小道通上山顶,右侧是悬崖峭壁,左侧也无路可通。向导说,这座山叫猛虎岗,两边再也没有别的路了。

"老王,怎么办哪?"杨成武瞅着王开湘问。

瘦小的王开湘把那座山端详了一番,平静地说:

"攻吧,人不要多,一个班就行。"

说过,王开湘见周围的人投过怀疑的眼光,又淡然一笑,说:

"你们看雾多大,这就是掩护。"

大家一看,山上的云雾越来越浓,渐渐地连近处的树都看不清了。

"我看行。"杨成武对团长的意见表示支持。

一个班端着刺刀,带着足够的手榴弹悄然无声地向着山坡爬去。

二十分钟之后,山头上响起滚雷般的手榴弹爆炸声。

王开湘干瘦的脸上现出微笑,并且望了周围的人们一眼,意思是:"伙计们,怎么样,没有错吧!"

杨成武高兴得跳起来喊:

"吹号,赶快吹号助威!"

冲锋号吹起来了,部队冲上去了。

战斗迅速解决,溃散的敌人向北逃去。只是发生了一件不愉快的事:敌人破坏了山下的桥梁。战士们不得不临时砍树搭桥,竟误去了两个小时。

天黑下来了。

又走了十多里路,已是人马苦饥,行进速度明显地慢了下来。欢声笑语没有了,没有人再说话,代之而起的是饥肠辘辘声。这里一声咕噜噜,那里一声咕噜噜,形成了一个恼人的令人啼笑皆非的大合唱。指挥员当然觉察了这种形势,因为他们自己的肚子也早就参加了这个合唱。

王开湘走到杨成武身边,压低声音说:

"老杨,吃饭还是不吃饭哪?部队恐怕有点顶不住了。"

杨成武掏出怀表看了看,样子很为难,沉吟了半晌才说:

"现在是七点多一点,还有一百一十里路,夜路更难走了。如果找地方做饭、吃饭,至少要两个小时,六点以前是肯定赶不到的。团长,你看呢?"

王开湘没有说话。杨成武又说:

"我看还是再坚持一下吧。每个人米袋里都有生米,通知他们吃几把,再喝点水……"

王开湘同意了。

人们一边走一边打开米袋,对于饥饿的人,那生米嚼来也很香甜。再喝一点凉水,脚下就又增加了速度。

谁知走出不远,天色愈来愈黑。从天际到河谷,闪电由疏而密,渐渐像千百个大红伞、小红伞闪个不停。蜿蜒在山腰间的这支队伍,不时地显现出紧张行军的壮丽姿影。雷声也由小而大,一阵紧似一阵,以宏大的声势与大渡河的浪涛声汇在一起。顷刻间,一场暴风雨袭过来了。像小石子般的大雨点,向这支饥饿疲劳的队伍毫不留情地扫了过来。不到几分钟,整个队伍就像从水里捞出的一样。而整个山谷正像一锅煮开了的水似的喧嚣不已。

暴雨过后,雨却没有停下来,夜色更浓黑了。刚才还能乘着闪电紧跑一截,现在却黑得难以举步。加上道路汀滑,人们不时地乒乒地摔倒在地上。如果是平时,一个响跤是会引起一阵同样脆的笑声的。而现在由于恼人的难忍的饥饿,谁也笑不出声。在这对面不见人的夜里,人们尤其怕失去联络;根据以往经验,他们就把各自的绑腿解下来,结在一起,然后拉着绑腿深一脚浅一脚地摸索前进。即使这样,还是有几个挑担子的炊事员滚到坡底下去了,费了好大劲才使他们没有同大渡河多情的浪涛同去。这时的队伍,已经慢得像一只蜗牛。

"团长,像这样子,能够赶得到吗?"

王开湘听出来是一个参谋的声音。他已经摔了好几跤了,话语中明显地带着火气。

王开湘没有回答。因为现在的速度每小时五华里也达不到。他回过头,拉拉杨成武的湿衣服,悄声地说:

"老杨,怎么办?"

杨成武也没有回答,像在沉重地思考着。

这时,忽然有人惊呼了一声:

"火把!是敌人!"

杨成武向对岸一望,果然是红通通的火把!一支、两支、三支……愈来愈多。顷刻间,长长的连绵的火把,沿着对岸不停地向前移动。

"是向泸定桥增援的敌人!"王开湘喃喃自语地说。

杨成武心中忽然像火光似的一亮,兴奋地对王开湘说:

"我们也点起火把!"

"敌人不是马上就会发觉吗?这里河面是很窄的。"

"我们可以装敌人呀!"

王开湘沉吟了一下,说:

"行!"

队伍在一个村子里停住。把老百姓的竹篱笆整个买了下来,然后扎起火把。参谋们还找了几个四川俘虏和团部的号兵,分别布置了工作。

队伍继续前进了,一眼望不到头的通红的火把,盘山绕岭地向着泸定桥奔驰前去。

果然,时间不大,对岸就响起了尖厉的号音,在问讯这里是什么部队。司号员立刻按敌人的号谱做了回答。这一切都做得从容而得当。

但是,事情似乎还没有完,对岸又有几个四川口音高声叫道:

"喂——喂——你们到底是啥子部队?"

几个四川俘虏用原来的番号做了回答。对方不言语了。

"对嘛,这本来也是真话!"杨成武举着一支红艳艳的火把,年轻的脸上露出微笑。

雨仍然没有停下来的样子。为了按时赶到,杨成武同团长商量,决定把影响速度的重火器、牲口驮子、伙夫担子,以及首长的乘马,全部留在后面随队跟进。王开湘表示同意,但对杨成武的乘马却不同意留下,理由是他的伤还没有全好。杨成武急了,把手一甩说:

"团长,你就听我一次吧!大家都在走,我这个政治委员怎么好骑在马上呢?"

说过,他已经插进队伍里走了。

人们高举着火把前进。速度的确加快了许多。但是那风声、雨声、大渡河的隆隆声,以及山洪的暴响声,仍然摄人心魂。尤其是上上下下的羊肠小路,其滑如油,不断有人摔得仰面朝天,人们简直是在泥里水里爬着滚进。然而,人们的劲头儿却比刚才更足了,因为在不过一百公尺的对岸,就是敌人,正是敌我双方在进行着一场竞走比赛,怎么能落到敌人后面去呢?渐渐地,雨越来越大,夜越来越深,人们忽然发现对岸的火把停住了,一支接一支地熄灭了。

"他们不走了!"人们纷纷惊喜地说。

"是的,他们熬不住了。"杨成武又在火把下微笑地说。他掏出心爱的怀表看了看,正是午夜一时。"同志们,快一点走,六点钟以前赶到还是有希望的!"

火把,一支又一支的火把,行进得更迅速了。它简直像一条蜿蜒的赤龙在向前飞翔。在这漆黑的夜里,在这无边的风雨之夜,还有什么更美丽的事物吗?没有了,没有了,只有这红艳艳的火把!因为那上面寄托着整个中国大地的希望,甚至是整个进步人类的希望。在浓黑如墨的夜色里,一支支的火把,就像一个个红红的嘟着嘴儿的桃子,也像火把下一颗颗赤红的心!

(五十一)谁也想不到会有这样严酷的考验:中国革命要在几根光溜溜的铁索上前进。这里每一步都面临着死亡。

部队终于在六时前赶到了泸定桥。杨成武掏出怀表看了看,笑了,六时还差几分钟呢。

这时,风也停了,雨也住了。东方正涌上一轮红玫瑰般的旭日。战士们纷纷骂道:"这老天就是同我们作对,我们走到了,它也不下了。"

距泸定桥一里多路处有一个小村子,村子里有一个天主教堂。红四团的团部就设在此处。王开湘、杨成武不及休息,就带着营连干部到桥头来看地形。另外,还请了一个五十多岁的农民随行。

西岸桥头已被红军占领。他们就利用桥头上的一些民房作掩护,进行观察。泸定城矗立在大渡河对岸高高的河岸上,紧对着泸定桥。桥头上用沙袋堆成的桥头堡,露出一个个黑糊糊的枪眼。当这座闻名的、系着数万红军生命的铁索桥,进入他们的视野时,他们不禁大大吃了一惊。原来这座桥上的桥板被拆去了,只剩下光溜溜的十三根铁索,高高悬在奔腾咆哮的惊涛之上。他们昨天夜里在风雨泥水里爬着滚着来舍命以求的,不过是寒光闪闪的几根铁索而已。杨成武和王开湘他们,不禁倒吸了一口冷气,从头顶直凉到脚跟,一时间谁也没有说话。

"老乡,桥板是什么时候拆去的?"杨成武问。

"昨天晚上。"老乡指指对岸,"他们灯笼火把,直折腾了一夜。"

杨成武再次端详着那寒光闪闪的铁索,都由粗大的铁环连接而成,每一根都有饭碗粗。中间九根作为桥面,两边各两根作为扶手。看去足有二百多公尺长,软软地呈弧形联结到对岸泸定城下。据说,平时走在桥板上,还摇摇摆摆,使人心惊胆战,现在只是光溜溜的铁索,该怎样渡过呢!

"桥有多长?"王开湘问那个老乡。

"不多不少,八尺宽,八十丈长。"

"噢!……"

王开湘当着营连长没有说下去。那意思也很明白,八十丈是二百六七十公尺,在这样的距离上,即使不是在敌火下,要爬过去也是颇为艰难的。

"看样子非组织好火力不可!"王开湘沉吟了许久之后,望着杨成武说。

杨成武点了点头。

王开湘回过头,见身后有两座庙,其中一座修在高台上,另一座在高台下。他像观赏艺术品似的看了好一会儿,说:

"这是什么庙?"

"那座高台上的叫观音阁,下面的这座叫戈达庙。"

"什么戈达庙?"

"戈达是藏族的大力士。"老乡指指桥头上固定铁索的大铁桩,笑着说,"传说桥两头的铁桩就是他搬来的。人们说他一个胳肢窝夹了一个,每个有一千八百斤呢!不过他后来也累死了。"

王开湘笑了一笑,说:

"这两座庙正好做桥头堡,就让戈达再出点力吧!"

这时,"哒哒哒哒哒哒……"一梭子机枪子弹扫了过来,打得砖房碎末飞溅。随着枪声,只听对岸喊道:

"共匪!你们飞过来吧!我们正准备缴枪给你们哩!"

桥头上的红军士兵,哪能忍受这个,立刻哗哗回敬了一梭子,接着气愤地骂道:

"白狗子,你们等着吧,老子要你的桥,不要你们的烂枪!"

在返回天主教堂的路上,大家话都不多,脑海里仍然晃动着汹涌的浪涛和那几根悬空的铁索。也许都在考虑着,假如轮到自己的连队担任突击,将怎样在铁索上挪步。当前的情势很明显,就像人们说的九死一生。杨成武发现,二连连长廖大珠,走在最后,低着头,样子显得更为沉闷。

动员会在天主教堂开始了。全团的排以上干部都集在这里。杨成武的话还没讲完,忽然"轰隆"一声巨响,一颗迫击炮弹正好落上屋顶爆炸,把房顶穿了一个大窟窿,屋内顿时尘土飞扬。红军是有这样一种作风的,他们视慌张为可耻,因此越是在这种情况下,大家竟

纹丝不动。杨成武摘下帽子拍拍土,笑着说:

"既然敌人来动员你们了,我也别多说了。你们看,哪个连当突击队吧?"

话刚落音,就霍地站起一个人来。大家一看,谁也没有想到是二连连长廖大珠。廖大珠平时很少讲话,尤其怕在大庭广众的场合讲话。再说二连和他本人,平时没有足以说服人的特殊勋绩,自然被视作"平常"、"一般"。今天面临着这样惊心动魄的任务,那些在大家心目中很红的连队都没有吱声,廖大珠这样的人倒站起来了,自然使人感到惊讶。

"我们、我们、二连……"大家齐刷刷地望着他,使他更紧张了,脸一下红到耳根。他的话就像深谷里的水,尽管翻腾激荡得厉害,却一时找不到涌出的口子。就像四川话讲的,茶壶里装汤圆,硬是倒不出来。最后,他终于憋出了一句:"任务就是轮不到我们!"

"噢,想不到他是有意见的。"杨成武望着他暗暗地想。

"上次、上次突破乌江,任务给了一连;后来二进遵义,任务又给了三连;后来、后来……"

廖大珠列举了历次分配任务的"不公平",想不到这个平时不说话的廖大珠,却蛮爱动心思,一笔一笔账全是记得很清楚的。杨成武笑了。

下面是好几个连长抢着发言,以各种理由或者不成其为理由的理由,要求突击。杨成武心里已有八分同意廖大珠了,但没有说出来,望望王开湘,对大家说:

"让团长定吧!"

王开湘会意,立刻宣布,突击队的组成由二连负责。廖大珠像孩子般地笑了,大家热烈地鼓起掌来。这掌声包括着大家对二连的同情,也有一些掌声是庆幸这个九死一生的任务没有临到自己头上。

会议结束。一个刁钻机警战绩卓著的连长王有才走到杨成武跟

前,带着几分气说:

"为什么不让我们三连去?我们三连就不行啦?"

"任务要轮着来嘛!"杨成武说,"你们就跟在二连后面铺桥板去!"

王有才脸上才消了气,笑了。

明明面前就是死亡,而人们却要争着、闹着、哭着要去,这是红军中的特有的也是通常的现象。也许后世人觉得这些不可理解。其实,这正是那种被唤醒了的阶级自觉和对旧社会决一死战的决心。这是他们心之深处的情感,平时是并不挂在口头上的。廖大珠说的那些话,不过是表层的理由而已。

随后,大家美美地饱餐了一顿,又好好地睡了一觉。下午四时前,全团所有的轻重机枪和军团的迫击炮都配置在桥头及其两侧。王开湘看中了的那个涂着朱红油漆的戈达庙,设置了几层火力,严密封锁着对岸的火力点。号兵们也集中起来了,企图增加攻击的声势。二连精心选择了包括廖大珠在内的二十二名突击队员,隐伏到桥头附近的店铺里。他们每人背着一把大刀、一支冲锋枪或一支短枪,腰里缠着七八个手榴弹。有的穿着满是白色汗碱的军衣,有的干脆脱掉,光着黑红色的膀子。杨成武和王开湘提着驳壳枪站在桥头两侧。

下午四时整,王开湘发出了攻击信号。使战士们热血沸腾的冲锋号声响起来了,接着轻重机枪和各种不同的音调像刮风一般地扫向对岸。两侧的部队也情不自禁地喊起了冲杀声,一时竟显得山摇地动,震人心魂。

在这同时,突击队大步走上来了。廖大珠个子虽小,这时却显得十分英挺果决,比起在会议上发言,他倒更适宜于这样的生活。他闪着一双小而明亮的眼睛,回头扫了一眼他的队员,低而有力地喊了一声:"上!"接着就攀着作为栏杆的粗大的铁索,那双穿着草鞋的脚就踩在铁索上了。由于圆滚滚的铁索不稳定,使他的身子趔趄了一下,随即又站稳了。接着一个十六七岁的苗族小鬼,随着廖大珠跟上去了。如果人们没有忘记,他就是在扎西茅屋里朱总司令亲自扩大来的小鬼扬各。其余的人,有的学着连长的样子,抓着另一边的铁索攀缘前进,有的就伏下身子来,骑着两根光溜溜的铁索,两只手抓着向前移动。敌人的子弹从对面噼噼啪啪地扫过来了,在铁索上不时闪出耀眼的火花。人们显然顾不上它了,因为比起子弹,摄人心魂的倒是下面震耳欲聋的激流。

杨成武直直地望着攀缘铁索向前移动的人们,震耳欲聋的浪声与稠密的枪声,他好像都没有听见,一颗心只是随着那些战士在颤动的铁索上浮沉。不管哪个人在铁索上打个趔趄,或是铁索抖动一下,他的心就一阵发紧。现在他凝望着的是落在最后面的那个战士。那个战士似乎爬得十分吃力,爬出几步就爬不动了,不时望着下面的激流,脸色变得蜡黄。杨成武忽然想起,他是去年五次反"围剿"时入伍的。他家分了田地,还娶了一个漂亮的妻子,日子过得很不错。后来激于保卫苏维埃政权的热忱,他还是来了,还带动了十几个青年。他平时情绪活跃,能说会唱,是士兵委员会的积极分子。部队临离开苏区那天,他的妻子来看望他,他不巧外出。等到第二天部队出发了,他才同妻子在众人面前见了一面。虽然妻子大大方方地笑着说:"那就打了胜仗再见面吧!"在他心里却留下很深的遗憾。长征以来,他不断地问政委:"到底是往哪里去呀?什么时候才能回到江西根据地呢?"……就是这样一个战士,他落到最后面去了。

正在这时,只听桥头上有人惊喊了一声:"有人掉下去了!"这时,不要说桥上的人,就是站在桥头的人,脸上也都变了颜色。

"沉着一点!"只听远远传来一声威严的叫喊,这是小个子廖大珠的声音。循着这声音,大家看到,廖大珠一手紧紧抓着铁索在荡来荡去。队伍立刻稳定住了,错错落落地继续在铁索上向前移动。

杨成武望望那个爬在最后的战士,已经不见了,想来刚才正是他落下了滚滚的波涛。

杨成武望望爬在最前面的,是一个面孔黝黑而又颇为秀丽的青年。他是江西广昌人。在敌人进入广昌时,他的全家都被杀害,只剩下一个出了门的姐姐。他曾经探了一次家,回来后一连哭了几天。他包袱里包着一双姐姐做的鞋子,总舍不得穿。有一次他打着赤脚行军,说是没有鞋了,其实,那双鞋还没有沾过脚呢。现在他背上还有个小包包,也许背的还是那双鞋吧!现在他像大蜥蜴一样爬得相当迅速,高高地昂起头颅,究竟是故意不看那轰鸣的流水以减少恐惧呢,还是蔑视死亡?

杨成武看到,在所有的人中,最轻松的,恐怕要算那个带点野味的扬各。可能是他那山野生活磨练出的大胆,也可能是对于生死完全置之度外,他在铁索上竟像猴子般地灵活轻松,甚至还把连长腰上没有插好的什么东西整理了一下,态度和动作都显得相当从容。

"好,好,到底爬过去了!"王开湘掏出手绢擦了擦额头,手绢上全是滴答的汗水。

杨成武刚松了一口气,忽然周围有人惊呼起来:

"起火了!起火了!"

杨成武定睛一望,果然对岸桥头冒起一股浓烟,腾起了橘红色的火苗,转瞬间火焰飞腾,愈烧愈大。很明显,这是敌人为了阻止红军的进攻,把桥头上的什么东西点起来了。这突然发生的情况,使刚刚接近桥头的廖大珠他们大感意外,远远看见他们犹豫了,正在铁索上爬行的人们停住了。真是千钧系于一发,成败决于一旦,这时,杨成武高高地挥着驳壳枪,以他那年轻的尖亮的声音喊道:

"同志们!这是胜利的关头呀!犹豫不得呀!冲过去!冲过去!冲过去就是胜利!……"

桥头上的人们也跟着大声喊道:

"廖大珠!不要慌,冲过去!!!"

"不怕火,冲过去!冲过去!!!"

远远看见,接近桥头的人们,镇定了。廖大珠回过头,向后面喊了一句什么,接着从背上抽出大刀,在阳光里闪了一下,第一个扑到烟火中去了。当他的身影再度从烟火中出现的时候,只见他把帽子一摘,一挥手,一顶冒着火苗的帽子就落到大渡河中去了。其他人也纷纷跃到火里,不一刻桥头周围就响起了一阵滚雷似的手榴弹爆炸声。

随着突击队的进展,三连很快将收集来的板子铺到了桥头。杨成武随即带领第二梯队冲上去了。廖大珠他们,刚才在桥头所受的惊恐、不安、拘束,这时化做一团无名怒火,抡起大刀任性地砍杀起来。贴近桥头就是一条古老而破旧的市街,街上满是店铺,双方就在这条小街上厮杀起来。敌人见他们人少,正在举行全力反扑时,杨成武率领的第二梯队赶到了,又经过一阵激战,终于将守敌大部歼灭,残敌弃城向北逃窜。

当追击敌人的枪声在晚风里最后飘失的时候,东方升起一轮明月,静静地照着泸定桥。这桥虽然还是寒光闪闪,但看去却像是软软下垂的吊床,不再令人惧怕。

午夜过后,率领红一师沿东岸前进的刘伯承、聂荣臻已经来到。他们沿途击溃了敌人两个旅,经过长途跋涉,显然已很疲劳。刘伯承一坐下就说:

"你们有啥子好吃的,快搞一点!"

警卫员小白子笑着说:

"这里最好吃的,怕就是鸡蛋挂面了!"

"好,好,这个就行!"

小白子备饭去了。刘伯承对杨成武说:

"你先带我们看看桥去。"

杨成武在前面提着马灯,刘伯承、聂荣臻跟在后面,穿过古旧的小街,来到桥头。这时,一轮明月已经步上中天,把二郎山顶的那团白云,照得皎洁如雪。泸定桥温柔地微微下垂着,横在大渡河上。刘伯承和聂荣臻踏上桥板,缓步而行。他们一时望望西面巍峨奇峻的二郎山和高入云际的贡嘎山,一时望望脚下大渡河奔腾的激流,不时停住脚步抚摩着那闪着寒光的铁索。两人都没有说话。他们一直走到桥头,又转回来,将到桥中央时,刘伯承才停住脚步。他手扶铁索桥栏,再一次望着滔滔的大渡河水,长长地慨叹了一声,接连在桥板上重重地跺了三脚,一面说:

"泸定桥,泸定桥,我们为你花了多少精力,费了多少心血,现在胜利了!胜利了!"

聂荣臻也深有所感,接上说:

"是的,中国革命又可以继续前进了!"

回到东岸桥头,他们在一块高高的石碑前停下。杨成武告诉他们,这通碑是记述诸葛亮"五月渡泸,深入不毛"的事。刘伯承说:

"我们也该立一通碑,来记载我们的英雄!"

聂荣臻点了点头。

夜已深,大渡河的奔腾声显得更激越了。

(五十二)大渡河越过了,但是前面每一条道路上都充满风险,没有革命家的胆略就将寸步难行。

红四团夺取泸定桥的第二天,林彪率红二师及军团直属队也到达了。随后,周恩来、朱德和毛泽东也先后到达了这个不足一千人的小城。

这几天,泸定桥经历了历史上最繁华的日子。千军万马都笑眯眯地瞅着她,摇摇晃晃地跨过了长征以来最凶险的河流。

国民党的大渡河防线崩溃了。刘文辉的二十四军退往天全等地。国民党在成都的参谋团急电杨森,要他的几个旅赶到荥径、天全、芦山一线防堵红军。

石达开的悲剧命运终于避免。中央红军从上到下人人的脸上都带着喜气。但是他们还不知道前面路上又横着新的风险。

按照朱德总司令的命令,先头部队已向天全前进。

这时,红军统帅部的战略意图,就是迅速前进,与红四方面军会合。这个意图向部队传达后,立刻成为最鼓舞人心的口号。自从去年西征至今,已经七个多月,天天行军打仗,没有一个落脚之处。一个一个的战友,从身边倒下,部队越来越小,人们早已疲惫不堪。现在,听说一支强大的兄弟部队就在前面,怎么能不欢欣鼓舞呢?

二郎山雄峙在泸定城边,主峰高达三千二百公尺。部队一出发,就开始爬山,还不到半腰,回首下望,大渡河已变成深谷中的一弯细流,就像一条小小的银蛇。回想多日来竟为他奔波劳碌,费尽心机,又令人不禁哑然失笑。

接着,部队进入了原始森林。原始森林简直是另外一个世界。往上看枝叶虬结遮天蔽日,森林里终年像暮色深浓时那样阴暗。往下看都是陈年败叶,不知积压多少层了,人走上去软绵绵的。有些地方是雨水和泥浆,发着霉臭的气味。更讨厌的是那些歪倒的枯木朽株横在路上,必须费很大劲搬开,才能通过。所以队伍时走时停,是长征路上最艰苦的行军之一。

周恩来同他的几个警卫员一同随队行进。他的面容比在贵州时消瘦多了,体力也比以前差了,但是他那熠熠生彩的大眼睛和他那部潇洒的美髯以及顽强的自我克制掩盖了这一点。他依然是红军中最忙碌的人。除了大的决策他必须参加以外,决定了的东西还靠他一件件落实,一件件检查。自从在贵州他从马上摔下来以后,同志们曾有意减轻他的工作,无奈他是一个天生的忙人,情况改善不了多少。何况刘伯承担任先遣队司令之后,整个总参谋长的工作,又搁在他肩上了,哪里有他休息的时间!

周恩来和几个警卫员一起走着,他见警卫员沉闷了,就说几个故事和笑话,来鼓励他们的情绪。一直到下午才爬到甘竹山的峰顶。大家出了原始森林,看顶空蓝天如洗,阳光灿烂,周围苍山如海,云幔四垂,大大吐了一口郁闷之气。

"我们就在这里歇歇腿吧!"

周恩来说着,在一块红石头上坐了下来。几个警卫员也在他周围坐了。

人们常常赞美大川奇峰,很少领略高山云景的奇丽非凡。这时,周恩来显然被周围的云景吸引住了。阳光一照,那白云显得分外明丽,就像雪峰和冰山一般布满四周。有的像长长的银带将远处的山峦拦腰束住,上面露出一个一个乌黑的山尖,就像海上的孤岛。还有的像荒野古城,有的像原上奔马,有的像亭台楼阁,有的像波涛中的航船。更为壮观的是西南面的一座高山。那座山高高地超出云表,山峰和积雪在阳光下白得耀眼。

"那是什么山哪?这么高!"小兴国指着那座山问。

"恐怕是贡嘎山。"周恩来说,"那座山海拔七千多公尺,是我们中国的第二座高峰呢!"

"我们中国山真多呀!"小兴国有点厌烦地说,"我们江西,山就够多了,谁知道一出来山更多。湖南也是山,贵州也是山,云南也是山,四川还是山,我们什么时候才能走出山呢?"

"平坝子都让国民党占去了嘛!"警卫员小魏说。

"什么时候开到平坝子就好了。"小兴国叹了口气,接着转过脸问,"不是说我们要同四方面军会合吗,什么时候能会合呢?"

"快了。"周恩来微笑着说。

"他们现在在哪里?"

"在岷江上游一带。"

"他们有多少人?"

"总跟我们从江西出来时差不多吧。"

"那就好了!"小兴国高兴得笑了。"我们合在一块儿就是十几万人,可以大干一场了!"

周恩来高兴地笑着说:

"我们也是这样想的。"

小兴国更高兴了,站起来手舞足蹈地说:

"先打下成都坝子,接着就拿下全四川!"

"小兴国气魄还不小哩!"周恩来呵呵笑着说,"只要我们两个方面军会合,是会打出一个新局面来的!"

小魏也欢乐地眨眨眼说:

"我得先换双草鞋! 现在连打草鞋的布都没有。"

说着,他抬抬自己的脚,脚上那双草鞋果然快要断裂的样子。

"周副主席,我们吃饭吧,我看见那边有泉水呢!"

小兴国高兴地取出干粮,又到山崖下灌了一壶甜泉水,大家就吃起来。

饭后,他们随队下山。没有走出多远,就又进入了原始森林。还是那样阴暗、沉闷,满是烂叶子的气息。傍晚又下起雨来,森林里跟暗夜差不多了。顺着山坡冲下的泥水、烂树叶和杂草淤集起来,每走一步都陷得很深。周恩来走得相当吃力,他那双本来已经湿透的黑布鞋,不断地被淤泥粘掉。小兴国只好从挎包里搜罗出两根布条子,帮他捆在脚上。即使这样,每小时也只能走出二三里路。还没有下到山底,天就黑下来了。事实上已经无法行进。这时,从前面传下口令:"就地宿营。"几个小鬼解开干粮袋一看,剩下的干粮全被雨水泡成稀糊糊了。小兴国满脸愁容地说:

"这个鬼地方！连点清水都没有,这饭可怎么吃呀！"

周恩来仰起脸望着树叶上滴下的雨滴,笑着说:

"这不就是清水嘛!"

小兴国苦笑了一下,解下搪瓷茶缸子去接雨水。周恩来和他的警卫员只好吃了一些稀糊糊,喝了点雨水算作晚饭。

"饭"是吃过了,怎么住呢?几个小鬼左看看,右瞅瞅,连个巴掌大的干地方都没有,别说睡觉,坐也坐不下去。几个小鬼面带愁容跑到一边,像聚议军机大事似的商量办法。但是什么办法也没有。

"怎么让他睡呢?"

"昨天半夜别人就把他叫起来了,又走了一天,不睡一觉怎么行呢?"

"难道就让他这样站一夜吗?"

几个小鬼在窃窃私议,小兴国最后说这句话时,几乎要哭出来。

周恩来靠着一棵大树站着,看见几个小鬼避着他嘀嘀咕咕,就说:

"你们在讨论什么呀?"

几个小鬼不得不走过来。小兴国说:

"我们在研究你怎么休息的问题。"

"这有什么可研究的!"周恩来呵呵笑道,"你们能研究出一块干地方吗?"

"那你怎么休息呢?"

周恩来把他的身子又着力地靠了一靠,笑着说:

"这不就蛮好吗!"

"那怎么行呢!"小魏插进来说。

"为什么不行?"周恩来指指周围坐在地上和靠在树上的同志们,说,"大家都行,我为什么不行?⋯⋯你们快休息去吧!"

周恩来说过,就靠着树干眯起了眼睛。

周恩来就是这样整整站了一夜。

第二天,似明不明,部队就出发了。

在熹微的晨光里,长长的行列沿着一条碧绿的溪流曲曲弯弯地行进。这条水名叫羌江,也叫青衣江,碧清见底,绿中透蓝,两岸都是芳草野花,还不时传来婉转的鸟啼,峡谷里显得十分清幽。人们昨天在森林里窝憋了整整一天,这时心里宽敞多了。

大约走出十多里路,周恩来听见前面一片欢声笑语,走近一看,原来山上有一道飞泉,正从人们的头上飞越而过,像垂下的珠帘一般泻到山谷中去了。许多青年战士,像争食的小鸡似的在那儿举着茶缸子接受泉水。小兴国他们也赶快解下缸子去接。周恩来从那白玉般的珠帘下刚刚穿过,正用手绢擦去脸上的水珠,小兴国就把一缸清凉的泉水端过来了。周恩来一气就喝了两杯,觉得很少喝到过这样清洌甘美的泉水,不禁赞美道:

"古书里说的甘泉,怕就是这样的泉水了。"

说过,正要举步行进,迎面跑来一个小鬼,来到面前啪地打了一个敬礼,说:

"报告周副主席,毛主席在这里等你呢?"

周恩来一看,原来是毛泽东的警卫员小沈,就问:

"毛主席在哪里?"

"就在这山坡上。"小沈说,"一大早他就叫我在这里等你。"

周恩来抬头一望,绿树丛中有一座小木楼,被风雨打得成了灰褐色。周恩来和几个警卫员就随着小沈向山坡上走去。

周恩来一进屋子,就看见毛泽东迎门坐在一个矮凳上,正俯下身子在看地图。那张颇大的四川省详图,正铺在他的膝盖上。由于他精神专注,没有发现有人进来。

"周副主席来了!"小沈欢快地说。

毛泽东拿起地图,笑着站起来说:

"恩来,我等你等得好苦哇!"

他看周恩来两条裤腿都是泥浆,鞋上都是黄泥,就笑着说:

"昨天叫二郎山拖住了吧?你总是走在我前头,这次倒叫我赶了先了。"

"山上没有一块干地方儿,周副主席直站了一夜。"小兴国插嘴说。

"也真够受了。"毛泽东叹口气说,"这家人很好,刚才给我们煮了一大锅稀粥,你们先吃点吧。"

周恩来坐在矮凳上一面喝粥,一面听毛泽东谈话。

"当前最重要的问题,是同四方面军会合,这是我们的战略目的。"毛泽东说,"可是我们究竟走哪条路线呢?"

"我也在考虑这个问题。"周恩来说。

毛泽东从口袋里取出一支皱得不能再皱的纸烟,尽量把它抻直,然后点起来说:

"到岷江上游,我看有三条路线。这三条路线,想过来,想过去,都有风险。昨天晚上我就没睡好,很想你能够来到商量一下。"

周恩来喝了两碗稀粥,觉得舒适多了。他往木板壁上一靠,笑着问:

"哪三条路线呢?"

毛泽东往前凑了凑,用食指指着地图叙述说:第一条路线,是部队占领天全以后,从雅安城西经过邛崃、大邑,越过成都坝子,经灌县到达岷江上游;第二条路线,是由天全经过芦山、宝兴到达懋功,占领大小金川一带,这条路,要经过几座大雪山,那里积雪终年不化,空气稀薄,行动极为困难,大军从来没有走过;第三条路线,就是回过头来,经过康定、丹巴、金川,到阿坝一带。也就是说,穿过西康那些人烟稀少甚至渺无人烟的地区……

毛泽东说过,把地图递过来,去抽他那支皱皱巴巴的纸烟。周恩来望着地图沉思良久,然后说:

"第三条路,我看可以排除。因为那里人烟稀少,粮食缺乏,部队得不到任何补给,加上路途太长,部队走到将剩不下多少人了。第一条路,问题也很大。那里是成都坝子,敌人重兵容易集结,我们很可能重新陷入重围,又形成在贵州那样的局面。可是现在我们已经比不上贵州那时候了。……"

说到这里,他压低声音,伸出了两个手指,有点喑哑地说:

"据最近的统计,现在我们超不过两万人了。"

一种不易察觉的暗影在毛泽东的眼里闪了一下,正要送到嘴边的纸烟停止住了。

周恩来稍停了停,又说:

"第二条路,就是过雪山了。这条路的好处是路程很近,也比较安全,敌人不易截断我们的去路,而我们却比较容易达到自己的战略目标。但是,这条路从来没有大军走过,现在同志们经长途转战,体力下降很大,又缺乏衣服的补充,困难确实不能低估,还要详细调查一下,才能下最后决心。"

毛泽东磕掉烟灰,点了点头:

"你分析得很对。我也倾向于走第二条路,过雪山。三条路都有风险,三者相比,还是过雪山是比较好的选择。只要有人走过,那就是说是过得去的。既然少数人过得去,我就不相信多数人过不去!大家互相帮助,应该是更能过得去嘛!恩来,你说是不是?"

"自然。"周恩来笑着说,"一路上很多地方都说过不去,现在不是过来了吗!"

毛泽东高兴了,他笑得很动人:

"所以,我很欣赏鲁迅那句话:路是从没有路的地方走出来的。"

说过,他的眼睛里射出一种明亮的奇异的光彩,这是那种屡次征服强敌和障碍所形成的强大自信。这无疑是毛泽东身上最显著的特征之一。正是这种自信力使他在决定重大问题时具有超出常人的胆略。

"好,那我们就再开个小会商量一下吧。"周恩来说。

这时,小沈领着一个军人走了进来,说:

"机要科送电报来了。"

译电员打了一个敬礼,将电报送给周恩来。周恩来看过,把电报交给毛泽东,一面笑着说:

"先头部队已经占领了天全!"

毛泽东看完电报,立刻叠起地图,笑着说:

"恩来,走吧,我们该上路了。"

(五十三) 没有一个红军忘记了硗碛这个雪山脚下荒凉的镇子。它没有给红军提供多少过山的准备,但却讲了许多神秘的传说。善心的老百姓,劝红军不要走这条险路。

不要说较大的城市,即使一般的县城和较为像样的市镇,都会使红军战士眉开眼笑。这是因为他们的物资极其匮乏,一切日用品急需补充的缘故。老实说,三十年代的中国,一些小县城并没有多少东西,最多不过有几家小饭铺、几家杂货店、一两家布店、一家标明川广云贵地道药材的老药铺,如是而已。这些店铺往往是烟熏火燎得成了黑褐色的两层木楼,有的甚至是平房前面加一个较为像样的门脸。即使这样,夺取它时也都要付出流血的代价。

红军进入天全县城,能够休息一两天,自然特别高兴。沿着碧绿如带的青衣江,一直可以到达天全城边。城边有大岗山与落七山,两山夹峙形成了一座石门,进入这座石门就是天全县城。这里有一条颇长的古旧的街道,店铺不少,自然也有些勤劳的店主兼在街上养猪,更不要说为数不少的老母鸡在街上漫步。不管如何,红军战士们只要能把自己的几个零用钱花出去,把他们急需的日用品略加补充,也就很满足了。

韩洞庭和黄苏率领的团队,也到了天全县城。他们在这里整整休息了两天,进行过雪山的准备。实际上,无非是改善一下伙食,到街上买些日用品,加紧打草鞋和筹备粮食,对病号进行突击治疗,除此之外,就是对付头号敌人——虱子,进行毁灭性的扫荡。尽管这些伴随革命而来的反对派不如冬季猖獗,但是无日不有的汗水泥垢和整日不脱衣服的生活,仍旧是这些嗜血者生活的良好土壤。它们决不因对他们宽松就停止骚扰。

对病号的突击治疗,自然不是一两天就能解决问题。主要是药品异常缺乏,这样的小城市也买不到好多。在遵义入伍的铁匠杜铁锤,对本排的病号非常关心。同他一起入伍的挑煤工人李小猴,人本来就瘦,最近连续打了几场摆子,更瘦得可怜,小脸尖尖的,只剩下两个大眼睛了。这天,小猴看看四外无人,就对杜铁锤说:

"排长,啥时候才打回咱贵州呢?"

杜铁锤笑着说:

"小猴子,你是想家了吧?"

小猴子头一低没有言语,沉了一会儿,才慢吞吞地说:

"我们已经走出一个省了!"

杜铁锤笑着安慰道:

"小猴子,人家江西的同志不是走了五六个省嘛!我们现在是无产阶级了,不能像农民那样,老看着村头上的歪脖柳树!"

李小猴红了红脸,发愁地说:

"排长,你看我这样,能过得去雪山吗?"

杜铁锤又像兄长似的安慰道：

"小猴子，不要担心，只要有我杜铁锤在，就不能扔掉你！"

杜铁锤给小猴子要了药，又比着他的脚给他打了一双草鞋，李小猴的情绪安定多了。

部队沿着青衣江向宝兴前进。青衣江迎面流来，山沟越来越窄，青衣江也越来越细，渐渐变成了一条普通的小河。可是由于落差很大，它那暴烈不驯的性格和大渡河颇有类似之处，往下一看，在山谷里就像一条滚动着的白花花雪龙。雪浪上架着一种小巧玲珑的藤索桥。询问当地居民才知道，原来青衣江是从夹金山上流下来的雪水，不仅水流湍急，且冰冷刺骨，即使河面并不宽，也难以徒涉。

大军经过芦山到达宝兴，用了两天时间。宝兴县城可说是夹在山缝里的一座盆景，全城人口不过千人。家家打开门窗，都可得到"两山排闼送青来"的妙趣。县城里只有一条街，从这头到那头，用不了五分钟就走完了。正像这里的人们说的"一家炒菜满城香"啊。由于红军进展神速，敌人放火烧街只烧了一半红军就进城了。杜铁锤他们在宝兴住了一夜，第二天一早就向雪山脚下的大镇硗碛前进。

从宝兴到硗碛一百里稍多一点。路上没有多少阻挡，因为敌人有意把红军逼入雪山，使其重陷死地。然而，这天走得仍然不很顺畅，因为悬崖上有几处栈道，都被敌人破坏了。其中有一条栈道叫做长天桥，有几百米长，都是在崖壁上凿出孔来，插上木棍，然后在木棍上搭上窄窄的板子，下面就是青衣江水。可是现在崖壁上裸露着一个个石孔，却没有板子。在前面开路的工兵，不得不在河两岸用整匹白布代替绳索，使大家攀援过河。杜铁锤过河时紧紧地拉住小猴子，以防他在激流中跌倒。但那冰水的刺激，显然对于疟疾病人极为不利。

部队终于在日落之前赶到硗碛。天底下许许多多的地名,都是在夸耀自己的美丽和富饶,更不要说那些虚有其名令人贻笑大方的去处。惟独硗碛却给自己取了这么一个过度谦卑的名字。实际上硗碛周围有不少原始森林,郁郁葱葱,倒也冲淡了人们的荒凉之感。只是村落太小,仅有百多户人家。其中绝大部分是藏民,仅有少数汉人。他们住的都是一些脏而破旧的木楼。整个镇子最风光的恐怕就是那座喇嘛庙了。红军在那里设了一个联络点,专门负责过夹金山的指挥。

说这里是夹金山的山脚,其实还看不到夹金山的雪峰,只不过是一个平常的山洼罢了。可是初到的人却有一种突出的感觉,就是大大的太阳没有丝毫暖气。许多老百姓在这盛夏天气还穿着皮背心。到处凉飕飕的,想是夹金山扑过来的寒气。

杜铁锤他们住在一个六十多岁汉民老人的家里。老人穿着光板的大皮背心,脸上黑里透紫,是那种受紫外线过度曝晒常有的脸色。他是个穷汉,没有跑,对红军很亲切,杜铁锤他们做好饭,也就同他一起吃,大家更亲热了。

杜铁锤正帮助李小猴烫脚,老头子走过来,往旁边一蹲,亲切地问:

"你们是不是要过夹金山哪?"

杜铁锤点了点头,老头子庄重地说:

"那可不是玩儿的!你们还是绕到别的地方走吧。我们这里的人说,要过夹金山,性命交给天呢!"

铁锤一笑:

"就那么厉害?"

老人见他不信,更为认真地说:

"这不是平常的山,这是神山!"

"怎么是神山呢?"

"你听我说,"老人掏出小烟锅,从一个油腻腻的烟荷包里灌满了烟末,燃起来吸了一口,"一到山上就不能大声说话,你要声音大了,叫山神听见,你别看晴天大日头的,立时满天大冰雹就向你砸过来。另外,你还不能坐下,一坐下就永远起不来了。因为那都是山神的地方。……"

小猴子洗着脚,两只眼睛瞪得圆溜溜的。铁锤却哈哈大笑:

"夹金山还有多远?"

"往山沟里走出二十里,就到凉水井了。再往上走,就是雪了,我们这里人说,'走拢新寨子,立下灵牌子'。"

"这是啥子意思?"

"啥子意思?就是说,到了新寨子,你还往上走,你就让你家里先给你立下灵牌子吧,回不回得来就另说了。"

老人说得人毛骨悚然,全身起鸡皮疙瘩,小小的屋子里充满寒气。小猴子听得十分认真,一句都不放过。杜铁锤脸上的笑容也渐渐消失了,又问:

"新寨子是最难爬的地方吗?"

"不,还有一个九坳十三坡呢!人们都说:'走上九坳十三坡,鬼儿子拖住脚。'"

"怎么叫鬼儿子拖着脚呢?"

"这就是夹金山古怪的地方。"老人磕磕烟灰,又装上了一锅,"说实话,那坡并不陡,看去平平的,可是你干用劲儿,就是迈不开步子,就像有个鬼紧紧拖着你的腿似的。"

说到这里,正在洗脚的小猴子怔住了,呆呆地看着自己的脚,就像真要有鬼来拖住他的脚了。

"过了九坳十三坡就到山顶了吧?"

"对,接着就是王母寨了。王母寨是个庙,正修在山顶。凡是爬到这里的人,都要到庙里磕个头,丢几个香钱,谢谢王母娘娘的保佑。

可是十个人爬山,总不会十个人都过去的。人们就说,'走拢王母寨,看看我的伙计还在不在',就是这个意思。……另外,还特别注意要把脚放稳,不然滑下去可就包了'肉包子'了……"

"啥子'肉包子'?"

"背坡里雪塘很深,滑下去出不来,不就成了'肉包子'了?"

杜铁锤看见小猴一句话不说,眼睛露出胆怯和惶惑不安的神情,颇想转变一下眼前的气氛,就又笑着说道:

"老人家,你是听说的呢,还是你亲自走过?"

"我自然是亲自走过。"老人颇为自信地说。

"那你不是过来了吗?"

"是的,过是过来了,可是那是怎么过来的呀!"他叹了口气,"我们十几个人给人背东西,一到山上,不知谁说了一句话,立时天昏地暗,冰雹就打过来了。我把东西一扔,才勉强爬到山顶。有两个伙计就留在那儿了。"

这时,营长金雨来进来了,杜铁锤有礼貌地站了起来。小猴子也连忙擦脚准备站起,被金雨来摁住。

"你们在谈什么?"他笑着问。

"这位老大爷正同我们谈夹金山呢。"杜铁锤说。

"听他们讲讲好。"金雨来说,"我刚才也请一位老大爷讲了,这确实不是一般的山。"

"不过讲得也太神了,"铁锤说,"在山上不能大声说话,还不能坐下休息。"

"可能有点科学道理。"金雨来说,"这山是邛崃山的主峰,山势太高,山尖海拔四千二百六十米,我们要过的山垭口也有四千一百一十四米。因为严重缺氧,呼吸困难,不是不能坐下休息,是你一休息,就没有力气站起来了。另外人一叫喊,引起空气震动,就要起变化,也可能有点什么道理,你不要大声叫喊就是了嘛!"

杜铁锤和老人要营长坐下说话,金雨来摆摆手,表示有事,又接着吩咐说:

"上级叫我们把准备工作搞得好好的,可是这里买不到什么。酒是没有的,只买了一点生姜和辣椒,你们去领点吧!不要忘记,每人必须准备一根棍子。明天天不亮就要出发,因为中午就得越过山顶,否则就麻烦了。"

说到这里,他担心地看了看小猴子,说:

"小猴子,你的摆子不打了吧?"

"这两天没有来。"小猴子可怜巴巴地说,"谁知道这个神山我过不过得去呢!"

"什么神山!"金雨来笑着说,"毛主席和周副主席都传下话来,叫我们同神仙比一比呢。"说过,又转过脸望着杜铁锤说,"最重要的是病号!你们要编成小组,几个人保证一个。"

大家把金雨来送到门外。金雨来又回过头笑着说:

"小猴子,你别担心!你在遵义挑着鞭炮欢迎我们,我们怎么能把你扔到大山上呢!"

小猴子扫去满脸愁云,笑了。

(五十四) 对于饥饿疲劳、衣着单薄的队伍,绵绵雪山无疑是最严峻的考验。一些人长眠在雪山上,另一些人又前进了。雪山,红旗,给人世间留下最美丽的事物,也许这是人类战胜大自然的象征。

第二天凌晨三四点钟,部队就向雪山进发了。走到凉水井时,天才放明。

部队在这里集结了一下。中央纵队和军委纵队也都赶上来了。放眼一看,大家的衣服真是五光十色,每人手里一根棍子。经过半年多的行军作战,部队的素质和外貌,部队的组织性、纪律性与服装的杂乱无章,恰好成反比例发展着。今天为了过雪山,每人把包袱里的所有积蓄都拿了出来,有缴获国民党军的军衣,有打土豪分到的各式便衣,衣服长短不等,色色俱全。即使这样,还是有人着夹衣或单衣。在硗碛虽然再三强调准备工作,然而由于部队过多,物资有限,每人能分到两个辣椒或者一小块生姜也就很不错了。硗碛给予红军战士的就是每人一根爬雪山的棍子,这已经是硗碛最大的慷慨了。

可是,部队的情绪还是很高。这是因为早晨传来的一则消息起了巨大的振奋作用。消息说,走在最前面的红四团已经于昨天越过了这座神山并在达维与红四方面军一部胜利会师。这真是天大的喜讯。好像一堆湿柴上浇上了煤油,顿时熊熊地燃烧起来。队伍里一片嘈杂兴奋的语声。

令杜铁锤高兴的是,小猴子的情绪也忽地高了起来,加上早晨喝了两碗辣椒汤,脸上还泛着红光。他正借这机会给小猴子打气,看见中央纵队前面,有两个老人好像在争执什么。一个老人手里拄着一支红缨枪,上面还挂着一双草鞋,背上嘀里嘟噜地挂着好几个大小口袋,一望而知那是徐老。另一个文文绉绉,戴着近视镜,留着两撇苍白胡子,那是谢老。徐老手里提着两张羊皮、一根草绳去追谢老,谢老躲躲闪闪,连续向后退让。只听徐老说:"快,穿上!穿上!"又听谢老说:"不行!不行!"徐老又说:"谢胡子,你的身子骨不行嘛!"谢老又接上说:"徐老,数你的年纪大嘛!"谢老在前面跑,徐老就在后面追,气得徐老顿足大叫:"谢胡子,这是什么时候嘛,你还客气!"周围的人也都笑起来,说:"谢老,你就穿上嘛!"这时,休养连的人,也赶上来把谢老围住,不由分说,把两块生羊皮,一块护胸,一块护背,用草绳牢牢实实地捆在身上。徐老才哈哈笑着回到队伍里去了。杜铁锤和小猴子看得有趣,也随着大家一起咭咭嘎嘎地笑着。

宣布了注意事项,队伍排成一路纵队开始爬山。杜铁锤见小猴子情绪转过来了,脸上充满喜色,自己也高兴起来。一路上坡坡坎坎全是茂密的青草和各色野花,同别的山没有什么不同。人们反而觉得凉爽宜人,精神格外清爽。有人竟"红军哥哥哟"、"妹妹哟"哼起兴国山歌来了。走了两个小时,已经到了半山间,渐渐到达了雪线。那些南方战士,有的从生下来就没见过雪,今天看见了人世间竟还有这般皎洁、美丽的东西,觉得十分新奇。特别是接近雪线的地方,满山都是那种名叫绕天红的红花,这种火红的花,一丛一丛的,被洁白的雪衬托起来,显得特别艳丽。除了绕山红,雪下还有一种草,叶子宽大得像莲叶似的,开着细小的黄花,也很好看。这一切都使人感到分外美丽新鲜。雪线以上则是一片冰雪世界。

这时,太阳已经老高了。明丽的阳光照着周围的雪峰,亮得耀眼,刺得眼睛微微发痛。小猴子眯细着眼笑着说:"排长,你看这雪多好看哪!"杜铁锤往四外一看,果然从来没见过这样的好景。那一团一团的白云,被太阳照得洁白如玉,连绵不断的雪峰,一个个仙姿绰约,有的露出在白云之上,有的笼在白云之中,比玉雕还要皎洁可爱。小猴子从地上抓起一把雪,一边吃一边嘻嘻笑着说:"这山有什么难爬,还吹是神山呢!"

可是,他们咯吱咯吱地踏着积雪,往上走了不过十几分钟,就进入了黑沉沉的云雾里,周围一片混沌,刚才的雪峰全看不见了。只觉得一股股寒气迎面扑来。不一时,耳边滚过一阵雷声,接着狂风骤起,又是雪片,又是冰雹,劈头盖脑地迎面打来。队伍里立刻人喊马嘶,乱作一团。杜铁锤从背上抽出雨伞想给小猴子遮挡一下,没想到刚刚打开,一阵狂风就把伞不知卷到什么地方去了。这时,小猴子满脸都是雪水,冻得浑身颤抖,牙齿格格有声,嘴唇也发白了。周围的人,有人打开被子蒙住头,有人把洗脸盆顶在头上,雹子像敲小鼓似的脆响着。铁锤就把小李的背包打开,拿出他的小灰毯子,往起一折,穿了根带子,就成了一个土造斗篷,披在小李身上。然后鼓励小李说:"没得关系,小猴子,坚持一阵就过去了!"

疟疾病最怕冷的刺激,昨天蹚水过河,今天冷雨一浇,小李的疟疾立刻发作起来。杜铁锤眼瞅着他两颊赤红,烧得昏昏迷迷,脚步也站不稳。他摸摸小李的额头,烫得像火炭似的,就说:"小猴子,是你的摆子又来了吧?"小李点点头,无力说话。杜铁锤就把小李的步枪、米袋全卸下来,背在自己肩上,一面用力搀着他艰难地向上爬着。由于山上积雪很深,每一步都陷得过了脚脖子,走起来非常艰难,渐渐就掉到后面去了。

掉队的人,为了不影响队伍的行进,只好走在旁边,自然更加吃力。杜铁锤外面流的是雪水,里面流的是汗水,不一刻里外两层单军衣全湿透了。正在这时,他听见旁边队伍里有人说:

"那不是杜铁匠吗?"

杜铁锤用袖子擦擦脸上的雪水,见雪花飞舞中,行进着一个身材高大的人,微微驼着背,吃力而坚实地迈着脚步。他没有穿棉衣,一条灰军裤早已被雪水湿透,脚上的黑布鞋湿得发亮。杜铁锤定睛细看,才看出是毛泽东,几个警卫员替他撑着一块黄油布,挡着冰雹。疾风把油布吹得啪啪地飞扬起来。毛泽东和他的目光相遇,微笑着点了点头,就走过去了。走出两步又回过头说:

"后面有马,叫那小鬼骑着走吧!"

说过,迈开大步,继续昂首向前走去。警卫员指了指后面的一匹白马,向饲养员打了招呼,饲养员就牵着马停下来了。那马的鬃毛上披满了雪花冰粒,它的情绪好像也很不稳定,在冰雹的袭击下,不断昂首嘶鸣。杜铁锤费了好大劲才把小李扶上了马,叫他蒙好头,抓紧马鬃,自己在一边紧紧地跟着。这时周围极其阴暗,好像在暗夜中摸索前进。

这场突如其来的袭击,大约持续了二三十分钟,声势才渐渐小了,空中渐渐明亮起来。人们再往上爬了一程,已经穿过浓云的袭扰,往上看蓝天如洗,东方一轮红日,正像春花般地娇艳。刚才电闪雷鸣,风雪冰雹交加,仿佛只是一场梦境。这时,夹金山的主峰,已经看得清清楚楚。高高的雪峰,就像一位披着轻纱的仙女坐在淡淡的白云之中。山垭口处有一座孤零零的小庙,还有一根据说名叫"望杆"的杆子,为的是给行人一个标志,以免陷入雪窝。人们的脸上漾出喜色,因为胜利在望,山顶就在眼前,而且一路都是慢坡,眼看就要胜利了。

可是,这时杜铁锤却觉得胸口憋闷,像压着一块磨盘似的那么难受,腿也迈不动步。忽然他想起硗碛那位老人的话,"爬上九坳十三坡,鬼儿子拖着脚",这想必就是"鬼儿子"来拖脚了。他看看别人,也都"哼哧"、"哼哧"喘着粗气,走得异常吃力。正在这时,他看见路边一个女同志,正艰难地扶着一个小鬼往上走,三步一停,两步一站。那个小鬼像患了重病,步子歪歪斜斜,就像快要跌倒的样子。杜铁锤细看,那位女同志正是蔡畅,因为蔡畅负责群众工作,在遵义时就认识了。那个小鬼是蔡畅的警卫员,因为人生得秀丽,两颊总是那样绯红,就叫他"红桃"。杜铁锤见这种情形,跟饲养员打了一个招呼,叫他好好照看小李,就快走了几步,说:"蔡大姐,我来搀吧!"说着就去架小鬼的胳膊。蔡畅望着杜铁锤点点头说:"哦,杜铁匠,原来是你呀!"接着就说,红桃病了好几天了,刚才浇了一场雨雪,挨了一顿冰雹,病就更加重了。杜铁锤望望小鬼,脸就像一块白纸,连嘴唇也没有一点血色。铁锤同蔡大姐一人搀着他一条膀子,吃力地往山上拖他。

山愈高,风愈寒,大大的太阳像是冰雪做成,没有一丝暖气。一阵阵峭厉的寒风吹来,红桃浑身打战,那一口白牙嗒嗒地响个不停。蔡畅关切地问:"红桃,你冷得很吧?"红桃嗯了一声,点了点头。蔡畅立刻停住脚步,将自己的军衣脱去,露出一件紫红色的毛衣,等红桃意识到是怎么一回事,蔡畅已经将毛衣脱了下来。"我不!我不!"他拼命摆着手表示拒绝。杜铁锤一时不知道怎样表示才好。"听话呀,红桃!"蔡畅一面说一面将红毛衣穿在了红桃的身上。红桃的小脸上挂着两颗大大的圆圆的泪珠。

红桃身上暖和了一些,毕竟身体太弱,两个人搀着,又向上走出了一百多米,他的两腿忽地一软,就坐到雪坡上了。蔡畅连声叫:"红桃,不行呀!不能坐下呀!"杜铁锤也连声说:"坐不得呀,红桃!"说着就拼命往起拉他,刚拉起一点就又坐下了。只见红桃眼泪汪汪地说:"蔡大姐,我实在不行了,我没服侍好你……"蔡畅也眼圈一红,哽咽着说:"红桃,别说这个,你看,马上就要到山顶了!"红桃睁大了那双纯真的孩子的眼睛,深情地望着蔡畅,最后说了一句:"你给我娘写封信吧!"说过身子一仰,就倒在厚厚的雪地上。蔡畅伏下身子,拉着他的手喊:"红桃!红桃!你再坚持一下,再坚持一下!"杜铁锤也连声喊:"红桃!红桃!"一边喊,一边拉他,红桃已经合上了眼睛,脸上的眼泪也顷刻结成冰蛋蛋了。

尽管蔡畅是共产党有名的女革命家,是中共最早的党员之一,此时也难免热泪潸潸。她守着红桃掩面而泣,竟像母亲一般不愿离去。杜铁锤见她一直搀着红桃已累得疲惫不堪,再拖下去又会出事,就说:"蔡大姐,我们还是把他埋了吧!"蔡畅点了点头。杜铁锤就用刺刀在路边挖了一个雪坑,和蔡畅一起把红桃掩埋在雪坑里,红桃就穿着蔡畅那件穿了多年的紫红色的毛衣,睡在了雪山上。

两人默默地向上走着。走了不远,看见远远地站着一群人,周恩来、朱德也在那里低着头默默地站立着。他们的面前有一小堆雪,显然是刚刚堆起来的一座雪坟。

"又是哪位同志牺牲了!"蔡畅低声地说。

这时,只听山顶上有人高声喊道:

"同志们！快到山顶了！再坚持一下就是胜利！"

"这是谁在喊呢？"杜铁锤问。

"大概是宣传队吧。"蔡畅说。

他们向上一望，果然山顶已经近在眼前，山垭口上高高地飘着一面红旗。那面红旗衬着皎洁的白雪，简直像一团正在燃烧着的红色的火焰，随着山风热狂地翻飞着，仿佛即刻就要飞向天空似的……

正在艰难行进的队伍，像注入了一股新的力量，走得更快了。蔡畅向杜铁锤挥挥手，回到队伍里去了。

杜铁锤将到山垭口时，看到附近有一座孤零零的小庙。用汉文和藏文写着"寒婆庙"三字。庙前凌乱地堆着两堆棍子，看来都是多年来过往的行人给寒婆留下的纪念。杜铁锤好奇地进去一望，原来是一尊藏族妇女打扮的泥塑像，身上挂着几块蒙着灰尘的哈达。香炉附近扔着铜钱和纸币，不过是幸存者留下来的一种纪念而已。

杜铁锤来到山垭口，见几个宣传队的红小鬼，穿着草鞋，手脸冻得紫乌乌的，还在精神昂扬地向山下喊着口号。他和一般红色战士一样非常喜爱这些文艺战线上的红小鬼们，因为在长征路上，他们差不多每天都是提前出发，提着标语筒子沿途书写标语，在最艰苦的时候鼓舞他们，也带给劳苦人民第一缕讯息和阳光。

最使杜铁锤高兴的，是他在这里遇见了小李。小李披着他的土斗篷正站在人群里向下张望，等到他看见他的杜排长时，就惊喜地叫起来，把他的两只手紧紧地攥住了。杜铁锤笑着说：

"小猴子，你算过来了吧？"

"过来了！过来了！"小李笑着说，"他们一直把我送到这里。"

他的疟子显然已经过去，脸上充满喜色，满天愁云都不见了。

两人正在说话，忽然有人拍了一下他俩的肩膀，几乎把他俩抱起来了。两人一看正是他们的营长金雨来。他说：

"我一直等着收容你们，还以为你们让雪山包了肉包子呢！"

说过,三个人嘎嘎地笑起来。金雨来说:

"快下山吧,四方面军的同志正等着我们哩。我告诉你们,中国革命真的有希望了。"

第五部

（五十五） 两大红军主力在雪山脚下胜利会师。阶级之情，兄弟之爱，使他们热泪盈眶。他们在迷茫中又燃起了希望的火焰。

过了夹金山山垭口，坡陡路滑，有人就干脆坐在积雪上滑了下去。这种因时因地制宜的发明创造，立时得到推广，人人仿而效之，大家便如坐滑梯似的顺坡而下。金雨来和杜铁锤、小李也这样地滑下来了。

雪线以下，又是一丛一丛的绕天红和一种金黄的小花，它们披着白雪开得十分鲜艳。向下走了二三十里，山洼洼里有一个碧蓝色的小湖，湖水清澈见底，映着周围的雪峰，显得分外美丽。湖边和山坡的青草地上，乌黑的牦牛三五成群地吃草。这种牛是牛头马尾，说牛不像牛，说马不像马，跑起来一纵一纵，姿势虽不大雅观，却顽强无比。这些生物自然使南国的战士感到新奇。温度比山顶也暖和多了。人们的情绪高涨起来，想起在冰雹雪水中挣扎的情景，真使人有点不可思议。

人们的话题自然是一、四方面军的会合。谈起这个，仿佛迷茫之中出现了一片希望，眼前的一切艰苦困难都冲淡了，人们的脚步也显得轻快起来。

小李紧走了几步，追上金雨来问：

"营长，真要同红四方面军会师了吗？"

"那还有假!"金雨来满脸是笑地说,"一下山就会合了。"

"红四方面军有多少人哪?"

"这我可说不清,总跟咱们从江西出发时差不多吧。"

"那就是说有八九万人喽!"

"许差不离。"

"哎呀,那我们的力量可就大了!"

小李的眼睛里放出光彩,杜铁锤也笑眯眯的,就像在昏暗的浓云中看见了金色的阳光。

"咱们的力量本来就不小嘛!"金雨来兴高采烈地说,"湘鄂西还有贺龙、任弼时、萧克、王震领导的二方面军,力量也很大。一、二、四方面军,这是我们中国工农红军的三大主力。这三个铁拳头集中起来,那可就要蒋介石的命了!"

小李咯咯地笑起来,又问:

"会师以后到哪里去?还走不走了?"

"小李,"金雨来笑着说,"要回答你这个问题,我这水平就不够了。不过,我估摸,至少要蹲下来,好好打几个胜仗,让薛岳、刘湘这帮家伙尝尝我们这两个方面军的厉害!"

他们正谈得高兴,前面过来一个侦察员,兴冲冲地向金雨来报告:

"一下山就是达维镇了,四方面军的同志正在那里欢迎我们呢!"

金雨来立刻向韩洞庭、黄苏作了报告。他们命令部队停止前进,把军容服装整顿了一番,上山时作手杖用的小木棍全部扔掉。可是不管如何整理,衣裳的褴褛和颜色的乱杂仍然无法补救。韩洞庭只好无可奈何地叹了口气。

队伍继续前进了。韩洞庭、黄苏和金雨来走在队伍前面。人人笑逐颜开,精神百倍。他们伴随着从雪山上下来的一条冰冷的溪流,行走在狭窄的山沟里。果然走了不远,前面已是夹金山山口。顺着山口向外一望,只见一条汹涌的激流横在前面,满河床都是雪白的浪花。那想必就是小金川了。小金川上有一座有栏杆的木桥。桥头那边站满了夹道欢迎的军人。桥这边也站着几个人正在翘首远望。

韩洞庭、黄苏不禁热血沸腾,精神抖擞地率领部队走出了山口。这时对方行列里不知是谁喊了一声:"同志们!中央红军来了!"人们齐刷刷地转过头来,接着是一片杂乱的喊声:"来了!来了!"韩洞庭、黄苏压抑着过度的昂奋又往前走了一截,已经可以看清欢迎的队列,全穿着整整齐齐的灰军服,头戴着红星军帽,打着绑腿,穿着草鞋,个个身强力壮,满面含笑。和红一方面军惟一不同的地方,就是那顶大八角军帽,而一方面军的八角军帽则比较小些。可以看到,对方也完全处于沸腾的情绪之中。

韩洞庭和黄苏还没有走到桥边,激昂的口号声已经响成一片:

"欢迎中央红军!"

"一方面军老大哥辛苦了!"

"庆祝一、四方面军会师!"

"向党中央致敬!"

口号是平常的和简单的,声音却是火辣辣的,尤其对转战万里艰苦备尝的人们,足以催人泪下。韩洞庭的团队,立刻像被一股强烈的暖流冲击得心灵战栗,人人热泪满眶,不少人哭了。韩洞庭这个矿工的黑脸上,啷当着几个大泪蛋蛋。黄苏这个瘦小个子的政治委员,也不例外。他一边擦着眼泪,一边举起拳头喊道:

"热烈感谢红四方面军同志的欢迎!"

"向红四方面军同志学习!"

"团结起来,打更大的胜仗!"

"中国工农红军万岁!"

"中国共产党万岁!"

这些来自山南海北的朴素的工农子弟,他们本来都是不相识的,今天却在他们的心灵深处,激起一种难以描述的热烈而深厚的情感。这是世上最高尚的情感之一,也正是他们称之为阶级感情的那种东西。

韩洞庭刚刚跨过木桥,那边有一个宽肩细腰挎着手枪的年轻人,以极其迅速敏捷的步伐,霹雳闪电般地走了过来,后面跟着一个年龄相仿的青年干部,带着手枪,身子短小结实,面上带着微笑。

"我叫王大山,是先头师的师长,是代表李先念政委来欢迎同志们的。"那个宽肩细腰的年轻人满面是笑,把韩洞庭的手紧紧攥住了。他随后又介绍那个小个子说:

"这是我们夜老虎团的团长冯明同志。"

那个短小结实的年轻人,腼腆地一笑。

韩洞庭也将黄苏和金雨来做了介绍。双方又是握手呀,欢笑呀,都是泪珠啷当的。他们并着肩往镇上走,后面的队形可就乱了,一方面军的战士争着同四方面军的同志握手,四方面军的同志争着替一方面军的同志背枪,背背包,这样三五成群地结伴向镇上走去。队伍中的欢笑声、喊喊喳喳的细语声,响成一片。一个是转战万里,跳出敌人一个重围又一个重围,历尽了千难万险;一个是两次脱离根据地,斩关夺隘,备尝艰辛。今日相逢,阶级之情,兄弟之爱,怎能不在心底激起一层又一层的波澜呢!

达维镇不算很大,坐落在小金川高高的河岸上,只有一条不长的小街,几家破旧的店铺。往上再爬一个小坡,才是村子。村子也不上百户人家,藏汉杂居,房子是两层或三层的简易木楼。惹眼的恐怕要算那座金瓦红墙的喇嘛庙了。这时夕阳的红光正照着喇嘛庙的金顶,显得一片金碧辉煌,比起那些破旧的农舍,真是不啻霄壤。红四方面军的同志早已把房子腾出来,师长王大山和夜老虎团团长冯明把韩洞庭他们领到喇嘛庙里。

警卫员们早把喇嘛庙打扫得干干净净,一大铜壶水滚得格荡荡的。大家坐下一边喝茶,一边说话。

韩洞庭看四方面军这两个干部都很年轻,就问:

"王师长,你今年多大年纪了?"

王大山伸出两个手指头,哈哈一笑说:

"不多不少,整整二十岁了!"

"哎呀,二十岁就当了师长!"

韩洞庭、黄苏和金雨来都用惊奇的眼光望着他。王大山笑着说:

"部队伤亡太大,无非是矬子里拔将军吧!不久前我还是夜老虎团的团长,现在由他接替我了,他今年也不过十九岁。"

说着,他顺手向冯明一指,冯明不好意思地又是头一低,腼腆地一笑。王大山笑着说:

"你瞧,他就是这个姑娘样子!在川陕苏区反六路围攻的时候,他带一个营夜摸,连续冲垮了敌人好几个团;有一次被敌人几个团包围了,眼都不眨一眨;可就是怕见生人,一说话就脸红,你们瞧,就是现在这副样子!"

大家哈哈大笑。冯明的头更低下去了。韩洞庭注意地望了望他,圆圆的脸盘,大大的眼睛,确实像一个姑娘。

"你们方面军的总部现在哪里?"黄苏问。

"在北面理县、茂县和汶川一带。"王大山说,"我们就是在那里接到命令来接你们的。徐总指挥说,你们大约过了泸定桥了,让三十军政委李先念同志带领几个师到天全、宝兴一带接应你们。大家一听中央红军来了,毛主席、周副主席和朱总司令都来了,高兴得一夜没睡好觉……"

"汶川离这里多远?"

"大约三百二十多里。"王大山说,"一路上都是大山,我们还过了一个大雪山,叫虹桥山。这个山怪得很,我们在山下热得汗流不止,到山上就是雨雪冰雹,大家都变成雪人啦。可是大家情绪很高,懋功有邓锡侯两个营,被我们很快就消灭了。想不到你们来得这么快。昨天红四团下山,双方反复吹号联络,我们还以为是川军呢!昨天晚上很多同志硬是睡不着觉,天不亮就爬到山坡上瞭望,才把你们盼来了……"

韩洞庭、黄苏、金雨来听了,心中十分感动,纷纷倾吐了一方面军指战员同样的情感。话就像抖线穗子似的一抖开就收不住了。韩洞庭他们谈起了从江西出发穿越五六个省的艰险经历,王大山从离开鄂豫皖谈到三千里转战,又从穿越秦岭、大巴山谈到创造川陕苏区以至西渡嘉陵江,他们的情感完全融汇到一起来了。

正当谈得热烈时,警卫员把饭端了上来。原来王大山他们买了几头牦牛,大块的牛肉早已炖好,饭食则是藏区的青稞、玉米面糊糊。大家吃得分外香甜。显然,韩洞庭他们已有好多天没有吃这样的好饭食了。

饭后,韩洞庭他们离开喇嘛庙回到团部休息。路上,见杜铁锤和小李满面含笑兴冲冲地走着。杜铁锤的手里提着一双毛袜子,小李的手里拿着一件毛背心。黄苏怕他们犯纪律,就停住脚步问:

"你们这是哪里来的?"

杜铁锤乐呵呵地说:

"这是四方面军的同志送我们的。我们不要,非送我们不行,说是早就给我们准备下了。"

小李也笑呵呵地把毛背心递过来说:

"政委,你瞧,这全是他们把羊毛捻成毛线自己织的,你看织得多厚!"

黄苏接过一看,果然厚墩墩的。小李笑着说:

"下次过雪山,我就不犯愁了!"

"四方面军的同志真是太热情了!"黄苏感叹地说。

过夹金山,一军团军团长林彪掉队了,由一军团政委聂荣臻率队到懋功与三十军政委李先念会合。

懋功是一座颇为奇特的山城。她坐落在一个长长的山谷里,山谷里隆起了一座扁平的山,她就建筑在这座扁平的山上。小金川则围绕着她在深深的谷底流过。这座山城有一条颇长的街道。由于全国各地的客商经常麇集在此处收购鸦片,市面上显得颇为繁华。在荒凉的川西,这就算很不错了。

城里有一个颇为讲究的天主教堂,教堂里还有一个小小的花园。聂荣臻在这里见到了李先念。当时李先念才二十四岁,正是英俊年少,在工农干部中显得温文尔雅。两人相逢,正所谓一见如故,谈得没完没了。李先念还告知聂荣臻:徐总指挥鉴于以往炊事人员掉队的多,减员的多,特意调集了一批炊事员,准备带着粮食补到一方面军。聂荣臻对这种深情厚谊表示感谢。

晚饭后,聂荣臻回到驻地,见他的饲养员牵着一匹体大膘肥的大青骡子正在广场上遛,显出洋洋自得的样子。聂荣臻问:

"你牵的是谁的骡子?"

"我能牵谁的骡子?"饲养员笑嘻嘻地说,"这就是你的骡子嘛!"

"我的骡子?我哪里有这样的骡子?"

"这是人家李先念政委送给你的嘛!"

原来聂荣臻从江西出发时,有一匹茶褐色的大骡子,聂荣臻很喜爱它。可是在奔赴宝兴途中,这匹骡子却在灵关过铁索桥的时候,一只蹄子夹到铁索中去了。当时千军万马正从桥上通过,而它的蹄子却怎么也弄不出来。为了不影响后续部队的前进,只好把它的一条腿忍痛斩断,将它推到河中去了。当饲养员背着空空的马鞍和行李去见聂荣臻的时候,他哭了,哭得很厉害。聂荣臻也为失去这匹骡子很难受,惋叹不已。以后饲养员为此事哭过多次,情绪一直转不过

来。只是在今天,聂荣臻才看到他脸上出现的笑容。聂荣臻抚摸着这匹大青骡子,说:

"好了,好了,你以后就好好喂吧!"

"你瞧瞧,才刚刚七岁口呢!"

当天晚上,毛泽东、周恩来、朱德等领导人来到懋功,李先念迎接了他们。欢声笑语充满了精致清雅的小四合院。接着教堂里举行了盛大的两个方面军干部的联欢晚会,热烈庆祝两大主力会师。会上毛泽东发表了演说,他的声调激越而兴奋,还把两只瘦而黑的拳头并在一起高高地举着,下面是一阵又一阵经久不息的掌声。

(五十六) 毛泽东、周恩来等人与张国焘在两河口相会。人们希望两条江汇成一条巨流,但事情却没有如此简单。

一、四方面军会合之后,面临的最紧迫的问题,就是下一步行动的问题。中央领导机关和一方面军主力在懋功休息了几天,就于六月二十四日沿着小金川河谷来到了两河口。毛泽东、周恩来、朱德等中央领导人,已经和驻茂县的张国焘约好要在此相会。

也是事有凑巧,两河口正是两条河的相会之处。一条是自北面大雪山——梦笔山下来的一条河,当地称之为梦笔河,一条是自东面大雪山——虹桥山下来的一条河,当地称之为虹桥河。这两条河在此相会,形成了一个三角形的满是野花的绿洲,两河口镇就坐落在这片绿洲上。可是镇子却小得可怜。只不过几十户人家,一条短短的仅有三五家店铺的小街。最显眼的就是街中段那座关帝庙了。一块大大的影壁,一个不算太小的大殿,两侧是一座钟楼、一座鼓楼,后面山坡上还有一个小小的观音阁。周恩来和朱德住在左侧山坡上的房子里,毛泽东就住在大庙里。这座大庙准备作为中央政治局会议的地址。

张国焘是中共最老的党员之一,在上海举行第一次代表大会时,他已经赫然在座了。可是由于他时"左"时右,仿佛总是没有一个"准稿子",就留下了一个"老机会主义者"的名声。这些对于毛泽东、周恩来、朱德等等老党员来说,自然都心中有数。可是由于一方面军在八个月的长征中遭受到重大损失,很自然地对两个方面军的会合抱着热烈的期望。对张国焘本人来说当然也是这样。

六月二十五日下午,有消息说张国焘快要到了。尽管天下着雨,毛泽东、周恩来、朱德、博古、张闻天等领导人仍然冒着雨来到村外两三里路的地方准备欢迎。中央直属队的干部们和战士们早已集合在一个草坪上,在那里等候。毛泽东他们聚集在一个小小棚子下避着雨。对于一个政治局委员来说,这样隆重的迎接仪式,未免显得过分;可是对于一方的首领来说,对于他背后的众多群众来说,这样做也是适宜的。

大约下午五时左右,在雨中翘首企盼的群众兴奋地吵嚷起来:"来了!来了!"毛泽东他们往大路上一望,果然在一片烟雨中出现了一匹白色的高头骏马,后面跟着二十几个骑兵奔驰过来。毛泽东、周恩来、朱德等人一起走出棚子迎了上去。

马队渐渐来到跟前,那个骑白马的首先下马。他的脸丰满红润,身材高大魁梧,身穿整齐的灰布军衣,戴着大八角红星军帽,显得仪表堂堂。他的眼扫视了一下,看见这么多的要人站在路边来欢迎他,脸上浮出满意的微笑。

他同来欢迎的人们,一一握手拥抱。彼此都已多年不见,自然显得分外亲热。

可是,只要略略分辨,就会发现他们双方是这样不同。如果打个不好的比方,他们围着张国焘,就好像一群穷汉围着一个富翁。张国焘的脸油光光圆鼓鼓的,穿得也比较考究,军服上还有两个斜插进去的口袋。他背后的那十几个挂着二十响驳壳枪的卫士,也都一个个身强体壮,穿着整齐,有的甚至挂着两支短枪。而那些要人们却都穿着很破的军衣。一贯不修边幅的毛泽东,膝盖上有两个大大的补丁,今天虽然打了绑腿,绑腿里却像士兵一样插着一双筷子,皮带上还挂着一个大大的茶缸子。有大学教授风度的张闻天,帽檐儿总是那么软塌塌的。博古架着圆圆的近视眼镜,眼镜腿儿显然出了毛病。周恩来的胡子长得老长。朱德瘦得像鬼,更像一个伙夫头了。

会议由聂荣臻主持。毛泽东在简陋的台子上发表了欢迎演说,张国焘致了答词。台下几百名指战员,尽管衣服不断向下滴水,那股狂热劲却未尝稍减,一遍又一遍地喊着口号。张国焘在短暂的激动之后,就转入冷静的观察。从毛泽东膝盖上的补丁到欢迎群众的五光十色、破破烂烂的军衣,都唤起他惊异的思考:"他们怎么会弄成这个样子?这哪里还像一支军队!他们究竟还有多少人呢?"

张国焘有一个很赏识的秘书名叫黄超,时刻不离左右。此人聪明而又漂亮,似乎还不到三十岁。他经常给张国焘出些点子。这时,他站在张国焘旁边也在冷静观察。有时两人交换一下眼光,微微一笑。

仪式完毕,毛泽东他们就同张国焘并肩而行,说说笑笑向镇上走去。

晚餐就在关帝庙里进行。按照一方面军的风习,盛菜都是用洗脸盆充作菜盆,这几乎是全世界最豪迈、最实惠的盘子了。张国焘刚刚坐下,已经接连端上了四大盆菜。自然还准备了烈性白酒。毛泽东兴致很高,从皮带上解下缸子,倒了不少白酒。他一看菜盆里还有辣椒,更高兴了。一边让客,一面谈笑风生。他夹起满满一筷子辣椒说:"快吃吧,只有不怕吃辣椒的人才是最革命的!"博古一听,立刻反驳道:"老毛,你这话不对。我们江浙人革命家不少,就并不喜欢吃辣椒！周恩来就不喜欢！相反,你们贵省的何键,吃辣椒比你不差,他算个什么革命者呀！"他的话引得大家哄然大笑,连毛泽东也哈哈笑了。

在这亲切热烈的氛围中,惟有张国焘似乎显得沉闷。自一九三一年他以"中央代表"身份进入鄂豫皖苏区独揽党政军大权以来,就有一个非常能干的厨师跟着他,不管什么环境都能给他弄得头头是道,然后用盘子端起送去。他是从来不用这种粗野的大盆子的。自然这都是小节。引起他今天不快的,主要是餐桌上的话题。他觉得,这些政治家们,竟没有请他谈谈他进入鄂豫皖以来,特别是创造川陕苏区以来的光辉业绩。他认为这不是忽略,而未免是一种不敬。老实说,自茂县出发三天以来,他就在马上反复思考做了颇为充分的准备。只要有人问起这些业绩的某一项,他就会如长江大河一泻千里,眉飞色舞地讲起来,遗憾的是无人提及。他对这种"辣椒"之类的笑谈,不仅索然无味,也插不上嘴去。因为他自到四方面军充任太上皇之后,还没有一个人敢和他平起平坐。平时,像徐向前这样的总指挥恐怕也不敢同他开玩笑,那就更不要说别人了。据熟悉情况者说,除了陈昌浩和黄超一流人物,是很少人敢到他那里去的。尽管他待人并不严厉,而且相当温和。这样久而久之,除了发号施令,连开玩笑这种本领也退化了。因此,在今天的宴席上,他只是脸上保持着礼貌的微笑,终不免显得沉闷。

宴会的时间不算太短,几位善饮者像毛泽东、博古都喝了不少。饭后,周恩来亲自送张国焘回去休息。因为这地方房子少,只好把张国焘安排在街北头一家店铺里。

"国焘同志,"周恩来微笑着说,"你是不是早点休息？明天上午我们就要开会了。"

"不忙,不忙,"张国焘笑着让座,"好多年不见了,坐一坐嘛！"

周恩来就在床铺对面一张椅子上坐下来。

"你看我有什么变化吗?"张国焘笑着问。

周恩来仔细端详着张国焘,他那圆鼓鼓的鸭蛋脸,真是健康无比,只是右耳周围,有一道深深的圆形的压痕,就笑着说:

"没有变化!要说有的话,我看你比过去更胖、更健康了!"

"是的,纵然戎马倥偬,我倒一向很少生病。"

"怎么,你的耳朵上好像多了一个圈圈?"

"唉,恩来兄,你的眼真细!这是什么圈圈哟,这是电话耳机子压的一道沟沟!"

张国焘一面用手掌摩挲着他耳轮周围的那道沟沟,一面叹口气说:

"这就是鄂豫皖苏区、川陕苏区、四方面军几年来给我留下的纪念!每天我一起床就打电话,连饭都顾不上吃,党政军民大小事我全要管,一打仗,尽管有向前在前面指挥,我还是怕出岔子,有时一个电话就打几个钟头,我这耳朵又不是铁的,怎么会不压出一道沟沟呢!"

周恩来哈哈大笑,说:

"那你就少管一点嘛!"

"少管?少管行吗?你不知道我们那些同志的水平,有时简直低得可怜!"

周恩来没有说什么,只是微笑。

张国焘忽然眨了眨眼,仰起头问:

"你们路上举行的那个遵义会议,我们看到的材料太简单了,你能详细讲一讲吗?"

"可以。"

周恩来坦率地点了点头,把遵义会议的过程简要地讲了一遍。最后带着庆幸的情绪说:

"这些问题都解决了。现在看,还真亏得毛泽东同志参加了军事指挥,不然像贵州那样的情况,还真够麻烦呢!"

"问题都解决了吗?"

"都解决了。"

"博古呢?"

"博古同志也很识大体,自那以后没有发生什么问题。"

张国焘睁大眼睛听着,显得很不满足。但也不便再问,又说:

"听说,还开了个会理会议?"

"是的,"周恩来又点点头说,"那主要是批评了一下林彪,这个问题也解决了。"

张国焘不再发问,沉了好大一阵,突然仰起头,瞅着周恩来问:

"现在,一方面军有多少人?"

周恩来眼睛机警地闪了一闪,笑着反问:

"现在四方面军有多少人?"

"我们有十万人。"张国焘梗了梗脖子,"你们呢?"

"一方面军伤亡很大,现在恐怕不到三万人了!"

周恩来的话刚一出口,眼瞅着张国焘的脸色突然变了。

"噢,三万人!……三万人不到!……"

张国焘喃喃自语着,没有再说别的。他的头略略仰起,目光立时变得高傲和严峻起来。

谈话中断了。屋子里静寂无声。周恩来对自己的答话有些后悔,但已无可如何。

"今天疲劳了,就这样吧!"张国焘淡淡地说。

周恩来起身告辞。

第二天上午九时,中央政治局会议在关帝庙的大殿里举行。中间摆着几张桌子,四外是各式各样的椅子和长长的条凳,都是从镇上借来的。周恩来作为会议的报告人坐在主要位置,毛泽东、朱德、张国焘、张闻天、王稼祥、博古、刘少奇、邓发、凯丰、林伯渠也都坐在前面,其他高级将领刘伯承、彭德怀、林彪、聂荣臻、李富春等人都散乱地坐在各处。会议仍然充满着愉悦热烈的气氛。

首先由周恩来作报告。他捋了捋他那漂亮的大胡子,展开了一个事先准备的提纲。他的姿态严肃、庄重而又从容不迫。他讲的中心问题,是两个方面军会合后在什么地区创造新苏区的问题。他认为,要创造的新的根据地应该具备几个条件。第一,要便于作战。特别是两个方面军会合了,力量大了,一定要地区宽大,便于机动。现在的松、理、茂地区地方虽然不小,但道路少,易于被敌人封锁,而不利于对敌反攻;第二,群众条件方面,应该是人口较多的地方,红军才有发展余地。松、理、茂、汶等人口一共才二十万,且多为少数民族,难以扩大红军;第三,经济条件,粮食至少能够自给。而上述各地正是缺粮的地方,牛羊也有限,布匹更不好解决。周恩来根据上述条件分析,认为在这个地区是不利于建立根据地的。另外,他又对敌情做了分析。他指出,蒋介石的嫡系部队会增加到这方面来,封锁大渡河,从南面和西康方向阻击红军,这样就会逐步把红军压到草原。如果红军仅仅限制在松、理、茂地区,就没有前途。因此,部队必须前进。当前最理想的地区就是川陕甘地区。这地区地域宽,道路多,人口多,物产富,有利于红军的发展。两大主力会合后的第一步就是北进,首先夺取甘南。他明确指出,向南是不可能的;过岷江向东敌人有一百三十个团,也不可能;向西是大草原;看起来也只有向北才是出路。这样,就要首先夺取松潘与胡宗南部作战。以运动战的高度机动大量歼灭敌人。最后,他还强调了指挥问题,必须集中统一,指挥权要集中到军委,这是"最高原则"。

周恩来关于行动方针的报告,看来相当周密完备,显然概括了其他同志的意见,经过深思熟虑。

高大魁伟的张国焘坐在周恩来旁边很显眼的位置上。比起昨天,他的神色显得更庄严、更高傲和更自信了。周恩来的报告并不使他惊讶,因为这些内容从前几天中央军委的电报中已经透露了,他也正是针对着上述观点做了准备。除此之外,周恩来最后那段话也使他深为不安。当他听到指挥问题要"集中统一",要"集中军委",而且这是"最高原则"的时候,他的心像是突然被撞击了一下似的蹦了起来。他的脸立刻沉下来了,鼻子里轻轻地哼了一声。他看看大家没有发现,脸上又立刻装出微笑的样子。

由于张国焘在肚子里自己跟自己说话,周恩来最后讲的军事技术呀、政治保证呀、给养问题呀、分几个纵队呀,这些也就没有听进去。等到他把思想收回来的时候,周恩来已经结束了报告。

这时,大家的目光纷纷集中在他的身上。他轻轻地咳了两声,开始了自己的发言。

张国焘的发言、讲话,一向都是慢吞吞的,显出他是一个极有身份的人。他的发言既不像博古那样口若悬河,才华横溢;也不像毛泽东那样机智幽默,谈笑风生;更不像周恩来那样富有条理,准确周密;也不像朱德那样淳朴亲切,带有浓厚的泥土味。他的话听来,实在平庸乏味,令人困倦。因为他既没有热烈的感情,也没有闪光的思想,只是靠许多政治术语的拼凑来表达某种意念。而这种意念又生怕别人抓住把柄,不得不尽量修饰得像泥鳅一样滑溜。如果不是他身居高位,不是某种权力的象征,那是不会有人喜欢听他的讲话的。

首先,他慢吞吞地用大部分时间讲述了四方面军会师之前的行动和取得的胜利。人们聚精会神地听着。在人们的精神濒于疲倦的时候,他才开始讲行动方针的问题。他的论点是,目前的战略方向应当向南,也就是说,集中一、四方面军的主力向成都打。现在会合之后力量大了,消灭敌人不成问题。他承认向东打受地形限制,向西去是草原,均属不利。而向北打就会遇到胡宗南。胡宗南来,当然要打;如不来也不便去找他打。打松潘也不容易,至少要用二十个团。胡宗南加上蒋,力量不小,如不消灭他的主力,去甘南立足不稳。轻率提出以消灭胡宗南为主没有多少道理。他说,经过反复考虑,认为还是以西康为后方,南下成都合适些。即使执行不通,再执行北进计划也不为晚。最后他以敦促者的口吻说,我希望中央政治局对这样重大的方针问题宜早作决定。

张国焘的发言,立刻使会议的气氛出现了一点紧张。这种紧张自然是心理上的,从表面看并不明显。周恩来仍然那样从容不迫,好像张国焘的发言早在意中。他只用机警的眼睛瞅了张国焘一眼,便转过头去。毛泽东则抽出一支纸烟磕了磕,接到将烧完的烟蒂上去,也许他用这个动作,来掩饰自己的不安。只有张闻天脸上出现了一种略显急躁的表情。

下面接着是彭德怀、林彪发言。他们都表示对北进方针的支持。林彪特别强调要以运动战的方式多打胜仗,只有多消灭敌人的有生力量,才能使创造根据地的设想变成现实。

博古发言了。他的发言简要干脆。他说,我们必须要有一个根据地,做出模范来影响全国。现在川陕甘的计划很好,我们要充分做群众工作,发展游击战争。当前的计划,应当尽快地夺取松潘,迅速北进。

毛泽东看到发言的时机已到,把那支接起来的长长的纸烟,一连抽了两口,就不慌不忙地谈起来。

他首先机智地抓住了一个开端的话题。他说,在中央苏区的时候,就听说四方面军有一个川陕甘计划,现在的计划就和那个计划差不多嘛!不同的是,两个方面军会合了,力量大得多了,这计划更有实现的可能。

听了这些话,张国焘瞪着两个大大的眼睛。

毛泽东的发言并没有直接批评张国焘,话语中还不断地出现着"国焘"、"国焘同志"这些亲切的话。但是他也谈道:"应该给四方面军的同志多做些解释工作,因为他们现在想的还是怎样去打成都。"

张国焘的脸色不易察觉地红了一下,因为实际上是在批评张国焘了。

毛泽东还对当前行动的军事性质做了发挥。他说,当前的行动,既不是决战防御,也不是进攻,更不是逃跑,而是一种反攻。如果不依靠反攻,而只是退却,那是创立不了根据地的。这些话当然是针对张国焘那种退向西康的思想,可是从形式看却没有任何批评意味,似乎只是做正面的阐述。

对行动方针,毛泽东没有做全面发挥,因为周恩来的报告,早已把他的意见包括在内。最后,他再次强调了一下攻打松潘。他特别指出:"国焘说,主攻松潘要二十个团,我看是对的。我们很需要集中兵力,叫我看二十个团也不为多。"最后,他特别强调行动要快,因为天气已经很冷了,如果冬天一来,过草地将会更加困难。因此,他主张:"今天决定了,明天就要开始行动。"

毛泽东发言过后,气氛已经趋于稳定。下面接着是王稼祥、邓发、朱德、聂荣臻、少奇、凯丰、刘伯承的发言,进一步把周恩来的报告肯定下来。

王稼祥的面容瘦而憔悴,在懋功休息了几天,体力有些好转。今天他仍然是坐着担架来开会的。他的发言却很有精神。他坦率指出,如果认为一面没有敌人,才觉得安全,思想上只想倒退,这就错了。现在关键是迅速从松潘打出去,最好是能在松潘地区歼灭胡宗南的主力。越慢越难打,越快困难越少。他还特别强调说,把苏维埃扩大到全中国,主要不是打通苏联,而是坚决斗争扩大苏区。

张闻天的发言有一点火气,不过他尽量克制住了。他说,北上方针是惟一正确的方针。准备西进到草原去,弄个口子守着,这是退守的方针。打松潘可能有困难,因为有困难就放弃正确的方针是错误的。这就最明显地指张国焘了。

朱德的发言简短有力,十分明确。他表示同意周恩来报告中提出的战略方针:背靠西北,面向东南。当务之急是打出松潘,进占甘南。

周恩来最后做了结论。他的语气坚定有力,脸上浮着微笑。

张国焘神情沮丧地回到住处。年轻漂亮的黄超,赶忙走过来,悄声地问:

"张主席,会开得怎么样?"

张国焘往椅子上颓然坐下,气呼呼地说:

"糟糕透了!他们全不把我看在眼里!"

"作出决定了吗?"

"作出了,还是要北上,用我们的力量同胡宗南碰!"

"你没有提出要南下吗?"

"提了有什么用!全是他们的人!全站在他们一边!连莫斯科回来的那帮家伙也全跟毛泽东跑了。"

"他们攻你了吗?"

"攻了,阴一句,阳一句的。比起来,毛泽东还算要客气些。"

"就这样下去吗?难道他们凭一两万人就想指挥八九万人?"

"他们就是这样打算的。周恩来口口声声要集中统一,统一指挥,到底是谁统一谁?谁指挥谁?"

张国焘沉了一会儿,忽然想起了什么,低声对黄超说:

"我叫你办的事你办了吗?"

"什么事?"

"我不是叫你多了解一些他们的情况吗?"

"是的,我同他们谈了一些,收集的情况还不是太多。像遵义会议、会理会议,下层知道的情况很少。"

"你还是要抓紧些。"

"是。"

这时,只听外面有人唤了一声:

"国焘在吗?"

张国焘听出是周恩来的声音,就站起身迎了出来。周恩来从口袋里掏出一份文件递过来,笑着说:

"这是中央的决定,本来在懋功就定下来的,现在刚刚印好。"

张国焘接过来一看,是一份油印文件,刻得相当精致,扑过一股油墨的香味。上面写着:

> 经中央常委会议决定,任命张国焘同志为中央革命军事委员会副主席。

张国焘看着看着,从内心里流出微笑,但他即刻又收回去了。

周恩来笑着说:

"明天,我们就要出发,部队的行动还是快一些好。"

"好吧,那就出发吧。"张国焘总算答应下来,又接着说,"不过我本人还要晚一两天。"

周恩来轻轻地舒了口气,觉得一块石头落下地了。

(五十七) 没有一个红军战士忘记黑水芦花,饥饿和阻击的枪声时时威胁着他们的生存。处处逃避一空,这种孤寂也很可怕。

红一方面军自两河口北上,越过了长征路上的第二座大雪山——海拔四千一百公尺的梦笔山,来到了卓克基。

说起占领卓克基的经过颇为有趣。原来红军只求借路北上,对当地的藏兵不准备硬攻。哪知当地土司与国民党勾结很紧,坚决阻止红军入境,因此还是触发了一场战斗。红军一边打,一边喊话,打得稀稀落落,不愿伤着藏人。这样一直打到黄昏。也是事有凑巧,部队为了同后面联络,打了三发红绿信号弹,藏兵不知是什么法术,惊慌失措,突然四散跑了。

这次是金雨来营长走在前面。金雨来远远看见据守土司宫的藏兵四散奔逃,把驳壳枪往腰里一插,就率领部队向前移动。当他来到土司宫前,不禁为这座建筑物的庞大宏伟惊愕不已。谁也没有想到,在这样荒凉、穷苦、落后的地方,竟有这样的建筑。它雄踞在小金川畔高高的石崖上,是七层高的一座城堡式建筑,上面有箭垛和枪眼。两条交汇的河水,正好成了它的护城河。金雨来心里暗暗想到,如果不是藏兵逃跑,恐怕还真要付出一些代价呢!

金雨来进了宫门,里面是方方正正的天井,楼房呈口字形巍然耸立,每一层都有相通的雕花走廊。楼房之大足可以住数千人。金雨来随便看了一看,一层是厨房、马厩和杂役居住的地方,二层是藏兵的居住之处,三层最为华美,墙上有挂毯和藏文条幅,室内有缎面靠椅和雕花家具,说是堂皇富丽决不过分。再上一层是佛堂,镶金嵌玉的佛龛、佛像和经书,使人眼花缭乱。金雨来暗暗慨叹道,怪不得藏民那样穷困,原来金银财宝都跑到这里来了。

部队在卓克基休息了两天,中央纵队来到,韩洞庭和黄苏率领的团队就继续前进。他们经过梭磨、刷经寺,爬过第三座大雪山——海拔四千四百五十公尺的亚克夏山,也叫长坂山,于第四天到达了黑水。黑水当时还不是县城,它的中心名叫芦花。分上芦花、中芦花、下芦花,三个芦花也超不过一百户去。芦花并不是真有许多芦花,是这里有一座歪斜了的塔,用藏语的音译,叫做芦花。这里有三座紧紧对峙的山,一条因土色发黑而显得乌黑的河,三个芦花就散布在山坡上。

金雨来到达中芦花的时候,已经夕阳衔山。他们在卓克基,米袋本来灌得满满的,因为沿途藏民逃避一空,没有任何补充,现在每个人的米袋都像干蛇皮似的在颈子上挂着,早已空空的了。

金雨来观察了一下这个山坡上的藏族村寨,和懋功一带颇不相同。房屋都是用石头砌成,有的两层,有的三层四层,高大得都像伟岸的堡垒似的。看来藏民们也逃出去了,整个村寨看不见一缕炊烟,听不到一点人声,夕阳照着这些错错落落的石堡群,显得十分凄凉。

金雨来安排部队进了房子,自己也进了一座三层石楼。时间不大,司务长就满面愁容地走进来说:

"营长,你说怎么办吧?揭不开锅了。"

金雨来说:

"你看有没有老百姓,先买一点。"

"我各家各户都去过了,连个人毛也没有。"

金雨来心烦地低下头去,没有说话。其实他自己肚子里也饿得咕咕直叫。

司务长小心翼翼地试探着说:

"我想了一个办法,不知道行不?"

"什么办法?"

司务长没有说话,只伸出手指头朝窗外一指。金雨来站起身一望,原来河谷里一大片青稞田,已经透出杏黄色,接近成熟。他的脸立刻变得严肃起来,说:

"你是说要割麦子?"

"是呀,也不能饿死在这里!"

金雨来皱着眉头,沉吟了好半天,最后说:

"不行!要是土豪的,我们可以割,可是老百姓不在,谁知道哪块地是土豪的呢!"

"那就等死吧!"司务长颓然地坐在小凳上,"我们干吗到这样倒霉的地方?要不赶快离开,我看全得死在这里!"

金雨来听了这些牢骚话,本来想批评他几句,认真一想,觉得他说的都是事实,也就算了。

不一时,电话员把线接好了,金雨来就抓起机子摇团部的黄苏,想探探他的口气。因为这个团政委对纪律一向抓得很紧。

"黄政委吗?我们现在没米下锅了,怎么办呀?"

"我们这里也是一样嗷!"对方沉闷地说。

"有的同志提议,"金雨来结结巴巴地说,"地里的青稞快成熟了……"他说得含含糊糊,比刚才司务长的声音还要轻微。

"什么?你说什么?"

"我说地里的青稞……"

"不行!不能打那个主意!"对方的声音严厉而又响亮,"现在上级没有这个指示。"

"那怎么办?"金雨来的声音像蝇子哼。

"现在天还不黑,可以叫大家搞点野菜,把米袋子再摔打摔打。"

金雨来把耳机一放,对司务长埋怨说:

"怎么样,我知道要碰钉子。听见了吧?快通知大家去挖野菜,再把米袋子摔打摔打!"

金雨来走了一天已经很累,加上心绪不佳,就歪倒在火塘边睡去。不知什么时候,忽然听见耳边喊:

"营长!营长!开饭了!"

金雨来睁眼一看,屋里点着一盏酥油灯,灯幽如豆,火塘边放着一盆野菜汤。他盛在碗里,用筷子一挑,真是名符其实的清汤寡水,往嘴里送了一口,没有一点盐味,像乱柴火似的毛扎扎的。这样的东西,竟然称之为"饭",真是令人啼笑皆非。这时,一来肚子饿得实在难受,二来也怕通信员说他的上级吃不得苦,只好一口一口硬塞下去。随后喝了点汤,就又倒头睡了。

第二天,天不亮就饿醒了。他独坐在火塘边,又为新的一天犯愁。自进入藏区以来,他的心境就很恶劣。不仅是粮食问题弄得人身心交瘁,那终日看不见一个老百姓的孤寂之感,也使人深受压抑。

这种景况,对于一个自幼当红军的战士来说,简直不堪忍受。因为自他参军之日起,无论走到哪里,遇见的都是父老的笑脸、姊妹们亲切的问讯和孩子们的厮闹。尤其是在中央苏区,每次打了胜仗,姊妹们就挑着慰劳品爬山越岭地赶来,那是多么惬意呀!长征以后,这样的事情是再见不到了。人民受了反动派的欺骗,往往躲避起来,可是经过宣传解释,也就很快回来,哪里像藏区这样!

金雨来正在愁闷,只见通信员满脸是笑地跑上楼来,说:

"营长,上级派人来了!"

金雨来见通信员那种喜滋滋的样子,有点颇不寻常,忙问:

"什么人?"

"一个女同志。"

说着,只听楼下一个江苏口音的女同志用清脆的声音半开玩笑地说:

"我们的英雄在家吗?"

金雨来走到楼梯口一看,一个二十几岁的女同志,红星军帽下露着齐耳黑发,脸上带着笑容,顺着梯子走上来了。

金雨来细细一看,原来是干部休养连的指导员李樱桃。她的双颊还是那样绯红,腰里扎着皮带,带着一把小手枪,腿上打着绑腿,肩上挎着一条薄薄的毯子,显得十分精干利索。她首先伸出手来和金雨来握手,两只大眼闪着熠熠的星光。

金雨来和女同志从来没握过手,红涨着脸说:

"哦,原来是你。你怎么也跟我开起玩笑来了?"

说着,接过她束成圈圈的毯子,放在一边。

"这怎么能算开玩笑呢? 你本来就是抢渡乌江的英雄嘛!"

樱桃笑着往火塘边一坐,端详着金雨来说:

"营长,你怎么有点愁眉不展呀?"

"你就别叫营长了,"金雨来叹了口气,"现在这个营还不如渡乌江那时候一个连多呢！……再说,这儿一个老百姓也没有,还不知道今天的饭怎么吃呢!"

"我就是为这个来的。"樱桃说,"上级把机关的人分下来了,叫我们帮助部队筹粮。"

"筹粮？怎么筹法？"

"也总是找着老百姓才行。"樱桃说,随后又问,"现在部队情绪怎么样？"

"情绪？"金雨来现出苦笑,"要打就打,要走就走,得赶快离开这个倒霉的地方。这地方哪能建立根据地呀！不要说别人,我自己就是这种情绪！"

"听中央纵队的人说,关键是打松潘,只要打开松潘,咱们也就过去了。"

金雨来把腿一拍说：

"一、四方面军会合了,力量这样大,一个松潘有什么了不起的！要叫我们执行这个任务,我立刻去。"

两个人自然谈到过去。金雨来望着樱桃,不禁流露出感激的心情：

"樱桃,要不是在贵州你把我抬下来,我恐怕早就喂了狗了！"

樱桃摆摆手,不好意思地笑着说：

"别说了,别说了,这么一点小事老提它干什么！"

两人正说话,通信员端着一个面盆上了楼梯,连声说："开饭了！开饭了！"说着在火塘边又放下一盆清汤寡水的野菜。

金雨来看了看樱桃,心里很不安,他皱着眉头用筷子拨了一拨,叹了口气：

"就这样待客呀！"

樱桃笑着说：

"这种环境,能吃上这个也就很不错了。"

说过,立刻从串在皮带上的碗套里,取出一个小搪瓷碗,盛了满满一碗野菜,又从绑带里抽出一双用树枝削成的筷子,就扒拉着吃起来。

金雨来瞅了瞅她,笑着说:

"你还真行!"

"不吃怎么跑路呀!"她露出雪白的牙齿一笑。

金雨来也许受了她的鼓舞,勉勉强强吃了两碗。

忽然,司务长跑上来,兴奋地说:

"营长,我们找到了一个老百姓!"

"他在哪里?"

"他在最上边那座房子里。昨天晚上他藏起来了,我们没有找见,今天早起,我忽然看见上面房子里烟筒冒烟,跑去一看,是一个七八十岁的老人,他正做饭呢,原来是个瘸子。"

金雨来和樱桃听了,都高兴得什么似的。樱桃说:

"走,咱们马上去看看!"

说着,几个人下了楼,由司务长领着爬上了山坡的最高处,那里有一座比较低矮的石头房子。司务长指了指,说:

"这里就是。"

金雨来和樱桃走进去一看,果然见一个藏族老人披着一件褪了色的破旧的紫袍子正在做饭。火塘上吊着一口锅,下面烧着木柴。老人满脸都是皱纹,就像一颗大胡桃似的,皮肤黑中透紫,鼻尖显得发亮,这是草原放牧人被过多的紫外线终年照射造成的。他的腿似乎在地上跪着,由于袍子的遮掩,一时看不清楚。看来他取一块木柴都很费劲。

"老人家好!"樱桃亲切地问讯说。三个人都向老人躬身施礼。

老人见进来了人,立刻停止烧火,眼睛里显出惊惧的表情。由于惊慌,他披着的破旧的紫袍子从肩上滑落下来。

樱桃连忙走上去拾起紫袍子给老人披在肩上,带笑说道:

"老人家,你不要怕。我们是红军,不是邓猴子的部队。"

说到这里,她把自己的八角军帽摘下来,用手指了指红星给老人看。

老人看了看,垂下眼睛,没有说话。

"老人家,你多大年纪了?"金雨来弓着腰和悦地问。

老人望了望他,表示不懂。

"老人家,您懂得汉话吗?"樱桃笑着问。

老人摇了摇头。樱桃笑了。她的机智正好使老人露了底,说明他懂得汉话。接着,樱桃就蹲下来一面帮助老人烧火,一面宣传。她从红军是穷人的军队,一直说到北上抗日,说到红军对藏族人民的尊重。老人听得很认真,但又装做听不懂的样子。

金雨来见老人一直不作声,心里烦了,就给樱桃使了一个眼色,说:

"老人家该吃饭了,咱们改日来吧!"

樱桃点点头,见稀粥已经煮熟,就给老人盛在碗里,端在身边,然后站起来同金雨来一起向门外走去。

没料想,他们刚走到门口,老人突然扬起手说:

"你们等等!"

这句话是用汉语说的,说得清清楚楚,金雨来愣住了。樱桃却笑了。他们一起回转身,来到老人身边。老人尴尬地笑了笑,让他们坐在火塘边。

"你们都是好人。"他又用汉语说,说得很清楚,只是带有浓重的西北口音。

一句话把几个人说乐了。樱桃笑着说:

"你怎么知道我们是好人哪?"

"那还看不出来?"老人一笑,"我看了你们一晚上一早晨了,你们放着粮食不吃,吃草。"说着,他指了指门外大片发黄了的青稞田。

金雨来哈哈大笑,这是得到人民理解的一种快意,多日来胸中一股闷气宣泄而出。他说:

"你们的人为什么都跑了?"

"他们害怕。土司说,你们要吃我们的孩子。"

"你也害怕吗?"

"我怎么不怕!我也有一群孙子。"老人说,"上面还发了一个惩罚条例,谁要给你们粮食,给你们带路,都要杀头。"

樱桃弓着腰说:

"老人家,你能把人叫回来吗?"

老人沉吟了一会儿,为难地说:

"行是行,就是我这腿不能走呀!"

说着,老人把袍子撩开,原来他不是什么跛子,而是一个无脚的人。两条小腿就像两根齐齐的木棍用破布包着。大家不禁吃了一惊。樱桃问:

"老人家,你的脚呢?"

"已经让他们剁下几十年了。"

"谁？谁剁下的?"

"除了土司还有谁!"

"他们干吗要这样?"

"因为我老婆生孩子,我没有到他家当差,他们就说我犯了抗差罪。"

"每年都要去白干活吗?"

"是,每年都要当差三五个月。"

"唉!"

樱桃和金雨来沉重地叹息了一声,西藏的农奴制残酷到这种程度,是他们不曾想象到的。金雨来说:

"老人家,要是我们把你背上走呢?"

"那就太累人了。"

"不要紧,我找几个人,背上你。"

老人叹了口气,说:

"那就去一趟吧。"

金雨来、樱桃看见老人答应下来,高兴极了。樱桃说:

"那我们太感谢你老人家了!"

"咳,什么谢不谢的,你们来到这里也不容易。"老人又叹了口气说,"就是土司找我的麻烦,我也活了九十三了……"

"什么,你今年九十三了?"

"是,一岁不多,一岁不少。这里都管我叫九十三爷爷。"

"哦,九十三爷爷,那你就快吃饭吧,吃了饭咱们好一起去。"樱桃说着把碗端到老人怀里。

九十三老人吃过饭,金雨来派了四个战士轮流背着他,由樱桃带着,向山上爬去。这里四外高山上都是原始森林,密匝匝的不见天日。金雨来考虑到找群众不是易事,就把全营(实际上不过百把人)区分成若干小组,分头到各个山沟山头去动员群众回来。自己也带了一个班进了一道山沟。家里除留下八个病号都出动了。

九十三老人今天发挥了巨大作用,有好几处遭到冷枪狙击时都被他制止住了。他和樱桃一起说服着藏在山洞里和密林间的藏人,效果自然很好,到黄昏时竟动员了十几户藏民走下山来。其他组也动员下来几户。金雨来带着欣喜的心情回到村里。司务长用白洋买了够几天吃的粮食,吃饭问题总算暂时解决。可是,正当金雨来高兴的时候,忽然听到报告,家里留下的八个病号,被藏兵偷偷地摸到村里来,全部打死了,把枪支也弄走了。金雨来急忙赶到一座三层石楼里一看,八个病号有的死在楼板上,有的死在牲口圈里,血流遍地,早已停止呼吸。金雨来的头一下子蒙了。他只有埋怨自己粗心大意,布置不周。这八个战士就掩埋在中芦花的山坡上。晚上,通信员端上来的饭,已不再是野菜汤,可是他还是吃不下去。樱桃劝了他好长时间,他才勉强扒了几口。他长长地叹了口气,骂道:

"什么时候,我们才离开这个鬼地方呢!"

(五十八)越过雪山是那样艰难;人们发现还有比雪山更难越过的路障,这就是一颗充塞着权位欲的野心。

几天后,金雨来所在的团队继续向哈龙、毛儿盖前进。中央纵队于七月上旬到达了中芦花。

毛泽东也许由于近日来思考过度,晚上一直睡得不好。今天又醒得很早。他觉得这种石头房子太阴暗了,就起来在山坡上散步。他的脸又黑又瘦,头发扎煞着,显得很长。

自从两河口会师以来,发生了一连串的事情,都使他深感不安。两河口会议后,中革军委制定了《松潘战役计划》,确定两个方面军的主力乘敌军尚未集中之际,迅速夺取松潘。命令规定三十七个团分三路向松潘及西北地区开进。张国焘本人当时也答应了,但事后看却并不是这样。在这期间,党中央派刘伯承、李富春、林伯渠、李维汉组成了中央慰问团,到杂谷脑红四方面军的驻地进行慰问。这次慰问受到红四方面军指战员的热烈欢迎,但对张国焘来说,并未能使他的私欲有所收敛。他接连举行了几次会议,向中央打电报,要求"充实红军总司令部","成立军委常委",并"建议陈昌浩任红军总政委"。而对于打松潘却借口"组织问题"没有解决,一再延迟四方面军的行动。

毛泽东正在闷头散步,忽然抬起头,看见王稼祥坐在一棵大核桃树下抽烟,不断散放出一个一个蓝色的烟环。他这个靠烟来维持繁重思考的人,已经断烟一两天了,那个滋味是很难受的。他不禁站住脚步,笑着问:

"稼祥,你在哪里搞来的烟,怎么不共点产呀?"

"好,好,"王稼祥举起烟荷包笑着说,"你先尝尝,如果觉得好,都送给你。"

自从渡过大渡河,他们把缴获的纸烟抽完以后,毛泽东、博古、张闻天、王稼祥这几个烟鬼,都开始使用烟斗抽旱烟了。

毛泽东走到王稼祥身边,伸出烟斗灌了满满一锅子,然后和王稼祥像农民那样烟锅贴着烟锅对火。他刚刚抽了一口,就猛地咳嗽起来,皱着眉说:

"这是什么鬼烟,没有好多味道!"

王稼祥笑起来,指了指漫山遍野的树叶说:

"我的烟叶是取之不尽,用之不竭。那天博古来我这里找烟,也上了我的当了。"

毛泽东继续抽着树叶,笑着说:

"不过,你这也算创造发明。"

两人正说着话,周恩来拿着一份电报稿走过来。他神情抑郁,面带怒容地说:

"实在想象不到,竟会有这样的事!"

"么子事?"毛泽东立刻站定脚步。

"你们瞧瞧吧!"周恩来晃晃手里的电稿说,"这是我起草的松潘战役计划,送给张国焘看,他只改了一个字,就全部变了,不能用了。"

"他改的什么字?"

"他把对松潘的'进攻'改成了'佯攻'。"

毛泽东、王稼祥一看,周恩来的毛笔字上,用红笔添改了一个大大的"佯"字,脸上顿时现出沉重的表情。其实,他们近日来都为打松潘的事郁郁不欢。今天这位政治家出尔反尔到这种地步,不能不使他们大感意外。

"张国焘就是不愿北上,这样的地方还能呆下去吗?"王稼祥气愤地说。

周恩来神情严肃:

"据部队报告,现在非战斗减员相当严重,病员大量增加,还有不少是饿死的。藏兵用冷枪打死的,也占一部分。再呆下去,天一冷,只会越来越困难。"

"要不,一方面军单独打。"王稼祥说。

"恐怕力量不够。"周恩来摇摇头,"现在一方面军减员太多。"

毛泽东眉头紧锁,沉思了半晌,说:

"看来,还得找张国焘谈。"

"可是谁去谈呀?"周恩来问。

毛泽东望望周恩来,要是平时,这自然是他的事。可是他现在的面容太憔悴了。脸上瘦得只显出两个大大的颧骨、两只大大的眼睛和两道浓浓的眉。他本来像是一个精力永远使用不尽的人,长征路上的一切方针计划的落实,全依靠他。可是自从过了夹金山之后,他的精力显得不够用了。在日常工作中,他越来越显得吃力。他自己虽然不说,但大家是看在眼里的。毛泽东想了一会儿,就说:

"要不,我去一趟。"

周、王都表示同意。

吃了早饭,毛泽东就出发了。除了警卫员,他只带了秘书长刘英。也许他觉得带上个女同志,会给谈判增加些宽松的气氛。

张国焘住在几里路外的一个村庄。村边,有一个比较干净的院落,门口站着两个哨兵。哨兵通报以后,张国焘就迎出来了。

毛泽东一面笑一面走上前去,说:

"国焘同志,我给你带水来了!"

张国焘一愣,毛泽东指指刘英笑着解释道:

"这是我们的秘书长刘英同志。贾宝玉不是说,女儿家是水做的,我们男人都带着一股浊气嘛!"

"是的,是的,我们身上的浊气就是不少。"

张国焘迎上来一面笑着一面握手。还特意转过脸对刘英说:

"你是在莫斯科学习过的吧?现在有了秤砣没有?"

毛泽东随口开玩笑说:

"还没有呢,你给她介绍个吧!"

几个人说说笑笑进了房子。警卫员端上了几杯白开水,就出去了。

毛泽东寒暄了几句,就进入正题。他首先叙说了现在部队遇到的困难,说明部队在藏区不宜久停,打松潘的战斗计划需要快一点实施才好。

张国焘不动声色地听着,听完眼珠子转了几转,慢吞吞地说:

"北上计划尽管不很完善,我还是同意了。打松潘自然很需要,这我也没有意见。但是需要不等于不慎重。据前面报告,松潘城墙坚固,不同一般,守敌兵力又多,这些是不能不考虑的。可是,我绝没有意思说,松潘不应该攻,如果不应该攻,我们怎么能过得去呢?"

据接触过张国焘的人说,张国焘不仅从表情上很难看出他的真实态度,从他的谈话中也不大容易看出他的真实意图。他的话拐弯抹角,有时模棱两可,有时含含糊糊,使你莫测高深。如果你是一个脑力不太强健的人,不一会儿就会使你陷入语言的迷宫,把你弄糊涂了。

可是,今天毛泽东表面很松弛,内心却睁着明亮的眼睛。他不断地拨开语言的迷障,力图抓住主要的东西。他说:

"慎重是一定要慎重,但我们打松潘是比较有把握的。四方面军的战斗作风很好,加上一方面军,我看不成问题。如果说城墙坚固,还可以把敌人引出来打。"

张国焘沉吟了一会儿,慢吞吞地说:

"刚才我只讲了一个方面,只讲了客观条件,还有主观条件也不具备。一、四方面军会合以后,本来应当团结得很好,可是现在传出的一些话很难听,说什么四方面军土匪主义啦、军阀主义啦,还说什么不该撤出鄂豫皖苏区啦,不该撤出川陕苏区啦,更有甚者,竟说我张某人是老机会主义者啦,等等等等,大家憋着一肚子闷气,怎么去打仗呢?"

张国焘说完,望了毛泽东一眼,就转过眼睛望着别处。

毛泽东一看张国焘攻上来了,就哈哈笑道:

"国焘,这些闲话是听不得的呀!有人就说,我毛泽东是曹操,中央是汉献帝,我是挟天子以号令诸侯。这些闲话如何能听得?如果相信这些闲话,岂不误了大事?挑拨离间的人总是有的,我们还是先解决大事要紧。"

张国焘微微涨红着脸,继续争辩说:

"事情不止这一桩嘛!还有人在小报上发表《列宁论联邦》的语录,好像我们成立西北联邦政府也搞错了。这些难道都是小事?"

毛泽东又笑道:

"这些政治问题,可以留到环境许可时从容讨论。我们找个地方,肚子吃得饱饱的,争论它几天几晚也不妨嘛!"

张国焘设置的路障被毛泽东机智地摆脱过去,暂时不说话了。他紧紧咬着下唇,转着眼珠,仿佛在盘算着一个重大问题。终于他咬了咬牙,下定了决心。

"影响大家情绪的,远远不止这些。"张国焘望着毛泽东说,"四方面军的同志都认为,一、四方面军会合之后,在组织问题上已经不适应会合后的新形势。这决不是我个人的看法,我声明,也决不是我个人要当什么,而是整个四方面军同志的反映。一、四方面军会合之后,四方面军是十万人,但是在组织上没有他们的代表,我不得不替他们讲话。像徐向前同志为什么不可当副总司令?像昌浩同志为什么不可当总政委?还有些同志为什么不可以到中央工作?还有……"

"哦,"毛泽东暗暗想道,"问题的实质到底讲出来了。"

毛泽东望望张国焘圆鼓鼓的胖脸,沉默了好几秒钟。顿时,张国焘的形象在他心目中破灭了。他觉得坐在面前的,与其说是一位政治家倒不如说是一个正在同党讨价还价的商人。

张国焘因为抛出了自己最重要的意图而显得轻松了许多。他端起茶缸喝了点水,呵呵笑道:

"关于打松潘的问题,很好说嘛!我刚才再三说过,松潘不是不需要打,也不是不可以打,只要大家心气顺了,这好说嘛!哎,润之,为这样的事,你只要打个电话不就可以了嘛,真是,还亲自跑了一趟……"

毛泽东的脸色有些严肃,勉强笑着说:

"今天你谈的问题,我回去可以和大家研究。研究之后再答复你。"

说着,起身告辞。

张国焘将他们送到门外。一切严重问题都淹没在有礼貌的微笑中了。

毛泽东回到中芦花自己住的房子里,周恩来、王稼祥、张闻天、朱德、博古等人都很快来了。他们围在火塘边,纷纷急迫地问:

"谈得怎么样?"

毛泽东把同张国焘的交谈经过说了一遍,最后说道:

"他主要要求解决组织问题。"

周恩来说:

"刚刚接到陈昌浩一个电报,要求任命张国焘为中央军委主席,并且要求有'独断决行'权。"

在座的人一个个都气得脸色发黄。张闻天气愤地说:

"价钱是越来越高了,任命他做军委副主席,难道不算是解决组织问题？他怕人说他是军阀,实际上他就是军阀。"

王稼祥因为刚才爬楼梯喘吁吁的,憔悴的脸上挂着汗珠:

"他说是代表四方面军发言,叫我看是代表他自己发言。"

"军队不是个人的。如果说,谁的人多谁就称王,谁就当领袖,那还算什么无产阶级的党呢!"博古推了推滑下来的眼镜激愤地说,"老毛,我看对这样的人不能让步。"

毛泽东见大家很激愤,就笑着说:

"可是,根据现实情况,不让步也不行啊!"他一面说,一面掰着指头,"不让步就打不了松潘;打不了松潘就不能北进;不能北进,川陕甘计划就要落空,我们究竟是让步还是不让步呢？"

人们沉默了。空气显得凝重。光线也显得更幽暗了。人们在苦苦地思考着。

周恩来低着头一个劲儿捻他的长胡子,忽然抬起脸说:

"这样吧,我把总政委让出来给张国焘。"

大家心中不禁一震。周恩来一向不在乎权力地位,这一点作为他的突出品德为全党所敬重。今天,在这个重要时刻他又作出此种表示,大家不禁用尊敬的眼光望了望他。

"不行,军权不能让给他!"张闻天气昂昂地说,"我把总书记让出来,让他当这个总书记算了。"

说过,把头偏到一边,在他那软塌塌的帽檐下,眼睛闪射出愤怒的光。

大家又沉默了。毛泽东掏出烟斗装满了从王稼祥那里弄来的自制烟叶,吧嗒吧嗒地抽起来,把整整一锅烟抽完,才说:

"我看就让出总政委吧。总书记是全党的事,如果利用这名义搞起意料不到的事,那影响可就大了。不知诸君意下如何?"

"泽东同志说得有理。"朱德从沉重的思虑中抬起头来。

其他人也纷纷点头。

第二天,军委公布了命令,由朱德任红军总司令,张国焘任红军总政委。一两天后,又任命徐向前为前敌总指挥,陈昌浩为政治委员,叶剑英为参谋长,李特为副参谋长。接着,在中芦花一家富裕藏民的楼上,召开了中央政治局会议。会上由张国焘报告了四方面军的情况,徐向前做了补充发言,接着进行了讨论。

看来问题是解决了。大家都轻松地喘了口气。周恩来又重新起草了攻打松潘的作战计划。

(五十九)英雄能战胜强敌却无法战胜饥饿。难以想象的悲剧不断出现。人们的心灵在流血,但权欲熏心的人却无动于衷。

部队自黑水北行,经过了三百余里的艰难跋涉,越过长征路上的第四座大雪山——打鼓山,来到了毛儿盖。

毛儿盖是比较开阔一些的山谷,山谷里隆起一道岗子,几个小小的寨子就分布在这道岗子上,下面就是不宽的毛儿盖河。几个寨子合在一起也不过几十户人家。这儿的藏族寨子和黑水堡垒式的石头房子不同,都是两层宽大的木楼,下层是饲养牲畜的地方。其中的索花寨子有座金碧辉煌的喇嘛寺,被胡宗南的部队逃跑时烧毁,只留下些高大的红墙。山谷里是一片片青稞地,透出诱人的杏黄,可是因藏民逃避一空,仍然显得荒凉。四外山上都是黑压压密层层的原始森林,更给人增添了神秘恐怖之感。

毛儿盖几间有限的房子,怎么能容纳下这样大的部队,自然绝大多数的指战员都是露营。村头,巷尾,田坎,树下,到处搭的都是"人"字形的窝棚,或者是用一条被单几根树枝搭的比鸟窝大一点的棚子。此处平地就海拔三千公尺,何况已进入八月,地高风寒,一早一晚红军战士已经冻得瑟瑟战抖。吃的仍然是清水煮野菜,或者只能说是能吃的青草,加很少一点粮食弄成糊糊。人原本越来越瘦,现在却得了浮肿病,变成黄蜡蜡的虚胖。病号每天都在增加。随着无望的滞留,人们情绪低落,怨言愈来愈多。

金雨来的心情越发烦躁了。他不了解为什么还不赶快去打松潘,为什么要在这鬼地方滞留不进,因为这些牵扯到上层的分歧,当时无法公之于众。部队经常出去筹粮,几乎成了一件主要工作。樱桃还在这里协助他们。这个营人数过少,已经编成一个连了。

这天早晨,他正和樱桃坐在小窝棚里闲谈,杜铁锤急匆匆跑来,很懊丧地说:

"营长,我们排又有两个病号不行了。"

"怎么回事?"

"没有药,他们又不肯吃饭,昨天晚上,我给他们端去两碗野菜,都没有动。"

"那叫什么饭!好人都不愿吃,病号怎么吃得下去!"

"早晨我见他们老不起床,一摸已经没有气了。"

铁锤的脸上有刚刚擦去的泪痕。金雨来望了望这位铁匠,过去他是又黑又壮,现在也瘦得不像样了。

"现在这个上级不知道怎么搞的!"金雨来实在压制不住,"像这样一天饿死几个,不用打仗也死光了!"

"战士们都说,宁愿打死也不愿饿死!"

樱桃见两个人满腹牢骚,就笑着劝慰说:

"算了！算了！现在中央这样复杂，咱们在这里说说有个屁用。还是商量一下怎么筹粮吧！"

金雨来见樱桃提醒，也觉得在下级面前随便说也不很好，就问樱桃：

"你看今天到哪里去？"

"是不是过毛儿盖河，到东边一带去试试？因为西边的筹粮队太多了。"

金雨来同意，决定只带一个精干的排，其余的全留在家里。他嘱咐杜铁锤带上足够的白洋作为收购粮食的费用。

不一时，金雨来和樱桃就带着一支三十多人的精干小队出发了。

他们沿着毛儿盖河向北走着。走出没有几里，金雨来就觉得浑身无力，头也有点晕眩。想来是连日在外露营，受了风寒。他有点不想去，在下级面前又说不出口，何况也不能把这事推给樱桃。他只好强打精神走着，别人也没有觉察出来。

他们向北走出十余里，来到一处渡口。这里河水清浅可以徒涉。他们正解开绑带准备蹚水时，对岸山上的密林中响起了枪声。金雨来一看部队正暴露在河岸上，极为不利，就命令人们奔到一带矮树丛里隐蔽。可是有一名战士已被击中。当同志们把他拖到树丛里时，因失血过多，已经停止呼吸。

出师不利，使金雨来极为懊恼。他观察了一下对岸，山头上的树挤成了疙瘩，乌黑一片，根本看不见人。打也无从下手。一位轻机枪射手，气得不行，向刚才响枪的地方打了几发，也不过起点威慑作用罢了。

"误了时间也不好，还是绕到上面过吧！"樱桃提议。

金雨来考虑了一下，觉得只好如此。他们匆匆在河岸上掩埋了这位红军战士，就沿着河岸继续北行。

又走了十余里，金雨来选择了一处水浅的地方进行徒涉。樱桃也解了绑带,把裤管挽得高高的,手里提着小小的草鞋蹚过去了。

过了河,大家进入了一条山沟。此时天已过午。早晨吃了一点野菜,早已饥肠辘辘。这种世界上特有的饥肠辘辘声,有时相当响亮,彼此都可以听到。而且音调丰富多彩。有的如长天雷吼"咕咕咕咕咕"响个不停,有的则是一声悠然长鸣"咕——"的一声便戛然而止。这样,前面,后面,此起彼落,互相呼应,简直可叫做百肚争鸣了。当过兵的人都会有体会的。

还是樱桃眼尖,她发现半山间的山崖上似乎有个石洞。这样,大家便凭空增加了一点信心和毅力,顺着山坡向上爬去。山坡上尽是密林,脚下是枯枝败叶,十分难走。说实话,如果不是一个希望在支持着,他们是很难爬上去的。

"看,有人!"不知谁欢叫了一声。

金雨来举目望去,从那个青灰色的石洞口,跑出一对穿着藏袍的男女,还有两个半大孩子,他们在树林间一闪,就匆忙地跑到山后去了。

"不要跑!我们是红军!"樱桃用她那尖尖的声音喊。

"老乡,不要害怕!"其他人也跟着喊。

可是,这些喊声都没有用。等他们气喘吁吁地爬到山洞口,人早已跑得无影无踪。金雨来看了看,山洞口还失落一只鞋子。他拣起一看,鞋不大,显然是那个半大孩子跑脱了的。他提着这只小鞋进了洞子,把它放在洞子里了。

一家藏民的逃跑,对金雨来无疑是一个精神上的打击,作为一个人民的子弟,他突然有一种很难受的悲凉之感。他打量了一下这个自然洞,洞不大,只有一间房子大小,地上铺了一些乱草,一床不知盖了多少年的打着许多补丁的红被子,几件破烂衣服,还有半口袋粮食,一口破锅。看到这些,心里更加感到凄凉。

樱桃跟着走了进来,刚才兴奋的情绪消失了,脸色也很难看。

金雨来解开口袋看了看，里面是金红色的老玉米。提了提，最多不过四五十斤。他重新把口袋扎上，没有说话。

饥饿的战士们都爬上来了，纷纷问：

"有粮食吗？"

没有人回答。战士们看到营长脸上这样严肃，也不好再问。

"怎么办？"一个小鬼实在忍不住了。

金雨来仍然没有说话。沉了好半晌，才指指那几件烂衣服，摇了摇头：

"不行。咱们走吧！我看这是一家贫农。"

"给他们留下白洋不行吗？"小鬼又问。

金雨来瞪了他一眼：

"我们一走，他们吃什么呢？你没见有两个孩子！"

"好，我们另外找吧。"樱桃说着，已经走出去了。

人们离开洞口，一个跟着一个低着头走了下去。

世界上最难忍的就是饥饿。战士们不得不睁大眼睛搜寻着下一个目标。终于，他们在窄窄的山径上看到前面山头上还有一个颇大的石洞。于是人们又挤压出最后一点精力，挣扎着向上爬去。可是令人失望的是，那根本不是山洞，而是一个突出的山岩。

这时，红日已经衔山，转瞬间，就落下去了。深山里暮色来得最快，刚才还有几片青紫色的云霞，顷刻间就消融到深浓的暮色里。大家陷入了窘境，既不能前进，也无法下山。金雨来的体力早已消耗得一滴不剩，再走一步的力气也没有了。于是他决定就地宿营。

所谓宿营，无非是找一个避风的山坳，拔一些野草铺下就是。更重要的是做饭，不用吩咐，人们已经去求诸山野的赐予了。金雨来因身体不爽，煮熟的野菜没有吃几口就放在一边。所幸的是通信员找了不少干树枝燃起了一堆篝火，暂时驱除了晚来的寒气，给大家带来了一些喜悦。

不多时,东方涌起黄澄澄一轮金月。月光,山阴,白云,树影,不顾人们的饥饿,仍然构成一幅美丽的图画。人们躺在软软的草铺上挤在一起纷纷入睡。金雨来也躺下了,唯独樱桃还在火堆边闲坐。

"你家在哪里?好像人说你是无锡人。"是金雨来的声音。

"是的,我从小就在无锡纱厂做工。"是樱桃的声音。

"家里还有人吗?"

"没有了,我一生下来,父亲就死了,后来又一连死了几口人,家里人就骂我是'克星'。只有母亲不讨嫌我。可是家里太穷,她也没有办法,就把我送给人家当童养媳。"

"童养媳那个滋味很不好受吧?"

"是的,天天挨打受气,还要给公婆请安。我实在受不下去,就当了女工,我是十四岁那年跑出去的。"

"当女工苦吧?"

"那就不要提了,早晨四点钟上班,熬到晚上八九点钟,才两角钱。头一个月我接到钱的时候哭了。那时候,一个个女工脸色都黄蜡蜡的像鬼一样。那真是个地狱!"

"听说你参加革命很早?"

"不算早。那时候,我常去算命,算命先生都说我的命不好。我就信了。有一次我换了一件好衣服去算命,又说我的命好,我才知道都是骗人。要说真有点觉悟,还得感谢上海来的那位工人……"

"是共产党员吗?"

"是,可是我不知道他是党员。他送给我一本书,我就拿回去读。那时我借住在一个小职员家里,有不认识的字,就去问他家的小孩,小孩又拿去问他父亲,谁知道这一下出了事,那个小职员大吃一惊,就把我赶出来了……"

"你到了什么地方?"

"我只好住在厂里的女工宿舍。这倒好,共产党常常在这里开秘密会议,他们见我年纪小,也不避我。从此我就由旁听到列席,由列席到出席,成了党的人了。"

说到这里,樱桃发出低低的笑声。

"以后呢?"

"以后我就常常跟他在一起,去发动罢工。"

"他是谁?"

"就是那位上海工人。他叫秦起。"

"看起来,你对他的印象很深。"

"是……的。他是我的启蒙老师。他年轻,能干,勇敢极了。"

"罢工成功了吗?"

"成功了,可是厂里把我开除了,因为我常常在工人集会上讲话。这时候,他又鼓励我不要灰心。"

"生活呢?生活怎么办?"

"我又到一家缫丝厂做工。后来,我们干得更欢了,把全市的总工会也秘密地组织起来了。我们发动了三万人的大罢工来迎接北伐军,北伐军还没到,我们工人就占领了无锡车站。把狗肉将军张宗昌的部队也吓跑了,那天我当着几万工人讲话,最惬意了。"

"后来呢?"

"后来就是四一二事变。……一切都完了。他被捕牺牲了,我跑到了乡下。……我听到他的死讯哭了好多天,这时候我才发现我是那样爱他。他也是爱我的,可是我俩都害羞,谁也没有提起。……"

谈话停住了,停了颇长时间,才又继续下去。

"以后你就住在乡下了吗?"

"不,我哪里住得下去?以后我就拼命找党,总算找到了,党就把我调到上海。"

"到上海做什么?"

"还是到纱厂做工人工作。我喜欢她们,她们也喜欢我。上海的纺织女工苦极了,特别是那些带孩子的女工,孩子在机器下面爬,不注意就被绞死。有的女工把孩子生在厕所里。提起这些,我真恨死了那些资本家……"

"你以后没有再遇上男朋友吧?"

"这个,怎么说呢,找我的同志自然有,可是我心上总是忘不了秦起。我一闭眼睛就能看见他。"

"以后呢?"

"以后我就到苏区来了。"

"人们说,你从来不谈婚事,不知道究竟是为什么,恐怕就是忘不了秦起吧?"

"是的。"

谈话的声音停了下来。月亮升得更高了,四外寂静无声,同志们都已睡熟。樱桃的声音最后带着悲凉,似乎不愿再谈下去。她把自己带的一条橙黄色的薄毯子,轻轻抖开,自己只盖了一半,留下了一半。

"雨来,你盖上吧!"她说。

"这怎么行?"金雨来没有动。

樱桃见他不敢伸手,就带着责备的语气说:

"这是什么时候哟,还这么讲究!"

说着,把剩下的毯子往他身上一撩,就侧着身子向着另一边躺下了。

金雨来是个从来不曾接触过女性的人,同樱桃握手也是初次。樱桃躺在他的身边,使他局促不安。他连忙把身子往外挪了一挪,方才睡去。

不知什么时候他冻醒了。月亮到了中天,篝火早已熄灭。睡在他身边的樱桃和战士们都睡得很熟。这时,他饿得实在难受,想继续睡下去,已不可能。他想倒不如起来活动活动,可能好些。于是,就坐起来,把那半边毯子给樱桃盖好,走到山坳旁边去了。

此刻,真是月光如昼,除了浓密的山林,一切都看得清清楚楚。忽然,他的眼光停留在山脚下一片地方久久不动,脸上渐渐现出了微笑。原来下面山脚卧着一群雪白的羊群,看去至少有一二百只的样子。他心里不禁一阵喜悦,暗暗想道:今天出师不利,一天也没捞到点东西。现在遇见这群羊,不要说全营,全团的问题也解决了。只要给牧羊人做好工作,给他足够的白洋也就是了。他想把通信员叫起来,一看小鬼们睡得正香,倒不如自己一个人先下去看看,他就顺着山坡走下去了。

原来这山看去并不很高,真走起来却比想象的时间要长。因为脚腿乏力,还被树根绊了两跤,但看着那肥美的羊群,终又走了下去。

终于,他下到山脚,来到羊群附近。望望羊群仍在月光下静静地卧着不动,却没有一个牧羊人守在旁边。他想,牧羊人也许在附近什么地方休息去了,就轻轻地喊了一声。可是没有一点动静。他向前又走了一截,突然愣住了,原来他看到的只不过是一个个白色的石头,哪里是什么雪白的羊群!这时他有点不相信自己的眼睛,赶上去摸了摸,果然一块块都冷峻冰凉。

他猛然间沮丧地坐到地上,喘着粗气。再想爬上山,已经没有一丝力气。其实,他的力气早就使尽,刚才只不过为一种幻象鼓舞着罢了。这时,他觉得饥饿越发难忍,就随手摘了几个牛耳草的叶片嚼起来,可是只不过吃了几口,身子就靠在一块确实酷似白绵羊的石头上了……

第二天天亮,大家发现营长失踪都慌了神。多数人的判断,都认为营长遭了暗算。哨兵仅能提供的线索是,仿佛听见有人下去解手。大家分头去找,才发现这位来自江西的英雄身体早已冰凉,手里还拿着一枝牛耳菜叶。至于他为什么死在这里却难以作出判断。

樱桃是这支小队的最高首长，她决定将这位英雄就地埋葬。当人们将他的憔悴消瘦的遗体抬入墓穴时，杜铁锤、小李和樱桃哭得最恸，因为对杜铁锤和小李来说，英雄是他们的解放者，对于樱桃来说，金雨来是她心目中的英雄，是同秦起一样的人，她心中只不过刚刚萌发了爱情的幼芽……

（六十）在艰难的时日里出了一场喜剧：用心良苦的张国焘设下钓饵，却遇到了一只愤怒的大象。

彭德怀也像全军的指战员一样，对当前不战不进的局面闷闷不乐。这天，他正坐在一家藏民的木楼上闷着头考虑什么，忽听一个参谋在电话上报告，说四方面军张国焘的秘书前来探望，便坐在楼上等候着。

不一时，警卫员就将一个人领上楼来。这人向彭德怀恭恭敬敬而又很潇洒地打了一个敬礼，接着说：

"我是张主席的秘书黄超，是奉张主席之命来慰问彭军团长的。"

彭德怀一打量来人，是个相当年轻漂亮的青年军官。他长着一副曼长脸，面孔白皙，两只闪闪的大眼睛，透露着聪明灵活，善知人意。彭德怀同他握了手，就请他在火塘边坐下。

黄超一坐下，便滔滔不绝，称赞彭德怀是海内名将，无人不晓，自己作为后生小辈已倾慕多年，今日是相见恨晚了。

彭德怀见他说个没完，就说：

"都是自己人嘛，不要太客气了。"

"这怎么是客气呢！"黄超讲得更加来劲，"一方面军西征行程一万八九千里,彭军团长斩关夺隘,声震遐迩,不要说自己人,就是敌人也闻风丧胆。张主席平日常谈起彭军团长,他觉得这地方生活很苦,所以叫我送点东西来,表示慰劳。"

"那我就谢谢他了。"彭德怀说。

黄超转过头看了看警卫员已经出去,就试探着问:

"彭军团长,你是不是参加过一个会理会议?"

"参加过。"彭德怀答道,心中暗想:"他为什么要问这个?"

"你那次处境不大好吧?"黄超闪着一双机灵的眼睛。

"处境?什么处境?"

彭德怀对这位年轻人提出的问题感到意外。

黄超笑了笑,说:

"一个人遭到不白之冤,总是叫人不愉快的。"

彭德怀带有几分粗野地望了黄超一眼:

"无非是受了一点批评,这在我们党内也很平常。"

"批评自然是常事,"黄超笑着说,"如果太不公平,也会叫人沮丧。"

"没什么!"彭德怀紧接上去,"仗没有打好,有点右倾情绪,受点批评,这是很自然的。"

说到这里,彭德怀盯住黄超:

"怎么,你要了解会理会议?中央给你谈了?"

黄超涨红着脸说:

"不不,我只是随便问问。……张主席是很知道你的,也很关心……"

彭德怀木着脸,没有表情,冷倔倔地捅出一句:

"我们过去没见过面。"

黄超的勇敢进攻受了挫折,伤了几分锐气,为了完成任务,不得不继续鼓劲。他眼珠转了几转,便改了话题。

"一、四方面军会合以后,确实力量大了。但是战略方针还要正确。如果这方面发生偏差,兵力再大也不行。"

彭德怀脸上露出一丝轻蔑的笑意:

"黄秘书,你看怎么才算正确?"

黄超不免有点尴尬,带着几分忸怩地说:

"不是我看,是张主席考虑:还是南下才是上策。他曾跟我说,'欲北伐必先南征'。"

"那是什么情况?"彭德怀轻蔑地一笑,"那是诸葛亮巩固蜀国后方的办法。我们现在连根据地都没有,哪里有这样的后方?"

黄超挨了一棒,心里已有几分恼怒,但在这个威严人物的面前,毕竟不敢放肆,就客气地反驳道:

"彭军团长,北进也不那么容易吧,胡宗南是蒋介石的嫡系,武器装备是最精良的,战斗力很不一般。还有马家军的骑兵,不仅装备好,而且训练有素,每人一把大马刀,在草原上跑起来简直像……"

彭德怀脸有愠色,立刻打断他:

"你是叫他们吓昏了吧!"

黄超满脸通红。沉了一下,继续争辩说:

"对形势的看法是需要冷静、客观才能得出正确答案的。张主席多次说,当前苏维埃运动已经处于低潮。这是不能不承认的。张主席还告诫说,如果我们共产党人仍然不能从'左'的躯壳里解放出来,这将是我们这一代最大的悲剧。"

彭德怀有些惊讶,面前这个黄口乳子竟敢放肆地冒出这种宏论!他厌烦地把头歪在一边,下嘴唇撅着,两个嘴角弯成了一个彭德怀式的弧线,不做声了。

黄超觉得自己有点操之过急,就站起来,对着楼梯口叫:

"警卫员!把东西拿上来!"

原来他带的两个警卫员等在楼下,这时闻声走了上来。一个背着一大一小两个口袋,另一个背着一个沉甸甸的皮包。黄超满脸堆笑,指着那个小口袋说:"这是几斤牛肉干,味道蛮不错的。"又指指那个大口袋说,"这是几升大米,是我们张主席从川陕带来的,这地方想找这个就太不容易了。"

说过,他又从另一个警卫员手里接过沉甸甸的皮包,从里面取出几个包包,笑得很迷人的:

"这是三百块白洋,只不过是张主席的一点微意。"

彭德怀看见大米和牛肉干,还微微点了点头,一见递过来的白洋,脸色立刻变了。

"这是干什么!"他的语调有些严厉。

"也不过怕军团长手头不便……"

彭德怀终于克制住自己,没有发作,但是他站在那里一声不响,简直像石头雕像一样冷峻。

黄超异常狼狈,只好慌慌张张把钱放在一个用木板搭成的桌案上。他尴尬得不知说什么好,幸亏他脑子聪敏灵活,就乓地打了个潇洒的敬礼,笑着说:

"彭军团长,您恐怕很疲劳了,我们也该回去了。"

彭德怀站起来,勉强点了点头。黄超带着警卫员慌乱地下楼去了。

直到黄超走出很远,他还觉得满心不舒服,望着这个张国焘的使者,狠狠骂道:

"呸!什么东西!纯粹是旧军阀的一套!"

说过,他就坐在火塘边陷入深深的沉思里。他一遍又一遍地想着这个黄口乳子的来意。

这时,三军团的政治委员杨尚昆走了进来,他一见彭德怀满脸怒容,就问:

"德怀同志,黄超在这里谈什么了?"

彭德怀的火立刻又升腾起来,他指了指桌上的白洋,骂道:

"张国焘他把我彭德怀看成什么人了?他把我当成军阀!我要当军阀,还来红军干什么?真是岂有此理!"

"这个家伙值得警惕!"杨尚昆也沉到思索中了。

(六十一)一对同窗好友都想把对方争取到自己一边。令人慨叹的是,深厚的友情却未能越过思想的障壁。

在毛儿盖度过的时日,像钝刀子割肉一样痛苦而又漫长。夜间在村边、地头露营的战士们,不知道一夜冻醒几次;白天又为辘辘饥肠骚扰得片刻不宁;尤其是居民远离所造成的寂寞,更造成了一种无形的压力。这些都使人难以忍受。

刘英也像大家一样焦躁不安。一有工夫,她就跑到张闻天那里闲谈一回。他们的关系早已瓜熟蒂落,只是由于刘英顽强地据守着最后一道防线——不到长征胜利不结婚,两人才没有完成那人生重要的一幕。

这天早晨,两人正围着火塘闲坐,警卫员递过一封信来,说是红军前敌总指挥部的政治委员陈昌浩派人送过来的。张闻天打开信一看,上面笔迹颇为潇洒:

闻天同志如晤:

你我天各一方,多年相违,每思同窗之谊,悬念殊深。前日匆匆一面,未及深谈。如能来我处一叙,则不胜欣幸之至。耑此
即致

布礼!

陈昌浩 即日

张闻天看后,微微点了一下头,对警卫员说:

"你告诉来人,我呆会儿就去。"

警卫员下楼去了。张闻天仍然拿着那封信在吟味着,脸上渐渐出现了微笑。

刘英凑过来看了看,不解地问道:

"你笑什么?"

张闻天收起信,把近视镜往上推了推,说:

"这是要给我做工作哩!"

"你们这些人就是心多,"刘英撇撇嘴说,"都是老同学了,好几年不见,也是想在一起谈谈。"

"这倒是。"张闻天说,"可是,你不知道,前几天张国焘就派人到彭德怀那里送东西,弄得彭德怀啼笑皆非。"

"那你也给他做点工作嘛!"刘英说,"现在连一个松潘也打不成,气得毛主席没有办法,眼看着我们非在这里困死不可!我们和陈昌浩都是老同学,他在张国焘那里很红,张国焘很信任他,你去劝说劝说,恐怕还是会起作用的。"

张闻天连连点头道:

"我也是这个意思。前几天泽东同志就跟我说,人家已经来说客了,闻天同志,你是不是也学学苏秦、张仪,争取早点打松潘哪?"

刘英蛮有信心地说:

"那你就去吧!我们在莫斯科,同陈昌浩还是很不错的。张国焘那个人老奸巨猾,陈昌浩比他还是单纯得多。"

"你是不是同我一起去?"张闻天笑着问。

"你们是谈军机大事,我去干什么!"

张闻天略作准备就下楼去了。陈昌浩住在另一个小寨子,相距并不甚远,张闻天就带着两个警卫员沿着田间小路不慌不忙地走去。

四方面军总部现在已经作为红军的前敌总指挥部。张闻天刚走到门口,高高个子的陈昌浩已经笑嘻嘻地迎了出来。他头戴大八角红星军帽,身材魁伟英挺,举止敏捷,全身充满一种蓬勃的青春之气。张闻天记得在莫斯科中山大学学习时,陈昌浩还是一位年轻的小弟弟,现在已经是威风凛凛的高级将领了。

两人沿着小木梯上了藏族人的小楼。室内布置得相当整洁,一面墙上挂满了军用地图,桌上铺着一条军毯,颇有一点司令部的严整气氛。两人在椅子上坐下来,警卫员端上茶,就下楼去了。

自然,寒暄话旧占了相当长的时间。他们的确为革命的友情,为共同经历的同窗生活陶醉了。张闻天从眼镜里亲昵地望着他这位英俊的伙伴:

"昌浩,那时候你还不过十八九岁吧?"

"哪里,才刚刚十七岁。"

"是嘛,那时候大家都把你当成小弟弟看,想不到几年工夫,你已经纵横疆场,指挥十万大军了。"

陈昌浩的脸上立刻呈现出一种红润耀目的光彩和踌躇满志的笑容。这是那种青云直上一帆风顺的人所常有的。他略微谦逊几句,就滔滔不绝地说道:

"是的,我到鄂豫皖任少共省委书记还不到二十四岁。后来肃反,国焘同志撤了曾中生的职,就要我去当红四军的政委。我开始认为自己军事上外行,没有多大把握,后来三打两打,觉得打仗也不过如此。"接着,他就得意洋洋地讲,他和张国焘到达鄂豫皖时间不长,由于贯彻了四中全会的路线,局面很快就起了变化。到三一年底就发展到三万多人,成立了红四方面军。接着就进行了四大战役,消灭了敌人六万多人,还活捉了敌人的总指挥和几个师旅长。其中成建制的敌军就有四十个团。鄂豫皖苏区的总人口已经发展到三百五十万以上了。

陈昌浩神采飞扬,颇露出得意之色。张闻天笑着问:

"听人们传说,打黄安时你还亲自坐了飞机去扔炸弹,这事可是真的?"

"自然是真的。"陈昌浩微笑着,显得更兴奋了。他说,在战斗中缴获了一架德国容克式双翼飞机,飞机师经过教育转过来了。他们就把这架飞机油漆一新,取名"列宁"号,机身上写了"列宁"两个大字,机翼上还有两颗闪闪的红星。打黄安时,敌人的六十九师师长赵冠英被围了几十天都不肯投降。他们就决定让"列宁"号直接参战,在总攻之前给敌人点厉害瞧瞧。大家都说:过去敌人的飞机老是跟着我们瞎嗡嗡,这次也让敌人尝尝我们红军的"鸡蛋"到底是咸的还是淡的。说到这里,陈昌浩嘎嘎地笑起来,说:"飞机临起飞前,我就上了飞机,同志们一看急了,就说,不行啊,政治委员,你怎么能坐上飞机去扔炸弹呢!我说,有什么不可以,这才是最生动最能提高士气的政治工作!说着,我就乘着飞机飞上去了。那天正是雪后初晴,阳光灿烂,下面看得非常清楚。成千上万的战士看见自己的飞机真是激动极了,纷纷跳跃着,把帽子扔上天空。我们飞到黄安上空,敌人还傻乎乎地以为是自己的飞机,我们把翅膀一歪,一串迫击炮弹就丢下去了,下面升起了一团团浓烟。飞了一圈,又把翅膀往另一边一歪,又一串迫击炮弹像饺子下锅似的丢下去了。敌人迷迷糊糊,以为是自己的飞机弄错了目标,纷纷摆出标志,这时我把大批的传单一批一批丢了下去,整个黄安上空红绿传单满天飞扬,他们才知道是红军的飞机在他们头上。敌人绝望了,时间不长就进行突围,被我们全部消灭……"

张闻天听得津津有味。他的这位年轻同学如此勇敢和富有朝气,给了他强烈的印象。

"不过,这种行动,毕竟太冒险了!"他微笑着说。

"不然!"陈昌浩笑着反驳道,"战争本身就有一点冒险的味道。完全不冒险的事是没有的。"

"不,我说的是你本身,作为一个方面军的政治委员……"

"哎,洛甫同志,你还体会不深咧!"陈昌浩腔调里带些老味说,"一个指挥员在火线上的表现非常重要。也有人批评我,不应当在第一线去打机枪,好像是有背于自己的职责。实际不然!在危险时刻就是要这样做。你看我们的部队一打起冲锋就像小老虎似的,战斗作风就是这样培养起来的!"

张闻天笑了笑,不再争辩。他刚想转换话题,陈昌浩又兴致勃勃地讲下去。

他说,自从离开鄂豫皖,经过三千里转战,部队确实吃了一些苦头,最后剩下一万四五千人。可是迅速开辟了川陕新苏区,兵力呼啦一下子发展到八万多人。全苏区人口拥有五百多万,成为仅次于中央苏区的最大的根据地了。在这期间,他们先后进行了反三路围攻、三次外线进攻和反六路围攻,歼灭敌人十三万人。其中特别是反六路围攻,面对四川军阀的二十余万兵力,经过十个月的艰苦奋战,歼灭了敌军八万人,终于把敌人的围攻粉碎了!

陈昌浩目光四射,神采奕奕,流露出一种战胜之军的那种不可抑制的自豪感。张闻天也连连点头称赞道:

"确实成绩很大!四方面军的同志确实打出威风来了!"

陈昌浩得到总书记的称赞,满面是笑。稍停了停又接着说:

"这些成绩的得来,是同国焘同志的领导分不开的。公正地说,国焘同志确实很有能力,很有魄力,是足以肩负大任的。然而,令人遗憾的是,不断听到一点闲言碎语,说什么张国焘是一个老机会主义者……"

"他到底把问题提出来了!"张闻天从眼镜后面望着陈昌浩,心里暗暗地想。然而,作为总书记又不能不坚持党的原则,就笑着说,"这样说,自然不好,可是国焘同志也是有缺点的。大家都清楚,在严重的历史关头,他往往是掌握得不大稳的。"

"什么地方不稳?"陈昌浩觉得很不顺耳。

张闻天觉得今天显然不宜辩论这种问题。可是为了使当年的这位"小弟弟"清醒一点,略略说几句也有必要,就以和缓的语调说:

"我说的不大稳,指的是在根本路线上,有时'左'了,有时又偏右了。"他举出大革命时期,张国焘开始反对国共合作的统一战线,后来统一战线实现了,他又跑到陈独秀右的一边去了。

陈昌浩年少气盛,立刻打断张闻天的话说:

"这都是过去的事。我觉得,首先应当看到一个人的成绩,应当看到主流。国焘同志是拥护国际的,是忠实执行四中全会路线的。从实践结果看也是这样,他领导的部队发展到八万多人,这一点比别人并不差嘛!我可以大胆地说,即使让他担任军委主席,也并不过分!"

张闻天沉默了。脸上的微笑尚未退去,又出现了几丝冷峻的表情。他扶了扶滑下来的眼镜暗暗想道:"今天的争论是不会有结果的。如果说得过分反而影响大局,还不如谈点实际问题。"

"这些问题还是留待以后再讨论吧!"张闻天带着几分勉强地笑着,"国焘同志现在已经在指挥全军的岗位上了。我看英雄已经有了用武之地,还是研究一下早点打松潘吧!下面指战员早就急了……"

"我心里何尝不急!"陈昌浩的语气有些硬,"我和徐总指挥都向国焘提过,国焘说:打松潘没有问题,只要组织问题解决了,就立刻打!"

"组织不是已经解决了吗?国焘同志不是就任了总政委吗?"张闻天的语气也硬起来了。

陈昌浩和缓了一下,笑着说:

"国焘同志早说了,他并不是为了个人的地位,是要整个的组织与现实的情况相适应嘛!"

张闻天又沉默了。他望了望当年的这位同窗,这位年轻的弟弟,在肚子里叹了口气。

双方的意思都已表达,双方最重要的话——争取对方站到自己一边——都没有讲出口来。即使讲出口来也不会发生作用。于是双方都放弃了努力,重新又谈起在莫斯科学习时的生活,那个一开始就谈了颇长时间的话题。

午饭是棒子面饼子和几样简单的蔬菜,这在当时情况下已经是最高的规格。吃饭时各人想各人的心事,交谈的都是无关紧要的话,不过避免冷场罢了。最后分手时,陈昌浩捧了一块当地出产的粗呢衣料,笑着说:"洛甫同志,你把这个送给刘英吧,再往北去还是用得着的。"张闻天也不推辞,让警卫员接过去了。

张闻天在归途上不免心中懊丧,暗中感慨道:如果路线上发生分歧,即使再好的朋友也无济于事。这样一路想一路走回到了索花寨子。毛泽东正在村前踱步,手里拿着树叶子裹起的卷烟。

"怎么样,洛甫,谈得如何?"毛泽东停住脚步,带着期待的神情。

"不佳!"张闻天摇摇头,叹了口气,"有些人就是这样,只晓得追随个人,心目中没有党,没有真理。"

毛泽东的心凉了半截,急问:

"打松潘的事,他可同意?"

"陈昌浩说,打松潘他是同意的,但是,要等中央调整了组织再说。"

毛泽东一听急了,他把烟蒂一甩,露出了怒容:

"张国焘不是总政委了吗?他还要调整什么组织?"

"他们的意思是,中央政治局、中央委员会都要调整。"

毛泽东激怒了。他习惯地叉着腰怒气冲冲地说:

"这是讹诈!是利用党的困难进行讹诈!"

"这自然是讹诈,是政治讹诈。"

"张国焘不打,让一、三军团打!北进是谁也挡不住的!"

毛泽东的性格,正像绵里藏针。他平时谦恭温和,具有较强的克制力;但是也有克制不住的时候,那时就如火山爆发,要大大燃烧一场。今天他的双眼闪着火星,样子也很怕人。

张闻天从旁劝慰道:

"泽东,我看还是从容商议吧。回头同恩来讨论一下再说。"

这时,从那边过来一支红军小队,约有二三十人。人人灰尘满面,军服褴褛。队伍里有人牵着一头乌黑的牦牛,驮着两个口袋,后面还跟着四五只羊子。看样子很像一支筹粮队从远处回来,个个脸上露出倦容。

毛泽东和张闻天正在观望,只见走在前面的一个腰挎短枪的青年跑了上来,打了一个敬礼。他光着两条腿,穿着一条短裤,脚上蹬着一双小小的草鞋。军衣袖子上掉了两个扣子,前襟也被荆棘挂得几乎成了布片。毛泽东端详着他那年轻秀丽的面孔,觉得好生面善,却又一时想不起名字,就问:

"你是谁呀?"

"毛主席,你不认识我了,我是樱桃!"说着,她的两只眼笑成豌豆角了。

"哦,你是樱桃?"毛泽东仔细一望,顿时惊呆了。真想不到那个十分美丽的姑娘,今天成了这样。她的乌亮的头发不见了,脸晒得黑中透紫,就像这里草原上的人们。更不知道她为什么穿着短裤,两条腿上满是一条一条的伤痕。全身上下,只有那微微隆起的胸脯,还有草鞋上两朵小小的红缨子,是作为一个女人的标志。想不到,真想不到当前的生活竟把我们的女同志变成了这样。毛泽东不禁一阵心酸,握着樱桃的手,顿时热泪盈眶,背过脸去,好半响说不出话来。停了好久,才说:

"天这么凉,你怎么穿着短裤?"

"我们净爬大山、钻树林了。"樱桃笑着说,"我的裤子挂成了片片,我就干脆截去,给同志们包伤用了。"

"你的头发呢?"

"我的头发,"樱桃不好意思地说,"已经成了虱子窝了。以前我们女同志在一起,就互相捉,现在怎么办?我一怒之下,就统统剪了。这算什么,反正以后还要长的。"

她嘻嘻一笑。

红军小队迈着疲惫的脚步走过去了。驮着粮食的牦牛和几只羊子还在后面慢慢地走。张闻天顺手指着问:

"这些都是买来的吗?"

"是的。"樱桃答道,"买来这些东西多不容易啊!这次牺牲了好几个同志,金雨来同志也牺牲了……"

"什么,金雨来也牺牲了?是遇见藏军了吗?"

"不,是饿死的。"

毛泽东神色黯然,仿佛喃喃自语:

"为了一个人难填的欲壑,付出了多少代价!"

(六十二)时光在饥寒与纷争中度过。而红军的敌人却并未休息,一个新的包围网已经形成。前面就是草地——一个充满神秘的死亡地带。路呢?哪里是前进的道路?

时间在饥寒难挨中进入了八月。自六月十二日两个方面军会师,到现在已经一个月又二十天了,从六月二十六日两河口会议算起,也一个多月了,在这期间,松潘战役计划制订过两次都未能实现。而敌情却起了重大变化:首先是胡宗南部在松潘、樟腊、南坪一线布防,加紧构筑碉堡,企图堵住红军北上;刘湘指挥下的川军从南面和东面围了上来,进占了懋功、北川、茂县、威州及岷江东岸地区;长期以来一直跟在红军后面的薛岳部在四川受到犒赏劳军之后,绕到北面迎头占领了平武和甘南的文县。对红军的又一个包围圈已经结结实实地形成。这时的蒋介石正在峨眉山上的军用地图前微笑,准备把红军困死和围歼在川西地区。

这种情况自然使红军的统帅部深感不安。八月在内地正是炎热季节,而在海拔三千公尺的若尔盖草原上,早已寒气逼人。毛泽东和张闻天披着他们的破大衣,来到周恩来居住的藏族小楼上议事。

他们早已感到周恩来身体不佳,精力大不如前。今天一看,他的脸更加消瘦,精神也有些疲惫,一个人正伏在地图上默想什么。旁边放着饭盒,里面盛着一点青稞麦和豌豆苗,看样子并没有动。

"恩来,你有点不舒服吧?"毛泽东走到他身边问。

"没有什么。"周恩来笑着说。

张闻天指指青稞麦、豌豆苗说:

"怎么饭也没有吃呀?"

"准备等会儿再吃。"

几个人一起坐在火塘边的矮凳上。周恩来说:

"现在敌情已经变化,我们恐怕需要研究一下。"

"是的,"毛泽东说,"我们正是为这事来找你。"

"你们看怎么办才好?"

毛泽东轻轻叹了口气,说:

"恐怕松潘打不成了。"

周恩来瞥了一眼桌上的地图:

"我刚才考虑了好半天,觉得也是这样。可是下一步呢?"

"我认为,南下是决没有出路的,我们还是要坚持北上的方针。"毛泽东神情坚毅地说。接着,他陈明了自己的意见:对松潘和岷江东岸的敌人可以进行钳制,掩护主力向北越过草地进占甘南。他认为,首先以夏河与洮河一带为目标,开辟战场,打开局面。

周恩来对这一带的地图不知看过多少次了,还是情不自禁地站起身来,伏在地图上望了一会儿,然后说道:

"这计划自然好,最大的困难是通过草地。"

周恩来还说,经过这些天的调查了解,草地的确不是一般的地方。说是草地,其实有些地方是一片沼泽。不论人畜都能陷下去。而且气候恶劣,阴晴不定,没有棉衣是很难度过的。

周恩来讲的这些情况,毛泽东自然知道,因为他也向当地群众做了调查。可是不过草地又有什么法子呢?如果依照原定计划打下松潘,自然可以避开草地,现在则只能死中求生,险中求存。想到这里,毛泽东叹了口气,笑着说:"我们都是苦命人哪,过了雪山,还要过草地,老天爷不帮助我们,又有什么办法?"

"关键是解决粮食和御寒的东西。"周恩来又坐到矮凳上。

张闻天的脸上现出苦笑:

"叫我看,这还不是最大的困难。这些困难一定程度上还是可以解决的。最大的困难是张国焘不愿北上。……"

"是的,是的。"毛泽东连连点头。

张闻天推了推眼镜,接着说:

"张国焘最近又提出召开政治局会议,解决政治问题和组织问题。这个问题不解决,看来我们都走不成。"

几个人都沉默了。问题又转回到那个几十天来令他们最头痛最折磨人的问题。

沉了好半晌,周恩来说:

"看起来会不能不开。恐怕在有些问题上还得做些让步。现在因为张国焘的挑拨、煽动,弄得两支兄弟部队关系也不好,通过这个会议也可以适当解决。"

"只要能够北上,让一点步,我赞成。"毛泽东说,"但是必须做一个决定,再次重申北上的方针。"

张闻天点点头表示同意,接着说:

"关于调整组织,张国焘提出要增加九名四方面军的同志为政治局委员,另外还要增加一批中央委员。"

"什么?九名政治局委员?"毛泽东、周恩来惊问。

"是的,一点不错,九名。"

毛泽东掰着手指头说:

"张国焘本来就是政治局委员,再另外加上九名就是十名,原有的政治局委员一共才不过八名,这不是要改变政治局的领导吗?"

"这当然不行!"周恩来露出讥讽的笑容,随后说,"可以考虑从四方面军中增加两个同志。"

"这还差不多。"毛泽东点了点头。

谈话告一段落。毛张二人见周恩来精神疲惫,就站起身来。临走时,毛泽东指了指桌上的青稞麦和豌豆苗,说:

"恩来,还是吃一点吧!……近来我看你身体是大不如从前了。"

周恩来露出一脸苦笑,说:

"坦白说,两个方面军会师,使我抱着极大的希望,简直想不到竟会是这样!在这几十天里,我精神上从来没受到过这样的折磨!"

"谁会想得到呢!"毛泽东也感慨万端,"只要能够北上,我就谢天谢地了!"

毛泽东回到自己住的藏族小楼上,见贺子珍正低着头坐在火塘边缝衣服。自从她在云贵边界上多处负伤,在担架上度过了最难熬的日子,总算渐渐好了起来。不过她的头上和身上深深嵌入的弹片并未取出,还时不时地隐隐作痛。她现在同大多数人一样,脸瘦得尖尖的,但仍然显得很秀丽。

毛泽东伏下身子细细一看,见她正专心地在缝制着一件红绸背心,就笑着问:

"子珍,你这是给谁缝的?"

"反正不是给你缝的。"贺子珍抬起头微微一笑,"你没见樱桃穿的那一身吗,前面就是草地了,还不得把她冻死!"

"哦,那好,那好!"毛泽东一连声说,"那天我见到她,简直不认得了,把她当成男孩子了,弄得我心里很难受。"

毛泽东说过,坐在火塘边,又问:

"你这红绸子是从哪里来的?"

贺子珍拍拍她的枪套:

"你仔细看看。"

毛泽东一看,当作包枪布的红绸子没有了,就笑着说:

"你倒有办法,不过也不够呀!"

"我把几个警卫员的包枪布全搜罗来了。"她笑着说,"我也从分给你的那一份羊毛里拿了一些,你没有意见吧?"

毛泽东哈哈大笑,说:

"我有大衣!你给樱桃多絮上些。"

毛泽东转过脸,看见桌案上放着一大块肉,总有好几斤,就问:

"这是哪里的肉?"

"是刘英分给我的一份,叫我做牛肉干。"

"那几位老人,是不是都分到了?"

"都分到了,不过比我分得少些。"

毛泽东听到这里,看看案上那块肉,不由眉头一皱:

"那怎么行!"

贺子珍停住针线,说:

"已经分过了,可怎么办?"

"不可!断乎不可!"

毛泽东立刻吩咐警卫员去找刘英。娇小玲珑的刘英,不一时笑嘻嘻地跑上楼来。她一看毛泽东脸色不对,就敛住了笑,问:

"有事吗?"

"今天,是你分的肉吗?"

"是的。"

"为什么给子珍的那份儿多些?"

"我考虑到,她负了伤……"

"这是什么时候啊,同志!"毛泽东批评道,"看起来是小事,其实不是,你怎么能这样做呢?"

"是我考虑不周。"刘英红着脸说。

毛泽东和缓下来,接着又郑重地说:

"你快把我那一份拿去,给分少的同志补上。"

刘英打了一个敬礼,下楼去了。自从她认识毛泽东以来,从来都是很和蔼的,惟独这一次受到毛泽东的严厉批评。

(六十三)钝刀子割肉的局面,使精力惊人的周恩来也病倒了,而且是他有生以来最危险的一场大病。毛泽东和他的战友们都为此不安。

两天之后,中央政治局会议在一座偏僻的山村举行了。这个历史上名为"沙窝会议"的地方,在毛儿盖以南二十余里的一条小山沟里,周围尽是青翠的柏树林,非常幽静。你要去找一个叫沙窝的村庄那是找不到的,这里只有一个小小的藏族寨子名叫雪洛,雪洛上面的山坡上有一块地方才叫沙窝。但是,你且不要顾名思义,以为沙窝是荒烟漠漠的沙滩,恰恰相反,按藏语说它是"青色的土地"。沙窝会议就在这里的喇嘛庙里举行。

会议从八月四日到六日开了三天。会议是在有礼貌和互相克制的形式下进行着激烈的对抗。张国焘认为中国苏维埃运动处于低潮的悲观论点受到毛泽东等人有礼貌的批驳。会议终于通过了《关于一、四方面军会合后的政治形势与任务的决议》。这个决议重申了北上的方针,指出创造川陕甘根据地是一、四方面军当前的历史任务。决议还针对张国焘的逃跑主义倾向,号召开展反对右倾机会主义的斗争。除此之外,会议还作了组织调整,增加了陈昌浩、周纯全为中央政治局委员;其他几位四方面军的同志为中央委员;并决定陈昌浩为总政治部主任,周纯全为副主任。张国焘对此仍表不满,他力争增加九名政治局委员,但未获通过。这时他又出了一个新招儿,提出召开高级干部会来讨论重大问题,并且说这是在四方面军行之有效的新鲜经验。当然他的这个招数立刻为政治家们所识破,未能实现。会议也就这样以局部的让步换取了北上方针的确定。几十年后,作为当年风云人物后来是有名叛徒的张国焘,也写到沙窝会议。他把这个会议写成是"鸿门宴",张闻天将陈昌浩拒之门外,让他在放牛亭中呆了一夜。可是当年的会议记录却详尽记载了陈昌浩的发言。可见这位当年的政治家自始至终都没有失去说谎的勇气。

沙窝会议之后,接着讨论了"夏洮战役"的行动计划。这个战役的目标,是以红军主力出阿坝,北进夏河地区,突击敌包围线的右背侧,争取在洮河流域歼灭敌人主力,以便创造甘南根据地。在讨论时,徐向前和陈昌浩提议,集中红军主力向一个方向突击,张国焘主张分左右两路军行动。会议采纳了张国焘的意见,决定左路军由红军总司令部率五军、九军、三十一军、三十二军、三十三军组成,从卓克基经阿坝、墨洼,继而北出夏河;右路军由中央率四军、三十军、一军组成,以少许兵力遏阻和牵制松潘胡宗南军,大部从毛儿盖北出班佑、巴西地区。彭德怀率三军全部及四军一部做总预备队,掩护中央机关。

一连忙了几天,无数的难题,折磨人的斗争,累得人筋疲力尽。会议结束的第二天早晨,毛泽东正想把出发的工作准备一下,周恩来的警卫员小兴国跑来了,慌慌张张地说:

"毛主席,周副主席病了!"

"很厉害吗?"

"烧得昏昏迷迷,什么也不知道了。"

毛泽东一惊,着急地责问道:

"什么时候病的?为什么不早点报告?"

"是这样,"小兴国解释说,"昨天晚上开会回来,他还问我们过草地准备得怎么样了,我们给他打了饭去,他就说,小鬼,你们休息去吧,我吃了饭就睡了。我们走后不久他就熄了灯,我们都很高兴,因为他从来也没睡得这么早。想不到半夜里……"

"咳,你们这些小鬼……"

毛泽东以责备的口气说了一句,就匆匆下了粗笨的木梯,向周恩来住的房子走来。

藏族的房子,只有室中心的火塘比较敞亮,旁边的小房间则狭小而又阴暗。毛泽东刚一进去,见床头旁搁着一盏马灯,有几个晃动的人影一时看不清楚。定睛细看,才看出纤细瘦弱的邓颖超守在床头,刘伯承和叶剑英也站在那里。他们看见毛泽东来了,往旁边让了让,毛泽东才走进去了。

灯光暗幽幽的。毛泽东见周恩来盖着一条薄薄的灰毯子卧在床上,双目紧闭,呼吸急促。在他那张清瘦的脸上,两道粗浓的眉毛,偶尔在不安地耸动。毛泽东伸手在额上一摸,不禁啊了一声,说:

"烫得很哪!有多少度?"

"昨天晚上是三十九度五,现在怕有四十度了。"邓颖超的脸上带着焦虑的神情。

"这样不行啊!"毛泽东说,"赶快发报! 马上请傅连暲来。"

"来不及,傅连暲同志已经随着总司令他们出发了。"刘伯承在暗影里说。

"咳,偏偏病在这个时候。"毛泽东叹了口气,"那就请戴胡子来吧!"

这里说的戴胡子,也是红军中很著名的医生。

"已经请去了。"叶剑英回答。

这时只听床铺上的周恩来哼了一声,接着喃喃自语地说:

"你、你听我说,国焘同志,你听我说……"

邓颖超见周恩来说梦话,连忙附在他耳边,轻声说:

"恩来,是毛主席来看你了!"

周恩来哪里听得清楚,嘴唇动着,仍旧继续着他的呓语,一只手臂还动了一动:

"你听我说,国焘同志,你的意见是不正确的……"

"你看,做梦还在开会。"毛泽东轻声说,"别叫他了,他确实太累了!"

毛泽东说过,缓缓走出房间,又嘱咐了几句就下了楼。邓颖超一直送到楼下,感激地说:

"毛主席,你放心吧,我想他只要退了烧,就会慢慢地好起来的。"

毛泽东点了点头。他看着邓颖超那单薄的身体,想起她从江西出发前就患有肺病,一路上真够苦了,就说:

"你也要注意身体啊!"

毛泽东说过,就向回路走去。走出不远,大路上迎面驰过一匹枣红战马,因为那马跑得很急,后面卷起一道烟尘。看看走得近了,才看出马上那人赤红脸膛,满面胡子,姿态英武,立刻辨认出那是干部团团长陈赓。他仿佛也辨认出是毛泽东,立刻跳下马,步伐矫健地奔了过来,恭恭敬敬地打了一个敬礼。

毛泽东看那马满身都是汗水,就笑着问:

"陈赓,什么急事跑那么快?"

"听说周副主席病得很厉害,是真的吗?"

"是的。"毛泽东带着愁容说。

"我也是来看看周副主席。"陈赓说,"现在马上过草地了,这可怎么办?"

"我们当然要抬着走。"毛泽东语调坚定地说,"不管在任何情况下,我们都要把他抬到目的地。"

陈赓望着毛泽东,心中激动,面上泛起红潮,说:

"毛主席,我有一个建议:如果组织担架队的话,我陈赓愿意当担架队长。"

毛泽东显然被感动了,他紧紧握住陈赓的手,连声说:"好,好!"

陈赓拉着马去看周副主席去了。

毛泽东在回来的路上,看见毛儿盖的河谷青稞麦一片金黄,已经完全成熟。成群的红军战士们正散在麦田里,有的收割,有的挑运,田头上插着写有毛笔字的木牌。毛泽东知道这是同志们正在做过草地的准备。关于收割田中的青稞,总政治部做了统一而严格的规定。首先要通过调查割土司头人的麦子,只有在不得已时才能割普通藏民的麦子。而在这样做时,必须将割麦子的原因和所割的数量,用墨笔写在木牌上,插在田中,藏民回来,就可以拿着木牌领取报酬。

毛泽东边看边走,突然从对面的丛林中响起尖厉的枪声,只响了两声便停住了。时间不大,一个战士双手捂着肚子从麦田里走了出来,鲜血流湿了他的两条裤腿,他走过的地方,留下了点点的血迹。……

毛泽东停住脚步,望望麦田,望望对面山峰上的树林,望望滞留了一个多月的毛儿盖叹了口气:

"总算快了,快离开这地方了……"

(六十四)饥寒交迫的人们,终于踏进了草地——一个神秘之国与死亡之国……

终于,北进的行动开始了,人们开始进入草地……

这是一个神秘之国与死亡之国。是终日被雨雾荒烟笼罩着的神秘地带,是为五彩缤纷的野花掩盖着的陷阱。

也许可以把她比做一个妖艳的女人,因为她有着极其诱人的美丽的外貌,又可在不知不觉中把人诱向死亡。被称为松潘草地的这块地方,有一眼望不到边的膝盖深的茂草,有数不尽的色彩绚丽的野花。可是在草丛中却有一片一片终年不干的积水。这里有雪山上流下的消融的雪水,也有泄流不畅的积聚的雨水,还有地下水不断地向地表渗透,这样就在低洼处形成了半沼泽或沼泽。加上长年气候寒冷潮湿,大量的草类残体分解不良,就逐渐积起了很厚的泥炭层。这种泥炭层宛如海绵一般,常常达到两公尺厚。泥炭层下面还有深深的黑钙土,经过积水长年的浸泡或者地下水的淘蚀,往往形成深潭。可是这一切都是由草根连结着的,由碧绿的芳草和色彩鲜艳的花掩盖着的,人马走在上面,就像大地突然活了,好像脚下的大地在颤抖,在呼吸,在起伏不停。就在你享受着大地母亲这种温柔的抚爱时,也许你已经陷入到那深不可测的泥潭中了……

现在,这支在毛儿盖一带深山里吃了一个多月野菜的队伍,就跟着他们的红旗行走在这块土地上……

准备工作显然很不充分。而在当时的条件下,大概也只能如此。按照总部规定,每人应准备十五天的粮食,事实上,哪里筹措得到。

把临时从田里割来的青稞炒熟装入袋中,也不过十余斤罢了。衣物方面规定每人做两双草鞋、一块包脚布,用羊毛或羊皮做成背心,也难以完全做到。一些人把羊毛絮在两层单衣中粗粗地缝缀起来;多数人只是把被子或毯子像斗篷似的披在身上,再拄上一根棍子,这便是他们的全部装备。他们就是这样进入了常年无夏的草地……

向班佑前进的右路军,要通过的正是松潘草地。这里是典型的丘状高原。地形相当开阔,在蓝天绿野之间一望无际,其中只有低低的小丘点缀其间,弯弯曲曲的小河有如闪光的银带徘徊在草地之上。当数万大军踏上这块神秘的土地时,在灼目的阳光下,他们的红旗飘扬在绿野之中,显得更加红艳了。南国的战士们第一次出了山,看到这样的碧野,不免感到新奇,你常常可以听到他们此伏彼起的歌声。可是不到两天,他们就领略了这块神秘国土的苦味。风雨,冰雹,彻骨的寒冷,几百里荒无人烟,找不到一块栖息之地。在长长的征途中,人们发现这地方连水也是不慷慨的。因为草地的积水多呈赭红色,像生了一层红锈,不管人和马饮了都胀肚子,不少人患了痢疾。再加上有些人粮已用尽,情况就更为严峻。队伍已不像先前那样严整,掉队的愈来愈多了。

在这种情况下,各团都加强了收容队。杜铁锤和小李子,因为身体比较强壮,都被调到收容队了。收容工作是很吃力很累人的,除了磨嘴皮子,不厌其烦地督促人跟上队,还要帮助人背枪,背背包,忍受种种困难。

这正是踏上草地的第四天,从一早起就是牛毛细雨,乳白色的浓雾压在草原上,一直没有消散。天色阴暗之极,就像暮色深浓时那样。人们目力所及,只能看见草丛、红锈般的积水和近处的十几个同伴,其他都在虚无缥缈中了。

"排长,什么时候了?"小李忍不住沉闷,问道。

"鬼知道什么时候!"杜铁锤说,"这地方没有太阳,什么也弄不清。"

"从行军里程看,恐怕快晌午了。"不知是谁插了一句。

忽然,远远传来沙哑的充满恐惧的呼喊声:

"同——志!……同——志!……"

"前面出事了!"杜铁锤说。

大家凝神静听,果然有人呼喊。杜铁锤就带领大家向前跑起来。

大家循着声音跑了十几分钟,果然见前面草地上一个人陷在污泥里了。大家赶到近处,才看清是一个四十多岁的老炊事员,满脸胡茬,污泥已经埋没了他的大腿,他的背上是一口烟熏火燎的大锅。也许正因为这口大锅,他才没有陷入更悲惨的境地。他显然挣扎了很长时间,脸上显出恐惧和绝望的表情,看见人们来到,情绪才渐渐缓和下来。

"哎呀,你老兄怎么陷得这么深呀!"杜铁锤笑着说。

"我还不是想出来嘛!"老炊事员脸上露出笑意,"谁知道越蹬越深,就像里面鬼儿子拖着脚似的。"

人们笑起来。

铁锤观察了一下形势,看见炊事员周围都是烂泥,草皮已经损坏,如果到他身边去拉,恐怕也有陷进去的可能,就说:

"还是用绑带往外拉吧!"

说着,就俯下身去解绑带。小李也把绑带解下来了。他们把两副绑带接在一起,就把一端扔给了老炊事员。老炊事员用两只手紧紧攥住,七八个人就在两丈以外用力地拉起来。

谁知由于炊事员陷得过深,又背着一口大锅,大家用力过猛,绑带咔吧一声从中间断了。老炊事员的身子刚刚起来了一点,又蹲回到原来的地方。

"我恐怕出不去了。"他叹了口气。

"老表,"杜铁锤听出他是江西口音,所以这样叫他,"你还是把那口大锅先放下吧,不然怎么拉得出来?"

"我这大锅可不能丢!"他愣倔倔地说。

"我们先救你,然后再捡你的大锅嘛!"人们纷纷笑着说。

炊事员开始从两条臂上解下大锅。

人们又解下几副绑带,结结实实地接在一起,这次才把炊事员拖出了泥潭。大家一看,他浑身上下都是乌油油的黑泥,简直成了泥人。因为那泥像胶一样黏,大家费了很大劲,才用草叶刮下一层。

老炊事员感激地看了大家一眼,嘻嘻一笑,说:

"我还要赶队伍呢,今天的饭怕要误了。"

说过,连忙背起他的大铁锅,用一根带子结结实实地在胸前扎紧,一路小跑地赶到前面去了。

雾还是那样浓,炊事员不过跑出十多步远,就已经看不到他的影子了,只听到啪嗒啪嗒的脚步声。

杜铁锤他们又走出十几里路,前面隐隐约约有一个黑影。走近一看,原来是座放牧人的牛粪房子。按照经验,掉队的人往往停留在这些地方,杜铁锤走到门边一望,里边地上果然躺着一个红军战士,正盖着一条薄薄的被子蒙头大睡。杜铁锤他们走进去,他一点没发觉,睡得呼呼的,发出有节律的鼾声。

杜铁锤好不容易把他推醒,他一骨碌坐起来好不满意地说:

"你们这是干什么,我睡一会儿觉都不行吗?"

铁锤一端详这个战士,不过十八九岁,圆圆乎乎的小脸上满是稚气,看样子是个调皮家伙,就赔着笑脸说:

"我们是怕你冻病了嘛!"

"病不病有什么!"他立刻反驳说,"反正还不是死嘛!"

铁锤见他满肚牢骚,一脸愁容,就温言相劝:

"同志,不要悲观嘛。走出草地,我们还要到北方打日本呢!"

听了这话,那个青年战士把脖子一扭:

"你别给我讲大道理!……"说过,他把被子一撩,把脚一伸,"你们看看我这脚!"

大家一看,他那只脚肿得很大,且已溃烂。显然是让草根扎破,又被红锈般的积水感染了的。

"你们知道我是怎样走路的吗?"他用悲伤的眼光扫着众人,"我每走一步,就比剜心还疼,这样我怎么能走出草地呢!"

说到这里,他把被子一蒙又躺了下去,呜呜地哭了,还边哭边说:

"我爹一定要我出来,我哪里想到当红军这么苦啊!还不如我过去给人当长工呢!……"

"这人怎么这样说话?"铁锤暗暗地想,又怕说拧了,就按下性子说:

"同志,你这样说就不妥了,当长工是给人当奴隶嘛!"

这小战士一听急了,把眼泪一抹,腾地坐起来,瞪着眼说:

"你别给我上政治课!我爹是乡苏维埃主席,我娘是妇女协会主席,我在家也当过儿童团书记,我的两个哥哥都当了红军,我爹把我也送来了,我们一家都是革命的……"

铁锤见把话说戗了,忙赔着笑脸说:

"咳,我没说你故意调皮不愿走嘛。像你这样革命家庭出来的孩子也不会故意掉队嘛。你不过是脚疼得厉害,也累着了一点。好,那咱们就稍休息一会儿,一块儿走好不好?"

铁锤的话温婉动听,那小青年的气就下去了一些,没有言语。铁锤又伸过自己的干粮袋子笑着说:

"你饿不饿,我这里还有青稞呢!"

"我有!"小青年仍然倔气十足。

"好,好,那咱们大家都吃一点吧!"铁锤又说,"哪位有水给这位同志一点。"

小李立刻笑嘻嘻地把水壶拿了过来,小青年不好意思地喝了几口。

这时,大家都从口袋里小心翼翼地倒出了一小把青稞吃起来。现在,他们都把这些剩下的小半袋干粮视作生命,谁也不肯多吃。

"同志们!快走吧,太阳出来了!"小李在门外欢愉地叫。

大家跑到门外一看,果然草原上的雾气渐渐消散,耀眼的银白色的太阳挂在正南。大家都高兴起来了。

铁锤首先背起小青年的步枪,吩咐说:

"大家替他背上东西,轮流扶着他走!"

他的被子、挎包和米袋全分散到大家的肩上,他自己挂着棍子,一个同志扶着他出发了。

草原上出了太阳,立刻增加了十倍的美丽。浓雾散失得无影无踪,就仿佛它们从来不曾存在过似的。在蓝天与绿野之间,一切都显得是那么澄明、光洁和可爱。那一望无际的辽远,使人的心胸开阔起来。整个宽大的天空就像刚刚洗过的蓝玉,没有一粒尘埃。可以说,在任何地方你都找不到像草原的天空蓝得那么可爱,蓝得那么彻底,蓝得那么晶莹,简直就蓝到你的灵魂里去。草原上的白云,似乎比别处的云更加莹洁,更加舒卷自如。也可以说那蓝天和绿野正是被绮丽奇幻的云阵连起来的。这些白云,经过阳光一照,立刻像白玉一样透明,有的像冰山,有的像雪峰,有的和蓝天一起构成了天上的湖。这些大大小小的云朵在空中游动着,在耀眼的阳光下把它的绰约的影子投下草地,使草地成为一块深浅不同的画布。当然,最美的还是草地,因为只有灼目的阳光才使这花的海洋充分显示出她绮丽的色泽。那些一片一片的黄澄澄的金莲花,一片一片火红的山丹丹,还有那蓝盈盈的鸽子花、紫郁郁的野苜蓿,以及红藤萝和白藤萝,真是艳丽极了。

铁锤一行人循着前面人的脚印走着。因为经过大军行进,在草地上已经踏出一条明显的小沟来。太阳照着他们,上午被牛毛细雨打湿的衣服也渐渐干了,使他们感到温暖和愉快。那个小青年虽然拄着棍子一拐一拐地走着,总还不算太迟慢。

"怎么样,小同志?"铁锤带着笑问他。

"什么小同志?你没看我这么大了?"他又冲出了一句,无非是掩饰刚才的羞愧。

大家笑了。

这时,不知是谁叫了一声:

"排长,你看东面有一块黑云!"

铁锤和众人向东一望,果然天边地平线上有一小疙瘩黑云。但是云块很小,很不显眼。

"恐怕不要紧吧!"小李随口说。

"不,还是走快一点好。"铁锤说。

大家都不止一次尝过挨浇的苦头,步伐不由得就加快了。那个小青年也咬了咬牙,尽快地向前赶进。哪知走了不上几里路,东面地平线上的那疙瘩黑云,已经胀大了许多倍,就像一头巨大的黑兽爬上了海岸,刚才不过是露出一个头罢了。现在它已经用巨大的身躯遮住了东面一大块天空,像海涛一般迅猛地扑了过来。随着云阵,透过一阵阵逼人的寒气。霎时间,黑云已经涌到头顶。耀眼的阳光被遮蔽了,周围立刻变得阴暗。接着草原上卷起一阵狂风,沙沙的雨脚就随之扫了过来。

可是,在远处,在黑云的羽翼还没有遮住的地方,灿烂的阳光在草原上仍然金带一般亮得耀眼。铁锤仰天骂道:

"这老天!就是专门同我们作对。"

一句话没有说完,粗重的雨点噼噼啪啪地打了下来。人们纷纷戴上斗笠,披上毯子、被子。铁锤把那支步枪交给别人,然后抖开一块雨布和那个小青年一起披在身上,说:

"老弟,我来扶着你走!"

这场大雨实在骤猛非常,简直如瀑布般向下倾泻,打得人睁不开眼,迈不动步。铁锤和那个小青年几次滑倒,跌得满身都是泥水。

幸亏这场暴雨来得疾去得也快,不到半个小时,就推移到别的地方去了。顶空仍然是一尘不染的蓝天和灼目的太阳。

大约走出十几里路,前面路边有一棵七歪八扭的红柳,像一个佝偻着腰的矮小的老人站在那里。走在前面的小李忽然停住脚步,回过头来皱着眉头说:

"排长,你看!"

铁锤撇下那个小青年,向前赶了几步,看见那棵红柳树下,有三个红军战士,围坐在那里纹丝不动,中间有一堆灰,像是烧过的火堆。铁锤叫了一声:

"同志!"

小树下的那几个红军战士毫无反应。铁锤的心扑通跳了一下,因为路上遇到红军遗体已不是初次。

铁锤率先走上前去,看了看那个靠着小树的红军战士,面目枯瘦黧黑,戴着一顶油污的红星军帽,头深深地垂在胸脯上,好像睡熟了似的。铁锤摸摸他的头早已冰凉。第二个红军战士两手紧紧捂着肚子歪在地上,脸上带着痛苦的表情,光着头,眼睛睁得很大。第三个人披着棉被躺着,露出的两只脚都已红肿溃烂,呈深紫色。铁锤摸摸他们的米袋,空空的,就是再摔打也掉不下一粒米来。事情已很明显:他们大约是昨天晚上赶到这里,因为饥饿没有能度过这个寒夜。

这样的场面他们见过不止一次,但是每次看到,总还是叫人揪心地难过。铁锤正准备吩咐众人把他们掩埋,那个后赶上来的小青年,愣了一会儿,突然脸色变得异常苍白,他把棍子一丢,惊叫了一声:

"哥哥!"猛地扑了过去,把那个靠着小树坐着的死者紧紧抱住放声大哭起来,一边哭,一边说:

"哥哥呀!哥哥呀!你到底没有走出草地呀!你到底没有走出

草地呀!"

因为他哭得十分哀痛,大家也止不住落下了眼泪。铁锤忍住悲痛,劝解道:

"别哭了,别哭了,现在死了这么多人,可有什么法子!"

小李望着几个死者,也不由叹了口气:

"现在谁能走出去,谁不能走出去,还真不好说呢!"

铁锤见大家情绪悲观,就安慰道:

"怎么走不出去,也就是两三天的路了!"

说着,他把那个小青年扶起来说:

"快清理一下你哥哥的东西,我们还得赶路呢!"

"埋在什么地方?"有人提问。

铁锤看看周围,没有什么合适的地方,就指指小树说:

"就在这里吧,这里还算有个记号。"

收容队有现成的铁锹,大家就动手挖了三个浅浅的坑,把死者留在除了这株红柳什么也没有的平平的草地上。

那位小青年仍然悲伤不止。人们轮流搀扶着他,走得很慢。走出不到十里路,一轮圆圆的艳红的落日,已经悬在了地平线上。

"排长,你看那是什么?"小李惊愕地指着路边一个白花花的东西。

铁锤和大家仔细一看,才看出是一匹高头大马的白色的骨骼,或者说是一架完整的马的骷髅。看来这匹马的体形相当高大,很可能是一匹相当壮观的骏马。它的姿势仍然像仰颈长嘶,马尾成放射状垂在地上,只是身上的肉不存在了。原来它的四蹄深深地陷在泥淖里,周围全是散乱的脚印。可以想见,当这匹骏马陷于困境时,有许多人曾在这里奋力抢救,它也以自己的神勇进行挣扎,终于没有脱出不幸。也许在最后时刻才忍痛射杀了它,被过路的红军战士宰割了。

"这是谁的马呀?太可惜了!"

"一定是哪位首长的马。"

"也许是炮兵连的马。"

"它跟我们走到这里也不容易呀!怎么把它杀了?"

"你以为主人就忍心杀它?我才不信!"

"要是我,饿死也不杀它!"

人们都停住了,发出一阵喊喊喳喳的议论。

铁锤沉吟了一会儿,带笑说道:

"同志们,你们是不想出草地了吧?咱们的粮食已经快完了,明天就没有吃的了。小李,你看骨头上还有点零零星星的肉,你跟我去刮下来吧!"

小李看见马身边的稀泥乱糟糟的,迟疑地说:

"能进得去吗?"

"不要紧的,你跟着我。"

铁锤说着,就蹑手蹑脚地试探着向马骷髅的身边接近。小李在后边跟着他。将走到马的身边时,铁锤把自己的棍子往地上一放,又把同志们的棍要过来几根,在地上摆成井字形,然后踏在棍子上。

"拿刺刀来!"他招呼小李。

小李抽出刺刀递给他。他就在马的骨骼上去刮削剩下的碎肉。刮下一点就递给身后的小李。过路的红军不知刮过多少次了,铁锤费了很大劲,才刮下一斤有余,也算是很大的胜利了。

人们再度行动时,西边天际已经失去金红的余晖,草原很快就暗了下来。一股难以抗拒的寒潮,正随着晚风侵袭着人们。令人喜悦的是,人们已经从北方天际的小丘上看见了点点的火光和冒起的炊烟。

"同志们,快走吧,我们快赶上队伍了!"铁锤高兴地说。

人们在夜色里加快了脚步。

（六十五）草地上的严酷生活是后代人难以想象的。也许只有中国红军才能够通过。可惜的是有不少高尚的灵魂留在了草地……

铁锤他们赶到宿营地的时候，人们已经吃过晚饭。红军战士们为了度过难挨的寒夜，捡了些干树枝纷纷点起了篝火。在偌大的一面山坡上、树林间，以及稍许干燥一些的地方，这星星点点的红艳艳的火堆，相当壮观，乍一看，颇像一座灯火万家的城市。然而这里却是一户人家也没有的荒冷的旷野。他们每夜都是这样度过的。

那位小青年问清了自己的团队，准备回去，却被铁锤挽留住了。因为那一斤多从马骨头上刮削下来的马肉还没吃呢。他们借了一口锅，捡了一些别人吃剩下的野菜，从每个人的米袋里倒出一点青稞麦，再加上切碎的马肉，煮了一大锅汤。大家吃得心满意足，个个觉得鲜美无比。吃过饭以后，那位小青年拉着铁锤的手几乎不愿放开，用羞愧和感激的眼光望了铁锤一眼，才依依恋恋地去了。

草地上一没有村庄，二没有大的森林，只能找些小林子扯起几块雨布或小被单，搭起半人高的小棚子，聊避风寒。其实，这些比鸟窝大不了多少的棚子，哪里避得什么风寒，夜风一起，小被单就被风吹得飞扬起来。即使没有大风，夜间的温度在夏季也达到零度左右，那是相当难熬的。说实在话，在这里惟一起作用的，就是同志间彼此的体温，正是依靠别人的体温才能度过漫长的寒夜。也从中真正懂得了"同志"一词的含义。

铁锤他们安歇的时候,已经找不到树林子了。他们只好栽上几根小棍子,系上雨布被单,把几顶斗笠也放在上面,然后紧紧地依偎着睡下。

他们刚要入睡,忽听旁边响起一阵杂乱的脚步声,一个人大声喊道:

"……同志们哪!快准备战斗哇!我已经看到村庄啦,我们快走出草地啦!快消灭胡宗南去!……"

铁锤和小李不知发生了什么事,一骨碌爬起来,见一个战士全副武装,双手端着枪在前面跑,后面追着七八个人,一连声喊:"站住!站住!"而那个战士脚步不停地向山顶上跑。几个人追上了他,要夺他的枪和背包,他又大声叫:

"你们不要替我背东西!我没有病!快跟我打胡宗南去!我已经出了草地了……"

铁锤不知道怎么回事,拦住后面的人一问,那人叹口气,说:

"他有点神经错乱,吃了毒蘑菇了。"

铁锤和小李重又钻到被窝里。两个人打通脚睡,小李那一双臭脚正好抵着他的排长的后背。加上彼此都和衣而眠,虱子大肆活动,小李抓挠很不方便,不断地咕容着,弄得铁锤更难入睡。他用肘弯磕磕小李的腿说:

"小李,你老咕容什么?"

"饿虱子扭倒闹,都造了反了!"

"那你干脆抓抓,别老是动了。"

小李坐起来,痛痛快快抓挠了一阵,把内衣脱掉往小棚子外面一挂:

"干脆,叫这些龟儿子也尝尝草地的滋味吧。"

"你这小子,脑子倒灵。"铁锤笑起来。

小李重新躺下,悄声地问:

"排长,你瞧我们能走出草地吗?"

"当然能。"

"到底还有多远?"

"最多两三天吧。"

"听人说,看见石头就快了,我怎么老看不见石头呢?"

"快了,快了。"铁锤想睡,不愿多谈。

"排长,你想家吗?"小李又问。

铁锤本已有了睡意,一听小李提出这个问题,不由得警惕起来,忙说:

"怎么问这个,你想家了?"

"不,我倒没想,"小李讷讷地说,"是昨天梦见我娘了。我走时候没对她说,老觉着怪对不起她的。自从我爹死后,我和娘就从山沟里逃出来,我一走,就剩下她一个人了。"

"你本来应当跟她说一声。"

"跟她说了,也许就来不成了。"

铁锤觉得小李老说"家"总不是一个好兆头,就以上级和带领他参军的老大哥的双重身份说:

"小李,你可要好好革命咧!像我们这种人回去,是决不会有出路的。"

"这我知道!"小李带着几分委屈的口气说,"难道我愿意回去再给资本家挑煤?"

"那就好!"铁锤满意地说,"我跟你说,小李,我是铁了心的。这次临离开家,我老婆哭得泪人儿似的,我跟她说,孩子他妈,你别哭,你能等就等,不能等,我也不怨你,反正我革命成功才回来……"

"这我知道。"

"我给你说,小李,自从咱们挑着花炮欢迎红军,我就喜欢上这支队伍了。参军以后,不管怎么苦,我的心一直没变。像咱们这种人,不革命是没有活路的!……"

"你就放心吧,排长,咱们一块出来,我不会给你丢人……你把我脚头的被边儿掖一掖,我觉得透风。"

铁锤把小李的脚包得严严实实,然后说:

"那就快睡吧,天明还得赶路呢!"

"今天夜里不要下雨就好了。"

"你看星星很亮,不会下的。"

工夫不大,就传过来小李均匀的孩子韵味的呼吸。铁锤接着也睡熟了。这夜没有下雨,但寒气凛冽,他们依偎得更紧了。

草地露营的人,一般都起得很早。因为黎明前凝重的寒气是很难抵御的。铁锤和小李起来的时候,天还似明不明。这时,他们听到不远处有小镐和铁锹挖土的声音,那是有人在掘墓地了。因为每天露营起来,总要有一些人冻死。甚至有五六个七八个人围着一堆灰死在一处,那是因为半夜里木柴着完而冻死的。看见这样的场面总使人心肝疼痛,黯然伤神。铁锤和小李没有去看,只听着那镢头掘土的声音就叫人心都碎了。

昨天他们来得很晚,周围的景物都没有看清楚。现在站在山坡上往西南一看,一幅从来没有见过的景象,使他们惊讶不已。原来在望不到边的一大片沼泽地里,腾起了无数丈把高的水柱,就像一眼眼数不尽的喷泉。随着这喷泉还发出像牛叫似的哞哞的声音。小李被这奇丽的景象弄迷糊了。他眯着眼睛问:

"排长,这是什么地方?"

"听首长说,这叫分水岭。"

"什么分水岭?"

"长江与黄河的分水岭嘛。这边是长江流域,只要再过去一道小山,那边就是黄河流域了。"

小李对这个说法感到新奇。他把这个小山坡看了又看：

"那不是说咱们快到北方了吗？"

"是的，是快到了！"

"那咱们赶快走吧！"小李高兴得要跳起来了。

饭后，他们随部队出发时，东方又是一轮没有热气的太阳，眼前又是单调的荒无人烟的草地。除了部队没有一个人影，一种无形的孤寂之感压着人们的心。这时，哪怕是一个人，一个懂得汉话的人露一露面，也会引起惊人的快乐。可是一切依旧，除了几个土拨鼠在路边探头观望，一个人影你也别想见到。这种景象很容易使人气馁，使人意志消沉。人们迈着沉重的脚步，瞪大眼睛，望着前方，望着天际，希望能出现一个村庄，甚至一户人家，一缕炊烟，然而远处什么也没有，只是茫茫草地和漠漠荒烟……

红红的朝阳，刚刚晃了一晃又不见了。草地上依然是阴沉沉的浓雾，依然是牛毛细雨，蒙盖了眼前的一切。

今天是草地行军的第五天。走出不到二十里路，就有掉队的了。掉队者愈来愈多。许多收容队，不厌其烦地在后面劝说着，督促着，鼓动着，帮他们背着东西，搀扶着他们艰难地行进。

下午，铁锤他们正向前行进时，望见三个人在地上拖着一个类似担架的木架，木架上躺着一个病号。木架是临时砍了几根歪歪扭扭的红柳仓促绑起来的。那个躺着的病号，盖着一床薄薄的灰毯子，双目紧闭，显然处于昏迷状态。前面那三个人把绑带系在木架上拖着，走几步停一停，显得十分吃力。他们见后面来了人，都显得很高兴，其中一个瘦高挑说：

"同志，快帮帮忙吧，我们拉不动了！"

铁锤快步赶上去说：

"你们是哪个单位的？"

"我们是军团炮兵营的。"那个瘦高挑停下脚步答道，"你们知道吗,我们拉的是位神炮手呀!过乌江的时候,江边上有两个炮楼,叫他一炮一个都摧毁了,《红星报》上登过的,那就是他!……"

"他是赵章成吗?"

"不,是赵章成的大弟子,本事跟赵章成差不离。他的身体本来很好,就是喝了草地上的水,中了毒,已经有两天不吃饭了。首长说,一定得把他拉出草地!"

"这个自然!"铁锤马上决定加三个人上去。说完就俯下身子去解绑带,然后拴在架子上。

这样,架子上增加了三个人,拖起来就轻松多了,可是,走出不远就面临着一片沼泽。

"我们背吧。"

铁锤说完,就弯下腰去揭那位炮手盖着的军毯。军毯揭开,着实让他吃了一惊。那位炮手脸又黑又瘦,肚子却胀得像扣了一口大锅,两条腿肿得像两根柱子。炮手睁开眼睛,平静地看了看周围,看了看那块沼泽地,立刻一切都明白了。当铁锤要扶他坐起来时,他摇了摇头。

"你们不要抬了。"他平静地说。

铁锤一边扶他,一边亲切地笑着说:

"我们怎么能把神炮手丢下不管呢!"

他勉强坐起来,又摆了摆手:

"真的,不要抬了。你们走出草地,告诉我家里一声也就行了……"

话没有说完,一时克制不住,落下了眼泪。

"同志,别说这话。出了草地,我们还等你开炮打胡宗南呢!"

铁锤说着,就把炮手驮在背上。

在沼泽地里行进,每一步都要踏在凸出水面的草团团上;又怕把病号摔到水里,这就非常吃力。铁锤开始倒还能勉强支持,走了不远,已经汗流浃背,浑身湿透。小李见他气喘吁吁,就将铁锤替换下来。这样,大家轮流背负着这个神炮手向前缓缓移动。

直到将近黄昏时,才跨过了这片沼泽,将神炮手重新放在架子上拉着。然而这时铁锤已经筋疲力尽,每迈一步都非常沉重。他就嘱咐小李说:"你带着收容队先走吧,我在后面稍微缓缓劲儿,你们一定要把神炮手拉到宿营地。"小李连声应命,赶到前面去了。

铁锤坐在路边歇了一会儿,看看天色已晚,不敢大意,连忙起来赶路。走出三五里路,见路边上坐着一个红军战士。走近一看,是一个十四五岁的小鬼,坐在小背包上,标语筒子扔在一旁,两只手捂着肚子,头垂到膝盖上去了。他扳起小鬼的头,见小鬼眼睛闭着,伸进手去摸摸他的胸口,心脏还在扑扑地跳动。叫了两声,小鬼勉强睁了睁眼,又合上了。接着,铁锤又去摸他的米袋,米袋空空,一粒粮食也没有了。一切都已明白。铁锤晃晃自己的水壶,幸而还有小半壶水,就让小鬼枕着自己的肘弯,灌了他几口,小鬼就睁开了眼睛。

"你是饿昏了吧?"铁锤微笑着问。

小鬼点了点头。

铁锤从背上取下自己的干粮袋,掂了掂,真可怜,只不过还剩下半茶缸子炒青稞,就小心翼翼地倒出了一半,送到小鬼面前。

小鬼不好意思地用小手一推,说了声:"我有。"

"别哄我了,"铁锤笑着说,"吃吧!"接着就将一把青稞麦倒在小鬼的掌心里。

小鬼用两手捧着,吃得异常香甜。既想狼吞虎咽,又怕一下吃光,他带着笑意瞅着那些麦子,仿佛它是什么活物似的,一小口一小口地细嚼慢咽。

小鬼将一把麦子吃完,眼瞅着就有了精神,但毕竟食物太少,仍然站不起来。铁锤自然知道,对于一个饿昏了的人,一把粮食无济于事。想把最后一把粮食全倒给他,那自己就一点也没有了。谁也知道这意味着什么。他握着米袋迟疑了一下,想背回到背上,不禁面红耳热,觉得这种思想非常可耻。"救人还是救到底吧!"想到这里,他就拉着小鬼的手,将余下的炒青稞一颗不剩地倒在小鬼的掌心里。

"吃吧,吃下去就有力气了。"

小鬼毕竟饿得太苦,就将那把炒青稞全都吃了下去。铁锤又让他喝了剩下的水。小鬼精神大振,脸上出现了愉快的笑容。

"现在好一点吗?"铁锤笑着问。

"好多了!"小鬼声音朗朗地说。

"你是团宣传队的吧?"

"是的。"

"过雪山的时候,我好像看见鼓动棚里有你,你还给大家说快板呢!"

"是的,是的,我也好像见过你,在遵义开大会的时候。你叫什么?"

"我就是那个杜铁匠嘛!"

"要不是你,我这条小命准留在这草地上了。"

说着两人起来一起赶路。走了几里路,铁锤觉得自己跟不上他,就说:

"我在路上还要收容,你快赶路去吧!"

小鬼这才匆匆赶路去了。

天渐渐黑了下来。一个人在这样的荒野上夜行,不论什么人都会有一种隐隐的恐惧。也许铁锤过于慌促,一只脚踏进软软的稀泥中去了。心里一急,忙往外拔脱,不防另一只脚又陷进去了。这时,几天来陷进泥潭者的可怕形象,就纷纷来到脑际,更加重了他的不安。这样,两只脚三倒两倒,已经陷得膝盖深了。从理智上来说,他告诫自己,必须沉着,只有等人来救,不要再倒腾了;可是听听四外,旷野上只有尖厉的风声,什么人也没有,于是又挣扎起来。不一时,稀软的泥已经埋住了大腿。他曾听人说,躺倒是一个可取的办法,可是周围全是泥水,也颇使人为难。犹豫了许久,他才伏在地上,终因陷得过深,没有挣扎出来。

夜色渐浓。刚才还有一点暗淡的光亮,现在什么也看不见了。不一时又下起了小雨。铁锤本来胆子很大,这时却被恐惧震慑住了。他想,行军路上或远或近总会有掉队的人,如果听到他的声音一定会来救他,昨天,他正是听见那位老炊事员的声音才奔向他的。于是,他就大声喊道:

"同——志!……同——志!……"

他的声音越喊越大,却没有一点回应。

"也许我今天真的完了……"他心中暗暗地想。当这个念头一出现,更增加了他的恐怖。他连续又挣扎了几下,已经深深地陷到了腹部……

这时他并没有最后绝望。他想,总是会有人来救他的。即使到了明天,也总是会有收容队或后续部队。为了不再陷下去,他拼命用两臂抵住地面,决心支持到天明!他睁着两只大眼,向前不停地凝视着。恍惚间,他果然听见脚步声了,而且不是一个人,是许多人迈着齐刷刷的脚步,向他走过来了。他看见那戴着红星军帽的队伍,可爱的同志们,真的过来了,就要来到他的身边。他似乎和小李正高高举着花炮在迎接着他们……

不知什么时候,飘来了一阵冷雨,把他打醒了。他的双手仍然死死地抵住地面。这时,他觉得又渴又饿。他取下水壶,里面只有几口水了,小心地喝了两口,觉得舒服了一些,登时又饿得难忍。他用力拔了几片野草的叶子,嚼了嚼,又涩又苦,就吐了出来。这时,他忽然看见对面不远处有一个死马的骨架,那个骨架似乎比昨天那个马的骨架还要高大,上面还有不少的肉。他觉得这匹马距离自己是这样地近,不过几公尺左右,只要自己稍稍爬上几步就可以够上它了……

午夜,旷野里出现了六七支火把,向这里渐渐移近。人们终于来到了他的身旁,为首的正是小李。但是,铁锤的身子几乎完全陷下去了,地面上只露出一个戴着红星军帽的头和宽阔有力的肩膀……

"排长!"

小李发出一声撕心裂肺的叫喊,扑了过去。随着夜风,他的哭声在荒冷的旷野上传得很远、很远……

(六十六)许多红军战士都忘不了"班佑"这个村庄的名字,因为他们正像漂浮在海洋中的人在这里登上了港岸。可是很快又发现敌人堵住了去路。

毛泽东一觉醒来,觉着睡得心满意足,异常舒适。昨天赶到班佑,已经很晚,实在困乏已极,警卫员把他领进一座房子,铺好床,他便睡下,连身也没有翻,就睡到日上三竿。

他醒来一打量,才看出这是一座牛屎房子。四周的墙全是用一摊一摊的干牛粪堆起来的。然而房子颇大,迎着门是神像,桌上放着念珠,地上放着蒲团,是藏人念经的地方。房子正中是专烧牛粪的灶火,上有天窗。小吴和小沈两个警卫员正在烧水,把成簸箕的干牛粪倒进灶膛里,便毕毕剥剥地烧起来,浓烟从天窗滚滚而出,并不呛人。两个警卫员的情绪看来很高,脸上都充满微笑,想是为走出草地而欣幸。他们两个在草地上都曾陷在泥窝里,被毛泽东拉了出来,所以对毛的感情也就更深了。毛泽东刚从床上坐起,两个人便跑过来,笑着问：

"您睡得好吗？"

"我可从来没睡过这样的好觉。"毛泽东笑着说，"是什么床这样舒服？"

小沈把软软的铺草掀起来，笑着说：

"你看看是什么床？"

毛泽东一看，原来是一大堆干牛粪，不由得哈哈大笑。

水烧开了。毛泽东喝了一大缸子，便信步走出院子。这里仍旧是藏区，房子的样式却和黑水芦花又有不同，左看右看，差不多全是牛屎房子。每座房子上都树立着一根根旗杆，上面挂着写有藏文的白布经幡，风一吹，这些白色的旗林就啪啪地响成一片。这同藏族水磨房里能够转动的经卷一样，意思是借助水和风时时刻刻都在诵经。

毛泽东信步走到村南，这里有一片不小的红柳林。有些红柳差不多有一搂粗，因为苦寒，树长得很慢，想来总有几百年了。林子旁边是一道清澈的小河。早晨的阳光照耀着，满地都是美丽的野花。

他走出林子，向南一望，草地上还有些零零星星的掉队人员，正向这里吃力地走着。有几个人已经快走到村边，其中一个人戴着眼镜，拄着根棍子，穿着踢里拖落的大袍子，样子很像徐老。待走得近了，才看出果然不差，他还牵着一匹马，马上骑着一个小鬼。再后面是谢老，由樱桃搀扶着一步一步走得很慢。他的破棉衣上沾着一块一块的稀泥，看来是跌倒过的样子。眼镜缺了一条腿儿，用一根白线挂在耳上。胡子长得很长，显得相当衰弱。

毛泽东紧走几步，赶到他们身边，亲切地笑着说：

"徐老，谢老，你们俩很有点吃不消吧？"

"我还行，就是谢老够呛。"徐老抢着说，"平时，你们老问我为什么不骑马呀,不骑马呀,这不是,过草地就用上了。"

说着,他露出得意的笑容。

"所以,这一次你还是没有骑马。"毛泽东笑着,看了看马上驮着的那个小鬼。

"我的小鬼病了,我也不能把他撂在草地上嘛!"

毛泽东一低头,望见徐老的袍子下,露出一条红裤子,惊奇地问:"你穿的是么子裤子?"

"没有法子!"徐特立叹口气自嘲地说,"裤子太破了,别人给我一块红布,我就缝起来,你瞧,比新娘的裤子还鲜艳吧?"

徐老的话,引得毛泽东笑了一阵。毛泽东又望着谢老那衰弱疲惫的样子,问:

"谢老,你的马呢?"

谢老还没接话,樱桃笑着望了他一眼,说:

"他送了人了!"

"送了谁了?"

"一个干部。"樱桃说,"在贵州,那个人一天拉痢拉血,浑身肿得不像样子,一步也走不动,眼看就得寄下来,谢老就把马让他骑了。"

"后来呢?"

"后来,过金沙江,那匹马没拉好,被水冲走了。那个干部觉着对不起谢老,哭了一场。谢老说,冲走就冲走了吧,我也练练走路。从此就一直走到这里。"

毛泽东深沉地叹息了一声,望着谢老那虚肿的脸,又问:

"你的身体怎么衰弱成这样?"

"他把粮食都给了年轻人了,自己去吃野草。"樱桃又插嘴说。

"润之,我开始信心还是有的。"谢觉哉抬抬浮肿的眼皮,"后来,我就觉着我不一定能走出草地了。我想,粮食还是让给年轻人吃吧,他们有希望走出草地,为革命工作的时间也长。"

毛泽东的脸上出现了深深感动的表情。

"我这次能走出草地,主要得感谢同志们。"谢觉哉说,"那天要不是董老,恐怕就没有我谢觉哉了。"

说到这里,他的眼睛湿润了。樱桃怕毛泽东听不明白,就插上说:有一天,谢老实在走不动了,拐棍也陷在泥里拔不出来,万般无奈,就把他背上那条花毯子丢了。后来,董老见草地上扔着一床花毯子,一看就知道是谢老的。他想,如果不是谢老万不得已,绝不会丢掉这条赖以活命的毯子。这样,董老就把毯子捡起来,到了宿营地还给他。

"就是这条花毯子。"樱桃笑着向自己背上一指。

"这个鬼草地,现在总算走出来了!"谢觉哉望着毛泽东感慨地说,"润之,我跟你说,这样的困难我们都能够战胜,不会再有什么困难能吓倒我们了。中国革命是真正该胜利了!"

"好,你说得好!"毛泽东连声说,"我们是真正该胜利了!"

"这个村子是班佑吗?"樱桃笑问。

"是的,是班佑。"毛泽东笑着回答。

马背上那个满脸病容的小鬼,插进来问:

"我们这就算走出草地了吗?"

"走出了,基本上走出来了。"毛泽东又说。

樱桃笑得像一朵花似的,两个眼又笑成豌豆角了。小鬼如果不是在马上真要跳起来了。

这时,从正北方有十几个人骑着马奔驰过来。毛泽东转过身来,用手遮着阳光一望,只见为首的那人,一手牵着丝缰,姿态英挺威武,第二个脸形长瘦,就像粘在马上那样沉着从容。来到近处,那两人显然发现是毛泽东,就急忙跳下马来,打了一个敬礼。毛泽东见是陈昌浩和徐向前,忙上前同他们握手。经过毛儿盖一段相处,彼此都比较熟了。不过陈昌浩与徐向前不同,陈少年得志,比较自负,在毛泽东面前谈笑自若,毫无拘束,而徐则认为自己不过是"小党员",一举一动都比较拘谨。

"毛主席,你睡得好吗?"陈昌浩笑嘻嘻地问。

"很好。"毛泽东亲热地笑着说,"我在牛屎堆上睡了一个最好的觉。你们在巴西都住下了吗?"

"住下了,我们来向你汇报情况。"

一说"情况",在那个年代就是"敌情"的同义语。毛泽东脸上立刻出现了严肃的表情,转身对徐老、谢老说:

"你们快进村休息去吧。"

说过,就领着陈、徐进了自己住的房子,让他俩坐在自己的牛屎铺上,自己在灶前的矮凳上坐了。警卫员给他们倒上两杯开水。

"敌情有变化吗?"毛泽东亲切地问。

"有变化。"陈昌浩答道,"我们派出的侦察回来报告,胡宗南的一个师已经从漳腊出动,企图增援包座的敌人。"

"哪个师?"

"四十九师。师长是伍诚仁。"

"噢,这个师在江西是见过面的。"毛泽东点了点头。

陈昌浩接着报告了上下包座的情况。上下包座相距数十里,山高路险,森林密布。上包座驻守敌军两个营,下包座驻守敌军一个营,早已修筑了不少碉堡,紧紧扼守着红军进入甘南的必经之路。

毛泽东望了望徐向前和陈昌浩,说:

"你们的意见呢?"

陈昌浩望了望徐向前,示意由他来谈。

徐向前是一个典型的军人。尽管处在极其艰苦的条件之下,仍很注意军人仪表,皮带和绑带都扎得整整齐齐。他平常少言寡语,态度严谨。现在见陈昌浩瞅他,就操着山西五台的口音说:

"现在一军过草地减员太多,三军还没有上来,我们的意见是:让四军和三十军来担负这个任务。"

他说的一军、三军就是一方面军的一、三军团,现在都统一称军。他说的三十军、四军,都是四方面军的。徐向前的通情达理,使毛泽东脸上露出喜色。接着毛注视着陈昌浩,似乎钉问了一句:

"你认为呢?"

"我们商量过了,这是我们共同的意见。"陈昌浩说。

"那太好了!"毛泽东显得相当高兴,拿出他的实际是树叶子的烟叶,灌了满满一烟斗,点燃起来。又问:"那打法呢?"

"我们还要去看一下地形。"徐向前说,"现在,援敌还在百里以外,我们打算先歼灭上下包座的敌人,然后打援。这一带森林密布,便于隐蔽,似乎适合采取伏击方式。这样做不知是否合适?"

"好,很好。"毛泽东显然感到满意。他连抽了几口烟,停了一会儿,又望着陈昌浩说:"你们知道左路军的消息吗?"

"我们得到的最新消息,他们还停在阿坝没动。"陈昌浩说。

"还是请他们快靠过来吧。"毛泽东深沉地思索着说,"我在毛儿盖会议上已经说过,我们到达夏洮地区之后,应当向东发展,不应当向西。我记得你们是赞成我的意见的!"

"是的,我是赞成这个意见的。"陈昌浩说。

原来,过草地前夕,也就是八月二十日,中央政治局开过一个毛儿盖会议。这个会周恩来因病未能参加,会议由毛泽东主持。他在报告中说,到达夏洮地区以后,有两个发展方向,一是向东,一是向西。向东可转入进攻,向西则是继续退却。这是一个战略分歧。他的意见是,红军主力应该向东发展,也就是向陕甘边界发展;不应该向黄河以西。如果向黄河以西,敌人就会在黄河以东筑封锁线,把红军限制在黄河以西地区。这个地区虽然很大,但除去草地、沙漠,地区就很小了,人口也很少,而且是少数民族区域。这样红军就会遇到很大困难,无法得到发展。毛泽东还说,现在敌人的计划,正是企图把红军逼到西面。因此,红军就决不能向西。与会者一致同意毛泽东的报告,决心以洮河流域为中心向东发展,左路军应向右路军靠拢。在那次会议上,陈昌浩和徐向前都同意这个发展方向。

"我还有个建议。"徐向前说,"如果左路军过草地实在有困难,我们可以派出一个团,带上马匹、牦牛、粮食去接他们。"

"这个办法好。"毛泽东高兴地说,"一发电报催,二派部队接,就这么办。"

毛泽东要留陈、徐二人吃饭,二人说还要回去看地形,就告辞而去。

毛泽东将他们送到门外,看他们飞身上马。不一刻,那一队骑兵就渐渐消逝在茫茫的草原中了。

(六十七)梦寐以求的北进道路终于打开了。这是英勇的红四方面军指战员用自己的忠心和鲜血铺成的通道。

徐向前站在几棵矮树丛后面举起了望远镜。他前面数百米处,是一个相当高大的喇嘛寺,暗红色的砖墙又高又厚,上面露出一个个枪眼。寺院后面是一带绵延的山岭,山的鞍部有两个赫然矗立的高大碉堡,正好封锁住一条北去的山路,那就是红军梦寐以求的进入甘南的通道。指挥员们看地形的时候,都是力求发现大地母亲最细微的皱纹,以及隐蔽在那些皱纹里的兵力与火力。不仅如此,他们往往边看边想,实际上已经进入一篇文章深沉的构思中了。因此,他们是不愿别人来打扰的。何况这时,太阳刚刚出来,逆光观察,晃眼得厉害,徐向前更是聚精会神。

他身后是一大片浓郁得几乎发黑的原始森林。他的大青马和他的马夫、他的警卫员和经常跟他的长着一副圆圆脸的许参谋,都隐藏在森林里。

突然,对面响起尖厉的枪声,一颗流弹从头顶上划过去了。

许参谋的心跳了一下。他忽闪着一对亮亮的大眼睛,望着前面几步远的徐向前,显出紧张不安的样子。遇到这种情况,许参谋就有一种难堪的矛盾:欲待提醒首长吧,既怕他不听,还怕受责备;欲待不管吧,出了问题自己又怎样交代呢!

接着,又是两声尖厉的枪声。子弹像飞蝗一般发出丝丝的翅声,从耳边飞了过去。

"总指挥,你还是姿势低一点吧!"许参谋压制不住,说了出来。

徐向前似乎没有听见的样子,仍然纹丝不动地凝神观察。

许参谋急了。当敌人的枪再次打过来的时候,他的声音也大起来:

"姿势低一点不行吗,徐总指挥?"

"再低了,看不见嘛!"徐向前举着望远镜,有些厌烦。

许参谋眨了眨眼不作声了,心里更加嘀咕起来。他知道眼前这位指挥员的脾气禀性。在鄂豫皖他当军长的时候,总是出现在第一线。他对那些密密麻麻的子弹,视同常事,往往不以为意。有一次看地形,正举起望远镜时,飞来的子弹打穿了他的衣袖,他低头看了看,说了声"讨嫌",就继续进行观察。这个故事风传了全军。还有一次,围攻黄安城打得难解难分,敌人的增援部队有十几个团突破打援部队的防线冲过来了,城里的敌人也拼命突围,两下已经相距不远。在这万分危急的时刻,作为方面军司令员的徐向前,带着参谋和警卫人员,骑着十几匹战马在硝烟中向着枪声最繁密的一个山头奔去。他们终于来到打援部队据守的最后一个山头。当徐向前站在高高山顶的几棵松树下举起望远镜时,敌人已冲到前面六七百公尺的地方。纷纷落下的迫击炮弹,在前后左右打成一片烟海。就是在这时,他命令部队立即发起反击,将敌人的十几个团压下去了。战后人们才发现他的右臂负伤,而他那瘦高的身躯始终在那几棵松树下屹立未动。

许参谋凝思间,"哗哗哗"半梭子弹打了过来,徐向前旁侧的枝叶乱纷纷地落在地上。这次,手疾眼快的许参谋没有说话,而是猛地蹿了上去,将徐向前拖了下来。

"换换地方吧,总指挥,我给你找了个更好的地形。"许参谋赔着笑说。

他们刚离开那地方,一颗迫击炮弹已经落地,随着爆炸声缓缓地升起一团蓝烟。

许参谋望了他的首长一眼,圆圆的脸盘露出笑意。这种笑意是埋怨也是批评,似乎说:"首长,怎么样,不坚持己见了吧?"可是徐向前似乎没有理会,又在一个新地方开始了观察。

直到他认为看得心满意足,才收起了望远镜,步态从容地走出了这片原始森林。

大青马早已在树林边等候着他。等候他的还有当地的向导和别的干部。这匹大青马在战火中已随他奔驰多年。它站在那里,常常是三蹄着地,一蹄微微提起,乍一看虽不起眼,跑起来却有一种当仁不让的英雄色彩,硬是非跑到最前面不可。只要它的前面还有一匹马,它的头一掉屁股一横,就抢到别的马前面去了。现在它看见自己的主人走了过来,仰起头长嘶了一声,徐向前也带着微笑拍了拍它,然后跨了上去。其他的指挥员也纷纷上马,沿着包座河向南走下去了。

包座河是一条清澈可爱的小河,不过两丈多宽,却相当幽深。这里往南去直通松潘。徐向前等一行人,时而下马,时而上马,指指点点,走走停停,一路察看下去。这一带山谷间,到处是原始森林,几乎是老天预先为红军造就的伏击阵地。徐向前越看越满意,不时地露出微笑。看地形告一段落时,他坐在小山坡上,掏出自己特制的竹根烟管,有滋有味地抽起烟来,一篇文章显然已在胸中成熟。

战斗是八月二十九日打响的。黄昏时分,红三十军的二六四团攻击包座以南的大戒寺,红四军一部进攻包座以北的求吉寺。经一夜战斗,在大戒寺歼敌军两个连,剩下的一连敌人退到大戒寺山后的碉堡里去了。包座以北的求吉寺有两营敌军,被歼灭了一个多营,残敌继续凭险固守。三十日夜间,增援的敌军四十九师,已经进到大戒寺以南。二六四团略予抗击,即奉命撤到大戒寺东北,敌军遂进占了大戒寺。

三十一日是两军决胜负的一天。徐向前的指挥所设在距前线不远的末巴山上。这里可以看到从大戒寺到求吉寺的整个战场。

早晨,已可看到伍诚仁的四十九师向北蠕动。但是它长时间在大戒寺南北逡巡着,行进得十分迟慢。指挥所的人心里痒痒得难受,不耐烦地听着时紧时松的枪声。

将近中午,三十军的电话来了,徐向前听出军长程世才的声音:

"总指挥呀,敌人进得比乌龟还慢哪!"

"是的,我也看出来了。"徐向前说,"他们在江西吃过亏嘛!"

"总指挥,这个伍诚仁怪得很,他只用一小部分兵力搜索前进,等占据了有利地形,主力才慢慢向前移动,这个仗得打到什么时候?"

"是你不让他前进嘛!"

"怎么是我……"

"你顶得太硬,他怎么敢前进呢?"徐向前反问,"你把前面那些小山头放弃一点,用小部队来引嘛。这个你同先念同志研究一下。"

"好,我明白了。"对方挂上了电话。

果然,敌人的胆子由小变大,越来越大,到中午时分,四十九师已经全部进入了伏击圈。徐向前命令将敌军的后路严严实实地切断。

下午三时,徐向前下令总攻。埋伏在山林中的八十八师和八十九师指战员,有如猛虎下山,顿时山谷中枪声大作,杀声震天。不一会儿,硝烟升腾,尘土弥漫,从指挥所下望,整个森林上空像是被一片浓雾笼罩住了。

这时的徐向前却悠闲自得,从口袋里掏出小小的竹根烟管,吧嗒吧嗒地抽起烟来。一面抽,还望着许参谋笑眯眯地问:

"许参谋,你借我的《水浒》看了没有?"

"看了一点,没有看完。"

"咳,你怎么没有看完?我都读了好多遍了。"

"老看那个有什么意思?"

"别这么说。"徐向前笑道,"我考考你,宋朝有八十万军队,大部分住在开封附近,你说他们吃的粮是哪里来的?"

许参谋眨巴着大眼睛,愣住了。

"叫我考住了吧?"徐向前吧嗒吧嗒地抽着烟笑道,"那你就别说我老看《水浒》了。"

这时,来了电话。李先念在电话中报告说,部队已经楔入了敌人的纵深,把敌人在包座河两岸割成了三块。现在将军师团的所有预备队以及军部的通信连、警卫连、保卫排都拿上去了,连机关干部和勤杂人员也都冲上去了,估计敌人很快就能解决。

枪炮声在山谷间激起的音浪,同大海中的狂涛颇为类似。由于这音浪不能宣泄而出,就在山谷中回荡起来,时伏时起,时高时低。至红日衔山时,枪声向北转移,而且明显地稀疏下来。

"我们也该搬家了!"徐向前向参谋说。

指挥所的人员经过准备,立刻下山。徐向前骑上他的大青马在前面徐徐而行。由于战斗意外地顺利,他的心里头十分高兴。他虽是山西人,却颇喜欢京戏,尤其喜唱《甘露寺》,骑在马上心情轻松时,就要哼上几句。今天果然唱起来了:

劝千岁杀字休出口,
待老臣与你说从头……
刘备本是……

许参谋等随行人员,听总指挥唱得抑扬顿挫,有滋有味,都相顾而笑,知道他心里轻松了。

前面是包座河拐弯的地方,河岸上围着一群人,不知在观望什么。徐向前下马走了过去。走到近处,才看见李先念和程世才也站在那里。他俩看见总指挥来了,过来打了一个敬礼。

"你们在看什么呀?"徐向前问。

"本来想抓个活的,结果死尸的了。"程世才说。

李先念怕听不明白,接着补充道:

"伍诚仁这家伙负了伤,要抓他本来很容易。可是追得太急,他就跳了河了。现在刚捞上来。"

李先念说过,往河岸上一指。徐向前走到前面一看,肥猪般的一个胖子,戴着国民党的少将军衔,水淋淋直挺挺地躺在河岸上。

这时,求吉寺的枪声仍很激烈。徐向前看见李先念和程世才满身都是灰尘,就说:"你们先休息休息吧,我还要到那边看一下。"说过,就朝求吉寺的方向走去。

徐向前一直来到求吉寺的前沿阵地一带石崖下,这里可以清楚地看到求吉寺后山上的高大碉堡。担负主攻任务的夜老虎团的团长冯明看见总指挥来了,立即跑过来敬礼。徐向前见他手提驳壳枪,一身泥土,情绪激动万分,眼里含着水汪汪两眶眼泪,嘴唇只是颤抖,竟一时说不出话来。离他不远的地方,站着几十个突击队员,身上挂满了手榴弹,手持明晃晃的大砍刀,正准备发起冲锋。

"说呀,冯明,你是怎么了?"徐向前问。

"师长牺牲了!"

"什么?王大山牺牲了?"徐向前闻讯大惊,几乎不相信自己的耳朵。

"我们攻了几次都没有成功,师长就红了眼。他说,同志们,我来掩护你们,说过,就端起机枪,架在警卫员的肩膀上,向山上的敌人猛扫,结果一颗流弹就把他打倒了!才把他抬了下去……"

这位师长在四方面军屡建战功,颇为有名,曾被称为"夜摸将军"。在反敌六路围攻时,他自己带着三十几个手枪队员,夜间偷渡过小通江,攀越上几丈高的悬崖,摸到敌人团部,砍死敌人的团长,带着缴获的武器、文件安全返回。今年才二十岁。徐向前听到这位青年英雄牺牲的消息,痛心不已,不禁落下了眼泪。

"我对不起师长,我一定要给师长报仇!"

冯明说过,提起驳壳枪,就向突击队的方向走去。平时的冯明像一个姑娘,这时他却变成了一头狮子。徐向前一把拉住他,说:

"你要干什么?"

"我要带突击队。"

"不行!"徐向前厉声制止道,"这样激动是打不好仗的。"

徐向前立即命令停止攻击。重新总结了经验,调整了部署。决定先将山上的残敌围住,集中力量解决求吉寺的敌人。说过,又指了指山上的碉堡,说:

"不要紧,这个敌人跑不了。"

经过兵力、火力的重新调整和重新准备,果然将这个有高大围墙的寺院一举攻克。山上的敌人感到孤立无望,终于垂着头打着白旗走下山来。

当徐向前步入这座相当壮观的寺院时,顽抗的敌人已将粮仓放了火,战士们正在抢救。有几个战士一边抢救,一边抓起生粮食往嘴里填。这些勇士显然是饿着肚子来打仗的。徐向前望望后山上的山垭口,不禁感慨地说:

"北进的道路总算打开了!"

(六十八) 彭德怀曾把自己比作张飞,确实他也像张飞那样粗中有细。特别是他那颗耿耿忠心,总是在党的危急时刻发出夺目的光辉。

北进的道路打开了,部队却仍然不能前进。

除先行的一军团正向俄界开进之外,其余部队又被一种无形的内部原因滞留住了。

全军上下又焦躁不安起来,颇似毛儿盖时那种情绪。

彭德怀就是这样。大早晨,他的脸色就很难看。三军团部驻在名叫巴西的一村庄里,满村都是飘着白色经幡的牛屎房子。他就在牛屎房子前面宽大的院子里来回踱步。警卫员知道他的性子,懂得在他脸色难看的时候,最好离得稍远一点,以能听到他的叫声为度。

彭德怀屈指算来,到达这里已经十几天了。在这期间,他天天都盼望着左路军靠拢的消息。毛泽东和陈昌浩、徐向前都不断地发电报催促,依旧音信杳然。直到九月三日,他们突然接到张国焘一则电报,说左路军正在前进时,葛曲河涨水,不能过了。电报说:"葛曲河上游侦察七十里,亦不能徒涉和架桥,各部粮食能吃三天,二十五师只两天,电台已绝粮,茫茫草地,前进不能,坐待自毙,无向导,结果痛苦如此,决定明晨分三路全部赶回阿坝。"电报还说,

"如此影响整个战局,上次毛儿盖绝粮,部队受大损;这次又强向班佑进,结果如此。再北进,不但时机已失,且恐多障碍。"当彭德怀在总指挥部看到这份电报时确实大吃一惊。几天来,他的精神陷入一种烦躁不安的状态。他老在想,难道草原上一条无名的小河,就能挡住一支大军的去路吗?这明明是一种借口。他从其他同志那里得知,四方面军本身就带着造船队,只要就地取材,营造简便的渡河工具是不成问题的。再说草地上的水来得快,去得也快,怎么能挡住大军的行动?至于说粮食问题,那分明是撒谎了,因为前面的电报,他自己就说阿坝地区粮食要比毛儿盖多。彭德怀想到这里,脑海里倏然出现了张国焘那张笑嘻嘻油光光的胖脸。两军会师之后,张国焘曾请自己和聂荣臻去吃饭,那张胖脸是多么地亲热呀!想来都不过是为了拉拢罢了。他彭德怀在旧军队里是很知道这一套的。那个拿着几百块白洋和几斤牛肉干来做说客的黄超,留下的印象就更深刻了。这个年轻人竟说:"现在中央主事的是毛而不是张闻天。"这样的大话、这样的口气,怎么能出自一个黄口乳子之口?很明显,现在比那时的情况更为严重。从电报的口气看,张国焘是连他举过手的北进方针也不同意了。那么问题究竟会发展到何种地步?会不会有某种不幸的突然事变发生?……想到这里,他的脚步停住了,就像被什么力量定住了似的。屋顶上的经幡在风里噼啪乱响的声音他似乎没有听见。

"问题是,中央对这种情况以及对可能发生的突然事变,是否有了觉察。"彭德怀向自己提问,然后又移动着脚步,继续想,"他们多半都是知识分子,搞书本的,对旧军队的事知道得并不多。从种种迹象看,他们并没有觉察。"最近他对毛泽东曾有所观察,毛虽有苦思焦虑之色,神态还算坦然,对自己并没有任何暗示,"像这种状态,如果发生什么事那是很危险的。"彭德怀想到这里,更加不安起来。

"军团长,你披上大衣吧,风凉得很呢!"

彭德怀回过头,见是警卫员送大衣来了,果然觉得身上凉飕飕的,就随便披在身上。秋风起,白云飞,虽同内地相似,而那风的峭厉却已近乎冬天。

"现在,究竟该怎么办呢?"他望着天上那一大块白云,叹息道,"这是有关全局有关团结的大事,是非同小可的,不到一定时机是不能随意同人谈论的。只好自己先考虑考虑罢了。"

他似乎已经得出了结论。但是没有走出几步又突然站住。

"不行,还是得有点措施才行。"他立刻否定了刚才的想法,"一个党员如果自己看出了问题,已经发觉了可能对党产生的危害而默不作声,等到酿成大祸也就晚了。"

他的步伐加快了,闷着头走了颇长时间,忽然停住。"第一步,必须先打通与一军团的联系。"他心头一亮。因为自张国焘当了总政委之后,已经将各军团互通情况的密电本收缴了,连一、三军团和军委、毛泽东通报的密电本也收缴了。从那时起,他们只能同前敌总指挥部通报,与中央隔绝了,与一军团也隔绝了。这样如果发生了不测事件,将是毫无办法的。

他想到这里,摸着自己的光头沉吟了一会儿,随即站定了脚步。

"警卫员!"他对着牛屎房子叫了一声。

警卫员连忙跑到了他的跟前。

"武参谋在家吗?"彭德怀问。

"在家。"

"快找他来!"

警卫员去了。不一时,一个个子高大、方脸浓眉的雄赳赳的军人出现在面前。他名叫武廷,是个朝鲜人,曾就学于黄埔,性格坚毅,忠实可靠,是三军团一个得力的参谋。

"有一个重要任务,需要单独行动,交给你好吗?"彭德怀瞅着武廷,神色严肃。

"首长说吧。"武廷老练沉着地说。

"是这样。一军团到俄界去了,我们之间有些事情需要联系,这就得很快把电报密本送到他们手里。"

"可以,我去。"武廷蛮有信心的样子。

"可是路上不好走啊,茫茫草地,也许找不到向导。"

"不要紧。"武廷微笑了一下,"我有地图,还有指北针呢。"

"好,那你就带几个人很快出发。"彭德怀说,"你到了俄界,请林、聂很快来电联系。"

武廷去了。

"这样还是不行,远水不解近渴。"他一面走一面想。大约闷着头转了一个小时,才右手握拳向左手掌心里狠狠地擂了一下,这是他下重大决心时的习惯动作。然后他回到房子里摇了电话,亲自通知团长薛枫尽快赶到军团部来。

一个多小时后,薛枫飞马赶到。薛枫一向精明强干,他原是总部的作战局长,后来调到下面当团长了。他踏进彭德怀的牛屎房子里时,衣服早已湿透,一只手不断地擦汗。

彭德怀等他坐定,随便问了一句:

"你现在在忙什么?"

"总指挥部不是布置了七天整训计划吗?"薛枫的语调流露出几分不满,"北进的道路打开了,我们倒不慌不忙地在这里整训!"

说过,他注视着彭德怀,实际上是想了解点上面的情况。但是彭德怀没有言语。他搔了搔自己的光头,沉默了一会儿,转过话头说:

"你们团的驻地需要调整一下。"

"到哪里?"

彭德怀站起来,往图上一指。薛枫欠身一看,是一个距中央驻地阿西很近的一个村落。

"就是这里。"彭德怀神态严肃,"你们要特别注意保证党中央的安全。"

"有什么情况吗?"薛枫闪动着两只眼睛,流露出惊疑的样子。

彭德怀欲言又止,摇了摇头:

"没有什么。……我们任何时候都要注意党中央的安全嘛!"

薛枫那双聪明的眼睛不住地一眨一眨地闪动。彭德怀的答话没有消除他的疑团,也就不再问了。

"马上就动吗?"薛枫问。

"对,晚饭后就动。"

"还有别的事吗?"

"没有了。"

彭德怀一直把这位团长送到大门外。在薛枫将要上马时,彭德怀又吩咐道:

"薛枫,这几天你要少休息一点;如果出了事,我是要找你的!"

"是。"薛枫跨上马背郑重地应了一声。

直到马跑开了很远,薛枫回头张望,那个粗壮的光着头的身影还在村头上直矗矗地立着。

(六十九)"疾风知劲草,板荡识忠臣"。一位风雅儒将在危难中显出了超人肝胆,留下了千古英名。

这时的总指挥部和中央机关都驻在潘州。潘州位于包座附近,在巴西东北约二十里,彭德怀差不多每天都到潘州去一次,名义上是去总指挥部,实际上是到毛泽东和中央领导人那里,看中央是否安全。

潘州有上百户人家,坐落在满是松柏的谷地里,一部分房子在山坡上。这个村庄也像其他藏族村寨那样,满村房顶上都是猎猎作响的白色经幡,村中还有一座比喇嘛庙小一些的经堂。这就是总指挥徐向前、政治委员陈昌浩居住的地方。村里有一条溪流,距村边不远处有一座小小的水磨房。村子以北约一华里处,高高的山坡上有一个藏族样式的小楼,毛泽东、张闻天和博古就住在那里。

九月九日这天过午,彭德怀从总指挥部驻的那个经堂走出来,脸色非常难看,神情中带有一种惴惴不安的样子。他心中暗暗嘀咕道:"事情已到了这种程度,看来不能不说了。"他这样一路想着向北走去,爬上了那面高高的山坡,跨上木梯,进了毛泽东住的那间房子。

毛泽东坐在火塘边的矮凳上,正皱着眉头在看电报。火塘的余烬早已熄灭,房子冷飕飕的。彭德怀说话一向开门见山,他进来朝毛泽东对面的小矮凳上一坐就说:

"我看现在情况不好。"

毛泽东从电报纸上抬起头来,观察了一下彭德怀的气色,觉得有些异样,就说:

"你听到什么了?"

"我上午到总指挥部,他们还在谈北进;午饭后再去,陈昌浩的腔调完全变了。"

"他说么子?"毛泽东关切地问。

"他说南进好喽!"彭德怀带着气愤,"把阿坝吹得比通、南、巴还好。鬼才相信!北上抗日的事一句也不提了。……"

毛泽东"哦"了一声,半晌没有言语。彭德怀又接着说:

"我没吭声就出来了。看样子,他们要改变行动方向。"

毛泽东神色沉重,停了半晌,才说:

"昨天晚上,我们七个人,闻天、恩来、博古、稼祥,还有昌浩、向前,开了一个会,用七个人的名义发出去一个电报,把南下的不利条件通通讲了……"

"回电了吗?"

"回电了,还是要坚持南下。"

毛泽东长长叹息了一声,说:

"电报都在这里,你看吧!"

彭德怀首先展开毛泽东等七人于昨晚二十二时发给左路军的电报:

朱张刘三同志:

目前红军行动是处在最严重关头,须要我们慎重而又迅速地考虑与决定这个问题。弟等仔细考虑的结果认为:

(一)左路军如果向南行动,则前途将极端不利,因为:

(甲)地形利于敌封锁,而不利于我攻击。丹巴南千余里,懋功南七百余里均雪山、老林、隘路。康、泸、天、芦、雅、名、邛、大直至懋、抚一带,敌垒已成,我军绝无攻取可能。

(乙)经济条件决不能供养大军,大渡河流域千余里间,如毛儿盖者,仅一磨西面而已。绥、崇人口八千余,粮食极少,懋、抚粮已尽,大军处此有绝粮之虞。

(丙)阿坝南至冕宁,均少数民族,我军处此区域,有消耗无补充,此事目前已极严重,决难继续下去。

(丁)北面被敌封锁无战略退路。

(二)因此务望兄等熟思深虑,立下决心,在阿坝、卓克基补充粮食后,改道北进。行军中即有较大之减员,然甘南富庶之区,补充有望。在地形上、经济上、居民上、战略退路上,均有胜利前途。即以往青、宁、新说,已远胜西康地区。

(三)目前胡敌不敢动,周、王两部到达需时,北面仍空虚。

弟等并拟于右路军抽出一部,先行出动,与二十五、二十六军配合行动,吸引敌人追随他们,以利我左路军进入甘肃,开展新局。

以上所陈,纯从大局前途及利害关系上着想,万望兄等当机立断,则革命之福。

　　　　恩来、洛甫、博古、向前、昌浩、泽东、稼祥
　　　　九月八日二十二时

彭德怀接着又展开张国焘于今晨的复电:

(甲)时至今日,请你们平心估计敌力和位置,我军减员、弹药和被服等情形,能否一举破敌,或与敌作持久战而击破之,敌是否有续增可能。

(乙)左路二十五、九十三两师,每团不到千人,每师至多千五百战斗员,内中病脚者占三分之二。再北进,右路经过继续十天行军,左路二十天,减员将在半数以上。

(丙)那时可能有下列情况:

1. 向东突出蒙西(?)封锁线是否将成无止境的运动战,冬天不停留行军,前途如何?

2. 若停夏、洮是否能立稳脚跟?

3. 若向东非停夏、洮不可,再无南返之机。背靠黄河,能不受阻碍否?上三项诸兄熟思明告。

4. 川敌弱,不善守碉,山地隘路战为我特长。懋、丹、绥一带地形少岩,不如通、南、巴地形险。南方粮不缺。弟亲详问二十五、九十三等师各级干部,均言之甚确。阿坝沿大金川河东岸到松岗,约六天行程,沿途有二千户人家,每日都有房宿营。河西四大坝、卓木碉粮、房较多,绥、崇有六千户口,包谷已熟。据可靠向导称:丹巴、甘孜、道孚、天卢均优于洮、夏,邛、大更好。北

进,则阿坝以南彩病号均需抛弃;南打,尽能照顾。若不图战胜敌人,空言鄙弃少数民族区,亦无甚益。

5.现宜以一部向东伴动,诱敌北进,我则乘势南下。如此对二、六军团为绝好配合。我看蒋与川敌间矛盾极多,南打又为真正进攻,决不会做瓮中之鳖。

6.左右两路决不可分开行动。弟忠诚为党、为革命,自信不会胡说。如何?立候示遵。

彭德怀看过电报,气愤地骂道:

"这个狗娘养的,明明是破坏党的北进方针,还说自己是忠诚为党!"

说过,他把电报交还毛泽东,问道:

"怎么办?"

毛泽东从口袋里摸出一盒从包座战役缴获的美丽牌香烟,抽出一支缓缓点上,没有答话。

"如果我们仍然不同意南下,是否会发生意外情况?"彭德怀注视着毛泽东问,"我看张国焘是有野心的。他们如果解散三军团怎么办?"

毛泽东只是抽烟,仍然没有答话。他的头发显得更长了,黄黄的手指夹着纸烟,一缕淡灰色的烟正直线上升。

彭德怀见毛泽东默然无语,瞧瞧左右无人,小声地试探着说:

"现在不是一般情况,为了避免不幸事件,你看可不可以扣留人质?"

毛泽东沉吟了一下,霍地抬起头来,异常果断地说:

"不可!"

彭德怀的光头垂下来了。他的思绪像一根直直的钢条被拦腰斩断,一时觉得十分难过。他暗暗想道:"如果强制三军团南进,那么一军团不能单独北进了;中央不能去,即使一军团单独北进也起不了作用。如果答应他们一同南进,张国焘就有可能仗着他的优势军力,采取阴谋手段,将中央搞掉。扣留人质的意见自然是不对的,可是我也是实在没有办法!只不过是为了找一条脱身之计罢了!……"

毛泽东的那支烟已经抽完,又接着燃起了一支,不停地在屋里走来走去。

忽然,门外有人叫道:"毛主席在吗?"听来好像是叶剑英的声音,语调颇为急促。毛泽东开门一望,见叶剑英正气喘吁吁地登上了楼梯。他在火塘边略定了定神,就说:

"坏事了!"

毛泽东拉他坐下来,惊异地问:

"出了事吗?"

叶剑英从口袋里掏出一封电报,递给了毛泽东。毛泽东见是张国焘给陈昌浩的一封电令,展开一看,着实吃了一惊,忙问:

"你是什么时候得到的?"

"刚刚接到。"叶剑英说,"我们正在开会,机要组长和一个副科长就送来了这个电报,陈昌浩讲话正在劲头上,我一看是这样一份电报,就悄悄装到口袋里,装作上厕所赶快跑到这里来了。"

毛泽东接着把电报递给了彭德怀,说:

"你真估计得不差!他们要右路军包括一、三军团通通南下,如果不同意就要'彻底开展党内斗争'。"

彭德怀接过电报看着。毛泽东到隔壁房间里将张闻天和博古都喊来了。他们看了电报都大惊失色。

"这个张国焘真要下毒手了!"张闻天向上推了推眼镜,鼻尖上浸出细小的汗珠。

"我们应当赶快脱离险境!"博古望着大家说,接着又指指叶剑英,"你恐怕不要回去了吧!"

叶剑英微微笑了一下,说:
"我要不回去,恐怕你们就走不成了。……还有直属队许多同志,也不能丢下他们。"
毛泽东果决地打了个手势,说:
"老叶,那你就快回去吧!"
叶剑英将电报从容地收回到口袋里,望了望大家,建议说:
"我看你们还是早点离开这里,到三军团去为好。"
毛泽东点点头,笑着说:
"既然这里呆不成了,那我们明天拂晓之前就离开吧。不过,我还是再去陈、徐同志那里一次,最后劝一劝他们。"
叶剑英正要下楼,彭德怀忽地想起了什么,追上去说:
"老叶,还有图!甘肃的地图,不要忘了!"
叶剑英回过头微笑了一下,表示领会,然后走下了楼梯。大家都站在门口,目送着叶剑英。毛泽东又叮嘱了一句:
"老叶!明天可要早点来啊!"
叶剑英在楼梯下面含微笑,招了招手,从容地走下山坡去了。
大家望着他的背影,都露出深深感激的神情。叶剑英平日风流儒雅,擅长诗词,性格宽厚温和,颇像一个文人,想不到他在关键时刻如此有胆有识。其实,他从来就是一个热血男儿,有着强烈的正义感。早年曾追随孙中山进行革命,陈炯明叛变时,他是陈炯明下面一个营长,然而他毫不以功名利禄为意,毅然保护孙中山登上宝璧舰与叛军作战。大革命时期,蒋介石很赏识他的才华,让他当了二师师长,他本可平步青云,可是当他看到蒋介石残杀工人群众,夜不成寐,怒火中烧,毅然弃职出走,声明反蒋,蒋介石听说后还不肯相信。"八一"南昌起义前,汪精卫等人企图利用开会之机,诱杀叶挺、贺龙,也是他事先侦知了消息,告知了叶、贺,才幸免于难。叶剑英历史上的这些故事,由于他平时很少讲,所以鲜为人知。在人们的印象里,大家只知道他是一个思想细密、办事周到可靠的好参谋长而已。今天的事却使人们的精神为之震动。当人们回到火塘边坐下时,张闻天深深地感叹道:

"今天如果不是叶剑英,恐怕我们都要成为阶下囚了!"

毛泽东连连点头道:

"确实如此。古话说:'诸葛一生唯谨慎,吕端大事不糊涂。'我看叶剑英就是个吕端呀。"

晚上,毛泽东来到总指挥部。徐向前正举着一盏马灯看地图,看见毛泽东来了,就放下马灯迎了出来。

"毛主席,您还没有休息吗?"

毛泽东点点头,站定了脚步,诚挚地望着徐向前说:

"向前同志,现在的形势是,一个要北进,一个要南下,你的意见怎么样?"

说过,他久久地注视着徐向前流露着期待的神情。

徐向前沉吟了半晌,显出为难的样子,迟疑地说:

"现在两军已经会合,就不宜再分开了,四方面军如果分成两半恐怕不好。"

毛泽东听了这话,默然无语,明显地感到失望。他在肚子里轻轻地叹了口气,然后说:

"那就早点休息吧。"

说过,又问陈昌浩哪里去了,徐答可能到门外散步去了。毛泽东随即转身走出门外。

走出不远,果然陈昌浩在几棵松树下来回踱步。毛泽东迎了上去,说:

"昌浩同志,今天早晨国焘同志的来电,我已经看了。看来他南下的意见很坚决,不容易转弯子了。你看怎么办才好?"

陈昌浩略一寻思,就说:

"北进的方针我本来是同意的,但是张主席既然说了话,我们也不好不听嘛!"

毛泽东一听口气完全变了,话不好说了,但又捺着性子劝说道:

"关于南进的问题我已经再三说了,确实在地形、经济条件、民族情况等各方面都非常不利。坚持南进是肯定要碰壁的。这一点务必请你三思而行。……"

毛泽东的话还未讲完,陈昌浩就打断他的话说:

"你的话有一定道理,张主席的话也未必没有道理。北进不一定就成功,南进也不一定就失败!何况两军既然合在一处,又怎么能够分成两半?"

毛泽东见事已如此,再说无益,遂立刻改变口气,道:

"既是要南进嘛,书记处总要开个会讨论讨论。现在恩来和稼祥都病在三军团,那么我和博古、闻天就去三军团司令部同周、王开个会吧!"

陈昌浩见毛泽东变了语气,才点点头笑着说:

"这样才好!"

毛泽东缓缓地向住处的高坡走去。

他刚刚跨上那粗糙的独木楼梯,张闻天和博古就跑过来问:

"怎么样,有希望吗?"

毛泽东摇了摇头,神情沉重:

"连点转圜的余地都没有。"

"那怎么办?"张闻天问。

"没有办法,我们只有走了。"毛泽东长长地叹了口气,不胜感慨地说,"我毛泽东经过的困难也不算少,可是比起来,这一段要算我一生最黑暗的年月。"

"谁也没有想到,张国焘坏到这种程度!"博古愤愤地骂。

警卫员们忙碌了一阵,三个人就在门前悄然上马。毛泽东由于思虑过度,精神甚为疲惫,一只脚踏进马镫,上了两次都没有跨上马去,还是警卫员扶着才上去了。

他们下了山坡,沿着一条溪水行走在黑黝黝的山谷里。三骑马静静地走着,马上的人谁也没再说话,只有小河的流水声和嘚嘚的马蹄声。

(七十) 革命濒临绝境总会绝处逢生;山穷水尽时,大约已接近柳暗花明。

叶剑英回到总指挥部,会议还未开完。他若无其事地坐回到原来位置,直到会议结束才将电报交给陈昌浩。此后,他就进入深深的思索中了。

他想,自己脱离险境,那是比较容易的;如果把原属一方面军的干部都带过去,就不那么容易了。想来想去,忽然脑海一亮:现在陈昌浩的全部心思都在南进上,何不将计就计,利用南进行事?于是,他就找到陈昌浩从容不迫地说:"陈政委,现在咱们不是要南进吗?"陈昌浩说:"是的,现在最重要的事情就是南进。"叶剑英说:"要南进,就要过草地,没有粮食可是过不去呀!"陈昌浩说:"是的,我也在盘算这个问题。"叶剑英说:"我打算明天一早就带直属队出去打粮,你看如何?"陈昌浩点点头,高兴地说:"好好,最好多打一点,上次过草地就是准备不够吃了大亏。"

叶剑英心中大喜,既然答应,那就成为合法的了。他立刻开了一个小会,林伯渠、杨尚昆、李克农、萧向荣等都参加了。会上,他透露了发生的紧急事态,通知大家以打粮为名,于凌晨二时集合,撤到三军团去。他要求大家绝对保密,绝对准时,一定按时在村边水磨房处集合。说过,大家当场对表。会后,他把杨尚昆留下来研究了各种细节。长期做参谋长工作的叶剑英,那是非常细致的,一切准备工作滴水不漏地完成了。

接着,他来到了作战科。真是事有凑巧,只有白天送电报的吕继熙副科长守在那里。叶剑英看四外无人,就说:"小吕,关于那个电报的事,你一句也不要说。"吕继熙点头答应。叶剑英又说,"你那里有陕西省和甘肃省的地图吗?"吕继熙说:"这次包座战斗,只缴获了一份十万分之一的甘肃省图,没有陕西省的。"叶剑英说:"你把那份甘肃省图给我。"吕继熙从文件箱里取出甘肃省图,叶剑英就悄悄揣起来,趁人不注意,放在床底下的小藤箱中。

诸事齐备。叶剑英忽然想起,三军团的宣传部长刘志坚,正带着一个宣传队在包座三十军演出。为了让他们连夜赶回来,给他们发了一个电报。

他的床铺和陈昌浩、徐向前一起,都在那个飘散着酥油味的经堂里。他听听陈、徐二人都已入睡,也想稍微眯一会儿,行动起来更精神些。可是哪里睡得着?在昏暗的马灯下,他望着那些粗劣怪异的神像,慈眉善目的菩萨,房顶上垂下来的许多布带,不断在风中微微飘动,充满了神秘和不安的色彩。他不过三十几岁,经过的惊涛骇浪却不少了。尽管诸事布置妥善,还是怕什么事遗漏了,或者在意想不到的环节上出现差错。他记得,广州暴动时就有这种心境。那次,一切都布置得相当妥善,以为不会出问题了,哪晓得仅仅因为运送手榴弹的一辆大车被敌人察觉,整个起义不得不提前一天。叶剑英怕再发生类似的事,一直思索着还有什么漏洞。这样越想越兴奋,就更加难以入睡。他在暗淡的灯光下不时地看表。表走得相当迟慢。好容易挨到凌晨一时,他悄然起身披上大衣,轻轻地从床下小藤箱里摸出那份甘肃省图,装到皮包里,然后轻手轻脚地走出了经堂。他在经堂外站了一会儿,觉得身上轻轻的似乎少带了什么,一摸腰间才发觉他的左轮手枪放在床头上了。他又连忙回去拿了手枪。这时,他回头望了望自己的伙伴,叹了口气,心里说:如果不是那个张国焘,何至于如此,但愿将来再相见吧!……接着迈开大步走向村边去了。

走出不远,前面晃动着一个黑影,追上去一看,原来是军委秘书长萧向荣。叶剑英把地图掏出来,递给他说:"老萧啊,这是甘肃省全图,全军只此一份,可是个要命的东西,千万要保管好。"

说过,两个人一起来到预定的集合点水磨房旁边。总指挥部政治部的副主任杨尚昆,还有李克农、林伯渠等许多人都来了。此时,秋风萧瑟,寒气袭人,满村的白色经幡在风中噼啪作响,显出一片肃杀之气。可是每个人都为跑出来而高兴,一个人低声说:"我们开小差跑出来了!"叶剑英立刻接上说:"不,这是开大差,是为了执行中央的北进方针嘛!"大家都轻轻笑了。接着,清点了一下人数,已经到齐。惟一的遗憾是刘志坚带领的几十个宣传队员没有及时赶回。其中包括著名的红军文艺工作者李伯钊,她是杨尚昆的妻子,曾在莫斯科学习过,她的舞蹈曾使红军战士们为之倾倒。部队为了脱离险境不得不按时出发,杨尚昆也不得不忍痛赶路。

大约向西走出三四里路,来到一个岔道口,前面有一簇黑影挡住去路。正惊疑间,一个粗壮的黑影走过来,叶剑英仔细一看,原来是彭德怀。彭德怀一把就拉住他的手说:

"哎呀,参座,真把人急死了!你怎么现在才来?我还以为你出了事呢!"

叶剑英笑了笑说:"是你心里急吧!"

"地图带了吗?"

"这个忘不了。"叶剑英又是一笑。说过,往后一指,"你瞧,都谁来了?"

彭德怀一看,负责二局工作的曾希圣以及整个二局全来了,心中十分高兴。这些来的人和等的人见了面,宛如劫后重逢,那股亲热劲儿非同寻常,七嘴八舌,说个没完没了。彭德怀惟恐误事,忙说:

"参座,你还不快走!"

一句话提醒了众人,大家才转身进了夺夺沟向北去了。

彭德怀仍然直矗矗地立在那个岔路口,像煞一只担任警戒的老雁在观察着动静。因为寒气袭人,有时来回踱着步子。直等部队走得远了,才下令撤了警戒,跟在部队后面缓缓而行。

彭德怀赶上大队时,太阳已经出来了。叶剑英站在路边正同毛泽东、周恩来、王稼祥、博古等领导人在一起说笑。部队集合在一块平坝子上,张闻天正在同大家讲话。因为部队出发仓促,许多人还不明原委。当张闻天讲明真相时,部队都愤慨异常,喊喊喳喳议论,大骂张国焘不是东西。

这时,不知谁喊了一声:"后面追上来了!"彭德怀往后一看,后面大路上果然卷起了一大溜烟尘,接着是急雨般的马蹄声。彭德怀立即布置好警戒,心想,果然追上来了!

原来,和三军团驻在一起的军政大学行动时,被这个学校的校长何畏发现了。何畏原是四方面军的一位军长,爱着短裤,性格乖戾,动辄打骂部属。一、四方面军会合后,他被任命为军政大学校长。此时正负伤休养。他得悉部队行动,马上坐了担架到总指挥部报告。这时,总指挥部就乱了营了。陈昌浩大怒,立即召开干部会议,大骂中央"投敌去了",并下令立即做战斗准备。但是在这个讨论是否追击的会议上,除副参谋长李特主张追击外,绝大部分干部都不赞成追击党中央和中央红军。陈昌浩也只好作罢。徐向前显然对眼前发生的突然事件缺乏精神准备,觉得难以承受,就难过地蒙着一条被子躺在床板上了。当下面部队请示,对中央红军是否追击时,徐向前说:"天底下哪有红军打红军的道理!"陈昌浩也就同意不追了。但是他仍旧派出积极分子李特,拿着一封信前去劝说三军团返回。这就是飞奔而来的那队骑兵。

彭德怀等那队人马来到面前,向前走了几步。李特也跳下马来。这人是个矮胖子,横眉立目,带着满脸怒气,一见到彭德怀就从口袋里掏出一封信,说:

"彭军长,总指挥部有信给你。"

彭德怀接过信一看,上面写着什么"中央不经过总部组织路线,自己把一方面军部队及直属机关,昨晚开走","中央在毛周逃跑路线上,已经把一方面军几十万健儿葬送",信中还用白话加文言的句式说,你们"胡为乎跟几个人作恶,分散革命力量,有益于敌",最后要彭"即率队转回阿西"。此外,句中还有一点拉拢意味。彭德怀看后勃然大怒,把信往口袋里一装,指着李特吼道:

"什么是逃跑路线?你们说谁是逃跑路线?"

李特毫不示弱,叉开双腿,摆出握有尚方宝剑那样的架势说:

"中央不告而别,就是逃跑路线!"

"你这样说不对!"彭德怀放大嗓门,"北上的方针,早就确定了,是张主席多次同意了的,我问你,执行这个方针,怎么就是逃跑路线呢?"

"我告诉你彭德怀,"李特用手指着说,"你别再执迷不悟了。我问你,你们长征开始是多少人?你们现在是多少人?你们已经不到一万人了,北上是不会有好结果的!陈政委是好意,你还是想一想吧!……"

"你这是胡说!"彭德怀忍不住了。

"算了,算了,德怀同志,你不要跟他吵了。"

大家一看,毛泽东身披破棉衣,手里夹着纸烟,从人丛中缓缓走了出来。他安抚了彭德怀几句,接着走到李特面前,带着笑容说道:

"李特同志,我看你们不要吵了。你今天是奉命而来,主要是来劝说德怀同志,他的思想还不大通,双方还有一个思想转变的过程嘛!不管怎么说,咱们都是共产党,都是红军,总是一家人嘛!现在,中央说要北进,国焘同志说要南进,谁是谁非,还可以由时间来检验嘛!如果哪些同志认为南进是对的,也可以南进,捆绑总是不成夫妻。不过,我相信,四方面军的同志如果南进,是一定会碰壁的,不到一年时间,一定会回来的。我们不过先走一步罢了。你说是吗,李特同志?"

一席话说得李特无言以对,脸红红地低下头去。毛泽东又面对部队说:

"你们有哪位愿意跟李参谋长走的,也可以走嘛!"

由于红军大学四方面军的学员大部都已留下,凡是跟来的都是愿跟中央走的,因此没人吱声。

这时,彭德怀从口袋里掏出那封信来,在毛泽东面前晃了一晃,说:

"这封信怎么办?"

毛泽东笑着说:

"这个好说,你给他开个收条,说后会有期。"

李特接到收条翻身上马,带着他的一队骑兵返回去了。中央红军和他们的领导人,开始踏上了北进的道路,向着一军团的所在地俄界进发。

彭德怀和毛泽东都走在三军团的后尾。彭德怀仍然面色严峻,双眉不展。路上他问毛泽东:

"如果他们还要追,怎么办?"

"那也不能打。"毛泽东说。

"如果扣留我们,强迫我们南进呢?"

"那也只好跟他们南进了。不过,他们总会要觉悟的。"

彭德怀没再说话。只有嚓嚓的脚步声。

（七十一）一位英雄竟惨死在卓克基的密林中。他的悲壮事迹令后世悼念，但更重要的是对有关历史的沉思。

从阿西到俄界是一天多的路程，其中一多半还要经过草原。不过今天阳光灿烂，草原上的花一部分谢了，还有一些仍然十分耀眼。特别是黄金莲，一片一片，简直像黄金似的。就人们的心情说，也许高层干部们留下了分裂的伤痛，而就多数指战员，却像从一个死谷跨向广阔无垠的原野，连呼吸都觉得大为舒畅。因为自六月十二日会师以来，在这个死谷里竟滞留了三个月之久，不论是身体或精神都折磨得欲哭无泪，有苦难诉。那个倾注着热情的北上抗日的口号，只有今天才真正实现有望了。衣服褴褛、枯瘦憔悴的战士们，脸上又出现了笑意，队伍中又飘起了南国各省的山歌声。

毛泽东骑在马上，心情是矛盾的。他既有摆脱沉重包袱的轻快之感，又有一种分裂的伤痛。事情虽然过去了，但是他仍然在内心里探讨着这件事情的含义。正在他沉思默想的时候，忽听前面有人叫他。他抬头望去，前面路边站着两个人：一个人瘦长脸，身躯虽不甚高，却穿了一件很长的军衣，显得腿更加短了，毛泽东认出那是红军的文学家成仿吾；另一个却不认识，那人生得精明干练，身躯瘦而且高，戴着四方面军的大八角帽，两只眼乌黑有神。毛泽东立刻下马，笑着说：

"仿吾，你这位文学家最近可写了诗吗？"

成仿吾赶快迎过来，笑着说：

"毛主席，你是戎马倥偬，兴致高雅，我是连命都顾不住了。"

说着,他指了指身后那个瘦高个子,介绍说:

"这是四方面军保卫局的祁德林同志,在红大学习,今天早晨和我们一起来了。他说有事要找您谈谈,不知您可有时间?"

"好好,"毛泽东点头说,"那我们就走着谈吧。"

说着,毛泽东居中,三人一起并肩而行。

"毛主席,"那个瘦高个子说,"我是受人之托来向中央反映情况的,总也没有找到机会。现在已经晚了,人也死了,我真觉着对不起他。"

祁德林勉强抑制着自己的情感,难过地低下头去。

"你说的是谁?"毛泽东问。

"曾中生同志。"

"什么?曾中生?"毛泽东大吃一惊,"他怎么死的?"

"是在卓克基秘密处死的。"祁德林说,"本来是弄到树林里用绳子勒死的,过后反说他逃跑投敌了。"

毛泽东震惊异常,夹着纸烟的手指不住地抖动。曾中生也是湖南人,一九二五年入党,他在黄埔军校学习时,常到农民运动讲习所听毛泽东讲课,所以两人很熟。此人能文能武,才华出众,北伐军进抵武汉时,还当过汉口《民国日报》的主笔。一九二七年曾到莫斯科中山大学学习。一九三〇年派往鄂豫皖苏区,担任党的特委书记和军委主席。他和徐向前、许继慎、旷继勋、蔡申熙等人一起,积极领导武装斗争,迅速打开了局面,红军发展到四个师近两万人,全区人口近二百五十万人。但是,自次年四月张国焘这位钦差大臣去了以后,党的特委书记和军委主席一职,就由张国焘取而代之。曾中生的职务则每况愈下。其时毛泽东也正受排挤,加上山川阻隔,有些事只能知道个大概。在毛儿盖与张国焘相见时,毛泽东曾问及曾中生,张国焘含糊其词,说他身体不好,正在后方休养。因为关系复杂,毛也未再动问。今天一听这位优秀人物已经被害,怎能不震惊呢!

"为什么要处死他?"毛泽东沉默了一阵之后又问。

祁德林叹了口气,说:

"曾中生早就被关在监狱了,一、四方面军会合之后,他觉得到了中央身边,自然非常兴奋。有人看见,他屋子里夜深时还亮着灯,就报告了张国焘,张国焘心虚了,以为曾中生要写材料向中央告他,就先下了手了……"

"监狱?你说的是什么监狱?"

"对了,我忘了说,在川陕苏区,张国焘就说他是'托陈取消派'、'右派领袖',把他抓起来了。行军的时候也捆绑着双手。"

"这不稀罕,"成仿吾插进来说,"廖承志同志和四川省委书记罗世文同志,都是捆绑着行军的。因为廖承志给中央写过一个报告,讲到了川陕苏区的真实情况,张国焘就把他送到保卫局关起来了。"

毛泽东惊讶地"哦"了一声,又接着问:

"他们为什么要把曾中生关起来?"

"主要是因为小河口会议。"

"什么小河口会议?"

"小河口是陕南城固县的一个村子。"

祁德林接着解释说,自从四方面军撤离鄂豫皖苏区之后,就一直向西漫无目标地流动,部队走得苦极了。张国焘以保密为由,既不在领导干部中商讨,也不在战士中解释,只是一味地向西走呀,走呀,不知道张国焘到底藏着什么鬼心思。从上到下,是一片埋怨声。有的说,我们一天到晚走,走,走,究竟要走到哪里去?有的说,鬼才知道!甚至有人偷偷地说,我看总部那个头是逃跑主义吧!这时候,像曾中生、邝继勋、余笃三、朱光、张琴秋、刘杞、王振华这些领导人,当然更为不满,认为这样盲目流动是极为危险的。他们就在一起商议,准备派人到中央反映情况,揭发张国焘的错误,要求中央采取措施。后来又觉得远水不解近渴,就决定由曾中生把大家的意见集中起来,以书面形式向张国焘提出,立即停止无限制的退却,在陕鄂一带建立新根据地。张国焘感到众怒难犯,处境孤立,遂被迫在小河口村举行了一个师以上干部的会议。这就是那个小河口会议。

"曾中生同志在会议上发言了吗?"

"不单发言了,还是头一个。"祁德林带着兴奋和自豪的口吻说,"那天曾中生真是勇敢极了。他面对着张国焘这个谁也不敢惹的党内霸王,列举种种事实,进行了有根有据的批评。"祁德林叙述说,随后,邝继勋、余笃三、张琴秋、王振华、朱光、刘杞等同志都发了言。对张国焘的一系列错误,他在土改、肃反中的错误;他在第四次"围剿"中由盲目轻敌到仓皇撤离鄂豫皖根据地的错误;特别是他在西进途中无止境的退却,不打算建立根据地的错误;还批评了他一贯的毫无民主的家长制作风。这种批评一下使唯我独尊的张国焘惊呆了,他涨红着脸、眯细着眼坐在那里,一动不动。……

毛泽东听得入了神,眯细着眼问:

"张国焘接受了这些意见吗?"

"张国焘这家伙真有一手。"祁德林撇撇嘴说,"他一看自己处境太孤立了,立刻表示欢迎大家的批评,声称此后一定要加强集体领导。并且就在这个会议上宣布:委任曾中生为西北革命军事委员会参谋长,委任张琴秋为总政治部主任。一下子把大家的情绪缓和下来了。大家觉得这个张主席还不错,真是有点虚怀若谷的样子,把大家的意见全接受了。而且立即有了改正。"说到这里,祁德林长长地叹了一口气,"我们的群众真太容易欺骗了,他们都相信了。刚才烧得红红的火焰一下子就扑灭了。……"

"因为他们的心太善良了!"毛泽东慨叹道,"但是归根结底,欺骗群众是不行的。"

祁德林继续叙述道,不用说,曾中生怀着一颗善良之心也相信了。在开辟川陕根据地的过程里,在粉碎敌人三路围攻中,他的伤腿还没有好,就拄着一根拐杖,这里跑到那里,那里跑到这里。可是当根据地刚刚稳定了一点,张国焘觉得屁股坐稳了,脸就变了。实际上,他一直对小河口会议怀恨在心,不过他滴水不漏。直到他看时机成熟,才开始动手。一九三三年二月,他在川陕省第一次代表大会上就指责曾中生等同志说:"这些同志就在脱离鄂豫皖赤区的艰苦斗争中,惊慌失措起来,结果滚到了右派的怀抱。"他们"在紧急关头,散布'群众不满领导','领导内部不一致'以及种种瓦解红军的口号,来助长悲观失望的心理"。"曾中生以这种立三路线的观点反对鄂豫皖分局的正确路线,形成小组织式的斗争,结果,助长了改组派、AB团、第三党。我们党再不能让这种人来糟蹋,必须执行纪律"。后来,就以"右派首领"的罪名逮捕了曾中生。同一天还逮捕了徐以新。先后杀害了红十师参谋主任吴展、红四方面军总部参谋主任舒玉章、原红四军第一任军长、川陕省临时革命委员会主席邝继勋、原鄂豫皖军委政治部主任余笃三、七十三师政治部主任赵箴吾、川陕独立师师长任玮璋、参谋长张逸民等许多好同志。还有许多下层干部受到迫害。曾中生因为威信很高,影响太大,张国焘没敢立刻动手,可是也活了没有多长时间。……

祁德林的声音里流露出悲哽,停了一阵才又讲下去。

"提起曾中生同志,我们四方面军的同志没有不佩服他的。他确实是一个共产党人的典型。"

祁德林以热烈的口吻,赞扬曾中生有胆有识,目光远大,工作中很讲民主,待同志亲如兄弟,尤其是骨头很硬。张国焘把他关在监狱里,强令他写"自首书",交代小河口会议和鄂豫皖时期的"错误",他都据理驳斥。令人惊讶的是,在关押期间,他写了一部重要的军事著作,名叫《与"剿赤军"作战要诀》。这部书受到许多同志的赞扬。

"他给中央写材料了没有?"毛泽东问。

"写了,确实写了。"祁德林说,"在杂谷垴的时候,我把一、四方面军在懋功会师的消息告诉了他,这个宁折不弯的汉子,流下了大把的眼泪。他确实晚上点着灯写信揭发张国焘的错误。因为他和我关系很好,他是不瞒我的。他还说:'我把这封信写好,你替我交给党中央吧!'谁知道信没有写完,他就被绑到树林子里去了……"

祁德林说到这里,已经泣不成声。毛泽东和成仿吾都深深地垂下头去。……

他们默然走了一段,忽听前面一片喊喊喳喳的欢跃声,抬头一看,原来是人们最终地走出了草地,进抵白龙江畔的山谷中了。

"说到曾中生同志的事,其实老根子还在以前。"

成仿吾以亲身经历者的口吻说,张国焘奉王明之命到鄂豫皖夺权的时候,鄂豫皖的局面早已打开,根据地已经很不小了。这主要是曾中生等人的功劳。张一下就代替了曾,把曾中生贬为红四军政委,曾对此并没有怨言。可是不久就发生了分歧。分歧是由军事上发生的。在国民党对中央苏区开始第三次"围剿"的时候,曾中生和徐向前建议,部队应该利用这一时机积极向外发展,南下出击黄梅、广济等地,进而威逼长江,配合中央苏区的反"围剿"斗争。而张国焘军事上一窍不通,却专横跋扈,硬是不同意这个意见。后来他从右倾保守一下转为"左"倾冒险,要求占领英山后,去进攻安庆威胁南京。他就不想想进攻安庆要通过四百多里的敌占区,这简直是天大的笑话。曾中生自然不能接受,就在占领英山后,连续南下占领了浠水、广济、罗田等城,消灭了敌人七个多团,有力地配合了中央苏区的斗争。可是,这个胜仗反而使曾中生犯了罪,因为它是否定了东打安庆的方针而获得的。张国焘正是从此怀恨在心,这个人是触犯一点都不行的。他立刻命令部队北返,说曾中生是"在政治上重复已经破产的立三路线","放弃援助中央苏区","违抗分局命令"。接着就把曾中生的军政委撤了,由陈昌浩接替了他的职务。接着,那个著名的"白雀园大肃反"就开始了。

"那场'大肃反'真是可怕极了!"成仿吾沉重地叹了口气。他说,由张国焘一手操纵的"肃反",实际上不过是剪除异己,建立个人统治。曾中生撤职不久,紧接着就把红四军两个最有名的师长许继慎、周维炯抓起来了。在行军途中,把他们捆在担架上,用白被单蒙着。因为这两个人在南下和东征的争论中都是站在曾中生这一边的。许继慎平时常骂张国焘是老机会主义,更使张国焘恼恨在心。许继慎是黄埔一期生,北伐时是叶挺独立团的营长,在汀泗桥战功赫赫。他在国民党方面也很有名。蒋介石的特务很想剪除他,就用了一个反间计,派了一个姓钟的特务来给许继慎下书。这封信的具名是蒋介石,里面还有这样的话:"匍匐归来之子,父母惟有垂泣加怜。"许继慎看了信,立即将特务逮捕起来,连人带信一起送交军部处理。这种事本来很容易判断,如果许真的有问题,怎么能把信和人交出来呢!同时根据许的长期表现看,也决不会有这类事情。可是到了张国焘那里,却是一个剪除异己的最好机会。张还把这个问题同南进联系起来,说许主张南进,正是企图带部队过江。不久,这位好同志就被杀掉了。在这同时,周维炯、戴克敏、徐朋人等鄂豫皖苏区的开辟者以及大批团以上的干部都被杀害。这股风又吹到了地方,把大批有斗争经验有能力的干部也杀掉了。张国焘一贯歧视知识分子,他常说:"工农干部犯错误要减轻三分,知识分子犯错误要加重三分。"这次"肃反"知识分子当然也难以逃过。由于大批知识分子被"肃"掉,使红四军的军事理论和作战指挥大为削弱,部队的文化程度一落千丈,在部队中还造成了一种反对知识分子、反对戴眼镜者的恶劣倾向。有人就说,在撤离鄂豫皖苏区的西征路上,全军只有两个戴眼镜的,其中一个就是张国焘自己。这次肃反使整个鄂豫皖苏区元气大伤,实际上是第四次反

"围剿"失败的重要原因之一。

"你们最后是怎样离开鄂豫皖苏区的呢?"毛泽东问。

"我刚才说过,张国焘在军事上是一窍不通,政治上、思想上又是忽'左'忽右。"成仿吾说,四次"围剿"前,四方面军接连打了许多胜仗,张国焘就被胜利冲昏了头脑。敌人的四次"围剿"开始了,这时本来该好好准备一下,徐向前就是这样建议的,可是他硬是不听,还命令部队继续进攻。敌人"围剿"开始了,他又不懂得诱敌深入,只是一味硬顶。这样很快就陷入了被动,根据地大部被敌占领。这时,张国焘吓坏了,又从极"左"一下跳到极右。张国焘这人有一个特点,他的鬼心思总是藏在心里,从不是一下就拿出来。他这时本来就有西逃的意思,却秘而不宣。在河口以北的黄柴畈会议上,他一再表示,为了保卫苏区,他要打到外线去消灭敌人,是决不会离开鄂豫皖根据地的。说到这里,成仿吾不由得激动起来,气愤地说:"我到现在还记得他那发誓的样子。他盘着双腿,坐在高处的椅子上,两眼半睁半闭,双手比划着大声说:'我发誓,发誓,我决不离开你们,决不离开苏区!'谁知道他那信誓旦旦的样子包藏着祸心呢!河口会议以后,他就带着部队走了。过了几天,陆续有掉队的人回来,都说:'张主席带着部队一直往西去了。'我们还以为他可能带着部队和鄂豫边的红军会合。我们仍然等待着他们,根据地的群众,还做了糍粑、打了草鞋,准备迎接他们。又过了好些天,一些掉队的伤病员回来,才说:'别等他们了,张主席带着队伍一直向西去了。'我们开始还不信,后来从缴获敌人的报纸上才看到他们确实到了陕西。对张国焘这种口是心非的做法,从省委到一般干部和群众都是非常愤慨的。"

成仿吾接着叙说了省委的困境。当时四部电台全被带走,弄得省委无法和中央联系。这才派成仿吾到上海向党中央汇报。临行前,省委书记沈泽民在他的衬衣上写了一封介绍信。他好不容易越过敌人的封锁线,辗转到了上海,住在一个小旅馆里。因为党中央的联络点已经转移,找了一个月也没有找到接头的人。这时他的疟疾还没有好,连上楼的力气都没有,真是贫病交加。幸亏这时他找到了鲁迅,彼此虽然打过笔仗,这时相见,却比亲人还亲。鲁迅找到瞿秋白,才联系上了。这以后他才到了中央苏区。

毛泽东叹了口气,又望着祁德林问道:

"鄂豫皖的撤出,是由于打了败仗,陷于被动,这犹可说;川陕苏区发展很快,打了很多胜仗,为什么撤出了呢?"

祁德林笑了笑,说:

"张国焘说,川陕苏区是挤掉了汁的柠檬。"

"挤掉汁的柠檬?"毛泽东笑着说,"那么再新建一个根据地,又成了挤掉了汁的柠檬怎么办?也扔掉吗?"

"其实,大家心里都明白:主要是因为他害怕敌人。"祁德林笑着说,"我们红四方面军粉碎了敌人的六路围攻,歼敌八万多人,确实打出威风来了,但是这并没有改变张国焘胆小如鼠的毛病。他一听蒋介石要调兵遣将,组织'川陕会剿',就胆寒了。他尤其害怕胡宗南。加上他听到中央根据地失利,中央红军被迫长征,就认为革命走向低潮,难以再坚持斗争了。这才是根本原因。后来他就提出退出川陕苏区向甘南发展,这个主张没有得到支持,他就变了一个花招。"

"什么花招?"

"他乘嘉陵江战役的机会,以前方需要补充兵力为名,不断把主力和游击队向西调动,实际上是要收摊子了。"祁德林说,强渡嘉陵江成功之后,张国焘未经任何会议讨论,就把根据地的所有游击队集中起来,编成了两个妇女独立团,连同地方机关和乡以上的干部,都由他带着撤离了川陕根据地,随着主力往西去了。张国焘还借口坚壁清野,沿途烧了不少房子。等到这些部队和后方机关渡过嘉陵江的时候,在前方作战的广大指战员,才吃惊地发现经过两年浴血奋战的这块根据地已经放弃,自己的家乡已经扔给敌人了。即使高级指挥员也不例外。张国焘确实擅长这一手,他不声不响,就把生米做成熟饭,等到你察觉时,已经晚了。

毛泽东听到这里,若有所悟,长长地"噢"了一声,一面回忆着,一面喃喃自语:

"确实如此!……从毛儿盖北上,兵分左右两路,就是张国焘提的,我们当时都同意了。现在看来,这里面恐怕就有文章。"

"什么文章?"成仿吾和祁德林不解地问。

"你们想想嘛!"毛泽东笑着说,"这同撤离川陕不是一样吗?!他是到了阿坝才变的卦吗?恐怕他提出兵分两路的时候,已经心中有数了。"

成仿吾和祁德林都会意地笑起来。祁德林说:

"咱们在这个地区呆了三个月,谁都觉得苦不堪言,西康恐怕更苦,为什么张国焘倒对这样的地方感兴趣呢?你看他的眼睛总是盯着西面,不是川康,就是西康、青海、新疆、西藏,简直就是一条向西的路线。"

"你们听说过唐朝虬髯客的故事吧?"毛泽东笑着说,"这人的思想就是这个样子。他说,中国地面这样大,你李世民是真天子,我同你李世民争不赢,我到偏僻的地方去当皇帝。他真的就把家产送了朋友,自己带着部队到了东南海边,一个突然袭击,杀了一个小国的皇帝,成功了。横竖是要当皇帝,当不了大皇帝就当个小皇帝,在大地方当不了皇帝,到角角边上也可以当皇帝嘛!"

一句话说得两个人哈哈大笑,连连点头。

前面又是一片欢跃声,原来红色战士们已经看到一个颇大的村庄,那就是俄界。

(七十二)苦果吞下去了,仍然留下难堪的苦涩。政治家们用最大的明智处理了眼前的难题,显示了共产党人的睿智和理性。

经过患难的朋友总是格外亲密。当一、三军团在俄界会合的时候,就像多年不见的亲人,那股亲热劲真是难以形容。他们的话没完没了,一遍又一遍叙说着这段惊险的经历。

高层领导也是这样。在九月十二日举行的中央政治局紧急扩大会议上,与会者表现了空前的团结一致,仿佛他们之间从来就没有存在过任何分歧和芥蒂似的。由于张国焘的干扰破坏,使得大家从心底里亲密起来了,过去所有的不同的见解、争论、斗争和不愉快仿佛都已微不足道,远远地退到历史的后面去了。

俄界是白龙江畔的一个藏族村庄。村庄外有一条数十丈深的深沟,深沟上架着窄窄的独木桥,小心翼翼地越过独木桥才能到达俄界。村庄很小,村里惟一的大房子就是一座藏族的经堂。是日上午,群贤毕至。惟一没有到会的是周恩来,因为他的身体还相当虚弱。其他政治局委员毛泽东、张闻天、博古、王稼祥、凯丰、刘少奇、邓发都到会了。此外还有彭德怀、杨尚昆、林彪、聂荣臻、蔡树藩、叶剑英、李富春、林伯渠、李维汉、朱瑞、罗瑞卿、袁国平、张纯青等二十一人。把个小经堂挤得满满的。开会之前,一直充满着欢声笑语。不少人围着叶剑英询问着他那"惊险的一幕"。不知警卫员从哪里找来一把大铁壶,在走廊上烧着开水,木柴和干树枝毕剥作响,燃着熊熊的火焰。

当然,在这欢声笑语的背后,人们的心之深处不是没有一种难堪的苦涩。毛泽东的心中更是这样。在先,他对北进是颇有一番宏阔壮丽的想象的。以十万雄师,北出甘南,只要一旦离开这恼人的地区,就会像蛟龙入海,纵横飞腾,有声有色地大干一场。西北敌兵虽众,毕竟是薄弱环节,加上敌人内部派系纷纭,足可利用。红军发挥运动战的特长,不难成军成师地吃掉敌人,将会很快打开一个局面,然后向东发展,与热望抗日的人民群众结合起来,前景是非常有希望的。然而曾几何时,这个壮阔的想象一下暗淡下来。由于不幸的分裂,他虽然把一、三军团带出来了,但人数不过七八千人。比起江西出发时的八万六千人,只不过是当初的零头罢了。想到这里,他心里怎么会没有一点苦涩呢!然而,让毛泽东悲观失望那是不可能的。他曾经称赞过别人是一块铁,实则他自己是一块铁。在他心里永远不熄的就是那团革命之火。今天,他不过依据现实条件,重新忖度一下革命的前景罢了。

会议由张闻天主持。他戴着软塌塌的军帽坐在毛泽东旁边。他敲了敲桌子,宣布由毛泽东代表书记处提出报告。毛泽东黄黄的手指夹着自卷的喇叭筒纸烟开始讲话。

他首先回顾了几个月来的痛苦经历。他说,自从一、四方面军会合之后,中央坚持北上的方针,而张国焘却坚持机会主义的方针。起初张按兵不动,七月中旬,党中央指示红军集中,结果由于张的阻挠而未能实现。张国焘到芦花时,中央政治局决定他任红军总政委,他才调动红四方面军北上,但未到毛儿盖又动摇了。到了阿坝后便不再北上,而要右路军南下。这时,中央政治局的几个同志在周恩来处开了一个非正式的会,决定给张国焘发电报,要他北上。张国焘公然抗拒中央的方针。现在已经无法共同北进,而只能是一方面军的主力单独北进了。在叙述这一段时,毛泽东竭力使自己的语调保持平静。

"当然,我们背靠一个可靠的地区是对的,但是我们不应该靠前无出路、后无战略退路、没有粮食、没有群众的地方。"毛泽东再次肯定地说,"向南最后是没有出路的。一两月以内或者有出路,估计打到雅安、打箭炉极少可能。在那样的地区红军只能减少无法补充,部队会大部被消灭。中央决不能带上一、三军团走这条道路。中央不能到打箭炉去,而是要到能够指挥全国革命的地区去。"

接着,毛泽东沉痛地说,由于一、四方面军已经分开,张国焘南下,使中国革命受到严重的损失。但是,只要我们团结一致,又有正确的领导,是可以战胜敌人达到目的的。说到这里,他的目光巡视了全场,神情显出无比坚毅地说:"我们即使被敌人打散,我们还可以做白区工作,我们还可以去领导义勇军,我们最终是一定会胜利的!"他的话沉痛而又悲壮,像鼓点一样使人们的心灵震颤。

随后,他又讲到了团结。他说:"团结对我们比任何时候都重要了。"他没有多作发挥,仅此一句,已使在座的人刻骨铭心。

最后,他谈到了同张国焘的关系。不言而喻,张国焘在他的心目中是丑恶的,同四方面军的干部交谈之后,这种印象更加深了。但是今天是党的会议,他作为党的领导人,必须从党性和全局观念出发,以高度的理智来忖度当前的现实。因此,他的语调是缓慢和清醒的。

"今天看来,同张国焘的斗争还是党内斗争。"他冷静地说道,"将来,他或者拥护中央,或者是反对中央,最后的组织结论是必要的。但是,就目前说,是否马上做组织结论,是否下哀的美敦书呢?"说到这里,他向整个会场,几乎是每个同志都轮视了一眼,然后声音清朗地说:"不应该的!……我们还要尽可能地做工作,争取他们,用各种名义给他们打电报,比如说用林聂、彭李、李德等等名义打电报,要他们来。因为我估计他们还有来的可能,自然也有不来的可能。……"

毛泽东的话使整个会场活跃起来,可以看到人们的脸色由激动转入深深的思考。有的低下头去,有的仰起脸望着经堂微微摆动的飘带。显然,他们的内心都在进行着激烈的冲突。感情与理智的冲突,报复的愿望与党性的冲突,意气的冲动与明智的现实态度的冲突……

随后是彭德怀作关于军队组织的报告。他历述了现在部队的严重减员,战斗员已经相当少了。他提议取消营和师两级组织,仅保留团的组织。

他的报告刚完,一向负责保卫工作的政治局委员邓发,已经忍不住起立发言。他是一个工人出身的党员,细高个子,两眼乌黑有神,经常披一件大衣,挎着手枪,姿态相当英武。他的声音高昂而且充满着激动。

"张国焘企图用枪杆来威胁党,这是党史上从来没有过的!"他激愤地说道,"张国焘伸手要的地位没有定的时候,他按兵不动;任命为总政委后,他还在下面挑拨煽动;沙窝会议他要根本改变中央的成分,政治局委员一共八个,他要增加四方面军的九人!党史上有这样的例子吗?!"接着,他语气十分坚决地说,"我们对张国焘、陈昌浩毫无疑义应当开除党籍,就是组织特别法庭审判也是应该的。这不是空口说白话,中国革命在中央领导下是可以成功的。即使张国焘滚到反革命阵营,我们也不怕。我们应该声明,不承认他是共产党员。……"

邓发的发言,在人们的心里激起了波澜。因为人们本来就具有这种情绪,他的话自然容易引起共鸣。当然他们在理智上也还在思考、斗争。这是一种自我斗争。

随后,李富春发言了。他在北伐军中已经是某军的党代表了,长征中是代总政治部主任,因为王稼祥负伤坐担架,大部分工作是由他来做的,最近才接替杨尚昆任三军团政委。他做过多年军人,但看去那光光的和尚头、微笑的脸,就像乡下的老校长那么温和。他的发言比较温和冷静。他提出,张国焘如不执行命令,可以立即撤职,对那个毫无党性、异常嚣张的李特可以开除党籍。

罗迈在发言前咳嗽了两声。他是湖南人，在南方人中是个少有的大个子，和毛泽东差不多。他在党内资格很老，现在是中央组织部长。此人作风一向严厉，工作中是拼命三郎，他的下级一点也马虎不得。今天他的脸色更加严峻。

"张国焘路线的本质是惧怕敌人。"罗迈用郑重分析的语调说，"他对在中国本部创造苏区是没有信心的。这同他轻易退出鄂豫皖和通南巴是有联系的。此外，他还有一个特点，就是搞小组织活动，四中全会后，除了罗章龙没有第二个了。"他稍停了停，似乎做了最后一次衡量，才以组织部长式的慎重态度说，"但是，我还是同意泽东同志的意见，不立即采取组织措施。"

瘦弱的王稼祥发言了。他看去谈笑自若，实际上身上还带着一根排脓的橡皮管子，时时刻刻都在忍受着痛苦。"张国焘不是布尔什维克的领导，而是流氓习气的领导。我们同他不仅仅是战略方针的分歧，而是两条路线的分歧。"这是他在发言中表达自己观点的主要词句。说张国焘是"流氓习气"的领导，是出于他自己的切身体会。因为伤口恶化，他曾在沙窝休养了一个多月，其间他为了给张国焘做工作，有一次曾从太阳落山谈到凌晨三点，张国焘算是同意了中央的北上方针。可是没有几天他就变卦。因此，王稼祥就认为，这人没有政治信誉，说了也不算数。王稼祥的发言结语是："张国焘回到党的立场是困难的，但组织结论是有步骤的。"

王稼祥的意见表达了会场上多数人的认识。也是所有出席者感情与理智反复交战所得出的结果。彭德怀说："对张国焘的组织结论是必要的，但如果希望他北上可以不做，过早的结论没有好处。"聂荣臻也同意这一点。但他在发言中特别表示不赞成个别同志的说法，认为这次的分歧是毛泽东和张国焘争权。事实证明，张国焘的的确确叫胡宗南吓怕了，他企图跑到安全地方偷安。

杨尚昆完全同意上述意见。但他有一点和李富春的意见相同，即应该开除李特的党籍。因为这个李特在前天曾对红大学生说：你们是跟外国人去还是跟红四方面军去，你们到外国那是卖国。

林彪、博古、洛甫相继发言。他们都同意毛泽东的报告。林彪对张国焘挑拨一、四方面军的关系表示不满，张竟说一方面军是知识分子的队伍，四方面军是工农分子的队伍。他认为张国焘的错误总有一天会被下面认识。博古认为对张国焘过去太客气了。对张的组织结论要等到内部认识到他的错误的时候。张闻天以他的一向的理论家的思维，对张国焘做了全面深刻的分析。他还指出，张国焘发展下去必然要组织第二党，应当使四方面军的干部了解这种前途。他认为，争取工作现在还有一线可能，组织结论应当等到完全失去希望的时候。

和所有形形色色的会议不同，这个会既不是那种剑拔弩张使人的呼吸都感到急促的会议，也不是那种面上含笑话锋中含着重重心机的会议，更不是那种使人厌倦毫无意味的清汤寡水般的会议，这次会议独特的地方，是每个人内心深处的自我交战。经过几个小时的搏斗，终于使理智战胜了感情，党性战胜了褊狭，明智战胜了冲动。会场上充溢着的是共产党人体现出来的那种高度的理性和睿智。毛泽东始终在烟雾缭绕中全神贯注地倾听着每个人的发言。他的脸从严峻夹带着几丝苦涩的表情中，逐渐变得柔和起来，就像从云隙中洒下了阳光。最后他的脸上出现了微笑。他的意见被大家丰富了，他的个别不完满之处，得到了措词温和的纠正。这在无形中为他驱除了愁苦，使他的信心更为饱满。在他最后做结论的时候，声音里增加了明朗和愉快的调子。他把大家的意见都概括起来了，讲得也更深刻了。他进一步指出，张国焘是一种发展着的军阀主义的倾向，发展下去很可能叛变革命。他的错误给革命造成了相当大的损失，但是革命决不会就从此走向低潮。

讲话刚刚结束，走廊上的大铁壶里的水就滚出来了，警卫员一阵忙乱,提着铁壶来给大家添水。小小的经堂里,又像会议开始前那样喧闹起来,乱纷纷地又说又笑。这是一个意志无比坚强乐观的集体,由于语声笑声完全融会到一起,已经分不出每个人的声音。

(七十三)人们没有想到在通向甘南的征途中又出现了腊子口这样的天险;更没有想到一个山野的孩子打开了难关。

俄界会议后,部队第二天就出发了。

此时,甘南岷州一带有敌两个师,一是国民党第十二师唐淮源部,一是新编十四师鲁大昌部。毛泽东率一军团走在前面,沿着白龙江向东挺进。

这条江水不算很宽,宽处三十几公尺,窄处不过丈余,但水流湍急,声如雷鸣,激起的水花倒真像是一条白龙。两岸多是悬崖峭壁,岸上仅有羊肠小道。在羊肠小道消失的地方,就是古书上所说的栈道。这种栈道在红军路过宝兴的时候,曾经遇到过,现在却不断有栈道出现,有的竟长达百多公尺。它们高高悬在危岩峭壁之上,仅一尺来宽,下面就是激流,人行其上,不禁头晕目眩。那些抬着伤病员的担架,通过时就特别困难。

在部队越过一条长长的栈道时,樱桃和"烂脚佬"抬着一副担架走过来了。由于走得急促,她的额上流着汗,双颊绯红。作为指导员,她经常走在休养连的最后,看见哪个担架员太累了,就帮助抬上一段。过草地后,那些担架员由于长期吃不饱,付出体力又重,差不多人人瘦得厉害,病得也多,因此,这种事就更多了。

担架上抬的这人,是娄山关负重伤的团政委朱兵。他的一条腿是高位截肢,从那时起就不得不坐担架。这种长期坐担架的生活,使他的心承担着难以忍受的痛苦。因为他每时每刻都目睹着担架员的艰难。特别是遇见高山陡坡,泥泞道路,担架员不是跪下去用膝盖步行,就是跌得头破血流。坐在担架上的人,心里该是多么难受!朱兵一听前面又要过栈道了,心里立刻不安起来。他在枕上欠起头一望,前面的伤病员纷纷下了担架,由担架员扶着在窄窄的栈道上颤颤巍巍地行走,就更躺不住了。他说:"樱桃,你停一下,我也要下去!"樱桃一面走一面笑着说:"人家是人家,你是你,你怎么能下去?"朱兵见樱桃照旧向前走,并没有听他的意思,就叹了口气。这时,前面担架上抬着一个昏昏迷迷的病人,两个担架员为了防止意外,就用绳子把担架捆在自己的肩背上,然后就开始跪下身子,用膝盖一点一点地在栈道上挪动。每当朱兵看见这种形象,心就颤抖起来。这次,他再也抑制不住自己,又一次叫道:"樱桃,你停下来!"樱桃听他的声音里带着命令的调子,没有理他,刚刚走出两步,朱兵就发火了:"你们停不停?不停我就滚下去了。"樱桃见他恼了,就笑着说:"朱政委,人家下来能扶着走,你呢?"朱兵忿忿地说:"我不能走,能爬!"樱桃见他像一头发怒的狮子,就转过脸朝后面的担架员使了个眼色,说:"烂脚佬,咱们就听这位大首长的!"烂脚佬会意了,就眨眨眼说:"好,好。"说着,就将担架停在这条羊肠小道上。朱兵整整衣服,正要像战士一般匍匐前进,樱桃一把拦住他,笑道:"我们有几个人在这里,怎么能看着首长爬呢!"说着,她把朱兵的两只手朝自己肩上一搭,就把朱兵背起来了。朱兵一连声说:"这如何使得!"樱桃带笑走向栈道,一边说:"不重,不重,看起来这位首长已经没多大分量了。"一面说一面小心翼翼地踏上了栈道。

烂脚佬扛起担架紧紧跟在后面,一面喊:"指导员,指导员,不行吧?"樱桃也不回答,一个劲儿背着朱兵向前走,到底还是把他背过了长长的栈道。等到樱桃气喘吁吁把朱兵放下的时候,看见朱兵用袖子擦着眼泪,轻声说:"樱桃,我这一辈子也忘不了你!"樱桃一面擦着汗,笑着说:"别说了,快上担架吧!"

这时,担架排的小排长赶上来了,他接替樱桃抬起了担架。

这天的行动不算顺利,走了不远,他们又受到杨土司藏兵的狙击。这些藏兵三五成群地藏在对岸的山林中向红军放着冷枪。在这样狭窄的路上,无处可躲,只可跑步通过,尽量减少损失。抬着担架无法快跑,樱桃就拔出手枪向对岸放几枪,掩护担架队迅速通过。这一天,整个行进的队伍,竟伤亡了一百余人。谁也没有想到,在这样荒僻的地方又伤亡了这么多同志。

第二天,经过莫牙寺继续前进。这天路上没有狙击的藏兵,前面又传来新的情况:鲁大昌的部队据守着一个奇险的山口,名叫腊子口,把通岷州惟一的道路阻遏住了。在前面开路的红四团,昨天夜里进行了强攻,没有攻克。整个部队都不免忧烦起来。

当然最忧烦的还是一军团的林彪和聂荣臻。因为担负指挥的毛泽东已经催问过一次,问讯强攻未能奏效的原因。这一来他们坐不住了。聂荣臻对林彪说:"咱们还是到前面看看去吧!"林彪点头答应。他们都意识到,这一仗事关重大,如果不能取胜,不仅北进的方针不能实现,甚至有被迫退回草地的危险。那样事情就麻烦了。

自从聂荣臻与林彪为写信的事发生激烈的争论以来,两个人的合作还是好的。一来在战争年代,那时的党风很好,批评和自我批评是家常便饭,彼此争论得面红耳赤也算不了什么;二来聂荣臻一向为人厚道,作为政治委员他对军事指挥员并不过多干涉,遇到零零碎碎的非原则问题,往往取谦让态度,这样也就容易合作共事。

腊子口的枪声不断地响着,时密时疏。一阵枪声过后,在峡谷里激荡着长时间的回音。两个人沿着崎岖的山径,愈走山沟愈窄。两侧山上都是黑压压的原始森林,中间是一道名叫腊子河的流水。河不过一两丈宽,可是声势煊赫,颇似瀑布。再加上凄厉的秋风,更显出一派萧森之气。只要一阵风过,满山的黄叶便像雨点一般沙沙地飘落下来。

　　实际上,军团指挥所距红四团的指挥所不过一二百米,在峡谷中拐了两个弯也就到了。这时四团团长王开湘和政委杨成武正在一个山坳里和干部们研究情况。有的坐在草地上,有的坐在驳壳枪的木壳上,许多人身上滚了满身的泥,抽着烟在苦苦思索。他们见军团首长来了,就纷纷站了起来。聂荣臻挥挥手叫大家坐下,随后和林彪一起坐在草地上。

　　"情况怎么样?"林彪巡视了大家一眼,问道。

　　王开湘一向少言寡语,像农民那么朴实,遇到这种情况,他就望望政委。杨成武就把攻击未能奏效的原因做了一个简要汇报。主要是,敌人在狭小的正面上防守很严,特别是严密地封锁着一座小桥,部队无法接近。攻击的部队在这里遭到不少伤亡。

　　"你领我们先看看地形。"林彪略微抬了一下脸说。

　　"好,看看地形再说。"聂荣臻也站起来。

　　杨成武迟疑了一下。因为这里距敌人过近,他不能不有一点担心;仅仅几个小时之前,师里的一个干部就是在这里被击中的。可是首长已经说出来了,他又不好驳回。只好领着林、聂向山坡上小心翼翼地走着。林、聂的警卫员也要跟上去,被杨成武挥挥手拦住。他们刚取出望远镜要递给林、聂,杨成武笑着说:

　　"就在鼻子底下,用不着了。"

　　杨成武往上走了不远就停住了,随后领着林、聂隐蔽在树林里。林彪和聂荣臻站定脚步往前一看,原来这里距敌人的前沿不过二百米,仅仅隔着一个山拐,一切都看得清清楚楚。他们为这奇险的地形确实吃了一惊。正前方就是那个小小的喇叭口,两侧山岭相距不过十几公尺,整个地形就像一座山被巨斧劈开,仅仅裂开了一道缝儿。喇叭口的两侧,都是壁立千仞的绝壁,看去令人心寒。那条腊子河就从喇叭口里喷涌而出,出口处有一座几公尺长的极为平常的小桥。

桥的右前方,是一个高高的悬崖,一座方形的大碉堡就修在这座石崖上,正好卡住喇叭口的嗓子眼儿。向小桥冲锋无疑是向敌人的枪口扑去,怎么能不遭到伤亡?在这座碉堡的后面高处,还可看到另一座碉堡。再往后面看,就被山峰遮住看不清了。

杨成武指了指那个紧卡着喇叭口的方形碉堡,说:

"那里面有好几挺重机枪呢!"

林彪的浓眉皱起来了。他瞅着杨成武问:

"你们打算怎么办?"

"看起来光靠正面进攻不行。"杨成武说,"我们刚才研究了,准备从右侧爬上去,前后配合起来打。"

说着,他指了指那个方形碉堡,带着几分笑意说:

"首长注意了吗?那个碉堡没有顶盖!"

林彪和聂荣臻眯细着眼,仔细瞅了瞅,这才注意到,那座碉堡大概是刚刚修成,果然没有顶盖。

"我们准备从山后面爬上去,从上面往里丢手榴弹,这些家伙就守不住了!"杨成武笑着说。

"好,好,这个主意好。"聂荣臻也微笑着说。

"可是,你们能爬得上去吗?"林彪再一次望了那面直上直下的巉崖,仍旧皱着眉头。

聂荣臻也凝视着喇叭口右面壁立的断崖,看样子总有七八十米高,几乎成九十度,上面有些棱棱坎坎,长着一些荆条、葛藤和歪歪扭扭的古松。他也不禁怀疑,能否爬得上去。

"我们正发动大家想办法呢!"杨成武说。

林彪正要回话,只听"哗——"地射过来半梭子弹,把头顶的树枝打得纷纷跌落下来。聂荣臻仰起脸看了看,若无其事。林彪也稳立不动。杨成武却拉了他们一把,说:"首长们还是下去讲吧。"三个人就从山坡上慢慢走回山坳。

"就按照你们计划的打吧。"林彪用指示的口吻说,"至少明天拂晓以前要解决问题。"

"要动员充分一点。"聂荣臻注视着杨成武说,"这一仗打不好,我们一、三军团和中央就得回到草地上去。"说着,他又往后指了一下,"毛主席就在后面三百米的地方看着我们。"

"是,我们一定要打下来!"杨成武神色激动,闪动着那双年轻明亮的眼睛。

林彪和聂荣臻沿着腊子河回后面去了。

杨成武又坐下来,和干部们商量如何攀登那面绝壁。大家虽然想了一些办法,却不实用。正在一筹莫展之际,忽见指导员杨米贵兴奋地跑过来。这是新近编到本团的一个连队。杨米贵来到杨成武面前,乓地打了一个敬礼,说:"报告政委,我们连有个小鬼报名,说他能爬上去!"杨成武一听,面上露出喜色,说:"他在哪里?"杨米贵说:"在下面等着哩!"杨成武说:"快让他上来!"杨米贵飞步跑下山坡,不一时带来一个十六七岁的小鬼,正是李小猴。杨成武一看,这小鬼精瘦,个子也不甚高,脸黑巴巴的,只是那双圆圆的眼,乌黑有神,流露着一种山野的慓悍之气。杨成武嘴里没说,心里犯了嘀咕。心想,他能爬得上去吗? 只听杨米贵介绍道:

"他叫李小猴,是个苗族,是在遵义跟杜铁匠一起来的。现在有个外号,都叫他'云贵川'了。"

杨成武望了望他,亲切地问:

"你能爬得上去吗?"

"能!"他回答得很干脆,仿佛是一件很平常的事情。

杨成武吩咐参谋,用骡子把他驮过河去,让他试试。这时大家总算有了希望:因为只要他一个人能爬上去,在山顶上绑好绳子,大家也就可以爬上去了。

这时,太阳还没有落山,山顶上正辉耀着一派红通通的夕照。杨成武、王开湘和不少干部都站在便于观察的地方,带着好奇、担心和渴望的神情,注视着这位貌不惊人的小黑孩。只见他手里拿着一根长长的竿子,光着两只脚丫,骑在骡子背上三摇两晃地过河去了。下了骡子,他就利用死角,轻手轻脚地来到断崖之下。他仰起头,先向上打量了一番,随后就不慌不忙地把竿子往山壁上一搭,把一个树根紧紧勾住。原来竿子头上结结实实地绑了一个铁钩子。这时,他双手试了试,觉得牢靠了,就两只手倒腾着,像猴子爬竿那么轻巧灵活地攀上去了。等他的两只脚在巉崖坎坎上站稳,略喘了喘气,才接着把长竿向上面搭去。这样愈爬愈高,就像挂在山壁上似的。看的人个个提心吊胆,屏声静气,生怕小黑孩跌落下来。杨成武和王开湘都瞪大了眼睛,几乎看呆了。但是这个小鬼却镇静自若,尽管不时有小石块和残枝败叶沙沙地落下,他看去仍然若无其事。终于,小鬼登上绝顶,稳稳当当站在夕阳艳丽的红光里。他一只手拿着长竿,一只手还向这边摆了摆,似乎说他的毛遂自荐并非虚妄。接着,他就用同样的方式,一级一级地顺着竿子哧溜哧溜下到断崖之下。当他拿着长竿回到这个山坳时,大家都亲昵地几乎把这个小黑孩抱起来了。杨成武握着他的手笑嘻嘻地问:"云贵川,你是从哪里学的这个本事啊?"小鬼反而腼腆起来,害羞地红着脸说:"我从小在家里挖药、打柴,这些山常爬的。后来生活没有办法,才跑到遵义挑煤巴去了。"大家激动不已,谁也没有想到,这个平时谁也不注意的平平常常的孩子,今天解决了这样重大的问题。

难题解决了,参谋处下令,将全团指战员的绑腿都收集起来拧成粗绳,由云贵川带上山顶。这时,那个寡言少语的团长王开湘却望着杨成武说:

"老杨,上次泸定桥你在前面,这次翻山轮到我了!"

杨成武笑了笑,说:

"好,那我就在正面。"

紧张的准备工作开始了。迂回部队由团长率领,乘夜暗时,用骡子将部队送过对岸断崖之下,抓住李小猴系好的粗绳开始攀登;正面进攻部队,由二营六连担负。这个二营原是四方面军的二九四团,是四方面军为了充实一方面军编入这个部队的。当夜,由二十名英勇果敢的战士组成了突击队,在连长杨信义和指导员胡炳云的指挥下,准备从正面进攻。

入夜,为了麻痹敌人,正面进攻首先开始。他们在密集火力的掩护下,向小桥反复冲击,由于敌人防守过严,冲击终未成功。至凌晨三时,还没有看到迂回部队发出的信号。杨成武瞪大眼睛望着北方的天空,真是心急如焚。直到拂晓前,才看见一红一绿的信号弹腾上了天空,接着宣布总攻开始。经过一场激战,终于在玫瑰色的晓色里占领了喇叭口的碉堡,随后进入纵深战斗。

腊子口打开了。部队于日出时通过腊子口继续北进。当人们越过那座极其平常的小桥,来到方形碉堡的下面,差不多每个人都停下脚步,发出一声声惊叹。因为在那不大的一块地面上,鲜血斑斑,手榴弹的木把儿堆了很厚一层。整个地面熏得乌黑。显然在战斗最激烈的时候,这些手榴弹是成束成捆丢下来的。人们带着惊讶、赞佩和自豪的神情穿越过长征路上的最后一道天险,脚步走得更有力了。

毛泽东从这里经过时,也停下来了。他巡视着那险峻的地形和残酷搏战的遗迹,显出深深感动的神情。最后他指着那面高耸的断崖问:

"他们就是从这里攀登上去的吗?"

"是的。"跟随他的老参谋王柱说。

"听说,先上去的是一个苗族小鬼?"

"是的,您可能还认识他。"

"我认识他?"

"他叫李小猴,记得在遵义的时候他到您那里去过。"

"是的,"警卫员小沈说,"是跟杜铁匠一起去的。"

毛泽东寻思了一番,说:

"是那个小黑孩吧?"

"对,对,就是他。"

毛泽东再次仰起头把那面壁立的险峻的断崖从上到下端详了一遍,惊叹道:

"真是难以想象!"

说过,又问:

"那个杜铁匠呢,我仿佛在过雪山时遇到过他。"

"听说,他已经牺牲在草地上了。"

毛泽东半响无语,慨叹了一声:

"这些人都是我们的英雄。不是他们,我们怎么能闯过这么多难关呢!"

说过,毛泽东和他的一行人,踩着血迹斑斑的焦黑的土地进入腊子口去了。

(七十四)一个利欲熏心的人物另立了一个"中央"。出其意料的是,他的形象却因此发生动摇。而另一位质朴的人物,却树起一座光芒万丈的丰碑。

当腊子口枪声激烈的时候,在包座、班佑地区停留的右路军,已经遵奉张国焘的命令掉头南下,再一次回返到草地上了。此时已是九月中旬,与上次过草地有很大不同。上次主要是夜间苦寒,难以抵挡,白天的太阳还颇为燥热;如今却是西风凛冽,太阳挂在天空只是一个银色的圆饼,连点热气也没有。草原的景色已不再是望不到边的滚滚绿海,而是黄草漫漫,草花俱已凋零,整个草地变得枯索、单调而严厉了。衣单被薄的红色战士们,在这种境遇中如何能够承受得住?更使人难以忍受的,是上次过草地宿营的遗迹还宛然在目,不少的"人"字棚中还停留着冻饿而死的同志们的遗体,这些遗址既无法利用,遗体也无法掩埋。再加上这时人人心里都有一个问号:"为什么一、四方面军分开了?""为什么刚说北进忽而南下?"这些问题得不到解释,整个部队在南进途中笼罩在一片迷惘之中。缺粮自然是一个更为严重的问题。上次可食用的草和野菜,已被摘采过了,现在寻觅起来已很费事。在这种绝境中,不消说更多的红色战士默默无言地倒下了,永远留在荒烟漠漠的草地上。

与此同时,张国焘亲自率领的左路军,也从阿坝向大金川流域的马塘、松冈、党坝一带转移。至月底两路军会合于松冈地区。总司令部驻在一个名叫脚木足(卓木碉)的藏族寨子里。这天正在举行一个重要会议。

这个脚木足寨子位于马尔康以西四十公里处。整个寨子在接近山顶的高崖上,散散落落不过几十户人家。大金川在山下打了一个圆圆的弯儿,寨子左首山涧还有一条小小的溪水倾注在大金川里。这个村寨最惹眼的就是那座六棱形的碉堡。它与常见的碉堡颇不相同,下粗上细,高约五六十公尺,颇像一个高高的烟囱。离碉堡不远,就是相当大的喇嘛寺。这天喇嘛寺外插满了红旗,布满了岗哨,有一种与素常不同的热烈气氛。

但是,如果进入殿堂内部,就使人感到异常沉闷。虽然祭神的长案上点了几盏酥油灯,对这个高大的殿堂来说还是太幽暗了。桌案前面喇嘛们跪着念经的蒲团上,坐满了五六十名高级干部,奇怪的是没有欢声笑语,也没有会议前那种活泼的窃窃私语。而且耐人寻味的是,下面坐的这些干部,由于雪山草地以及几个月来情绪上的折磨,一个个都瘦鬼似的;而惟独在桌子后面高高坐着的张国焘白白胖胖,堪与那些正襟危坐慈眉善目的神像比美。会场上惟一活跃的,怕就是年轻英俊的黄超了,他作为秘书长不时地跑到张国焘身边,咬着耳朵咕哝几句,随后又跑到这里那里指示一些什么。

会议总算开始了。张国焘干咳了两声,随后发表讲话。他仪态端庄,严肃,心事重重。他讲话本来就慢吞吞的,今天更慢,仿佛他自己充分意识到今天是发表历史性的演说,必须使每字每句都送到他面前的高级干部耳中。在他看来,这篇演说将来会留在中共的历史上而具有历史转折的意义。

他的话是从中央苏区反"围剿"开始的。他说,中央没有粉碎第五次"围剿",实行战略退却,不仅是军事路线的问题,而且是"政治路线的错误"。自从一、四方面军会合之后,才终止了这种退却。但是中央拒不承认自己的错误,反而无端指责四方面军。说到这里,他提高嗓门说:"南下是逃跑吗?不,南下才是终止战略撤退的反攻,才是真正布尔什维克的进攻路线。而那些中央领导人才是被飞机大炮吓破了胆,对革命前途完全丧失了信心。他们的所谓北进的方针,才是名符其实的右倾逃跑主义路线。他们最后发展到私自率一、三军团秘密出走,这是分裂红军的最大的罪恶行为!"说到这里他打着手势,以演说家的雄辩姿态说道:"我实话告诉同志们吧,那伙所谓的中央领导人,他们本来就不是什么革命者,他们不过是一些吹牛皮的大家,一些不可救药的'左'倾空谈主义者。他们是因为有篮球打、有馆子进、有捷报看、有香烟抽、有人伺候才来革命的;一旦革命发生了困难,他们就要悲观,逃跑,这是毫不奇怪的,我想同志们是完全理解的。……"

这时会场鸦雀无声,坐在蒲团上的高级干部们,一个个瞪大了眼睛,竟像泥塑木雕的神像一般都愣住了。

"同志们!"张国焘扫视了大家一眼,用一种振聋发聩的声音吼道,"大家都会知道,在国际共产主义运动的历史上,有一个有名的人物,名字叫考茨基。他曾经是第二国际的领导者之一,这是一个非常有名的人物,可惜后来他叛变了。他和他领导的第二国际叛变了国际工人阶级的利益。那么,这时怎么办呢?能够放弃革命吗?能够不革命吗?不,革命是不能因个别人的叛变而止步的。大家知道,这时,伟大的列宁及时地、义无返顾地成立了第三国际,肩负起革命的重任,使国际共产主义运动又蓬蓬勃勃地前进了,共产主义的旗帜,在全世界又高高地飘扬起来了!……"

说到这里,张国焘显得双颊红润,眉飞色舞,望了大家一眼,说道:

"我想,这一段历史经验是我们应该好好领会的。大家看到,现在我们的中央,已经威信扫地了,已经失去领导全党的资格了。那么,我们怎么办呢?我想同志们比我更明白,在这样的情况下,应该当仁不让,应该仿效列宁和第二国际决裂的榜样,组成新的临时中央。……"

在蒲团上坐着的人们,一听要成立"临时中央"这几个字,不禁面面相觑。本来已经十分沉闷的气氛,立刻又增加了紧张的因素。尽管有的军级干部不一定弄清考茨基是什么人物,也不知道考茨基与中央领导人有什么关系,但"临时中央"他们是懂得的。由于问题来得如此突然,多数人都无思想准备,有的彷徨四顾,有的低下头闷声不响。整个会场,只有那几盏酥油灯在流动的空气中微微摇晃。

对于张国焘,这种场面的出现也使他感到意外。一个自以为可与列宁相比的人物,经过多日苦思的动人的演说,竟无一人响应,也无一人表态,未免太使人难堪了。他不安地在椅子上变换着姿势,观察着人们的表情,黄超不断地和他交换着眼色,显出难忍的焦躁。

"哪一位发言啊?"张国焘脸上显出做作的笑容,扫视着下面的人们。

没有应声。

"哪位打头一炮啊?"他又问了一句。

还是没人应声。

"难道这样重大的事情,对全党全军命运攸关的大事,没有人发言?"

张国焘的脸上出现愠色。当他的目光扫视到陈昌浩时,显得更明显了。看来陈昌浩在这样重大的问题上,不想过分突出。当张国焘威严的视线扫过来时,他却把头低下去了。徐向前从会议一开始,就坐在蒲团上闷声不响,甚至闭起眼睛来打瞌睡。

"这帮家伙到较劲儿的时候就没有用了。"张国焘在心里骂了一句。正在这令全场人窒息的,也令会议主持人承受着难忍的压力的时候,张国焘忽然从一张大脸盘上看出一个人跃跃欲试,就满脸堆下笑说:

"那就请这位军长先讲吧!"

这位军长身材高大,状貌魁伟,是一位慓悍善战但又没有多少政治头脑的将军。自从江西出发以来,他一直担任后卫,吃了不少苦头,也有不少牢骚。他见张主席点名请他,觉得脸上有些光彩,就立刻站起来,做了一个发言。这位将军从江西出发谈起,一直到一、四方面军会合为止,把一路上为保卫中央受到的苦楚,遭到的损失,满肚子的委屈,既不分是哪个领导,也不分遵义会前还是遵义会后,完全混成一锅粥了。因为他的话有不少生动事例,引得会场上发出一阵阵笑声。

这位将军的发言,虽没有多少内容,却在很大程度上打开了会议的僵死局面。张国焘高兴了,脸上出现了笑容,在一旁鼓动说:

"讲得好嘛!这都是实际情况嘛!这样的中央领导怎么能叫人

心服嘛!"

可是,会场经过这短暂的一度活跃之后,又出现了沉默。张国焘张着两只大眼,在每张脸上搜索着发言的信号。这时如果再有一两个人,哪怕是一个人再说上几句,说不定就会顺流而下,打开局面。但是他失望了,会场上依然鸦雀无声。人们为了躲避张国焘来回搜索、反复催逼的视线,有的低下头去,有的仰起脸来,还有人给闭目静思的观音菩萨相起面来。

张国焘真的急了。他不得不把目光注视着一张他有些畏惧的脸。这是一张红军战士最熟悉、最亲切也是中国人民中最朴实的脸。这张脸平时是那样慈祥,现在却充满了严厉和威严。由于风吹日晒,生活困苦,这张脸又黑又瘦,简直像长方形的铁块,惟独那两只穿透一切的眼睛炯炯有神。

"还是朱总司令讲一讲吧!"张国焘带着笑说。

朱德坐在黑影里哼了一声,没有立刻回答。二十天之前,他就受过一次围攻了。那是中央率领一、三军团单独北上之后,张国焘在阿坝召开了"川康省委扩大会议",也是在一座喇嘛庙里。会场上挂着一条横幅:"反对毛、周、张、博北上逃跑!"省委、省苏维埃、法院、保卫局、妇女和儿童团的负责人都到了会,以壮声势。张国焘在会上大肆谩骂攻击了一顿"右倾机会主义者"之后,一些受蒙蔽者就吵吵嚷嚷,迫使朱德表态。因为是面对群众,朱德还是很和蔼很从容地说:"同志们,中央确定的北上方针我是举过手的,我是赞成的,拥护的,现在我怎么能反对呢?如果硬要我发表声明,那我就再声明一下,我是坚决拥护党中央北上抗日的决定的!"接着刘伯承也表态,拥护中央的北上方针,并说:"你们南下是要碰钉子的。打得好可以蹲一段,打不好还得转回来。"朱、刘这样一讲,会场气氛更紧张了,有的冲着朱德喊:"既然你拥护北上,那你现在就走,快走!"朱德慢条斯理地笑着说:"我是赞成北上方针的,你们一定要南下,我也没办法,只好跟着你们去。"有人又大声说："你既赞成北上，又说跟我们南下，你是两面派！骑墙派！你到底是北上还是南下？"又有人叫："不让他当总司令！"刘伯承一见大家把火力集中到总司令身上，有意分散一下火力，就大声喊："现在不是开党的会议吗？又不是审案子，怎么能这样对待朱总司令？"斗争的矛头一下转到刘伯承身上来了，又是一阵狂呼乱叫。最后，会议终于通过一个"决议"，说北上是"退却逃跑"，南下是"进攻路线"。……

"朱总司令，你就先讲吧！"张国焘又催了一句。会议开始，张国焘本来想让众多的高级干部发言，以便造成优势后再压朱德、刘伯承发言，现在一看大家都不敢出头，只好转过来先从大头开始。

经过张国焘一再催促，朱德站起来了。由于他在全党全军的崇高威望，人们齐刷刷地注视着他。人们看到这个肚量如海的人，两个深眼窝里射出了火星般的光芒。他沉默了好大一会儿，把那股怒火压了压，仍旧以宽厚的长者的口吻说：

"同志们！今天既然要我说，我就说几句。现在是大敌当前，我们总要讲团结嘛！我们的工农红军，都是中国共产党领导下的部队。天下红军是一家嘛！因此，不管有天大的事，也都是内部问题。大家一定要冷静，冷静，千万不能叫蒋介石看我们的热闹！"

他那股四川乡土味很浓的土话，是那么沉痛，唯其沉痛，打动了这些共产党人的心弦。由张国焘构想了多日的那番煽动性颇强的演说，像一面墙壁似的倾倒了。刘伯承是个机敏的人物，见此机会，立刻接上去大讲了一气，主要的调子是讲革命形势还相当困难，弦外之音自然是要讲团结，不能分裂。刘伯承的发言，对朱德的讲话正好是一个有力的支持和补充。刚才那位鲁莽将军的发言所冲开的一个小口口，不但得到了缝合，而且朝着相反的方向发展了。

张国焘恼怒了。他的脸红一阵，白一阵，白一阵又红一阵，然而

又不能失去即将出任的临时中央总书记的体态,还是按下性子,嘴角上挂着做作出来的笑容,说:

"团结,那当然要讲团结喽!这是我们无产阶级的武器嘛。可是也不能不分清路线的是非,我们决不能同机会主义者去讲团结。"说到这里,他用眼角扫着朱德,"像毛、周、张、博特别是毛泽东,这些机会主义者,我们就应当断绝同他们的一切关系。……"

朱德听了这话,忍不住了。他那脸板得像一块铁板,立刻回道:

"从红军创立起,大家都知道有个'朱毛',全国全世界都闻名。要我这个'朱'去反对'毛',这是做不到的!"

他还打了一个激烈的手势,用一只手掌从上到下猛力一劈,斩钉截铁地说:

"你可以把我劈成两半,但是你绝对割不断我同毛泽东的关系!"

这雷霆般的语言,在这个大殿里像霍地腾起一派火光,震得人们的心轰轰作响。人们惊呆了,人们这时所看到的朱德,再不是那个一天到晚像老妈妈那样慈祥的朱德,而是一个顶天立地的叱咤风云的巨人。

张国焘受到强有力的一击。他眯细着眼估量了一下形势:如果再逼上几句,很可能会要开崩,那正是"小不忍则乱大谋";马上成立起"临时中央",那才是最最紧要的事。想到这里,他立刻和缓下来,用比较宽松的调子宣布了"临时中央"的名单。临时中央的总书记和中央军委主席等自然由他担任。此外,还提出开除毛泽东、周恩来、张闻天、博古等四个人的党籍,并下令通缉。为了表示"临时中央"的宽大,对杨尚昆、叶剑英免职查办。会议以张国焘的意志形成的"决议",并没有郑重讨论,就一哄而起地通过了。

会后,红四方面军和红一方面军的两个军,就在"临时中央"最高负责人张国焘的命令下南进了。眼下又是令人生畏的峡谷激流和高耸云际的雪山。这些路是多么艰难地一步一步地跋涉过来的,现在又要更加艰难地跋涉过去。仅仅因为一个人的意志和私欲,数万男女红军战士不得不重新陷入饥寒交迫的困境之中。然而这些都是以"革命"的名义,"战略"、"策略"、"进攻路线"的名义被奉行着。人们的情绪是大大地低落了。在卓木碉会议之前,人们的疑问只是"为什么和一方面军分开?""为什么要南进?"而现在却增加了新的疑问。这个疑问,正好是对他们信任的"张主席"本身:"他这样做对吗?""符合党章要求吗?""有利于一致对敌吗?"这一点大大超出张国焘的意外:本来是要造成自己的权力和树立自己的形象,事实却恰恰相反,群众的盲目信任变成了怀疑和动摇。他想不到挖空一尊塑像基础的,正是他自己。尽管部队中有保卫局人员的暗中监视,还有一些不识大体的人来些小报告之类,但窃窃私议之声愈来愈大。这些私议开始不过像潇潇细雨,慢慢地就变成了威胁统治力量的狂涛。可惜的是,多数的统治者都不能明察这些潇潇细雨而有所自省,而总是觉得自己比群众高明。这正是许多自以为是者的悲剧。至于张国焘,他本来就是一个肉团团包裹起来的野心,压根儿就把群众当成玩物,那就另当别论了。

但是,只要具有最大权威的历史老人一天不拿出答案,一切都只能处在混混沌沌之中。对于英勇无比的红色战士说来,眼前的道路,一切都朦胧不清,甚至迷茫难测,就跟这梦笔山、夹金山无边的雪雾一般。

(七十五)一座无名小镇给红军战士留下难忘的记忆。毛泽东对历史做出了预言。从这里,一条赤龙又游进大海中了。

打开腊子口,部队就进入那窄窄的深井般的山谷迤逦而行,不远处就是岷山。岷山,是长征途中最后的一座高山,上二十里下三十里,飞机不断前来滋扰。但是一听前面部队占领了哈达铺,人人情绪昂扬,也就不觉得吃力了。

毛泽东披着他那件旧大衣骑在马上,随队缓缓而行。山谷越来越开阔了,漫山遍野的谷子已经黄了,正待开镰收割。山坡上出现了一片一片的羊群。路边不远几个儿童骑在牛背上,正在嬉耍。远远一座村舍,正升起几股蓝色的炊烟。这些亲切熟悉的景物,都告诉人们,已经回到汉族区域来了。气候也和暖了许多,路旁的柳叶才刚刚发黄。毛泽东望望周围的景物,不禁心旷神怡,若有所思,吟吟哦哦地哼起诗来。他身前身后的警卫员们,也都笑吟吟地望着下地归来的农夫农妇指指划划。这时,正好从旁边金黄的谷子地里走来一对农民夫妇,红军战士们从心里感到亲热,没话找话地纷纷问道:

"老大哥,前面是什么村子啊?"

"大草滩。"那个农民和气地笑着说。

"离哈达铺还有多远哪?"

"还有二十五里。"

"好极了,快到了!"人们纷纷兴奋地叫。

"大嫂,你们这个大草滩,欢迎我们住吗?"有人调皮地问。

"看你说的,怎么会不欢迎?"那位妇女也笑着说。

"你们为什么欢迎?"

"你们把鲁大昌的队伍打跑了嘛!那些东西可糟害人了。"

红军战士们哄地笑起来。笑声里,那种长期不见老百姓的可怕的孤寂之感消融了,人们感到无限的快意。

毛泽东在马上也笑了。警卫员小沈看见路边山坡下有几株大柳树,下面是平坦坦的一块草地,就指着说:

"毛主席,我们也该大休息了,你看在这里休息一下好吗?"

"好,好。"毛泽东仰起脸看了看太阳,笑着点了点头,就下了马;

一面回过头去望望博古、洛甫,还有坐担架的王稼祥,说,"反正离哈达铺不远了,咱们都歇歇吧!"

博古、洛甫都欣然同意,下了马,王稼祥下了担架,一起来到几株大柳树下。有的铺上大衣,有的铺上雨布,休息起来。

警卫员们纷纷摘下水壶,打开饭盒。饭盒里还是从俄界等地带来的炒青稞麦。人们正待要吃,一个警卫员喊道:

"看,周副主席来了!"

大家仰起脸一看,见周恩来拄着一根小棍儿在大路上缓缓走来。他的脚步还不是太稳,后面跟着小兴国和一副担架。

"恩来,这边来!"毛泽东招着手。

"来,歇歇吧!"博古、洛甫和稼祥也纷纷喊道。

周恩来停住步子,望着这边笑了笑,就走过来了。来到近处,才看清楚他仍然颜色憔悴,满脸病容。

"快坐下来吧!"毛泽东拍拍他身边的大衣,关切地问,"你走得动吗?"

"觉得好了些,就想试试。"周恩来笑着说,"不然就成废人了。"

说着,他坐在毛泽东身边的大衣上。

"要依着他,早就要下来走了。"小兴国说。

毛泽东侧过脸,望着周恩来脸色清癯的样子,说:

"恩来,你这一病,可真苦了我了!"

周恩来叹了口气:

"我平生以来,没有害过这样大病,要不是同志们,我早完了。"

"也怪你平时总是不肯休息,结果来了个大休息。"

大家都笑了起来。

这时,有两个骑兵通信员从北面大路上奔驰过来。他们看见领导人都在这里休息,就下了马,跑过来打了一个敬礼。

"报告毛主席,聂政委说有张报纸很重要,叫我们赶快送来。"

通信员说着,递过来一张报纸。毛泽东接过来一看,是张国民党的《山西日报》。他翻了翻,就在一个消息上停留住了。不一时就笑逐颜开,满脸喜色地对大家说:

"我们快到家了!"

"什么?"大家惊问,"你说的是什么家呀?"

"一个真正的家。"毛泽东笑着说,"我们的长征快结束了。"

他把报纸递给了周恩来。其他人也都跑过来围在后面观看。原来这是一则国民党部队的"剿赤"消息,从中透露出,陕北有一个颇大的赤区。刘志丹和徐海东领导的红军都在那里。过去在江西就听说有一个陕北苏区,长征以后就不知道它是否存在了。今天,这个地地道道现成的家就在眼前,再不要伤透脑筋地讨论在什么地方建立根据地了。

"太好了!太好了!"人人眉开眼笑,乱纷纷地说。

这时,另一个通信员走上来,从背上解下一个沉甸甸的白包袱,笑嘻嘻地说:

"还有这个!也是聂政委叫我们送来的。"

说着,打开一看,警卫员们都惊讶地欢叫起来。原来这是一种谁也没见过的雪白的大饼,足有半寸厚,每一个都像小车轮似的。他们乱纷纷地嚷道:

"这是什么?"

"这叫锅盔!"周恩来笑着解释道,"我以前在天津、北平都吃过,很好吃,用它做羊肉泡馍更好吃了。"

毛泽东伸手拿起一个,想掰开来给大家吃,掰了掰没掰动,就叫:

"警卫员!快拿刀子来割!不要吃那个青稞麦了。"

警卫员像分割月饼似的一牙牙割开,大家纷纷拿起大嚼起来,都大叫好吃。

毛泽东一面吃,一面招呼那两个通信员:

"你们也来吃呀!"

"我们都吃过了。"背大饼的通信员说。

毛泽东笑着问:

"哈达铺大不大?"

"从懋功以后,没见过这样大的镇子。"

"老百姓欢迎你们吗?"

"昨天,我们一到,老百姓就可街筒地围着我们看,把我们都看臊了。……那里的东西蛮便宜的。"

"猪肉多少钱一斤?"

"一百多斤的大猪才五块光洋,一只肥羊才两块钱,花一块就能买五只鸡,一毛钱就能买十几个鸡蛋。另外,鲁大昌还丢下了很多大米、白面……"

那个通信员简直把哈达铺说得像天国,毛泽东又笑着问:

"你们改善了一下没有?"

"给我们每个人发了一块光洋。聂政委还提出,'每个连都要吃得好'。我们一天三顿饭,顿顿三荤两素,吃得嘴里流油,每个人都心满意足了。"

"长期挨饿,也不能一下吃坏了。"毛泽东提醒说。

"可不是嘛!我们通信连就有几个撑得不能动了。"

人们哄然大笑起来。

两个通信员打了敬礼,然后骑上马返回去了。

大家正在谈笑,警卫员又叫,说徐老他们过来了。人们抬起头一看,果然几个老人走了过来。徐老还是穿着那身过于宽大的古铜色长袍,下面露出极扎眼的红裤子,挂着的棍子上挂着一双草鞋。谢老的脚步仍然十分疲惫,一手拄着棍子,一只手提着马灯。林老的眼镜在太阳下反着光,那身军服显得过于长大,几乎达到膝盖上了。只有董老武装整齐,身披大衣,挎着手枪,绑腿打得很标

准,很像一个精神奕奕的军人。毛泽东见他们不远了,连忙站起来,笑着打招呼道:

"徐老、董老、谢老、林老,你们都过来歇一歇吧!"

其他人都纷纷站起来。

几位老人刚刚坐下,毛泽东就捧过来一个车轮式的锅盔,随后又把那张《山西日报》递给他们,笑着说:

"你们几位老人走过来多不容易呀,现在真的有希望了!"

几位老人对这天外飞来的喜讯感到意外,笑得连嘴都合不拢了。谢老摘下他那只断了腿儿的只用一根线勉强系着的眼镜,擦着眼泪,说:

"确实的,我真没想到能活着走过来!"

大家沉浸在一片深深的欢乐之中。董老感慨地说:

"今天这样的喜事,岂可无诗!毛主席,我知道你是写了诗的,你就把它拿出来念念吧!"

毛泽东粲然一笑,说:

"诗倒是有几首,不过随写随丢。今天在马背上哼了一首七律,也不甚好。"

"好!快念一念!"大家纷纷叫道。

毛泽东不慌不忙地念道:

> 红军不怕远征难,
> 万水千山只等闲。
> 五岭逶迤腾细浪,
> 乌蒙磅礴走泥丸。
> 金沙水拍云崖暖,
> 大渡桥横铁索寒。
> 更喜岷山千里雪,
> 三军过后尽开颜。

毛泽东念过,大家不禁鼓起掌来,似乎沉浸到深深的回忆之中。董老慨叹道:

"我们这次长征,的确太伟大了。在人类历史上是从来没有过的。这是中国共产党的骄傲,也是中华民族的骄傲!"

"董老,你是诗家,你来评评我这首诗如何?"

"很有气魄!"董老笑着说,"这首诗不仅对仗工整,更重要的是气象宏伟。你比如,乌蒙磅礴走泥丸,那就不是一般的诗句。把磅礴的乌蒙山看得像走泥丸一样,那么走泥丸的人,走泥丸的红军,也必然是顶天立地的巨人!没有这样的气魄,我们党怎么能把长征引到胜利呢!"

大家点头称是。毛泽东微微笑着说:

"董老过奖了!过奖了!"

说话间,走在后面的彭德怀、叶剑英、李富春、杨尚昆、邓发、罗迈等都来了,听到了陕北的消息,也都欢喜不尽。

部队继续出发。毛泽东等人纷纷上马。不到两个半小时,就抵达哈达铺了。哈达铺不过五百多户人家,只有一条长长的小街,店铺很多,然而对于长期跋涉在荒凉地域的红军来说,已经是繁华的大城市了。大部队的到来,引得群众争相围观,把这条不到一丈宽的街道,挤得满满当当的。毛泽东等人早已下马,在街上挤拥着,走得很慢,心里却感到格外欢快。不一时,林彪、聂荣臻、左权等人都来迎接,把他们迎到一个很大的中药铺里。中药铺有一个后院,放着不少凳子,大家就坐下来喝水、休息。毛泽东点着一支烟,望着聂荣臻笑吟吟地说:

"老聂,你从哪里搞来的那张报纸,可真解决大问题了。"

"这里有个邮局,局长跑了。"聂荣臻笑着说,"什么《天津益世报》、《大公报》,多了。"

"你多拿些来我看看,这几个月像是与世隔绝,什么也不知道了。"他接着又问,"这里离陕北根据地还有多远?"

"大约七百多里。"

毛泽东磕磕烟灰,笑着说:

"我们已经走了两万四千多里,那七八百里还算什么!"

正谈笑间,只听外面喊喊喳喳,一片女同志说笑的声音,接着蔡畅、邓颖超、贺子珍、刘英,还有樱桃都进来了。毛泽东笑着说:

"你们这些女将怎么都来晚了?"

"我们让这里的妇女们拉到家里去了。"贺子珍细声细气地笑着说,"她们没见过女兵,待我们可亲热了。"

刘英笑着说:

"亲热是亲热,就是有点不相信我们是女的,还摸了我们一把。"

"你说什么?"毛泽东没有听清楚。

"你问问樱桃,一个妇女看见她头发短,不像个女的,就朝她的胸脯上摸了一把,才相信了。"

樱桃涨红着脸。毛泽东望着樱桃笑着,说:

"人家也要搞调查研究嘛!"

人们哄地笑起来。毛泽东又瞅着刘英说:

"刘英,我的任务快完成了吧?"

"什么任务?"刘英笑着问。

"促进委员会主任哪,你就忘了?"毛泽东抽了口纸烟,"洛甫同志一再向你发出信号,你硬是不理,非要长征结束。现在怎么样,长征快结束了吧?"

刘英抿着嘴只是笑,最后说:

"到时候,我自然会处理的。"

"是嘛,我就是要你这句话嘛!"毛泽东笑着说,"可是到时候,可别忘了请客哟!"

鲁大昌新败,周围的敌人对红军还摸不清楚,所以部队安安静静地在哈达铺休息了几天。在这有限的时间里,部队理发、洗澡、擦拭武器,还按俄界会议的决定,进行了整编。由于部队人数过少,彭德怀主动提出撤销三军团番号,中央批准了这一建议。这样全军统编为陕甘支队,由彭德怀任司令员,毛泽东任政治委员,林彪为副司令员,叶剑英任参谋长,王稼祥为政治部主任。下编为三个纵队。第一纵队林彪兼司令员,聂荣臻任政治委员;第二纵队彭雪枫兼司令员,李富春任政治委员;第三纵队叶剑英兼司令员,邓发任政治委员。全支队约七千人。

第二天,在哈达铺镇西的关帝庙里,召开了团以上干部会议。其时,红日东升,古庙前的松树上拴满了战马,院里不时传出一阵阵的笑声。由于两天来的休息整顿,人们身上过多的尘土,脸上疲惫的神色,都像一起留在镇上的那条溪水中去了。领导人也都理了发,刮了胡子,显得精神多了。在热烈的掌声中,毛泽东发表了热情洋溢的演说,他的演说,不时地为掌声所打断。

他首先掰着指头说:"同志们,我们从江西出发,到现在已经快要一年了。在这一年中,蒋介石是一心想消灭我们的,他们用了几十万大军来围追堵截我们。然而他们把我们消灭了吗?没有!我们还是突出了重围,我们胜利了!"

他问道:"自从盘古开天地,三皇五帝到如今,历史上有这样的长征吗?没有!这是中国无产阶级的骄傲,中国共产党的骄傲,也是中华民族的骄傲!中华民族也只有这样的军队才能得救。现在我们这支军队,就要开到抗日的最前线去担负她神圣的任务了!"

说到这里,他略停了停。

"当然,我们也受到了重大的损失。"他的语气转为沉痛,"我们出发时是八万六千人,现在只剩下七千人了。有人说,七千人不是太少吗?是的,是少了一些。可是同志们不要忘记,这七千人,是民族的精华,是革命的种子。人民是我们的母亲,是养育我们的土地,只要种子落地,就会生根、发芽、开花、结果的。革命,是千百万群众的事业,这是任何敌人都扑不灭的。现在,我们是以游击战争打过去,我敢断言,将来总有一天,我们会大规模地、排山倒海地打过来! 一省和数省首先胜利,是不可否认的。现在如此,将来也如此,不过我们的基地不在江西,而在陕甘罢了!……"

人们热烈地鼓着掌,思考着他的话。

次日拂晓,这支七千人的队伍已经启程北进了。哈达铺镇北有一座望竹山,上面有两座残破的碉堡瞪着傻眼,具有嘲讽意味地渐渐落在他们的身后。在队伍面前展开的,是开阔平坦的渭河平原。经过几天休息,部队增添了不少生气,连马儿也不断地仰颈长嘶,走得更加有劲。队伍里不知是谁唱了一句"哎哎哟,我的红军哥……"顷刻间此呼彼应,不管是闽湘赣和云贵川的山歌都唱起来了。就在他们轻快的步伐声里,谁也没有注意,在黑沉沉的东方天际,一缕淡青色的晨曦像清澈的溪水那样漫流开来。也许由于它来得过迟,也许由于它困顿于太沉重的黑暗而使人感到特别地清亮鲜丽。那颗神采飘飘的启明星,已经淡淡地融入到它那清亮的光辉中去了……

尾 声

　　七月以来,蒋介石一直住在峨眉山上。峨眉山是天下名山,峻秀雄奇,自然是一个令人惬意的所在。尤其是位于红珠山的蒋氏别墅,那洁白幽雅的白漆小楼,在绿树掩映之中,四周不是飞瀑就是流泉,怎不令人心醉神驰!自从蒋氏上山以来,确实过了一段舒心的日子。因为他"统一川军"的计划,进行得相当顺利,不仅他的参谋团入川,大大加强了对川军的控制和渗透,还办了个峨眉训练团,大批训练干部,意图一劳永逸。其间大渡河战役的落空,的确使他一度颓丧,但是红军旋即进入雪山草地,又使他燃起希望之火,认为只要北堵南追,红军将插翅难逃。他曾指示参谋团长贺国光和刘湘,在松潘、茂县间的叠溪开了一个会议,决定对红军采取"困死政策"。除严密封锁岷江沿线外,给藏民下了两项毒辣禁令:一是给红军偷运粮食者处以极刑,一是为红军做事者以通敌论。此后,忽传红军发生内讧,蒋氏简直乐不可支,认定红军覆亡之日,已经为期不远。这时,他偕着他那位尊贵的夫人,对峨眉进行了几日痛痛快快的遨游。从金顶的云海、日出,到洗象池群猴的嬉戏;从香烟缭绕的佛殿,到清音阁、一线天的瀑声:倒真是过了几天难得的闲散日子。但是,曾几何时,忽报这支疲惫不堪的红军,竟然冲破腊子口向北去了。他的这一惊非同小可,简直像兜头浇了一盆冰水,不自主地打了一个寒战。从那天起,他一直心绪不宁,坐卧不安,神情悒郁,暴躁异常。连同他最亲密的侍从室主任郑不凡,也怕同他接近。

这天,郑不凡忽然接到前线一个电报,说红军已经突破渭河防线,向北去了。电报还说,现已查明,这个所谓的"陕甘支队"就是红一方面军的一、三军团,而且毛泽东等中央领导人也在其中。郑不凡不禁心中战栗了一下,抚摩着他那尖下巴上几根稀零零的胡子,默然想了一会儿。这样的消息无疑会使蒋氏愤怒,但又怎能不报?自己追随蒋氏多年,深感剿共战争决非易事,不如乘机劝慰几句,以免主公有伤贵体。这样想着,便惴惴不安地携了电报,来见蒋氏。

他轻手轻脚地走进客厅,见蒋介石正端着茶杯出神,半仰着脸望着壁上的作战地图,显出惘然若失的样子。他小心地走到蒋介石的身边,躬身说道:

"先生,甘肃朱绍良来了电报,说共军冲破了渭河防线往北去了。"

"什么?"蒋介石吃了一惊,手指轻微地战抖着,把茶杯放在了小茶几上。

郑不凡递上电报,补充说:

"他们又中了共军的奸计,过于重视天水方向,其实那是佯动。"

蒋介石看着电报,脸色愈来愈难看,终于抬起头,逼视着郑不凡问:

"这里讲的可靠吗?这个支队真的是一、三军团吗?毛泽东真的在里面吗?"

"这是从他们的掉队者得来的消息。恐怕还是可靠的。"

蒋介石愤然地把电报一掷,颓丧地靠在沙发背上。

可是,不到半分钟,他又突然站起来,恶狠狠地骂道:

"这个王均,简直无能透了。把他马上抓起来,军法从事!"

郑不凡没有作声,稍沉了沉,轻声说道:

"先生还是息怒,这样做恐怕……"

"恐怕什么?"

"恐怕众心不服。"

蒋介石吼起来了：

"有什么不服？"

郑不凡小心翼翼地说：

"像腊子口那样险要的口子，鲁大昌都没有守住；渭河的战线那么长，王均怎么守得住呢！再说，红军在贵州，只不过两三万人，我们是几十万人，几乎超过他们十倍，结果还是让他们跑过金沙江那边去了。大渡河那样险地，我们期在必歼，结果也让他们逃过去了。现在我们把王均抓起来杀掉，他那些上上下下的人如何肯心服呢？……"

蒋介石听到这里，登时涨红着脸，盯着郑不凡说：

"你，是不是说我不会指挥？"

"我怎么会有这个意思？"郑不凡连忙赔笑道，"先生是当代国内外有名的军事家，一向精通韬略，岂能说不会指挥！但是，恕我直言，就是比先生还要高明的军事家，也未必能使赤祸根绝……"

"你这是什么意思？"蒋介石正色道。

"我说的是还有社会原因。"

"什么社会原因？"

"我也不过是一知半解。"郑不凡摸摸稀零零的胡子，笑着说，"孔夫子说：'不患寡而患不均。'现在富者田连阡陌，贫者身无立锥，富者绫罗绸缎，贫者衣不蔽体，自然人心不平，常生变异之志。所以共党进行蛊惑煽动，常能一呼百应，本来是星星之火，常成燎原之势。此处剿灭，彼处又起，如何能一举荡平呢？……"

蒋介石听不下去了，立刻打断道：

"你讲这话，倒有点共产党的味道！"

郑不凡一听，脸色吓得发白，连忙说道：

"我追随先生多年，先生对我恩重如山，今天不过劝慰先生几句罢了,我岂有他意?如果先生这样看我,那就把我抓起来吧。"

蒋介石也觉得自己过于唐突,话说得重了,连忙缓和下来,拉他坐下,带着几分笑意说:

"我也不是说你就是共产党,不过提醒你,不要相信这些妖言惑众的宣传。我告诉你,《资本论》我当年也看过,我从来就不相信这些蛊惑人心的东西。第一,它讲的是西方社会,根本就不适合中国国情;第二,它根本违反中国传统文化,挑拨阶级斗争,违反人道。共产党信奉此种主张,以煽动为能事,以暴力为手段,弄得整个中国,不是这里罢工,就是那里暴动。如果他们得逞,你我皆死无葬身之地。我再次告诉你,我此生以反共为职志,不剿灭共产党是死不瞑目的!"

郑不凡听到这里,不觉莞尔一笑,说:

"先生的壮志可嘉,只是要做到就殊非易事了。"

"怎么,你没有信心?"蒋介石斜着眼瞅他。

郑不凡默然无语。蒋介石愤然道:

"我告诉你,我明天就要下山!"

"怎么,下山?"

"是的,我要亲自到西北去!"蒋介石断然说,"西北还有三十万大军,共产党连一万人都不到了。我不乘此良机下手,更待何时?"

"可是,现在人心不稳,怨言甚多。"

"什么怨言?"

"说大敌当前,先生却一味醉心内战。"

蒋介石把眼一瞪:

"谁是大敌?"

"现在全国都为日本人的侵略惴惴不安。"

"那都是糊涂虫!"蒋介石冷笑了一声,"我告诉你,共产党才是大敌!"

郑不凡默然。

果然,蒋介石于次日上午,就偕着他的夫人下山去了。与上山时的情绪完全不同,一种难以驱除的郁悒把他的心紧紧箍住。有人曾听到他下山时的最后一句话是:"想不到我蒋某六载含辛茹苦,未竟全功!"

1985年5月—1986年12月初稿;

1987年4月修改完毕。

再 版 附 记

本书1988年5月出版后,曾于当年八一建军节寄赠胡耀邦同志。耀邦同志阅后,欣然赋诗一首,题名《读〈地球的红飘带〉后题》。并同时写信给作者,对书中红一、红四方面军会师时双方的总兵力进行了分析。作者认为很有参考价值。今乘本书再版之机,将耀邦同志的诗和信同时发表,以纪念具有巨大历史意义的中国工农红军二万五千里长征的伟大胜利七十周年。

魏　巍

2005年6月7日

附：

胡耀邦同志的信

魏巍同志：

你"八一"建军节送给我的新著,我第二天就收到了。

今天——还不到十天,我已经拜读了一遍。心里真是说不出的高兴,提笔写了一首打油诗,一并附上,算作我的读后感和对你的敬意吧。

唯一的一条意见是:当时四方面军究竟有多少人?你在书中(初版)504、516、539、558、560、561、543 七页都以不同的表述提到它。这些年,我看过几十个老同志写的回忆,凡是提到当时四(面)军总兵(力)的,都肯定有八、九、十万之多。但是后来张国焘自己在国外写的回忆录说是四万五千人,枪支一半。我是相信张国焘在这个史实上后来讲的是实话。而当时两军初逢,出于种种原因,双方都虚报了不少,这是不难理解的。后来,人们写一方面军兵力,绝大多数同志都按当时的实际情况改了,惟独四方面军的兵力则以讹传讹,直到现在。这也可能同张国焘对四方(面)军许多大事都不让同伴和下级知道有关。不过,四万五千人,同当时一方面军实际人数相比,超过四倍多,已经是了不起的事了,再拔高并不好。我建议:你的书再版时要不要以什么方式作点修正或说明几句?

我现在在烟台治疗,情况甚好。何时回京还未定。谢谢你对我的关心,我希望半年之内能再次见到你。
　　此祝
暑安!

　　　　　　　　　　　　胡　耀　邦
　　　　　　　　　　　　八月十日于烟台

读《地球的红飘带》后题

禹域乾坤变,人间爪鸿新。
梁音千百啭,此曲最牵情!

　　　　　　　　　　　　八月十日